文艺复兴时期英国戏剧选 III

[英]弗兰西斯·博蒙特
[英]约翰·弗莱彻
[英]约翰·韦伯斯特
[英]乔治·查普曼
[英]本·琼森
[英]托马斯·戴克尔
[英]菲利普·马辛格
著
朱世达 译

作家出版社

图书在版编目（CIP）数据

文艺复兴时期英国戏剧选Ⅲ /（英）弗兰西斯·博蒙特等著；朱世达译. --北京：作家出版社，2021.7

ISBN 978-7-5212-1124-5

Ⅰ.①文… Ⅱ.①弗… ②朱… Ⅲ.①剧本-作品集-英国-中世纪 Ⅳ.①I561.33

中国版本图书馆CIP数据核字（2020）第183680号

文艺复兴时期英国戏剧选Ⅲ

作　　者：（英）弗兰西斯·博蒙特　等
译　　者：朱世达
责任编辑：赵　超　赵文文
装帧设计：卿　松
出版发行：作家出版社有限公司
社　　址：北京农展馆南里10号　　**邮　　编：**100125
电话传真：86-10-65067186（发行中心及邮购部）
86-10-65004079（总编室）
E-mail: zuojia@zuojia.net.cn
http: //www.zuojiachubanshe.com
印　　刷：河北鹏润印刷有限公司
成品尺寸：142×210
字　　数：390千
印　　张：37.25
版　　次：2021年7月第1版
印　　次：2021年7月第1次印刷
ISBN　978-7-5212-1124-5
定　　价：148.00元

目录

Contents

前　言

如果说莎士比亚是金色的太阳，那么，年轻的弗兰西斯·博蒙特与约翰·弗莱彻就是在他们光辉的轨迹上围绕太阳旋转的星星。他们合作创作的《菲拉斯特》(又名:《爱情在流血》)在斯图亚特王朝期间戏剧舞台上独领风骚30年，他们的作品全集在他们死后以对开本出版，除了莎士比亚和琼森，没有其他作者享有这等荣誉。

弗兰西斯·博蒙特与约翰·弗莱彻通过《菲拉斯特》开创了一个新的戏剧种类——悲喜剧。按弗莱彻的解释，悲喜剧并不专事欢乐或者屠杀，它描述想死的欲念，接近死亡，但又没有死，这足够让它成为悲剧，同时，它又描述欢乐，接近喜剧，但又不是喜剧。

《菲拉斯特》在很大程度上受到意大利田园爱情剧的影响，戏剧的情节在遥远的异国场景中展开，表现爱情和淫欲、荣誉与欺骗之间的冲突，最后，在一阵又一阵惊喜之后戏剧在和解中圆满结束。

从《菲拉斯特》中可以很明显地感受到莎士比亚悲剧和喜剧对作者的影响，剧情建立在人们熟悉的莎士比亚的戏剧中。比如《皆大欢喜》，居于统治地位的也是一个篡位的国王，年轻的女人穿着男人的服装，同时也具有田园牧歌式的元素；《第十二夜》也是取异国的场景，一位姑娘化装成男人，而成为一场三角恋的一方。在《奥赛罗》中，也有父亲因为女儿在婚姻中不听他的意旨而恼怒不堪。

显然,《菲拉斯特》是在莎士比亚《哈姆雷特》强大的影响力下面产生的。哈姆雷特的形象是创造菲拉斯特的主要源泉。

卡拉布里亚王国国王杀死了西西里王国的国王，篡夺了西西里王国的王位。西西里王国王子菲拉斯特欠缺重新收回王位的精神力量。他称自己：

我太像一头斑鸠，
生来欠缺激情，
一个淡淡的影子，
一抹沉醉的云朵，
飘过不留任何痕迹。

菲拉斯特跟哈姆雷特一样，受到父王鬼魂的激励，在篡位的国王的王宫中因为失去继承权而痛苦万分。他们同样一度因为忧郁而陷于疯狂。他那么轻信了传言，竟然用剑伤害了阿勒图莎和贝拉里奥。轻信成为他的缺点，也使他更显得具有人性的特点。菲拉斯特的忧郁，他的诗意的性格使他成为一个更为软弱的哈姆雷特。

《哈姆雷特》是一部彻底的悲剧，而《菲拉斯特》则是一部悲喜剧，悲中有喜，喜中有悲。作为落难的王子，菲拉斯特爱着卡拉布里亚王国和西西里王国继承人阿勒图莎公主，但他们的命运却决然相反，他因为不能爱自己心爱的姑娘而痛彻心扉。阿勒图莎也秘密地爱着他，对于她，他的爱高于王国，没有菲拉斯特的爱，所有的土地除了作为埋葬地外，都毫无意义。

由于博蒙特的参与,《菲拉斯特》还含有政治的批判性，这是非常难能可贵的。它暗讽了当时的国王詹姆斯一世，描写了人民的起义，人民的起义成为解决主要戏剧矛盾的关键。

为莎士比亚的国王剧团创作《菲拉斯特》的时期（1609）正是莎士比亚和博蒙特以及弗莱彻开始探索创作一种新的戏剧的时期

（1608—1610），也正是莎士比亚创作《辛白林》的时期，两部戏剧在语言、故事情节上有许多类似的地方。现在很难说是前者影响了后者，还是后者影响了前者。

戏剧还有另一条线索。宫中女侍臣墨格拉诬告阿勒图莎和她的仆人贝拉里奥私通。这使菲拉斯特对阿勒图莎的贞操产生疑问，即使他内心深处并不相信这一说法。贝拉里奥公开了自己的“女儿身”，使墨格拉的污蔑不攻自破。贝拉里奥原来是宫女欧夫拉西亚，她暗中倾慕菲拉斯特：

> 唉，我发现那是爱情，
> 绝不是淫欲，
> 因为只有在你身边，
> 我才可能为爱情而死。

于是，她装扮成男孩，先后当菲拉斯特和阿勒图莎的听差。她公开“女儿身”成为全剧情节的一个转折点，一个大逆转，将悲剧演变成了喜剧。

菲拉斯特是一个典型的罗曼蒂克英雄，渴望在田园生活中找到精神的寄托和归宿；同时，他又是“迄今为止能称得上人这个最高贵称号的人”。无能的篡位国王无法使西西里人民信服，也无法平息人民的起义，他像莎士比亚爱情剧中的国王一样，醒悟了自己的错误，将西西里王国归还菲拉斯特，并将公主许配给菲拉斯特。全剧在欢乐中喜剧性地结束。

约翰·韦伯斯特是英国文学最伟大的作家之一。他创作的《白魔鬼》和《玛尔菲公爵夫人》是英国文艺复兴时期著名的悲剧作品。

在《白魔鬼》演出后一篇致读者的文章中，韦伯斯特称自己是一个“明晓自己责任的、富有自我批评精神的戏剧家”，最高的艺术原则驱使他写得非常缓慢，因为他致力于让他的诗歌能永远流传下去。他说，对他的作品的文学成就做出最后判断的并不是猎奇的广大观众，而是他称之为文学上的“一群同伴”；这包括查普曼、琼森、博蒙特、弗莱彻以及“最后（但不是最不重要），莎士比亚大师、戴克尔大师和海伍德大师”。在韦伯斯特发表第一部剧作时，莎士比亚在他的名下已经有36部剧作。他提到莎士比亚，表明他意识到莎士比亚对他的戏剧创作巨大的启示作用。在《玛尔菲公爵夫人》中人们可以轻易地发现《哈姆雷特》《一报还一报》《奥赛罗》和《威尼斯商人》的痕迹。在詹姆斯一世时代的剧作家中，韦伯斯特是莎士比亚悲剧的最一以贯之的继承者。

《白魔鬼》和《玛尔菲公爵夫人》属于所谓的“血腥的悲剧”（tragedy of blood），自然和基德的《西班牙悲剧》和莎士比亚的《哈姆雷特》归属在一类。如果要更加精确地归类的话，它们则是血腥悲剧和如《奥赛罗》的马基雅弗利式的悲剧的融合。

韦伯斯特的戏剧世界是一个非常特别的世界。诗人史文朋在1886年评价韦伯斯特时说，他的所有读者承认的第一位的品质就是他对恐怖的驾驭。他的恐怖是悲剧性的，带有一种高贵的潜质。在韦伯斯特的世界中，人性和本能之间的界限非常模糊。主人公每每是受本性驱使的人，可能像人，但仅仅就本能而言。虽然他的戏剧时不时地呈现关于道德和伦理的说教，但它的主要魅力在于描述个人在受到任何阻遏时所表现出来的黑暗的冲击力。

剧作家将此作冠名为《白魔鬼》，可能是指薇托利亚，但也可能指其他的主人公，例如弗拉米尼奥或博拉奇阿诺，他们施行最残酷的暴行，但有时也会以他们的勇气和慷慨像一缕阳光一样闪亮。

“白魔鬼”一词本身呈现的就是一对矛盾体，善与恶有可能复杂地交织在一起。莎士比亚在《亨利五世》中将这一命题做了非常精辟的表述：

在邪恶的事物中
也藏着美好的精华,
我们能从野草中采蜜。

这正是美国著名文学评论家、耶鲁大学教授哈罗德·布鲁姆在他的《伊丽莎白时期戏剧》赋予这些人物以“英雄—歹徒”(hero-villain)的界定。他说,虽然“英雄—歹徒”这一中心的传统源自莎士比亚、弥尔顿和浪漫派诗人,但当我们再读勃朗宁、丁尼生、霍桑和梅尔维尔的有些诗句时,如果没有读过约翰·韦伯斯特的两部令人惊讶的诗剧,《白魔鬼》和《玛尔菲公爵夫人》,就会非常困惑。韦伯斯特的主人公是马洛式的英雄或“英雄—歹徒”,诸如巴辣巴、跛子帖木儿大帝、洛多维科和弗拉米尼奥,他们都同样是马基雅弗利式的人物,为非道德的力所左右。

弗拉米尼奥就是一个马基雅弗利式的“英雄—歹徒”。他跟莎士比亚的理查三世很相像,理查三世降生的时候,脚先出来,并生就一口牙齿,他则在吮吸母亲的乳汁时,把十字架雕像拿在手里,将受难的耶稣的一条腿摔断了。戏剧家在此表现了一种宿命的隐喻。他担任博拉奇阿诺公爵的秘书,“为了攀援到高山之巅”,为了锦绣而灿烂的前程,他什么事都可以干,不惜将自己的妹妹做拉皮条的对象。

这张脸,
我要用淫荡的美酒
润饰它,美化它,
而不容耻辱和羞赧。

他不顾一切地追求利益,犹如爬在巍峨橡树身上的槲寄生。他将“计谋和本性”发挥到令人发指的程度。弗拉米尼奥的力量就在于他对性的控制。当博拉奇阿诺担心他的激情不会受到薇托利亚的回应时，他说，女人的忸怩作态只是掩盖淫欲的遮羞布而已。她们并不害怕干。那只是她们的狡猾；她们知道我们的欲望越受到阻碍，会燃烧得越旺。他由此得出结论，永远不要相信女人。他最后对自己总结：

我的人生犹如
一座黑色的停尸房。

他临死时，还在“一片迷雾之中”，混淆自我的认知和对立的基督教的认知。

女主人公薇托利亚，和玛尔菲公爵夫人一样，是伊丽莎白和詹姆斯一世时期戏剧一个重要的妇女形象。她淋漓尽致地表现了“黑暗的力”。她是一个“婊子”，怂恿公爵情人去杀死她的丈夫和他的妻子，她自己说：

我最大的罪愆
存于我的血中。

但在宗教对她提讯时，她面对红衣主教毫不气馁，表现出了一定程度的高贵。她说：

啊，难道我对他，
那所谓的法官，
作正当的自辩
就是厚颜无耻吗？
那我只能从这个教会法庭
去向野蛮的鞑靼申诉了？

她还说：

我不屑拿我的生命
来乞求你们和任何人的怜悯，先生。

她决不屈服的勇气是韦伯斯特黑暗世界中的一线光明。正如英国大使说的：“她有一种勇敢的精神。”

韦伯斯特的戏剧把红衣主教蒙蒂契尔索，后来的教皇描述成了一个无赖和歹徒，表现了戏剧家的反宗教精神。这在文艺复兴时期是具有一定的进步意义的。“宗教被宗派撕裂，/高擎起了利剑，/发动了战争，/把所有美好的东西颠覆。”蒙蒂契尔索原先是公爵大人王宫里的一位官员，从职员擢升到法官；他所收集歹徒的名单，以价论头颅，收纳贿赂。而无钱贿赂的无赖们却遭了殃。他从中赚得盆满钵满。

博拉奇阿诺弥留之间的那场戏，死亡，复活，而又被掐死，这使韦伯斯特的悲剧几乎带有一种喜剧成分，洛多维科等人似乎在和死亡开玩笑，这令人想起卡夫卡和贝克特所描述的有些现代“感情危机”的场景。

在《玛尔菲公爵夫人》中，韦伯斯特创造了英国戏剧中一个伟大而罗曼蒂克的女性形象——玛尔菲公爵夫人。这个甚至连名字都没有的她代表了英国在资本主义萌芽时期，或者说文艺复兴时期要求个人（特别是女人）解放的一个先驱形象。和他同时代的剧作家中，除了莎士比亚，没有一个剧作家像他那样在伟大的悲剧中一以贯之地、生动地将女性作为主角。她可以说是19世纪福楼拜的包法利夫人和托尔斯泰的安娜·卡列尼娜的先驱。

《玛尔菲公爵夫人》是一部关于失恋和无辜，关于一个性欲颠倒、物欲横流的家庭的故事，表现了韦伯斯特对人类社会失落、仇恨和不可避免的腐败的关注。故事的核心就是公爵夫人、她的管家和斐迪南之间的三角关系。韦伯斯特不畏惧揭露人性的黑暗面以及人为了达到自己的目的而采取的极端做法。虽然他的戏剧涵盖了私通、谋杀、叛变和马基雅弗利式的阴谋，他这么写并不纯粹为了吓唬观众，他在真诚地揭露令人不愉快的真正的生活。它们涉及阶级、政治、爱情、淫欲、公正、宗教、兄弟关系、宫廷的堕落，等等。他的戏剧主题“好人得到糟糕的结局”令人震惊，同时也是非常吸引人的。

玛尔菲公爵夫人是一个女人，一个具有美德和强烈性欲的女人。她每每感情冲动，性格直率，给人一种非常温暖的性感。她的花容月貌是如此圣洁，她是高贵和美德的化身，她让往昔的时光隐遁，却照亮未来的日子：

当别的女人在夜晚深深忏悔，
而她则安寝在天上。

她睥睨社会习俗，为自己的再婚提供了一种理论，认为“经过无数珠宝商手的宝石，才最有价值”。她无视血统，无视社会的偏见，义无反顾地追求自己的幸福，打破时代的禁忌，和地位远不如自己的卑微的管家秘密结婚，她声言“不惜牺牲生命和荣誉”。她说，如果皇家的亲戚都阻遏这场婚姻，她就和跛子帖木儿大帝叫被俘的土耳其国王做他的垫脚凳一样，叫他们权当她迈向圣台的阶梯。这是怎样的一种气势！

认为婚姻既是天堂又是地狱的安东尼奥在婚姻面前踌躇不前时，作为一个女人，她公开发出的性欲的呼唤是多么令人震撼呀：

这儿，是一具
有血有肉的女人之躯呀，先生；

这不是跪在先夫坟墓上的
那大理石寡妇雕像呀。

在一个对基督教伦理愈益富有批判性的时代，她以再婚对抗宗教，对抗并不认为再婚是受人尊敬的行为的新教。公爵夫人在屠杀她的人面前仍然能冷静地对卡里奥拉说：

我幼小的男孩感冒了，
我请求你们给他喂点糖浆，
让姑娘做她的睡前祷告。

这表明，公爵夫人虽然被一个混乱而魔鬼般的世界击败了，作为妻子和母亲，这个女人却胜利了。

《玛尔菲公爵夫人》将红衣主教描述为一个阴险的谋杀者，对宗教的批判是显而易见的。他是一个忧郁的教会人士。他脸容阴险，就像癞蛤蟆一样歹毒；他怀疑所有的人，他对人使出的阴谋比赫拉克勒斯还要险恶，因为他收罗了谄媚者、皮条客、奸细、无神论者和众多的阴谋家。他是一幕幕残杀的幕后策划者。到头来，他像一座耸立在宽阔而坚实地基上的宏伟的金字塔，一朝之间倾颓在一片荒原之上。斐迪南一个癫狂而暴烈的人，他化作狼，策划残害了公爵夫人和她的两个孩子。法律对于他，犹如蜘蛛的黑网，“他把黑网当作住家和监狱，捕捉要吞噬他的家伙”。

波索拉原是帕多瓦一个了不起的学者，曾赢得善于思考的美名。因为红衣主教的伪证，他在红衣主教的大木船上干了两年划桨的苦役。韦伯斯特同情好人，也同情坏人，他允许他描写的歹徒在道德上忏悔和自责。他是一个复杂的人物，是另一个“英雄—歹徒”。在与罪愆合作的过程中他充分展示了人类脆弱性的一面。波索拉是阿尔贡兄弟俩的侦探和刽子手，而后良心发现，“我将我疲惫的灵魂，咬在牙齿间”，决意为安东尼奥报仇，在最后一幕中戏剧性地成了复仇者。

在戏剧中有一段非常著名的哈姆雷特式的对白，他问了一个恒久的无法回答的问题：

人身上什么东西
值得爱?

在他临死之前，他可能回答了他自己的诘问：

让高贵的心灵
永远不要惧怕死亡，
在公正面前
永远不要感觉羞耻。

也许人身上的高贵是最值得爱的。

《布西·达姆布瓦的复仇》首演于1610年或1611年，1613年正式发表。查普曼在这部戏剧中创造了一个伊丽莎白时期的复仇者，这复仇者不主张用暴力对付暴力，因此他总迟迟不去施行复仇。他认为，所有品德高尚的人应该忍辱负重，而不是勃然相辱，不要以恶报恶。所以这部戏剧可以称之为“反复仇剧”（anti-revenge play）。

查普曼的复仇戏剧是在政治舞台的背景下进行的。对于世俗的玛雅和巴里尼，不道德的宫廷为他们的行为提供了唯一的准则。巴里尼相信，别人的麻烦则是他的祝福。只要是忠于国王，他的所有的秽行都是正当的。他因此出卖自己的亲人而得到国王亨利的欢心。他和玛雅以为国王效劳为他们的违约和欺骗作辩解。

克莱蒙特是一个完人，一个绅士，一个基督教斯多葛学派信徒。

克莱蒙特从古典的斯多葛学派，特别是爱比克泰德和塞内加的思想汲取哲学理念，在此剧中，克莱蒙特的伦理观念几乎完全来自爱比克泰德。他将斯多葛学派竭力取得的与外部世界的变幻沉浮无缘的内心的平静作为幸福的终极目标。所以他的沉静不可能被他的敌人的伤害打破，敌人的伤害也不可能激起他报复的仇恨。

剧作家把他描述成为一个赫拉克勒斯式的英雄。赫拉克勒斯是爱比克泰德最喜欢的神话英雄，是文艺复兴时期道德家最喜欢引用的典型英雄。爱比克泰德在《论话集》中把赫拉克勒斯看作英雄美德最突出的典型。关于克莱蒙特，说得最多的也是斯多葛式的美德。就凭他那温良而永不知疲倦的心灵，在那心灵中孕育着美德，他蔑视世俗的人视为面子的财富和摆阔；他睥睨奴颜婢膝和下流；厄运更彰显他灵魂的高尚和涵养，使他足以抵御最残酷的打击；他克制怒火的能力无与伦比；他瞧不起弄臣、寄生虫、趋炎附势和谄媚的家伙。

他兼有
塞内加所崇尚的一切美德：
他可以与天上
所有不朽的力量
在所有时代和所有情境中
相比较而毫不逊色。

克莱蒙特崇尚的所谓斯多葛上帝或者说必然性是一种完全非人格化的力量。他坚持正统的斯多葛思想，认为顺从于必然性而获得的幸福就是它本身的报答。克莱蒙特则把自己看成是在上帝主持下整个宇宙秩序的一部分，据此谴责世界秩序中的不合理部分，而不是去迎合它。他认为，所有的事物都通向上帝，他服膺上帝，紧紧靠着他，从来不说与他相悖的话，只是上帝的影子，跟随他到死亡。

吉斯公爵对克莱蒙特推崇备至，非常欣赏他的勇气和对人生的深刻的理解。克莱蒙特的高贵人品、自制、坚忍和斯多葛学派对待生活的态度成为吉斯学习的榜样。

虽然我出身高贵，
我几乎没有遗产继承，
我知道
这样更好，
依靠自己的能力，
按照自己真正的目标生活。

克莱蒙特和吉斯的友谊遭到了亨利国王的妒忌，在巴里尼的怂恿下，密谋邀请克莱蒙特到卡布雷阅兵，趁机除掉他。他们的友谊也受到大亲王的嘲弄，他污蔑克莱蒙特是一个“佞臣”，一个同性恋者。大亲王把这一切弄颠倒了。实际上，克莱蒙特把友谊看得高于男女之间的情爱，恰恰并不是前者允许秘密的性爱，而是因为通过前者他们可以躲避它。斯多葛学派蔑视身体的生理需求，对依赖另一个人的合作而得到情感满足的性爱持非常怀疑的态度。在伯爵夫人那一幕中，克莱蒙特仍然坚持肉欲和“男性”爱之间的区别。他认为，在美德和圣洁中结束的友谊才是人们互动的最有益的形式。

为此，他只爱我，
也得到我的爱，
我愿为他赴汤蹈火，
我发誓（不管发生什么）：
既然您成就了我，
如果您倒台，
那我也跟着完蛋。

在他看来，婚姻只是社会习俗允许肮脏的冲动发泄的出口而已。

戏剧以主人公的自杀结尾。当他发现他所存在的世界失去了他的挚友和恩主，一切道德的善行就此消失殆尽，他选择了结束自己的生命。他对自己同样作了一段有关生与死的诘问：

我还要活着吗，
当那个赋予我生命意义的人
已经死亡？……
难道我要生存下去，
不跟随他到那大海中去，
而在这里苟且活着，
每时每刻都可能
成为盗贼或野兽的牺牲品，
成为权力的奴隶？

剧作家是将克莱蒙特的自杀作为一种美德歌颂，还是作为一种蠢行加以揶揄呢？看来应该是前者。克莱蒙特对现存思想的激进挑战往往是违反直觉的。他为吉斯在圣巴塞罗缪节大屠杀中所起的作用辩护，以及在吉斯被刺之后选择自杀，不仅令与之对话的人，也令观众大为惊讶，简直不可思议。

本·琼森生于1572年，早年当过泥瓦工，是莎士比亚同时代的诗人，比莎士比亚年轻两岁，和莎士比亚一直保持着很好的友谊。他的戏剧富有冲击力，充溢了热情、轻松和智慧，同时又带有一种学究气。这些特点使他的戏剧在英国舞台上一直享有历久弥新的声誉。

哈佛教授哈利·莱文在评论本·琼森时说："琼森说到底是一个

杰出的工匠，就像他娴熟地垒砖一样，坚固地规划和架构他的诗句和散文。”本·琼森是伊丽莎白时期文艺复兴和马洛的合法继承人。马洛属于一个世纪，而琼森属于另一个世纪。他们对于人性的态度，就像莫尔的《乌托邦》和霍布斯的《利维坦》，是截然不同的。马洛把纵欲和野心写成一种英雄行为，而在琼森的笔下骄奢淫逸却是一种无赖的行为。

本·琼森是英国第一位“桂冠诗人”，他写诗、散文、讽刺剧和文艺批评，极大地影响了继后的英国文学的走向。《炼金术士》是本·琼森最著名的四大喜剧之一，1610 年 9 月由国王陛下臣民剧团首演于牛津。此剧在 17 和 18 世纪风靡一时，在 19 世纪遭遇冷落，在 20 世纪重又得到戏剧界的重视。诗人柯尔律治称此剧情节是文学中写得最好的三个作品之一，其他两部分别为索福克勒斯的《奥狄浦斯王》和亨利·菲尔丁的《汤姆·琼斯》。情节跌宕起伏，人物形象刻画得生动活泼，极其聪明的构思使琼森成为文艺复兴时期英国的伟大的剧作家之一。在琼森创造力达到巅峰的时期，他的细致、洞察力和智慧是一点也不比莎士比亚逊色的。

琼森注重社会现状，和他生活其中的时代紧密相连。他在探索现存的世界和理想的世界之间的强大的冲突中有一种反浪漫的冲动，他戏剧中的人物具有巨大的想象的视野，最终全都破灭了。正如哈利·莱文指出的，如果我们把琼森的《炼金术士》和莎士比亚的《暴风雨》作一比较，我们会发现《暴风雨》是对《炼金术士》的一个极好的回应。在《暴风雨》中，普洛斯彼罗“要他们解去我的魔法”，他“捐弃这种狂暴的魔术”，“要折断我的魔杖”，而在《炼金术士》中，萨特尔和桃儿逃之夭夭，准备日后东山再起，法斯则变换了门庭，毫发无伤。

琼森戏剧的主要动机正如他戏剧中的一个人物说的，“发财吧！”《炼金术士》讽刺的就是当时伦敦社会的弊病。喜剧以金子为中心，无情地揭示了人性的弱点，鞭挞了由于贪婪而引发的轻信、自大、愚蠢和虚荣。他的讽刺的锋芒直指社会的各个阶层，有烟草商、律师助理、骑士、乡下绅士、清教牧师和执事。他们的形象有各自的特点，有的天真，整天梦想通过捷径致富；有的贪婪，金子还没有到手，就大事梦想日后的奢侈和淫荡的生活。肥胖的玛蒙爵士就是这样一个福斯塔夫式的喜剧人物，他的浮士德式的夸夸其谈离不开金子和性。他还没有拿到点金石就已经得意忘形了：

我要像所罗门一样
坐抱许多嫔妃佳丽，
他和我一样拥有点金石。
我要用灵丹妙药壮我精力，
就像赫拉克勒斯，
一晚可睡五十个女人。

金子可以把人性变得如此扭曲！成为琼森不断抛出的笑料“包袱”。具有重要意义的是本·琼森无情地讽喻了清教的腐败，为了利益可以从事犯法的勾当。他们本身都是自我欺骗的牺牲品。

戏剧的结局真是出乎人们的意料，管家法斯和房主人做了一笔交易，法斯促成了房主人和寡妇结婚，而房主人则只认为他只有一些小的瑕疵，尽管他曾经把他的房子变成了一座“淫窟”。

任何主人
领受到仆人给他带来的幸福——
一个寡妇和一份巨额的财产，
而不由衷欣赏仆人的智慧，
给他以褒奖——
虽然他的名声有些瑕疵——
那他就是最忘恩负义的了。

琼森作为一个亚里士多德的信徒，把知识置于美德之上，同时又是一个马基雅弗利的信徒，崇尚机巧和智慧。正因为琼森把智慧和知识看作是高于绝对道德的一种美德，他才会设计出这么一个出其不意的结尾来，即使诗人约翰·德莱顿对此颇有微词。

当你读完托马斯·戴克尔的喜剧《鞋匠铺的节日》，你定然会被喜剧所表现的蓬勃的乐观情绪和欢乐而疯狂的市民精神所慑服。你会觉得这哪是420多年前的作品，其所揭示的问题，其语言、情感、氛围，放在今天的舞台，也不会觉得过于突兀。该剧充分显示了戴克尔的喜剧才华，结构严谨，语言生动，气氛热烈，查尔斯·艾略特主编的《哈佛世界经典》在众多文艺复兴时期英国的喜剧（包括莎士比亚的喜剧）中唯独遴选了它，绝不是偶然的。

《鞋匠铺的节日》描述了个人对阶级、诚实对虚伪、伙伴情谊对分离和战争的胜利。

该剧情节沿着拉西和萝丝的爱情，拉夫和简的婚姻，西蒙·埃尔从鞋匠铺师傅升迁到伦敦市长三条线索展开。戏剧在一开始就提出了贵族拉西和伦敦市长的女儿萝丝的爱情，由于出身血统的原因，爱情受到了阻力。同时，在鞋匠铺的店主埃尔还处于社会的最下层时，埃尔和拉西因为鞋匠拉夫的征兵而对峙。然后，戏剧分别展示了拉西和萝丝的爱情遭受的磨难，鞋匠拉夫到法国参战受伤致残，与妻子简失联。在最后埃尔成为伦敦市长大设宴席的场景中，开场的痛苦和分离演变成了狂欢。戴克尔很好地把握了各个戏剧人物之间的互动，并把这些互动作为戏剧线索发展的基础。要研究《鞋匠铺的节日》，首先就要研究它独到的结构。

《鞋匠铺的节日》是英国文艺复兴时期少数的以社会底层鞋匠为主角的一部戏剧，它洋溢着欢乐，歌颂贫困的手艺人之间动人的情谊。埃尔喜欢用夸张的言不及义的言辞，福克是另一个福斯塔夫式的人物，他喜欢开玩笑，特别喜欢用两性关系来调侃。

戴克尔对两个不同阶层的爱情的处理给予了《鞋匠铺的节日》以经久不衰的活力和笑料。拉西和萝丝的爱情因为出身的不同而遇到了磨难。萝丝的父亲、伦敦市长奥特利说："我女儿太卑微了，/配不上他那高贵的出身。/穷人不能和廷臣联姻。"但拉西太爱萝丝了，他放弃了赴法征战可能给他带来的光明前程，留在伦敦，为了能接近萝丝，化装做了一名鞋匠。这在伊丽莎白时期一个伯爵的侄子去做鞋匠是不可思议的。

而与之对比的一对夫妻，鞋匠拉夫和简，却并不因为贫穷而放弃爱情。这是一个悲哀而痛苦的故事。在第一场中夫妻分离，到最后一场才团圆。他们的分离并不是因为父母的反对，而是因为战争。这对夫妻的离恨别情反映了当时伦敦社会的现实。在16世纪晚期伦敦充斥了残疾的从法国、荷兰和爱尔兰战场回国的士兵以及艰难度日的战争寡妇。简说："虽然咱们很穷，/与其当国王的婊子，/还不如当他的老婆。"当哈蒙来调戏她，要娶她为妻时，她坚定地说："我只有一颗心，/这颗心属于他。/我怎么可能把这颗心/再赐予你呢？"由于哈蒙蒙骗她，伪造她丈夫在法国战场战死的假信息，而赢得了她的爱。

这两对情人正好处于社会的两个极端，富有与贫穷，特权与无权，一个是高端的贵族社会，一个是最底层的平民社会。一个为了爱情可以逃避战场，甚至还得到国王的宽宥，得到圆满的爱情，一个无法赦免兵役，在战场丧失了一条腿，成了残疾人，妻子离开了埃尔的庇护，到伦敦社会自谋生路，遭到纨绔子弟的欺凌。剧作家将这两场不同命运的爱情作为对立面加以比较，最终，拉夫说：

感谢你，夫人，
虽然我缺乏腿和土地，
我依赖上帝，

我的朋友们和我的双手。

拉夫的悲剧变成了喜剧，融进了埃尔荣升伦敦市长的线索之中。当林肯伯爵和奥特利试图去阻止拉西和萝丝的秘密婚礼时，却错把瘸子拉夫和简当成了新婚夫妇，酿成了大错，将喜剧推向了高潮。这一高潮又与埃尔升任伦敦市长相吻合，形成了喜剧结尾的狂欢场面。

菲利普·马辛格的《新法还旧债》是一部描述文艺复兴时期英国社会的风俗喜剧，是他留存下来的最广为人知的作品之一。该剧显示了他作为喜剧作家的才华。他细心而认真地观察他所处的英国17世纪初期的社会生活，无情地鞭挞和讽刺了贪婪、虚伪、奸诈和忘恩负义的不良社会现象，结构严谨，笑料迭起，无怪乎查尔斯·洛威尔将其选进了50卷的《哈佛经典》。

马辛格将主人公贾尔斯·奥弗里奇描述成一个魔鬼般的勒索者。奥弗里奇形象取自臭名昭著的高利贷者和垄断者贾尔斯·蒙帕孙爵士。他不相信任何宗教，残暴，冷血：

咱们世俗的人，
当见到朋友或者亲人
倒霉，坠落到命运的谷底，
就要伸出脚来
往他们脑袋上踩下去，
让他们永世不得翻身。

他把侄子维尔伯恩的田产通过阴谋占为己有，让侄子流浪街头而没有任何内疚。他一生唯一的目标就是不惜任何代价将女儿玛格丽特嫁给一位贵族，洛威尔勋爵，而跻身上流社会。然而玛格丽特却不理他这一套，爱上了洛威尔勋爵的当差，年轻的奥尔沃斯。洛威尔勋爵爱的是富有的寡妇奥尔沃斯夫人。

她是一位高贵的孀妇，
洁身自好，
远离哪怕会玷污一点儿
她名声的事。
她行事做人
光明磊落，
给妒忌和恶言
不留一点儿罅隙。

在众多的求婚者中就有奥弗里奇和洛威尔勋爵。为了蒙骗奥弗里奇，维尔伯恩实施了一项针对奥弗里奇的计谋。一直处于孀居谢客的寡妇奥尔沃斯夫人得知丈夫曾经得到过维尔伯恩的帮助，答应顺应他的计谋行事。她让他换上了绅士的盛装，还清了所有的债务（这就是新法还旧债的来由），假装热恋上了他，很快就要结婚的样子。这使奥弗里奇感觉非常惊异，把他的胃口吊得很高，侄子未来可能获得巨大田产的前景使奥弗里奇一夜之间完全改变了对侄子的态度。他心中已经在盘算如何把那巨额的财产通过谋划占为己有了。

不料由于律师对土地转让契约做了手脚，当奥弗里奇拿出契约想要挟维尔伯恩时，却发现上面没有任何文字。正当他在气头上，又获知女儿嫁给了奥尔沃斯，而不是洛威尔勋爵，于是他疯了，被送到了疯人院。

他们的身影都变了，
像是复仇女神，
挥舞着钢鞭，
抽打着我的被罪恶啮咬的灵魂。

喜剧最终，洛威尔勋爵和奥尔沃斯夫人成亲，维尔伯恩要求洛威尔勋爵拨一个连给他，他要到疆场上去为国王和英国搏斗，赢回往昔的荣光。

我曾经有过荣誉，
但是在放荡的岁月丢失了。
如果我没能以高贵的方式
将它赢回来，
那我还只是一个半吊子。

和马辛格同时代的戏剧家门比较，弗莱彻跟他是最相近的；但就智慧和谋篇方面，马辛格稍逊于弗莱彻。就作品滂湃诗意的力量而言，他相对落后于韦伯斯特、博蒙特和米德尔顿。

回过头看从2014年春到现在6年间所翻译的百余万字文艺复兴时期的英国戏剧，我不禁愕然，我竟然做了一件一生中最值得珍贵的事情。2013年8月，我偶然在《国际先驱论坛报》读到了一篇关于发现莎士比亚参与写作《西班牙悲剧》部分段落的报道，这引起了我极大的兴趣。我决定致力于将它翻译出来，完全出于个人兴趣。不料随着事件的演进，翻译的兴趣越来越浓厚，越来越多的莎士比亚同期的剧作家和作品进入我的视野。那是一个多么光辉灿烂的时期，多少才华横溢的剧作家，围绕在莎士比亚这颗太阳周围，多少脍炙人口的作品！悲剧！喜剧！悲喜剧！这些剧作家和作品大多没有被介绍到中国来。从新文化运动算起一百多年了，文艺复兴时期英国的戏剧仍没有相对完整的中文译本。有才学的文学家和翻译家都把眼光放在莎士比亚身上。当然这是非常有必要的。然而，如果我们把视野再扩大一些呢，瞧一瞧那些周围同样光辉夺目、璀璨耀眼的群星？那是怎样一个丰富的宝库呀！

2013年夏末，我设法买到了包括《西班牙悲剧》在内的牛津版《复仇悲剧四部》，并在没有任何出版前景的情况下开译了。每天上午工作两小时，晚上工作两小时，饶有趣味地译完了《西班牙悲剧》。我寄给国内一家出版社，并声明只要能出版，我可以不要稿费和任何与之相符的权利。但我被拒绝了，没有成功。我没有气馁。继而又译了《浮士德》和《马耳他岛的犹太人》。

我爱文学。我爱莎士比亚，我爱狄更斯，我爱屠格涅夫，我爱巴金。我对文学有一种天生的爱好。在上海文治中学上初一的时候，我购买的第一本书就是戈宝权先生翻译的精装本《普希金诗集》。《那美妙的一瞬》至今还留存在我的脑海中。文学成了我的生命，我的爱人。每次枯燥的期末考试之后，我都会说："哦，文学，我又可以和你相见了！"所以，当我还青春年少的时候，猛然间读到"好一个高贵人品就这样完了呀！"在心灵深处所受到的震撼是可想而知的。

位于剑桥镇建于近四百年前的哈佛大学，它拥有美丽的爱奥尼柱式图书馆，有着丰富的藏书，它的活跃的对古希腊、古罗马、对文艺复兴时期的大师，如英国的莎士比亚、德国的路德，西班牙的塞万提斯、法国的拉布雷、意大利的阿里奥斯托的研究和崇敬的氛围，对身在其中的人不能说没有耳濡目染的影响。

莎士比亚一直是我的梦，这自然包括与莎士比亚同时代的那些璀璨的明星。现今，我有了闲暇，对文学和诗的热情的种子，在读到基德和马洛的洋溢着生命热情的宏伟而有力的诗句，那具有雷霆万钧之力的呐喊，那优雅、智慧、富有色彩的旋律时，萌发了，生长了。文学的火山爆发了。爱爆发了。谁知这一发而不可收。

文艺复兴在欧洲历史上是一个多么伟大的时期！出现了多少金光闪闪的伟大的名字！那时，欧洲历史从中世纪开始迈向现代，欧洲国家的文化和道德态度也随之发生全面而广泛的变化。文艺复兴标志欧洲进入一个蓬勃发展的新时期，它帮助孵化了现代世界，以及随之而兴起的新的哲学和宗教思想、觉醒的艺术和科学，它开始重视人性和现实的世界，政治制度也发生了进步和变异。社会崇尚积极的、世俗的和开创性的精神，鼓励对科学和自然的探索。新兴的资产阶级开始诞生，有教养、对古希腊文化熟谙、能欣赏艺术的美的绅士受到社会普遍的尊敬。人文主义者在欧洲社会中倡导了新的尊重人的个性的社会风尚。人们都可以从伊丽莎白时期的英国戏剧中看到这些艺术形象。

哈佛校长查尔斯·艾略特于1909年编辑出版了51卷的《哈佛经典》，涵盖了人类文化的经典，其中包括柏拉图、荷马和孔子。在其伊丽莎白时期的戏剧卷中，艾略特不仅收集了莎士比亚的《暴风雨》《哈姆雷特》和《李尔王》，与之相称的还收集了《菲拉斯特（爱情在流血）》《炼金术士》《鞋匠铺的节日》《爱德华二世》《玛尔菲公爵夫人》《新法还旧债》，可见这些伊丽莎白时期的戏剧在英国戏剧发展史上的重要性。在这套选集中，我把自新文化运动以来还没有译介到中国来的伊丽莎白时期的除莎士比亚以外的诗剧翻译了一部分。

翻译的岁月是艰辛而快乐的，我每天做一点，没有星期日；我从不开夜工。工作支撑着我的生命。工作着是美丽的，但也充满了变数和不确定性。2020年初，我们遭遇了新冠病毒疫情，在向死而生的惶惑和恐惧中，我开始感觉时间和生命的紧迫，仍然每天安静地做着我的工作。当时我正在翻译《鞋匠铺的节日》，四百多年前伦敦刚经历了黑死病瘟疫的那些普通鞋匠们的友谊和快乐，即使放在今天，仍然具有极大的令人惊异的现代感。他们的乐观精神感染了我，给我的日子增添了不少慰藉。一位朋友后来给我信写道："外面纷纷扰扰，坏消息不断，你能静下心来翻译，真不容易。"在最严重的疫情高峰时期，2月17日我将翻好的稿子，发给了我年轻的朋友潘小松先生，存在他那儿，同时翻好一篇就发一篇给编辑赵超，绝对地信任，不走惯常的合同程序。我希望我完蛋，翻好的剧本留给世界，不要完蛋，什么署名、什么稿费都不在话下。赵超每每收到一篇稿子，会说“很兴奋”“感到责任重大”。遇到这样一位有责任感、有悟性的编辑，自然是译者最大的幸事了。

然而这一切都过去了，终于走到了《文艺复兴时期英国戏剧选》三辑出齐的这一天。这是值得庆幸的。

菲拉斯特[①]

（又名：爱情在流血）

弗兰西斯·博蒙特
约翰·弗莱彻 著

① 根据 Philaster ed. Andrew Gurr, Manchester Univeristy Press 2009 译出。

戏剧人物

迪翁	西西里爵爷，廷臣
克莱蒙特	西西里爵爷，廷臣
斯拉斯莱恩	西西里爵爷，廷臣
伽拉忒亚	宫女
墨格拉	宫女
宫女	
卡拉布里亚和西西里国王	
阿勒图莎	他的女儿，公主
法拉蒙德	西班牙王子，与阿勒图莎订婚
菲拉斯特	西西里王位继承人
夫人	侍候公主的女侍臣
贝拉里奥	菲拉斯特的听差
国王卫士	
两个樵夫	
乡绅	
将军	
六位公民	

第一幕

第一场

迪翁、克莱蒙特和斯拉斯莱恩上

克莱蒙特　来宾中既没有公卿贵胄，也没有贵夫人。

迪翁　请相信我，绅士们，我也正在纳闷呢。他们得到国王的敕令要到这儿来与会；宫廷发布了正式的通告，军方不准阻挠任何希望来观瞻的绅士。

克莱蒙特　你能猜出其中的缘由吗？

迪翁　先生，很明白，西班牙王子要来娶咱们王国的继承人，当我们的王上。

斯拉斯莱恩　许多知情的人说，公主看上去对他并不热情，不像热恋中的情人。

迪翁　说真的，先生，大多数人（人们总是固执己见）说他们会有爱情的。西班牙王子在来之前，收到了许多来自王国肯定的函件，所以，我想公主也不得不顺从了。

克莱蒙特　先生，据说，因为公主，西班牙王子将同时拥有西西里王国和卡拉布里亚王国[①]。

① 此王国位于意大利南部，靠近西西里岛。

迪翁　先生，这是不言而喻的。但是，对于他，拥有这两个王国也是一件麻烦事儿，坐不稳，因为西西里王国王位继承人还活着，而且还活得如此受人敬重；再说人们都钦佩他的勇敢，替他受到的不公抱不平。

克莱蒙特　谁？菲拉斯特？

迪翁　是的；我们都知道，卡拉布里亚已经驾崩的国王当年非正当地把他父亲从富饶的西西里王国的王位上推翻了下去。我参加了那场战争，我还真想把手上的鲜血洗洗干净呢。

克莱蒙特　先生，我对政治一窍不通，我不知道既然菲拉斯特是王国的继承人，为什么国王还要让他到处走动，这么自由自在？

迪翁　先生，看来你这人太死心眼儿，搞不懂诡秘无穷的政治。国王（最近）拿西西里和他自己的王国打赌，就只欠把菲拉斯特囚禁起来了。整个城市处于戒严状态，任何来自国王的命令或宣言，都不能让市民平静下来。直到有一天，他们看见了菲拉斯特没有任何护卫，高高兴兴骑马走在大街上，人们将帽子抛向空中，扔掉了武器，有的人燃起了篝火，有的人喝得酩酊大醉，就为了庆祝王子的解脱。（有精明的人说）国王要把女儿嫁给外国人就是想利用外国的力量来吓唬西西里人民。

伽拉忒亚[①]、宫女、墨格拉[②]上

斯拉斯莱恩　瞧，宫女们来了；走在头里的是谁？

---

① 伽拉忒亚名字取自西西里岛忒奥克里托斯的田园诗，该田园诗取材于荷马的史诗。伽拉忒亚是海洋女神，和河神之子阿喀斯相爱，阿喀斯为独眼巨人所杀。伽拉忒亚将阿喀斯的鲜血化成了埃特纳山脚下的阿喀斯河。维吉尔和奥维德的著作中也有相类似的故事。

② 取名墨格拉可能是想假托复仇女神之一的墨纪拉。

迪翁　那是一位服侍公主的、聪颖而谦和的女士。

克莱蒙特　那第二个呢？

迪翁　她静静站在那儿也许显得很矜持，但一旦跳起舞[1]来就会疯狂得让人恶心；朋友追她时，她会傻笑；她瞧不起她的丈夫。

克莱蒙特　最后的那个呢？

迪翁　说真的，我觉得她是王国为咱们邦联王子们准备的美人儿；她能把一个军骗得晕头转向，叫邦联顿然倾覆倒塌。在整个王国她的名字人人皆知，她那些淫荡的事儿一直风传到赫拉克勒斯巨石[2]以外的异域。她喜欢同时挑逗好几个男人。[3] 实际上，她在这么做时，毁坏了她自己的名声，即使是为了邦联的福祉。

克莱蒙特　她也为此挣了不少钱。

墨格拉　如果你们爱我的话，请安静。瞧这些绅士站在原地发呆，他们不会来调戏我们。

伽拉忒亚　如果他们来调戏了，会怎么样呢？

宫女　如果他们来调戏了，会怎么样！

墨格拉　不，别理她。如果他们来调戏了，会怎么样？啊，如果他们真的来调戏了，我会对他们说，他们从来没有出过国，没见过世面；外国人会这么做吗？那就明明白白显示他们是土包子一个。

伽拉忒亚　啊，要是他们真是土包子，该怎么办呢？

---

① 原文为 constitution of body，其意为 sexual natures，abilities。在后面，法拉蒙德也说了同样的话。

② 指直布罗陀海峡。

③ 英文原文为 several constitutions，意为和不同的法律的和政府的实体打交道，同时还含有性暗示。

宫女　要是他们真是土包子，该怎么办！

墨格拉　好夫人，让她说下去。要是他们真是土包子，该怎么办？啊，如果他们真是土包子，我就有理由说，他们压根儿没资格跟聪明的夫人交谈，既不会鞠躬，也不会说“劳驾”。

伽拉忒亚　哈，哈，哈！

墨格拉　你笑了，夫人？

迪翁　祝夫人们万福。

墨格拉　你必须坐在我们旁边。

迪翁　那我就坐在你的旁边，夫人。

墨格拉　靠近我吧；有宫女受不了外国人；而对于我，你似乎很有点外国风采。

宫女　我觉得他没那么古怪；很快就热络了。[1]

斯拉斯莱恩　别说话了，国王驾到。

国王、法拉蒙德、阿勒图莎和随从上

国王　为了进一步证明爱，
而不仅仅是苍白的允诺，
（亲王们往往转身
就把诺言埋葬）
我把你，可尊敬的王子，
和我女儿的亲密联姻
和崇高的服侍，
现在公之于世，
我的臣民一直乐于知晓，

---

① 剧作家在这里玩弄“stranger”（外国人）和“strange”两个词。请比较莎士比亚 *Cymbline* 第二幕第二场：“Clo. A stranger I not know on’t！ / Sec. Lord.［Aside］He’s a strange fellow himself，and knows it not.”

千方百计在打听。
下一步，
我准备将你立为王储，
继承我的血脉和王国。
这位姑娘，
（你生命中最宝贵的人，
正如你对我承诺，
我也确信无疑）
虽然稚嫩，又是女性，
除了羞赧和拘谨
我没有教给她任何东西，
她只想活得自由自在，
健健康康，
无须欲望、理解和知识，
白天循规蹈矩，
晚上睡觉远离噩梦。
亲爱的王子，
别以为
这些与贞女不可分割的品质
只是用来炫耀人品，
就像租借来的首饰，
给你一个完美的爱的印象，
或者在她的人性上
蒙上一层华丽的色彩。
不，王子；
我冒昧宣布
她还只是一个处女。
请哄着她，
把她的羞涩看成
比任何女人的甜言蜜语
更甜蜜吧，

即使那是一位皇后，
她的眼神对她的情人
述说的也只是普通的爱和慰藉。
最后，
高贵的儿子，
（我现在必须这么称呼你）
我之所以如此公开宣扬，
不是想特意给你或我，
不，而是给所有的人
以慰藉；
对王国的贵胄和绅士
以宣誓的形式
肯定你在最多一月之内继位。

斯拉斯莱恩　这绝不可能。

克莱蒙特　即使做成，也是夹生饭。

迪翁　最好的结果也不过是做成一半，而如此英勇的绅士却被错待，断了继承王位的路。

斯拉斯莱恩　我也这么担心着。

克莱蒙特　谁不这么担心？

迪翁　我倒不担心自己，但我也担心着这事；得了，让我们走着瞧，走着瞧吧。别再多说了。

法拉蒙德　亲吻你白皙的玉手，小姐，
我冒昧向你为王的父亲
表示感谢，
到目前为止，
他一直在为我鼓吹。
请懂得，
伟大的国王，

陛下的臣民，
也将是我的臣民，
（你曾经这么对我说，
我也冒昧敢于这么说）
陛下要将王国
托付给任一个人，
就显要的地位，
成熟的见解，
品质、礼仪和美德而言，
托付给我应是适得其所了。
哦，这个国家呀，
在如许的神明庇佑下，
我觉得它多么幸运。
回忆伟大而善良的国王们
治下的日子，
它多么幸运；
回忆陛下治下，
它也多么幸运。
从陛下的手里，
我接过这个国家，
（就像接过一个传说，
不让陛下的英名
在流逝的岁月中消失）
我觉得我非常幸运。
先生们，
请相信我的一句话，
一位王子的话，
除了我的劳作，
除了将我的生命
和这个国家联系在一起，
再没有什么别的东西

可以让王国无比强大，
繁荣昌盛，
坚不可摧，
叫敌人闻风丧胆，
官兵之间平等相待。
在神明的庇佑下，
我的统治对于百姓
将友善有加，
每一个人就是他自己的国王，
他自己的法律，
虽然我将是他的国王和法律。
最亲爱的姑娘呀，
对最亲爱的你，
（你选择了他，
他的英名和辉煌
必然将让你更加丰满，
更加富有魅力）
让我说，
你是活着的人们中
最受祝福的人呀；
因为，亲爱的公主，
人中之杰将做你的情人；
你将把他看作你生命的一部分，
为了他，
伟大的皇后们都必须去死。

斯拉斯莱恩　太神奇了。

克莱蒙特　只有西班牙佬才会这么说，除了对他自己的吹捧之外，空洞无物。

迪翁　我在纳闷这代价是什么？他肯定要出卖他自己，他对自己的容貌如此卖力兜售。

菲拉斯特上

这儿来了一位比这牛皮客更加配得上这些辉煌诗句称颂的人。如果我能在那个人的美德中发现哪怕一星半点儿让他配得上当个村长，我立马就去死。按我的不成熟的看法，我敢对着太阳说，他永远当不了国王，除非那只是一个蝇头小国。

菲拉斯特　*跪着*

无比高贵的大人，
我的驯服来得这么慢，[1]
一颗心，
要说忠诚，
也不过如我膝盖一般高，
我祈请你原谅。

国王　起身，你会得到我的原谅，先生。

菲拉斯特起身

迪翁　瞧国王，他看上去多么苍白，他惧怕了。哦，这婊子养的良心，多么叫人生厌！[2]

国王　说说你干吗来，先生。

菲拉斯特　作为我王国的君主，
我可以自由地说吗？

国王　作为一介平民，
我给你自由。

迪翁　（*旁白*）冲突要爆发了。

菲拉斯特　那我对你说，王子，你一个外国佬——

---

① 英文原文为 obedience，这是驯鹰中的术语，意为 render obedient。

② 篡权者都有一个良心（conscience）的问题。请比较莎士比亚《哈姆雷特》第三幕第一场："这句话抽了我良心好重的一鞭！"《亨利四世·下》第四幕第五场："我怎样得到这王冠的，愿上帝宽恕！"

别装出那副惊异的神色，
你必须得听我说完。
你踩在其上的这块土地，
你期望
作为这美丽公主的嫁妆，
归于你的名下；
我已逝的父亲
（哦，我拥有这样的一个父亲，
对他的记忆多么叫我神往）
绝不会把这块土地给你继承，
我已成人并且活着，
我的名分，
我的利剑，
我显赫的先祖的灵魂，
这些武器和
除神明之外的朋友们，
都不容我轻易放弃王位，
平静地安坐在那儿，
幻想说
我也许有可能成为国王。
我正告你，法拉蒙德，
除非我
和关于我的一切认知
都化为尘土淤泥，
你不可能安稳坐在王位上。
听我说，法拉蒙德，
你所站立的这块土地，
这块丰饶的土地，
先父的朋友们
用信念将它变得富庶，
在那叫人羞耻的一天到来之前，

它就会张开大口
像一座饥饿的坟墓
把你和你的王国
一口吞进它的深渊之中。
王子，会这样的；
复仇女神会的。

法拉蒙德　他疯了，不可救药，他疯了。

迪翁　这家伙在他的血液中还有火；笨拙的外国王子瞧上去
就像一个蹩脚的拔牙理发师。

菲拉斯特　王子先生，
鹦鹉学舌的王子先生，
我要让你看明白
我一点儿也没有疯。

国王　你让我觉得讨厌，
你太大胆了。

菲拉斯特　不，大人，我太顺从了，
我太像一头斑鸠，
生来欠缺激情，
一个淡淡的影子，
一抹沉醉的云朵，
飘过不留任何痕迹。

国王　我可不喜欢这个。
叫医生来！
他肯定疯了。

斯拉斯莱恩　我并不认为医生会看出他疯了。

迪翁　国王把他所有的头衔都剥夺掉了，现在要放他的血了。
坐着别动，先生们；天啊，我要去为他试试运气，
即使王国把我除名。

克莱蒙特　轻声点儿，我们是一条心。

法拉蒙德　我看不出来
我有什么会让你生气，
除了这位公主
投入了我的怀抱，
我就要继承王位。
王位我定然要的，
即使这会让你怨气冲天，
怒火中烧，
我不想和你辩论
你的家谱
和你的血脉。
国王把王位赐予了我，
我也敢于接受了它。
这就足够回答你了。

菲拉斯特　即使你是那征服世界的
亚历山大大帝
唯一的继承人；
即使你只看见太阳照耀在你的身上，
而看不见阳光照样沐浴着所有的人；
即使法拉蒙德果然勇敢非凡，
同时又像我看到的那样冷漠不已，
被一群精选的朋友所包围，
也会羞于在国王面前
说出这些蠢话，
或者这么自我标榜；
尽管有这些缺陷，
你还应该再听听
我要对你说的话。

国王　先生，你错待王子了；

我给你自由，
不是让你
这么蔑视我最好的朋友。
你真让我头痛。
得了，和气一点儿吧。

菲拉斯特　当你把我当作一个更高贵的人相待，大人，
我定然会的。

伽拉忒亚　女士们，
要是他从未碰到这档子倒霉事，
这也许是以后国王继位的一种模式。
我以生命担保，
就我所知，
他是迄今为止
能称得上人这个最高贵称号的人。

墨格拉　我真说不好
你所谓的所知是指什么，
但另一个人是我所敬仰的。
哦，他是一个漂亮的王子。[①]

伽拉忒亚　那是一条蜡制的狗。[②]

国王　菲拉斯特，告诉我，
在你的谜一样的遭遇中
你受到了什么伤害。

菲拉斯特　设身处地为我想一想，大人，
遭受我的罪，
经历我的痛苦和厄运，

---

① 英文原文为 a prince of wax，莎士比亚在《罗密欧与朱丽叶》第一幕第三场中也用了这个：“小姐，这才是个漂亮人呢，真是呀，要多好有多好。”

② 请比较莎士比亚《罗密欧与朱丽叶》第一幕第三场奶妈：“这才是个漂亮人呢，要多好有多好。——蜡做的似的。”

曾经的伟大前程，
如今却荡然无存，
没有希望，也没有恐惧，
讪笑我遭受的冤屈是谜
是极不合时宜的。
你敢做我的国王，
甄别我的案子，
把我的王位归还给我吗？

国王　你私下告诉我你的冤屈。

菲拉斯特　来听听，
卸掉我的负担吧，
那负担使力大无比的阿特拉斯[①]
甚至不堪重负。
他们耳语

克莱蒙特　他不敢直面这打击。

迪翁　我不能责怪他，在这事儿中有危险。在这时代中，人们都没有了让人看透的心；居心叵测，但脸上不显现出来。你仔细观察一番那儿的那个外国佬，你会看到在他的华服下面他正在发烧，像一个地道的佃户在那儿发抖；如果听到玩具枪“啪”的一声，他兴许还会把王冠交出来，这我就说不好了。

国王　呸；
你应该尊重我的谅解，
知趣点吧；
否则你会将我激怒。
先生，我必须让你知道
你完全在我的操控之下，
我要让你怎样你就得怎样。

① 希腊神话，阿特拉斯是以肩膀顶天的巨人。

舒展你的蹙眉吧，
否则神明也会——

菲拉斯特　我死了，大人；你就是我的命运之神。
并不是我说我被冤屈了；
我忍受着我那孱弱的星星
引导我去的任何地方，
我的不幸的命运。
谁敢于在国王面前
（人都是肉做的，
是要死的呀）
对我说
我并不完全爱这位王子，
崇尚他的美德？

国王　他肯定着魔了。

菲拉斯特　是的，
我父亲的鬼魂附上了[①]
我的身子。
就在这儿，哦，国王，
一个危险的鬼魂。
他告诉我，国王，
我是一位国王的嗣君，
请求我戴上王冠，
还在耳边悄悄说，
这些人都是我的臣民。[②]
太奇怪了，
他不让我睡眠，
而让我掉坠进幻想之中，

① 请比较莎士比亚《哈姆雷特》第一幕第五场鬼魂："我是你父亲的灵魂。"

② 请比较莎士比亚《理查二世》第四幕第一场理查王："可是我很记得这些人的面貌，他们不都是我的臣子吗？他们不是曾经向我高呼'万福'吗？"

看见影影绰绰的影子，
跪着服侍着我，
高声喊着王上。
但我要将他驱赶走，
他是一个闹派别的鬼魂，
会叫我完蛋。
高贵的大人，请给我你的手，
我是你的仆人。

国王　滚开，我不喜欢这一套。
我要把你变得更驯服，
否则我将剥夺掉
你的生命和鬼魂。
这次我原谅你的疯言痴语，
就不把你关监牢了。
国王、法拉蒙德、阿勒图莎和侍从下

迪翁　我感谢你，先生。因为考虑到人民会怎么反应，你不敢贸然行事。

伽拉忒亚　女士们，现在你们对这位勇敢的家伙怎么想?

墨格拉　一个很会讲话的家伙，充满了激情；但是，瞧那边的外国人，难道他不是一个完美的绅士吗？哦，这些外国人，很奇怪，我对他们很有好感。他们在家里做最稀罕的事儿，但做得最完美。① 只要我活着，因为他，我要爱西班牙，爱个没完没了。

伽拉忒亚　夫人，但愿神明安抚一下你那可怜的脑袋瓜子吧，进水了，需要一顶睡帽②。

---

① 可能含有性暗示。

② 英文原文为 night-cap，可以解释为 marriage（婚姻）。请比较匿名的 *The Taming of a Shrew* 第四幕第二场："For forward wedlock, as the proverb says, /Hath brought him to his night-cap long ago."

女侍臣们下

迪翁　瞧，他的想象力多么丰富；
难道他没有击中要害，
表现得非常勇敢吗？
他所攻击的
是一群多么危险的人！
他叫国王多么惊骇不已，
让他的灵魂出窍，
鲜血变成了汗液！
那汗珠就挂在他的眉际。

菲拉斯特　先生们，
你们没有要拜托我办的事吗？
我可不是佞臣。
我觉得，
你们站着就像是宫廷的侍臣，
好像可以用钱把我买通，
不要去伤害你们的孩子。
你们都是老实人。
回去吧，把你们的国家
变成一个充满美德的地方，
这样，你们的贵胄公卿
可以在多病的岁月退隐其中。

克莱蒙特　你怎么样，可尊敬的先生？

菲拉斯特　好，非常好；
如果国王乐意的话，
还可以活好多年。

迪翁　我们知道你的使命、你是谁，
知道你所遭受的冤屈和伤害，
国王不得不让你活着。

别后退，可尊敬的先生，
你可以加上你父亲；
以你父亲的名义，
你将唤醒所有的神明，
用魔法招来复仇的权杖，
犹如汹涌浪涛的
被遗弃的人们
将越聚越多，
把雄龙的老巢
包围得水泄不通，
雄龙们为了保命
将在你的利剑下
祈求宽恕。

菲拉斯特　朋友们，别再说了；
也许我们中有耳朵；
这是一个不能随心所欲的时代。
你们爱我吗？

斯拉斯莱恩　难道我们不爱苍天和荣誉吗？

菲拉斯特　迪翁大人，有一位贤惠的淑女
称呼你父亲；
她还活着吗？

迪翁　最体面的先生，她活着；
为了忏悔一个愚蠢的梦，
她走上了朝圣的路。
一位宫女上

菲拉斯特　你来是找我，还是找这些绅士中的一位？

宫女　找你，勇敢的大人：
公主希望你就去她那儿侍候。

菲拉斯特　公主找我？你弄错了。

宫女　如果你名叫菲拉斯特，那就是你。

菲拉斯特　请吻她那美丽的手，说我就来侍候。

宫女下

迪翁　你知道你在干什么吗？

菲拉斯特　知道；去见一个女人。

克莱蒙特　你掂量了你面临的危险吗？

菲拉斯特　一张甜蜜的脸上的危险吗？
朱庇特在上，
我一定不能惧怕一个女人。

斯拉斯莱恩　你肯定这是公主在召唤你吗？
很可能是什么计策想抓你。

菲拉斯特　我并不这么认为，先生们；
她是高贵的。
她的眼睛就足以把我迷倒，
脸上的嫣红
或洁白的色彩勾人心魂；
在这一切中都有危险；
但不管怎么样，
她的芳名本身就把我护卫。

迪翁　去吧，
去尽情快乐吧，
爱情是无畏的。
来，先生们，
把这事广为告知我们的朋友，
以防国王要滑头。

第二场

阿勒图莎和女侍臣上

阿勒图莎　他不来吗?

宫女　说什么，小姐?

阿勒图莎　菲拉斯特来吗?

宫女　亲爱的小姐，你总是称赞我一见面就把事情说了。

阿勒图莎　你跟我说了吗?
我这么容易忘记。
女人的身上
压着太多的重负，
诸如结婚之类的事，
这些细枝末节的小事
也就在这汹涌的海浪中
销声匿迹了。
他跟你说他会来时，
是什么表情?

宫女　啊，很好。

阿勒图莎　没一点儿害怕?

宫女　害怕，小姐?
当然啦，
他不知道怎么回事。

阿勒图莎　你们都属于他这一派的;
整个朝廷对他赞不绝口，
而我却被晾在一边，
做一些高贵的事儿，

诸如像争吵中的傻瓜，
将金子扔进大海，
沉没在这些高贵的事务中。
但我知道他会害怕！

宫女　害怕？小姐，我觉得他的表情
与其说是害怕，
还不如说是爱情。

阿勒图莎　爱情？爱谁？爱你吗？
你是不是在陈述简单的邀约时，
做了什么表情，
快速地瞄了他一眼，
把他勾住了？

宫女　小姐，我是说爱你。

阿勒图莎　爱我？唉，你的无知
让你看不到
我们出身之间的悖逆。
造化不乐意人们诘问
她为什么做这个
或者做那个，
她总是有目的，
知道她定然做得很好，
但她从来没有像给我和他
这样决然相反，
这样决然相悖的命运。
如果从我的手臂抽出的一碗血
足以毒死你，
那么，从他那儿抽出的血
足以让你恢复健康。
他爱我？

宫女　小姐，我听见他来了。

阿勒图莎　去把他引进来。

宫女下

神明啊，

你们掌控人的命运，

你们不愿你们的法令被对抗，

你们神圣的智慧

正引导一个孱弱女子的激情

走向公正，

我顺应你们的指引。

宫女引导菲拉斯特上

宫女　这是菲拉斯特大人。

阿勒图莎　哦，好极了。

你下去吧。

宫女下

菲拉斯特　小姐，你的使臣告诉我，

你想跟我说话。

阿勒图莎　是这样的，菲拉斯特；

我要传的话，

这么不适合一个女人的嘴，

我希望她说的，

她却说不出口。

你听说过

我说了你的坏话吗？

我错待了你吗？

或者说，

我让我的仆人

往你的美德身上泼脏水吗？

菲拉斯特　从没有，小姐。

阿勒图莎　那你为什么在公开的场合
如此伤害一位公主，
让关系我命运的丑闻远扬，
对我嫁妆很大一部分
提出责疑？

菲拉斯特　小姐，我将要申明的事实
非常愚蠢——
要不是你的美丽和美德，
我宁可放弃那些你想要的。

阿勒图莎　菲拉斯特，请记住
我必须拥有这两个王国。

菲拉斯特　小姐，两个？

阿勒图莎　两个，否则我就去死；
菲拉斯特，苍天作证，
要是我不能和平地获得它们，
我就去死。

菲拉斯特　我会尽力去拯救
那高贵的生命；
但我又不想让后代
从我们的故事中发现，
为了满足一位女士的期望，
菲拉斯特放弃了御杖和王冠。

阿勒图莎　请听清，
我必须并将获得这两个王国，
甚至更多的东西——

菲拉斯特　什么是更多的东西？

阿勒图莎　要不让这神明培育
纷扰这片可怜土地的

细小生命消逝吧。

菲拉斯特　小姐，什么是更多的东西？

阿勒图莎　把你的脸转过去。

菲拉斯特　不。

阿勒图莎　转过去。

菲拉斯特　我可以忍耐一下；
把我的脸转过去？
一看见凶恶的敌人，
我总是把自己
想象成蛇怪，
和它一样唬人；
一听见敌人说吓人的话，
我总是希望
我的舌头像它一样
发出震耳欲聋的雷霆；
一看见野兽，
我总是知道
我可以把它赶走；
难道我还会怕甜言蜜语吗？
难道我还会怕一个女人的话，
而这个女人我深深爱着？
你说你要我的生命，
啊，我把我的生命
奉献给你，
因为对于我，
它是这么可厌的一样东西，
给了你，
它又没有什么用处，
不好问你索要任何酬金。

应你的请求，
我将静静地聆听。

阿勒图莎　看在我的面上，
眼睛往旁边看。

菲拉斯特　好吧。

阿勒图莎　我告诉你，
我必须要拥有这两个王国和你。

菲拉斯特　我？

阿勒图莎　你的爱；没有你的爱，
所有的土地
除了作为埋葬地外，
毫无意义。

菲拉斯特　这可能吗？

阿勒图莎　拥有了你的爱，
把西西里岛给你，
这礼物还是太小了。
虽然你的话语把我吓得要死，
（你知道你会的）
我还是敞开我的心扉，
说出我想说的话。

菲拉斯特　小姐，你充满了如此高贵的思想，
你不可能想到
你自作自受会有可能为
这可鄙的人生
设下陷阱；
心生疑虑是鄙俗的，
它跟我无缘；
我爱你！

我以我所有的希望担保，
我爱你，甚于我的生命；
但从你那儿激发出来的激情
如此炽烈，
每每会让一个人
心生疑窦。

阿勒图莎　没有哪一个人
比你的话语更能叫我震撼；
但不要浪费瞬间即逝的时间
去琢磨我怎么到这步田地：
那是神明，神明啊，
让我如此痴迷；
当然啦，
因为我们的爱
和神明秘密的正义维系在一起，
它将更加高贵，
更加受到上苍的祝福。
让我们离开这儿
去接吻吧，
生怕有什么人来，
让我们没有接吻就分别。

菲拉斯特　我在这儿待得太久
不合适。

阿勒图莎　这倒是真的；
来得太勤更不合适。
那我们怎么交换信息，
使我们真诚的爱
和变化的处境合拍？
有什么好办法吗？

菲拉斯特　我有一个听差，
我想正好像是神明派遣来
完成这一使命，
他在宫廷中还没有露脸。
在一次猎鹿中，
我发现他坐在一座喷泉旁，
饮清泉以解渴，
对着女神雕像垂泪；
他身旁放着自制的
由许多鲜花编成的花环，
花儿缀成神秘的图案，
那独创性叫我赞叹不已；
每一次他柔情地凝望花环，
便会独自伤感流泪，
仿佛他要以泪浇灌一样；
见到他脸上这种无助的天真，
我询问了他的身世。
他告诉我，
他的乡绅父母双亡，
他只能在田野流浪，
以草根为食，
喝晶莹的泉水解渴，
泉水不停地喷涌而出，
太阳给他以光明，
他因此感谢太阳。
他拿起他的花环，
就像乡下农夫，
告诉我每一种花象征什么，[1]

① 请比较莎士比亚《哈姆雷特》第四幕第五场奥菲利亚："这点花是迷迭香，表示记忆的；爱人，你要记好。这是三色堇，表示相思的。"

鲜花图案这么铺放，
象征他的痛苦。
我觉得这可能是
我可以希望得到的
乡村艺术最美的一课，
我尽力把它记了下来。
我很高兴给他一份差使，
他也欣然接受。
这是一个主人所能得到的
最可信赖、最可爱、
最温和的听差。
我将派遣他来侍候你，
传递我们秘密的爱。
官女上

阿勒图莎　好了；不多说了。

宫女　小姐，王子来向你道福安了。

阿勒图莎　你怎么办，菲拉斯特？

菲拉斯特　啊，那就听凭神明安排了。

阿勒图莎　亲爱的，你藏起来吧；
（对官女）请王子进来。
官女下

菲拉斯特　法拉蒙德来，我就藏起来？
即使雷霆咆哮——
那是上帝的怒吼，[1]
虽然我敬仰万分，
我也不躲起来；

---

① 请比较莎士比亚《亨利六世·中》第四幕第一场萨福克："我恨不能化作天神，发出雷电，殛毙这些卑贱下流的东西！"

一个外国王子
来到西西里土地耀武扬威，
他竟然能让菲拉斯特
躲藏起来？

阿勒图莎　他并不知道你躲了起来。

菲拉斯特　即使整个世界永远都不知道，
躲藏起来毫无疑问是一个罪愆，
它将永远压迫我的良心。

阿勒图莎　那么，好菲拉斯特，
不管他说什么，
忍让一点儿；
他肯定会讲一些
你不喜欢听的话；
看在我的面上，
请这么做吧。

菲拉斯特　好吧。
法拉蒙德上

法拉蒙德　高贵的小姐，
正如真正的情人，
我亲吻你的纤手，
用一种外在的礼节，
表示书写在我内心的
诚挚的爱情。

菲拉斯特　如果对我的问题
我能得到
一个更直接的答复，
我就走。[①]

---

① 菲拉斯特不愿躲藏起来，但他愿意掩饰自己，以拯救阿勒图莎。

法拉蒙德　他要什么答复？

阿勒图莎　他拥有这王国的权力。

法拉蒙德　伙计，我在国王面前忍让了你——

菲拉斯特　好先生，还继续忍让吧，
我压根儿不想跟你说话。

法拉蒙德　现在是一个更适合的时机。
你可以跟我讲话，
但不要提你对任何王国的权力，
即使那很荒凉，几乎没人住——

菲拉斯特　好先生，让我走吧。

法拉蒙德　对神明起誓——

菲拉斯特　冷静些，法拉蒙德；如果你——

阿勒图莎　离开我们，菲拉斯特。

菲拉斯特　走
我走。

法拉蒙德　你走；我对苍天起誓，
我要把你拽回来。

菲拉斯特　回来
你不用拽。

法拉蒙德　现在怎么样？

菲拉斯特　你知道，法拉蒙德，
我讨厌跟一个
像你那样的窝囊废吵架，
除了大嗓门儿，
你什么都不是；
你如果再挑衅我，

正如人们说的，
你死了，
别后悔。

法拉蒙德　你这么轻视我的伟大，
而且还在公主的闺房？

菲拉斯特　对这地儿，
我必须承认，
我怀着敬意；
但除非这是一座教堂，
是的，一座祭台，
那就没有安全的地方了，
要么你伤害我，
要么我杀死你。
至于你的伟大，
你知道，先生，
我可以一把抓住你，
和你的伟大，
这么，这么一捏，
就把你变成齑粉。

法拉蒙德　这是一个怪异的家伙，小姐；
在我们成婚后，
给他一个宫廷职位，
叫他闭嘴。

阿勒图莎　你最好让他做你的财务大臣。

法拉蒙德　我想他会做得很好。
但是，小姐，我希望我们的心连接在一起，
而王国的礼节程序如此冗长，
要过很长时间
我们才能牵手：

如果你愿意的话，
既然我们已经心心相印，
让我们不再等待这漫长的礼节，[①]
偷着寻觅一点乐子，
期许将要来到的快乐。

阿勒图莎　既然你敢于说这样的话，
我只能为了名誉
撤了。
下

法拉蒙德　在我身体里燃烧的情欲绝等不到婚礼的那天；我必须在另外的地方寻觅乐子。
下

① 请比较莎士比亚《暴风雨》第四幕第一场斐迪南："有伺隙而来的魔鬼的最强烈的煽惑，也不能使我的廉耻化为肉欲，而轻轻地损毁了举行婚礼那天的无比的欢乐。可是那样的一天来得也太慢了。"

第二幕

第一场

菲拉斯特和贝拉里奥上

菲拉斯特　你将会发现她庄重而体面，孩子，
对你的年轻岁月
和稚嫩充满敬意，
看在我的面上，
你会得到你想要的，
是的，或符合你身份的
更好的待遇。

贝拉里奥　大人，当我不名一文的时候，
你提拔了我，
跟随你我才有了身份；
你对我一无所知时，
却对我无限信任，
把我看成是一个
简单而无辜的小孩儿，
但这也可能是一个
在谎言和偷窃中
历练出来的

狡猾的小鬼的一个
骗局。
你冒险让我摆脱痛苦，
但我无论如何也想不到
我会去侍候一位贵妇人，
一位比你更加荣耀的夫人。

菲拉斯特　但是，孩子，
这将会给你升迁的机会。
你还年轻，
对任何拍拍你的脸颊，
与你和蔼说话的人，
你都充满孩子气的爱意；
然而，当要对这些激情做出判断时，
你最好记得
那些谨慎的
将你置放在高贵地位的朋友。
我请你去服侍的
是一位公主。

贝拉里奥　在我短促的生涯中
我还没有看见过
谁这么匆忙地
把自己信赖的仆人
打发走。
我记得我父亲
将他手下的男孩
送给比他地位更高的人，
他这么做，
要等仆人对他
变得过于傲慢。

菲拉斯特　啊，温和的小孩儿，

在你的行为中
我没发现任何缺陷。

贝拉里奥　大人，如果因为年轻无知
我犯了错，
请你给我指出来。
我愿意学，
即使学得不太好；
年岁和经验
将使我的心灵增长知识；
如果我犯了一个任性的错，
请不要以为我不可救药。
主人对他的童仆如此严格，
难道把他打发走
也不给任何警告？
给我机会改掉固执，
如果有的话，
而不是把我一送了之；
我可以改。

菲拉斯特　请相信我，
对你的爱
一直在劝说我把你留下，
和你分手
足以叫我悲伤垂泪；
唉，我不是把你打发
一走了之。
你知道，
我这儿有事要做，
才把你叫这儿来，
当你去侍候她，
你的心还和我在一起。

这么想吧，
事实上也是这样。
当时间到了，
你完成了
交付在这么一个
孱弱肩膀上的重托，
我还会高兴接纳你；
只要我活着，
我会的；
别，别哭了，温和的小孩儿。
这比你侍候公主的时间
要长多了。

贝拉里奥　我走了。
既然我要和你分离，殿下，
谁也说不清
我到底能服侍你多久，
权且做一个小小的祈祷吧：
但愿苍天祝福你的爱，
你的奋斗，
你的计划；
但愿有病的人们，
当他们得到你的祝愿，
会好起来；
但愿苍天痛恨那些你诅咒的人，
即使我是其中一名。
下

菲拉斯特　童仆们对他们主子的爱
非常奇怪；
我已经体验了它的奇妙之处，
这小孩儿

为了我
（如果可以从外貌和言语
来判断一个人）
会做得比别人更忠诚。①
总有一天
我终将报答他的忠诚。

第二场

法拉蒙德上

法拉蒙德 夫人们为什么耽搁这么长时间？她们必然要走这条路。我知道王后娘娘没有使用她们，女侍臣总管给我传话说，她们全会到花园去。如果她们全证明是贞洁的，我就会陷入绝望的境地了。在一生中，我还从没这么长时间没有寻欢作乐，凭良心说，这不是我的错。哦，我老家的娘儿们！

伽拉忒亚上

有一个从洞里窜出来了；我要把她捕猎到手。夫人。

伽拉忒亚 殿下好。

法拉蒙德 我没碍事吧？

伽拉忒亚 不碍我的事，大人。

法拉蒙德 不，不，你反应太快了。

去牵她的手

这甜蜜的小手——

伽拉忒亚 你说错了，大人，这是一只老旧的手套。如果你保持

① 请比较莎士比亚《辛白林》第四幕第二场路歌斯："好孩子，我将不仅是你的主人，而且还要做你的父亲。"第五幕第五场辛白林："孩子，我只瞧了你一眼，你已经得到我的恩宠；你现在是我的人了。"

适当距离说话，我会跟你说下去；但请你，好王子，不要调戏，也不要胡吹；我不喜欢这两种做法。那样的话，我想，我就可以好生回应高贵的你可能想到的所有气势恢宏的格言。

法拉蒙德　亲爱的夫人，你能爱吗？

伽拉忒亚　唉？王子，怎么唉声叹气？[①] 我可从来没有要你花钱雇马车，[②] 或敲你竹杠要你请客看戏或者请吃一桌酒席；[③] 我可不是那种穿绯红色衣服的人，给了钱，就对这罪不害羞了；[④] 我夸张的发型衬在自己的钢丝网上；这张脸从来没有花昂贵的钱来粉饰打扮；我可怜的其他方面的状况，正如你看见的，我不欠任何债务，我可没有用做好事儿和绸布商交换好布，以至于引起他爱妒忌的老婆来骂街。

法拉蒙德　你把我想错了，夫人。

伽拉忒亚　殿下，我把你想错了；
你能纠正它吗？
或者帮我纠正它吗？

法拉蒙德　你太刻薄了，犹如毒药。

伽拉忒亚　不，大人，我并不想给你泻药，虽然我想洗掉你身上的一些肮脏的东西。

法拉蒙德　这个国家的女人是不是对堂堂的男子汉不够尊敬？

伽拉忒亚　堂堂的男子汉？我不懂你的意思，你是不是说你太胖了？减肥的办法（就我所知，王子）就是每天早晨喝

---

① 英文原文为 dear，伽拉忒亚故意用“亲爱的”和“贵重的”两重意思调侃王子，在此，译者用中文的谐音翻译。

② 在文艺复兴时期的欧洲，马车被视为财富和地位的象征，同时也是偷情的理想场所。

③ 这是一个古老的妓院笑话，妓女敲嫖客竹杠。

④ 好的布料才染成绯红色。

一杯用圣蓟[①]酿制的纯白酒，然后一直饿到晚餐；进行体育锻炼，饲养一头雀鹰，你可以用弓弩射击；殿下绝对要避免放血，不要吃新鲜猪肉、黄瓜和纯化的乳浆；它们都会克男人的精气。

法拉蒙德　夫人，你一直在胡说八道。

伽拉忒亚　我说你，是这样的，大人。

法拉蒙德　（旁白）这是一个狡猾的女人，我真喜欢她的聪明；将僵化的情欲挑逗起来真是很少有的：她是达那厄[②]，必须在金雨中才能追求到。夫人，瞧这儿，这些和更多的——

伽拉忒亚　你那是什么，殿下？金子？天啊，那是美丽的金子。和童仆们玩玩赌博，碎银就够了。对不起，我眼下没有碎银；如果你等着急用，殿下，我叫我的听差给你送来，你的金子我就给你留下了。

拿金子

法拉蒙德　夫人，夫人——

伽拉忒亚　她后面就来，大人，只要银子就可以。

（旁白）就为了这些金子，我要你物有所值。

从帘子后面下

法拉蒙德　如果这王国里或者宫廷附近还多两个这样的人，那我们就可以将竖琴高高挂起了；如果有十个这样的人，那当年忠贞婚姻的黄金时代又可以回归了，愁眉苦脸的丈夫按老规矩生自己的孩子。请想一想，那会受怎样的罪啊。

---

① 圣蓟（Carduus，or holy thistle），请参见莎士比亚《无事生非》第三幕第四场玛格莱特："Get you some of this distilled Carduus Benedictus，and lay it to your heart；It is the only thing for a qualm."

② 希腊神话中阿耳戈斯国王之女，主神宙斯化作金雨与她幽会。

墨格拉上

又来了一个。如果她也是这么个范儿，那就见鬼去吧。（对她）愿你每天见到的都是美丽的早晨，夫人。

墨格拉　愿殿下有多少日子就见到多少
美丽的、甜蜜的、充满希望的早晨。

法拉蒙德　（旁白）她说多么漂亮的话；这准是个放荡的女人。
（对她）如果你没有更紧要的事情要干，
让我们好生在一起待会儿，
聊个一小时
也只是一眨眼的工夫。

墨格拉　殿下会聊什么呢？

法拉蒙德　聊像你那样的美丽的话题。
不聊你眼睛和嘴唇以外的事儿；
那够一个男人聊一辈子。

墨格拉　大人，我没有斗鸡眼，
我的嘴唇匀称、光溜，
非常年轻，
非常成熟，
非常嫣红，
要不我的眼珠子看错了？

法拉蒙德　哦，你的眼睛是一对樱桃儿，
沾染着羞赧的殷红，
在这对美丽的太阳上面，
横卧着一对蛾眉，
相互辉映；
最甜蜜的美人儿呀，
低垂你的枝条吧，
好让站在一旁懦怯的人儿
焦渴地期望

得到祝福吧，
尝一尝那美味儿
而得到永生。

墨格拉　（旁白）哦，标致而甜蜜的王子！
如果一个女人，
心中揣着严冬
摒弃这歌颂春天
丰饶的诗句，
那她绝对是贞洁的，
可以不用经过试用
就进入修女院。
（对他）大人，你用这么简洁的诗句
就得到了一吻，
如果我用五句这样的诗句，
这样哀求亲吻的诗句，
我就可以亲吻你的前额
或者你的脸颊，
或者你本人了。

法拉蒙德　你用散文就行；你不会错过，夫人。

墨格拉　是的，是的。

法拉蒙德　我以生命担保，
你无须这样做。
我会主动亲你。
吻她
你能主动亲我了吗？

墨格拉　我想，既然亲了，以后的就容易多了。但我还是要小心一些。

法拉蒙德　一直亲到明天吧。我不会放你走开，最亲爱的。但时间飞逝；你能爱我吗？

墨格拉　爱你，殿下？你要我怎么爱你呢？

法拉蒙德　我用一句警句开导你，因为我不想让你记太多的东西；警句是这样的：爱我，就跟我睡觉。

墨格拉　你是说跟你睡觉？这不可能。

法拉蒙德　对于一个心甘情愿的人，这不是不可能的。如果我不教你在晚上怎么做，就像上床一样容易，那我就浪费我的精血了。

墨格拉　啊，王子，你自己有一位夫人，她也需要引导。

法拉蒙德　我与其教她这方面的知识，还不如教母驴跳老掉牙的舞蹈；她惧怕独自躺着，脑子里尽是关于男性的幻想。当我们结婚，我知道我必须得强迫她跟我欢爱。

墨格拉　老实说，那是个够糟糕的缺点，但随着时间推移和你的引导，她会好起来的，大人。

法拉蒙德　除了亲爱的你，最亲爱的夫人，至于我看到的其他的人，不瞒你说，我还不如去当个乡下学校的校长，强暴个送牛奶的妞儿呢。

墨格拉　殿下见到宫廷之花伽拉忒亚了吗？

法拉蒙德　去她的；她像个瘫痪的人一样冰冷；她刚从这儿走过去。

墨格拉　你对她的智慧怎么看，大人？

法拉蒙德　我是否对付得了她的智慧？[①] 所有宫廷卫队都敌不过它；要是卫队和它捆绑在一起，她准能把他们轰出王国去。人们谈论朱庇特，对于她，朱庇特也不过是一小束烟花而已；你小心点儿；最好找个门闩让她闭上嘴。不过，请告诉我，夫人，我受欢迎吗？

---

① 墨格拉用的“hold”是 esteem 的意思，而法拉蒙德却把“hold”理解为 cope with 了。

墨格拉　去什么地方？

法拉蒙德　到你的床上。如果你信不过我，那你就用最不高贵的方式错怪我了。

墨格拉　我不敢，王子，我不敢。

法拉蒙德　提出你的条件，我的钱包将顺应它们。你敢于想象你期望的一切，我将满足你。每天早晨花两小时想一想。来，我知道你害羞；到我耳边说，你会是我的吗？把这个拿着，（给她钱）把我也拿上。我很快会来找你。

墨格拉　殿下，我的寝室太不私密，到晚上，我想办法溜进殿下的房间，直到——

法拉蒙德　直到我的心与你紧密联系在一起。

他吻她，他们下

伽拉忒亚从帘子后面上

伽拉忒亚　哦，你这有害的花心王子，难道这就是你的美德吗？得，要是我不设个圈套把你的把戏暴露无遗，我就不是女人。托沙贝尔夫人，我要你来干这事了。[①]

下

第三场

阿勒图莎和宫女上

阿勒图莎　童仆在哪儿？

宫女　在里边，小姐。

阿勒图莎　你给他买衣服的金子了？

① 托沙贝尔夫人，当时常用的一般姓名。

宫女　给了。

阿勒图莎　他衣服买了吗?

宫女　买了，小姐。

阿勒图莎　这是一个非常忧郁的小孩儿，是不是?
你问他名字了吗?

宫女　还没有，小姐。
伽拉忒亚上

阿勒图莎　哦，欢迎。有什么新闻吗?

伽拉忒亚　有好消息禀告殿下，

她正按殿下所期望的做了。

阿勒图莎　你发现了?

伽拉忒亚　为了你，
我还有点保留。

阿勒图莎　请说吧，怎么?

伽拉忒亚　去偷听调情。我觉得，不让宫女过严谨的生活，她肯定会找到时间去偷听调情。你的王子，勇敢的法拉蒙德，正热衷于偷情呢。

阿勒图莎　跟谁?

伽拉忒亚　啊，跟个女侍臣，我正怀疑她有染。我能说出时间和地点。

阿勒图莎　哦，什么时候，在什么地方?

伽拉忒亚　今晚，在他的住处。

阿勒图莎　你赶紧回接见厅;
和其他宫女混在一起，
其他的事由我来做。

伽拉忒亚下

如果命运
（对命运
我们不敢说
你为什么要这么干）
还没有裁决这场姻缘，
那这场婚姻本身就已经破裂。
童仆在哪儿？

宫女　在这儿，小姐。

贝拉里奥上

阿勒图莎　先生，
你换了个职位挺难受的，是吗？

贝拉里奥　小姐，我没有换职位；
我侍候你，
同时也侍候他。

阿勒图莎　你侍候我
持排斥的态度。
告诉我你的名字。

贝拉里奥　贝拉里奥。

阿勒图莎　你会唱歌和演奏乐器吗？

贝拉里奥　如果悲伤允许我的话，小姐，我会。

阿勒图莎　唉，在你这样的年岁，
你能知道什么悲伤呀？
你上学时，
遇到一个凶神恶煞的校长？
你不可能有其他的悲伤；
当你不受惊扰的时候，
你的眉宇和脸颊

犹如清水一般平静；
请相信我，小孩儿，
忧虑会使你眉头紧蹙，
眼珠凹陷，
它可想找个洞穴藏匿呢。
来，先生，老实告诉我，
你的大人爱我吗？

贝拉里奥　爱，小姐？
我不知道什么叫爱。

阿勒图莎　你知道悲伤，却不知道爱？
你受骗了，小孩儿；
他在提到我时，
那劲儿
仿佛在祝愿我？

贝拉里奥　他相思你的脸庞
便忘掉他所有的朋友，
如果这就是爱；
他叉着手端坐一整天，
间或痉挛一下，
呼喊着你的芳名，
响亮而又急促，
犹如人们在大街高叫“着火了”，①
如果这就是爱；
一听说哪位夫人死亡
或者被杀，
他就会号啕大哭，
因为这也可能是你的下场，

---

① 请比较莎士比亚《辛白林》第三幕第四场伊摩琴：“失贞！怎么叫做失贞？因为思念他而终宵不寐吗？一点钟又一点钟地流着泪度过吗？”

如果这就是爱；
在每一次祷告之间，
他都要说一声你的芳名，
就像有的人数一下念珠，
如果这就是爱；
那么，小姐，我敢发誓他爱你。

阿勒图莎　哦，你是一个狡猾的小孩儿，
受的教育就是
为你的大人撒谎；
但是，你知道，
你说的这谎言，
比实说他不爱我，
对我来说，
更为动听。
前面引路，小孩儿。
（对宫女）你也在一旁侍候吧。
（对贝拉里奥）就为你大人的事儿，
把我忙成这样。
走吧。
众下

第四场

迪翁、克莱蒙特、斯拉斯莱恩、墨格拉、伽拉忒亚上

迪翁　来，夫人们，我们还要再聊一会儿吗？晚饭后，男人们通常会走上一英里，而娘儿们则会聊上一个小时；那是她们的运动锻炼。

伽拉忒亚　太晚了。

墨格拉　那就作罢吧，
我眼睛困极了，
想上床睡觉了。

伽拉忒亚　我担心，你的眼睛这么困乏，
今晚该找不到回住处的路了。
法拉蒙德上

斯拉斯莱恩　王子。

法拉蒙德　还没有上床，夫人们？
你们真能熬夜。
你们想做个什么通宵的美梦？

墨格拉　殿下，我想还是在睡前有个乐子才痛快。
阿勒图莎和贝拉里奥上

阿勒图莎　好极了，王子，你在调戏宫女们。
还不晚吗，先生们？

克莱蒙特　很晚了，小姐。

阿勒图莎　（对贝拉里奥）你在这儿等着。
下

墨格拉　只要我活着，她就妒忌我。
（对法拉蒙德）瞧，殿下，
公主拥有一个许拉斯，一个阿多尼斯。[①]

法拉蒙德　他的身材就像一个天使。

墨格拉　啊，他必须得这样，
当你们共结丝萝，
他像个年轻的阿波罗
坐在你的枕边
用他的细手和嗓音

① 许拉斯是赫拉克勒斯所爱的少年，阿多尼斯为维纳斯所爱。

管控你睡梦中的思想；
公主就是为你和她自己
把他找来的。

法拉蒙德　和这些男孩儿没劲。

墨格拉　我也觉得和这些男孩儿没劲。
他们什么也干不了，
能干的那么一点儿
他们则缺乏智慧藏匿起来。

迪翁　他是侍候公主的？

斯拉斯莱恩　是的。

迪翁　他是一个甜蜜的小男孩儿；
她把他打扮得多么漂亮！

法拉蒙德　夫人们，好好休息吧；
我是说在明天早晨做完梦前
去叫一条公鹿死去活来吧。

墨格拉　祝殿下幸福。
法拉蒙德下
先生们，好好休息吧。来，我们上床去睡觉吧？

伽拉忒亚　是的。大家晚安。

迪翁　但愿你们美梦成真。
伽拉忒亚和墨格拉下
我们该干什么呢，先生们？
很晚了。
国王还没睡。
瞧，他来了；
一个卫士跟随着他。
国王、阿勒图莎及卫士们上

国王　瞧，你说的是确实的。

阿勒图莎　我以生命担保，
那是确实的。
我盼望
陛下不要把我
和一个乘兴就抛弃我
和另一个女人调情的人
拴在一起。

迪翁　（旁白）这是什么意思？

国王　如果这是真的话，
愿那女人还不如
犯上不治之症；
你去休息吧，
会给你纠正的。
阿勒图莎、贝拉里奥下
先生们，走近点儿；
我找你们有事儿。
年轻的法拉蒙德
回住处了吗？

迪翁　我看见他走进去了。

国王　你们中有人偷着去瞄一眼
墨格拉是不是
在她自己的住处。
迪翁下

克莱蒙特　大人，她刚和其他宫女一起
离开这儿。

国王　如果她在那儿的话，
我们就无须兴师动众

去作无谓的探问了。
（*旁白*）神明啊，
我现在明白，
非法占有别人财富
和权柄的人
终久会如同卑鄙之徒
得到报应：
世世代代
没有男嗣承继，
他的名字
就将从地球上抹去；
即使他有后嗣，
也只是跟个不相称的女人结婚；
神明们在她和她的丈夫之间
播种了严重不和的种子。
如果这就是你们的意志，
请饶恕我犯下的罪愆；
别让我的孩子承受
她本不应该承受的重担；
她没有破坏你们的律法。
在这土地上，
在这非法攫取的土地上
我祈祷，
我怎么让神明，
啊，公正的神明[①]呀，
听见我的呼喊呢？
迪翁上

迪翁　大人，我去问了，宫女们发誓她在里边；我觉得她们是牵头的。我对她们说我必须跟本人说话；她们大

---

① 即复仇女神。

笑，说她们的夫人睡着了，已经没法说话了。我说我的使命非常重要，她们说她们的夫人也负有重要的使命。我着急了，大声说我的事务生死攸关；她们回答说，她们的夫人已经睡了，没有办法了。我说我刚才还见她，这么短的时间不可能就睡着了；她们又笑了起来，教训我说，睡觉也不过是躺下，闭上眼睛而已。我没法得到更直接的回答。简而言之，大人，我怀疑她不在住处。

国王　我们没时间磨蹭了——
卫士们
到王子住处后门去守着，
以你们的生命担保，
不让任何一个人通过。
卫士们下
敲门，先生们；敲响一点儿，再响一点儿。
迪翁和克莱蒙特敲门
怎么，玩得这么癫狂，
连响声都听不见了？
我要打断你们的沉默；
再敲门；
还不开？
我并不认为他睡了，
身边放着闹钟，
他能睡着？
再瞧瞧；法拉蒙德！王子！
法拉蒙德在上方上

法拉蒙德　这么夜深，
哪个鲁莽的仆人还在敲门？
王家管家在哪儿？
把我惹急了，

这么胆大妄为，
我要叫他死。

国王　王子，你以小人之心
度君子之腹了；
我们是你的朋友。
下来吧。

法拉蒙德　国王？

国王　是的，先生。下来，
我们有一件要事
要问你。
法拉蒙德在下面出现

法拉蒙德　如果陛下需要我，
我可以到陛下的寝宫去。

国王　不，太晚了，王子。
我冒昧要用一下你的房间。

法拉蒙德　因为个人的原因，
我不得不大逆不道，
说你们不能进去。
不，别往前冲了，先生们；
除非你们踩着我的身子走过去。

国王　先生，放行吧，我必须得进去。进去。

法拉蒙德　那我就不客气了！
谁进去，
谁就得死。
大人，在这不合时宜的时刻，
带来这么一大帮子流氓
来冲击我的寝室
也太违背待客之道了。

国王　你干吗这么自寻烦恼?
我们又没有错待你,
将来也不会;
我们只是按照我们的理由
想搜索一下你的住处。
我说,进去。

法拉蒙德　我说,不。
墨格拉在上方出现

墨格拉　让他们进来,王子,让他们进来。
我已起床,做好了准备;
我知道他们的目的:
他们如此热衷于
诋毁一个女人的名誉;
让他们得到满足吧。
你们有你们的事务:
我躺在这儿。
哦,国王陛下,
你把一个女人的弱点公开,
这就很不地道了。

国王　下来。

墨格拉　我敢,陛下。
你们的叫喊,
你们的喧哗,
你们的窃窃私语,
你们的嘲弄揶揄,
都不如这卑鄙的行为
叫我寒心。
你们有些人
等着我来报仇吧,

在你们对我的轻蔑中，
我却得到快乐和教益。

国王　你下来吗？

墨格拉　我会下来，
嘲弄你最糟糕的命运；
但我首先得叫你痛，
如果我能够的话。
墨格拉从上方下

国王　先生，对你这种放纵的行为，[①]
我必须得谴责了；
你错待了一位令人尊敬的夫人。
我不多说了，
把他送到我的住处，
上床睡觉。
法拉蒙德和卫士们下

克莱蒙特　给他再找一个女人，
名副其实地上床睡觉啦。

迪翁　太奇怪了，
这等于没有官方准许
就不能骑上一阵驿马透透气。[②]
如果这种蠢行成为时尚，
住处就可以随便搜寻了，
但愿上帝能让咱们
安心和老婆睡觉，
不会受到国家的干扰。
卫士们带着墨格拉上

国王　体面的侍臣夫人，

---

① 国王把法拉蒙德的行为仅仅说成是一种放纵（looseness），显然有偏袒之意。

② 官员坐马车长途旅行习惯于骑马走一阵透透气。

你的体面在哪儿？
除了王子以外，
没有人适合你的睡床，
你这裹尸布
都包不住的腐败，
你这油漆匠和药剂师
手中的破布，
你这汹涌激荡的
淫欲大海，
你这荒唐丛生的
僻乡荒野，
你这膨胀的传染疾病的
云朵，
你这集所有病菌的源头，
罪愆，地狱，魔鬼。
告诉我，
你用你那些花招，
是不是除了勾引我贤婿之外
就找不到人了？
让我女儿遭此厄运！
当着所有神明，
所有这些人，
所有这些侍从，
所有朝廷的大臣，
我要把你轰赶出宫廷，
用烂橘子扔你，
赋写下流的打油诗咒你，
用烧蜡将你的名字
涂写在墙上。[1]

---

① 请比较莎士比亚《无事生非》第四幕第一场克劳迪奥："把她拿回去吧；不要把这只坏橘子送给你的朋友，她只是外表上像一个贞洁的女人罢了。"

你笑了，维纳斯夫人？

墨格拉　说真的，大人，你必须原谅我，
看见你开这种玩笑，
我禁不住要笑出声来。
如果你做这个，哦，王上，
不，如果你敢做这个，
当着你起誓的神明，
当着我的神明，
我将揭露同犯的罪人，
这同犯的罪人一暴露，
那绝对是开了高贵一个玩笑。
公主，你的宝贝女儿，
将和我背靠着墙
站在一起，
被人们唾弃
唱打油诗嘲弄。
别逼我太甚；
我了解她和她常去的地方，
调情的住处，偏僻的爱窝，
我发现了一切，
啊，我要叫她丢尽脸面。
我知道她豢养的这男孩儿，
一个帅哥，
大约十八岁；
我知道她跟他干什么风流，
在什么地方，什么时候；
啊，大人，
你将一个女人逼到发疯，
极端愤怒的境地；
如果我还不够疯，

将我往最癫狂的地步逼吧——

国王　她说的是个什么男孩儿?

墨格拉　唉，好心的君王，你不知道这些事情;
我还真不愿意和盘托出。
对这个过失加以保密吧，
就像不让垂死病人吐出来的热气
伤害你的健康一样。
我对苍天起誓，
我不会是倒下的唯一一个。
我所知晓的
会像印在大幅纸上的歌谣一样
流传于世;
人们会用各自的母语
来吟唱它，
自由而普遍;
我要将它广而告之，
像一颗流星，
让所有的人都能看到，
它是如此高耸，如此耀眼，
迢遥的王国也能看到，
不，也能跟随它
直走到没有言语
也没有人居的荒野;
那时，人们便会看到
美丽公主的坠落。

国王　她养着一个男孩儿?

克莱蒙特　陛下在上，我看见
一个男孩儿侍候她，
很帅的一个男孩儿。

国王　回家去吧，
现在我想把你们忘掉。

墨格拉　你想把我忘掉，
我还想把你忘掉呢。
国王、墨格拉、卫士们下

克莱蒙特　啊，这是个女赫拉克勒斯。要是有九大女杰的话，这女人准双腿跨在马背上，居于九大女杰之首。

迪翁　绝对是这样。她妙语连珠，仿佛她的舌头有一帮魔鬼据守在那儿。她把国王弄得如此烦恼，全国医生恐怕都治不好他的病。那孩子是一剂不经意中发现的解药，可以治好他的病症；那小孩儿，那公主的童仆；那英俊的、贞洁的、富有美德的小姐的童仆；一个脸儿清秀身儿俊的少年，一个说话文雅的少年！考虑到这一切，什么也干不了，除非我离开你们，先生们。

斯拉斯莱恩　不，咱们跟你一块儿走。
众下

第三幕

第一场

迪翁、克莱蒙特、斯拉斯莱恩上

克莱蒙特　不，毫无疑问看来确有其事。

迪翁　是的，那是神明
用他们的办法
对国王的惩罚。
我们眼看
菲拉斯特，
时代的楷模的王位
被这个肆无忌惮的国王篡夺，
难道对我们
在这块地上出生的“贵族”，
不是一种耻辱吗？
只要瞧一瞧就明白，
权杖就要交到
那淫荡的夫人手中，
她和美少年童仆睡觉，
很快就要嫁给那外国王子，
而人民希望继位的王子，

其最高贵的部分，
他的心
却被禁锢起来了。

斯拉斯莱恩　不愿意跟你一起起事
声援菲拉斯特的人
不配行走在这块土地上。

克莱蒙特　菲拉斯特也行动迟缓；
乡绅们都在等待机会，
他们死心塌地支持他，
就像田野里的玉米，
一刮大风
植株都向一边倒去。

迪翁　拖菲拉斯特后腿的
是美丽公主的爱，
他对那爱有质疑，
而我们也无法置喙。

斯拉斯莱恩　他也许不相信它。

迪翁　啊，先生们，这是毫无疑问的。

克莱蒙特　是的，绝对是这样的。
她过着不贞洁的生活。
如果他持怀疑的态度，
咱们怎么好对他的爱下判断呢？

斯拉斯莱恩　咱们还是自得其乐吧。

迪翁　如果这是真的，
而对他又有好处，
我要把这新的情况
作为我认知的一部分；
我说我知道了；

不，我将发誓说我见证它了。

克莱蒙特　最好是那样。

斯拉斯莱恩　那将感动他。

菲拉斯特上

迪翁　他来了。早晨好，
我们花了些时间找殿下。

菲拉斯特　我可尊敬的朋友们，
你们没有忘记
处在痛苦中的朋友，
并不厌弃他
因为美德而屈身卑贱，
我向你们所有的人问好。
我能为你们做什么
才能配得上
你们对我的友情？

迪翁　我的好殿下，
我们来激励
我们知道
那存于你胸中的美德：
举兵起事，发动一场革命吧！
贵族和人民
都厌恶这篡权的国王；
听上帝的话
并懂得美德的人
没有不支持你的行动的。

菲拉斯特　你们对我的爱
是多么的高尚，
简直无与伦比！
我的朋友们，

（你们这些本来就应该
羞辱可怜的菲拉斯特的人们，
却表达了如此多的善意）
你们知道
我的秉性使我
一听到感谢的话就感恩戴德：
我的计策还不成熟；
还需要完善；
用不了多久，
我将会需要你们的支持；
时间太紧促了。

迪翁　你拥有比你想象的更多的时间，大人。
原以为非暴力不能攻下的
却可以轻易地拿下；
你知道，
人民太痛恨这国王了。
现在只是人们爱戴的公主——

菲拉斯特　啊，为什么扯上她？

迪翁　人们像讨厌他一样地讨厌她。

菲拉斯特　这是什么奇怪的逻辑？

迪翁　人们都知道她是一个婊子。

菲拉斯特　你胡说！

迪翁　我的殿下——

菲拉斯特　你胡说！
他准备拔剑，被制止
我要你尝尝剑的厉害！
我原以为你是一个体面人，
往拥有美好声誉的小姐身上

泼脏水，是不可饶恕的罪愆。
既然它像地狱一样虚假，
它永远也纠正不了了；
要是这谎言在人民中传播，
这就变得更加活灵活现。
让我一个人待一会儿吧，
这样我就可以
在虚假扩散之前就把它斩断！
即使在我和说这个话的人之间
耸起一座又一座山峦，
我也要跨过它们，
站到那高山之巅，
直往他的脖子刺去，
犹如从乌云飞将出去的
闪电雷霆。

迪翁　这就太奇怪了！
他肯定爱她。

菲拉斯特　我爱真理；
她是我所爱的人，
谁要是侮辱她，
我就要拔剑报仇。
先生们，请不要阻止我。

斯拉斯莱恩　不，好殿下，请止怒。

克莱蒙特　殿下，请记住这是你的挚友，
他来侍候你，
他会向你说明
他为什么这么说。

菲拉斯特　请你原谅，先生；
我对真理的追求

让我失态。
我要是听说
别人在你们的背后谗言，
我也会像现在这样
愤而拔剑相向。

迪翁　但我说的是真的，殿下。

菲拉斯特　哦，别这么说，好先生；
千万别这么说吧；
女人水性杨花，
这是真理；
但请不要再这么说了，
这是不可能的。
为什么你把公主
想得那么淫荡？

迪翁　她被抓个正着了。

菲拉斯特　那不是真的，天啊，那不是真的！
那是不可能的，对吗？
说，先生们，看在上帝分儿上，说！
可能吗？
难道女人全都要受到天谴吗？

迪翁　为什么不，殿下？

菲拉斯特　啊，这不可能。

迪翁　她和她的童仆被抓上了。

菲拉斯特　哪一个童仆？

迪翁　一个听差，一个侍候她的男孩。

菲拉斯特　哦，老天，一个小孩？

迪翁　是的，你也认识他，殿下？

菲拉斯特　（旁白）鬼才认识他！
（对迪翁）先生，你受骗了；
我冷静地跟你说一下：
如果她是淫荡的，
她怎么会要一个
还不通晓情事的小孩
做她的听差呢？
她应该要一个
能顺应她的欲念，
熟谙这种罪过，
这种邪恶作乐的人。
你们被骗了，
她也，
我也被骗了。

迪翁　你怎么受骗了，殿下？

菲拉斯特　为什么整个世界
都被不公正的说法骗了？

迪翁　哦，高贵的王子，
以你的美德，
你是弄不明白
女人微妙心思的。
简而言之，殿下，
我抓到过他们；
我，我自己。

菲拉斯特　你抓到过所有的魔鬼！
从我的愤怒面前滚开！
当你抓到他们的时候，
你还会抓到散播瘟疫的魔鬼吗？
从我的面前滚开！

当你抓到他们的时候，
你会让雷霆飞进你的胸中吗？
或者让雷霆把你击打成哑巴，
你也只能在沉默中
干这糟糕的事了。

斯拉斯莱恩　你看到过他这么暴躁吗？

克莱蒙特　从来没有过。

菲拉斯特　从大地四方
放飞的风儿，
吹遍了大海和陆地，
但不去亲吻一个贞女。
哪一个朋友愿意
举剑向我刺来？

迪翁　啊，殿下，
听说了这个，
你是这么愤怒？

菲拉斯特　当我为美德的缺失而心烦意乱时，
我总觉得我也有一份责任。

迪翁　但是，我的好王子，
你还不如好好思考一下，
看看怎么做才是最好。

菲拉斯特　谢谢你，我要好好思考一番。
请离开我吧。
我要好好想一想。
我明天将到府上
给你回答。

迪翁　所有的神明都会给王子
指引最好的路。

斯拉斯莱恩　他太急躁了。

克莱蒙特　那是他的美德和高贵的心。

迪翁、克莱蒙特和斯拉斯莱恩下

菲拉斯特　我忘了问他在哪儿抓到他们的；
我要去问他。
哦，但愿我心中有一汪大海
可以泯灭那一腔的火！
而更多的世事却将它
煽得更旺；
知道这事由谁而为
比仅仅知道这事本身
对我要伤害得多。
禀告我这事的人
是一个正派人，
说谎不是他的本性
就像贞操不是她的本性。
哦，我们不能像野兽一样
对我们没有看见的东西悲伤；
公牛和公鹿为了争夺配偶
会红眼相向，
展开一场生死搏斗；
如果你把雌性拿走
等于拿走了它们的胆量；
它们会重又低垂脑袋
到草场上去吃草长膘；
重又去饮用那泉水
像往常一样的甜蜜，
而睡眠也像往常一样香甜，
没有任何干扰。
但可怜的人呀——

贝拉里奥上

瞧，瞧，神明们呀，
他举步稳健，
你们让他拥有的脸庞，
一脸天真，
没有任何天谴的印记；
难道这就是天律吗？
你们是想
让背叛的眉宇显得如此平和，
以欺骗俗世的每一个人吗？
我现在绝不可能想象
他是有罪的。

贝拉里奥　祝您健康，殿下。
公主将她的爱、生命
和这个给予殿下。
递给他一封信

菲拉斯特　哦，贝拉里奥，
我现在看出来，
她爱我；
她将她的爱
在爱你的当中显示了出来，
我的孩子；
她把你装扮得这么漂亮。

贝拉里奥　我的大人，她超越我的愿望，
超越我的身份
给我着装；
这更适合她的仆役，
但对我这样仆役的人
却很不适合。

菲拉斯特　你变得更像有宫廷气派的人，孩子。
（旁白）哦，让所有热衷秽行的女人
从这儿学学怎么蒙骗吧，
这儿，这封信。
她在给我的信中写的
仿佛她对周围世界
是硬心肠的磁石，①
而对我，
则是一见就融化的白雪。
（对贝拉里奥）告诉我，我的孩子，
公主怎么使用你？
根据那个我可以判断
她对我的爱。

贝拉里奥　她从不把我当仆役，
我好像和她连成了一体，
仿佛用我的忠诚
曾救了她三次生命；
她犹如母亲宠爱独子；
犹如收养了一个孩子，
为了他
如果他遇到了伤害，
愿意付出生命相救；
她就是这么对待我的。

菲拉斯特　啊，这太美好了；
她跟你用什么口气说话？

贝拉里奥　啊，她对我说，
她完全信赖我的青春，

---

① 原文为 adamant，请参见莎士比亚《仲夏夜之梦》第二幕第一场海丽娜：“是你吸引我跟着你的，你这硬心肠的磁石！”

把她爱的秘密全披露给我，
叫我是她的爱仆，
劝我不要因为离开您而哭泣，
她将给我的服侍以奖赏，
如此温情的话语
没等她说完
我就已经热泪盈眶了。

菲拉斯特　这就更好。

贝拉里奥　您没病吧，殿下？

菲拉斯特　病？没病，贝拉里奥。

贝拉里奥　我觉得
殿下吐词不清，
您的容貌
也不是我想象看到的
那样安详。

菲拉斯特　你看错了，小孩儿。
她抚弄你的脑袋吗？

贝拉里奥　她抚弄的。

菲拉斯特　她拍你的腮帮吗？

贝拉里奥　她拍的。

菲拉斯特　她吻你吗，小男孩儿？哈？

贝拉里奥　什么，殿下？

菲拉斯特　她吻你吗？

贝拉里奥　天啊，从不，殿下。

菲拉斯特　那就奇怪了；我听说她是吻你的。

贝拉里奥　以我的生命担保，没。

菲拉斯特　那为什么她不爱我呀？
不，她爱我。
我祈求她爱我；
我用我们之间爱的所有魅力，
用我们本来应该享用的安宁，
去充实她，
好让你在她的床上
裸露着
享受所有的快乐。
我接受她的誓言
你应该享用她。
告诉我，
温和的小男孩儿，
她是无与伦比的吗？
她吐出来的气
宛若果实熟了的时候
那甜蜜的阿拉伯煦风吗？
她的双乳
是不是犹如两颗水灵的
雪白似象牙的圆球？
难道她不是快乐的
永不枯竭的源泉吗？

贝拉里奥　是的，我现在明白了
为什么殿下思绪如此混乱颠倒。
当我初次到她那儿去时，
我就有一种预感。
殿下被骗了，
被哪个无赖骗了。
我看出来了
你在什么地方纠结；

但愿有石头砸向
那个使殿下陷于这境地的人：
那定然是绝妙的计谋
让如此高贵的王子
坠入如此荒唐的深渊。

菲拉斯特　你以为我会对你生气。
来，让我跟你直言吧；
我恨她更甚于
我爱幸福，
把你放在中间，
眯细眼睛打量你，
从中琢磨她的作为。
你没有发现吗？
她是不是如我所想的那样
堕落淫荡？
请说说解我的疑惑吧。

贝拉里奥　殿下，您误解了您送去的男孩。
如果她拥有麻雀或公羊的淫欲，
如果她犯有不让众人知晓的
远超过淫欲的罪恶，
我绝不会容忍她卑鄙的欲望。
我知道的是
我作为她的仆役
不会为了活命
而胡说。

菲拉斯特　哦，我的心！
这药膏比疾病还要糟糕。
告诉我你的想法；
我对你的思想一无所知，
我真想撕开你的心

往里瞧一瞧；
我想瞧一瞧你的思想
就像我一览无余你的脸。

贝拉里奥　啊，那请瞧吧。
（就我所知）
对着所有的神明我说，
她如同冰雪一样洁净；
如果她如地狱般污秽，
而且我又一切知晓，
那就请用国王的敕令、
利剑、刑罚和铜牛[1]
逼迫我说出来吧。

菲拉斯特　没时间再跟你纠缠；
我要你的命，
因为我恨你。
我现在要咒你。

贝拉里奥　殿下恨我，没有比这更诅咒的了；
没有神明的惩罚
比您的怨恨更令人伤心的了。

菲拉斯特　呸，呸，这么年轻，
却这么善于装聋作哑！
告诉我，
你在什么时候，什么地方
享用她的；
如果我不结果你的性命，
让我得瘟疫而死。
他拔出剑

贝拉里奥　天啊，我从没这么做过；

① 一种刑罚。传说中阿克拉伽斯国王法拉里斯用铜牛烧烤犯人。

要是我为了活命说谎，
让我虽然长寿
却遭世人唾弃；
把我劈成碎片吧，
当我还有思绪时，
与其看见我那行尸走肉，
我更乐于看见殿下砍下的碎肉，
亲吻那些残肢，
因为那是王子斩下来的。

菲拉斯特　你不怕死？
小孩儿能如此蔑视死亡？

贝拉里奥　哦，当这样的一个孩子
见到最高贵的人
如此自暴自弃，
如此失去理智，
他还活什么劲儿呢？

菲拉斯特　但你不知道
死亡意味着什么。

贝拉里奥　是的，我知道，殿下：
那仅次于降生；
一个永恒的睡眠，
一个摆脱了妒忌的安息，
那是我们都向往的呀；
我还知道
那是放弃
一场必输的赌局。

菲拉斯特　但那对于作伪证的灵魂
非常痛苦，说谎的小孩儿；
想一想这些，

你就会改变主意，
把一切都倒出来。

贝拉里奥　如果我作伪证，
或者我哪怕想到殿下提到的那事儿，
让所有这些倒霉的事儿
都落到我头上吧。
如果我说谎，
送我去经受那些
殿下提到的惩罚——
把我杀死吧。
贝拉里奥跪下

菲拉斯特　哦，我该怎么办呢？
啊，怎么能不相信他呢？
他如此信誓旦旦，
如果他弄虚作假，
神明也不会饶恕他的。
将剑插进鞘内
起身，贝拉里奥，
你的申辩如此有力，
当你说出这些的时候，
瞧上去又是如此真诚，
即使我知道
——正如我希望的——
它们是假的，
我也不能再逼迫你了。
我还是得嗔怪你，
因为我不由自主地
爱上你真诚的容貌，
这么稚嫩的青春
谁忍心去伤害呀？

不管你干了什么，
我对你的爱
矢志不渝。
我感到不安，
让红晕飞上了你的脸颊，
使你显得更加英俊可爱。
但，好孩子，
别让我再见到你了。
我见到你，
会做出一些让我神志无知，
让我发疯的事儿来。
如果你真心爱护我，
别让我再见到你了。

贝拉里奥　天亮之前我将远走高飞，
绝不给那高贵的心灵
以任何不悦。
通过离别时伤心的眼泪，
我看到一个在您，
在她和在我身上运作的
违逆的世界。
再见了，
如果王子听说
我因悲伤而死，
而又发现我始终忠贞，
请为我
洒一掬清泪吧，
我将安息。

菲拉斯特　但愿你受到祝福，
不管你是否匹配。
贝拉里奥下

哦，我到哪儿
去洗涤这身子呢？
自然太不仁慈了，
没有治疗纷乱心灵的药。[①]
下

第二场

阿勒图莎上

阿勒图莎　我正纳闷
我的童仆怎么还没回来，
我知道
我的爱会反复询问他，
我怎么睡觉，
怎么醒来，怎么交谈，
一提到他亲爱的名字
我怎么想着他，
我怎么太息、哭泣、歌唱等等，
一万个这样的问题。
这么迟延，
我要生气了。
国王上

国王　怎么，在沉思默想？谁在服侍你？

阿勒图莎　除了我之外，没有人；
我不需要警卫；
我没做什么错事，

① 请比较莎士比亚《麦克白》第五幕第三场麦克白：“你难道不能诊治那种病态的心理，从记忆中拔去一桩根深蒂固的忧郁，拭掉那些在脑筋上的烦恼，用一种使人忘掉一切的甘美的药剂，把那堆满在胸间、重压在心头的积毒扫除干净吗？”

也没什么可怕的。

国王　告诉我，你有没有一个童仆？

阿勒图莎　有的，大人。

国王　什么童仆？

阿勒图莎　一个听差，贴身侍从。

国王　一个美少年？

阿勒图莎　我想他并不丑；
我知道他很够格，很尽职。
我雇他
并不是因为他长得俊美。

国王　他善于言辞、唱歌、演奏乐器？

阿勒图莎　是的，大人。

国王　约莫十八岁？

阿勒图莎　我从未问过他的年岁。

国王　他在各方面都服侍吗？

阿勒图莎　请原谅，为什么你问这个？

国王　解雇他。

阿勒图莎　父王。

国王　我说把他解雇了，他给你做的服侍我都难以启齿。

阿勒图莎　好大人，我不懂你说的话。

国王　如果你还怕我的话，
按我说的做吧；
把那男孩解雇了。

阿勒图莎　请告诉我为什么，大人，
然后你的意志就是命令。

国王　你问这个，
难道不脸红吗？
把他赶走，
否则我也要以此对你。
你的耻辱
我至亲的人，
就是我的耻辱，
我的天啊，
我都不敢告诉自己
你，我至亲的人，干了什么。

阿勒图莎　我干了什么，父王？

国王　那都是些新编的词，
人们都爱说那些时髦话儿；
老百姓已经说得挺顺溜的了，
他们无须语法；
请懂得我的心，
现在到处是流言蜚语。
把他赶走，
而且要出其不意；
赶走他吧。再见。

阿勒图莎　一个少女
在什么地方
才能安全而自由？
怎么保持她纯洁的声誉？
在俗世办不到。
人们将道听途说、
谬误、梦幻编织在一起，
竟然成了真有其事；
他们以毁誉别人而取乐，
以损人而腾达；

当他们见到美德
超越了他们舌头的恶语，
哦，他们是何等样卖力
要去泯灭它，
失败了，
（心怀叵测）
去摧毁
镌刻着高贵英名的纪念碑，
直到他们大汗淋漓，
而冰冷的大理石融化。
她哭泣
菲拉斯特上

菲拉斯特　最亲爱的小姐，
让你那些最美丽的思想
息一息吧。

阿勒图莎　哦，我最亲爱的情人，
我心中正在打一场战争。

菲拉斯特　能让水晶石滚进河水中的人
必然是人上之人。
最亲密的美人儿，
为什么？
既然我是你的奴隶，
和你的美德捆绑在一起，
既然我是你的人，
一个重生的人，
一个获得新的精神的人，
我要为你找回那声誉。

阿勒图莎　哦，我的最爱，那男孩！

菲拉斯特　什么男孩？

阿勒图莎　你送来的那美少年——

菲拉斯特　他怎么啦？

阿勒图莎　必须得叫他走。

菲拉斯特　为什么？

阿勒图莎　有人怀疑他。

菲拉斯特　怀疑他，谁？

阿勒图莎　父王。

菲拉斯特　（旁白）哦，不幸的命运呀！
这还不是一般的怀疑。
（对她）那就让他走吧。

阿勒图莎　哦，太残酷了；
你也这么硬心肠吗？
谁还会告诉你
我多么爱你？
谁还会对你发誓，
流淌我送去的眼泪？
谁还会给你送去信函、戒指、手镯？
谁还会卖命侍候？
谁还会长夜不眠
述说赞扬你的故事？
谁还会吟唱
你那忧伤的情诗，
在悲哀的心灵中
唤起一幅幅生动的图景，
使它们饱含悲恸的力量？
谁还会拿起他的鲁特琴，
弹奏它，
直到默默的睡眠

合上我的眼睑，
让我做梦，
让我呼喊，
“哦，我的亲，
亲爱的菲拉斯特”？

菲拉斯特　（旁白）哦，我的心！
如果让你知道
正因为有他
才让你变得不贞，
你会心碎吧？
（对她）小姐，
把那男孩忘掉吧，
我再给你找一个
好得多的人。

阿勒图莎　再也不会有
比我的贝拉里奥好的了。

菲拉斯特　那只是因为你的偏爱。

阿勒图莎　我的孩子，再见，
随着你走了，
所有仆人所知的秘密
也走了；
信任，
所有精益求精的愿望，
也随之告别了；
让因为你的错待
而来顶替的听差
都背叛贞洁的爱。

菲拉斯特　所有这些激情
都为了一个男孩？

阿勒图莎　他是你的男孩，
你把他给我送来，
这种损失必须哀悼一番。

菲拉斯特　哦，你这容易遗忘的女人！

阿勒图莎　怎么，殿下？

菲拉斯特　虚伪的阿勒图莎！
我失去了知觉，
你有恢复它们的药吗？
如果没有，
就别说话，
做这个。[①]

阿勒图莎　做什么，殿下？你要睡觉吗？

菲拉斯特　永远睡去，阿勒图莎。
哦，神明呀，
请给我耐心！
难道我没有，
赤裸着身子，
孤身一人，
忍受无数厄运的打击吗？
难道我没有领教过
无数巨大的灾难
像大海巨浪一样向我扑来吗？
难道我没有
将死亡一般的危险
拥抱在胸中，
视死如归，

① 菲拉斯特很可能闭上眼睛，装出死亡的样子。阿勒图莎惶惑的误解是悲喜剧一个典型的表达感伤的手法，使菲拉斯特显得有点可笑，这与莎士比亚在描述苔丝德蒙娜典型时是不同的。

把它当作一场玩笑，
逗着玩儿吗？
难道我没有
活在这独裁的国王手下，
却在冥冥之中
听见敲响他的丧钟，
看见悼念他的人们吗？
难道我必须勇敢地
忍受所有这一切，
拜倒在一个女人
虚伪的石榴裙下吗？
哦，那男孩，
那该诅咒的男孩！
没有别人，
就那么个无赖男孩
能满足你的淫欲吗？

阿勒图莎　啊，我被诬告了。
我感觉到
这整个践踏我的阴谋。
哦，我太不幸了。

菲拉斯特　你可以拿走
这可怜的王国
给我的一点可怜的权力；
把它献给你的新欢，
我已经没有欢乐可言。
我必须去寻找
一个迢遥的
女人因为瘴疠
而不敢涉足的地方，
生活在那儿诅咒你们；

挖一个洞穴，
向鸟儿和野兽宣讲
什么是女人，
让它们免遭你们的蹂躏；
怎样在你们的眼睛中
是天堂，
而在你们的心中
却是地狱；
你们的舌头
如同蝎子，
怎样既是毒药
又是解药；
你们的思绪怎样
由成千的变数
织成一张精致的网，
披在你们身上；
愚蠢的男人
怎样误读了女人的脸，
因为痴迷而死亡，
永远地消失；
你们身上的一切美好
怎样只是影子一尊，
清晨它跟随着你们，
而到夜晚
便遗忘了；
你们的誓言怎样犹如冷霜，
在黑夜苍苍如雪，
而朝阳一出便消融殆尽；
综而观之，
你们怎样是一团谜，
一团乱麻，

爱情无法厘清。
直到我最后一口气，
我都要拿这些伤心的话儿
来评说你们。
哦，再见，我的痛苦，
我所有的快乐呀。

阿勒图莎　发发慈悲，神明呀，
把我处死吧！
我怎么会落得这么个下场？
让我的心胸像水晶般
晶莹剔透，
所有怀疑我的世人
都能窥见
我心中最肮脏的思想。
一个女人的眼睛
应该往哪儿看，
才能看见忠贞呢？
贝拉里奥上
救救我，
我觉得
那男孩看上去多么邪恶，
多么罪孽深重。
哦，你这骗子，
在咿呀学语之前，
在摇篮里
你就是一个骗子了，
遣送来制造谎言，
背叛无辜的人；
你的主子和你
有可能为一个

被激情所迷乱的少女的骨灰
而幸灾乐祸；
但这种征服是乖戾的，
没什么伟大可言。
远走高飞吧，
让我的命令逼迫你
到羞耻无须命令
就叫你无地自容的地方。
如果你知道
你做了什么可憎的事，
啊，你就会去藏匿在
层峦叠嶂之下，
生怕人们来挖掘找到你。

贝拉里奥　哦，哪一位对人类愤怒的神明
让这两个最高贵的心灵
染上了这奇怪的疾病？
小姐，你强加给我的这痛苦
不过是大海中的几滴水，
它们不会让大海上涨；
我的大人的愤怒
已经伤透了我的心，
泯灭了一切快乐的希望。
你无须叫我远走高飞；
我就是来告辞的，
作最后的辞别。
永别了。
老实说，
我不敢像一个犯了偷窃罪
或者什么可悲错误的小孩儿
逃离这样一位小姐；

但愿神明的威力
在你的痛苦中帮助你；
但愿流逝的岁月
将给你受骗的大人，
也是我的大人
揭示真相，
使他珍惜公主的高贵；
而我将去寻觅一个
被人遗忘的地方
了却我的余生。

阿勒图莎　但愿你宁静如初。
你已经击败了我一次；
如果我还有
另一个特洛伊可丢，
你，或者另一个无赖，
生有你同样的容貌，
有可能用甜言蜜语
再度把我勾引出来，
让我赤裸着身子，
披头散发，
在点燃着烈火的大街上示众。[①]
一宫女上

宫女　小姐，国王要去狩猎，
正急着找你一块儿去。

阿勒图莎　我正想去狩猎呢。

---

① 在此，阿勒图莎把贝拉里奥比喻为木马，自己既是特洛伊，又是特洛伊君主之妻赫卡柏。请比较莎士比亚《哈姆雷特》第二幕第二场哈姆雷特：“凶狠的彼勒斯，披一身漆黑的盔甲，/ 深藏潜伏在不祥的木马当中。”

狄安娜[①]，
如果你对一个少女也发怒，
就像你对男人发怒一样，
那就让我偷窥你洗澡，
把我变成一头可怕的雌鹿，
让我被追逐的恶狗咬死，
在我的伤口
铭写下我的故事。
众下

① 希腊神话中的狩猎女神。猎人亚克托安因偷窥狄安娜洗澡，狄安娜愤而将其变成一头牡鹿，终被他自己的狗撕成碎片。

第四幕

第一场

国王、法拉蒙德、阿勒图莎、伽拉忒亚、墨格拉、迪翁、克莱蒙特、斯拉斯莱恩及侍臣上

国王　怎么，猎狗和猎人都到前面去了吗？
马儿鞴好，弓箭待发，是吗？

迪翁　都准备就绪了，大人。

国王　（对法拉蒙德）你瞧上去很忧郁，先生。
啊，我们忘掉了你小小的非法侵入的错误；
别让那个压在你心头；
这儿没人敢说你。

迪翁　他瞧上去就像一头跳了几下的吃得太饱的老公马那么蔫不拉唧，像睡鼠一样倦怠。瞧他那萎靡不振的样子；那姑娘给了他一个致命的打击，把他这艘船撞得够呛，我看，让他这艘破船漏水沉掉算了。

斯拉斯莱恩　他不用你教训他，他会应付得很好；他最要命的毛病就是太贪情了；我看他还是不要再偷情了。

迪翁　他把喇叭留在他睡觉的小屋里了。[①] 哦，他是一头宝

① 原文为 horn，在这里既有狩猎号角，又有男性阳具的意思。

贵的猎狗。你放开他，让他去嗅闻女人的味儿，要是他找不到女人，就把他套在套索里吊起来。等我的那头母狗美人儿发情[①]了，我要去把他借来。

国王　（对阿勒图莎）把你那童仆辞退了吗？

阿勒图莎　你那么命令，我照旨执行了。

国王　好极了。你来听我说说。

他们个别谈话

克莱蒙特　这家伙有可能忏悔吗？我觉得他身上没一点儿高贵的地方。他瞧上去就像个困窘的黎民百姓，《一个病人的救赎》[②]就挂在他的嘴上。如果一个更低下的人犯了这种事，医务法官什么的（不用年历帮助[③]）早就马上打开他的肝脏，用狗鞭子抽得他出血了。[④]

迪翁　瞧，瞧，那位夫人显得多么持重，仿佛她刚跟邻居从教堂做礼拜回来。[⑤]啊，从她的脸上除了看到贞洁之外，鬼还能看到什么呢？

斯拉斯莱恩　说真的，没什么大不了的事儿：纹章上多了几颗傻傻的星星[⑥]，一下子就把她降了好几档；但发现这个的人必然是一个狡猾的纹章官老手。

---

① 原文为 proud，在伊丽莎白时期应解释为 sexually excited，请参见莎士比亚 *Venus and Adonis*："Look what a horse should have he did not lack，/ Save a proud rider on so proud a back."（瞧！他拥有马儿应有的一切，/ 只缺少一个威武的骑者，骑坐在如此英姿勃发的马背上。）

② 作者托马斯·贝肯（1511—1567），是英国神职人员和新教改革者。《一个病人的救赎》是他写的一个广为流传的宗教小册子。此话的意思就是法拉蒙德像新教徒一样只是一个平民而已。

③ 年历上会有最佳时间放血的记载。

④ 在文艺复兴时期，人们认为肝脏和激情以及淫荡是有关联的，故有此说。

⑤ 指墨格拉。

⑥ 在贵族纹章上饰有星形图案，表明这是庶系分支。

迪翁　瞧，他们怎么相互在点名！哦，整整一个团，魔鬼在前头举着旗帜，他的老娘是鼓乐队队长。整个团队和装运美味佳肴的辎重跟随在后面。

克莱蒙特　在她成为街头巷尾的谈资之前，有人肯定违背她的意志干了她；现在没有人会说，需要干斑蝥粉[①]给她催情。她的脸看上去就骚样招惹人，对什么人都奉承备至，只要有人回应她的风情，这夫人便自我放纵，和他厮混在一起，像野马一样疯狂起来。她肯定会很好地保养自己，而且是非常精心的护养；为了她的健康，她每星期小心翼翼地使用一次她的身体，除了四旬斋和例假。哦，如果收钱的话，为了这些事，这该收到怎样的一笔大数目呀。

国王　上马，上马，我们浪费了一整个上午了，先生们。

众下

第二场

两个樵夫上

樵夫甲　喂，你把鹿放到靶场了吗？

樵夫乙　放了，只等射箭了。

樵夫甲　谁射？

樵夫乙　公主。

樵夫甲　不，她将自己去狩猎。

樵夫乙　我是说，她将自己选一个狩猎的场所。

樵夫甲　还有谁？

---

① 一种催情的药物。

樵夫乙　啊，还有那个年轻的外国王子。

樵夫甲　就我所知，他将使用石弓。我从来不喜欢他那洋派头，他不接奉献给他的剖鹿肚子的大刀，就为了省那十先令钱。[①] 他在猎鹿现场，打到鹿，最多也就是给十个四便士，算是付那睾丸的钱；天啊，他的管家还要外带鹿角上的鹿茸，拿去装饰他的帽子。[②] 我想他应该喜爱狩猎[③]；他是一个老特里斯特拉姆爵士[④]；如果你记得的话，他有一次放走了一只牡鹿，而去射杀一只正在草场喂奶的雌鹿。射箭的还有谁？

樵夫乙　伽拉忒亚夫人。

樵夫甲　那是个好娘儿们，要是咱们在灌木丛里干她的女仆，她不呵责我们就更好了。她很宽容，神明在上，人们说她还贞洁，至于那是否算是缺点，不是我可以评说的。就是这些人了？

樵夫乙　不，还有墨格拉。

樵夫甲　说真的，那可是个难缠的人，伙计。有一个少女骑在她背上，就把她当狩猎马鞍，跟在一群猎狗后面，回到家，她给伤口处涂了软膏[⑤]，一切就都好了。我知道她迷路过三次（如果要密林负责的话），男人费了好大劲儿才找到了她，累得满头大汗[⑥]。她的骑马术很好，给钱也很大方。听，咱们走吧。

众下

---

① 按当时的习俗，高级人士狩猎，都要剖开鹿的肚子检验猎物的质量，养鹿人将剖肚的大刀奉献给贵胄，同时获得一克朗或者十先令作为馈赠。法拉蒙德放弃了这一特权，就为了省十先令。

② 意指绿帽子。

③ 原文为 venery，它还有性乐趣的意思。

④ 亚瑟王时期的一位骑士。当时有一种说法，狩猎的书就是特里斯特拉姆爵士的书。

⑤ 很可能指性病。

⑥ 含有性暗示。

第三场

菲拉斯特上

菲拉斯特　哦，但愿我在这片树林中
喝山羊的乳汁和吃橡子长大，
全然不知王族的权力
和女人蛊惑的容貌，
在这儿给自己挖一个山洞，
我，我的火，我的牛群，我的床
都在一间屋里；
娶一个高山乡间的女孩，
她在风吹雨打中长大，
像她栖身的
坚硬的岩石一样圣洁，
她会在我的床上
撒满树叶和芦苇，
兽皮就放在我们旁边，
她在她那硕大的乳房前
怀抱着我的粗野的子嗣。
这是一种远离烦恼的生活呀。

贝拉里奥上

贝拉里奥　哦，狡猾的人呀！
一个无辜的人可以
自由自在行走在
野兽之间；
在这里
没有什么会攻击我。
瞧，我痛苦万分的大人

端坐在那儿，
仿佛他的灵魂在寻觅
脱离他身子的办法。
（对菲拉斯特）请原谅我，
我不得不打破殿下最近的诫命，
因为我必须把话说清楚。
痛苦的人儿呀，
可怜可怜我吧；
请听我说，我的大人。

菲拉斯特　难道还有这么可怜的人儿
我能怜悯的吗？

贝拉里奥　哦，我高贵的殿下，
请看一看
我那奇怪的命运呀，
慷慨、慈悲的殿下
（如果我的侍候不值一文）
请让这条谦卑的生命
免除啼饥号寒之苦吧。

菲拉斯特　是你吗？走开；
去吧，将你穿的这些华服卖掉吧，
换些钱填饱你的肚子。

贝拉里奥　唉，殿下，换不来钱；
简朴的乡民认为
碰一下这种漂亮衣服
都是一种罪过。

菲拉斯特　神明在上，
让你再到我眼前来烦我，
真是太不仁慈了；
你对我使过你的骗术，

还想再来骗我吗？
你还有另外一招对付我吗？
即使你像最初我录用你的时候
那样哭泣，那样可怜，那样嗫嚅；
该诅咒的如水流逝的岁月！
如果你的眼泪能撩起别人同情，
那你就哭吧，
但对我已没有任何震撼了。
你走哪条路，
好让我不再见到你，
因为你的眼睛有毒，
而我又不愿总是生气；
是这条路，还是那条路？

贝拉里奥　两条路都可以；
我要选择的是
那条引导我走向坟墓的路。
从不同的方向众下

第四场

迪翁和樵夫们上

迪翁　这对你是一个最奇异的、突然而降的机遇！你，樵夫。

樵夫甲　怎么回事，迪翁大人？

迪翁　你看见一位夫人，骑着一匹白花点的塞布尔马[①]从这儿走过去吗？

樵夫乙　她不再年轻，个儿很高？

---

① 加拿大新斯科舍塞布尔岛一种野生的马种。

迪翁　是的。她骑马前往森林，还是平原？

樵夫乙　说真的，大人，咱们什么也没有看见。

樵夫们下

迪翁　那你还问那些鬼问题。

克莱蒙特上

怎么，找到她了？

克莱蒙特　我想没有。

迪翁　让他去找他自己的女儿吧；她只是找个地方去小解，无须整个宫廷都动员了起来。她解完小便，我们就没事了。

克莱蒙特　在咱们中间已经有成千的私生子故事了：有人说她的马和她走丢了；有人说一头狼在追她；还有人说有阴谋要谋杀她，在林子里见到拿武器的士兵；毫无疑问，她是自愿走失的。

国王和斯拉斯莱恩上

国王　她在哪儿？

克莱蒙特　大人，我说不好。

国王　怎么回事？你敢再这么回答我吗？

克莱蒙特　大人，你要我撒谎吗？

国王　是的，与其跟我那么说，
还不如该死跟我撒个谎。
我再说一遍，
她在哪儿？别含糊其词！
先生，你说，她在哪儿？

迪翁　大人，我不知道。

国王　再不揣冒昧说一遍，
老天呀，

那就要你死。
你们这些家伙，回答我，
她在哪儿？
听着，你们所有的人，
我是你们的国王，
我想见到我的女儿，
把她给我带来！
我命令你们所有的人，
我的臣民，
把她给我带来！
怎么，我不是你们的国王吗？
如果我是的话，
难道我的命令不应该遵从吗？

迪翁　是应该遵从的，如果你的命令
可能而且现实。[①]

国王　可能而且现实？
听我说，你，
你这逆臣，
你胆敢将国王的命令
圈定在可能而且现实之内！
把她给我带来，
否则我不血洗西西里，
我就去死。

迪翁　实说吧，我做不到，
除非你告诉我她在哪儿。

国王　你背弃了我；
你让我失去我的掌上明珠。

---

① 剧作家在此用迪翁勋爵和国王的对峙来讽喻詹姆斯国王 1608 年 11 月在与普通法院大法官爱德华·柯克关于普通法权力高于皇家特权的争论中的专横表现。

去，把她带到这儿来，
让她就站在我面前。
这是国王的意愿，
他吐一口气
就可以叫狂风骤停，
驱散遮蔽太阳的乌云，
叫汹涌的浪涛归于平静，
挡住从天而降的山洪。
说，你能吗？

迪翁　不能。

国王　不能？难道国王吹出的气
不能做到这个吗？

迪翁　不能，如果肺已腐烂，
呼出来的香气也变臭。

国王　是这样吗？请小心。

迪翁　大人，你请小心，
你在挑战公正的权力。

国王　唉，我们国王是什么？
神明呀，
你们为什么要把我
置于万人之上，
受人侍候、吹捧、崇敬，
直到我们确信
我们手握着你们的雷霆，
当我们行使
我们拥有的权力，
没一片树叶敢于
在我们的威严面前抖一抖？
诚然，我犯过罪，

在这儿，我准备接受惩罚，
但也不愿这么受惩罚；
让我选择我的路，
狠狠地反击吧。

迪翁　（旁白）他在跟神明讨价还价；但愿有人会为他们合同的执行提供担保。

法拉蒙德、伽拉忒亚和墨格拉上

国王　怎么，找到了？

法拉蒙德　没有；我们找到了那匹马，
马儿空自在奔跑。
一定有阴谋。
你，伽拉忒亚，
跟她一起骑马进林子的。
你为什么离开了她？

伽拉忒亚　她命令我走开。

国王　命令！你不应该遵从。

伽拉忒亚　违逆我国王的女儿的意志，
不符合我的命运和出身。

国王　当我们处于不利的境遇时，
你们都很狡猾。
但我要见到她。

法拉蒙德　如果我见不到她，
就凭这只手起誓，
我要叫西西里岛不复存在。

迪翁　（旁白）怎么，他要把西西里装在口袋里
拿回西班牙吗？

法拉蒙德　我不会让一个人存活，

除了国王、一个厨师，
和一个裁缝。

迪翁 （旁白）是的，你还会放过你的姘头，
把她当下卵的雌鱼养着。

国王 （旁白）我看我所造成的伤害
总有人会复仇。

迪翁 大人，这总不是找到她的办法。

国王 快跑，散开；
找到她的人，
或找到杀她的人
（如果她被杀的话），
我会叫他飞黄腾达。

迪翁 （旁白）我知道有人愿意出五千英镑找到她。

法拉蒙德 来，让我们来找吧。

国王 每一个人走不同的路；我走这条。

迪翁 来，先生们，我们走这一条。

克莱蒙特 夫人，你也必须去寻找。

墨格拉 我还愿意别人来找我呢。
众下

第五场

阿勒图莎上

阿勒图莎 我在哪儿？我的脚呀，
无须询问我烦乱的头脑，
走你们的道儿吧；

我会在这林子中
勇敢地跟随你们，
越过高山，
穿过荆棘、深渊和洪水。
我期望老天会
让我感觉舒服一点，
我病了。
她坐下
贝拉里奥上

贝拉里奥　在那儿是我的小姐。
上帝知道我已没有欲望，
因为我不想再活了；
但我还是想试探一下
她的慈悲之心。
（对阿勒图莎）哦，听着，
你富有的人，
从你那流淌的河水中
洒几滴在这焦渴的土地上吧。
瞧，那生动的玫瑰红消失，
她变得太苍白了！
抱住她
我恐怕她会晕倒。
小姐，张开眼！
她没有呼吸了。
再张开这一对樱唇，
给我的大人最后道一声永别。
哦，她有动静了。
感觉怎么样，小姐？
跟我说些宽慰的话。

阿勒图莎　让我受罪，

还这么没完没了，
真是太不地道了。
请你放开我吧，
没有你，
我可以过得很好；
我没事。
菲拉斯特上

菲拉斯特　我生这么大气，
我错了。
我要冷静地告诉她
什么时候，在什么地方
听到这要命的传闻。
我说话要和气，
聆听要认真——
见他们
哦，见鬼！别诱惑我，神明！
好神明呀，别诱惑一个脆弱的人！
一个有血有肉的人，
要是在这儿哭泣，
他是什么人呀？

贝拉里奥　我的大人，救命，救救公主！

阿勒图莎　我挺好；忍一会儿吧。

菲拉斯特　与其相信一个
地狱女人的嘴，
还不如让我爱上雷霆闪电，
让蝎子拥抱我、吻我，
让我喜欢上蛇怪的眼睛。
有好的神明俯视，
把这些血管吸干；

将我变成一尊石头纪念碑，
绵延数个世纪，
纪念这该死的事件。
听我说，你狡猾的神明们，
你们将山一般高的火焰
放进了我的心胸，
眼泪也无法将它们扑灭，
为此，但愿你们在心中
永远感到负疚！
但愿在你们的餐桌
和下榻的床上，
绝望在等待着你们！
怎么，就在我面前？
在你的双唇下含有蛇毒！[①]
但愿疾病是你最好的后嗣！
自然发出了诅咒，
让这诅咒应验在你身上！

阿勒图莎　亲爱的菲拉斯特，
别生气了，请听我说。

菲拉斯特　我不生气了；
请原谅我的浮躁。
当风神锁定了他的风源，
那大海也并不比我更烦乱。
我要让你知道。
亲爱的阿勒图莎，
请拿上这把剑，（给剑）
搜索一下我的心，

① 参见《新约·罗马书》3:13："他们的咽喉是敞开的坟墓，他们的舌尖说出虚诈的言语，他们的双唇下含有蛇毒。"

看看它有多温和；
然后，你和你的男孩
就有可能毫无节制地
生活在淫荡之中。
你拿吗，贝拉里奥？
我请你杀死我；
你很穷困，
也许怀有野心勃勃的想法；
如果我死了，
你会更自由一些。
我还在生气吗？
如果我还发怒，
那表明我还想活下去；
先生们，把一下我的脉搏，
要死的人中，
还有比我更谐和的脉息吗？

贝拉里奥　唉，殿下，你的脉搏像一个疯子；
你的言语也同样疯癫。

菲拉斯特　你不想杀我？

阿勒图莎　杀你？

贝拉里奥　绝不。

菲拉斯特　我不责怪你，贝拉里奥；
你只是做了
神明也会改头换面做的事；
走吧，
无须回答我，走开吧。
这是我们最后的会面。
贝拉里奥下
用这把剑杀死我；

放聪明些吧，
否则更糟糕的事将发生。
我们两人势不两立。
下决心干吧，
否则你将受罪。

阿勒图莎　如果我如此幸运
倒在你的手中，
我将死得安谧。
请告诉我，
在阴间没有污蔑，
没有猜忌，
没有恶行了吧？

菲拉斯特　没有。

阿勒图莎　那给我指出前往那儿的路。

菲拉斯特　那你就引导我孱弱的手吧，
你，你还有气力这样做，
我必须行使正义。
如果你的青春
以任何方式
冒犯了上苍，
请做一个简短而实在的祈祷，
让你得到赦免。①

阿勒图莎　我准备好了。
一位乡绅上

乡绅　我要求见国王，如果他还在森林中的话；这两小时我一直在寻找他。我如果回家还没有找到他，我妹妹们

① 请比较莎士比亚《奥赛罗》第五幕第二场奥赛罗：“要是你犯了什么罪孽，/ 还不曾得到上帝的开恩和饶赦，/ 趁这机会祷告吧。”

会讪笑我。除了骑马比我好的，超过我的，我什么人也看不上；除了大喊大叫，我什么也听不见。这些国王需要明智的谋士，这么大叫大嚷，会叫一个怀恨的人失去理智。啊，这儿有一位宫廷的大臣拔出了利剑，架在一个女人的脖子上，我想。

菲拉斯特　你平心静气吗？

阿勒图莎　与天地和谐一致。

菲拉斯特　但愿它们将你的灵魂和身体分开来。

菲拉斯特刺伤她

乡绅　住手，懦夫，欺负一个娘儿们？我告诉你，你是一个胆小鬼。你不敢跟一个好手打个十几轮斗棍比赛，生怕把你的脑袋瓜子给打成两半。

菲拉斯特　好兄弟，请别管我们。

阿勒图莎　你是一个多么没教养的家伙，怎么私自闯入我们的游戏，我们的娱乐？

乡绅　上帝保佑我，我听不懂你的话；但我知道这无赖已经伤害了你。

菲拉斯特　别管闲事了吧；
别让我再犯另一桩血案，
你逼得我不得不这样做。

乡绅　我真听不懂你的话，但我认为那是我的责任，如果你敢碰一下她的毫毛。

菲拉斯特　奴才，你只配吃我的剑。

他们斗了起来

阿勒图莎　神明们呀，请护卫我的大人。

乡绅　哦，你想歇一会儿？

菲拉斯特　我听见有人来的脚步声。
我受伤了。
神明们跟我过不去，
难道这么一点鸡毛蒜皮的事儿
能把我弄得这么狼狈？
为了生命
我得想出一个权宜之计。
我得想个办法
靠意志
而不是靠武力
输掉这场争斗。
下

乡绅　我不能去追这流氓。
少女，
请过来吻我。
法拉蒙德、迪翁、克莱蒙特、斯拉斯莱恩以及樵夫们上

法拉蒙德　你是什么人？

乡绅　为了一个傻女人，
我差点儿被杀死；
有个混蛋伤害了她。

法拉蒙德　公主，先生们！伤在哪儿，小姐？危险吗？

阿勒图莎　他没有伤害我。

乡绅　上帝呀，她在撒谎。他刺伤了她的胸口，瞧。

法拉蒙德　哦，无辜鲜血的神圣源泉呀！

迪翁　这真是不可思议。谁敢这么做？

阿勒图莎　我并没有感觉流血。

法拉蒙德　说，混蛋，谁伤害的公主？

乡绅　这是公主吗?

迪翁　是公主。

乡绅　那我看出点名堂来了。

法拉蒙德　谁伤害的公主?

乡绅　我告诉你了，一个流氓。我从未见过他，我从未。

法拉蒙德　小姐，谁干的?

阿勒图莎　一个狡猾的可怜虫;
唉，我不认识他，
宽恕他吧。

乡绅　他也受伤了，不可能走得太远;我用我父亲的老大砍刀从他耳朵边刮了过去。

法拉蒙德　你要我怎么去杀死他?

阿勒图莎　别，那是一个心烦意乱的家伙。

法拉蒙德　就凭这只手，我要把他剁成碎肉，比核桃还小的块儿，装在帽子里来见你。

阿勒图莎　不，好大人，
如果你真要去抓他，
去把他活着带来见我，
我要给他一个
与他的过失相称的惩罚。

法拉蒙德　我就去。

阿勒图莎　请发誓。

法拉蒙德　对我的爱，我发誓。樵夫，把公主送到国王那儿，给那受伤的乡绅包扎一下。来，先生们，我们去追那家伙。
阿勒图莎、法拉蒙德、迪翁、克莱蒙特、斯拉斯莱恩和樵夫甲下

乡绅　朋友，请让我见一下王上。

樵夫乙　你会的，他会感谢你。

乡绅　如果我把这事情搞清楚了，
其他的一切都见怪不怪了。
众下

第六场

贝拉里奥上

贝拉里奥　沉甸甸的几近死亡的睡意
就挂在我的眉际，
我太困了。
拥抱我吧，
你和蔼的河岸，
如果你愿意，
就永远抱住我吧。
躺下
芬芳的花儿呀，
让我这卑贱的身子
压在你们上面；
我真希望
与其走肉躺在你们上面，
还不如一具行尸
抛撒在你们中间。
慵懒合上了我的眼睛，
我有点头晕了。
哦，我真希望
一觉酣睡，
永远不再醒来。

睡去

菲拉斯特上

菲拉斯特　我犯错了；
良知在呵责我的虚伪，
刺伤她，
还不如刺伤我自己。
当我在斗剑时，
我想我听到
她祈请神明保佑我。
她也许被伤害了，
而我是一个可恶的歹徒。
即使她受伤，
她将隐瞒谁伤害的她。
他中了利剑，
不可能来追赶我，
况且他并不知道我是谁。
这是谁？贝拉里奥在睡觉？
如果你有内疚，
睡得如此香甜，
而我却遭受失眠之苦，
这是不公正的。
幕后有喊声
听，有人在追我；
神明呀，
我要趁这天赐的机会逃走。
如果她说话算数，
他们除了我身上的伤口，
并不认识我；
如果她骗了我，
那就让厄运立即降临世界。

利剑呀，
在这熟睡的孩子身上
烙印上我的印记吧。
我没有受太致命的伤，
我也不会在你身上
刺更致命的伤口。
刺伤他

贝拉里奥　哦，我想死亡来临了。
祝福那只手呀，
它对我太好了。
可怜可怜我，
再刺一下吧。

菲拉斯特　我得住手；
菲拉斯特倒下
我失血过多，
已不可能再逃跑了。
这儿，在这儿，
是他刺伤你的吧？
对他复仇吧，
以其人之道
还治其人之身，
让他死得更惨；
我来教你怎么复仇。
这只不幸的手
刺伤了公主；
告诉那些追我的人，
你是因为阻止我
而受的剑伤，
我会支持你的说法，
得一份奖赏吧。

贝拉里奥　逃吧，逃吧，我的大人，快逃命吧。

菲拉斯特　怎么会这样？
难道你希望我安全无恙吗？

贝拉里奥　要不是那样，
我何必活着？
我的这些剑伤
并没流太多血。
把你那高贵的手给我吧，
我将帮助你掩饰过去。

菲拉斯特　你对我是真心的吗？

贝拉里奥　要不真心，
让我死有余辜吧。
来，我的好大人，
爬进这些灌木丛中，
谁知道神明也许
能拯救你高贵的生命呢？

菲拉斯特　我刺伤了你，
你却这么待我，
我会痛悔而死。
你怎么做？

贝拉里奥　我会很好对付；轻声些，我听见他们来了。
菲拉斯特钻进灌木丛

（幕后音）跟着，跟着，跟着那条他们走的路。

贝拉里奥　我要将我的剑
涂上我伤口的血。
我无须假装晕倒；
上苍知道
我已经站不住了。

摔倒

法拉蒙德、迪翁、克莱蒙特和斯拉斯莱恩上

法拉蒙德　按照他的血迹，
我们一直探寻到这里。

克莱蒙特　大人，在那儿
有一个人在地上爬行。

迪翁　别动，先生，你是什么人？

贝拉里奥　一个可怜的人，
在林子里被野兽咬了；
如果你们还是人，
救救我吧，
否则我就死在这儿了。

迪翁　是他，大人，
我以灵魂担保，
是他伤害了公主。

法拉蒙德　哦，你这该死的人！
你为什么要伤害公主？

贝拉里奥　我被出卖了。

迪翁　出卖？不，你被逮捕了。

贝拉里奥　别催我了，
我承认，受邪恶思想的驱使，
我攻击了她，
我的目标就是弄死她。
发发慈悲吧，
让你们的惩罚
快快降临到我身上吧，
别让这困顿的血肉
再受煎熬了。

法拉蒙德　我必须弄清楚是谁雇佣了你。

贝拉里奥　是我自己要复仇。

法拉蒙德　复仇？复什么仇？

贝拉里奥　她欣然收我做她的听差，
当我的命运之河退潮，
人们举步就可以一跨而过时，
她给我抛洒了雨点般的恩惠，
让命运之河满溢过堤岸，
人们就不能轻易横跨了；
当海上暴风雨横扫过来，
她的太阳似的燃烧的眼睛
对准了我，
把她赐予的河流晒干，
让我比其他更小的溪水
还要局促艰难，
就因为我曾经是一条大河。
简言之，我知道我活不成了，
于是便想去死，
等于让人对我复了仇。

法拉蒙德　如果能找到一种刑罚，
像你的生命一样漫长，
你准备好
忍受那无尽的煎熬吧。
菲拉斯特从灌木中爬出来

克莱蒙特　把他带到这儿来。

菲拉斯特　回去，你们这些强奸无辜的人；
你们知道
你们挪动的这人的价值吗？

法拉蒙德　他是谁?

迪翁　菲拉斯特大人。

菲拉斯特　所有国王珠宝的总和,
塔古斯河[①]的财富,
铺垫尼普顿宫殿的宝石,
都无法和这美德相比。
是我伤害了公主。
神明呀,
将我放在比地球上高山
还要高的金字塔上,
把你的雷声借于我,
从那儿,我要对周围的阴间
宣称他所具有的价值。

法拉蒙德　怎么会这样?

贝拉里奥　大人,有人倦于人生,
乐意去死。

菲拉斯特　别来这些不合时宜的客套,贝拉里奥。

贝拉里奥　唉,他疯了。来,你还要给我引路吗?

菲拉斯特　人就应该信守誓言,
当人背弃誓言,
神明就要重重地惩罚,
上帝却没有碰她。
请注意,贝拉里奥,
当人违逆信誓,
人就把美德全然放弃了。
神明在上,
那就是我呀。

---

① 西班牙中部河流,从托莱多流入葡萄牙里斯本。

你知道
她就站在我和我的权力之间。

法拉蒙德　你的舌头就是你的法官。

克莱蒙特　那是菲拉斯特。

迪翁　难道他不是一个聪明的小孩儿吗？
得，先生们，恐怕我们都被骗了。

菲拉斯特　难道在这儿没有我的朋友吗？

迪翁　你有。

菲拉斯特　那就显示出来：
请好心人
把我们两人拉得更近一些。
当你死亡的时候，
难道你不希望有人为你流泪吗？
请把我轻轻地放在他的脖子上，
那样我就可以在那儿号啕大哭，
然后死去。
拥抱贝拉里奥
普路托斯[①]的财富，
深锁在地球中心的金子，
都不能买走
我现在所拥抱的；
这是可以把恺撒大帝
赎出来的赎金，
如果他被抓的话。
你们这些硬心肠的人们呀，
比巉岩还要冷酷的人们呀，
你们能忍心看着

① 普路托斯，希腊神话中的财神。

这清澈而纯洁的鲜血流淌，
而不割下你们的肉
去拯救那萎谢的生命吗？
那剧痛的伤口，
皇后们会扯下秀发
去包扎，
用澎湃的眼泪
去清洗。
请原谅我，
你们，
可怜的菲拉斯特的财富呀。

国王、阿勒图莎，以及一位卫士上

国王　歹徒抓到了吗？

法拉蒙德　大人，这儿有两个人
承认刺伤了公主；
但肯定是菲拉斯特干的。

菲拉斯特　别再多问了，是我。

国王　那跟他斗剑的人会告诉我们。

阿勒图莎　是的，我知道他会的。

国王　你不认识他？

阿勒图莎　大人，如果是他的话，他也是化装了的。

菲拉斯特　我是化装了的。哦，我的星星，我竟然还能活着！

国王　你这雄心勃勃的傻瓜，
为自己设下了要命的陷阱！
我说要干的必须干，
不要再空泛议论了。
把他们送到监狱去。

阿勒图莎 大人，他们确实共谋
要这并没有受到伤害的生命；
如果不是一报还一报，
我就要去隐居起来整天哭泣。
让我来监护他们吧，
（以一位父亲对他孩子的爱）
我将决定
施行什么刑罚，
是否判决死刑。

迪翁 死刑？轻声些，我们的法律对这种过错还不至于判得那么重。

国王 那就交给你了；
给你一个卫士，
把他们带到你那儿去吧。
来，法拉蒙德王子，
这件事儿过去了，
我们就可以
更安全地举行
预期的婚礼了。

克莱蒙特 但愿这件事别让菲拉斯特失去民心。

迪翁 别担心；他们聪明的脑袋瓜子知道这只不过是一个花招。
众下

第五幕

第一场

迪翁、克莱蒙特和斯拉斯莱恩上

斯拉斯莱恩　国王下令传唤他，要把他处死？

迪翁　是的，但国王必须明白他不可能和老天对着干。

克莱蒙特　我们只是在拖延时间；国王一小时之前就传唤菲拉斯特和刽子手了。

斯拉斯莱恩　他伤口全好了吗？

迪翁　全好了；只是一些擦伤，失血让他昏晕了过去。

克莱蒙特　咱们尽量拖延，先生们。

斯拉斯莱恩　走吧。

迪翁　在处死他之前，咱们尽量磨洋工。

众下

第二场

监狱。菲拉斯特、阿勒图莎、贝拉里奥上

阿勒图莎　哎，说真的，菲拉斯特，别悲伤；我们都挺好。

贝拉里奥　啊，我的好大人，忍耐一下吧，我们都好极了。

菲拉斯特　哦，阿勒图莎，哦，贝拉里奥，
别再发慈悲了；
如果你们再这么怜悯我，
我不仅会被地球开除，
也要被老天开除了。
我这个人
和这地球上所拥有过的
最值得信赖的两个人
虚与委蛇。
它还能承载我们仨吗？
请原谅我，离我而去吧。
国王已经传令要把我处死；
哦，把它给我看一下，
然后忘掉我；
至于你，我的孩子，
我要说的话
将甚至能抚慰野兽的心，
让它们不再伤害无辜的你。

贝拉里奥　唉，我的大人，
我的生命不值得
让你高贵的头脑费神；
那不是生命，而只是
被遗弃的童年的一个散片。
如果我活得比你长，
那是我活过了美德和荣誉，
在我死亡的那一天，
我也不能闭上眼睛，
我要诅咒，
愿我因为背弃信誓
而声名狼藉，

因麻风病
而腐烂成泥。

阿勒图莎　而我
（有史以来最悲伤的少女，
不得不亲手
将我的大人送上死亡）
以处女的荣誉发誓
在那之后
就不要再历数岁月了。

菲拉斯特　别让我如此无地自容。

阿勒图莎　现在在这监狱的人
都高高兴兴走向死亡。

菲拉斯特　当人们发现
你对我这样的一个可怜虫
如此真诚相待，
他们会把我撕成碎片。
我死也死得遗臭万年。
在宁静中享用你的王国吧，
而我则要去永息，
因我的过错
而被人遗忘。
每一个忠诚的情人，
每一个爱情中的少女，
都会割我一块肉而后快，
如果你敢的话，
你也会。

阿勒图莎　我亲爱的大人，
请不要这么说。

贝拉里奥　一块肉？

那敢于割你的肉
并站在一边无动于衷的人，
那不是女人养的。

菲拉斯特　你们两人把我撕扯成两半吧，
否则我的心
会因羞耻和痛苦而碎裂。

阿勒图莎　啊，那也好。

贝拉里奥　别抱怨了。

菲拉斯特　如果你们卑鄙地错待了我，
并发现你们的生命跟我的相比
毫无价值，
你们将会怎么做？
为了爱，女士们，
请真诚地告诉我。

贝拉里奥　你比喻错了，大人。

菲拉斯特　啊，要是真是那样呢？

贝拉里奥　那我们就请你原谅，大人。

菲拉斯特　你们还希望占有它吗？

阿勒图莎　占有它？是的。

菲拉斯特　你们真会那样吗？实话实说。

贝拉里奥　我们会的，我的大人。

菲拉斯特　那就请原谅我。

阿勒图莎　会的，会的。

贝拉里奥　一切就应该这样吗？

菲拉斯特　带我走向死亡吧。
众下

第三场

国王、迪翁、克莱蒙特、斯拉斯莱恩上

国王　先生们，谁见了王子？

克莱蒙特　禀告大人，他到城里
去看新船模型了。[①]

国王　公主准备好
提解她的犯人了吗？

斯拉斯莱恩　她正在等待陛下。

国王　告诉她，我在这儿。
斯拉斯莱恩下

迪翁　（旁白）国王呀，你有可能错算了。
你要拿的头颅[②]
比你仅仅砍下它
要犯难得多。
如果必须要砍下它，
在他面前将堆起
一座金色的干草垛，
那会像一股狂野的洪水
顺势而下
摧毁桥梁，
折断坚韧的松树——
松树赋有粗犷的根

① 虽然戏剧的地点在西西里岛，戏剧中提到的公民显然是伦敦人，所提的“城”显然是伦敦城。模型指亨利王子的豪华的“王子号”船的主甲板模型。

② 指菲拉斯特的头颅。

经历了无数暴风雨，
无数雷霆闪电，
由此而变得无比强大——
将整座整座村子
驮在他的背上，
继而摧枯拉朽，
横扫坚固的城镇、高塔、
城堡、宫殿，
将它们全夷成平地。
所以，你的头颅，
你那高贵的头颅，
将因此埋葬数千生命，
这些生命必须和你一起流血，
就像是你血色残垣的祭品。

阿勒图莎，菲拉斯特，穿着长袍、戴着花环的贝拉里奥和斯拉斯莱恩上

国王　怎么回事，这是什么化装舞会？

贝拉里奥　王族大人，我本应当
给你唱
祝贺这对情人的婚礼之歌，
但我因倒运嗓子走了调，
也缺一把神奇的竖琴
来祝福这旷世良缘，
我便给大家
讲一个喜庆的故事。
这两株美丽的雪松，
山中最高贵的树，
挺拔而又高大，
在它们宁静的浓荫下，
更珍贵的野兽

构筑了它们的巢穴，
摆脱了天狼星和雷霆，
摆脱了云朵，
特别是雨云
给大地倒下
倾盆大雨的雨云。
哦，一片寂静和安谧！
直到永不满足的命运
让灌木疯长，
卑贱的荆棘
将两棵雪松分开；
有一阵，
它们得势了，
统治了整个的山脉，
用灌木、荆棘和蓟
让山体的美人儿窒息，
直到有朝一日
太阳将它们烤焦，
让它们枯萎而死；
如今又吹起了
更和暖的惠风，
让两株雪松重又相见
拥抱在一起，
再也不分不离。
在婚床卜
吟唱神圣歌曲的上帝
将他们高贵的心灵
连理在一起，
在这里，
威震四海的国王，
站着你的孩子们。

我的故事讲完了。

国王　怎么回事，怎么回事？

阿勒图莎　父王，如果你喜爱简单的事实，
（现在不再是化装舞会了）
这位绅士，
你给我看管的犯人，
成了我的管家，
他经历了极度的痛苦，
你的猜疑和背运，
他高贵地与之搏斗，
终于来到这儿
成为我的丈夫。

国王　你亲爱的丈夫！
把城堡的将军叫来；
你将在那儿举行婚礼！
我将举行一个化装舞会，
让你的许门[1]不是穿番红色，
而是黑色的长袍，
为你们离别的灵魂
唱悲哀的安魂曲。
鲜血将浇灭你们的火把，
你们厚颜无耻的脖子上
挂着的不是美丽的鲜花，
而是灾星般的斧头，
砍掉你们爱情的脑袋。
神明呀，
我在此发誓，
从此以后我不再是

① 许门，希腊神话中的婚姻之神。

这个女人，
这个卑鄙的女人的父亲，
我要像
被猎狗追逐的
被抢夺掉子嗣的
发怒的狮子一样复仇，
要更可怕，更凶猛。

阿勒图莎　父王，
以我所剩的残生发誓，
再没有什么东西
可以让我放弃我的目的，
那是我生命的一部分。
我对我所做的
没有丝毫悔意，
与其让法拉蒙德
夺走我的贞操，
我宁可死在刽子手的刀下。
对于我
死亡已不再是可怕的了。

迪翁　（*旁白*）不管你什么时候死亡，
甜蜜的宁静
将降临在你的灵魂之上，
可尊敬的少女呀，
我要拯救你，
使你免于死亡，
否则我宁可先于你
走向死亡。

菲拉斯特　大人，
下面让我来说一说。
让我的死亡前的誓言

比我的行为
更深地打动你。
如果你将目标
对准这甜蜜而无辜的生命，
你就是一个独裁者，
一个凶恶的野兽，
吮吸你自己创造的
生命的鲜血；
你死后对你的记忆
跟在你生前一样，
将非常模糊，
即使你所做的丰功伟绩
也很快就打了水漂，
但是，这件事
却将要镌刻在大理石石碑之上。
除了耻辱，
没有一部编年史会提到你，
虽然你有自己的编年史。
没有一座纪念碑
（高耸和雄伟如皮立翁山[①]）
能掩盖这场卑鄙的屠杀；
即使你用黄铜，
用最纯粹的金子，
用亮晶晶的碧玉
将它装饰成金字塔；
即使写上
把伟人描摹成神明的碑文
也无济于事；
我那小小的大理石盒子

① 希腊一座绿意葱然的山峰，在希腊神话中为半人半马怪物的居住地。

（那只盛放我的骨灰
而不是我的过错）
将大大超越你的纪念碑。
至于你未来的继承人，
别老这么琢磨着苍天的智慧，
以为因为你盛怒而斯杀，
他们会给你更好的评价，
除非那是条蛇，
或者像你的什么东西，
一生出来就掐死你。
还记得我父亲吗，国王？
那是一个过错，
但我原谅了它。
让那个罪愆劝说你
爱这位夫人吧。
如果你还有灵魂，
请想一想，
拯救她，你也被拯救。
我一直在等待
这一令人高兴的时刻，
我在你的手下
憔悴度日，
日益委顿，
神明呀，
我很高兴去死，
那是一场欢乐。
使者上

使者　国王在哪儿？

国王　在这儿。

使者　快集结陛下的军队

去救法拉蒙德王子，
担心菲拉斯特的安全，
公民们抓了他
并把他关禁了起来。

迪翁　（*旁白*）哦，勇敢的公民们！
起义，我亲爱的好同胞，起义！
我勇敢的老工匠们，
拿出你们的武器[①]
为你们的女人而战！
另一使者上

使者乙　武装，武装，武装，武装！

国王　一千个魔鬼拿起了武器。

迪翁　那是一千个祝福。

使者乙　武装，哦，陛下，城里起义了，
由一个花白头发的老歹徒发动，
说是要救菲拉斯特大人。

国王　到城堡去。
两位使者、阿勒图莎、菲拉斯特、贝拉里奥下
我要让他们到安全的地方，
然后再来对付这些歹徒。
让卫兵们和所有的绅士
都来保卫我。
国王下
迪翁、克莱蒙特、斯拉斯莱恩留在舞台上

克莱蒙特　整个城市起义了！大大出乎意料。

迪翁　是的，这场婚姻也是出乎意料；天啊，这位高贵的小姐把我们都骗了。我真该死，对这位小姐的声誉有任

① 此处“武器”含性暗示。

何不轨的想法真是罪该万死；哦，我可以为此痛揍自己，你可以痛揍我，我也可以痛揍你，因为咱们都有过这个想法。

克莱蒙特　别，别，那会浪费很多时间。

迪翁　你说得在理。你的剑刃锋利吗？得，我亲爱的同胞们，吆喝“来买呀，来买呀”的同胞们，如果你们摔断了小腿，还继续勇往直前，我要把你们写入正史，镌刻成木刻，写入正史，用诗歌赞扬和讴歌你们，用各种语言的歌谣吟唱你们的勇敢，直至永远，[1]我仁慈的穿锡盔甲的人们。

斯拉斯莱恩　要是人们都舍命逃跑，只顾自己，怎么办？

迪翁　那魔鬼就会来收拾局面，让他们明天早餐也吃不成。如果他们都是胆小鬼，我马上就诅咒他们；但愿瘟疫肆行，让绅士们生怕出外传染上，穿着廉价的羊毛毛衣枯守在家里；但愿蛀虫蚕食掉他们有图案花样的富贵丝绒，即使有昂贵的丝绸，也只够绑绑红眼睛；但愿奸商昏暗的窗户帮不了他多少忙，让顾客一眼就看出布匹的折痕、洞眼、油渍和旧迹，让那些布匹躺在店铺里烂掉；但愿他们豢养婊子和马匹倾家荡产，关进债务监牢，只好啃牛脖子肉和胡萝卜；但愿他们生下许多小子，但没有一个像老爸；但愿他们除了跟孩子胡言乱语之外什么话也不会说，只懂得在合同中写的那些野蛮的拉丁文；但愿他们签那种骗人的假合同，把老本都赔光。

国王上

国王　神明对他们复仇了；瞧他们怎么聚集在一起！怎么大声嚷嚷！让魔鬼掐住你们胡说八道的喉咙；如果你想

① 原文为拉丁语，saecula saeculorum，拉丁文圣经赞美诗《主的祈祷》最后一句。

要利用他们的血性，你得给他们金钱，把他们调动起来，像一群羔羊去战斗。菲拉斯特，只有菲拉斯特能把这动乱降温；暴徒们压根儿不听我说话，往我扔垃圾，骂我是独夫。哦，快去，亲爱的朋友们，快去叫菲拉斯特来；跟他和蔼地说话，尊称他为王子，对他毕恭毕敬，代我向他致以问候。哦，怎么办，怎么办！

克莱蒙特下

迪翁　哦，我勇敢的同胞！只要我活着，除了这城里的商人，我不会从任何别人那儿购买哪怕一根针；你们欺骗我，我还要感谢你们，给你们送去肉、火腿和一对鹅，要让你们在漫长的假期中长膘，到了开庭季你们可以养得很肥壮、很健康。

国王　天晓得他们会怎么对待这可怜的王子，我有点担心呀。

迪翁　啊，大人，他们会把他打得皮开肉绽，用教堂救火水桶往他身上浇水，扑灭反叛，然后在他头顶上打上一个螺丝，把他吊起来当幌子。

克莱蒙特和菲拉斯特上

国王　哦，令人尊敬的大人，请原谅我，
不要让你的悲伤和我的过错
交缠在一起，
让我们陷进更危险的境地。
振作起来，
即使经历了苦难，
你还是健硕如初。
我错待了你，
虽然我很晚发现，
改正得也不及时，

请你多加宽恕。
请用你与生俱来的权力，
带着我的爱，
我的忏悔，
我的祝愿
和祷告，
让人民平静下来吧。
对着神明，
我起誓
我是用心在说这些话，
要有一句虚假，
我将被雷霆闪电劈死。

菲拉斯特　威震四海的大人，
我不希望
不让你的诺言得到实现
而怠慢你的伟大；
让公主跟那可怜的小孩儿
自由吧，
让我屹立于世
直面那狂澜
要么力挽，
要么同归于尽。

国王　那就按你所说
让他们自由吧。

菲拉斯特　那我告辞了，
亲吻你的手，
请信守你的诺言。
像一个国王的样子，
别动摇，大人，
我将给你带来和平，

要不就永不返回。

国王　愿所有的神明保佑你。

众下

第四场

一位年迈的将军和公民押着法拉蒙德上

将军　来，我勇敢的兄弟们，让咱们去冲呀，把帽子扔到空中去，就像群蜂飞舞，我的孩子们，让你们的如簧巧舌忘却你们娘的胡说八道，说什么你还缺什么吗之类的絮叨，张开你们的嘴，孩子们，直到你们的味觉连粗盐和辣椒都觉察不出来，那就大声喊："菲拉斯特，勇敢的菲拉斯特！"让菲拉斯特比云纹绸和丝嵌织锦还深入人心，我的伦敦佬们，我的雇佣军的弟兄们，我的手持木棍的弟兄们，不要让廉价的浆洗丝绸、金丝刺绣的丝绸、薄纱、喜爱的葡萄干蛋糕和蛋奶糊，你们这些绿林好汉们，别让这些东西在幽暗的商铺窗户后面蒙蔽你们的感情；不，漂亮的猎手们，就像你们高贵的绒毛丝绸一样挺身而出，拿出你们工匠的勇气来，让你们冲天的愤怒迫使国王掂量掂量你们裁缝尺子的力量。菲拉斯特！呐喊吧，我的玫瑰银币贵族们[①]，呐喊吧！

众人　菲拉斯特，菲拉斯特！

将军　你觉得怎么样，王子大人？这是些疯狂的家伙，我告诉你，这些人可不会输给驳船，收起风帆，让他们堂堂的大商船仅仅沿岸溜达，捕捞些贝类小玩意儿。

---

① 爱德华三世时期铸造的印有玫瑰图案的银币，所谓玫瑰银币贵族是指与真正贵族相对的商业贵族。

法拉蒙德 啊，你这粗鲁的奴才，你明白你在做什么吗？

将军 我英俊的木偶王子，咱们当然明白，咱们早就警告过阁下，别拿你那套唬人的话来吓咱，要不你那顶千疮百孔的王冠说不定会被子弹打穿；亲爱的苹果王子，去你妈的贵族血统，只要我活着，我就要把你拿来烤着吃。把他松绑，兄弟们；用你们的长矛柄清理出一个圆圈来，我的赫克托耳[①]英雄们，让我瞧瞧这个穿戴漂亮的家伙敢做什么。现在，先生，看你的了；我在这儿，一开打，（亲爱的王子，你看见了吗？）我可以把阁下的肠子给挑出来，把你交叉着腿吊起来，就像肉店门前挂着的兔子，就用这根钢棍。

法拉蒙德 你们不会谋杀我吧，你们这些狡猾的歹徒？

公民甲 会的，我们会的，先生，已经很久没有看见杀一个人了。

将军 他应该有武器，是不是？给他一把砍刀，我勇敢的孩子们，用你们的长矛把他的皮就像锦缎挑出花头来，在每朵花案间要有一记深深的刀痕；你们的王族会变得遍体鳞伤；把他剁成碎块吧，先生们，然后塞进裂缝里去。哦，把他编成缎带当根鞭子！我正缺一根马车鞭子呢！

法拉蒙德 哦，饶了我吧，先生们。

将军 且慢，且慢；这家伙开始害怕了，知道他是几斤几两了。现在只要在他鼻子上穿上一根羽毛，他就只能看见天空，那是他将要去的地方。[②] 不，外国佬先生，咱们会宣称你即位。你将是国王，给教区啤酒节指派钦定继承人，你这穿单层薄绸的王子，你这皇家白尾

---

① 赫克托耳，希腊神话中的特洛伊战争中的英雄。

② 在这里将军运用了训练猎鹰中的术语。驯鹰者在猎鹰的眼睑上缝上一根线或者一根羽毛，将它的视线局限于往下看见猎物，并且在驯鹰者的掌控之中。

鹞，毫无用处，只配在穷人家饲养着，谁家的孩子都可以给你喂点面包渣儿。

法拉蒙德　神明呀，别让这些地狱的恶狗来咬我。

公民甲　要把他阉割了吗，将军？

将军　不，留着他的蛋蛋吧，我亲爱的乡绅先生们，[①] 你们热爱娘儿们，让她们去传宗接代吧。一个发情女人的烦恼就像瘟疫一样瞬间就会消失的，我的孩子们。

公民甲　我肯定要个腿。

公民乙　我要个手臂。

公民丙　我要他的鼻子，用我自己的钱建一所学院，在学院大门口擤鼻子。[②]

公民丁　我要他的小肠，给我的小吉他琴做琴弦，王族的肠子肯定听起来会像银子一样叮当好听。

法拉蒙德　但愿肠子在你肚子里，我可以免除这痛苦了。

公民戊　好将军，把他的肝给我喂雪貂。

将军　还有谁要分他的肉块儿的？说。

法拉蒙德　好神明呀，帮帮我吧，他们要折磨我了。

公民甲　将军，我将给你双手握重剑砍下的边角料，如果你愿意的话，把他的皮给我，好做一个仿皮剑鞘。

公民乙　他没有角吧，先生，是不是？

将军　没有，先生，他是一头没角的公鹿。你要角干什么用？

公民乙　哦，如果他有角的话，我就可以拿它们来做剑柄和哨子；不过他的腿骨如果没有损耗，也可以用。

菲拉斯特上

---

① 原文为 donsel，西班牙文，意为将成为骑士英雄的人，来源自伊比利亚半岛传说。

② 这是在开牛津大学布雷齐诺斯学院（Brasenose）的玩笑，因为其名与“铜鼻”谐音。

众人　菲拉斯特万岁，勇敢的菲拉斯特王子！

菲拉斯特　谢谢你们，先生们。
为什么你们要拿出
这些粗糙的武器
来干莽撞的事儿呢？

将军　我皇家的英雄，[①]
咱们是你忠诚的跟班，
你的卫士，
你的打手，
当你高贵的身子遭到监禁，
咱们敲打着陈旧的铁盔，
走街串巷吓唬人。
你们这些人间的战神，[②]
这是和平吗？
国王是否友好，
会不会让你活下去？
你是否优于你的敌人，
像太阳神一样自由？说吧。
如果不是这样的话，
咱们将刺穿法拉蒙德，
让王族的血往外奔流，
就像打开的酒桶，
把渣滓都倒出来。

菲拉斯特　别着急，满意吧。
我是自由的，
就像我的思想一样的自由；
我对神明起誓，

---

① 原文为 Rosicleer，伊比利亚半岛流传的爱情故事中的一位骑士英雄。

② 原文为 Mars of men，请比较莎士比亚《理查二世》第二幕第三场约克："the Black Prince，that young Mars of men."（那人间的少年战神黑太子。）

我是自由的。

将军　你是国王的宠儿吗?
你是赫拉克勒斯的奴仆吗?
宫廷侍臣们对你鞠躬吗?
穿玫瑰红衣袍的大臣们亲吻
他们喷了香水的拳头,
高喊"我们是你的仆人"吗?
宫廷这港口航行通畅吗?
国王那旗舰友好吗?
如果不,
那咱们就是战舰,
就要把那人杀掉。

菲拉斯特　我是我希望成为的人——
你们的朋友;
我是生来就是——
你们的王子。

法拉蒙德　大人,你还有人性,
你有一颗高贵的心灵。
忘掉我的名字,
请想一想我的痛苦,
送我安全上船吧,
让我摆脱这群吃人的野兽,
只要我活着,
我永远不会再来到这块土地。
这儿什么也没有,
只有监禁、寒冷、饥饿、
疾病、危险,
最坏的、最疯狂的
年轻和年迈的
最坏的

一群人和一个女人，
都麇集在一起，
他们做，哦，无法无天的事，
我要做出一个新的选择，
宁可和我的人民生活一生，
也不和这些野狗生活一小时。

菲拉斯特　我怜悯你。
朋友们，不要再惧怕了吧，
把王子给我。
我向你们保证，
我将安全地继位。

公民丙　好殿下，当心别让他伤害了你。我告诉你，殿下，他是一个凶猛的家伙。

将军　王子，请允许我给你拿根马肚带来，让你骑着马儿像鹰一样飞奔。

法拉蒙德蠢蠢欲动

菲拉斯特　散开吧，散开吧，他已经没有危险了。
唉，他得好好睡一觉
压一压他的惊吓；
你们瞧，朋友们，
他那么听从引领他的人。
他很顺从，不需要进一步看守了。
我的好朋友们，回家去吧，
你们将得到我的宽宥和爱，
你们应该知道
在我的权力之内
你们将实现你们的愿望，
这是你们值得得到的。
再进一步感谢你们，

那就是哗众取宠了。
继续你们的爱吧，
这是感谢你们的好意，[①]
请拿着去喝酒吧。
给他们他的钱包

众人　祝愿你长寿，勇敢的王子，勇敢的王子，勇敢的王子！

将军　去干你的事吧，你是大施主。解散，我亲爱的年轻伙伴们，啊，每一个人回自己的家去，把锡铠甲挂起来，然后到酒馆去，带上你们焐着暖手袋的老婆；咱们将有音乐，红葡萄酒将让咱们跳舞，唤起性欲，欢乐吧，孩子们。
众下

第五场

国王、阿勒图莎、伽拉忒亚、墨格拉、克莱蒙特、迪翁、斯拉斯莱恩、贝拉里奥，以及随从上

国王　骚乱平息了吗？

迪翁　大人，一切就像深夜一样宁静，
像睡眠一样和平。
菲拉斯特大人，
陪着王子来吧。

国王　仁慈的先生们，
我不会违背
我对他做的诺言，
一个字也不违背；

① 请比较莎士比亚《辛白林》第一幕第五场王后：“这不过是表示我对你的好意的信物，以后我还要给你更多的好处哩。”

我已经给他带来
天大的痛苦，
我希望以此来将一切
都洗刷干净。
菲拉斯特和法拉蒙德上

克莱蒙特　大人来了。

国王　*拥抱菲拉斯特*
我的孩子，
这可祝福的时光呀，
我能把这美德
称作是我的美德了；
你现在在我的怀抱里，
我想我有疗治
我胸口所有伤口的良药了。
从我的眼睛里
流淌出因为我错待了你
而产生的不尽的痛苦，
同时，又因为我忏悔
而感到无尽的欢喜。
让它们给你以慰藉吧。
收回你的权力，
把她要回去吧；
她也是你的权力；
别拿我原先做的事
再来烦扰我的灵魂了。

菲拉斯特　大人，那在我的记忆中
已经给抹去了，
给遗忘了。
你，西班牙王子，
我已经把你赎回来了，

你完全有自由
可以乘船光荣回国。
如果你还想带什么归国，
我看有一位夫人
很想陪伴你上路；
你觉得怎么样？

墨格拉　大人，他很想这样，
他已经初试，
觉得与王子的喜好相配。
我们已经上过床；
我知道你的意思。
我并不是第一个女人
造化教导去追求一个男人。
难道我就得承受永恒的耻辱，
而别人就无须吗？
王子们
有鄙俗的人所没有的
疗治恶名的灵丹妙药吗？

菲拉斯特　你这是什么意思？

墨格拉　你必须再调遣一艘船来，
载上公主和她的男孩。

迪翁　为什么？

墨格拉　其他人载上了我，
我要将她和他带上。
是女人
终久得要被人欢爱。
让我们四个上船，我的大人，
我们不怕风雨飘摇，
天气恶劣。

国王　先把自己还一个清白，
否则别称我作父亲。

阿勒图莎　这世界
多么地虚伪！
让我还一个清白
是什么意思？
那只存在于你的意念之中。
大人们，请相信我，
别理那些污蔑我的谣传。

贝拉里奥　哦，堵住你的耳朵吧，伟大的国王，
我将说出实情，
那将显示这位夫人
卑鄙如她的行为。
请听我说，大人；
相信这位夫人的话
还不如听任你的热血
背弃你的理智。

墨格拉　仅凭这个，就可以断定他了。

菲拉斯特　这位夫人！
与其相信她，
我还不如相信
风中飘飞的羽毛，
汹涌的大海中的珍珠。
别相信她！
啊，难道你们以为
如果我相信了她的话，
我能忍受活下去吗？
如果我不能挑战
污蔑公主的人，

只因为她是女性，
那么，除了死亡，
还能有什么呢？

国王　把她忘了吧，先生，
我们已经如此纠缠在一起了。
我还想请求你
帮一个忙，
如果遭到拒绝，
我会非常遗憾。

菲拉斯特　不管是什么，
请尽管说出来。

国王　请发誓说出你的祈愿。

菲拉斯特　对着上天，
请不要让她或他去死，
给他们以活路吧。

国王　把那孩子拉出去
上刑。
要么说清楚洗白，
要么入土埋葬。

菲拉斯特　哦，那我要收回我的誓言了；
令人尊敬的大人，
过问点别的事儿吧；
即使要把我的生命和权力
都埋葬在一个可怜的墓穴中，
也请不要同时
夺走我的生命和声誉。

国王　把他拉出去；这决定不可更改。

菲拉斯特　请你们所有的眼睛看我一眼吧！

在这儿站着的这个人，
是世界上最虚伪、最卑鄙的一个。
将利剑对着这个胸口吧，
那个诚实的人儿，
在我被可怜之前
我曾经活过的呀。
我以前的行为
曾经充满了仇恨，
但这最后一举
却充满怜悯，
因为我不愿
让我亲爱的生命的护卫者
受到刑罚的折磨。
血肉之躯
怎么能忍受这样的耻辱
而且还能苟活于世呢？
想自杀

阿勒图莎　亲爱的大人，请忍耐一下。哦，请止住那只手！

国王　先生们，把那孩子的衣服剥光。

迪翁　来，先生，看你的细皮嫩肉能不能受得了这苦了。

贝拉里奥　哦，还不如杀了我，先生们！

迪翁　不。来帮把手，先生们。

贝拉里奥　你们要给我上刑吗？

国王　快点干，干吗待着？

贝拉里奥　你们知道，
我不会背弃我的信誓，
公正的神明呀，
即使我把一切披露。

国王　怎么说？他会供认了吗？

迪翁　大人，他是这么说的。

国王　那就说吧。

贝拉里奥　伟大的国王，
如果你指派这位大人
跟我单独谈话，
那我的舌头，
在我的心的驱使下，
就会说出我这个年轻的人
所怀有的所有思想，
以及你很少听说的
更为奇异的事情。

国王　那你就跟他到一边去谈吧。
迪翁和贝拉里奥走到一边去

迪翁　你为什么不说？

贝拉里奥　你认识这张脸吗，大人？

迪翁　不认识。

贝拉里奥　你从没有见过这张脸，或者类似的脸？

迪翁　是的，我见过类似的脸，但不记得在什么地方见过的了。

贝拉里奥　人们常常告诉我，
在宫廷里
有一个叫欧夫拉西亚的宫女，
你的女儿，
人们奉承我，
发誓说很奇怪，
她和我长得非常相像，

如果分开
穿着同样的衣服，
根本分不清。

迪翁　天啊，有时是会这样的。

贝拉里奥　看在美丽的她的面上，
她眼下正在朝圣中
度过她的青春年华，
去跟国王求情，
让我赦免这场刑罚吧。

迪翁　你不仅长得像欧夫拉西亚，
说话也像欧夫拉西亚。
你怎么知道
她去朝圣了？

贝拉里奥　我不知道，我的大人；
我听说了，
但我压根儿不相信。

迪翁　哦，真是羞耻呀，
这可能吗？
走近点儿，
让我好好瞅瞅你。
你是不是就是她，
要不就是你谋杀了她？[①]
你是在哪儿出生的？

贝拉里奥　在锡拉库萨[②]。

迪翁　你的名字叫什么？

贝拉里奥　欧夫拉西亚。

① 据说在野蛮的国度里，谋杀者将会继承他谋杀的人的品质和体形，故有此说。

② 西西里岛东岸一座古城。

迪翁　哦，是这样，就是她。
我现在知道你了。
哦，你还不如死掉，
别让我看见你，
让我蒙受这样的耻辱。
我怎么能承认我是你父亲？
难道我这个舌头尖儿
还能称你为女儿吗？[①]

贝拉里奥　我也但愿我死掉。
我多么期望死去呀，
但在公开我所说的之前，
必须发誓，
不再隐瞒任何东西。
我为此而感到欣慰，
公主清白了。

国王　怎么，你弄清楚了？

迪翁　都弄清楚了。

菲拉斯特　既然都弄清楚了，
那为什么还要阻止我？
请让我死吧。
他欲自刎

国王　止住他。

阿勒图莎　弄清楚了什么？

迪翁　啊，我的耻辱呀。

---

① 请比较莎士比亚《无事生非》第四幕第一场里奥那托：“doth not every earthly thing / Cry shame upon her？ Could she here deny / The story that is printed in her blood？ / Do not live，Hero.”（不是整个世界都在斥责她的无耻吗？她能否认刻在她血液里的丑事吗？别活了，希罗。）

那是一个女儿身。
其余的让她自己说吧。

菲拉斯特　什么？再说一遍。

迪翁　那是一个女儿身。

菲拉斯特　可祝福的
庇护无辜的神力呀！

国王　把那位夫人抓住。
墨格拉被抓

菲拉斯特　那是一个女儿身，大人！
听着，先生们，
那是一个小女孩儿呀！
阿勒图莎，
将我的灵魂放进
你那欢乐的胸口吧。
那是一个女儿身！
尽管有恶意，
在未来的世纪里，
你都将是美丽而贤惠。

国王　你为什么说
那是他的耻辱？

贝拉里奥　我是他的女儿。

菲拉斯特　神明是公正的。

迪翁　我不能谴责任何人，
但是在你们两人面前，
我跪下乞求宽恕。
跪下

菲拉斯特　扶起他
别在意，

因为我知道，
虽然你疏忽做了这一切，
你的用意是好的。

阿勒图莎　我呀，
我有权力
宽恕任何错待我的人。

克莱蒙特　太高贵，太令人尊敬了。

菲拉斯特　但是，贝拉里奥，
（我还是这样称呼你）
告诉我
你为什么要隐藏你的性别？
那是一个错误，
一个错误，贝拉里奥，
虽然与你的真诚相比，
那不算什么。
如果你早披露这一切，
那些妒忌和恶意
就都不翼而飞了。

贝拉里奥　我父亲经常说起
你的高贵和美德，
随着我的悟性增长，
我很想见一见
如此受敬佩的那个人。
然而这不过是少女的幻想，
匆匆而去
正如匆匆而来。
一次，我坐在窗前，
凝望着草地默思，
我看见了一个神明，

他（那是你）
走进了我家的门。
我热血沸腾，
犹如我在一呼一吸之际，
让青春的血在我周身奔腾。
我被匆匆叫唤
去服侍你。
从来没有一个人
从羊圈走向御杖，[①]
在我的心目中
显得如此高大。
你在我的嘴唇上留下一吻，
这两片嘴唇，
我想永远不让你亲吻的呀。
我听到你的嗓音
比歌声还要嘹亮。
你走后，
我在心中思索了一番，
想一想
是什么撩拨得我如此心绪不宁；
唉，我发现那是爱情，
绝不是淫欲，
因为只有在你身边，
我才可能为爱情而死。
为此，我用一场虚假的朝圣
来迷惑我高贵的父亲，[②]
并穿上男孩的衣服。

① 指帖木儿大帝。

② 欧夫拉西亚和苔丝德蒙娜一样，都是为了所爱的人从父亲那儿逃走。同样，约翰·韦伯斯特的《玛尔菲公爵夫人》：“我希望殿下假装为 / 一个前往洛雷托的朝圣者，/ 洛雷托离美丽的安科纳 / 仅七里格之遥。”

我知道我的出身
无法与你匹配，[1]
得到你只是痴心妄想。
我知道
如果我披露我的性别，
我就不可能和你生活在一起，
于是我对一个少女所能想起的
所有带有宗教含义的东西起誓，
只有瞒住男人的眼睛，
永远不让人们知道真相，
我才能和你生活在一起。
于是，我去坐在喷泉旁边，
在那里，你一见面就收容了我。

国王　任什么时候
只要你愿意，
你可以在我的王国
任何地方，
寻觅一个情人，
我将给予你嫁妆，
只要你和他相配。[2]

贝拉里奥　永不，大人，我永不结婚。[3]
那是我赌了咒的；

---

① 参见莎士比亚《哈姆雷特》第一幕第三场莱阿替斯：“地位太高，一想到就不能由自己 / 做得了主意；他得受身份的拘束。”第二幕第二场波乐纽斯：“殿下是一位王子，你高攀不到的；/ 这样下去可不成。”第五幕第一场王后：“我本来指望你嫁给我的哈姆雷特。”

② 请参见莎士比亚《终成眷属》第五幕第三场国王（对狄安娜）：“你倘然果真是一朵未经攀折的鲜花，那么你也自己选一个丈夫吧，我愿意送一份嫁奁给你。”

③ 请参见莎士比亚《终成眷属》第四幕第二场狄安娜：“与其嫁给他，还不如终生做个处女好。”

如果我得到允许服侍公主，
能亲历她的大人和她的美德，
那我才会有活下去的希望。

阿勒图莎　虽然你有一位夫人
穿戴得像一个听差
侍候你，
我，菲拉斯特，
也绝不能妒忌；
也绝不能怀疑。
来，和我生活在一起吧；
和我一样自由自在，随心所欲。
如果妻子仇恨
一个爱她丈夫的人，
那是该诅咒的呀。

菲拉斯特　我感到痛苦，
如此的美玉，
掩埋于泥土之下，
历久而未露世。
听我说，我皇家的父亲呀，
别对那卑鄙的女人复仇，
一想到这，
我们自由的灵魂就感到痛苦。
她的恶意伤害不了我们。
让她自由吧，
从耻辱和罪愆中
她将涅槃重生。

国王　把她放了。
但必须远离宫殿；
这不是她该待之地。
你，法拉蒙德，

将自由航行回国，
像一位伟大的王子。
当你到了那儿，
请记住，
你失去她是你的错误，
我并不是故意而为之。

法拉蒙德　显赫的大人，
我承认。

国王　最后，请你们将手紧握在一起。
享受这个王国吧，菲拉斯特，
这是你的王国，
在我之后，
怎么称呼我的王国都可以。
我祝福你；
在此你们婚礼欢乐的时光，
但愿你的品德
在所有的土地生根发芽，
能活着看到那雪松
在阳光普照的地方葳蕤繁衍。[①]
让王子们以此学会
控制他们的情欲，
因为上天的意志
永远不能违背。
众下

---

① 请参见莎士比亚《辛白林》第五幕第五场预言者："自庄严之故柏上砍下之枝条、久死而复生、重返故枝、发荣滋长之时。"

白魔鬼[①]

约翰·韦伯斯特 著

① 译自 The Duchess of Malfi and Other Plays, Oxford University Press，2009。

戏剧人物

薇托利亚，威尼斯女子，弗拉米尼奥的妹妹

博拉奇阿诺公爵，曾娶伊萨贝拉，后娶薇托利亚

弗拉米尼奥，博拉奇阿诺秘书

考内莉亚，薇托利亚、弗拉米尼奥和马塞洛的妈妈

占奇，摩尔人，薇托利亚的仆人

卡米洛，薇托利亚的第一任丈夫

豪顿西奥，博拉奇阿诺家人

弗兰西斯科，佛罗伦萨大公爵

伊萨贝拉，博拉奇阿诺第一任妻子，弗兰西斯科妹妹

吉尔瓦尼，博拉奇阿诺和伊萨贝拉的儿子

马塞洛，弗拉米尼奥的哥哥

洛多维科，意大利伯爵

加斯帕洛，洛多维科朋友

安东内利，洛多维科朋友

卡洛，博拉奇阿诺家人

佩德罗，博拉奇阿诺家人

蒙蒂契尔索，红衣主教；后主教保罗四世

阿拉贡，红衣主教

朱利奥医生，江湖医生，巫师

克里斯托菲罗，基德－安东尼奥，富内斯，雅克斯（摩尔人，吉尔瓦尼仆人）：幽灵人物，在剧中提及，但无任何实质性的角色分配

大使，侍者，大法官，魔术师，律师，巡官和卫士，侍从，仆人，军械士，红衣主教，红衣主教侍从，廷臣，从良妓女感化院女舍监，医生们，录事

第一幕

第一场

洛多维科伯爵、安东内利和加斯帕洛上

洛多维科　流放？

安东内利　听到这判决，
太叫我伤心难耐。

洛多维科　哦，德谟克利特[1]，
你统管全世界的神明呀！
这就是宫廷的报答
和惩罚！
命运只是一个婊子呀。
如果她给点儿恩惠，
那也只是细微零碎，
说不定什么时候
一下子全收回去。
这些大人物敌人——
上帝保佑他们——
也是这样：

---

① 公元前 5 世纪希腊哲学家和科学家。

恶狼只有吃饱喝足，
才会将掠夺的本性藏匿。

加斯帕洛　你把公侯贵爵
全说成是敌人。

洛多维科　哦，我为他们祷告。
千钧雷霆
只有会被它撕成齑粉的人
才会敬仰它。

安东内利　啊，大人，
说来你也理该倒霉；
瞧瞧你过去所作所为：
不过三年光景，
把最高贵的爵位丢了。

加斯帕洛　你的跟班们
把你像木乃伊吃了，
胃里塞满了这些糟透的玩意儿，
在臭水沟里把你吐一身秽物。

安东内利　该死的饕餮盛宴
让你走起路来跌跌撞撞；
那拥有两座庄园的大人
称你为老爷，
看中的只是你的鱼子酱。

加斯帕洛　这些曾经应邀
参加你筵席的贵族，
宴席会上少不了稀有的凤凰，[①]
如今讪笑你晦气倒霉，
把你当作飞向地球的流星，

---

① 凤凰是一种稀有的鸟类，吃烤凤凰是当时流行的对过于奢侈的筵席的一种嘲笑。

定然会在空中爆炸完蛋。

安东内利　他们嘲弄你，
说你是在地震中降生，
把这好端端的爵位丢弃。

洛多维科　好极了；
这就像挑着两桶水，
小心不让水
从任何一个桶里
往外泼溅。

加斯帕洛　比这更糟糕的是，
你在罗马杀了人，
又血腥又恐怖。

洛多维科　唉，那只是虱子咬一口——
要不为什么
他们没要我的脑袋?

加斯帕洛　哦，我的大人，
法律有时确实会干预，
血腥的暴力终究不好；
这种温和的惩罚
也许能终止你的罪愆，
并改善你悲惨的处境。

洛多维科　是这样的；
但我纳闷为什么
有些大人物
却能幸免这种惩罚；
保罗·吉奥达诺·奥西尼，
博拉奇阿诺公爵，
现住在罗马，
他通过秘密的淫媒，

企图嫖娼薇托利亚·克罗姆博纳，
薇托利亚给了公爵一个吻，
不过我还是会原谅她。

安东内利　做一个真正的人吧。
大树移栽异地，
第一年不会春华秋实，
但慢慢会芬芳四溢，
患难考验美德，
是真还是假。

洛多维科　去你们的虚伪的慰藉吧。
我一旦回归，
我要戳破他们的肚肠，
划得像意大利的挖花。

加斯帕洛　哦，先生。

洛多维科　我有足够的耐心。
有些人
在上绞刑前，
对刽子手和颜悦色，
给他们金钱，
和他们打得火热；
我也要这样做，
如果他们尽快把我结果，
我会感谢他们，
这既高贵而又富有同情心。

安东内利　再见吧，
我们将想方设法
撤销你的放逐令。
吹响喇叭

洛多维科　在任何时候，

我都和你们心心相连。
这是这个世界所给予的教导：
（请尽量从中获得教益吧）
大人物把下属就当绵羊，
剪光羊毛把羊毛卖掉，
还把它们的肉剁成碎块。
众下

第二场

博拉奇阿诺、卡米洛、弗拉米尼奥、薇托利亚·克罗姆博纳和拿着火炬的随从上

博拉奇阿诺　（对薇托利亚）晚安。

薇托利亚　最热忱欢迎公爵大人。
（对随从们）给公爵再照亮一些。
卡米洛和薇托利亚下

博拉奇阿诺　弗拉米尼奥。

弗拉米尼奥　我的大人。

博拉奇阿诺　迷路了，弗拉米尼奥。

弗拉米尼奥　去追逐您高贵的愿望吧；
我会像闪电一样快地服侍您。
哦，我的大人！
（耳语）美丽的薇托利亚，
我轻佻的妹妹，
很快就要来晋见您。——
先生们，豪华马车继续向前，
他希望你们将火炬熄灭，离开。
随从们下

博拉奇阿诺　我能这么快乐吗？

弗拉米尼奥　怎么不能呢？
我尊贵的大人，
难道您今晚没有发现
不管您到哪儿，
她的眼睛一直在瞟您吗？
我已经和她的侍女，
那摩尔人占奇联系了，
她能为这么一个
快乐事儿牵线，
兴奋得了不得。

博拉奇阿诺　我的快乐，
真不可思议呀，
它凌驾于美德之上。

弗拉米尼奥　凌驾于美德！我们可以自由地谈论了！凌驾于美德！您还怀疑什么？因为她忸怩作态？这只是大部分女人掩盖淫欲的遮羞布而已。为什么女人一提起那事儿就脸红？其实她们并不害怕干。哦，那只是她们的狡猾；她们知道我们的欲望越受到阻碍，会燃烧得越旺，只有一种粗莽的、令人困倦的、昏昏欲睡的激情可以将它扑灭。要是宫廷的食品室全天开放，那就不会有猴急想获得食品的人了，也不会有那么着急想喝饮料的人了。

博拉奇阿诺　哦，还有她那妒忌心重的丈夫。

弗拉米尼奥　吊死他，他不过是一个镀金工匠，吸了太多的水银脑袋坏了，这样的家伙怎么可能有激情呢。据医生说，一场皇家运动会障碍赛上掉落的羽毛还没有他掉落的头发多。输得精光、把自己下身的两个蛋蛋都押上的爱尔兰赌鬼也没有他更冒险。他那玩意儿缩在宽松的

马裤里面，压根儿不能满足像穿紧身背心的
荷兰娘儿们一样风流的女人。①
躲进您的密室里去吧，我的好大人；
我去略施小计，
把我的妹婿
跟他美丽的床伴分离。

博拉奇阿诺　哦，要是她来不了——

弗拉米尼奥　我不希望大人阁下如此不理智地自作多情——我曾经追求过一个女人，用了许多年轻人求爱的手法，当时有三四个风流绅士也在追她，他们最后乐于退出。这就像夏日花园中的鸟笼：在鸟笼外面的鸟儿死命要钻进去，而笼中的鸟儿却绝望得要死，生怕永远再也飞不出去了。
走吧，走吧，我的大人。
卡米洛上，博拉奇阿诺下
（旁白）他来了；
按这家伙这身行装，
俨然像个政客；
可是要问智慧，
你会发现草包一个。
（对卡米洛）嗨，老弟，
怎么，和你和蔼的老婆去睡觉吗？

卡米洛　不瞒你说，老哥，不是。
我要往北航海去逮海盗，
那地儿的天气要冷得多。
我不再记得
和她最后一次睡觉
是在什么时候。

① 荷兰人喜欢穿紧身背心和宽松的马裤。

弗拉米尼奥　真奇怪，
你怎么会不记这个数。

卡米洛　我们总是在黎明前睡在一起，
那时在我们之间
总会发生一些龃龉。

弗拉米尼奥　那你该让着点儿。

卡米洛　是的，但她讨厌看见我那玩意儿。

弗拉米尼奥　啊，老弟，怎么回事儿？

卡米洛　公爵，你的主人，来光顾我；
我感谢他，
他活像个滚木球戏投手，
怀着激情弓下身子，
帽子都快要掉下来了。

弗拉米尼奥　我想你不是说——

卡米洛　贵族也玩猫儿腻？
说真的，他的脸
就像一条漂亮的木滚球曲线，
和我的小白球老婆怦然相逢了。①

弗拉米尼奥　你是一个逻辑混乱的傻瓜蛋，
还是一个背运的忘八，
虽然星相说
你降生在一颗福星之下？

卡米洛　呵，呵，老哥，
别跟我说什么福星，
或者星相；

① 原文“bias”（曲线）“mistress”（作为靶子的小白球），都是英国草地滚木球戏的术语。

当星星的眼睛闭上，
大白天还可能当忘八呢。

弗拉米尼奥　老弟，再见，
去睡那忘八的
可怜的枕头吧。

卡米洛　老哥。

弗拉米尼奥　上帝不会原谅我，
我说呀，
你唯一的办法
就是把你老婆锁起来。

卡米洛　好极了。

弗拉米尼奥　别让她见到狂欢的场景。

卡米洛　对。

弗拉米尼奥　别让她上教堂，
让她像一条拴着套的狗
跟在你的屁股后面。

卡米洛　那是她的荣幸。

弗拉米尼奥　这样，你就能在两个星期之内
知道她是否保持了贞洁和无辜，
你是否戴上了绿帽子，
这至今还是一个悬案——
这就是我的忠告，
我不收你咨询费。

卡米洛　哎呀，你不知道我的帽子哪儿不适合我。

弗拉米尼奥　那你就按老法戴帽子，让你的大耳朵露在外面，那就舒服多了。不，我还要更严厉一些。别让你老婆参与任何娱乐活动！其实说实话呀，当女人的自由受到最少限制的时候，她们才最心甘情愿、最自鸣得意地保持节操。看来，你似乎会成为一个很漂亮的忘八公羊[1]，一个妒忌心重的傻瓜蛋，心里老在琢磨自己忘八到什么程度。东限制，西限制，只有让放荡的娘儿们更加放肆，那比医生在狂欢后兜售的春药还要刺激。

卡米洛　这治不了我的病。

弗拉米尼奥　看来你妒忌心很重。我用一个熟悉的例子给你讲妒忌造成的后果。我看见过一副眼镜，镜片用一种特殊的光学手段磨出来，十二便士放在赌桌上，它看到的则是二十便士。如果你现在戴上这副眼镜，看你老婆系鞋带，你会看到二十只手在摸你老婆，这会让你莫名地发起火来。

卡米洛　老兄，现在问题不在于眼睛看到什么。

弗拉米尼奥　是的，但患黄疸病的人以为他们看到的一切都是黄色的。妒忌心更糟糕：一个男人的妒忌心会让他对她的冲动作许多扭曲的解释，就像一盆水里的泡泡一样；许多次之后，你就把自己当成一个忘八了。

薇托利亚上

瞧她来了；你有什么理由要妒忌这个娘儿们？写诗赞颂她的眼睛，把她的眉宇描述成伊达山上的白雪[2]，科林斯的象牙[3]，或者把她的头发比喻成黑鸟的喙，实际上它更像黑鸟的羽毛，这个人难道不是傻瓜蛋或者马屁精吗？总的来说：放聪明些，我跟你做个朋友，你们一块儿上床。天啊，瞧你，你怎么还傻站在那儿，你就是这么追娘儿们的吗？毫无激情，我真不

① 原文为 capricious，与拉丁词 caper 双关，意为长角的公羊。

② 特洛伊附近的草原，盛产绵羊。这里指白羊毛。

③ 希腊海港城市。在俚语中，又指妓院。象牙则指肉体。

想看见你这副熊样。妹妹,(对薇托利亚耳语)我的大人在宴会厅等你。——(大声地)你的丈夫好不高兴呀。

薇托利亚　我没做什么让他不高兴的事;在晚餐时我还服侍他呢。

弗拉米尼奥　(对薇托利亚耳语)其实你根本不用服侍他,人们说他已经是一个阉人。眼下我必须表面上跟你吵一架。(大声地)难道像卡米洛出身这么上等的绅士——(旁白)——一个下等的奴才,这二十年他一直和公爵的厨役们在烤肉叉和滴油的碗碟之间厮混——

卡米洛　(旁白)他开始挑逗她了。

弗拉米尼奥　(大声地)一个杰出的学者,(旁白)一个脑袋瓜子里净装着怪念头的傻瓜,没一点儿智慧,(大声地)屈膝来到你面前请求能跟你睡一个晚上吗?(旁白)这家伙下身仍然还会有躁动,就像玻璃工厂里的火炉,这七年没有间断过。(大声地)难道他不是一个高贵的绅士吗?(旁白)当他穿上白缎子衣服,人们根据他漆黑的口吻,还把他当作蝇蛆呢。(大声地)我得承认,你是一袭绝妙的宝石衬垫,(旁白)然而那宝石却是假的。

卡米洛　(旁白)他会让她明白我心里想什么。

弗拉米尼奥　来,我的大人在等你;你将上我大人的床——

卡米洛　(旁白)他说到要害了。

弗拉米尼奥　就像一个试酒员怀着好奇和激情去试尝新酿的酒一样。(对卡米洛)我把你的心结解开来了。

卡米洛　(旁白)真是我的好大舅子。

弗拉米尼奥　他将会给你一只嵌有点金石的戒指。

卡米洛　(旁白)说真的,我正在研究点金术。

弗拉米尼奥　你将躺在用斑鸠羽毛充垫的床上，穿着洒了香水的衣服，就像一个沉醉在玫瑰花丛中的情人一样；你将拥有完满的幸福，就像在大海上航行的人思念陆地和树林，而船只就像他向往的那样航行，天与地似乎都在相帮你的旅程。你去见他，手指必须涂得像宝石一样。

薇托利亚　（对弗拉米尼奥）怎么摆脱他？

弗拉米尼奥　（对薇托利亚）我在他屁股后面放上牛虻，马上叫他到处乱串去。（对卡米洛）我已经差不多把她引诱到那儿去了，我发现她已经被挑逗起来了；你能不能听我一句话，今晚咱就不要跟她睡在一起了——想办法灭一灭她的情欲，这样她就可以更加驯顺了。

卡米洛　我吗？我吗？

弗拉米尼奥　就看你怎么判断了。

卡米洛　是的；要有一颗凌驾于日常纷扰的心，因为越被拒绝的东西，越想要。[①]

弗拉米尼奥　对啦，你是一块吸铁石，把她吸引过来，虽然你保持一定的距离。

卡米洛　一个太聪明的理由了。

弗拉米尼奥　就像一个贵族从她身边走过去，告诉她你将在公爵来访之后跟她睡觉。

卡米洛　薇托利亚，我不可能被引诱，或者像男子汉该说的被勾引——

薇托利亚　被勾引干什么，先生？

卡米洛　今晚跟你睡觉。就像家蚕每三天要停一下吐丝作茧，暂停之后会吐更多的丝。明天晚上我是属于你的。

---

① 原文为拉丁语：quae negata grata.

薇托利亚　毫无疑问你会吐更好的丝。

弗拉米尼奥　（对卡米洛）但是你听到没有，我要你半夜偷偷地潜入她的卧房。

卡米洛　你是这么想的吗？啊，瞧，老兄，为了让你相信我没有欺骗你，拿上这把钥匙，把我锁在卧房里，那样你就对我放心了。

弗拉米尼奥　说真的，我会这样做，我当一次你的看守。
难道你从来就没有一扇假门吗？

卡米洛　呸，我是一个基督徒。明天告诉我，她对我的不辞而别怎么怀恨在心。

弗拉米尼奥　我会的。

卡米洛　难道你没有看出我关于家蚕笑话的含义吗？晚安。
说真的，我经常开这种玩笑。

弗拉米尼奥　是的，是的，是的。
卡米洛下
你现在安全了。哈，哈，哈，你作茧自缚了。来，妹妹，黑夜遮掩了你的羞涩。娘儿们就像该死的狗：在白天规矩束缚了她们，而在半夜她们就放纵了；于是，她们就做好事，或者调皮的事。
博拉奇阿诺上
我的大人，我的大人。

博拉奇阿诺　说真的，我真希望时间就此停止，
这场幽会，这时刻永远不要结束，
然而不久
时间会将一切欢乐吞噬。
占奇拿来一条地毯，铺在地上，并在上面置放了两个漂亮的坐垫。考内莉亚上，在后面偷听
让我躺进你的胸口，

风流的夫人，
无须长篇大论，
只说说我的誓言吧；
别让我违背誓言，夫人，
要是你松了口，
那我就永远迷失了。

薇托利亚　先生，就怜悯而言，
我希望你是真心的。

博拉奇阿诺　你真是一个可爱的医生。

薇托利亚　当然啦，先生，
女人心怀残酷，
那就像无数葬礼
对于医生一样：
这让他们名誉扫地。

博拉奇阿诺　好一个优秀的女人。
我们称残酷为美丽，
你如此富有怜悯之心，
该称你为什么呢？

占奇　瞧，他们拥抱了。

弗拉米尼奥　最幸福的结合。

考内莉亚　（*旁白*）恐惧降临到我身上了。
哦，我的心！
我儿子一个拉皮条的！
我们家毁了。
地震在它施虐的地方
留下的是钢铁、铅和石头，
毁灭的痛苦，
但不会留下荒唐的淫荡。

博拉奇阿诺　这首饰值多少钱?

薇托利亚　那只是一个命运不济的
人的装饰品而已。

博拉奇阿诺　说真的，我要;
不，我愿意拿我的金饰
换你的首饰。

弗拉米尼奥　(旁白)好极了。
拿他的金饰换她的首饰，
干得漂亮极了，公爵。

博拉奇阿诺　不，让我看你戴上它。

薇托利亚　这儿，老爷?

博拉奇阿诺　不，还要再往下一点儿，
你戴我的金饰还要再低一些。

弗拉米尼奥　(旁白)那好多了;
她必须戴他的金饰低一些。

薇托利亚　为了打发时光，
我跟殿下讲
我昨晚做的一个梦。

博拉奇阿诺　很想听。

薇托利亚　一个很傻的梦:
我梦见我半夜
走到一座墓园，
那儿有一棵高大的紫杉，
巨大的根须扎进泥地，
在紫杉树下，
当我坐在一座
木棍划成格子的坟墓上，

你的公爵夫人和我的丈夫
蹑手蹑脚走来，
一个扛一把镐，
一个举着一把生锈的铲子，
醉醺醺用粗鲁的话语
就这棵紫杉指责我。[①]

博拉奇阿诺　那棵树。

薇托利亚　这棵无害的树。
他们说，
我要把那棵参天大树
连根拔起，
种上一棵枯萎的李树，
为此，他们发誓要把我活埋，
我丈夫用镐，
你残酷的公爵夫人，
像复仇女神，
用铲子挖了一个坑，
在里面撒上了白骨。
大人，我一想到这就要发抖，
恐惧得无法祷告。

弗拉米尼奥　（*旁白*）不，你梦中出现了魔鬼。

薇托利亚　这时刮起了一阵
前来拯救我的旋风，
将那擎天大树
一根巨枝吹刮下来，
神圣的紫杉
将他们两人击倒，
他们死在那污秽的浅坑里，

① 紫杉英文为 yew，音 you（你），实际上指公爵。

他们罪有应得的坟墓。

弗拉米尼奥 （旁白）这魔鬼太棒了。
她用一个梦向他暗示，
把公爵夫人和她的丈夫干掉。

博拉奇阿诺 我自作多情来解释你的梦境：
你躺在用他的双臂
搂抱你的人的怀里，
他将保护你，
使你免于妒忌丈夫的戕害
和冷漠公爵夫人的醋意。
我要将你立于法律之上，
让毁谤远离于你，
让你的思绪充满欢乐，
让你享用一切。
政务也不会纷扰，
我要让你成就伟大的心思：
对于我，
你就是公国、健康、妻子，
你就意味着孩子、朋友和一切。

考内莉亚 趋前
轻佻作孽呀，
那预示着我们的堕落。

弗拉米尼奥 是哪一个复仇女神把你叫醒？走开，走开！
占奇下

考内莉亚 这么深夜，
我的大人，
是什么让您到这儿来？
在此之前，
您从来没有在鲜花上

酒下一滴甘露。

弗拉米尼奥　请你现在上床去好吗？
要不你会垮掉的。

考内莉亚　哦，这美丽的色萨利[①]花园，
这种植过毒草的园子，
如今成了秽行的温床；
埋葬你们俩荣誉的坟墓。

薇托利亚　最亲爱的妈妈，听我说。

考内莉亚　哦，你比自然更早地叫我
将眉宇叩向大地。
瞧，孩子的诅咒！
在生活中
他们常常令我们流泪，
而在冰冷的坟墓中
他们留给我们的
只是苍白的恐惧。

博拉奇阿诺　得了，得了，我不想听你说。

薇托利亚　亲爱的大人。

考内莉亚　您的公爵夫人在哪儿，
我好色的公爵？
您想不到她今晚来到了罗马吧。

弗拉米尼奥　怎么？来到罗马？

薇托利亚　公爵夫人——？

博拉奇阿诺　她最好——

考内莉亚　亲王们的生活就像日晷，
它的移动是那么可控，

---

① 希腊东北部一地区。

他们让时间要么准时，要么误时。

弗拉米尼奥　你讲完了吗？

考内莉亚　不幸的卡米洛。

薇托利亚　跪下
如果节操被玷污，
如果除了性事的激情
没有什么能平静
他对我的漫长的追求，
我发誓——

考内莉亚　跪下
我要跟你跪在一起，
作为母亲
为了这最令人心痛的原因：
如果你玷污了你丈夫的床，
但愿你短命
就像葬礼上
为伟人流的眼泪。

博拉奇阿诺　真的，真的，这女人疯了。

考内莉亚　你的行为跟犹大无异：
去吻一个不该吻的人。
但愿在他短促的吻中
你被人不屑一顾，
在他死后，
当个娼妇被人厌恶。

薇托利亚　哦，我被诅咒了！
薇托利亚下

弗拉米尼奥　（对考内莉亚）你疯了吗？
（对博拉奇阿诺）我的大人，

我会把她再送来。

博拉奇阿诺　不，我要上床去睡了。
马上叫朱利奥医生来。
歹毒的女人，
你口无遮拦的舌头
激起了一场
可怕而又不祥的风暴；
你是以后接踵而来
所有倒霉事儿的源头。
博拉奇阿诺下

弗拉米尼奥　你这捍卫面子的人，
难道你认为
在此深夜
是让公爵没有护卫回家
合适的时光吗？
我很想知道
你到底把养我的
巨额财产放在什么地方；
有了这份财富，
我就可以骑在马上，
不必与大人的马镫齐眉了。

考内莉亚　什么？
难道就因为我们贫穷，
我们就应该阴险吗？

弗拉米尼奥　请告诉我，
你让我远离了划船的苦役
和绞刑架，
那意味着什么？
我父亲证明了他是一位绅士，

他卖掉了所有的土地，
一个幸运的家伙，
死前把钱花个精光。
我承认
你在帕多瓦把我带大，
为贫困
我自惭形秽
——瞧瞧我在大学的情景吧——
我跟随在导师屁股后面跑腿
至少七年。
跟一位年长的学者
弄虚作假，
终于毕了业；
然后，到公爵的门下服务；
我有幸造访宫廷，
学会了宫廷的礼仪
和好色的脾性，
但还不是一个有钱的求婚者。
难道我，
前程如此锦绣而灿烂，
还要在我苍白的额头
保留你的乳汁吗？
不，
这张脸，
我要用淫荡的美酒
润饰它，美化它，
而不容耻辱和羞赧。

考内莉亚　但愿我没有生下他。

弗拉米尼奥　我也但愿没有这样的母亲。
与其有你这样的母亲，

还不如让罗马的
高级妓女做我的母亲。
造化太同情妓女了，
没让她们生很多的孩子，
即使有孩子，
那也有众多的父亲；
他们肯定不会贫困。
去吧，去吧，
去跟大红衣主教埋怨吧；
也许他还会首肯这样做呢。
莱克格斯[①]主张
优良的种马分享
男人们的母马，
即使他们让
漂亮的妻子空守闺阁。

考内莉亚　在所有痛苦中
最痛苦的事呀。
考内莉亚下

弗拉米尼奥　公爵夫人来王宫了！
我不喜欢这样。
我们沉迷在嬉戏之中，
不得不这样一味干到底：
犹如河流要归入大海，
在强加的堤岸之间
弯弯曲曲奔流而下；
或者，正像我们看到的，
为了攀援到高山之巅，
上升的路不可能笔直，
而是像休眠的冬蛇

① 公元前 9 世纪斯巴达的制定法典者。

蜿蜒曲折而上，
所以，谁能肯定
计谋和本性
不会让她走上一条
曲折而迂回的路呢。
下

第二幕

第一场

弗兰西斯科·德·梅迪奇、蒙蒂契尔索红衣主教、马塞洛、伊萨贝拉、年轻的吉尔瓦尼，以及小摩尔人雅克斯上

弗兰西斯科　自从你抵达，还没有见到你的丈夫吗？

伊萨贝拉　还没见到，哥。

弗兰西斯科　他当然是太仁慈了。
要是我有像卡米洛家那样
幽会的鸽舍，
我一把火就把它烧了，
连带偷袭吃腥的臭鼬。
（对吉尔瓦尼）亲爱的外甥。

吉尔瓦尼　舅父大人，
你答应给我一匹马
和一身铠甲。

弗兰西斯科　是的，我英俊的外甥；
马塞洛，给吉尔瓦尼一匹马
和一身铠甲。

马塞洛　*瞧舞台外*

大人，公爵在这儿了。

弗兰西斯科　妹妹，回避一下，

你不能让他看见。

伊萨贝拉　我请求你

轻声细语地求他；

不要让你鲁莽的舌头

把我们的分歧更加扩大；

所有加之于我的痛苦

都可以原谅，

我毫不怀疑，

正如有人用独角兽的角粉

画一个包围的圈，

把蜘蛛放在中间，[①]

这将化解它的鸩毒，

让他服从我们的调教，

从污秽的迷途回转，

保持他的贞洁。

弗兰西斯科　我希望能这样。走吧。

伊萨贝拉下。博拉奇阿诺和弗拉米尼奥上

撤空房间

弗拉米尼奥、马塞洛、吉尔瓦尼和小雅克斯下

欢迎你们；请坐吧？请，我的大人，

你替我说说吧，

我太激动，已无言可对。

我很快会接上你的话。

蒙蒂契尔索　在我开始说之前，

我想请求殿下，

---

① 蜘蛛被认为是有毒的。

在我纵情发挥的时候，
不要勃然大怒。

博拉奇阿诺　我会像在教堂里一样沉默；
请开讲吧。

蒙蒂契尔索　你高贵的朋友们都在寻思，
你，一个来到这世界上
就手持权杖，
由于造化的恩赐，
天资极其聪明的人，
竟然在盛年，
置令人敬畏的王位于不顾，
而纵欲于鸭绒衾褥之际。
哦，我的大人，
酒徒烂饮的酒杯
终究有干竭的时候，
然后归于清醒；
当你从好色的梦中醒来，
随之而来的是懊悔，
就像蝰蛇尾巴上的针刺。
亲王们可怜呀，
当命运从他们笨重的王冠
吹落一朵小花，
或从他们的权杖
攒掉一颗珍珠。
啊！
当他们将声誉付之一炬，
所有高贵的称号
和他们的名字一样，
全部付之东流。

博拉奇阿诺　你说完了，我的大人。

蒙蒂契尔索　难道这没有给你一点感觉，
　　　　　　我远没有讨好殿下？

博拉奇阿诺　现在该轮到你了，你说什么？
　　　　　　别像年轻的鹰隼
　　　　　　遇到猎物却掉头逃逸。
　　　　　　你的猎物正在平稳地飞翔，
　　　　　　等待你来捕猎。

弗兰西斯科　别害怕。
　　　　　　我将同样用猎鹰的术语来回答：
　　　　　　有些能直视太阳的鹰隼
　　　　　　却很少飞入云霄，
　　　　　　沉湎于寻欢作乐，
　　　　　　只能捕猎吃腐肉的猛禽
　　　　　　吃剩的猎物。
　　　　　　你知道薇托利亚。

博拉奇阿诺　知道。

弗兰西斯科　当你从网球场下来，
　　　　　　你在那儿换了衬衣。

博拉奇阿诺　可能吧。

弗兰西斯科　她丈夫是个命运不济的大人，
　　　　　　她却穿着时髦的锦衣美服。

博拉奇阿诺　这又怎样？
　　　　　　我的好主教大人，
　　　　　　在下一次忏悔上，
　　　　　　你会想知道
　　　　　　这衣服到底是怎么来的？

弗兰西斯科　她是你的婊子。

博拉奇阿诺　粗鲁的先生，

你语气里充斥恶意
和肆无忌惮的毁谤；
如果她是我的婊子，
那你所有的大炮，
你所有的瑞士雇佣兵，
你的大木船，
你的生死盟友，
都不能叫她
从现在的位置坠落。

弗兰西斯科　让我们不要再恶声相向了吧。
你有一个妻子，我的妹妹；
当我交给你一个妻子的时候，
难道我把她白皙的双手
捆绑在一起，
用裹尸布裹着，
给的是死神吗？

博拉奇阿诺　你把一颗灵魂给了上帝。

弗兰西斯科　是这样的。
你精神的父亲，
虽然他能恕罪，
但他绝不会饶恕你。

博拉奇阿诺　你又吐恶言了。

弗兰西斯科　全然不用我来做。
淫荡本身在她的腰身上
携带着皮鞭；
请注意呀，
我的愤怒会变成雷霆万钧。

博拉奇阿诺　雷霆万钧？
那不过是鞭炮罢了。

弗兰西斯科　那我们就用大炮来了结吧。

博拉奇阿诺　钢铁只能带来创伤，
让鼻孔充塞火药味儿。

弗兰西斯科　那也比沉沦于美色红粉
得了性病要好。

博拉奇阿诺　你太可怜了；
还是把你深皱的眉头
给你的奴隶和死刑犯看吧。
我要挑战了！
我敢于
在你最能干的众臣面前
和你对辩。

蒙蒂契尔索　大人们，
别再这么不着边际地
辩论下去了。

弗兰西斯科　好吧。

博拉奇阿诺　你举行了一场罗马盛会，
在盛会上，
你如此逗引狮子相斗？

蒙蒂契尔索　我的大人。

博拉奇阿诺　我服输，我服输，先生。

弗兰西斯科　我派人去找公爵，
请示对海盗的罚款；
王爷大人不在家。
我亲自来拜见，
王爷大人仍然在忙自己的事；
恐怕游隼在台伯河

发现了野鸭群；[①]
我的大人，
在鸟儿换羽毛的季节，[②]
我却肯定能找到你，
并和你说话。

博拉奇阿诺　嗯？

弗兰西斯科　一个荒诞的故事，
我说的话也是徒然；
我只是用自然的现象
来表达我的诗意。
当牡鹿趋于安静，
那就意味着发情期的结束。

吉尔瓦尼上，穿着一身铠甲的小雅克斯拿着武器跟上

蒙蒂契尔索　不要再说了，我的大人，
这儿来了一位勇士，
你的儿子吉尔瓦尼，
他将化解你们之间的龃龉。
瞧，我的大人们，
你们在他身上
寄托了多少希望；
这是置放你们王冠的锦盒，
应该至为亲爱。
他已谙事识体，
用榜样而不是说教
来培养王族子嗣的美德，
是更好的路径。
按榜样来说，

---

① 野鸭，英语俚语，意为妓女。

② 意指脱发，性病的一种表现。

谁的范例比他的父亲
更应仿效的呢?
做他的榜样吧,
传递给他美德,
即使命运撕裂了他的航帆,
折断了他的桅杆,
他仍能处之泰然。

博拉奇阿诺　把你的手给我,孩子;
你想当一个战士吗?

吉尔瓦尼　给我一把长矛。
小雅克斯把他的长矛给他

弗兰西斯科　怎么,这么年轻就要练长矛了,亲爱的外甥?[①]

吉尔瓦尼　把我当作荷马的青蛙吧,大人,[②]
就这么挥舞我的香蒲;
请告诉我,舅父,
一个有成熟判断力的孩子
能率领军队打仗吗?

弗兰西斯科　是的,外甥,
有成熟判断力的王子能。

吉尔瓦尼　你这么说吗?
我确实听说
一个将军不应该
像丹麦鼓,
在马背上大声哼唧,
让自己的身子
常常处于危险之中。

---

① Spike 有两层意思,一是长矛,一是男性的阳具。

② 史诗《青蛙和老鼠之战》,据传为荷马所作,其中青蛙以香蒲为长矛而战。

哦，这太好了！
他不用亲自打仗；
我想他的马匹
也许能替他统率军队。
只要我活着，
我就要打头阵
向法国敌人冲杀过去。

弗兰西斯科　什么，什么——

吉尔瓦尼　我不会为了让士兵跟着我，
抬高他们的军饷，
我要叫他们跟着我。

博拉奇阿诺　前进，小麦鸡！
小麦鸡顶着蛋壳飞起来了。[①]

弗兰西斯科　亲爱的外甥。

吉尔瓦尼　舅父，我参战的第一年，
不用赎金
就释放所有的战俘。

弗兰西斯科　哈，不要他们的赎金？
那你怎么酬劳那些
为你抓俘虏的士兵呢？

吉尔瓦尼　是这样，大人：
我让他们娶有钱的寡妇，
她们的丈夫在当年战死。

弗兰西斯科　啊，那到第二年
你就没男人愿意为你打仗了。

① 在莎士比亚的《哈姆雷特》第五幕第二场中，霍拉旭有一个类似的表述："The lapwing runs away with the shell on his head."（这只小鸭子顶着蛋壳就跑了。——卞之琳译）

吉尔瓦尼　啊，那我就强迫女人奔赴战场，
男人们也就会跟着来了。

蒙蒂契尔索　好聪明的王子。

弗兰西斯科　瞧，一身戎装
让一个孩子成了成人，
而一身褴褛让人变成畜生；
来，你和我是朋友。

博拉奇阿诺　正如期望的呀；
犹如折断的骨头
重又接好，
变得更加坚固了。

弗兰西斯科　（对舞台后侍从）叫卡米洛到这儿来。
你听说了传言，
说洛多维科伯爵
当了海盗了？

博拉奇阿诺　听说了。

弗兰西斯科　我们正在备船，
准备去把他抓来。
伊萨贝拉上
瞧你的公爵夫人；
我们要走开，
希望你们两人好好谈谈。

博拉奇阿诺　你已经把我的怒气平息了。
弗兰西斯科、蒙蒂契尔索、吉尔瓦尼下
可以看出来
你很健康。

伊萨贝拉　比我的健康更重要的
是见到大人康健。

博拉奇阿诺　很不错；
我纳闷是什么好色的风
把你吹到罗马？

伊萨贝拉　是忠诚，我的大人。

博拉奇阿诺　是虔诚？[①]
你的灵魂为什么罪愆所困扰吗？

伊萨贝拉　为太多的事情所困扰了，
如果我们更多地
面对我们的错误，
我们就可以更多地
睡好觉。

博拉奇阿诺　回你的卧房去吧！

伊萨贝拉　不，我亲爱的大人，
我不想让你生气；
难道两个月不见
还不值得亲吻一下吗？

博拉奇阿诺　我没有亲吻的习惯；
如果那能消除你的妒忌，
我可以对你起誓。

伊萨贝拉　哦，我所爱的大人，
我并不是来斥责的。
我的妒忌？
我对意大利人[②]
还一无所知；
请投入这饥渴的怀抱，

---

① 伊萨贝拉说的是对婚姻的忠诚（devotion），而博拉奇阿诺故意将它曲解为对宗教的虔诚。

② 据说，意大利人以妒忌著名。

正像我，一个处女，
投入你的怀抱。
她想拥抱他；他躲开了

博拉奇阿诺　哦，你的口臭！
去你的口香糖和含片！
那里面有病菌。

伊萨贝拉　对这两片嘴唇，
你每每忽略含肉桂
或紫罗兰味儿口香糖；
它们还没有枯萎呀。
大人，我应该为此感到快乐；
你的皱眉
对于戴钢盔的硬汉
是可爱的，
但对于我，
在如此平和的会面中，
确是太——太粗鲁了。

博拉奇阿诺　哦，难道要我伪装出一套来吗！
你想集结一帮人来反对我吗？
你学会了卑鄙的伎俩
来抱怨你的亲人吗？

伊萨贝拉　从不，亲爱的大人。

博拉奇阿诺　难道总是要来追寻我吗？
或者说，
这是不是你的伎俩，
到罗马来幽会个取代我的
好色之徒？

伊萨贝拉　先生，请打开我的心，
我死了，

在那儿存有对你的怜悯，
虽然不是爱。

博拉奇阿诺　就因为你哥是个胖公爵，
那所谓大公爵——该死，
我才不想在一刹那间
在网球场上花去五百克朗，
这将是创记录的！
我蔑视他，
就像蔑视光头的波兰人；
他所有令人尊敬的智慧
都存于他的衣柜之中；
当你的哥哥大公爵
穿上庄严的长袍，
他就是一个谨慎的人；
因为他拥有大木船，
时不时还洗劫土耳其帆船——
所有邪恶的复仇女神
都要了他的灵魂！——
最初撮合了这场婚姻。
那为婚礼，
为我的后代
吟唱赞美诗的牧师
该受到诅咒呀！

伊萨贝拉　哦，你诅咒得太过分了！

博拉奇阿诺　我将吻你的手，
这是我的爱的
最后的礼仪了；
从此以后，
我将永远不会戴这个，
这婚戒，

跟你睡在一起；
我将永远不跟你睡在一起。
这离婚将受到尊重，
犹如受到法官判决一样；
好自为之吧，
我们不再睡在一起了。

伊萨贝拉　别这样，
这是世上最甜蜜的结合，
理应受到祝福的呀；
啊，天上的圣人
也会为此蹙眉。

博拉奇阿诺　不要让你的爱
使你成为不信上帝的人；
我的这一信誓发自内心，
将永远不会懊悔；
让你哥像一场风暴或海战
去暴跳如雷吧，
我的誓言定了。

伊萨贝拉　哦，我的裹尸布，
我不久就需要你了！
我亲爱的大人，
让我再听一次
以后永远也听不到的话：
永不？

博拉奇阿诺　永不。

伊萨贝拉　哦，残酷的大人呀，
但愿你的罪愆得到赦免，
在我睡上我寡妇的床上时，
我将为你祷告，

即使你不再凝视
你悲惨的妻子
和前程远大的儿子，
到时候
你也应该凝视天空。

博拉奇阿诺　闭嘴吧！滚，滚，去跟大公爵抱怨吧。

伊萨贝拉　哭泣
不，我亲爱的大人，
你将会亲自看到
我怎样与你和解：
我将担当
你该诅咒的誓言的
始作俑者；
我有理由这么说；
而你却没有。
隐藏起来吧，我求你啦，
为了你们两人公国的福祉，
你作出了分居的决定；
让我的妒忌来承担责任，
请想一想
我将怀着一颗多么可怜而破碎的心
来扮演这一可悲的角色呀。
弗兰西斯科、弗拉米尼奥、蒙蒂契尔索、马塞洛上

博拉奇阿诺　好吧，按你说的做吧。我可尊敬的哥哥！

弗兰西斯科　妹妹——这样不好，我的大人——啊，妹妹！——不能这样欢迎她呀。

博拉奇阿诺　你说，欢迎？
她已经给了我
一个下马威的欢迎了。

弗兰西斯科　（对伊萨贝拉）难道你傻吗？
来，擦干你的眼泪；
辱骂和哭泣
是纠正厄运正确的方法吗？
和解吧，
要不看在上天的分儿上，
我永远不再管你们俩的事了。

伊萨贝拉　哥，别；
不，绝不和解，
即使薇托利亚变成一个贞女。

弗兰西斯科　我们走开后，
你丈夫大声嚷嚷了吗？

伊萨贝拉　以我的生命担保，哥，
他没有嚷嚷；
我发誓我不怕失去什么。
难道我的美色毁于一旦
就为了给这婊子铺路吗？

弗兰西斯科　你听我说。
瞧一瞧其他女人，
她们以怎样的忍耐
经受这种细微的痛苦，
以怎样的公正，
来对待它们：学学吧。

伊萨贝拉　哦，要是我是一个男人，
要是我有能力践行我的愿望，
我将用蝎子鞭抽打她们。[①]

---

① 见《旧约·列王记上》12:11："我父亲曾加重了你们的重担；我父亲用皮鞭责打你们，我却要用铁刺鞭责打你们！"

弗兰西斯科　怎么？成复仇女神了？

伊萨贝拉　把这婊子的眼睛挖出来，
让她挺尸在那儿二十个月，
割掉她的鼻子和嘴唇，
敲掉她腐烂的牙齿，
把她的肉体泡在药水里，
像木乃伊，
作为褒奖我愤怒的奖杯；
和我的痛苦相比，
地狱不过是雪水一潭。
（对博拉奇阿诺）请，先生——
哥，靠近些，我的红衣主教大人——
（对博拉奇阿诺）先生，让我仅仅借你一次吻；
从今以后，我永远不会再以这个，
这婚戒，
和你睡在一起。

弗兰西斯科　怎么？永远不和他睡在一起？

伊莎贝拉　这离婚将被严格遵守，
犹如在一个挤满听众，
有千只耳朵聆听
千名律师见证的法庭上
庄严宣判的一样。

博拉奇阿诺　永远不和我睡一块儿了？

伊萨贝拉　不要让我原先的溺爱
使你成为不信上帝的人；
我的这一信誓发自内心，
将永远不会懊悔：
它深埋于我的内心。[①]

---

① 原文为拉丁语：Manet alta mente repostum．源自维吉尔《埃涅阿斯纪》。

弗兰西斯科　老天呀，你真是一个愚蠢的、
疯狂的、妒忌心重的女人。

博拉奇阿诺　你看出来了吧，
这不是我想要的。

弗兰西斯科　难道这就是你所谓的
独角兽角粉画的圈儿，
可以化解你大人的歹毒吗？
如今角粉要围着你画圈儿了，
你的妒忌需要这圈儿；
信守你的誓言，
回你的卧房吧。

伊萨贝拉　不，哥，我马上去帕多瓦；
我在这儿不多待一分钟。

蒙蒂契尔索　哦，好夫人。

博拉奇阿诺　让她按她的性子做吧，
半天的路程将化解她的怒气，
准会快马加鞭回来。

弗兰西斯科　看到她回来，
哀求红衣主教大人
赦免她鲁莽的信誓，
真会叫人把牙笑掉。

伊萨贝拉　（旁白）可怜的心中充溢了不幸，
快要碎了；
这些不敢言说的哀痛，
真要人的命呀。[1]

① 原文为：Those are the killing griefs that dare not speak. 参见莎士比亚《麦克白》第四幕第三场："the grief, that does not speak, / Whispers to the over-fraught heart, and bids it break."

伊萨贝拉下，卡米洛上

马塞洛　卡米洛来了，大人。

弗兰西斯科　佣金在哪儿？

马塞洛　在这儿。

弗兰西斯科　把图章给我。

蒙蒂契尔索、弗兰西斯科、卡米洛和马塞洛走到一边，他们低声交谈

弗拉米尼奥　（对博拉奇阿诺）大人，你是否注意到他们在窃窃私语？我要用他们两个脑袋合成一种药，味儿比大蒜还重，比锑还要致命；你看到斑蝥叮人的肉，实际上它在毁灭心脏，我这个药比斑蝥还要隐蔽，还要狡猾。

朱利奥医生上

博拉奇阿诺　那是谋杀。

弗拉米尼奥　他们派他到那不勒斯，我要叫他去送死；这是另一剂药。

博拉奇阿诺　哦，这医生。

弗拉米尼奥　大人，这是一个江湖郎中、一个骗子，他好玩女人，早就该受一顿鞭刑了，他因为一场债务纠纷被关了起来，在牢里他供出了这是一场假债纠纷，而被免了鞭打。

朱利奥　我被一个比我还要狡猾的骗子要了，支付了压根儿不存在的债务。

弗拉米尼奥　他能把药片打到人的内脏里去，让人生出比短号或者七鳃鳗还要多的气孔来；他能用一个亲吻下毒药，有一次，他甚至想出奇招，因为爱尔兰没有毒药，研制出一种致命的毒气，放在西班牙人放的屁里，那可以把整个都柏林人都熏死。

博拉奇阿诺　哦，天啊！

朱利奥　您的秘书好逗，大人。

弗拉米尼奥　哦，你这该死的反自然的家伙！瞧他眼睛里的血丝，就像外科医生用针缝上的一样。让我拥抱你一下，宝贝，我爱你。哦，这可厌的、令人恶心的漱口水，那会把人的肺啦、眼睛啦、心啦、肝脏啦一点一点腐蚀掉的。

博拉奇阿诺　不再开玩笑了。
我要雇佣你，好医生，
你必须去帕多瓦，
为我们用上你的一些技巧。

朱利奥　王公，悉听遵命。

博拉奇阿诺　卡米洛怎么样？

弗拉米尼奥　按照一个聪明的设计
他今晚就得死，
人们会以为他是自己找死。
怎么弄死你公爵夫人？

朱利奥　那由我来干。

博拉奇阿诺　干了小恶，
再干大恶，
那就恶到家了。[①]

弗拉米尼奥　记住这个，你这奴才：
歹徒想升迁，
（旁白）就得像在荷兰上绞刑架的冤鬼，
（大声地）踩在别人的肩膀上去吊死。

---

① 英语谚语。原文为：Small mischiefs are by greater made secure. 请参见莎士比亚《麦克白》第三幕第二场：Things bad begun make strong themselves by ill. 思路来源于塞内加的《阿伽门农》：The safe journey through crimes is always by more crimes.

博拉奇阿诺、弗拉米尼奥和朱利奥医生下

蒙蒂契尔索　这是一张画卡，贤侄，请瞧一瞧吧。
这是从你的窗户扔进来的。

卡米洛　从我的窗户？
这儿画的是一头牡鹿，大人，
它的角被锯掉了，
这可怜的畜生还哭呢——
座右铭是“富有让我变得贫穷”。[①]

蒙蒂契尔索　是这样，
它拥有许多角
却让它没了角。

卡米洛　这是什么意思？

蒙蒂契尔索　我来告诉你：
那就是说，
你是一个忘八。

卡米洛　是这个意思吗？
我还真愿意这样，大人，
做个宅男。

弗兰西斯科　你有孩子吗？

卡米洛　没有，大人。

弗兰西斯科　那你比一般人幸福多了。
我来告诉你一个故事。

卡米洛　请，大人。

弗兰西斯科　一个古老的故事。
从前，福玻斯，光之神，

---

① 原文为拉丁语：Inopem me copia fecit. 源自奥维德《变形记》，那喀索斯对自己影子抱怨的话。

或者说太阳神，
到了该结婚的年龄了。
众神同意了，
请墨丘利向世界宣布。
然而，铁匠啦、毛毡工人啦、
酿酒师啦、厨师啦、
农夫啦、黄油女工啦、
鱼贩子等行业的人们，
一片哗然，
他们受够了太阳神的热，
怨声载道。
他们大汗淋漓
来到朱庇特跟前，
请求阻止这场婚礼。
他们选了一个胖厨师
做发言人，
他请求主神
将福玻斯加以阉割，
如今只有一个太阳，
人们尚且被他的热
烤炙得要死，
如果他结婚生子，
这些孩子会不会像父亲，
发出更强烈的烟火呢？
依我看，
把这推演到你妻子身上：
她的孩子，
如果上天不禁止的话，
将使自然、时间和人类
后悔不已。

蒙蒂契尔索　瞧，贤侄，
为了躲避耻辱
离开这儿吧，
看看你的离去
会不会把你头上的角
一风吹掉：
你和马塞洛一起
被提名为意大利整治
海岸海盗委员会专员。

马塞洛　深感荣幸。

卡米洛　但是，先生，
在我回来之前，
我头上的角有可能
长得比原先还要长。

蒙蒂契尔索　别害怕，
我替你看守着。

卡米洛　你必须在夜里守候，
那是最危险的时光。

弗兰西斯科　再见，好马塞洛，
但愿你在船上
作为一位战士
遇到好运。

卡米洛　既然我已是战士了，
在我走之前，
我是不是最好
把她所有的财产都变卖掉，
然后离开？

蒙蒂契尔索　我期望你做最好的事，

要远离了
你是这么快乐。

卡米洛　大人，当个船长
就应该快乐呀；
今晚我定然要喝个酩酊大醉。
卡米洛和马塞洛下

弗兰西斯科　一切就这么妥当地解决了。
现在我们要去探寻，
他行将的离别
将怎样燃起
博拉奇阿诺公爵
偷情的烈火。

蒙蒂契尔索　啊，正是那么回事；
我们遴选他当船长，
还能有别的令人蔑视的目的吗?
另外，据说当了海盗的
洛多维科伯爵在帕多瓦。

弗兰西斯科　真的吗?

蒙蒂契尔索　很可能。
我收到过他的信函，
恳求尽快撤销对他的驱逐令；
他想亲自跟你妹妹公爵夫人
谈一谈他的年金问题。

弗兰西斯科　哦，好啊。
不过六天我们就想他。
我巴不得博拉奇阿诺公爵
遇到臭名远扬的丑闻，
因为在他这该死的耄耋之年，
除了彻骨的羞辱之外

没有什么能让他回心转意。

蒙蒂契尔索　我这么捉弄我的贤侄，
也许不地道，
不得人心；
但我会说，
为了我的复仇，
我赌上了他的生命，
那生命正在被虐待，
却不敢为自己复仇呀。

弗兰西斯科　来瞧一瞧那婊子吧。

蒙蒂契尔索　大人物的诅咒呀，
他肯定离不开她。

弗兰西斯科　没什么可遗憾的，
就像槲寄生爬在干枯的
被岁月摧毁的榆树身上，
让他恋着她，
两人一起烂掉吧。
众下

第二场[①]

博拉奇阿诺和一个穿着魔术师衣服的人上

博拉奇阿诺　现在，先生，
我希望你兑现你的诺言。
这是深夜了。
预先策划的谋杀卡米洛
和讨厌的公爵夫人

① 场景为卡米洛家的一个房间。

将如何进行?

魔术师 因为你的财富,
你说服了我
做一件不常做的事;
有些人依赖一手绝技
干黑手的事,
这我不屑为之;
有些人玩弄牌戏,
像是在变幻魔术,
实际上在诓骗哄人;
有些人为了让看客取乐,
不惜冒找死的风险,
变幻烟火爆竹;
有些人养匹骟马,
表演各色奇幻魔术,
声称这是一头精灵;[①]
更有一批历书先生,
占星师,这些家伙
靠耍滑头混饭吃,
用占星术给人找赃物,
说些含糊不清的拉丁语,
人们还真以为
他们唤来了魔鬼,
魔鬼正在发怒。
请坐下,
戴上这顶睡帽,先生,
它有魔法;

① 指16世纪90年代伦敦一个叫Banks的魔术师,养了一头叫作Morocco的栗色骟马,剪短了尾巴,能表演舞蹈、装死、数钱,Banks被认为具有魔力,而马是供他使唤的妖精。

博拉奇阿诺戴上睡帽
现在，
我要用遥控的手法给你显示
让你的公爵夫人心碎的情景。

哑 剧[①]

（音乐轻声响起）朱利奥和克里斯托菲罗偷偷地上场。他们拉开幕布，露出博拉奇阿诺的画像。他们戴上玻璃面罩，遮住了眼睛和鼻子，在画像前燃烧香料，涂在画像的嘴唇上。他们拉上了幕布，熄灭了火，卸去了面罩，大笑着走开。伊萨贝拉穿着睡衣，擎着火把，正往睡床走去；在她后面跟随着洛多维科伯爵、吉尔瓦尼、基德－安东尼奥[②]和其他服侍她的仆人。她跪下祷告，拉开画像的幕布，鞠躬三次，亲吻三次。她昏厥过去，不愿别人走近她；死亡。吉尔瓦尼和洛多维科伯爵脸上露出悲哀之色。她被庄严地抬了出去。

博拉奇阿诺　好极了，她死了。

魔术师　她被沾上毒物的画像
毒死了。
这是她每晚的习惯，
在上床之前，
去造访你的画像，
看一番你的形象，
亲吻一下嘴唇。
朱利奥注意到这习惯，

① 哑剧在文艺复兴时期的英国戏剧中一般是表现寓言的一种戏剧手段，和莎士比亚《哈姆雷特》作为戏中戏不同，在这里韦伯斯特把它作为戏剧情节浓缩的一个手段。
② 这个人物没有任何台词，可能剧作家在写戏时把他删节了。

涂上了毒油
和其他毒物，
立马就叫她窒息身亡。

博拉奇阿诺　我想我看到了
洛多维科伯爵在场。

魔术师　是在场。根据我的魔法，
我发现他对你的公爵夫人
一往情深。
现在换个角度，
看看卡米洛倒霉得多的命运；
在这魔力场，
音乐，再响一些，
发出和这场景相配的
悲哀的音响来。

第二场哑剧

（带有悲剧色彩的音调响起）弗拉米尼奥、马塞洛、卡米洛和四位船长上。他们喝酒，互祝健康，跳舞。搬进来一座鞍马。马塞洛和另外两人耳语着走出房间，而弗拉米尼奥和卡米洛脱去外衣，只剩衬衣，准备跳鞍马；互让谁先跳。当卡米洛正想跳时，弗拉米尼奥一把掐住他的脖子，在其他人的帮助下，把他的脖子往死里拧；大概看到他脖子被拧断，将他弓着身子，放在鞍马下面，仿佛是从那儿摔下来的；他大呼救命。马塞洛上，做悲哀状，去把红衣主教大人蒙蒂契尔索和弗兰西斯科公爵叫来，随同他们一起来的是武装人员；对着现场在纳闷。弗兰西斯科命令将尸体送回家去，逮捕了弗拉米尼奥、马塞洛和其他人，然后，似乎要去逮捕薇托利亚。

博拉奇阿诺　设计得非常专业，但我对每一步情节并不太理解。

魔术师　哦，这很明显，
你看，他们一进房间
就对行将分别，
走上发财的行程
互相祝酒，
为了助兴，
弗拉米尼奥建议搬来鞍马。
当你在看余下的一幕时，
精明的马塞洛
阴谋离开了房间，
似乎显得很无辜，
但这让你明白
这里包含的一切阴谋。

博拉奇阿诺　马塞洛和弗拉米尼奥
似乎都参与了阴谋。

魔术师　是的，你看他们很小心谨慎，
而现在他们来逮捕你的情人
美丽的薇托利亚；
我们正在她的屋檐下；
不妨从后门来探个究竟。

博拉奇阿诺　高贵的朋友，
你把我和你连在了一起。
这盟约本身就意味着
由我亲手签名盖了章。
这是要支付金钱的。

魔术师　先生，谢谢你。
博拉奇阿诺下

魔术师　温暖的太阳出来，

鲜花和莠草同样生长，
大人物可以做大好事，
同样也可以做大坏事。
下

第三幕

第一场[1]

弗兰西斯科、蒙蒂契尔索以及他们的大法官和录事上

弗兰西斯科　你行事很仔细，
邀请了所有常驻的大使
列席旁听对薇托利亚的审讯。

蒙蒂契尔索　那没有害处。
先生，你知道
关于她丈夫的死，
我们有充分的证据
来指控她。
他们认可
对她淫荡的诉讼，
将使她在邻近王国中
臭名远扬；
我在纳闷，不知
博拉奇阿诺会不会来这儿。

弗兰西斯科　哦，说真的，

① 场景为罗马教皇法庭的前厅。

这太厚颜无耻了。

弗兰西斯科、蒙蒂契尔索和他们的大法官以及录事下。有卫兵监护的弗拉米尼奥和马塞洛，以及一位律师上

律师　啊，你是不是中了圈套了？[①] 我将要看看你的智慧是不是跟一个犯人差不多。我觉得除了精于此道的嫖客之外，没有人能对你妹妹做出裁判。

弗拉米尼奥　忘八们能，因为忘八正是那最可怕的对淫乱痛加指责的人。除了风月场所的老嫖客，没有谁能对那种风流勾当做出裁判。

律师　我公爵大人和她来往一直非常秘密。

弗拉米尼奥　你是个傻瓜蛋；要是他们公开来往的话，那不就完蛋了吗？

律师　要是有证据证明他们互相亲吻——

弗拉米尼奥　那又怎么样？

律师　我红衣主教大人将把他们揪出来。

弗拉米尼奥　我看，一个红衣主教连头脑简单的人都骗不了。

律师　只要两人一接吻——请注意我说的话——一接吻，那就堕入情网了，一个女人只要一接受亲吻，那就一多半准备委身了。

弗拉米尼奥　这倒是真的，她的上身是按那规律办；如果要赢得她的下半身，你知道接下来该怎么做。

律师　听，大使们下马车了。

弗拉米尼奥　（旁白）我要装出快乐的样子，

---

① 原文为：Are you in by the week？请比较莎士比亚《爱的徒劳》第五幕第二场：O that I knew he were but in by the week！

不要让别人怀疑我。

马塞洛　哦，我不幸的妹妹！
当她初遇博拉奇阿诺时，
我的匕首刺破她的心就好了。
据说，你就是为他钓我妹妹
打掩护的。

弗拉米尼奥　我设法为他引见她铺路，
也为了我的升迁。

马塞洛　为了你的毁灭。

弗拉米尼奥　哼！你是一个士兵，
跟随大公爵，
为他的胜利去当炮灰，
就像巫师指挥他的精灵，
甚至不惜流血。
但你得到什么？
跟你们的付出相比，
你手中所握有的
仅仅是可怜的一点儿，
就像人握着水，
你想握得紧一些，
水却从手指缝里漏下去了。

马塞洛　老弟——

弗拉米尼奥　你连一张垫衬甲胄的
岩羚羊皮都没有。

马塞洛　老弟。

弗拉米尼奥　听我说：
当我们为了他们的野心
或者为了替他们出气

卷进了重大的纷争，
我们怎么才能得到报答呢？
我们追求利益，
犹如爬在巍峨橡树身上的
槲寄生，
一种神圣的药材，
而在它旁边必然还生长着
有毒的曼德拉草。
唉，他们最细微的嗔怒
似乎只给你轻微的惩罚，
却可以把一个人毁掉的呀。
这就是那可悲的道理。

马塞洛　得了，得了。

弗拉米尼奥　当岁月把你变成一头白发，
就像开满白花的山楂树——

马塞洛　我要打断你。
对美德的爱
哺育一颗正直的心，
让你躲过每一个阴谋，
他们越猖狂
便越腐败。
我只是你的哥哥，
要是我是你的父亲，
我也不想给你留下更多的财产。
萨伏伊大使上。各路大使分别从舞台上走过。法国大使上

弗拉米尼奥　我会考虑这一问题。
大使先生们来了。

律师　哦，生气勃勃的法国人：他可是个了不起的风流人物。

弗拉米尼奥　我看着他上次干风流事儿；他像穿铠甲的白蜡烛台，手拿一根棍，那棍还没有一支小蜡烛重。

律师　但他可是一个出色的骑手。[①]

弗拉米尼奥　在那行当里他才是一个没能耐的人呢；他会在马背上像贩卖家禽的小贩睡着。

英国和西班牙大使上

律师　瞧，西班牙佬。

弗拉米尼奥　他那脸蛋在圆皱领飞边上浮动，就好像一个戴着绉绸帽带的仆人手持酒杯，生怕打碎酒杯的那样儿；他瞧上去就像腌黑鸟的爪子，在蜡烛上烤炙。

众下

第二场[②]

弗兰西斯科、蒙蒂契尔索、六位常驻大使、博拉奇阿诺、薇托利亚、弗拉米尼奥、马塞洛、律师和一名卫士以及仆人上

蒙蒂契尔索　（对博拉奇阿诺）凑合一点儿吧，大人，
这儿没你的位置。
我们将审议
教皇陛下交办的事务。

博拉奇阿诺　将一件厚重的袍子垫在身下
那就在这儿待着吧。

弗兰西斯科　给大人拿一把椅子来。

博拉奇阿诺　省点儿心吧；

---

① 含有性暗示。

② 场景为教会法庭。

一个不速之客
应该像荷兰女人上教堂:
自己拿坐的凳子。

蒙蒂契尔索　随你的便吧，先生。
女士，请面向桌子站立。
现在，先生，诉讼开始。

律师　Domine judex converte oculos in hanc pestem mulierum corruptissimam.[①]

薇托利亚　他是什么人?

弗兰西斯科　一个起诉你的律师。

薇托利亚　大人，请让他用英语说话，
否则我不回答任何问题。

弗兰西斯科　怎么啦，你懂拉丁语呀。

薇托利亚　我懂拉丁语，先生。
但是来聆听我案件的听众，
有一多半可能听不懂。

蒙蒂契尔索　说下去，先生。

薇托利亚　拜托啦，
请不要让对我的指控
蒙上一层晦涩的烟雾。
让在座的每一个人
都能听懂对我的指责。

弗兰西斯科　先生，
那你就不要再执意拉丁语了，
把你的语言换一下吧。

蒙蒂契尔索　哦，看在上帝的分儿上!

① 拉丁语:法官先生，请瞧一眼这祸害，这最堕落的女人。

女士，为此你将更为臭名昭著。

律师　好吧，就听您的吧。

薇托利亚　我是你的靶子，先生，
我给你当目标，
我告诉你要多近
才有把握射击。

律师　博学的法官们，
请尊敬的阁下们
瞧一下这堕落的女人，
她干的一系列肮脏的蠢行，
要想让人忘掉，
除非把这个人
连同她的罪愆
彻底除掉。

薇托利亚　什么意思？

律师　请安静。
恶贯满盈的罪愆
必须得到惩罚。

薇托利亚　当然啦，大人们，
这位律师生吞活剥
药剂师的配方。
如今吐出来就像
我们当药给老鹰吃的石头。
啊，尽是些胡言乱语。

律师　大人们，这女人
对修辞和美文一窍不通，
对学术的雄辩术
也是一无所知。

弗兰西斯科　先生，你还是省点儿劲儿吧，
你深奥莫测的雄辩
只有在懂你的人们中
才会赢得鼓掌。

律师　我的好大人。

弗兰西斯科　（讽刺地说）先生，
把讲稿塞进你那包里去吧——
啊，请原谅，先生，
那可是律师粗布包呀，
——请接受
我对你渊博遣词的敬意。

律师　我渐进地向大人表示感谢。[①]
我将在其他场合使用这些词。
律师下

蒙蒂契尔索　我跟你直来直去，
以自然的红与白
来修饰你那些滑稽的言辞，
而不管你脸上怎么涂脂抹粉。[②]

薇托利亚　哦，您错了。
您把这张脸
抬高到跟您母亲一样高贵了。

蒙蒂契尔索　在证明你是一个婊子之前，
我会宽恕你。
可尊敬的大人们，
瞧这个女人，
在她的身上

① 律师在遣词造句上故弄玄虚，结果弄巧成拙。弗兰西斯科的话中已含有讽刺之意。

② 请比较莎士比亚的《哈姆雷特》第三幕第一场："God hath given you one face and you make yourself another."

唤醒了一个极为险恶的精灵。[①]

薇托利亚　深孚众望的大人，对于一位
令人尊敬的红衣主教，
充当律师的角色，
那是极为不合适的。

蒙蒂契尔索　哦，干什么行当说什么话！
你们瞧，大人们，
她多么像一个成熟的果实；
就像羁旅者报道的
索多玛和哈摩辣的苹果，
我只要一碰她，
你们将看到，
她立马变成灰烬和尘土。[②]

薇托利亚　你还是让你的下毒的
药剂师来干这个吧。

蒙蒂契尔索　我可以断定，
要是再有第二个失乐园，
这恶鬼肯定会出卖它。

薇托利亚　哦，天啊，
你可是很少穿这红袍子的呀。

蒙蒂契尔索　谁不知道，每天夜晚
她门庭若市，
挤满了马车，
房间里灯火辉煌，
宛若天上的星星，

---

① 请比较莎士比亚的《罗密欧与朱丽叶》第二幕第一场：“‘twould anger him/To raise a spirit in his mistress’ circle.”此处一语双关，circle 也指女性的下身。

② 见《旧约·申命记》32:32：“诚然，他们的葡萄秧，出自索多玛的葡萄园，来自哈摩辣的田园；他们的葡萄是毒葡萄，粒粒葡萄皆酸苦。”

仿佛王侯宫殿一般？
那音乐，那盛宴，那狂饮，
这婊子真的成了神圣的了。

薇托利亚　嗯？婊子？什么是婊子？

蒙蒂契尔索　要我给你解释婊子是什么吗？
好吧，我给你解释。
我要给你一个完整的描述。
首先，她们是诱人的糖果，
吃了的人烂肠烂肚；
她们给人的鼻孔
灌有毒的香气。
她们是骗人的炼金术士，
在晴朗的天叫大船倾翻！
什么是婊子？
那是俄罗斯的严冬，
一片荒芜，
仿佛造化把春天遗忘。
她们是地狱之火，
比荷兰征收
肉、酒、衣服、睡眠，
是的，甚至对男人嫖娼
走上万劫不复之路的
税负还要致命。
她们是那种脆弱的证据，
就因为抄写员小小的疏漏，
让一个可怜的人
全部财产没收。
什么是婊子？
她们是那种谄媚的铃声，
在婚礼和葬礼上

都回响同样的音调；
富有的婊子，
靠敲诈勒索聚敛财富，
该诅咒的暴乱
又让你们两手空空。
她们比尸体还要，
还要糟糕，
绞刑架上的尸体，
还有外科医生索要，
好当作解剖课的教材。
什么是婊子？
她就像一枚假币，
谁最初铸造了它，
让以后用它的人都倒霉。

薇托利亚　这样的描述让我一头雾水。

蒙蒂契尔索　你，淑女？
你身上集聚了
所有畜生，所有矿物
致命的毒素。

薇托利亚　得，那又怎么样？

蒙蒂契尔索　我来告诉你；
我在你身上发现
药剂店所有的样品。

法国大使　（旁白）她很堕落。

英国大使　（旁白）是的，但红衣主教也太刻薄了。

蒙蒂契尔索　你知道婊子是什么：跟魔鬼就差一步，先通奸，然后谋杀，魔鬼就乘虚而入了。

弗兰西斯科　你丈夫不幸死了。

薇托利亚　哦，他是一个幸福的丈夫，
他已经偿付人生的债务了。

弗兰西斯科　他死于一场在鞍马上的阴谋。

蒙蒂契尔索　一场预谋：
他跳上鞍马
无异于跳进坟墓。

弗兰西斯科　多么奇怪，
才两码高，
一个好端端的人
却扭断了脖子！

蒙蒂契尔索　死在灯芯草垫子上。

弗兰西斯科　而且，
当场就丧失了说话的能力，
一动也不能动，
就像一个在裹尸布里
躺了三天的尸体。
请注意当下看到的情景。

蒙蒂契尔索　瞧这个所谓他妻子的人，
她决然不像个寡妇；
她来到这儿，
一脸的轻蔑和厚颜无耻：
难道这是治丧的样子吗？

薇托利亚　如果如你们想的，
我预先知道他的死亡的话，
我早就会说出我的哀悼了。

蒙蒂契尔索　哦，你太狡猾了。

薇托利亚　你这么说，
你就玷污了你的智慧和判断，

啊，难道我对他，
那所谓的法官，
作正当的自辩
就是厚颜无耻吗？
那我只能从这个教会法庭
去向野蛮的鞑靼申诉了？

蒙蒂契尔索　瞧，大人们，
她在毁谤我们的程序。

薇托利亚　鞠躬
我极其谦卑地，
极其低下地，
向可敬的大使们
显示我卑微和女性的一面；
然而，我现在
牵涉进了一宗该死的案件中，
而我的自辩必须像珀尔修斯[①]，
像一个堂堂的男子汉呀。
言归正传！
要是发现我有罪，
把我脑袋从肩上砍下来——
作为朋友我们从此分道扬镳。
我不屑拿我的生命
来乞求你们和任何人的怜悯，先生。

英国大使　她有一种勇敢的精神。

蒙蒂契尔索　得了，得了，
这种假冒钻石
反而让真货被人怀疑了。

薇托利亚　你说错了；

---

① 希腊神，杀死怪物美杜莎，是“英雄和男性美的化身”。

你要知道，
你所有挖掘宝石的镐头
到头来不过是银样镴枪头：
一击就碎。
这些不过是我罪过的画像而已，
用伪装的魔鬼
来吓吓孩子罢了，大人；
而我早已过了惧怕的年岁了。
至于你称我为婊子和谋杀者，
这恶名来自你，
就像人在风中吐痰一样，
秽物仍回刮到你自己的脸上。

蒙蒂契尔索　请你，夫人，回答我一个问题：
在你丈夫摔断脖子
那致命的晚上，
谁住在你家里？

博拉奇阿诺　这个问题使我
不得不打破沉默：
我在那儿。

蒙蒂契尔索　干什么？

博拉奇阿诺　啊，我来安慰她，
着手处理一下她的资产，
因为我听说
她丈夫欠你钱，大人。

蒙蒂契尔索　是这样。

博拉奇阿诺　很奇怪，
人们担忧你会欺骗她。

蒙蒂契尔索　谁让你当她的监护人？

博拉奇阿诺　啊，我的善心，我的善心，
这是每一个慷慨而高贵的心灵
都会对孤儿和寡妇做的。

蒙蒂契尔索　你的淫欲。

博拉奇阿诺　胆怯的狗叫得最响。
牧师先生，我今后会跟你谈。
你听见了吗？
你所锻造的这把司法的利剑，
我要用它来直刺你的肚肠。
你职业的许多方面
非常类似普通的信差。

蒙蒂契尔索　嗯？

博拉奇阿诺　*准备离席*
你雇用的信差。
你的信函说实话，
但你的虚伪使你满嘴
说的是荒唐、无耻的谎言。

仆人　大人，你的袍子。

博拉奇阿诺　你说错了，那是我的凳子。
把它给你的主子吧，
他会非常在意
屋子里的财物，
博拉奇阿诺还没那么穷困，
要把袍子拿出另一个人的住处。
让他将它做一个床边的帷幕，
或者给他宝贝的骡做垫脚布。
蒙蒂契尔索，
没有人用免罚来伤害我。①

① 原文为拉丁文：Nemo me impune lacessit.

博拉奇阿诺下

蒙蒂契尔索　你的靠山走了。

薇托利亚　那狼可以更加放肆地捕猎了。

弗兰西斯科　大人，谋杀案存有很大的疑问，
没有充分的证据
证明到底是谁干的。
我觉得，
她的心还不至于如此残酷，
能干出如此血腥的事来。
即使她有这颗心，
就像在严寒地区的农夫
种植葡萄秧，
用热血浇灌它们，
但到来年夏天，
葡萄结出酸溜溜的果实，
不到下一个春天，
藤条和根须就都枯萎了。
血腥的案情就此过了，
专注于不贞的问题吧。

薇托利亚　我发现
在你镀金的药丸里
藏着鸩毒。

蒙蒂契尔索　公爵走了，
我要拿出一封信来，
其中谋划你和他将
在一个药剂师台伯河岸
花园房中相会，
（瞧瞧信吧，大人们）
在那儿，在盛宴

和一场淫荡的闹饮之后——
请你们自己读吧，
我羞于把它读出来。

薇托利亚　将信传阅
即使我受到了诱惑，
色诱并不是行动；
没有人追求过她，
她是贞洁的。[①]
你将他炽热的爱念给我听，
却期望我做冰冷的回答。

蒙蒂契尔索　酷暑天的冰冷！奇怪极了！

薇托利亚　你要谴责我，
就因为公爵爱我吗？
你能责怪美丽而洁清的河水，
就因为一个抑郁的疯子
跳河自尽吗？

蒙蒂契尔索　那只是淹死。

薇托利亚　如果将我的错误汇总一下，
你会发现无非是太漂亮了，
穿着太华丽了，
心思过于轻浮了，
胃口太好了之类，
就这些可怜的罪愆
你可以为之起诉我。
事实上，大人，
你也可能在拿枪打苍蝇，
这娱乐会更为高贵。[②]

① 这句话原文为拉丁语：Casta est quam nemo rogavit. 见奥维德《爱的艺术》。

② 一语双关，含有性暗示。

蒙蒂契尔索　好极了。

薇托利亚　你按你的方式行事，
你似乎最初哀求过我，
而现在却要叫我完蛋。
我有房产、首饰
和一些剩下的葡萄牙金币；
但愿这些东西能让你发发慈悲。

蒙蒂契尔索　如果魔鬼也有一副好身材，
那就瞧瞧他的画像吧。①

薇托利亚　你还有一样好处：
你没有奉承我。

弗兰西斯科　谁把这封信拿来的？

薇托利亚　我没有必要告诉你。

蒙蒂契尔索　公爵大人八月十二日
给你送了一千达克特金币。

薇托利亚　那是为了让你侄子免除牢狱之灾，
我为此把钱都用了。

蒙蒂契尔索　我认为
那是他支付风流的钱。

薇托利亚　除了你，还会有谁这么说？
如果你起诉我，
那就别当我的法官；
离开你那法官席，
扔掉你那些指控我的证据，
让这些大人们当仲裁者吧。
红衣主教大人，

---

① 参见《新约 · 哥林多后书》11:14："Satan himself is transformed into an angel of light."

如果你侦探的耳朵
能聆听我的内心，
如果你还能说正直的话儿，
即使你指控所有这一切，
我也毫不在乎。

蒙蒂契尔索　够了，够了，
在一顿丰盛而浮华的筵席之后，
我要给你吃个酸梨。

薇托利亚　是你自己种的吗？

蒙蒂契尔索　你生于威尼斯，
是望族维特利家后裔。
我侄子娶你——
我可以这么说吧——
命途多舛；
他从你父亲那儿把你买来。

薇托利亚　是吗？

蒙蒂契尔索　在六个月期间，
他花费了一万两千达克特，
据我所知，
他没有得到一分钱的嫁妆。
一笔吃亏的买卖，
到手的货这么不贞。
打开天窗说亮话吧。
你就是这样的人：
你来时是一个婊子，
以后一直是一个婊子。

薇托利亚　大人。

蒙蒂契尔索　不，听我说，
你会有絮聒的时间。

博拉奇阿诺大人——
唉，我只是重复
街头巷尾的闲谈
和顺口溜，
这丑闻还搬上舞台，
有这么多帮闲摇旗呐喊，
道学家也不得不沉默了。
你们两位，
弗拉米尼奥和马塞洛，
法庭暂时没有什么要起诉你们的，
你们只要找到担保人，
担保你们随时候审就可以了。

弗兰西斯科　我担保马塞洛。

弗拉米尼奥　王爷大人给我担保。

蒙蒂契尔索　对于你，薇托利亚，
你的错误广为流传，
按目前的情景来判断，
你无法享受高贵的怜悯。
你以你的生命和美
导致了这场对腐败的审判，
你比王公灾星更险恶。
对你判决如下：
你将被解往感化院，
你的老鸨——

弗拉米尼奥　（旁白）谁，我吗？

蒙蒂契尔索　那摩尔人。

弗拉米尼奥　（旁白）哦，我又是一个清白的人了。

薇托利亚　感化院，那是什么地方？

蒙蒂契尔索　从良妓女感化院。

薇托利亚　我要去的那地方，
是罗马贵族为他们妻子
所建的吗？

弗兰西斯科　你必须要有耐心。

薇托利亚　我必须先复仇。
我很想知道，
你这么行事，
是否得到特许状
让你的灵魂得到拯救？[①]

蒙蒂契尔索　走开。
把她带走。

薇托利亚　强奸，强奸！

蒙蒂契尔索　怎么啦？

薇托利亚　是的，你调戏了司法，
强迫她顺应你的快乐。

蒙蒂契尔索　啊，她疯了。

薇托利亚　但愿给你治病的药丸
卡在你该死的喉咙里，
但愿你坐在法官席上，
你自己的唾沫噎死你。

蒙蒂契尔索　她变成个复仇女神了。

薇托利亚　但愿在最后审判日
你还是原来的那个魔鬼。
好一个吸血鬼呀，
教导我怎么说出卖王公的话，

---

① 参见《新约·马太福音》7:1："你们不要判断人，免得你们受判断。"

既然我的行为不会要我的命，
那就让我的言辞要我的命吧。
哦，女人可怜的复仇
仅仅停留在口舌上。
我不会哭泣。
不，我不屑流一滴眼泪
去怂恿不公。
把我解往——
那叫什么从良院？

蒙蒂契尔索　从良妓女感化院。

薇托利亚　那不是从良妓女感化院，
在我的心中，
它将是一个比主教宫殿
更圣洁，
比我的心灵
更宁静的地方，
即使你是一个红衣主教。
明白这个，
将你的怒气烧得更旺吧：
宝石在黑暗中
发出最灿烂的光芒。
薇托利亚被看守押下。博拉奇阿诺上

博拉奇阿诺　现在你和我是朋友了，先生，
让我们在一个朋友的坟墓里
握手吧，
那倒是一个合适的场合，
在一个象征平和的地方，
消弭我们的仇恨。

弗兰西斯科　先生，怎么回事？

博拉奇阿诺　我不想从你可爱的腮帮
再吮吸更多的血了，
你已经流失了够多的血。再见。
博拉奇阿诺下

弗兰西斯科　这些话听来多么奇怪。什么意思？

弗拉米尼奥　（旁白）好极了，这可以慢慢导引出公爵夫人死亡的消息；他处理得太有技巧了。因为我现在不能对我女主人的死装出一副悲天悯人的样子来，我将对我妹妹丢脸的事装得疯疯癫癫，那就能避开许多尴尬的问题。背叛君王的舌头呀，会不由自主地颤抖起来；我将跟遇见的所有的人说话，但不听他们说什么，装成一个狡猾的疯子。
弗拉米尼奥下。吉尔瓦尼和洛多维科伯爵上

弗兰西斯科　怎么样呀，我高贵的外甥？怎么，穿着一身黑色的服装？

吉尔瓦尼　是的，舅父，
大人教导我
要学习您的美德，
您得向我学习穿衣，
我穿什么颜色
您也得穿什么颜色。
我亲爱的母亲——

弗兰西斯科　怎么啦？在哪儿？

吉尔瓦尼　不远；舅父，我不想告诉您，
我会让您哭泣的。

弗兰西斯科　死了。

吉尔瓦尼　别怪我，
我没有跟您这么说。

洛多维科　她逝世了，大人。

弗兰西斯科　死了？

蒙蒂契尔索　可祝福的夫人呀，
你终于超脱你的痛苦了。
大人们，是否可以请你们回避一会儿？
大使们下

吉尔瓦尼　死者干什么，舅父？
他们跟我们一样
吃饭，听音乐，
狩猎，寻欢作乐吗？

弗兰西斯科　不，孩子，他们睡觉。

吉尔瓦尼　大人，大人，但愿我死了；
这六个夜晚我没有睡着。他们什么时候醒来呢？

弗兰西斯科　当上帝愿意的时候。

吉尔瓦尼　好上帝，让她永远睡着吧，
因为我知道她已经
无数个夜晚没有睡着了，
她搁脑袋的枕头
浸透了泪水。
我要向您诉说，舅父。
我要告诉您，
她死后他们怎么对待她：
他们给她裹上残酷的铅衣，
不让我亲吻她。

弗兰西斯科　你爱她。

吉尔瓦尼　我常常听见她说
她要给我喂奶，
这表明她很爱我，

因为王公们很少这么做。

弗兰西斯科　哦，我可怜的妹妹的遗孤！
看在上帝的分儿上，
把他带开吧。
吉尔瓦尼和洛多维科下

蒙蒂契尔索　怎么样，大人？

弗兰西斯科　请相信，
我不过是她的坟墓，
我将永远保存
对她的可祝福的记忆，
比所有的墓志铭还要久远。
众下

第三场

疯疯癫癫的弗拉米尼奥上，马塞洛和洛多维科上，互相没有看见

弗拉米尼奥　我们就像铁砧和硬钢承受打击，
直到痛苦麻木不再痛苦。
谁会对我公正？
难道这侍候活儿就算完了？
我还不如去给大蒜除草，到法国去旅游，给自己当马夫；穿羊皮筒袜，或者穿发散黑鞋油味儿的鞋子；上波兰四万小商贩的名单。
萨伏伊大使上
在服侍博拉奇阿诺之前，我还不如在威尼斯外科医生治天花和痔疮的医务所烂死。

萨伏伊大使　你该得到点儿安慰。

弗拉米尼奥　你慰藉的话儿犹如蜂蜜。蜂蜜在你的嘴里是甜蜜的；但在我受伤的嘴里吃下去，犹如蜜蜂的刺扎我一样。哦，他们做得狡猾极了，仿佛他们没有任何恶意似的。狡猾的人模仿魔鬼，而魔鬼模仿大炮。[①] 他要来耍弄你，拿屁股对着你。

法国大使上

法国大使　证据非常明显。

弗拉米尼奥　证据！那是腐败。哦，金子，你是怎样的一个神明呀！哦，人，你是怎样的一个魔鬼，被该死的金子蛊惑呀！那挑拨是非的律师，看住他；无赖变成告密者，就像蛆虫变成了苍蝇：用蛆虫和苍蝇你都可以钓到易骗的人。红衣主教！但愿他能听见我的话：没有什么比金钱更神圣的了，金钱能腐蚀他，让他腐烂，就像赤道的食物。

英国大使上

你在英国是幸福的，大人；在这儿，他们用把犯人压死的重物出卖公正。哦，可怕的俸禄呀！

英国大使　真是的，真是的，弗拉米尼奥。

弗拉米尼奥　铃儿只有在最高音时才最好听，但愿红衣主教到了断头台，才会好好祷告。

大使们下

要是他们费点劲儿来了解联邦就好了！但是你的贵族们享有特权免除这种烦恼；他们是应该被免除的。在他们被提讯之前，一点儿细小的事情就可能把他们撕得粉碎。宗教！哦，它包含了多少狡猾的说教。世界上最初的流血就发生在宗教里。[②] 但愿我是一个犹太人。

---

① 大炮在拉向前线时，总是屁股对着前线。

② 亚当和夏娃之长子该隐杀死其弟亚伯。

马塞洛　哦，犹太人太多了。

弗拉米尼奥　你错了。犹太人不够，牧师不够，绅士也不够。

马塞洛　怎么这样呢？

弗拉米尼奥　我给你证明。如果有足够的犹太人，也不会有这么多基督徒变成高利贷者了；如果有足够的牧师，一个牧师也不用身兼六个圣职；如果有足够的绅士，也不会有这么多生长在粪堆上的嫩蘑菇也想当绅士。再见。让别人去要饭去吧。但愿你也是他们中的一员。像英国的饕餮之徒瓦尔纳，给你什么吃什么；一次通便又让你饿得像在锯木场干活的家伙。我要去听仓鸮叫了。

弗拉米尼奥下

洛多维科　（旁白）这是给博拉奇阿诺拉皮条的家伙，
真奇怪，
这么公开而明显
帮他妹妹通奸的罪人，
竟然敢于发出如此毁谤的言论。
我必须得跟踪他。

弗拉米尼奥上

弗拉米尼奥　（旁白）这逐放的伯爵
没有得到赦免，
怎么竟敢回到罗马？
我听说死去的公爵夫人
给他发放年薪，
他是从帕多瓦
随年轻王子的火车来的。
这里面定有讲究。
治疗中毒症
还需要有解毒药。

马塞洛　（旁白）留意这两人奇怪的斗法。

弗拉米尼奥　忧郁之神把你的胆汁变成毒液，
脸上丑陋的皱纹
就像汹涌大海上的波涛，
一浪推着一浪。

洛多维科　我非常感谢你，
为了你，
但愿全年
都是酷热的日子。

弗拉米尼奥　乌鸦是怎么叫的？
好公爵夫人死了？

洛多维科　死了。

弗拉米尼奥　哦，命运呀！
不幸就像验尸官的活儿，
一拨接着一拨。

洛多维科　我们联合治丧吧？

弗拉米尼奥　是的，哥们儿得意起来吧。
让我们好像乐意接待悼念的人，
又好像不那么乐意。

洛多维科　咱们爷们儿坐着聊上它三天。

弗拉米尼奥　咱们只跟人做鬼脸。
穿着衣服睡大觉。

洛多维科　枕头里还塞着柴薪。

弗拉米尼奥　邋邋遢遢，身上长满虱子。

洛多维科　穿平纹绉丝绸衣服：显得有那么点儿忧郁；
整天闷头睡大觉。

弗拉米尼奥　是的，就像忧郁的野兔[①]
在半夜后吃食。
安东内利拿着洛多维科的赦免令和加斯帕洛大笑着上
有人瞧着咱们：瞧那两个爷们儿怎么痛苦。[②]

洛多维科　开口大笑的傻瓜蛋多么奇怪，
仿佛人生来除了给人瞧牙之外，
就没有别的活法。

弗拉米尼奥　我来告诉你怎么回事：
与其用镜子，
人每天早晨
还不如在茶碟
巫师凝结的血中[③]
照自己的脸蛋。

洛多维科　好宝贵的笑呀，无赖。
咱们将永远不分离。

弗拉米尼奥　永不——当廷臣成了乞丐，
教友民怨沸腾，
士兵成穷光蛋，
所有的人上了镣铐，
双手反绑吊在
命运之轮下，
咱们俩
用如何蔑视剥夺了
咱们生存条件的世界
来开导他们。

---

① 在当时英国认为吃野兔肉会令人忧郁。

② 弗拉米尼奥仍然在装疯，故意把大笑说成痛苦。

③ 在当时的英国巫师的血被认为是忧郁的。请比较莎士比亚《驯悍记》序幕："Seeing too much sadness hath congeal'd your blood."

安东内利　大人，我带来了好消息。
教皇在弥留的床上，
应佛罗伦萨大公爵的恳求，
签发了您的赦免令，
给您恢复——

洛多维科　感谢你的好消息。
再瞧一眼我的赦免令吧，
弗拉米尼奥。

弗拉米尼奥　你为什么哈哈大笑？
在我们的盟约里
可没有这一条。

洛多维科　为什么？

弗拉米尼奥　你不能显得比我更快乐。
你应该清楚我们的盟誓，先生：
如果你快乐，
你也应该装得若无其事，
像个大人物坐在那儿，
冷眼看他的仇敌被处决；
即使对你做很色情的事，
但你脸上仍要装得坐怀不乱，
就像狡猾的政客。

洛多维科　你妹妹是个该死的婊子。

弗拉米尼奥　啊？

洛多维科　注意，我说的是大笑。

弗拉米尼奥　你还要我再说一遍吗？

洛多维科　你听见我说的话了吗？
难道要将她四十盎司的血
卖给我，让我去浇灌

毒曼德拉草吗?

弗拉米尼奥　可怜的大人,
你发誓要做个长满虱子的人。

洛多维科　是的。

弗拉米尼奥　就像那因为债务
终身监禁的犯人。

洛多维科　哈,哈!

弗拉米尼奥　我毫不怀疑你破坏了誓言:
大人阁下学了好久,还没学会。
我来告诉你——

洛多维科　什么?

弗拉米尼奥　誓言将一直伴随着你。

洛多维科　我希望能这样。

弗拉米尼奥　下流呀,
这笑容成了你的脸容。
你不显得像个忧郁症患者,
那至少也得显得生气才行。
打他
瞧,我也笑了。

马塞洛　(对弗拉米尼奥)是你的不是;我要强迫你走开。
马塞洛将弗拉米尼奥推搡了开去,而安东内利和加斯帕洛来控制洛多维科

洛多维科　放开我!
马塞洛和弗拉米尼奥下
居然还有人要阻止我
对这拉皮条的复仇。

安东内利　大人。

洛多维科　还不如刚才给他一顿狠揍。

加斯帕洛　没看出来！

洛多维科　老天，我的剑不是错过了目标吗？
这些厌世的无赖
总能化险为夷。
让他倒大霉吧！
他的声誉，
不，他家族所有的名望，
都不值得这么气得发抖。
我知道没有一个击剑手动作
不是严格控制的。
来，我将把他遗忘，
去喝我的美酒吧。
众下

第四幕

第一场

弗兰西斯科和蒙蒂契尔索上

蒙蒂契尔索　来，来，大人，
解开你那些纠结的思想吧，
让它们就像前往教堂的新娘，
将秀发披垂在身后。[①]
你妹妹被毒死了。

弗兰西斯科　我压根儿没有
复仇的想法。

蒙蒂契尔索　难道你变成铁石心肠了吗？

弗兰西斯科　难道我应该和他作对，
发动一场战争，
给我臣民的肩膀上
压上不堪的重负吗？
而且这场可怕的战争
一旦发动，
就不是我可以结束的了。

---

① 詹姆斯一世时期英国流行的风俗，结婚时新娘将头发披散在肩上。

你知道，谁先发动战争，
谁就会最先陷入
谋杀、强奸和偷盗。
这罪愆将一直追随他
到坟墓和他的子嗣。

蒙蒂契尔索　我也不希望你走那条路。
请听我说我的想法。
围攻时破墙比大炮更具威力。
把你的怨恨藏起来，
就像乌龟一样耐着心，
即使骆驼踩在你背上，
你仍然毫发无损；
和狮子共睡，
让愚蠢的耗子
玩弄你的鼻毛，
直到血腥的审判
和清算怨仇的
时机成熟。
像一个狡猾的逮鸟的人，
闭上一只眼睛，
更可以看清你要逮的猎物。

弗兰西斯科　我的无辜呀，
别让我做叛卖的事儿。
我知道在远方
霹雳在轰隆作响。
我要像山谷一样隐蔽，
只向高耸入云的山巅
跪下它的膝盖，
因为我知道
叛卖君王，

就像逮蝇虫的蜘蛛网，
漏洞百出最终穿帮，
在织网中死亡。
为了排解这些思想，
可尊敬的大人，
听说你有一本书，
其中你根据情报
罗列了城中所有
臭名昭著的歹徒的名字。

蒙蒂契尔索　先生，是的；
有人把那说成是黑书。
这名字取得好，
虽然它并不讲授变戏之法，
然而在书中
书写了许多魔鬼的名字。

弗兰西斯科　请让我瞧瞧。

蒙蒂契尔索　我去给大人阁下取来。
蒙蒂契尔索下

弗兰西斯科　蒙蒂契尔索，
我并不信任你呀，
在我所有的阴谋中，
我会像围城一样
充满警觉。
你不可能知道我想干什么。
亚麻会很快燃烧起来，
又很快熄灭，
而金子热得很慢，
但热度却会长久持续。
蒙蒂契尔索上，把书给弗兰西斯科

蒙蒂契尔索　书在这儿，大人。

弗兰西斯科　首先是你的情报人员；让咱来瞧瞧。

蒙蒂契尔索　他们的人数
非常奇怪上升得很快，
有些人你还会以为是
老实巴交的百姓。
翻书
下面是拉皮条的。
这些是海盗；
以后几页是卑鄙的无赖，
他们贷货物给年轻商人，
而以高利贷现金结算；
以破产讹诈的狡猾孽种，
利用妻子生财的皮条客，
他们将破玩意儿，
马啦、不值钱的首饰啦、
钟啦、磨损的盘子啦，
高价卖给妻子的情人，
当妻子开始生下杂种。

弗兰西斯科　还有这样的混蛋?

蒙蒂契尔索　这是些厚颜无耻
穿男人衣服
拉皮条的娘儿们；
放高利贷串通
公证人获取巨大好处的无赖；
修改令状日期的律师；
你可能发现因为良心关系
我把有些腐败的牧师忽略了。
这儿是坏蛋的总目录。
一个人可能调查了所有的监狱，

但永远不可能了解这些。

弗兰西斯科　谋杀者。
请在这一页打个折吧。
好大人，我想借用一下这本神奇的书。

蒙蒂契尔索　请用吧，大人。

弗兰西斯科　我可以肯定地对大人说，
您是国家可尊敬的一员，
在发现歹徒方面
做出了不可估量的贡献。

蒙蒂契尔索　做了一些事情吧，先生。

弗兰西斯科　哦，上帝！
这比给英格兰进贡野狼
还要有价值；[①]
英格兰人在树篱上
挂着狼皮。

蒙蒂契尔索　我要冒昧向大人阁下告辞了。

弗兰西斯科　先生，我非常感谢你。
宫廷里如果有人问起，
就说我正和混蛋们
厮混在一起。
蒙蒂契尔索下
这本书
是公爵大人一位官员，
从职员
擢升到法官的家伙
所收集的歹徒的名单，
犹如爱尔兰反叛者，

① 埃德加国王要求威尔士每年给英国进贡300头野狼，旨在当地消灭这种食人的野兽。

以价论头颅，
收纳贿赂。
可怜的
无钱贿赂的无赖们
却遭了殃，
而有的孽种
却从歹徒的名单上消失。
王爷大人眼开眼闭，
他便赚得盆满钵满，
而恶徒还是恶徒呀。
我要这样来利用它：
我得到谋杀者的名单，
从中找出无恶不作的逆贼。
如果我想招引高级妓女，
不，洗衣女工，[①]
它可以提供她们的名单。
在这么一本小书里
却包含了如许多的罪戾！
还没二十个公告那么大。
瞧有人怎么利用
这本腐败的书：
宗教被宗派撕裂，
高擎起了利剑，
发动了战争，
把所有美好的东西颠覆。
为了筹划我的复仇，
让我铭记我妹妹的脸容，
需要她的画像吗？
不，我闭上眼睛，

① 在当时英国，洗衣女工被认为是乱交的。

在阵阵忧思中，
就能瞥见她的身影。
伊萨贝拉鬼魂上
我看见她了。
想象力多么强大呀！
她怎么能从虚无中
活现出来！
我忖度，
在我的一闪念中，
她正站在我面前，
要是我会绘画的话，
我可以画出她的肖像。
思想像魔术师，
让我们把有些事情
当作超自然的，
把幻想看作一种病症。
那是因为我的忧郁。
你死了怎么还能来呢？
我多么无聊
来诘问自己的百无聊赖。
在此之前，
人们曾经醒着做梦吗？
把我脑中的这形象抹去吧。
当我正忖量怎么复仇，
我跟坟墓，
跟弥留之际的床，
跟葬礼和眼泪
有什么干系？
鬼魂下
它走了，
就像在老女人的故事里。

政客比疯子更经常以为
他们看到了奇怪的情景。
来，来干这件犯难的事。
我演的这悲剧
必须有点儿乐趣，
要不永远也玩不成。
我爱上了，
爱上了克罗姆博纳；
我的求爱信
将以诗歌传到她手里。
他写
我很少这样做。
哦，王公国戚们的命运呀！
我这么习惯于受人吹捧，
以至于现在孑然一人，
我来吹捧我自己了；
但这会起作用，
把信封好吧。
仆人上
将这封信
送到从良妓女感化院；
务必送到克罗姆博纳手中，
要是有博拉奇阿诺
狗腿子在旁边，
就把信交给女舍监。
走吧。
仆人下
仅仅依靠实力的人
往往缺乏智慧；
当一个人脑子里一想到狐狸，
他的四肢便应运而动了。

勇敢的洛多维科
是我的主谋。
只有金子才配我的计谋，
赤手空拳怎能逮到鹰隼。
博拉奇阿诺，
我已准备好与你对决。
就像狂野的爱尔兰人，
不到用脚把你的脑袋当球踢，
就不认为你已经死亡。
如果我不能改变上天的意志，
那我就打开地狱的大门。[①]
下

第二场

女舍监和弗拉米尼奥上

女舍监　要是让公爵有机会
接近你囚禁的妹妹，
我会遇到很大的麻烦。

弗拉米尼奥　没事儿。
教皇正躺在他临终的床上，[②]
他们脑袋里装的尽是其他事儿，
根本顾不上看守一个女人。
弗兰西斯科仆人上

仆人　（旁白）弗拉米尼奥正在和

---

① 原文为拉丁文：Flectere si nequeo superos. Acheronta movebo. 源自古罗马诗人维吉尔《埃涅阿斯纪》。

② 格里高利十二世于 1585 年 4 月 15 日逝世。

女舍监说话。
（对女舍监）我想跟你说话。
请你为我把这封信转送
美丽的薇托利亚。

女舍监　好吧，先生。
博拉奇阿诺上

仆人　请千万小心，
并绝对保密。
你已经认识我了，
你将为此得到感恩。
仆人下

弗拉米尼奥　现在怎么样？那是什么？

女舍监　一封信。

弗拉米尼奥　给我妹妹的。我来送。
女舍监下

博拉奇阿诺　你在读什么，弗拉米尼奥？

弗拉米尼奥　您瞧。

博拉奇阿诺　嗯？（读信）“最不幸的、最受尊敬的薇托利亚收”，
是谁把信带来的？

弗拉米尼奥　我不知道。

博拉奇阿诺　不知道！谁寄的？

弗拉米尼奥　天啊，您说话
仿佛人们在剖开烤饼之前
就应该知道饼的馅儿
是什么家禽肉。

博拉奇阿诺　我来打开它，看看是不是她心上人寄来的。寄来的地址是什么地方？

"佛罗伦萨"？这把戏太粗暴、太明显了。
我发现了是怎么传送的。读信吧，读信吧。

弗拉米尼奥　"倘若你成了我的爱，
我会将你的伤心之泪
变成欢乐之泪。
支撑你的巨石倾颓了。
一枝藤蔓，
一枝公主期盼采撷的藤蔓呀，
失去了支柱，
衰败了，枯萎了。"
什么藤蔓，大人，
还不如说庇护所更实在。
"我将很快把你
从痛苦的囚禁中拯救出来，
用王公自由的手臂，
引领你到佛罗伦萨，
在那儿，我的爱和关怀
将把你的愿望
悬挂于我的银发之间。"
够了，奇怪的含糊其词！
"难道因为我的年岁，
报我以悲哀的垂柳，[①]
更愿意
在结出甜蜜的果子之前，
让枝头鲜花烂漫？"
据我所知，
果子放在草垫下太久会腐烂。
"关于岁月的皱纹，
这行诗道出了真谛：

① 柳树是单相思的象征。

神明永远不会老，
王公们也不会。”
该死！撕掉它，
看在上帝的分儿上，
让我们不要再看见
这不信上帝的人。

博拉奇阿诺　天啊，我要把她撕成碎片，
让乱风把她吹起，
直送到他的鼻孔里。
这婊子在哪儿？

弗拉米尼奥　这——！您称她什么？

博拉奇阿诺　哦，我可能气疯了，
别让她给我带来
那该诅咒的病，
把我变成秃头。
这变化无常的娘儿们在哪儿？

弗拉米尼奥　我告诉您吧，
她快要淹死了。
她已不再是你所要的了。

博拉奇阿诺　你这皮条客！

弗拉米尼奥　什么，我，大人，我是您的一条狗吗？

博拉奇阿诺　一条猎犬。你有勇气吗？你打得过我吗？

弗拉米尼奥　打得过您吗？让病残的走开吧；
我不需要石膏板。

博拉奇阿诺　你想尝一尝踢一脚的味道吗？

弗拉米尼奥　您想我拧断您的脖子吗？
我告诉您，王爷，

我不是在俄罗斯；[①]
我小腿必须不受侵犯。

博拉奇阿诺　你了解我吗？

弗拉米尼奥　哦，大人，太了解了。
在这个世界上，
有各种各样罪恶，
所有在这个世界上，
有各色各样魔鬼。
您是大公爵，
我只是您可怜的小秘书。
我确实每天都可能吃到
下毒的西班牙无花果，
或者意大利沙拉。

博拉奇阿诺　皮条客，去把一对对男女拉在一起吧，
别再絮聒了。

弗拉米尼奥　您对我的善意就像波吕斐摩斯对待尤利西斯的可悲的恩惠：您把我留在最后吃掉。[②]您会刨掉我坟墓上的青草，去喂您的云雀：那是您的音乐。来吧，我带您去找她。

博拉奇阿诺　你为什么把脸对着我？

弗拉米尼奥　哦，先生，我不会在一个狡猾的敌人面前把背对着他，即使在我身后是一片池塘。

薇托利亚上，来到博拉奇阿诺和弗拉米尼奥面前
博拉奇阿诺将信递给她

博拉奇阿诺　你识字吗，夫人？瞧这封信；

---

① 在俄罗斯对欠债不还者鞭笞小腿。

② 独眼巨人把尤利西斯等人关押，每一顿吃两个人，把尤利西斯留在最后吃，让他目睹所有的惨象。见荷马史诗《奥德赛》。

没有密码，也没有暗号。
你不用发表评论；
我成了替你收钱的仆役了。
天啊，你将是一个勇敢、伟大的女人，
一个婀娜风流的婊子。

薇托利亚　说什么呀，先生？

博拉奇阿诺　来，来，让我们看看你的柜子，
瞧瞧你众多的情书。
该死，
我都要看看。

薇托利亚　先生，我发誓，
我没有任何情书。
怎么会这样？

博拉奇阿诺　你假装无知
真叫人困惑！
把信给她
你变了，是吗？
我要把铃儿拿回来，
让你飞到魔鬼那儿去。[①]

弗拉米尼奥　留神，大人。

薇托利亚　（读）“佛罗伦萨”！这是阴谋，大人，
我从来没有爱过他，我打赌，
甚至在梦中也没有。

博拉奇阿诺　好吧，那是阴谋。
你的美！哦，倾国倾城的美呀。
我被骗了多久了？
你就像异教徒的祭品，

---

① 猎鹰腿上绑着铃儿，追踪和吓唬捕猎物。博拉奇阿诺说拿回铃儿，就是说撤回保护。

用甜蜜的音乐
和缀满鲜花的致命的枷锁，
引领我走向永远的毁灭。
女人对于男人
要么是神，
要么是狼。

薇托利亚　我的大人——

博拉奇阿诺　滚开。
我们就像两块不同的坚石：
谁也制服不了谁。
什么？你哭了？
拿出爱尔兰葬礼上
号啕大哭的把戏来，
超过那些尖叫的爱尔兰人。[①]

弗拉米尼奥　呸，我的大人。

博拉奇阿诺　那只手，
那只该诅咒的手呀，
我亲吻了多少遍！
哦，我最亲爱的公爵夫人，
现在，你多么可爱！
对薇托利亚
你淫荡的思想，
就像水银到处散播。
我被蛊惑了，
所有的人都在说你坏。

薇托利亚　没有关系。
我要活得让那些人
改变他们的看法。

---

① 爱尔兰人在有钱人的葬礼上和守灵夜往往会专门雇用女人，让她们大哭。

你提到了公爵夫人。

博拉奇阿诺　上帝将宽宥她的死。

薇托利亚　上帝将为她的死
向你复仇，
你这眼中没上帝的王爷。

弗拉米尼奥　（*旁白*）现在两股旋风吹起来了。

薇托利亚　我从你那儿除了毁誉
还得到什么？
你玷污了我那纯洁的门第，
惊动了王孙贵爵；
犹如患中风的病人
与散发恶臭的狐狸为伍，[①]
然而，即使病好了，
绅士淑女也无法忍受他的味儿。
你这么称作这地方？
这是你的宫殿吗？
法官不是称它作
从良妓女感化院吗？
谁把我送到这儿来的？
谁有这权力把薇托利亚
遣送到这感化院来？
难道不是你吗？
难道这不是你想做的吗？
去吧，去吹嘘
你干了多少像我一样的女人。
好自为之吧，先生；
我不想再见到你了。
我一条腿或手长了脓疮，

---

① 当时有一种看法，患中风的病人和狐狸在一起，对病的治疗有好处。

我把它锯了；[①]
我只能撑着拐杖
去对苍天哭号了。
你所有的礼品，
我都会悉数归还；
我希望你能成为
对我所有罪愆
施行惩罚的执行官。
哦，但愿我能尽快
把自己扔进坟穴。
尽管你有权有势，
我不再流一滴眼泪；
我先大哭一场吧。
她扑到床上去

博拉奇阿诺　我喝了忘川的水了。[②]
薇托利亚！
我的最爱！薇托利亚！
你恼什么，我的爱？
你为什么哭泣？

薇托利亚　是的，我哭出来的是针芒，
你没看见吗？

博拉奇阿诺　难道这一对举世无双的眼睛
不是我的吗？

薇托利亚　但愿我的眼睛
没有讨你的欢心。

博拉奇阿诺　难道这樱唇不是我的吗？

---

① 见《新约·马太福音》18:8："倘若你的手，或你的脚使你跌倒，砍下它来，从你身上扔掉，为你或残或瘸进入生命，比有双手或双脚，而被投入永火中更好。"

② 希腊神话，忘川是冥府的一条河流，谁喝了这河水，就会把过去一切忘掉。

薇托利亚　是的，与其给你，
还不如把它咬下来。

弗拉米尼奥　投进大人的怀抱吧，好妹妹。

薇托利亚　你这皮条客。

弗拉米尼奥　皮条客！莫非是我造成了你的罪戾？

薇托利亚　是的，他是一个贼放进来的
卑鄙的贼。

弗拉米尼奥　我们被赶下台了，大人。

博拉奇阿诺　你能听我说吗？
我为你而妒忌，
那是表示
我将永远爱你，
以后永远不会再妒忌了。

薇托利亚　哦，你这傻瓜，
你的智慧和你的身份
多么不相称！
你除了仍然想叫我
做你的婊子之外，
你还敢做什么？
那是不可能的，
就像你要在海底
燃起一堆篝火一样不可能。

弗拉米尼奥　哦，看在上帝的分儿上，
不要赌誓。

博拉奇阿诺　你能听我说吗？

薇托利亚　永不。

弗拉米尼奥　娘儿们的意志是怎样该死的脓包呀！

难道没什么东西能击破它吗？
呸，呸，我的大人。
（对博拉奇阿诺耳语）你抓娘儿们就像抓乌龟，
得把它壳背翻倒过来。
（大声地）妹妹，在这问题上，
我是站在你这一方的。
啊，啊，您错待了她。
您是一个多么奇怪、易骗的人呀，大人，
您怎么会想到
佛罗伦萨公爵会爱上她呢？
（旁白）当绸缎弄得又皱又脏，
绸缎商人还会要这货吗？
（大声地）而妹妹，
你变得多么地颠三倒四！
（对博拉奇阿诺）小野兔坚持不了多久；
娘儿们的怒气，
就像小野兔逃窜，
还挺让人逗乐的：
又哭又闹一刻钟，
然后就躲到窝里去，
无声无息了。

博拉奇阿诺　难道这双眼睛，
曾经如此长时间
爱抚地看着你的脸的眼睛，
也要闭上吗？

弗拉米尼奥　没有哪一个黑心的地主婆，
将燕麦借给佃农，
抽取利息，
会这么做。
（对博拉奇阿诺耳语）抚爱她，大人，亲吻她，

别像那雪貂一闻到屁
就把猎物放走。

博拉奇阿诺　让我们重新握手言欢。

薇托利亚　从此。

博拉奇阿诺　永远不让气愤，
或者那令人忘记一切的美酒
再使我犯错。

弗拉米尼奥　（对博拉奇阿诺耳语）您正上手了，
步步进逼。

博拉奇阿诺　跟我和好吧，
让全世界去诋毁我们吧。

弗拉米尼奥　请注意，他忏悔了。
即使最良善的人，
在妒忌驱使下
也会犯极大的错误，
正像最甘甜的琼浆
发了酵才能成最醇厚的醋。
让我对你说：
大海比宁静的一带清流
要疯狂凶暴得多，
也没有那么委婉甜蜜，
那么令人心旷神怡。
一个娴静的女人
犹如大桥下的一湾静水，
男人可以急速穿越过去。

薇托利亚　哦，你们这些骗人的男人呀。

弗拉米尼奥　我们，在孩提的时候，
就在女人身上吮吸乳汁了。

薇托利亚　带来一波又一波的忧愁。

博拉奇阿诺　最亲爱的。

薇托利亚　难道我还不够低贱吗？
是的，是的，你的好心就像雪球
滚起来，
你的爱是冰冷的。

弗拉米尼奥　天啊，它会融化
又变成那颗心，
全罗马将为这颗心
喝干所有的美酒。

薇托利亚　你应该比款待我，
更好地款待你的狗或者猎鹰。
我不再说一句话了。

弗拉米尼奥　用您的吻去堵住她的嘴呀，大人。
博拉奇阿诺和薇托利亚接吻
（*旁白*）现在风向转了，
船儿顺风而下了。
他给了一个甜蜜的拥抱。
哦，怒发冲冠的男人
对娘儿们还是非常和蔼的。
这好极了。

博拉奇阿诺　你怎么还这么抱怨！

弗拉米尼奥　哦，先生，
您的小烟囱还老是在冒烟。
我为您卖命。
尽可能秘密地
把你们俩凑在一块儿，
就像希腊人在木马里干的那样。

大人，请用行动兑现您的诺言；
您知道，画饼是没法充饥的。

博拉奇阿诺　等一等——不知感恩的罗马！

弗拉米尼奥　罗马！就这无赖的做法，它只配称作野蛮地。

博拉奇阿诺　轻声点儿；
我要实施佛罗伦萨公爵
要实行的拯救她的计谋
（我不知道那是出于爱
还是出于繁殖）

弗拉米尼奥　再没有比今晚合适了，大人：
教皇刚刚驾崩，
所有红衣主教都去参加
教皇选举会议，
整个城处于惶惶不安之中，
给她穿上侍从的衣服，
用驿站马车和船
将她迅速送到帕多瓦去。

博拉奇阿诺　我马上偷偷
把吉尔瓦尼王子叫出来，
赶往帕多瓦。
你们俩会同老母亲
和服侍佛罗伦萨的
年轻的马塞洛
——如果你能劝说他的话——
跟随我到那儿。
我会提拔你们所有的人。
而你，薇托利亚，
想一下公爵夫人的头衔。

弗拉米尼奥　瞧，妹妹。

等一等，大人。我给你们讲一个故事。有一头生活在尼罗河里的鳄鱼牙齿缝里长了一条虫，痛苦不堪。一只比鹪鹩还要小的鸟儿给鳄鱼当牙医，飞到它下巴来，把小虫啄了出来，解决了它的痛苦。鳄鱼摆脱了小虫的困扰，却对小鸟儿忘恩负义，要求小鸟儿不要到外面宣扬它为它免费治好了牙病，它把双颚合拢要吃掉小鸟儿，永久地让小鸟儿闭嘴。但是嫉恨这种忘恩负义的造化却让鸟儿的头上长了刺或者翮，鳄鱼合嘴就要受伤；鸟儿强迫它张开它那血腥的牢笼；然后，这治牙病的小鸟儿便永远飞离它那残酷的病人。

博拉奇阿诺　你的意思就是我还没有犒赏你。

弗拉米尼奥　不，大人。

你，妹妹，是这鳄鱼：你的名誉受到玷污，大人来消弭它。虽然这寓言在细节上并不都合适，但是记住，这头上长刺的鸟儿怎么为你做了好事，怎么蔑视忘恩负义。

（旁白）在有些人看来，
这么讲述无赖和疯子的故事，
是不是还插上一句
干巴巴的圣人的名言，
真有些可笑。
但这让我以各种面目出现。
孽种当上了大人物的走狗
也就变得伟大了。
众下

第三场

洛多维科、加斯帕洛和六位大使上。佛罗伦萨大公爵

弗兰西斯科从另一个门上

弗兰西斯科　大人，我很赞赏你的尽职。
把教皇选举会议守卫好，
我命令不能让任何人
和红衣主教们通气。

洛多维科　遵命，大人。
给六位大使让路。

加斯帕洛　他们今天显得帅极了。他们为什么穿这样的盛装？

洛多维科　哦，先生，
他们属于不同的骑士团。
穿黑色斗篷、佩戴银十字章的
是罗兹骑士；
后面的是圣迈克尔骑士；
接着是金羊毛骑士；
那法国人是圣灵骑士；
萨伏伊天使传报骑士；
那英国人是嘉德勋位骑士，
为纪念圣人圣乔治而创立。
我可以给你描述他们的机构，
以及与他们相关联的法律，
但时间不够了。

弗兰西斯科　洛多维科伯爵在哪儿？

洛多维科　在这儿，大人。

弗兰西斯科　是开饭的时间了，
去检查一下菜盘。

洛多维科　先生，是。
仆人送上加盖的餐食
等一等，让我检查一下你的餐盘。

这是送给谁的?

仆人甲　送给蒙蒂契尔索红衣主教大人。

洛多维科　这是送给谁的?

仆人乙　送给波旁红衣主教大人。

法国大使　为什么他要检查餐盘? 是看浇头是什么肉吗?

英国大使　不,先生,以防传送任何信函,
或金钱给任何一位红衣主教。
当他们刚开始进场的时候,
王公们的大使可以合法地
推荐他们王公着意的任何人;
但在那之后,大选之前,
没有人能跟他们说话。

洛多维科　侍候红衣主教大人的人,
把平台的门打开接食品。

一位红衣主教侍从在教堂围有雉堞的平台上出现

主教侍从　把食品送回去。
大人们正在忙着选举教皇。
正在数票,
当选教皇将接受赞颂。

主教侍从下

洛多维科　走开,走开。

仆人们下

弗兰西斯科　如果你马上能了解谁当选了教皇,
我给你一千达克特金币。
听,肯定选出来了。

阿拉贡红衣主教出现在台阶上

瞧! 阿拉贡红衣主教大人
出现在教堂城堞上了。

阿拉贡　我给你们带来令人无限欢欣的消息。备受尊敬的洛伦佐·德·蒙蒂契尔索红衣主教被选入罗马教廷，成为保罗四世。[①]

众人　圣父保罗四世万岁。[②]

仆人上

仆人　大人，薇托利亚——

弗兰西斯科　啊，她怎么啦?

仆人　逃离罗马了。

弗兰西斯科　啊呀!

仆人　和博拉奇阿诺公爵一起。

弗兰西斯科　逃离了？吉尔瓦尼王子在哪里?

仆人　和他父亲一起走了。

弗兰西斯科　把感化院舍监逮起来。
逃了？哦，该死!
仆人下
（旁白）我多么幸运，
愿望得到满足了。
啊，这正是我下的套呀。
我寄的这封信
正好指示他该怎么做。
可爱的公爵呀，
我先毒害了你的声誉；
然后引导你去娶一个娼妇。
还有比这更糟糕的吗?
这只手接着必须去

① 原文为拉丁文：Denuntio vobis gaudium magnum. Reverendissimus Cardinalis Lorenzo de Monticelso electus est in sedem apostolicam，et elegit sibi nomen Paulum Quartum.

② 原文为拉丁文：Vivat Sanctus Pater Paulus Quartus.

让那激愤的舌头噤声，
我不屑身上挂着剑，
却絮絮不休抱怨不已。
蒙蒂契尔索（作为保罗四世教皇）庄严出场

蒙蒂契尔索　我赐予你们使徒的祝祷，并宽恕你们的罪戾。[①]
弗兰西斯科向他耳语
大人向我报告说，
薇托利亚·克罗姆博纳
被博拉奇阿诺从感化院
偷运了出去。
他们已经逃离罗马。
虽然这是我首日就任教皇，
为了顺应神圣的天主，
我不得不将这两个该诅咒的人
和神圣的教会分离开来。
为此，我宣布
将这两人驱逐出教会。
他们在罗马的一切
将同样遭到清除。
前进。
除弗兰西斯科和洛多维科外，众下

弗兰西斯科　来，亲爱的洛多维科。
你已经准备好利用圣礼
进行筹划中的谋杀。

洛多维科　准备好了。
但是，先生，
作为一位伟大的王子，
您将亲力为之。

---

① 原文为拉丁文：Concedimus vobis apostolicam benedictionem et remissionem peccatorum.

弗兰西斯科　别找我。
他大部分廷臣属于我一派，
有的甚至是我的谋臣。
高贵的朋友，
在这计谋中
我们面临同样的危险；
好吧，也许部分的荣光属于我。
弗兰西斯科下，蒙蒂契尔索上

蒙蒂契尔索　为什么佛罗伦萨公爵如此卖力寻求你的赦免？告诉我。

洛多维科　意大利乞丐会回答你那问题，
乞求施舍的人
会请求他们乞求的人
为了他们自己的福祉行善。
慷慨地施舍，
犹如在播种，
像国王一样，
往往过量地抛撒，
但不是为了改善沙漠，
而是为了自己的快乐。

蒙蒂契尔索　我知道你非常狡猾。喂，你召来的是什么魔鬼？

洛多维科　魔鬼，大人？

蒙蒂契尔索　我问你，公爵是怎么雇上你的，
当他离开你的时候，
装着赏金的软帽掉在你膝盖上？

洛多维科　啊，大人，
他告诉我
有一匹难驾驭的巴巴里马，
他极想有人能骑上它
让它飞跑起来，

练些扬蹄疾奔和跳跃的动作。
现在，大人，我有一位法国骑师。

蒙蒂契尔索　小心些，
别让这匹烈马摔断你的脖子。
你想用无聊的马术玩意儿
来哄骗我吗？
老兄，你在说谎。
哦，你是一堆乌云，
准会带来一场暴风雨。

洛多维科　暴风雨在云霄之上，
我太低了，
成不了气候。

蒙蒂契尔索　卑鄙的人！
我知道你什么坏事都会干，
就像狗，
闻了一次血腥，
就会一路撕咬。
是关于谋杀吧？是吗？

洛多维科　我不会告诉您；
但如果我去做，
我也毫不在乎。
天啊，这也算准备吗？
神父，我来到您面前
并不是一个侦探，
而是一个罪人。
我对您讲的只是忏悔而已，
您知道，
那是永远不能泄露的。

蒙蒂契尔索　你给我设了圈套了。

洛多维科　先生，我深爱博拉奇阿诺公爵夫人；
或者说，我以狂野的激情追求她，
虽然她从未知晓。
她被毒死了，
凭良心说，她被毒死了，
我赌誓我要为她报仇。

蒙蒂契尔索　报佛罗伦萨公爵的仇？

洛多维科　是的，报他的仇。

蒙蒂契尔索　可怜的人！
如果你坚持这样做，
那你该受到谴责。
难道你以为
你踩在鲜血上打滑，
却不会沾一身血
丢脸摔倒吗？
或者像那蓊郁的黑紫杉
以为可以将根须
扎在死人的坟墓里
而耸入云霄？
对你说教
也只是仿佛甘霖
流淌在板结的地上；
滋润表面的泥土，
却无法渗透到深处。
我只能眼看复仇女神
萦绕在你的脖颈上，
直到你忏悔不已，
不再在你胸中召唤
那罪恶的魔鬼。
蒙蒂契尔索下

洛多维科　那我就放弃吧。
他说那该受到谴责。
再说，在卡米洛死的问题上，
我需要他的一票。
仆人和弗兰西斯科分别上

弗兰西斯科　你认识伯爵吗？

仆人　认识，大人。

弗兰西斯科　把这一千达克特金币
送到他的住处；
说这是教皇送的。
好在那将把其他一切敲定。
弗兰西斯科下

仆人　先生。

洛多维科　叫我吗，先生？
仆人送上金钱

仆人　教皇陛下给您送一千克朗，
希望您在旅行的时候，
为他收集国外新闻。

洛多维科　他的臣民
将竭尽全力效劳。
仆人下
啊，终于冒出来了。
他责骂我，
却在了解我的旅行之前
就支付了这些克朗金币。
哦，机巧，
伟大的一种谦和的形式！
那就像新娘坐在婚宴上，

她们的视线从
最不厚颜无耻的笑话移开，
而心中对这种谦和感到厌恶，
在半夜那些热烈而淫荡的玩笑
还在延续的时候，
她们的思绪已经开小差了：
这就是他的狡猾之所在！
他用金锥测量我的深度。
我现在双重地准备好了。
去厮杀吧。
在广袤的地狱
只有三个复仇女神，
但在大人物心中，
却有三千。
下

第五幕

第一场

博拉奇阿诺、弗拉米尼奥、马塞洛、豪顿西奥、薇托利亚、考内莉亚、占奇等在结婚仪式后从舞台上列队穿越而过。弗拉米尼奥和豪顿西奥上

弗拉米尼奥　在我一生困顿的岁月中，
从来没有像今天这样
看到了黎明。
这场婚姻让我感到幸福。

豪顿西奥　这是一个很好的担保。
难道你没有看到
那摩尔人来到宫廷吗？

弗拉米尼奥　看到了，我和他在王爷的内室交谈过。
我从未见到过比他更好的人了，
也没见到过在国家事务和
有关战争的基本准则方面
比他更有经验的人了。
据说，这七年他在坎迪
为威尼斯效力，
指挥了许多重要的战役。

豪顿西奥　那两个陪伴他的是什么人？

弗拉米尼奥　他们是匈牙利贵族，作为司令为皇帝效劳了七年，不料出乎宫廷所有廷臣的意料之外，他们转向宗教，归属了严谨的圣方济会，当上了托钵僧；在圣方济会也不是很得意，他们离开了它，又回归了宫廷：为此，由于受到良心的谴责，他们发誓献身于反对基督的敌人的斗争，去了马耳他；在那里被封为马耳他骑士团骑士；回来以后，在这重大庄严的典礼上，他们决意要永远舍弃世俗的社会，到帕多瓦圣方济会的一家修道院安身。

豪顿西奥　好奇怪。

弗拉米尼奥　有一件事让他们这样的。他们发誓永远光身穿这套服役的锁子甲。

豪顿西奥　真是一件很艰苦的赎罪。那摩尔人是基督徒吗？

弗拉米尼奥　是。

豪顿西奥　为什么他愿意为我们的公爵效劳呢？

弗拉米尼奥　因为他知道
在我们和佛罗伦萨公爵之间
迟早会发生战争，
他希望能受雇于这场战争。
我从未见过一个人
容貌如此庄严而英武，
具有一种慑人的力量，
也从未听说过一个人
说的话如此高贵，
如此渊博，
对那些夸夸其谈的廷臣
如此不屑一顾。

他讲起话来，
仿佛他曾造访过
基督教所有王公的宫殿。
他特别告诫，
任何想跟他辩论的人
应该知道荣华，
就像萤火虫，
从远处看，
灿烂辉煌，
但凑近一看，
原来既无热也无光。
王爷来了！

博拉奇阿诺、佛罗伦萨大公爵（弗兰西斯科）装扮成摩尔人穆里纳萨；洛多维科、安东内利、加斯帕洛（伪装成圣方济会托钵僧），拿着他们的剑和头盔的富内斯，以及卡洛和佩德罗上

博拉奇阿诺　欢迎你，高贵的人儿。
我听说了
你在与土耳其人作战中
做出的令人肃然起敬的战绩。
对你，勇敢的穆里纳萨，
我给予你一份丰厚的酬禄，
非常遗憾，
你两位令人尊敬的绅士，
却由于他们的誓言，
无法接受这一优厚的报酬。
你希望你能将干戈
作为纪念物存放在教堂里。
我把这看作是
对我最大的敬意，

希望你给公爵夫人的婚礼
增添光辉。
有一件事,
最后的一件虚荣的恳求,
请今晚留下
观看骑士步战比武。
你将拥有一个私密的观礼台。
有些王公重要的大使,
刚离开罗马在回国的途中,
也来参加我们的婚礼,
并观看这一娱乐助兴。

弗兰西斯科　我将劝说他们
留下来。

博拉奇阿诺　前往典礼现场。
博拉奇阿诺、弗拉米尼奥和豪顿西奥下

卡洛　高贵的大人,三生有幸欢迎您。
阴谋者们拥抱
为实现您的复仇
我们现在对神起誓。

佩德罗　一切准备就绪。
如果他知趣地自杀,
他也就不会这么毁灭了。

洛多维科　您不会采用我的办法。

弗兰西斯科　说出来听听。

洛多维科　给他的祷告书、念珠、
马鞍的前鞍、镜子,
或者网球拍的把手上毒。
哦,那办法,那办法呀!

当他把球在网上击来击去，
他已经把自己送进了地狱，
让灵魂遭受毁灭！
哦，我的大人！
我希望我们的计谋别出心裁，
将成为永世的榜样
而不仅仅只是模仿而已。

弗兰西斯科　再没有比这想法
具有更快的结果了。

洛多维科　那就这么干吧。

弗兰西斯科　不过我想这复仇的办法不妥，
因为这犹如小偷犯事。
还不如把他引到佛罗伦萨来，
戴着头盔
在一个室外斗武场上杀死他！

洛多维科　这种可能性很小。
他已经戴上腌臜的大蒜
组成的花环，
散发着他朝廷的臭味
和他淫荡的污秽。
弗拉米尼奥来了。

除了弗兰西斯科全下。弗拉米尼奥、马塞洛和占奇上

马塞洛　为什么这魔鬼老来找你？告诉我。

弗拉米尼奥　我也不知道。
这一次并不是我
去为她召来的。
召唤来魔鬼
并不是像人们所想象的那样
需要神奇的魔力，

因为魔鬼已经在那儿了；
最神奇的魔力倒在于怎么制服他。

马塞洛　她是你的耻辱。

弗拉米尼奥　我请求你原谅她。
说实在的，
女人就像芒刺；
只要有感情来逗弄她，
她就粘上了。

占奇　这是我的同胞，一个好人，
当他闲着的时候，
我要用家乡的话儿和他聊聊。

弗拉米尼奥　我恳请你这么做。
占奇下
（对弗兰西斯科）怎么样，勇猛的战士？
哦，但愿我目睹你那些辉煌的岁月！
请给我们讲讲你的那些伟绩吧。

弗兰西斯科　一个人吹嘘他自己的历史，那太可笑了；我从没有说过赞扬自己的话，生怕把嘴弄臭。

马塞洛　你太自律了。公爵希望听到另一类的话。

弗兰西斯科　我不会去吹捧他。我对人了解得太深了，不会去那样做。公爵和我之间有什么差别？无非是两块同日制作出来的砖头。一块砖放在了塔楼的顶端，而另一块则凑巧放在了水井的底部。如果我也像公爵那样放在了顶部，我也会傲慢地屹立在那儿，洋洋得意，承受岁月的洗礼。

弗拉米尼奥　（旁白）如果这战士得到治安法官的许可证书在教堂求乞，他也许可以吹嘘一番他的勋绩了。

马塞洛　我也曾经是一名战士。

弗兰西斯科　你发财了吗？

马塞洛　没有。

弗兰西斯科　这就是和平的悲哀。只有出外征战的时候才受到尊敬。轮船在河流上显得非常庞大，然而在海面上却看上去那么渺小，有些人在宫廷似乎是房间里的巨人，而在原野上看来只是侏儒。

弗拉米尼奥　我但愿有一间漂漂亮亮的挂满花毯的房间，有个大红衣主教把我当他的心肝走狗，我犯了事，让我躲进去。

弗兰西斯科　那你就会干出天晓得什么歹行出来。

弗拉米尼奥　非常安全。

弗兰西斯科　是呀，在收割的时候，你在乡下会看到鸽子吃了许多玉米，但农夫不敢用鸟枪打它们！为什么？因为它们是庄园老爷的；而那可怜的麻雀，属于老天爷的，会因此而成为枪口下的屈死鬼。

弗拉米尼奥　我来给你讲点儿道理。公爵说他将给你一份俸禄：那只是空口说白话；问他要一份手写的承诺书。我认识许多从土耳其前线回来的人；在头三四个月里他们还有钱购买木腿或新石膏夹板；然后就不给钱了。这份小气的承诺犹如折磨者给一个被折磨得快死的人喝热饮料，只是让这可怜的灵魂再忍受更多的酷暑的日子。

豪顿西奥、一位年轻的贵族、占奇，以及其他两个人上

怎么样，勇士们；啊，准备好上比武场了吗？

年轻的贵族　是的，大人们在穿铠甲。

豪顿西奥　（对弗拉米尼奥）他是谁？

弗拉米尼奥　一个新升的红人，这个人骂起人来就像个恶棍，日复一日凑在公爵耳朵旁边说悄悄话，就像一本记事本似

的；但我从他一到宫廷来就知道他，身上的汗水比网球场上捡球的臭小子还要臭。

豪顿西奥 你瞧，你的心上人在那儿哪。

弗拉米尼奥 你是我的铁哥们儿；我告诉你，我确实爱那摩尔人，但非常地不顺心；她知道我做的有些糟糕事儿。我真爱她，但这无异于抓着狼的耳朵。唯恐她扑向我，咬我的喉咙，我只有将她放掉，把她让给魔鬼。

豪顿西奥 我听说她要和你结婚。

弗拉米尼奥 有那么回事，我给过她一些模棱两可的承诺，我想反悔，就像一条丧家犬一样想死命跑开，但尾巴上挂着一只瓶，一心盼望那瓶会自己掉下来，然而又不敢往后看。

（对占奇）啊，我的黑美人！

占奇 啊，你对我的爱没有燃烧起来，就冷掉了。

弗拉米尼奥 天啊，我是一个更理智的情人。城里有太多的姑娘骚得太快。

豪顿西奥 那你对那些洒香水的公子哥儿怎么看？

弗拉米尼奥 穿绫罗绸缎也帮不了他们忙。我敢说他们多少都有这种病。和狗睡在一起，还能不沾上跳蚤？

占奇 太荒唐了！施一点儿粉，涂一点儿胭脂，穿得花哨一点儿，你就厌弃我。

弗拉米尼奥 怎么样？难道爱一个女人就因为她涂脂抹粉、穿花哨衣服吗？我给你讲一个例子。伊索养了一条傻狗，那狗不吃肉，却去吃肉的影子。我希望宫里的侍臣比这傻狗要聪明一些。

占奇 你还记得你的誓言吗？

弗拉米尼奥 情人的誓言犹如水手的祷告，那是在极端情况下起的誓；暴风雨一过，船不再颠簸，他们就从发誓转而去一醉方休了。[1] 绅士们往往既起誓又喝酒，鞋匠吸引人们去穿他的鞋，威斯特伐利亚火腿吸引人去喝酒。他们都是吸引人。喝了酒就起誓，起誓了，就喝更多的酒。难道这说法不比你那黝黑的绅士的道德说教更好一些吗？

考内莉亚上

考内莉亚　这是你该待的地方吗，你这杂种？还不快去看看炖的汤。

揍占奇

弗拉米尼奥　该给你上脚镣：你竟然在宫廷打人！

考内莉亚下

占奇　她什么事也干不了，
只会让她的侍女在晚上着凉。
她们不敢用棍子做床架，
生怕她用那棍来打人。

马塞洛　你是一个娼妇，
一个烂婊子。

踢占奇

弗拉米尼奥　你为什么踢她？说，
难道你认为她是棵核桃树吗？
在长好果子之前必须揍几棍吗？

马塞洛　她吹嘘你会娶她。

弗拉米尼奥　那又怎样？

马塞洛　还不如把她戳在
刚播种的花园

① "极端情况""暴风雨""颠簸"均一语双关，含有性暗示。

一根棍儿上，
吓唬跟她同类的乌鸦。

弗拉米尼奥　你只是一个傻小子。
管好你自己的事儿吧，
我成年了。

马塞洛　我要看见她走近你，我就割断她的喉咙。

弗拉米尼奥　用羽毛扇割吗?

马塞洛　为了你，我要用鞭子
把这傻瓜赶得远远的。

弗拉米尼奥　你生气了?
吃点儿大黄泄泄火吧。

豪顿西奥　哦，你这个哥!

弗拉米尼奥　去他的。
他最不应该搅扰我的
却搅扰得最多。
我真纳闷
妈妈在怀你的时候，
是不是干了奸诈的事。

马塞洛　我希望
就像俄狄浦斯两个被杀的儿子一样[①]
我们爱的火焰
将向不同的方向飞扬。
我将叫你用你的心血来回答。

弗拉米尼奥　好吧；就像君王巡游时的行宫，
你知道在哪儿能找到我。

马塞洛　好极了。

---

① 希腊神话，俄狄浦斯的两个儿子厄特俄克勒斯和波吕尼刻斯，死后也不和解。

弗拉米尼奥下

你是一位高贵的朋友，
把我的剑带给他，
请他不要辜负了这把剑。

年轻的贵族　先生，我会的。

除了占奇，全下。佛罗伦萨公爵弗兰西斯科（装扮成摩尔人穆里纳萨）上

占奇　（旁白）他来了。把自己一点难为情的想法说出来吧。
（对他）我从来没有像现在那样爱我的容貌，
因为我可以大胆地、毫不羞耻地说，
我爱你。

弗兰西斯科　你的爱来得不是时候：
米迦勒节也许还有点春意，
但那已经很微弱的了。[①]
我已进入垂暮之年了，
曾起誓不再结婚。

占奇　唉，可怜的侍女们得到的情人比丈夫还要多。你也许错误估计了我的财富。大使们被派遣去向王公们祝贺，随行带去丰厚的礼品，虽然王公们并不喜欢大使本人或者他们说的话，但喜欢他们的礼物；我对你也是这么回事，爱我的嫁妆甚于我的美德吧。

弗兰西斯科　这提议倒可以考虑。

占奇　好好考虑吧；
我不再挽留你了。
在你空闲的时候，
我将告诉你

---

① 米迦勒节9月29日，已是秋天了，弗兰西斯科意思是说，他已进入暮秋，那已不是象征爱情的春天了。

使你血液沸腾的事情。
也别责怪我这么直露我的爱情：
情人将欲火深藏内心，
那他们也就成不了情人了。

弗兰西斯科　（旁白）在所有的情报中间，
这定然最有价值。
从这乌七八糟的窝里，
我肯定能抓到
叫人大吃一惊的鸟儿。
众下

第二场

马塞洛和考内莉亚上

考内莉亚　我听人们在悄悄议论宫廷，
说你要干仗。
对手是谁?
干吗吵架?

马塞洛　那是流言蜚语。

考内莉亚　你还要掩饰吗?
你从来没有叫我这么担心过。
你从没看上去这么苍白，
除了在最愤怒的时候。
我在祷告的时候
指责了你。
哦，不，我要去找公爵，
让他教训你一番。

马塞洛　别把毫无根据的担心

去到处张扬，
让人笑掉牙齿。
并不是那么回事。
这是我父亲的耶稣受难像吗？

考内莉亚　是的。

马塞洛　我听你说过，
给我弟喂奶，
他拿那受难像在手中把玩，
弗拉米尼奥上
把一条腿折断了。

考内莉亚　是的，后来修好了。

弗拉米尼奥　我把你的剑带回来了。
弗拉米尼奥用剑直刺马塞洛

考内莉亚　啊，哦，太恐怖了！

马塞洛　你倒是真正送回家了。

考内莉亚　救命，哦，杀人啦。

弗拉米尼奥　你在吐血？我要到避难所去，
去找一个医生来。
弗拉米尼奥下。伪装的洛多维科、卡洛、豪顿西奥（伪装的加斯帕洛）、佩德罗上

豪顿西奥　怎么？倒在地上啦？

马塞洛　哦，母亲，
还记得我说的
折断受难像的事儿吗？
永别了。
有些罪戾
苍天会惩罚全家的。

为了升迁
使出了一切卑鄙的手段。
让人们都明白，
一棵树
伞盖不超出根须的范围，
才能长远屹立在大地之上。
马塞洛死亡

考内莉亚 哦，我永恒的悲哀呀！

豪顿西奥 正直的马塞洛
死了。
请走开吧，夫人；
来，你得走开。

考内莉亚 唉，他没有死：
他只是昏厥过去了。
啊，这儿没有人
将从他的死亡得到好处。
看在上帝的分儿上，
让我再叫唤他一次。

卡洛 我也但愿你受骗了。

考内莉亚 哦，你骗我，你骗我，你骗我。多少人因为缺乏关照而死亡。把他的头抬起来，把他的头抬起来；血往身体内部流会要他的命的。

豪顿西奥 你瞧他死了。

考内莉亚 让我走近他。如果必须埋葬他，将他按原样给我。让我再亲吻他一次，把我和他放进一个棺椁中去吧。拿一面镜子来，看看他是否还有气；要不从我的枕头里抽出几根羽毛来，将它们放在他的嘴唇上。就因为这么点儿小麻烦，你们就舍弃他不管了吗？

豪顿西奥　你对他最仁慈的爱就是为他祷告。

考内莉亚　唉！我还不想为他祷告。他还得活着将我埋葬，为我祷告，如果你允许我走近他。

博拉奇阿诺除了面罩外全副武装上，同时上的还有弗拉米尼奥、伪装成摩尔人穆里纳萨的弗兰西斯科、一个侍从和伪装的洛多维科

博拉奇阿诺　这是你干的好事吗？

弗拉米尼奥　我的灾难。

考内莉亚　他说谎，他说谎，他没有杀死他，那些不愿他过上好日子的人杀死了他。

博拉奇阿诺　悲伤的母亲，节哀呀。

考内莉亚　哦，你这仓鸮！

豪顿西奥　忍耐，好夫人。

考内莉亚　放开我，放开我。

她举着出鞘的刀奔向弗拉米尼奥，走近他，让刀坠落到了地上

天上的上帝原谅你。
你没有想到我为你祈祷吧？
我来告诉你为什么：
我最多还能活二十分钟，
我不想把这时光在诅咒中度过。
好好过你的日子吧。
你一半的躯体已经埋在土里了；
但愿你活着，
用他的骨灰填满你的更漏，
告诫你应该怎么
用可祝福的忏悔
来度过你的时光。

博拉奇阿诺　母亲，请告诉我
他是怎么死的？
吵什么？

考内莉亚　我那二小子太逞雄了，
对他说讥讽的话，
先拔出了他的剑，
然后我就不知道怎么回事儿了，
当时我已神志无知，
他一头扑倒在我的怀中。

侍从　不是这样的，夫人。

考内莉亚　请你闭嘴。
一支箭已经掉在草丛中，
再发一支也是徒然，
因为再也不可能找到了。

博拉奇阿诺　去，把遗体搬到考内莉亚的住处；
卡洛、佩德罗和豪顿西奥把尸体搬走
我命令任何人
不准把这悲哀的事件
告知公爵夫人。
而你，弗拉米尼奥，
听着，我不会原谅你。

弗拉米尼奥　不？

博拉奇阿诺　只是宽限你的死期。
最多也只是一天罢了。
每天晚上你必须接受审核，
否则就绞死你。

弗拉米尼奥　随你的便吧。
洛多维科往博拉奇阿诺的面罩喷洒毒液

你的意志就是法律，
我不会违犯它。

博拉奇阿诺　在你妹妹的住处，
你曾经反对过我；
我不想让你为此而感到惧怕。
我的面罩在哪儿？

弗拉米尼奥　（*旁白*）他在召唤他的毁灭。
高贵的年轻人，
我怜悯你的命运。
现在去斗武场了。
他由此迈向了那地狱的黑湖。
他所做的最后的好事
便是赦免了谋杀。
众下

第三场

厮杀和呐喊声。起初是双人对打，随后是三对三。博拉奇阿诺穿着铠甲（全副武装）和弗拉米尼奥上，随后是薇托利亚、吉尔瓦尼和伪装成穆里纳萨的弗兰西斯科等人上

博拉奇阿诺　盔甲维修匠！天啊，维修匠！

弗拉米尼奥　盔甲维修匠！维修匠在哪里？

博拉奇阿诺　把我头盔的面罩卸下来。

弗拉米尼奥　你受伤了吗，大人？

博拉奇阿诺　哦，我脑袋仿佛着了火似的，
盔甲维修匠上

头盔面罩上毒了。

盔甲维修匠　大人，天啊。

博拉奇阿诺　把他带走，上刑。

盔甲维修匠被卫士带走

我身边有些大人物

参与了这个阴谋。

薇托利亚　哦，我亲爱的大人，中毒了？

弗拉米尼奥　把面罩的扣带解开。

一场不幸的盛典。

找医生来。

两位医生上

该死！

我们经历了太多你们的阴谋。

恐怕大使们也中毒了。

博拉奇阿诺　哦，我完蛋了：

毒性进入了脑袋和心脏。

哦，你强大的心脏！

人间和你有着

如此牢不可破的盟约，

你们是不可能分离的呀。

吉尔瓦尼　哦，我最亲爱的父亲！

博拉奇阿诺　把这男孩带走。

吉尔瓦尼由仆人带下

这位淑女在哪儿？

我即使有无数的世界，

对你，也太少了。

难道我必须离开你吗？

仓鸮们，你们怎么说，

这毒致命吗？

医生　极其有害。

博拉奇阿诺　最腐败、最狡猾的刽子手！
你杀人这么有效，
你下的毒没人能化解，
就像大人物面对穷朋友。
我赐予过犯事的奴才
和悲惨的谋杀者以生命，
难道我就没有权力
延长我的生命，
哪怕十二个月？
（对薇托利亚）别亲吻我，
我会让你沾上毒物。
这涂油来自佛罗伦萨大公爵。

弗兰西斯科　先生，镇静些。

博拉奇阿诺　哦，你温柔的自然死亡，
是最甜蜜的酣睡的孪生兄弟，
没有长尾巴的彗星
凝视你的仙逝；
也没有沉闷的猫头鹰
叮啄你的窗棂；
哀嚎的狼
也嗅闻不出你的腐肉。
当恐惧向王公们袭来，
怜悯则在吹拂你的遗体。

薇托利亚　我永远完蛋了呀。

博拉奇阿诺　在女人们的哭号声中死亡
是一件多么悲惨的事呀！
伪装成托钵僧的洛多维科和加斯帕洛上

这是什么人？

弗拉米尼奥　方济各会的。

他们带来最后的涂油。

博拉奇阿诺　不要有人在我面前提到死亡，

违规者处死。

那是一个多么可怕的字眼呀。

回我的私室去。

除了弗兰西斯科和弗拉米尼奥，众下

弗拉米尼奥　你看到弥留之间的王公们是多么孤独。他们摧毁城镇的居民，背弃盟友，让华美辉煌的宫殿大厦成颓垣断壁，而现在落得这步境地，哦，公正！吹捧谄媚他们的人们在哪儿？这些阿谀奉承的人们只是王公贵爵们的影子；一点儿风吹草动，他们就变得无影无踪了。

弗兰西斯科　为了他，人们会恸哭。

弗拉米尼奥　说真的，不用几个小时，整个宫廷将充斥哀恸和哭号。请相信我：绝大部分人只好似在他们继母的坟上哀哭。

弗兰西斯科　你这是什么意思？

弗拉米尼奥　啊！他们在欺骗，因为他们生活在君王的城墙里。

弗兰西斯科　喂，你在他手下可是飞黄腾达的。

弗拉米尼奥　说真的，就像女人乳房上长的疮，我也曾经被喂过家禽肉。[①] 但是，为了金钱，请听我说，我也会欺骗他，就像他所有的侍臣。但我做得还不够狡猾。

弗兰西斯科　你对他怎么看？说心里话吧。

弗拉米尼奥　他是一位政治家，他会先估算攻占一座城镇需要多少

① 当时广泛流传的一种说法，生了脓疮，吃家禽肉，或者涂以生肉可以治好。

炮弹，计算需要花多少钱，然后才会考虑有多少勇敢而值得尊敬的子民会为此而丧命。

弗兰西斯科　哦，说些公爵的好话吧。

弗拉米尼奥　我说过好话。
你愿意听听我关于宫廷的想法吗？
伪装的洛多维科上
指责王公们会身陷险境，
而过分赞颂他们
显然也只是谎言而已。

弗兰西斯科　公爵现在怎么样？

洛多维科　病入膏肓了。
他陷入一种奇怪的恍惚。
他滔滔不绝谈起
战役、专卖权、征税，
然后就坠入胡乱的呓语。
他操心二十多件事情，
前言不搭后语，
混乱搅在一起。
这种可怕的结局
告诫那些戴着
太高王冠的人物，
虽然活着纸醉金迷，
却未必死得其所。
他曾把整个公国
托付给您妹妹
直到王子成年。

弗拉米尼奥　也许还有转机的希望。

弗兰西斯科　瞧他来了。
博拉奇阿诺躺在床上，薇托利亚等人包括伪装的加斯

帕洛上
那脸已显现死亡的影子。

薇托利亚　哦，我的好大人！

博拉奇阿诺　（恍惚地说）走开，你欺骗了我。
你盗窃公国的钱财，
买卖房地产，
压迫穷人，
这是我始料未及的。
把你的账清算一下，
我要自己来管理账目。

弗拉米尼奥　先生，耐心点儿。

博拉奇阿诺　确实我有错。
你听说过乌鸦
会指责黑色吗？
你听说过
魔鬼会詈骂娘儿们吗？

薇托利亚　哦，我的大人！

博拉奇阿诺　晚饭我要吃鹌鹑。

弗拉米尼奥　先生，您会有的。

博拉奇阿诺　不，我要一些油炸的狗鱼。
你的鹌鹑喂了毒药。
那条老狗，狡猾的佛罗伦萨——
我发誓要去追杀他。
好极了！我要和他做朋友；
请注意，先生，
总是一条狗
惹另一条狗狂吠。
请安静，请安静，

那儿来了一个好奴才。

弗拉米尼奥　哪儿？

博拉奇阿诺　啊，在那里。
戴着一顶蓝色无边软帽，
穿着一身马裤，
前面挂着下身盖片。
哈，哈，哈。
瞧，他的下身盖片上
满是钉子，
钉子头儿上缀着珍珠。
你认识他吗？

弗拉米尼奥　不认识，大人。

博拉奇阿诺　啊，那是魔鬼。
他鞋上装饰着一朵大玫瑰花，
遮掩着他那龟裂的脚，
根据这个我把他认了出来。
我要去和他辩论一番。
他可是一个少有的辩论家。

薇托利亚　我的大人，什么也没有呀。

博拉奇阿诺　什么也没有？好极了！什么也没有！
当我需要钱时，
国库却空空如也。
什么也没有。
我不想被人算计到这个地步。

薇托利亚　哦，静静地躺着，我的大人。

博拉奇阿诺　瞧，瞧，
那个杀死他哥哥的弗拉米尼奥
正在钢丝上跳舞；

双手拿着钱袋，
让他保持平衡，
生怕摔断他的脖子。
那儿有个穿长袍的律师，
用丝绒鞭子在抽打他，
金钱在往地下飘落，
他瞠目结舌地瞧着。
那流氓在怎样砍刺山柑呀！
他该被绞死。
他就在那儿。
她是谁？

弗拉米尼奥　薇托利亚，大人。

博拉奇阿诺　哈，哈，哈。她头发上喷了鸢尾花香粉，这让她看上去就像在食品间犯了错。

博拉奇阿诺看上去似乎接近最后的结局了。洛多维科和加斯帕洛按方济各会礼仪给在病床上的他敬献十字架和圣烛

他是谁？

弗拉米尼奥　一位神父，大人。

博拉奇阿诺　他会喝得酩酊大醉；躲着他点儿。
只要神父一介入，
那辩论就变得很可怕了。
瞧，六只失掉尾巴的老鼠
正爬上枕头来；
去找一个抓老鼠的人。
我要创造一个奇迹：
我要把宫廷里所有的歹徒
都清理出去。
弗拉米尼奥在哪儿？

弗拉米尼奥　（旁白）我不喜欢他这么多次
提到我的名字，
特别是在弥留时刻。
这预示我活不长。
瞧，他快玩完了。

洛多维科　请诸位让开。听着，博拉奇阿诺大人。①

弗拉米尼奥　瞧，瞧，他多么专神
注视着十字架。

薇托利亚　哦，请握住十字架。
它能化解他狂野的心；
他的眼睛湿润了。

洛多维科　（对着十字架）博拉奇阿诺大人，在战场上你在你的盾牌后面总是很安全；现在，你要拿这块盾牌对付你地狱的敌人。②

加斯帕洛　（对着圣烛）你曾经用你的长矛在战场上所向披靡；现在，你要用这支神圣的长矛对付你灵魂的敌人。③

洛多维科　听着，博拉奇阿诺大人，如果你同意我们之间所做的一切，请把你的头转向右边。④

加斯帕洛　请坚信自己吧，博拉奇阿诺大人：想一想你所做过的为你增光的所有的好事——最后，请记住，我的灵魂

---

① 原文为拉丁文：Attende Domine Brachiane.

② 原文为拉丁文：Domine Brachiane. solebas in bello tutus esse tuo clipeo. nunc hunc clipeum hosti tuo opponas infernali.

③ 原文为拉丁文：Olim hasta valuisti in bello. nunc hanc sacram hastam vibrabis contra hostem animarum.

④ 原文为拉丁文：Attende Domine Brachiane si nunc quoque probas ea quae acta sunt inter nos. flecte caput in dextrum.

坚决和你的灵魂在一起，如果有任何危机的话。[①]

洛多维科　如果你现在同意我们之间所做的一切，请把头转向左边。[②]
他正在死去。
请走开去，
让我们只在他耳边说
私密的话儿，
我们的教派
不允许旁人聆听。
其余人全下，洛多维科和加斯帕洛发现只剩他们俩

加斯帕洛　博拉奇阿诺。

洛多维科　魔鬼博拉奇阿诺。你遭受天谴。

加斯帕洛　永远地。

洛多维科　这遭到天谴，
送到绞刑架上的混蛋
是你的大人和主子。

加斯帕洛　是的，你把自己出卖给了这魔鬼。

洛多维科　哦，你这恶棍！
被人们视为著名的政治家，
你的惯技却是下毒。

加斯帕洛　而心机全是谋杀。

洛多维科　他会叫你老婆还没有被毒死前，
就在楼梯上摔断了脖子。

加斯帕洛　他会让你掺毒的沙拉——

---

① 原文为拉丁文：Esto securus Domine Brachiane: cogita quantum habeas meritorum—denique memineris meam animam pro tua oppignoratam si quid esset periculi.

② 原文为拉丁文：Si nunc quoque probas ea quae acta sunt inter nos, flecte caput in laevum.

洛多维科　精致的镶嵌宝石的金樽和香水
也像冬日的瘟疫一样致命——

加斯帕洛　还有汞——

洛多维科　和绿矾——

加斯帕洛　和水银——

洛多维科　和其他阴险的化剂
溶化在你狡猾的脑袋里。
你听见了吗?

加斯帕洛　这是洛多维科伯爵。

洛多维科　这是加斯帕洛。
你将像个可怜的流氓死去。

加斯帕洛　像条爬满苍蝇的
死狗一样发臭。

洛多维科　还没有给你葬礼布道,
你就被遗忘了。

博拉奇阿诺　薇托利亚?
薇托利亚!

洛多维科　哦,这该诅咒的魔鬼,
又苏醒过来了!
我们完了。
薇托利亚和侍从们上

加斯帕洛　(对洛多维科)私下里把他掐死。
(大声地)什么?
难道你们要他活过来
遭受更大的折磨吗?
发发慈悲吧,
发发基督的慈悲吧,

把这房间清空。

薇托利亚和侍从们下

洛多维科　你念念有词吧，先生。

这是佛罗伦萨公爵送来的

真正的爱情结。

博拉奇阿诺被掐死

加斯帕洛　怎么？干了？

洛多维科　烛花掐灭了。

疫病收容院

有七年经验的女看守

也没有我这干得漂亮。

老爷们，他死了。

薇托利亚、弗兰西斯科、弗拉米尼奥以及侍从等人上

众人　愿他灵魂安息。

薇托利亚　哦，天啊！这简直是地狱。

薇托利亚下，众人（除了洛多维科、弗兰西斯科和弗拉米尼奥）跟随其后

弗兰西斯科　她多么沉痛呀。

弗拉米尼奥　哦，是的，是的；

要是娘儿们眼睛里有泪河，

她们也会把它流尽。

我真纳闷

当水卖得这么便宜，

他们为什么还要给伦敦

开挖一条新河。[①]

我来告诉您，

这只是一些变化无常的

① 指 17 世纪初期为伦敦开挖的运河。

痛苦或恐惧；
再没有什么
比娘儿们的眼泪
干得更快的了。
啊，我的收成就此结束了；
他什么也没有给我。
宫廷的承诺！
让聪明的人们
把它们仅仅看作是诅咒吧，
你活着，
那些得利最多的人
却支付得最少。

弗兰西斯科　显然这是佛罗伦萨一贯的做法。

弗拉米尼奥　很可能。
重大的打击来自手掌，
但杀死你的却来自头脑。
哦，这就是马基雅弗利的心机！[①]
他并不是像一个慢慢迈步
向你走来的无赖，
一拳就把你打死在地上；
不，这怪异的孽种，
给你挠痒痒，
让你笑着死去，
仿佛你吞下了
一磅藏红花粉。
你瞧，
这在一刹那间
就告诫你
在宫廷如履薄冰

① 马基雅弗利（1469—1527），意大利政治思想家，认为为达政治目的可不择手段。

如临深渊呀。

弗兰西斯科 现在人们有自由谈论、
评价他的罪行了吗？

弗拉米尼奥 那是王公贵爵的悲哀呀，
他们还得由奴才来评价！
他们不仅做了错误的事，
而且还没有做
常人都会做的事。
当个贵族，还不如当一架脱粒机。
老天啊，我还乐意和公爵谈一谈。

弗兰西斯科 和死了的他？

弗拉米尼奥 我不会变魔法，
如果祷告或者赌誓
能让他说话，
即使四十个魔鬼
在烈火中侍候着他，
我也想跟他说话，
纵然被炸得粉身碎骨。
弗拉米尼奥下

弗兰西斯科 好样儿的洛多维科！
怎么？在咽最后一口气时，
你把他吓死了？

洛多维科 是的；公爵也着实
把我们吓了一跳。

弗兰西斯科 怎么回事？
摩尔人（占奇）上

洛多维科 我以后告诉你。
瞧，那儿来了个妖魔，

她可要闹一场乐子了。
她答应，当她爱上你，
她会将那秘密揭露出来。

弗兰西斯科　（对占奇）在这悲哀的世界，
我邂逅了你的激情。

占奇　我希望你抬起眼望一望，先生。
这些宫廷的眼泪
并不是因您而流的。
让那些哭泣的人们
怀着内疚的心
参与进悲悼中去吧。
昨夜我做了一个梦，
我知道我会继而
干出一些俏皮的事儿来；
实说吧，
这梦还和你很有关系。

洛多维科　她会陷入梦魇吗？

弗兰西斯科　是的，为了时髦起见，
我跟她一起入梦。

占奇　我觉得，先生，你偷偷上了我的床。

弗兰西斯科　你会相信我吗，亲爱的？
在这时刻，我正在做你的梦呢。
我觉得我看见你全身裸露。

占奇　呸，先生，
正如我告诉你的，
我觉得你正躺在我身旁。

弗兰西斯科　我也是这么梦见的；
生怕你着凉，

我把这条爱尔兰毛毯
盖在你身上。

占奇　我梦见你对我很大胆;
来吧，来干吧。

洛多维科　怎么啦?怎么啦?我希望你们不要在这儿干——

弗兰西斯科　不，你必须听我讲完我的梦境。

占奇　好吧，先生，说吧。

弗兰西斯科　当我把这条毛毯披盖在你身上，
我觉得你在大笑。

占奇　大笑?

弗兰西斯科　还大声叫起来了。
那毛让你觉得痒痒了。

占奇　真的做了一场梦。

洛多维科　请您注意看她:
太像个刚洗了澡的挖煤工
在肥皂泡里傻笑。

占奇　来，先生，你的运气来了。
我告诉过你，
我会揭露一个秘密:
伊萨贝拉，
佛罗伦萨大公爵的妹妹，
是被喷了香料的画像毒死的，
卡米洛的脖子
被该死的弗拉米尼奥拧断，
然后摆放在鞍马上。

弗兰西斯科　太奇怪了!

占奇　是这样的。

洛多维科　（旁白）蛇的交欢被打断了。

占奇　我悲哀地承认
在这勾当中
我也有一份。

弗兰西斯科　你替他们保密。

占奇　是的，
在痛悔的驱使下，
我决定今晚抢劫薇托利亚。

洛多维科　好一个悔恨！
高利贷者在布道时打瞌睡，
做的就是这个梦。

占奇　为了逃亡，
我已经请求
在葬礼之前
前往乡下一位朋友那里。
这个借口可以进一步
掩盖我们的逃亡。
金银珠宝统共算起来，
我可以给你带来
至少十万克朗。

弗兰西斯科　哦，高贵的少女！

洛多维科　我们将分享这些克朗。

占奇　那是嫁妆，
我想，那将使那句
关于晒黑的谚语
失去意义，
将把黑人洗白。

弗兰西斯科　会的。走吧！

占奇　准备好咱们的逃亡。

弗兰西斯科　天亮前一小时会面。

占奇下

哦，多么奇怪的发现！
啊，在这之前，
对他们两人死亡的情况
一点儿都不了解。

占奇上

占奇　半夜你等在小教堂。

弗兰西斯科　好的，就在那儿。

占奇下

洛多维科　啊，那我们的行动就是正义的了。

弗兰西斯科　去你的正义吧。
什么损害了正义？
我们就像山鹑，
用冠清涤自己的羽毛：
名声将遮掩我们的做法，
洗刷掉羞耻。

众下

第四场

弗拉米尼奥和伪装成一名圣约翰骑士的加斯帕洛从一边上，吉尔瓦尼在仆人护卫下从另一边门上

加斯帕洛　（对弗拉米尼奥）年轻的公爵来了。你见到过比他更甜蜜的王子吗？

弗拉米尼奥　我曾经见过一个穷女人生的私生子，比他还要甜蜜。

这是当着他的面，所有的比较当然都不及他。宫廷的孔雀，一个大佞臣，有几个骗子站在一边，把她的美丽和为王的鹰隼比较，孔雀说鹰隼比她美丽多了，不在于羽毛，而在于她那长长的爪。他的野心会随着时间的推移而膨胀的。（对吉尔瓦尼）我亲爱的大人。

吉尔瓦尼　请离我远点儿，先生。

弗拉米尼奥　大人阁下一定得快乐起来。我才应该对您父亲的死感到悲痛，您还记得那在马背上坐在他父亲后面的小孩说了什么吗？

吉尔瓦尼　啊，他说了什么？

弗拉米尼奥　“当你死了，父亲，”他说，“我希望我将骑坐在马鞍上。”哦，一个人单独骑坐在马鞍上需要多么勇敢呀：他能踩在马镫上挺直身子，往四周瞭望，把半个地球尽览眼下；大人，你现在就坐在马鞍上。

吉尔瓦尼　好好做你的祷告吧，要有忏悔之心。
你应该好好反思过往的事情；
我听说悲哀是罪戾的长子。
吉尔瓦尼和随从人员以及加斯帕洛下

弗拉米尼奥　好好祷告？他绝对在威胁我。我完蛋了。我不在乎，即使我像阿那卡西斯[①]在石臼里被捣死。把放高利贷者的黄金和放高利贷者放在一起剁得稀巴烂倒更合适，做成给魔鬼喝的最好的肉汤。
他已经有他舅父那副凶险的脸相了。
廷臣上
一个小矮人。[②] 先生，你是什么人？

① 原文为 Anacharsis，这是公元前6世纪锡西厄的一位王子，剧作家在这儿把他和 Anaxarchus，一位在石臼中被捣死的色雷斯圣人，搞混了。

② 原文为拉丁文：decimo-sexto.

廷臣　年轻的公爵希望，先生，
你远离君王的御殿
和所有宫殿的房间。

弗拉米尼奥　狼和乌鸦
在年轻的时候
终究都是傻瓜。
老爷，你的使命就是要赶我出宫?

廷臣　公爵是这个意思。

弗拉米尼奥　廷臣老爷，在宫务中也不要把事情做绝吧。比如说，一个淑女在半夜三更从被子里揪出来，解送到圣安吉洛城堡，那塔那儿去，身上什么也没有穿，光一件罩衫：那门卫老爷要解开她的上衣扣子，将罩衫从耳朵、脑袋那儿一股脑儿脱下来，让她全裸着，这难道不残酷吗?

廷臣　你真会逗乐。

廷臣下

弗拉米尼奥　他要把我赶出宫外去吗?火堆燃烧没有烟囱反而冒更多的烟。我要把有些火灭掉一点。

佛罗伦萨公爵弗兰西斯科，伪装成摩尔人穆里纳萨上

现在怎么样?你看上去很悲哀。

弗兰西斯科　我看到了非常可怜的一幕。

弗拉米尼奥　你还看到了另一幕：
一个可怜的被赶出王宫的侍臣。

弗兰西斯科　你的可敬的母亲
在两小时之内
变成了一个老女人。
我看见
他们在给马塞洛的遗体裹尸布，

在如此庄严的音乐、
忧伤的歌声，
眼泪和悲哀的颂词中，
（就像年迈的祖母，
伫立于死者身旁，
熬过那长夜一样）
我已经不忍看房间里的情景，
人们哭泣得如此凄惨呀。

弗拉米尼奥　我要去见他们。

弗兰西斯科　这样做太不仁慈了，
他们见到你反而会哭得更惨。

弗拉米尼奥　我要去见他们。
他们就在移动幕布后面。
我要看看他们迷信的号哭。
（拉开移动幕布）考内莉亚、摩尔人（占奇）以及其他三位夫人在给马塞洛尸体裹尸布。一支歌响起

考内莉亚　这迷迭香枯萎了，
请再拿一支来；
让这些花儿盛开在他坟上，
当我死亡并已腐烂。
采撷这些月桂呀，
为他做一个花环：
让闪电远离我的孩子。[①]
这布我保留了二十年，
每天都在为它祷告，
我根本没想到
他会用上它。

占奇　瞧，谁在那儿？

① 当时人们一般认为月桂树叶能避免闪电袭击。

考内莉亚　哦，把花儿给我。

占奇　夫人变傻了。

一夫人　唉，她的痛苦
把她变成孩子了。

考内莉亚　（对弗拉米尼奥）欢迎你。
为你备有迷迭香、芸香
和三色堇，
请充分利用这些花吧。
我给自己留下了更多的花。

弗兰西斯科　夫人，这是什么人？

考内莉亚　我想，你是造墓人。

弗拉米尼奥　是的。

占奇　他是弗拉米尼奥。

考内莉亚　你把我当傻瓜吗？
这是一只白手：
沾上的血
能这么快就洗掉吗？
听我说：
当仓鸮在烟囱顶上啼鸣，
怪异的蟋蟀在炉子里鸣叫，
当你手上长出黄色的斑点，
你肯定将听说一个人死。
瞧那手，多少斑点呀！
他是不是碰了蛤蟆的肚子。
西洋樱草的水补脑：
请给我买三盎司来。

弗拉米尼奥　离开这儿后我就去给你买。

考内莉亚　你听见钟声了吗，先生？
我告诉你，
当我老祖母听到这钟声，
就会随着鲁特琴
唱起歌来。

弗拉米尼奥　那你就唱，唱吧。

考内莉亚以多种恍惚的神态演唱

考内莉亚　红腹的知更鸟和鹪鹩呀，
正在绿树丛中飞翔，
衔来树叶和鲜花
把那没有埋葬的尸体掩埋。
给他一个葬礼吧，
蚂蚁、田鼠和鼹鼠
构筑起一座小土堆，
给他以温暖的庇护，
即使漂亮的坟墓被盗，
也不会带来任何伤害；
让恶狼离得远远，
它是人的敌人，
它会用爪把死人挖出来。
（说白）他们不愿把他埋葬，因为他死于一场争吵，
但我可以给他们一个答复。
（吟唱）请神圣的教堂接受他，
他一直给教堂付什一税的呀。
（说白）他的一切都在这儿了，
那就是他的坟墓：
这可怜的人得了一座坟墓，
而大人物得到的
无非也只是一座坟墓。
现在所有的货色都没了，

该把店门关了。
祝福你们，善良的人们。
考内莉亚、占奇和夫人们下

弗拉米尼奥　我心里有一种莫名的东西，
也许可以称之为同情心。
请让我一个人待一会儿吧。
弗兰西斯科下
今晚我就可以知道我
终极命运的走向了，
我将知道我富有的妹妹
将给我安排什么差使。
我活得太窝囊了，
就像宫中的有些侍臣；
有时候，当我的脸上堆满笑容，
却在心里感到歉疚。
这些漂亮而体面的长袍
每每是一种折磨；
我们不过是笼中鸟儿在吟唱，
当我们真正想哭的时候。
博拉奇阿诺的鬼魂，穿着皮长袍、马裤、长靴和斗篷，手中拿着一罐睡莲花，罐中有一个死人头颅
哈！我不怕你。走近一些，再走近一些。
死亡把你变成了这样一个幻象？
你瞧上去很忧伤。
你现在在什么地方？
在星星闪烁的天空，
抑或是该死的地牢？
不？不说？
先生，请告诉我，
什么宗教

最适合一个濒临死亡的人？
你是否能回答我
我还能活多久？
那是一个十分紧要的问题。
回答不了？
难道你还是像有些大人物，
像影子似的走来走去，
漫无目的？说。
鬼魂把土撒向他，给他看那头颅
那是什么？
哦，太可怕了！
他把泥土撒向我。
在鲜花下面是死人的头颅。
请说话，先生。
意大利教友让我们相信
死人会同他们熟识的人说话，
常常会来到他们的床上，
和他们一起进餐。
鬼魂下
他走了；
瞧，头颅和泥土都消失了。
这不仅仅是幻觉。
我敢于去面对
我最糟糕的命运。
现在前往我妹妹的住处，
把所有的恐怖回想一下吧：
王子把我赶出王宫
让我丢脸；
母亲在可怜的
哥哥的尸体上垂泣；
最后就是这可怖的一幕。

如果我能
从薇托利亚那儿拿到钱，
所有这一切
都会变成好事，
否则我就叫这把剑
沉浸在她的血泊之中。
下

第五场

弗兰西斯科、洛多维科上，豪顿西奥在偷听他们说话

洛多维科　大人，我真心认为
你不能再这样干下去了：
你已经陷得太深了。
就我而言，
我已经付清了所有的欠账，
如果我必须倒台的话，
我的债主不要跟着我倒台；
在这场复仇中，
我发誓要排除所有的人，
包括最不起眼的助手。
大人，离开这座城市吧，
否则我就洗手不干了。

弗兰西斯科　那就再见，洛多维科。
如果你在这光荣的行动中
完蛋，
我将使你的英名
永垂史册。
弗兰西斯科和洛多维科分别从不同的方向下

豪顿西奥　有些阴谋正在酝酿。
我要赶快前往城堡，
把士兵召集起来。
这些强大的宫廷派别，
根本无法容忍反对派，
在疾蹄飞奔时，
每每会把骑手的脖子摔断。
下

第六场

薇托利亚手中拿着一本祈祷书，和占奇一起上，弗拉米尼奥随后上

弗拉米尼奥　啊，你在祷告？别祷告了。

薇托利亚　怎么啦，你这恶棍？

弗拉米尼奥　我来找你有些世俗的事儿。
坐下，坐下，（占奇想离开）——不，待在这儿，红脸蛋儿，你可以听。门都关着。

薇托利亚　哈，你喝醉了吗？

弗拉米尼奥　是的，是的，喝了点苦艾水；你马上也会喝到一点。

薇托利亚　为什么这么怒气冲冲？

弗拉米尼奥　你是我大人的女遗产继承人，
我要给我长期效力的报酬。

薇托利亚　报酬？

弗拉米尼奥　来，这儿是笔和墨水，
写下你要给我的数目。
她写

薇托利亚　写好了。

弗拉米尼奥　哈，你写完了？
文件写得真快。

薇托利亚　我来读给你听。
（读）“我只给杀死了兄弟的该隐该得的，
不能再多了。”①

弗拉米尼奥　一份地道的宫廷颁发的求乞许可证。

薇托利亚　你是一个无赖。

弗拉米尼奥　这么坏了吗？
人们说惊吓可以治疗发烧。
你身上附了一个魔鬼；
我可以试试
能否把它驱除。
不，好好坐着：
大人给我留下两盒珠宝，
比你的遗产那要值钱得多；
你瞧瞧它们吧。
弗拉米尼奥下

薇托利亚　他肯定神志失常了。

占奇　哦，他绝望了。
为了您自己的安全，
跟他说话委婉些吧。
弗拉米尼奥上，手中拿着两个装手枪的盒子

弗拉米尼奥　瞧，这些比你所有的珠宝首饰
都要死沉得多。

---

① 该隐是亚当和夏娃的长子，杀死弟弟亚伯。见《旧约·创世记》4:14：“看你今天将我由这地面上驱逐，我该躲避你的面，在地上成了个流离失所的人；那么，凡遇见我的人都要杀我。”

薇托利亚　我看这些宝石没有色泽，
装饰得很差。

弗拉米尼奥　我把正面给你翻过来看，
瞧瞧它们会怎么爆发。

薇托利亚　别跟我来这一套恐怖。
你想要什么？
你要我做什么？
难道我所有的不是你的吗？
我有孩子吗？

弗拉米尼奥　好女人，
请你不要拿庸俗的事儿
来麻烦我。
祷告吧。
我对死去的大人发过誓，
我和你
都不能比他多活四小时。

薇托利亚　他同意了吗？

弗拉米尼奥　他同意了，
这是致命的妒忌在作祟，
唯恐别人在他之后再享用你，
那就是为什么
他让我对他发誓。
至于我，
我自愿事后施行自杀，
像大公爵那样的人
尚且在王宫里都不安全，
遑论咱们呢？

薇托利亚　那是因为你忧郁而绝望。

弗拉米尼奥　如果你以为政客们
致力消除苦难，
他们的王位就能永存，
那你就太傻了。
难道我们要戴着镣铐呻吟，
成为绞刑架上那可耻的吊死鬼吗？
我主意已定：
我不想为哪一个人的请求而活，
也不想为哪一个人的请求而死。

薇托利亚　你能听我说吗？

弗拉米尼奥　我的生命为别的人活着，
我的死要为我自己。
准备好吧。

薇托利亚　你真想死吗？

弗拉米尼奥　就像我父亲生我一样，
我乐意去死。

薇托利亚　（对占奇耳语）门都上锁了吗？

占奇　（对薇托利亚耳语）是的，夫人。

薇托利亚　你变成了一个不信上帝的人了吗？
难道你要把灵魂寄托的宫殿——
你的身体，
变成灵魂的屠宰场吗？
哦，这该诅咒的魔鬼
给了我们绝望，
那看来好似甜蜜而蛊惑，
却伴随着苦涩和鸩毒呀。
让我们自愿自杀；
（对占奇耳语）快喊救命——

让我们舍弃人间的世界，
而坠入魔鬼的地狱，
那永恒的黑暗之中。

占奇　救命，救命！

弗拉米尼奥　我要拿干果
塞住你的喉咙。

薇托利亚　请你记住
成百万的人现在在坟墓里，
在最后一日
他们会像曼德拉草一样
嘶喊着复活过来。

弗拉米尼奥　让你的说教见鬼去吧，
那只是些空洞的说辞
和娘儿们的絮聒罢了，
在我听来，
那只是牧师在讲台上
用慷慨激昂的布道，
而不是理性来感动听众。

占奇　（对薇托利亚耳语）亲爱的夫人，
表面上迎合他，
只是请他教我们如何死法：
让他先死。

薇托利亚　（对占奇耳语）好，我懂你的意思了。
（大声地）自杀者的肉，
我们得像吃肉一样，
赶快活吞下去，
而不要去咀嚼；
创口的剧痛，
或者手疼

还会带来加倍的苦痛。

弗拉米尼奥　我拥有的
是悲惨而可怜的生命，
它是不能死的。

薇托利亚　哦，但是生命是脆弱的呀！
我下定决心了。
永别了，悲哀呀。
博拉奇阿诺，瞧，
在你活着的时候，
我在你的祭台上
祭奠了一颗燃烧的心，①
现在我准备
呈献我的心和一切。
永别了，占奇。

占奇　怎么，夫人！
难道你以为
我会活过你吗？
特别是我的另一半——
弗拉米尼奥
也要走这一条路。

弗拉米尼奥　哦，我最亲爱的摩尔人！

占奇　以我的爱的名义，
我请求你：
既然我们都不会
对自己动手施暴，
那就请你或者我
做她的食品的试吃者，
教她怎么死吧。

---

① 欧洲大陆做法，在祭台上呈献一颗燃烧的心，作为对上帝祭奠的象征。

弗拉米尼奥　你太高贵了，
说得极有道理。
拿上这些手枪：
因为我的手已经沾上了血，
你们两人各拿上两支枪，
一支枪对着我，
另一支你们互相对着，
这样，我们就一块儿死了。
但首先你们要赌誓
不会活过我。

薇托利亚
占奇　以宗教的名义发誓。

弗拉米尼奥　这就是我的结局了。
永别了，日光，
哦，可鄙的医药！
花了那么长时间来研究，
只是维系这么短促的生命：
我向你们告别了。
显示手枪
这是两个吸罐，
将把我感染的血吸出来。
你们准备好了吗？

薇托利亚
占奇　准备好了。

弗拉米尼奥　我会到哪儿去？哦，卢奇安[①]，那可笑的炼狱！在那儿，你发现亚历山大大帝在修鞋，[②] 庞培在用金属片

① 卢奇安（120—180），古希腊作家，无神论者。

② 请比较莎士比亚《哈姆雷特》第五幕第一场："Why may not imagination trace the noble dust of Alexander till he find it stopping a bung-hole?"

儿将衣服缝接起来，裘力斯·恺撒在做头发纽扣，汉尼拔在兜售黑鞋油，奥古斯都在叫卖“大蒜”，查理曼有十几条销售货品的布条儿，丕平国王在一辆马车前叫卖“苹果”。
我是否将融入火、土、水、空气
或所有的自然元素中，
我不知道，
也不想知道。
开枪吧，开枪吧，
在所有的死亡中，
暴烈的死亡是最好的，
它如此迅速偷窃了生命，
曾经的恐惧也不复存在了。
她们射击，奔向他，用脚踩他

薇托利亚　怎么，你倒下了？

弗拉米尼奥　我已经和泥土混在一块儿了。
如果你们够高贵的话，
执行你们的誓言，
勇敢地跟在我后面。

薇托利亚　到哪儿，到地狱？

占奇　到那遭天谴的地方去。

薇托利亚　哦，你这该诅咒的魔鬼。

占奇　你中招了。

薇托利亚　中你自己的招。
我把那会叫我灭亡的火
扑灭了。

弗拉米尼奥　你们要悔誓吗？神明对着冥河神圣的水发的誓敢违逆吗？哦，那是必须执行的誓言，必须在我们的法庭上坚守的誓言呀。

薇托利亚　记住你现在前往哪儿。

占奇　记住
你到底干了多少恶行。

薇托利亚　你的死亡
使我看见那不祥的燃烧的彗星，
叫人发抖。

弗拉米尼奥　哦，我中了圈套了！

薇托利亚　你瞧狐狸回到窝死了，
尾巴没了；
这话证明没错。

弗拉米尼奥　给两个婊子杀了。

薇托利亚　当他活着的时候，
复仇女神就寄生在他身上，
再没有比他更适合
做地狱复仇女神的祭品了。

弗拉米尼奥　哦，这路黑暗而又恐怖！
我什么也看不见。
没人陪伴我吗？

薇托利亚　哦，是的，
你的罪戾
正在你的前面奔跑
前往地狱去取火，
来照亮你的路。

弗拉米尼奥　哦，我闻到了烟灰，
非常臭的味儿，
烟囱着火了。

我的肝烤成
苏格兰羊肝面包了；
似乎有个管道工
在我的肠子里埋管道，
肠子发烫。
你们要活过我吗？

占奇　是的，还要在你的身上
打上一根桩子；[①]
这将表明你是自杀。

弗拉米尼奥　哦，狡猾的魔鬼！
我已经试过你们的爱，
你们的阴谋
也未能逃过我的手掌。
弗拉米尼奥站立起来
我没有受伤；
手枪里没有子弹：
这只是试试你们的诚意，
我活着要惩罚
你们的忘恩负义。
我早就知道
你们迟早会给我吃毒药。
哦，人们，
躺在弥留的床上的人们，
被哭天喊地的女人
围绕着的人们，
请永远不要相信她们：
当蛆虫还没有穿透裹尸布，
在蜘蛛还没有在墓碑上织网，
她们就要重新结婚。

---

① 当时一种惯常的做法，将自杀者埋于十字路口，穿心打上一根桩子。

你们行事多么狡猾！你们在大炮大院操练过的吗？信任一个女人？永不，永不。博拉奇阿诺就是我的前车之鉴：我们为了一点点快乐，将灵魂典当给魔鬼，而女人为钱将它出卖。男人就不应该结婚！只有许珀耳涅斯特拉没杀她的大人和丈夫，其他四十九个姐妹在一夜之间割破了她们丈夫的喉咙。[①] 那是一群妩媚的吸血鬼。
这儿是另外两支枪。

伪装成托钵僧的洛多维科和加斯帕洛，以及佩德罗和卡洛上

薇托利亚　救命，救命！

弗拉米尼奥　大喊什么？哈，宫廷钥匙全是假的！

洛多维科　我们给你带来一面面具。

弗拉米尼奥　这面具好像是
供持剑跳玛塔幸舞用的。
僧侣也来狂欢了！

卡洛　伊萨贝拉，伊萨贝拉！

洛多维科　你知道我们是什么人吗？

他们把伪装扔掉

弗拉米尼奥　洛多维科和加斯帕洛。

洛多维科　是的，公爵赐予年薪的摩尔人
就是佛罗伦萨大公爵。

薇托利亚　哦，我们受骗了。

弗拉米尼奥　你们不要从我的手中
夺走我的司法权。
哦，让我来杀死她吧。

---

① 希腊神话，阿戈斯国王达那俄斯 50 名女儿中只有她不听从父亲杀夫之命。

我不得不躲过
你们的铠甲战袍，
捡一条命。
命运是一条狗，
你要赶也赶不走。
现在还剩下什么呢?
让所有干坏事的人
都懂得这一条道理:
人也许能预见命运，
但无法阻止它。
在所有的座右铭中，
这一条最经典:
与其聪明过人，
还不如幸运赐福。

加斯帕洛　把他绑到那根柱子上去。
佩德罗和卡洛将弗拉米尼奥绑在柱子上

薇托利亚　哦，你们可怜可怜吧。
我犹如一只黑鸟，
与其待在凶恶鹰隼的魔爪中，
还不如扑到人的胸怀中。

加斯帕洛　你的希望让你受骗了。

薇托利亚　如果佛罗伦萨在宫中，
我还不如让他来杀死我。

加斯帕洛　傻瓜! 王公贵胄用自己的手给钱，
至于死亡或者惩罚，
他们就要借用别人的手了。

洛多维科　伙计，你曾经揍过我;
我现在要击中你的心。

弗拉米尼奥　你这样做像个刽子手；
一个卑鄙的刽子手；
不像一个高贵的人，
因为你瞧，
我现在毫无招架之力。

洛多维科　你笑了？

弗拉米尼奥　难道你要我死，
我就像诞生时那么大哭吗？

加斯帕洛　抬头看看老天吧。

弗拉米尼奥　不，我要亲自到老天那儿去。

洛多维科　哦，如果我能一天杀你四十次，
这样延续四年之久，
仍然不能解气。
倒并不是因为痛苦，
而是因为杀死区区的你
仍然不能解我复仇之恨。
你在想什么？

弗拉米尼奥　什么也不想；想的是虚无。
别再问这么傻的问题了，
我前往的是一个沉寂的世界，
絮聒说教没有任何意义；
我什么也不记得了。
没有什么比人自己的思想
更加无限烦恼的了。

洛多维科　（对薇托利亚）哦，你这虚荣的婊子，
但愿我能将你的呼吸
和周围纯洁的空气隔绝开来，
你的气息一离开你臭嘴，
我就将它吸过来，

吐到牛粪堆上去。

薇托利亚　你，我的刽子手，
我觉得你看上还不太可怕，
脸蛋儿还有点儿温和，
不像个屠夫；
如果你是，
那就按你的职守，
跪下来祈求宽恕。

洛多维科　哦，你曾是一颗最怪异的彗星，
我要割掉你的尾巴。
先杀这摩尔人。

薇托利亚　你别先杀她。
瞧我的胸脯：
我死了需要有人照料；
侍女将永远不能在我之前走。

加斯帕洛　你这么勇敢吗？

薇托利亚　是的，我欢迎死亡；
就像王公们欢迎大使一样；
我可以面向你的利剑走去。

洛多维科　你颤抖了。
我想恐惧会将你化成青烟。

薇托利亚　哦，你想错了，
我是一个女人，
太女人了：
恐惧永远无法毁灭我；
我来告诉你为什么：
我死亡时，
不会掉一滴卑鄙的眼泪，
如果脸色苍白，

那也只是因为失血，
而不是因为恐惧。

卡洛　你是我的目标，黑种女鬼。

占奇　我的血跟他们的一样的红：
你想喝吗？
那对癫痫可很有裨益；
死亡改变不了我的面容，
因为我从来不会苍白，
我为此而感到自豪。

洛多维科　揍，揍，
一块儿揍。
他们揍

薇托利亚　好个男子汉的拳法。
接着便要来杀无辜的婴儿了，
你们将为此而声名远扬。

弗拉米尼奥　哦，这是什么剑？
是西班牙托莱多短剑[①]
还是英国狐剑？
我一直认为，
与其让一位医生，
还不如让一位刀匠
来分辨我的死因。
往我的伤口深处寻觅，
用那刺伤的剑来探测。

薇托利亚　哦，我最大的罪愆
存于我的血中，
要用血来偿还了。

① 托莱多，西班牙纽卡斯提尔首都，曾以制剑闻名。

弗拉米尼奥　你是一位高贵的妹妹！
我现在爱你了。
如果说女人生养男人，
她应该把他教养成男子汉。
永别了。
许多贤惠的名淑贵妇
作奸犯科，
只是被快乐地掩盖，
没有发觉罢了。
她没有缺陷，
因为掩盖得完美无缺。

薇托利亚　我的灵魂犹如一艘船舰
在漆黑的暴风雨中飘零颠簸，
我也不知将驶向何方。

弗拉米尼奥　那就抛锚吧。
荣华让理智的人迷糊，
但大海会大声讪笑，
惊涛拍岸击起冲天白浪。
我们不再痛苦，
不再当命运的奴才，
占奇死亡
不，也不再当行尸走肉了。
（对占奇）你完了，
（对薇托利亚）你也快完蛋了？
女人要和九个缪斯比
谁更有坚实、耐久的生命，
这简直是扯淡。
我并不想看到
谁在我之前死，
谁在我之后死；

我自己来开始
和结束我的生命：
当我们抬头眼望天空，
我们便会混淆
自己的认知
和基督教的认知。
哦，我在一片迷雾之中呀。

薇托利亚　那些从未见过王宫，
只是听说
但从未认识大人物的人们
有福了。
薇托利亚死亡

弗拉米尼奥　我像一支燃尽的蜡烛，
最后一闪亮，
便熄灭了。
那些和大人物有关联的人们，请记住古老女人的故事，
廷臣就像伦敦塔里的狮子，在圣烛节[①]，阳光灿烂，
却忧心如焚，生怕未来冬天的日子将会是阴霾密布。
我的死亡还是有它的好处，
我的人生犹如
一座黑色的停尸房：
我患了绵延不断的感冒。
嗓子不可避免地嘶哑了。
永别了，光荣的歹徒们。
这忙碌的人生也太虚荣了，
人们生生不息，
然而都在自寻烦恼。
我不要阿谀奉承的丧钟，
怒吼吧，雷霆，怒吼着送我永别吧。

① 圣烛节，二月二日，根据谚语，这天如果天气很好，那将预示一个严寒的冬季。

弗拉米尼奥死亡

英国大使　（在台后）往这儿走，往这儿走，把门都打开，往这儿走。

洛多维科　哈，我们被发现了？
啊，我们决意一块儿死吧，
完成了这高贵的使命，
我们什么命运都不怕了，
当然更不怕流血。

大使和吉尔瓦尼以及卫士上

英国大使　王子往后去！射击，射击！

他们射击，洛多维科受伤

洛多维科　哦，我受伤了。
恐怕我要被抓捕了。

吉尔瓦尼　你们这些血腥的歹徒，
凭什么命令
施行了这场大屠杀？

洛多维科　您的。

吉尔瓦尼　我的？

洛多维科　是的，您舅父，
您的血浓于水的国戚，
指令我们干的。
我可以肯定您认识我：
我是洛多维科伯爵，
您高贵的舅父
昨夜化装了出现在您的宫廷。

吉尔瓦尼　啊！

卡洛　是的，那摩尔人，

您父亲雇用了他。

吉尔瓦尼　他变成了一个谋杀者？
把他们解送到监牢里去
上刑；
所有参与这阴谋的人
都要受到苍天正法。

洛多维科　我感到光荣，
这件事是我所为。
对于我，
肢刑、绞刑，或轮式车刑，
都只是一场酣睡而已。
我最后的遗言：
我画了一幅夜半景象，
那是我画得最好的画呀。

吉尔瓦尼　把尸体移走。
卫士们开始移走尸体
瞧，我可尊敬的大人，
从对他们的惩罚
您应该得出什么结论呢？
让有罪的人们记住，
他们的恶行
依靠的
只是细削的芦苇。
众下

玛尔菲公爵夫人[1]

约翰·韦伯斯特 著

① 译自 The Duchess of Malfi and Other Plays, Oxford University Press, 2009。

戏剧人物

玛尔菲公爵夫人

卡里奥拉，她的侍女

斐迪南，卡拉布里亚公爵，她的孪生兄弟

阿拉贡红衣主教，他们的哥哥

波索拉，公爵夫人马厩总管，斐迪南雇用的暗探

安东尼奥，公爵夫人管家，后成为她丈夫

德利奥，他的朋友

朱丽叶，红衣主教的情人

卡斯特鲁奇奥，她的年迈的丈夫

老夫人，接生婆

佩斯卡拉侯爵，一位战士

马拉特斯特，一位伯爵

希尔维尔、罗德里格、格里索兰，均为大人

医生

两位朝圣者

三名儿童

八个疯子：一个占星家，一个经纪人，一个医生，一个农夫，一个宫廷引见官，一个律师，一个牧师，一个裁缝

宫廷巡官

刽子手

女侍臣

侍者

仆役

佛罗博斯克，鬼魂

第一幕[1]

安东尼奥和德利奥上

德利奥　亲爱的安东尼奥，欢迎你回国。
你在法国逗留了很长时间，
做派完全是法国派头了。
你喜欢法国宫廷吗？

安东尼奥　我简直是羡慕它；
为了搞好国家和人民的关系，
他们精明的国王
在王宫里清除了
谄媚奉承之徒，
生活放荡和声名狼藉的人，
他将这称之为他的杰作，
上天的意愿，
他认为君主的宫殿
就像是一尊普通的喷泉，
喷出的应该是纯洁的清水；
如果喷头被毒物玷污，
就会将死亡和疾病传布全国。
是什么造就了

① 场景在公爵夫人王宫的御前议事室。

这么一个可祝福的政府，
一个有远见的议事会，
它敢于禀告国王
当代腐败的肆虐?
虽然朝廷中有人认为
对亲王们说教没有必要，
但告诫他们什么不该做
确是一种高贵的行为。
波索拉上
波索拉来了，
这王宫唯一的灾殃；
在我看来，
他的抱怨并不出于忠心，
他谴责的东西
自己还心驰神往，
如果他有办法去做，
他跟任何人一样
放荡，妒忌，傲慢，
血腥，险恶。
红衣主教上
红衣主教来了。

波索拉　我仍然还叫你吓一跳吧?

红衣主教　是那么回事。

波索拉　我为你效劳，
却被这么藐视。
悲惨的时代呀，
效劳得好
也不过就是效劳而已。

红衣主教　你也太自卖自夸了。

波索拉　我在你的大木船划桨划了两年，连件衬衣都没有，拿两条毛巾打个结披在肩膀上，就像一件罗马披风。被这么小看！我总有出头的一天，俗话说，黑鸟在寒冬才会长膘；为什么我不能呢，即使在酷暑的日子里？

红衣主教　我希望你实话实说。

波索拉　以你崇高的圣职，请指教我怎么实话实说吧。

红衣主教下

我知道许多人乘大木船到很远的地方去旅行，回来后就成了彻头彻尾的无赖，因为他们总是以此拿出一副老子了不起的架势。你走了？（对安东尼奥和德利奥）人说，有些人身上附上了鬼，这个大人物身上能附上最大的鬼，让他变得更坏。

安东尼奥　他不给你衣服穿？

波索拉　他和他兄弟就像是一池死水旁长得怪形怪状的李子树；很繁茂，长着许多果子，乌鸦啦，喜鹊啦，毛毛虫啦吃着它们。要是我想当个溜须拍马的皮条客，我早就像一个马蛭附在他们耳后，吸饱了血就飞走。请绕绕我吧。谁稀罕这点儿可怜巴巴的承诺，说明天会比今天好？还有比总是盼望着的坦塔罗斯①更惨的吗？还有谁比祈求宽容的人死得更可怕的吗？鹰隼和狗因为为我们效劳而得到犒赏；而一个丘八打仗手脚受了伤，得到的只是一副支撑架子。

德利奥　支撑架子？

波索拉　是的，一副拐杖，撑在这一副宝贝拐杖上从一家医院走到另一家医院，做在这个世界上最后的拼搏；你倒过得舒心，先生。不怕你见笑，宫殿里的地方就像医

---

① 宙斯之子，因泄露天机，被罚站在齐下巴深的水中，头上有果树，渴了欲饮，水即流走，饿了欲吃果子，果子被风吹走。

院的病床，这个人的脑袋躺在另一个人的脚下，一排一排这么下去。

波索拉下

德利奥　这家伙因为臭名昭著的谋杀，
在大木船划桨划了七年，
据说红衣主教做了伪证；
法国将军加斯顿·德·福瓦[①]
光复那不勒斯时，
把他释放了。[②]

安东尼奥　太遗憾了，
他竟然被如此忽略。
听说他非常勇敢。
糟糕的忧郁症
毁掉了他所有的优点，
我说呀，
如果沉睡真的会腐蚀灵魂，
那是因为缺乏行动，
滋生了黑胆汁，
就好像衣服里的蠹虫，
衣服不穿，蠹虫就猖狂起来。

希尔维尔、卡斯特鲁奇奥、罗德里格、格里索兰上

德利奥　大人们都来到御前会议了。
你们答应过，让我
成为你们伟大侍臣中的一分子。

安东尼奥　红衣主教大人和其他人的侍臣
都来到宫廷了吗？

---

① 加斯顿·德·福瓦（1489—1512），法国将军，奈穆尔公爵，又称意大利雷霆。

② 在这里，历史显然发生了误会。那不勒斯在1501年被攻陷时，加斯顿·德·福瓦还只是一个孩子。

我会让你成为他们中的一分子的。

斐迪南上

伟大的卡拉布里亚公爵来了。

斐迪南　哪个骑师最经常拿到那圆圈儿？[1]

希尔维尔　安东尼奥·博洛尼亚，大人。

斐迪南　妹妹公爵夫人家的总管吗？

把这首饰奖给他。

安东尼奥接收首饰

什么时候不干这种骑术游戏，

而去干点真正的玩意儿呢？

卡斯特鲁奇奥　我觉得，大人，

你不应该期望亲自去打仗。

斐迪南　现在形势有点紧张了。为什么不？

卡斯特鲁奇奥　一个战士变成一位王子完全是正常的，但一位王子不应该成为一个上尉。

斐迪南　不？

卡斯特鲁奇奥　不，大人，他可以叫上一位代理干得更好。

斐迪南　那他为什么不叫个代理来睡觉、吃饭呢？这倒可以免除他那百无聊赖、令人生厌、卑鄙的职务，但代理却夺走了他的荣誉。

卡斯特鲁奇奥　请相信我的经验：如果统治者是一个战士的话，这王国就不可能长久安宁。

斐迪南　你告诉我你妻子受不了战争。

卡斯特鲁奇奥　是的，大人。

---

① 詹姆斯一世引进宫殿的一种马术游戏，骑师在骑马飞驰的过程中拿下挑在长矛尖上的圆圈儿。

斐迪南　她说过一个笑话，关于她曾经遇见过的一个浑身受伤的上尉的笑话，我已经忘掉这笑话了。

卡斯特鲁奇奥　她告诉上尉，大人，他是个可怜虫，像以色列的孩子们，躺在帐篷里，[1]浑身裹上了绑带。

斐迪南　啊，她的智慧足以抵上整城的外科医生，这些勇士很容易相互吵嘴，拔剑相向，很可能拼个你死我活，但她的劝说却能够让他们安静下来。

卡斯特鲁奇奥　她能的，大人。——你喜欢我的西班牙种小马吗？[2]

罗德里格　它浑身都是劲儿。

斐迪南　我同意普林尼[3]的观点，我想它是由风交配生出来的；它飞奔起来就像驮着水银一般迅疾。

希尔维尔　真的，大人，它常常飞奔出赛场外去。

罗德里格
格里索兰　哈，哈，哈！

斐迪南　你们为什么大笑？我觉得你们宫中侍臣应该是我的火种，我要它生火，它就生火；也就是说，我笑，你就笑，难道这笑话还不够好笑吗？

卡斯特鲁奇奥　真的，大人，我听说一个非常好笑的笑话，但我不屑于显得那么聪明似乎听懂了那笑话。

斐迪南　但我可以笑你那个十足的笨马，大人。

卡斯特鲁奇奥　它说不了话，只是做鬼脸：夫人真受不了它。

斐迪南　受不了？

---

① 见《旧约 · 圣咏集》78 : 55 :“让以色列各族住进他们的帐幔。”

② 此版本将这句话加在斐迪南身上，显然错了，马是卡斯特鲁奇奥的，否则不会下面有一句斐迪南的话：“我可以笑你那个十足的笨马。”

③ 普林尼（23—79），古罗马著名作家，著有百科全书式的《博物志》。在书中他提到在葡萄牙有人让母马在西风中受孕，生下的驹子跑起来如风一般迅疾。

卡斯特鲁奇奥　她也受不了太快乐的伴儿，她说，笑得太多，伴儿太多，让她脸上生太多的皱纹。

斐迪南　那我就为她的脸设计一种数学仪器，那她就可以在有限的范围内笑了。我很快就会到米兰来和你会面，希尔维尔大人。

希尔维尔　竭诚欢迎殿下。

斐迪南　你是一个很好的骑师，安东尼奥；在法国你们有很好的骑手；你认为怎么才算是一个好骑师？

安东尼奥　高贵，大人。正如从特洛伊木马衍生出许多著名的王子，从勇敢的骑术将生成钢铁意志最初的火花，而这些火花将引导心灵去从事更为高贵的行为。

斐迪南　你把骑马的价值讲得非常透彻了。

红衣主教、朱丽叶、公爵夫人、卡里奥拉及侍者等上

希尔维尔　你哥哥红衣主教大人和你妹妹公爵夫人来了。

红衣主教　大木船回港了吗？

格里索兰　它们都已回港了，大人。

斐迪南　这是希尔维尔大人，他是来告辞的。

德利奥　（对安东尼奥）现在，先生，该兑现你的承诺了：红衣主教是什么样的人？我是说他的脾性如何？人们说他是一个很奢侈的人，会花五千克朗打网球，醉心跳舞，追逐女人，动不动还会跟人决斗。

安东尼奥　这只是他身上招摇过市的表面现象；还要看一看他内在的性格特征：他是一个忧郁的教会人士。他脸容阴险，就像癞蛤蟆一样歹毒；他怀疑所有的人，他对人使出的阴谋比赫拉克勒斯还要险恶，因为他收罗了谄媚者啦、皮条客啦、奸细啦、无神论者啦，和众多的阴谋家啦。他本来可以成为大主教的；但是他违背了

原始教会那种公平、诚实的选举方式，大把大把地、肆无忌惮地撒钱，仿佛他可以背着天意获胜似的。当然，他也做过一些好事。

德利奥　关于他，你讲得够多的了。他的弟弟呢？

安东尼奥　你是说那位公爵吗？一个癫狂而暴烈的人：
他看上去很欢乐，那只是表面现象——
他如果开怀大笑，
那他能把真诚笑到九霄云外去。

德利奥　一对孪生子？

安东尼奥　在外表上一样：
他用别人的舌头说话，
有人求他赐恩，
他则用别人的耳朵来听；
他会在审判席上装睡，
为了引诱犯事的说出真相；
他依赖秘密情报，
再加上道听途说就把人处死。

德利奥　法律对于他
犹如蜘蛛的黑网：
他把黑网当作住家和监狱，
捕捉要吞噬他的家伙。

安东尼奥　是这样的。
他从不还债，
除非那会造成要命的结果，
他便在公众眼里
招摇过市地把债还了。
最后一点：
他王兄，那个红衣主教，
把他吹捧得厉害，

说最聪明的人都倾听他；
我相信他们两人，
因为他们像魔鬼般说话。
他们的妹妹，
就是那高贵的公爵夫人，
你瞧着这三枚漂亮的勋章，
俨然出自一个模子，
但在脾性上却是如此不同。
她讲起话来，
让人充溢着喜悦，
当她一旦讲完，
你不得不感到无限惆怅，
纳闷与其让你在精神上
被一种圣洁的感觉煎熬，
还不如让她讲得平庸些。
当她讲话时，
她向一个男人
抛一个如此甜蜜的一瞥，
足以把人从麻木不仁中唤醒，
让他手舞足蹈起来，
久久沉醉在那甜蜜的容貌中；
但那花容月貌是如此圣洁，
把一切淫荡而虚妄的想法
都拒之门外。
她践行如此高贵的美德，
当别的女人在夜晚深深忏悔，
而她则安寝在天上。
让所有甜蜜的女人
击碎她们阿谀奉承的镜子，
以她为楷模吧。

德利奥　呸，安东尼奥，
你对她的赞誉太过分了。

安东尼奥　暂且把她的肖像放在一边：
就这样了吧——
她的与众不同可以这么来概括：
她让往昔的时光隐遁，
却照亮未来的日子。
卡里奥拉来到安东尼奥和德利奥中间

卡里奥拉　大约半小时之后，
你必须到游廊去侍候夫人。

安东尼奥　知道了。

斐迪南　妹妹，我对你有一个请求。

公爵夫人　对我，哥哥？

斐迪南　这儿有一位绅士，丹尼尔·德·波索拉——
他曾在大木船干过劳役。

公爵夫人　是的，我认识他。

斐迪南　一个可敬的人。
请允许我为他
请求一个掌马官的职位。

公爵夫人　既然你了解他，
这就足够推荐他了。

斐迪南　把他叫来。
随从下
我们就要分别了。
好希尔维尔大人，向军营
我们所有高贵的朋友问候。

希尔维尔　先生，我会的。

公爵夫人　你要到米兰去?

希尔维尔　是的。

公爵夫人　调来大马车。我们送你到港口。
除红衣主教和斐迪南，所有的人下

红衣主教　看来你很赞赏那个波索拉
为你干情报的工作。
我不想和这事儿有什么干系;
我总是小看了他，
就今天上午，
他就向我们献了不少殷勤。

斐迪南　安东尼奥，她宫里的总管，
更适合干这差事。

红衣主教　你错看他了，
他太老实，
干不了这差事。
波索拉上

波索拉　我被引诱到你这儿来了。

斐迪南　我王兄，红衣主教，从来对你就没好感。

波索拉　因为他亏欠我。

斐迪南　也许因为你脸上有什么怪异的地方
让他对你失去信任?

波索拉　难道他是面相学家吗?
脸上所显示的
无非就像尿样
显示一个病人一样，
但人们叫尿样为婊子，
因为它欺骗医生。

他不该怀疑我。

斐迪南　为此，
你必须给大人物时间。
由于警觉
我们确实很少被欺骗；
你瞧，高大的杉树
每每容易被狂风刮倒，
所以它要把根须扎得很深。

波索拉　请注意：
无故怀疑一个朋友
无疑催使他怀疑你，
并鼓励他欺骗你。

斐迪南　有黄金雨。

波索拉　然后呢，
然后怎么样？
要是没有雨神
就不会有黄金雨。[①]
我该割谁的喉咙呢？

斐迪南　你敢于流血的脾性
让我选中了你。
我要求你生活在宫中，
监视公爵夫人：
观察她所有行为的细节，
什么人在追逐她，
她最倾向于哪一个求婚者。
她是一个年轻的寡妇，
我不想让她再婚。

---

① 罗马神话，主神朱庇特化作雨神在黄金雨中和达那厄幽会。

波索拉　不想让她再婚，先生？

斐迪南　不要问我为什么，
我再重复一遍，
我不想让她再婚。

波索拉　你似乎要把我当成个心腹。

斐迪南　心腹！心腹是什么？

波索拉　啊，一种非常古怪的魔鬼：
一个细作！

斐迪南　我希望你去干这事，
你会飞黄腾达，
不久你就可以高升。

波索拉　去你的魔鬼吧，
只有地狱才叫它们金币。
这该诅咒的飞黄腾达
会让你成为一个行贿者，
而我成一个无耻的叛徒。
我要是拿了这些金币，
我就得进地狱。

斐迪南　先生，我不求你任何回报。
我今天上午为你谋得一个职位，
宫中的掌马官；
你听说过这个职位吗？

波索拉　没听说过。

斐迪南　这职位是你的了。
难道不该感谢一番吗？

波索拉　你还是诅咒你自己吧，
你的慷慨，

这让人变得高贵的慷慨，
却让我成了一个恶徒。
哦，为了对你的善举
不忘恩负义，
我必须做人能想出的一切恶事。
魔鬼将一切罪恶裹上了糖衣；
上天规定的罪恶
在他却是一种恭维。

斐迪南　还是保持你的本色吧：
保留你那忧郁的外表；
你妒忌那些高于你的贵爵，
竭力清高不跟他们接近。
这有利于你隐退到隐蔽的一隅，
你可以像狡猾的睡鼠一样——

波索拉　有人得到很大的恩宠，
和大人共享筵席，
摆出一副半睡半醒的姿态，
似乎没有在听任何议论；
然而，这些流氓
仿佛在一场梦境中，
一下子割断了他的喉咙。
我的职位是什么？
掌马官？
这样说来，我的腐败
将从马粪里滋生出来。
我是你的人了。

斐迪南　走吧。

波索拉　职位和财富
竟然常常来自羞耻的贿赂，

但愿好人的善举得到好的名声吧；
有时候魔鬼还祷告呢。[①]
波索拉下。公爵夫人和红衣主教上

红衣主教　我们要和你分别了；
再见吧。

斐迪南　你是一个寡妇：
你已经知道男人意味着什么，
因此，不要让青春、升迁、雄辩——

红衣主教　不，首当其冲的是头衔，是荣誉，
不要玷污你高贵的血统。

斐迪南　你是说婚姻吗？
再婚太淫荡了。

红衣主教　哦，说得太对了！

斐迪南　再婚人的肝脏
比拉班的羊斑点还多。[②]

公爵夫人　人们说，
经过无数珠宝商手的宝石
才最有价值。

斐迪南　按你那么说，
婊子还是稀缺玩意儿呢。

公爵夫人　你听我说完好吗？
我永远不会结婚。

红衣主教　大部分寡妇都这么说，
但是，时过境迁，

① 见英语俗语：The devil can cite scriptures for his purpose.（魔鬼还从《圣经》为了自己的目的引经据典。）

② 见《旧约·创世记》30:41–43。詹姆斯一世时代人们相信，肝脏是激情和淫欲之源。

葬礼祷告一结束，
一切就都变了。

斐迪南　现在，听我说：
你住在宫中发霉的草地上；
那儿有致命的蜜露：
那会毁灭你的名声；
注意点啦，
别再掩饰了，
年轻女人的脸庞已经泄露
还不满 20 岁时
就怀揣着巫婆的心事。[①]
是的，给魔鬼吮吸奶吧。

公爵夫人　这开导真是好得太过分了。

斐迪南　虚伪是由精致的细丝织就的网，
比伍尔坎的网还要精细，[②]
请相信我，
你的最阴暗的行为，
或者说你最私密的思想
终究会暴露于光天化日之下。

红衣主教　你有可能纵容你自己，
做出自己的选择：
借着夜幕
私定终身。

斐迪南　想一想你以为是最好的路子，
就好像形状不规范的螃蟹，
它往后退，
还以为在往前爬，

① 如果斐迪南关于年轻女人的话是正确的话，当时 1504 年，公爵夫人已经 26 岁了。

② 伍尔坎，罗马神话中的火与锻冶之神，他织了网去逮正和战神幽会的妻子维纳斯。

因为它按自己的方式行进。
请想一想，
这样结婚，
与其说喜结连理，
还不如说姘居而已。

红衣主教　结婚之夜
开启了迈向监狱之门。

斐迪南　而这些快乐，
这些淫欲的快感，
宛如醉生梦死，
醉梦之后必然是罪戾。

红衣主教　再见吧，
在你开始做之前，
想一想结果：
记住这个。
红衣主教下

公爵夫人　我觉得你们两人的话儿
都是经过预先谋划，
说得那么圆熟周到。

斐迪南　你是我的妹妹，
这是我父亲的短剑[①]：瞧见了吗？
我不愿看到它锈迹斑斑，
因为那是他的短剑。
我要求你放弃奢侈的狂欢；
假面舞会上说悄悄话，
那从来不是正经的场所。
好好活着吧：
女人就像那个部位，

① 带有性暗示。

那是七鳃鳗，
身上没有一根骨头。

公爵夫人　说什么，哥！

斐迪南　不，
我是说舌头——
各种花哨的调情。
一个花言巧语的流氓
怎么可能不让女人动心呢？
再见，淫荡的寡妇。
斐迪南下

公爵夫人　这，能说服我吗？
如果皇家的亲戚
都阻遏这场婚姻，
我就叫他们权当我
迈向圣台的阶梯。
即使现在，
在这仇恨之中，
正如男人们在鏖战中，
因为担心危险，
反而做了几乎不可能的事。
（我听说士兵们这样说）
所以，我面对恐惧和威胁，
将去做危险的冒险。
让那些老女人们去报告，
我不怕犯错，
闭上眼睛选了一个丈夫。卡里奥拉！
卡里奥拉上
正如你知晓的秘密，
我不惜牺牲生命和荣誉。

卡里奥拉　你的生命和荣誉将会非常安全：

我对所有的人严守秘密，
犹如做毒药生意的人
将毒药远离他们的孩子。

公爵夫人　你的话儿
懂事而又真诚：
我相信你。
安东尼奥来了吗？

卡里奥拉　他正等候您的吩咐呢。

公爵夫人　亲爱的好人儿，
离开我吧，
藏到那挂毯后面，
你可以听到我们的话。
祝愿我一切顺利吧，
我，正行走在荒野上，
没有路，也没有线团
给我引路。[①]
卡里奥拉躲到挂毯后面。安东尼奥上
我叫你来：坐下，
拿上墨水和笔写字。好了吗？

安东尼奥　好了。

公爵夫人　我说什么来着？

安东尼奥　您说我该写点儿什么。

公爵夫人　哦，我记起来了：
在盛典花费了许多钱之后，
自然会询问管家
还有多少为明天留着？

① 指雅典王忒修斯靠线团的指引，进入关闭牛首人身的怪物弥诺陶洛斯的迷宫中，并把他杀死。

安东尼奥　美丽的殿下请问。

公爵夫人　美丽的？
非常感激你啦：
因为爱你，我变得年轻了。
你把我的事务都担当了起来。

安东尼奥　我将为殿下取
收支明细表来。

公爵夫人　哦，你真是一位正直的财务总管；
但是你误解了我的话，
当我询问还有多少为未来留着，
我是说在那儿还有多少留着给我。

安东尼奥　在哪儿？

公爵夫人　在天堂。
我在做我的遗嘱，
正如亲王贵胄
在神志清醒时
都会做的那样；
我请求你，先生，
告诉我，
微笑着面对死亡
比唉声叹气，
因将与财富分别而变得疯狂，
摆出一副可怕而又可厌的神情去死，
难道不更好些吗？

安东尼奥　哦，好多了。

公爵夫人　如果我现在有一个丈夫，
这个忧虑便可消释；
我想把你立为遗嘱执行监督人。

为此，我们首先应该想到做什么呢？
你说。

安东尼奥　做自创造了人之后
做的第一件好事：
神圣的婚姻；
我希望您为一个好丈夫做准备，
把所有的财富都给他。

公爵夫人　所有的财富？

安东尼奥　是的，包括殿下本人。

公爵夫人　包在一条裹尸布里吗？

安东尼奥　包在新婚的床单里。

公爵夫人　圣威妮弗蕾德呀，
那真是一份奇异的遗嘱！①

安东尼奥　您再婚不写遗嘱
那才奇怪呢。

公爵夫人　你对婚姻是什么看法？

安东尼奥　我的看法和清教徒正相反：
婚姻既是天堂又是地狱，②
没有第三种状态。

公爵夫人　你喜欢婚姻吗？

安东尼奥　我被放逐，③

---

① 威尔士 7 世纪的一位圣女，因拒绝嫁给国王而被砍头，后又被圣布诺恢复了生命。她殉道的地方喷出了泉水，称为威妮弗蕾德井。在英语中，遗嘱（will）和井（well）音相近。此处一语双关。

② 英语谚语是：Marriage is heaven or hell.

③ 历史上的安东尼奥·德·博洛尼亚在 1501 年那不勒斯王国沦陷之后随国王流亡到法国。

这造成了我的忧郁，
对婚姻我是这样想的——

公爵夫人　让我来听听你的理由。

安东尼奥　一个男人从不结婚，
也没有孩子，
他失去什么呢？
只是失去父亲的名义，
和看着小淘气鬼骑在
油漆木杆儿上的木马上，
或者听着小不点儿牙牙学语
那么点儿快乐。

公爵夫人　是这样的，是这样的。
这是什么？
你一个眼睛充血；
用我的戒指治一治，
据说很有效：这是我的结婚戒指。[①]
我曾经发誓不与戒指分离，
除非是赠予我的第二任丈夫。

安东尼奥　但您现在与它分离了。

公爵夫人　是的，为了医治你的眼疾。

安东尼奥　您让我完全蒙了。

公爵夫人　怎么回事？

安东尼奥　有一个鲁莽而野心勃勃的魔鬼
在这圆圈里翩翩起舞。[②]

公爵夫人　把他赶走不就得了。

---

① 当时认为金子可以治疗眼疾。

② 在英语的俗语中，devil 可以指男性的生殖器，而圆圈（circle）在此指戒指，同时暗指女性的生殖器。

安东尼奥　怎么赶？

公爵夫人　施一点小魔法就可以，
你的手指就可以做：
就这么着，合适吗？
她将她的戒指戴在他手指上。他跪下

安东尼奥　您说什么？

公爵夫人　先生，
你宫殿的屋顶建得太矮了；[①]
我要不把它抬高，
我在里面既直不起腰，
又说不了话。
起身吧，
如果你愿意的话，
我来帮你一把吧。
将他扶起

安东尼奥　野心，夫人，是大人物的癫狂，
它没有戴上镣铐，
也没有关在看守严密的房间里，
而是待在布置优雅的屋子里，
围满了喋喋不休的朝臣，
提出各种各样的诉求，
真会把人逼疯呀，
但是毫无办法。
别以为我那么愚蠢，
试图揣摩您恩典之所向；
但野心却是一个笨蛋，
因为冷，
把手伸向熊熊的火焰取暖。

---

① 指“谦卑的人”，“一座真正上帝的神庙，它的屋顶建得很矮”。

公爵夫人　现在窗户纸戳破了，
　　　　　你可以发现
　　　　　我把你变成了一个多么富有的大人。

安东尼奥　哦，我太卑微了。

公爵夫人　你在推销自己方面
　　　　　太拘谨了；
　　　　　你的价值被低估，
　　　　　但这并不像城里商人那样，
　　　　　用暗淡的灯光
　　　　　遮掩劣等的商品；
　　　　　我得告诉你，
　　　　　如果你想寻找
　　　　　一个完美的男人在哪儿，
　　　　　（我这么说并不是在吹捧）
　　　　　你应该将视线转移，
　　　　　瞧瞧你自己。

安东尼奥　即使没有上天，也没有地狱，
　　　　　那我还是一个诚实的人。
　　　　　我一直在服务于美德，
　　　　　从没想得到她的报酬。

公爵夫人　她现在要报答了。
　　　　　我们与生俱来的痛苦
　　　　　本来就巨大无比：
　　　　　我们不得不自我安慰，
　　　　　因为没有人敢于安慰我们；
　　　　　君主说话每每模棱两可，
　　　　　支吾其词，
　　　　　我们不得不用谜语和梦幻，
　　　　　而不是用简洁、实在的语言，

来表述我们汹涌澎湃的激情。
去吧，去对人们说，
你赢得了我的心：
我的心贴在你的胸口，
我希望它在那儿
让爱情变得更加浓郁温馨。
你发抖了：
别让你的心只是一团死肉，
惧怕我，甚于爱我。
先生，自信些吧；
是什么让你踌躇不前？
这儿，是一具
有血有肉的女人之躯呀，先生；
这不是跪在先夫坟墓上的
那大理石寡妇雕像呀。
醒来吧，醒来吧，老兄。
我摒弃了一切世俗的偏见，
在你面前，我是一个
年轻的寡妇，
要把你认作丈夫，
作为一个寡妇，
她犹抱琵琶半遮面，
仍然一脸羞涩呀。

安东尼奥　我说出我真实的想法吧，
我愿意成为
您好名声的永远的庇护所。

公爵夫人　谢谢你，我儒雅的爱人，
我希望你作为我的管家，
来到我身边时不要有任何负疚，
我在你的嘴唇上签下

一切结清。[1]

她吻他

你一定期待这亲吻很久了。
我看见过孩子口含糖果，
慢慢品味的模样，
生怕一口把它们吃光。

安东尼奥　那你的王兄们呢？

公爵夫人　别管他们。
这拥抱之外的一切分歧
只值得怜悯，
却不值得恐惧；
即使他们知道了，
时间，也会轻易地消释风暴。[2]

安东尼奥　这些话，
你说的所有的话，
应该是我说的，
即使有些话不堪奉承。

公爵夫人　跪下吧。

他们跪下。卡里奥拉从挂毯后走出来

安东尼奥　啊？

公爵夫人　你无须感到惊讶。
这是我的贴身侍女。
我听律师说，在密室里
私定终身是完全合法的。
老天，祝福这戈尔迪之结，[3]

---

① 原文为拉丁文：Quietus est.

② 英语谚语：Time heals all wounds.

③ 希腊神话，指弗里吉亚国王戈尔迪打的一个难解的结。马其顿国王亚历山大挥剑把戈尔迪之结斩开。

让暴力永远打不开它吧。

安东尼奥　但愿我们的爱情，
就像天体中的行星
永远不停地转动。[①]

公爵夫人　我们相互带动起来，
发出天籁般柔美的音乐。

安东尼奥　单株的棕榈树无法开花结果，
我们要像相爱的棕榈树一样，
成为和谐婚姻的最佳典范。

公爵夫人　教会还能做什么？

安东尼奥　命运还不知，
如把我们分离，
是祸还是福。

公爵夫人　教会还能做什么？
我们已经是夫妇，
教会必须顺应这个。
——侍女，让开——
我现在什么都看不见了。[②]

安东尼奥　对这个问题，你怎么看？

公爵夫人　我愿意你手牵着命运的手，
迈向你的婚床。
（你把我比喻为命运，
我们合二为一了）
我们一块儿躺着，
聊天，
议论

① 根据托勒密天动说，宇宙中的球体在同一个轴上转动。

② 命运女神一般认为是盲目的。

怎么安抚气急败坏的亲人；
你如果愿意，
就像古老故事中说的
亚历山大和罗德维克，
为了保持贞洁，
在我们之间放一把出鞘的短剑。[①]
哦，让我在你的胸口
藏起我的羞涩来吧，
那是我所有秘密的宝库呀。
公爵夫人和安东尼奥下

卡里奥拉　我不知道
是一个伟大男人的情操
还是一个女人的精神
在她身上占了上风，
但是，那显示了
一种可怕的狂乱；
我太同情她了。
下

① 亚历山大和罗德维克是两个体貌极其相似的朋友，一个人以另一个人的名义结婚，为了不损害朋友，新郎在他和新娘之间放一把短剑。

第二幕

第一场[1]

波索拉和卡斯特鲁奇奥上

波索拉　你说你愿意别人把你当作一位显赫的法官?

卡斯特鲁奇奥　那是我雄心的主要目标。

波索拉　让我瞧瞧你那熊样儿，当律师嘛，脸蛋还过得去，律师帽把你的驴耳朵太往外挤了；你应该学会优雅地捻弄领圈饰带的细穗子；说话时，在每一句话的结尾，哼哼唧唧那么个三四次，要不就丢丑擤鼻子，直到你又想起来该说什么玩意儿。当你在刑事法庭上做主判法官，只要你那么一傻笑，那犯人肯定得上绞刑架，如果你朝他那么一皱眉头、威胁他，那他注定可以逃过绞刑架了。

卡斯特鲁奇奥　我会是一个非常逗乐的主判法官。

波索拉　晚上别喝酒，要不你会变得太聪明了。

卡斯特鲁奇奥　我还不如喝得醉醺醺的，跟人吵架来得过瘾，人们说你那儿那些吵包很少吃肉，那却使他们天不怕，地不

---

① 公爵夫人王宫中一间房间。

怕。我怎么知道别人把我当个显赫人物呢？

波索拉　我教你一个门槛来辨别：你躺到地上去装死，要是老百姓诅咒你，那肯定他们把你当作名律师了。

老夫人上

你刚去美容了吗？

老夫人　什么？

波索拉　啊，我问你，刚从你那蹩脚的美容院来吗？瞧你那样儿，还没美容时那脸还真是个怪物。你脸上这儿，国王上次全国巡游时，还坑坑洼洼的呢。在法国有位夫人生过天花，她把脸上的皮掀掉，让脸平整了好多；在这之前，她脸像一架肉豆蔻粉碎机，而之后像个发育不全的刺猬。

老夫人　你把这叫作美容吗？

波索拉　不，不，只是给一个变形的老女人这条旧船擦洗一番，让她好再次出海罢了。对你那美容造型有好多粗鄙的词来形容。

老夫人　看来你对我的闺房还挺了解。

波索拉　在你的房间里放着蛇油啦，蛇卵啦，犹太人的口水啦，犹太小孩的粪便啦之类的东西，人还真以为那是一间巫婆房。要我吻涂了口红的嘴唇，然后怕中毒好几天不吃饭，我还不如去吃一只生瘟疫的鸽子。你们两个人，年轻的时候荒淫无耻，得了性病让医生赚钱，让他得以每年春天给他的马换上新鞍，每年秋天落叶时分换一个高级情妇。我真纳闷你怎么不怨恨你自己。请听听我的思考吧：

人身上什么东西
值得爱？
如果自然界生了一头雄马、羔羊、

小鹿或者山羊
长着类人的四肢，
定然会认为那是凶兆；
把它当作异类，
远远地逃离它。
人惧怕看到自然中生物变形，
却对自己的残疾熟视无睹。
但在我们的血肉中
我们生病
病症的名目来自野兽，
比如狼疮啦，猪麻疹啦；
虽然我们被跳蚤和小虫咬得够呛，
虽然我们只是行尸走肉，
我们仍然乐意把这一切
遮掩在华丽的外衣之下。
我们所有的恐惧，
不，我们所有的恐怖，
就是惧怕医生
把我们埋进土里去，
当作肥料。
你妻子去了罗马：你们两口子，
到卢卡的温泉去治疗你们的性病。
卡斯特鲁奇奥和老夫人下
我还有别的事要干。
我观察公爵夫人这些日子病了，
她恶心，反胃，
眼圈儿发黑，
双颊瘦削，
而体形却胖了；
她有违意大利风俗，
穿起宽松的长裙：

这里大有玄机！
我有办法来发现它，
一个太妙的一招；
我买了些杏儿，
春天刚下的。

安东尼奥和德利奥边说话边上

德利奥　结婚这么久了？
你真让我惊讶不已。

安东尼奥　你给我永远闭上嘴吧，
我真不明白
你怎么说出这样的话，
但愿你还不如死了算了。
（对波索拉）先生，你还在沉思吗？你正在琢磨怎么当个伟大而有智慧的人吗？

波索拉　哦，先生，智慧的想法犹如从全身发出来的脓包：简朴让我们避免邪恶，它引导我们迈向幸福的存在，因为最微妙的蠢行源自最微妙的智慧。还是让我当个老实人吧。

安东尼奥　我知道你内心在想什么。

波索拉　真的？

安东尼奥　因为你不想让自己在世人面前看起来因为晋升而志得意满，你还想继续显出不合时宜的忧郁的样子。别这样，别这样呀。

波索拉　请允许我在任何言辞、任何吹捧中保持一颗真诚的心。你要我向你坦陈我的心吗？我似乎不可能比我现在所达到的位置再高了。只有神明才能骑上带翅膀的飞马；律师的一头慢悠悠的驴子正合我的脾性和我的事业；请记住我的话，如果一个人的思想比他的奔驰的马还要快，那这个人和他的马都很快就会疲惫不堪。

安东尼奥　你可以抬头望天空，
但我想统治天空的恶神①
会遮掩你的视线。

波索拉　哦，先生，你是黄道带上冉冉升起的主星，②公爵夫人的重臣，一位公爵是你的堂侄子。你是丕平王朝，甚至是丕平国王的直系后裔，③这说明什么？你到世界上最大的河流的源头去看看，你会发现它们不过是水泡泡而已。有的人以为王子是由更为伟大的理想，而不是更为卑微的人们所生。其实他们错了；同样的上帝创造了他们，王子的手和平常人毫无差异，王子也同样为激情所左右：会因为同样的理由让牧师为了一头什一税猪把邻居告上法庭，会因为同样的理由让他们把一个省毁掉，用大炮把好端端的城市夷平。

公爵夫人、卡里奥拉、老夫人上

公爵夫人　把你的手臂给我：我发胖了吗？
我都喘不过气来了。
波索拉，
我要你给我准备一顶小轿子，
佛罗伦萨公爵夫人乘坐的那种轿子。

波索拉　当佛罗伦萨公爵夫人
快要分娩的时候

① 见《新约·以弗所书》2:2："空中全能的首领，即现今在悖逆之子身上发生作用的恶神。"

② 据占星术说，在一个孩子出生时，黄道带上一个点会从东地平线上升起，公爵夫人所怀的安东尼奥的孩子很快就要出生了。

③ 丕平（714—768），法兰克王国加洛林王朝创立者。

才乘坐那种轿子。

公爵夫人　我想是这样的。
（对老夫人）到这儿来，把我的皱领整一下。
怎么回事？磨磨蹭蹭的，
吐出来的气还带柠檬味儿。
还没弄好！
要我晕倒在你手指底下吗？
我怎么这么歇斯底里呀。

波索拉　（旁白）我太担心了。

公爵夫人　我听你说过，
在法国，宫廷侍臣
在国王面前戴着帽子。

安东尼奥　我亲眼见到的。

公爵夫人　在御前会议上吗？

安东尼奥　是的。

公爵夫人　我们为什么不能这样做呢？
脱帽，
那只是一种礼仪，
而不是责任。
你首先戴着帽子上朝，
给其他侍臣一个榜样。

安东尼奥　请原谅我：
在比法国更为严寒的国家，
贵爵们都脱帽站在国王面前，
我觉得那是表示尊敬。

波索拉　我有一样礼品要给殿下。

公爵夫人　给我，先生？

波索拉　杏子，夫人。

公爵夫人　哦，先生，杏子在哪儿？
今年我还没见过呢。

波索拉　（旁白）好啊，她脸蛋泛红了。[①]

公爵夫人　很感谢你；
真是很可爱的杏子呀。
我们的园丁多么没有本事！
到这个时候还没有杏子吃。

波索拉　殿下不削皮吗？

公爵夫人　不用削皮，我觉得杏子好像有一股麝香味儿；是的，
是麝香味儿。

波索拉　我不知道；我还是希望殿下削皮吃。

公爵夫人　为什么？

波索拉　我忘了告诉您，
这混蛋园丁
为了更早得到好处，
将它们埋在马粪里催熟。

公爵夫人　哦，你是在开玩笑吧。
（对安东尼奥）你来试一下：请尝一个。

安东尼奥　是有异味儿，夫人。
我不喜欢吃杏子。

公爵夫人　先生，你别煞风景了：
这是一种美味的果子，
人说它还有保健作用。

波索拉　嫁接

① 杏子最早的书写形式是 apricocks，含有性暗示，故公爵夫人脸红了。

还是一门大学问呢。

公爵夫人　是这样的：改善自然的品种。

波索拉　将苹果树嫁接在沙果树上，
布拉斯李树嫁接在黑李树上。
（旁白）她吃得多么香甜！
旋风吹进那骗人的裙架里，
就凭这股旋风，
我就可以明显地发现，
在她的长裙下，
一个小男婴
正在她的肚子里欢乐起舞。

公爵夫人　谢谢你，波索拉，
它们太美味了——
要是它们没让我恶心的话。

波索拉　怎么啦，夫人？

公爵夫人　吃了这绿果子我反胃。
它们让我感觉滞胀了。

波索拉　（旁白）不，您已经胀得够可以的了。

公爵夫人　哦，我冒冷汗了！

波索拉　很抱歉。

公爵夫人　点灯引我回卧室。
哦，好安东尼奥，
恐怕我要完蛋了。
公爵夫人下

德利奥　点灯，点灯！
除了安东尼奥和德利奥，所有人下

安东尼奥　哦，我最可信任的德利奥，

我们大意了。
恐怕她就要生产了，
已经没有时间转移她了。

德利奥 你部署好侍候她的人了吗？
你安排了公爵夫人筹划的接生婆
通过秘密的途径来了吗？

安东尼奥 我都安排了。

德利奥 充分利用这突发的事件。
宣布波索拉用杏子
让她中了毒：
那也可以作为一个借口
让她处于与世隔离的状态。

安东尼奥 呸，呸，
医生们会一股脑儿奔到她这儿来。

德利奥 你可以推说
她将使用自己准备的解毒药，
生怕医生们再次下毒。

安东尼奥 我已经慌乱得毫无主意了，我不知道该怎么办。
众下

第二场[①]

波索拉上

波索拉 哎，哎，毫无疑问她的难受，她狼吞虎咽吃了那么多
杏子显然表明她怀孕了。
老夫人上。波索拉拦住她

---

① 场景为公爵夫人宫殿中一大厅。

老夫人　现在？我有事在赶路呢，先生。

波索拉　有个丫头特想瞧瞧玻璃工厂。[1]

老夫人　不，请让我走过去吧。

波索拉　她就想知道用什么奇怪的工具把玻璃吹成像女人肚皮的样子。

老夫人　我不想听什么玻璃工厂的屁事啦；你在调戏妇女！

波索拉　我是谁？不，只是时不时提一下女人的弱点。橘子树生长成熟的绿色的果实，树上开满花朵，你们年轻女人为了纯洁的爱情提供快乐，然而更为成熟的女人提供更加销魂的愉悦。春天充满淫荡的气息；但垂暮的秋天美色仍然不减当年。如果我们还有雷神朱庇特化为金雨，定然还会有达那厄劈开双腿去迎接它。你从来没有学过数学吗？

老夫人　那有什么干系，先生？

波索拉　啊，可以知道许多直线怎么联结到一个中心点上。[2]给你的顾客——那些怀孕的女人好好咨询一番吧：告诉她们魔鬼总是喜欢在女人的裤腰带那儿玩耍，就好像一只生锈的表，从这表上她们看不到时间是怎么消逝的。

老夫人下。安东尼奥、德利奥、罗德里格、格里索兰上

安东尼奥　把宫廷大门关上。

罗德里格　为什么，先生？
有什么危险？

安东尼奥　马上把后门和边门都关上，

---

① 玻璃工厂就在当年演出《玛尔菲公爵夫人》场所 Blackfriars Theatre 的附近。

② 带有性暗示。直线 line，暗示 loin，中心 centre，暗示妓女的性器官。

把所有的宫廷巡官召集来。

格里索兰　我这就去。

格里索兰下

安东尼奥　花园大门的钥匙在谁手里？

罗德里格　弗洛博斯克。

安东尼奥　让他马上把钥匙拿来。

罗德里格下。格里索兰带着巡官上

巡官甲　哦，宫廷的绅士们，最严重的叛逆罪！

波索拉　（旁白）如果这些杏子上了毒药，我可完全不知，蒙在鼓里！

巡官甲　在公爵夫人的卧房内竟然抓到一个瑞士雇佣兵。

巡官乙　瑞士雇佣兵？

巡官甲　从他的下体盖片里搜出了一把手枪。[①]

波索拉　哈，哈，哈！

巡官甲　那下体盖片是手枪的外壳。

巡官乙　准是个狡猾的逆贼。谁能到他的下体盖片里去搜呢？

巡官甲　是那么回事儿，要是他不到娘儿们的闺房去！据说他衣服纽扣的坯子还是铅弹做的呢。

巡官乙　哦，好奸刁的一个奸细！在下体盖片里藏一把燧发枪！

巡官甲　我用生命担保，这是法国人的阴谋。[②]

巡官乙　让咱们瞧瞧魔鬼到底能干到什么地步！

安东尼奥　所有巡官都来了吗？

---

① 15、16世纪男子紧身裤的下体盖片，是一种时髦的装饰。英语中手枪 pistol，与 pizzle（动物阴茎）音相近，故波索拉大笑。

② 暗指 French disease，花柳病。

巡官们　都来了。

安东尼奥　先生们，
我们已经丢了许多金银餐具；
今晚在公爵夫人的卧室里
遗失了价值四千达克特的首饰。
大门都关上了吗？

巡官们　关上了。

安东尼奥　根据公爵夫人的指示，
每位巡官在太阳升起之前
禁闭在自己的房间里；
把箱子和外面门的钥匙
统统送到她的卧房；
她病得很厉害了。

罗德里格　遵命。

安东尼奥　她恳请你们不要误会；
无辜的人自然会得到证明。

波索拉　（对巡官）堆木场的绅士[①]，你的瑞士雇佣兵在哪儿？

巡官甲　我举手发誓，这是一个低级用人的报告，被误信了。
除了安东尼奥和德利奥，其他人都下

德利奥　公爵夫人现在怎么样了？

安东尼奥　她正在经受最糟糕的痛苦和恐惧的折磨。

德利奥　跟她聊聊快乐的事儿。

安东尼奥　面对自己的危险，
我怎么还能当傻瓜！
亲爱的朋友，

① 与前面的宫廷绅士相对，含有讥讽。

今晚你赶快到罗马去；
我的命就在你这一着了。

德利奥　没问题。

安东尼奥　哦，危险似乎离我很远，
但是，我的担心
又让我觉得
危险似乎很近。

德利奥　请相信我，
这不过只是你的幻想。
我们在看待逆境时
是何等样迷信！
泼洒了盐粒啦，
碰见野兔啦，
鼻子出血啦，
马儿跌倒啦，
蟋蟀鸣叫啦，
都有可能吓倒一个健全的人。
先生，再见吧。
我祝愿你当一个快乐的父亲；
记住我的忠告吧：
老朋友，就像老酒，总是最好的。
德利奥下。卡里奥拉上

卡里奥拉　先生，你成了这孩子幸福的父亲啦；
你妻子让你看一眼他。

安东尼奥　何等样可祝福的慰藉呀！
看在老天的分儿上，
好好照顾她吧；
我马上去占卜一下星相。
众下

第三场①

波索拉手提一盏蒙着黑布的灯笼上

波索拉　我肯定听见一个女人的嘶叫：
听见了吗，嗯？
要是我判断没错的话，
这嘶喊来自公爵夫人的房间。
宫廷有严格的规定，
侍臣只能在少数几个房间走动。
我要去看看，
要不我什么情报也收集不了。
再听一下！
仿佛猫头鹰，
那忧郁的鸟儿，
沉默和孤独最好的朋友，
在那儿嘶号。
安东尼奥上
哈，安东尼奥！

安东尼奥　我听见有声响。谁在那儿？你是谁？说！

波索拉　安东尼奥？
别装出这么一副恐惧的样子。
我是波索拉，你的朋友。

安东尼奥　波索拉！
（旁白）这鼹鼠要坏我的事儿。（对他）你听到什么声响吗？

① 公爵夫人王宫中一院子。

波索拉　从哪儿？

安东尼奥　从公爵夫人的卧房。

波索拉　没听到。你听到了吗？

安东尼奥　我听到了。要不我在做梦。

波索拉　让我们走过去看看吧。

安东尼奥　不用了，
也许只是风声。

波索拉　很可能。
天气这么冷，
你却大汗淋漓。
你瞧上去心神不定。

安东尼奥　我对公爵夫人遗失的首饰，
做了一个估价。

波索拉　啊，结果是什么呢？
损失巨大吗？

安东尼奥　这跟你有什么相干？
当人们都在房间里睡觉，
而你却夜间到处晃荡，
这不得不引起怀疑。

波索拉　让我如实告诉你吧：
整个宫廷都睡了，
鬼还能干什么呢？
我是来祷告的。
如果这冒犯了你，
看来你还真是一个好侍臣。

安东尼奥　（旁白）这家伙要坏我的事儿。
（对他）你今天给公爵夫人吃杏子；

但愿它们没有上毒!

波索拉　上毒!
去他妈的这污名。

安东尼奥　奸细在暴露之前
总是非常自信。
竟然还偷了首饰;
依我看，该怀疑的
还是你。

波索拉　你真是一个该死的管家。

安东尼奥　混蛋!我要把你挖出来。

波索拉　也许树倒会把你压得粉碎。

安东尼奥　你，一条毒蛇，先生;
你刚从冬眠中醒来，
要亮出你的毒舌吗?

波索拉　……①

安东尼奥　你侮辱得够狠的了，先生。

波索拉　不，先生，把它写下来，
我签字。

安东尼奥　(旁白)我鼻子流血了。
他拿出一条绣着他姓名首字母的手绢来
一个迷信的人
会把这看成不祥之兆，
虽然只是偶然发生:
绣着我姓名为首的两个字母
沉浸在血泊之中!

---

① 此剧的近代原稿编辑们认为，此处波索拉应有一句回应，排字工人漏排了一段或者一行台词，两种情况都有可能。

纯属偶然。
（对他）对你，先生，
我接到命令，早晨之前
一定要把你锁在房间里。
（旁白）这可以使他
无法知晓她的生产。
（对他）先生，你不能走这扇门：
在你被赦免之前，
我并不认为
你挨近公爵夫人卧房是合适的。
（旁白）大人物跟卑贱的人一样，
用无耻的方式掩盖无耻，
他们是一路货色。
安东尼奥下

波索拉　安东尼奥落下了一张纸；
全托你的帮忙，黑灯笼呀。
哦，纸在这儿：
写的什么呀？
一个孩子出生的星相！
（读）“公爵夫人在耶稣纪元 1504 年”——就是今年——“12 月 19 日”——那是今天晚上——“夜晚 12 点和 1 点之间生了一个儿子。根据玛尔菲子午线获得。”——那是我们的公爵夫人：发现这个太叫人高兴了！——第一黄道宫的主星在上升的过程中燃烧，这预示短命；火星呈人形，在第八黄道宫与天龙座尾相连，表明暴死；caetera non scrutantur.[①]
啊，现在就很明显了。
这家伙给公爵夫人拉皮条。
这正是我想挖掘的

① 拉丁语，其意为：其余未读。

被掩盖的情报！
这正是侍臣被关起来的理由！
我继后必须假装设毒
害了她，
为此我将会去坐牢，
我要忍着，渡过这难关。
要是能发现父亲是谁就好了；
随着时间的推移，
会水落石出的。
老卡斯特鲁奇奥
一早就要奔向罗马；
我请他带一封信去，
那定然会叫她王兄们气晕。
这是最简捷的办法了。
虽然淫荡以从未见过的
奇异方式伪装自己，
但聪明反被聪明误。
下

第四场[①]

红衣主教和朱丽叶上

红衣主教　请坐，你是我最想见的人呀。
请告诉我，
你想了个什么招儿
不用丈夫陪着来到罗马。

朱丽叶　啊，大人，
我告诉他，

① 罗马。红衣主教王宫中一房间。

我为了祈祷
来拜访一位年迈的隐士。

红衣主教　你是一个说假话的聪明人，
我是说对他。

朱丽叶　你对我吸引力是如此巨大，
连我自己都万万没有想到；
我不希望你是一个多变的人。

红衣主教　别这么自己折磨自己，
这主要是因为你感到内疚。

朱丽叶　这怎么说，大人？

红衣主教　你担心我的忠诚，
因为你自己移情别恋了。

朱丽叶　你觉得我不忠诚吗？

红衣主教　呸，女人都水性杨花。
一个男人在让望远镜定格之前，
总想让它尽量延伸望到最远处。

朱丽叶　是这样的，大人。

红衣主教　我们去借一架佛罗伦萨人伽利略
发明的那神奇的望远镜来，[①]
观赏一番月亮上另一个世界，
看看那儿是否有忠诚的女人。

朱丽叶　好吧，大人。

红衣主教　你为什么哭？
难道眼泪可以为你辩白吗？
这同样的眼泪
在你大声说

---

① 汉斯·利伯希 1608 年发明望远镜，伽利略 1609 年使它更为完善。

你爱你丈夫甚于世界上的一切时，
也会流淌在他的胸怀里，夫人。
来吧，我会理智而小心翼翼地爱你，
我心中很肯定
你不可能让我戴上绿帽子。

朱丽叶　我要回家
到我丈夫那儿去。

红衣主教　你应该感谢我，夫人，
我把你从忧郁的枝条上松开，
放在我的手心里，
让你看你要捕猎的鸟儿，
把你放飞到空中。[①]
我请求你亲吻我吧。
当你和丈夫在一起时，
你被监视着，
就像一只驯顺的大象：
你得感谢我。
你只赢得他的吻和美食，
那有什么乐趣？
那就像一个人
用小小手指在鲁特琴上拨弄几下，
是怎么也弹奏不出美妙音乐来的：[②]
你仍然得感谢我。

朱丽叶　当你最初对我求爱时，
你告诉我
你心脏有创伤，
肝脏也不好，[③]

① 这是猎鹰的形象。

② 含有性暗示，“手指”暗指男性阳具，而在古代英语中“鲁特琴”则指女性性欲。

③ 指患有爱情忧郁症。

说起话来就像一个病人。

红衣主教　（对台后）谁？
请放心：
我对你的感情，
比较起来，
闪电还没有它快捷。
仆役上

仆役　夫人，一位从玛尔菲赶来的绅士
想见您。

红衣主教　让他进来吧，我撤了。
红衣主教下

仆役　他说，您的丈夫，
老卡斯特鲁奇奥来到了罗马，
因为骑马奔走于驿站之间
已经疲惫不堪。
仆役下。德利奥上

朱丽叶　德利奥先生！（旁白）这还是一个原先追过我的人。

德利奥　我冒昧来见你。

朱丽叶　欢迎，先生。

德利奥　你住在这儿吗？

朱丽叶　当然啦，你自己的经验会告诉你，
不，我们的罗马高级教士
是不留宿妇女的。

德利奥　好极了。
我没有给你带来
你丈夫的问候，
因为他什么问候也没有给我。

朱丽叶　我听说他来罗马了？

德利奥　我从来不知道人和牲畜，
马匹和骑士会是如此不相容。
要是他强壮点儿，[①]
他就会更好地驾驭马儿。
他的马裤全磨破了。

朱丽叶　你笑，
我觉得我丈夫太可怜了。

德利奥　夫人，我不知道你是否需要钱，
我给你带来了一些钱。

朱丽叶　从我丈夫那儿？

德利奥　不，从我自己的钱包。

朱丽叶　在拿这钱之前，
我必须要知道有什么条件。

德利奥　瞧这个，这是金子呀：
难道这金色不漂亮吗？

朱丽叶　我有一只鸟儿比它漂亮多了。

德利奥　请听听金子美妙的声音。

朱丽叶　鲁特琴的琴声比这悦耳多了。
金子不像肉桂和麝猫有香味儿，
也不像有些药品有疗效，
居然愚蠢的医生建议用它来炖汤。
我说呀，
这是魔鬼豢养的——
仆役上

仆役　您丈夫来了，

① 暗指他的性无能。

带了一封给卡拉布里亚公爵的信，
据我看，
那信让他神志失常。
仆役下

朱丽叶　先生，你听着：
请告诉我你的事务和诉求，
越简单越好。

德利奥　很快。
在这个时候，
当你没有跟丈夫在一起，
我想要你，我的情人。

朱丽叶　我要去问问我的丈夫
我是否可以，
然后径直回答你的问题。
朱丽叶下

德利奥　好极了。
她在用智慧跟我周旋，
还是真的愿意抛弃贞操?
我听见有人说公爵
因为一封从玛尔菲捎来的信
而大发雷霆。
我担心
安东尼奥的事暴露了。
他的野心多么可怕!
不幸的命运呀!
三思而后行吧。
下

第五场[①]

红衣主教和拿着一封信的斐迪南上

斐迪南　今晚我挖出来了一根曼德拉草根。[②]

红衣主教　你说什么？

斐迪南　它快把我逼疯了。

红衣主教　什么惊天动地的事儿？

斐迪南　你自己读吧，该死的妹妹；
她太不守节操，
快成个臭名远扬的娼妇了。

红衣主教　轻声点儿。

斐迪南　轻声点儿？
流氓们才不会轻声细语，
他们还要去广为散播呢，
就好像仆役们收到主子的犒赏
而大声地欢呼；
用探索的眼睛
去观察到底谁在意。
哦，她完蛋了！
她拥有最狡猾的皮条客，
比卫戍部队
还更秘密地输送淫荡的路径
为她的性欲效劳。

---

① 场景在红衣主教宫殿中另一房间。

② 其草根酷似人的躯干。据传，生长于绞刑架下吸血，挖出来时会尖声大叫，人听到后会发疯。

红衣主教　这可能吗？
你肯定吗？

斐迪南　大黄，哦，大黄呀，
把这愤怒清洗掉吧！
这该诅咒的日子[1]
将在我的回忆中时时提醒我，
我要将这张信纸
放在我心边，
直到我用海绵
将她流血的心擦干的那一天。

红衣主教　你为什么这么大发雷霆？

斐迪南　她这么不珍惜荣誉，
但愿我能
掀翻她的宫殿，
铲平她那美丽的森林，
让她的草场枯萎，
领地成一片倾圮啊。

红衣主教　我们的血统，
阿拉贡和卡斯蒂尔的皇家血统
就这么给玷污了吗？

斐迪南　做绝望的医生做的事吧——
我们不能用香脂，而要用火，
用拔火罐，
只有那样才能吸干污血
——她的污血。
我眼中含着矜怜呀，
我要把怜悯
滴落在我的手帕之中；

① 指孩子出生那天所测定的不祥的星相。

手帕在这儿，
我要把它遗赠给她的杂种。

红衣主教　为什么要这样做？

斐迪南　啊，当我把她砍成碎片，
拿它当软麻布
塞在他母亲的子宫里。

红衣主教　该诅咒的造物呀！
不公正的造化，
把女人的心
置放在错误的一边！

斐迪南　愚蠢的男人们
总是把荣誉
寄托在用芦苇制作的
随时都会沉没的船上，
那船就是女人！

红衣主教　如此无知，
即使它拥有了荣誉
也不知道怎么使用它。

斐迪南　我觉得我看见她在大笑，
好一条鬣狗！
跟我说些什么，快，
要不我的想象
将带领我去一睹
她正在干的那无耻的秽行。

红衣主教　跟谁？

斐迪南　可能是个强壮的驳船水手，
或者是挥舞斧头、
肩扛木头

堆木场的苦力，
或者到她闺房干丑事的
可爱的侍仆。

红衣主教　你已经神志无知了。

斐迪南　哎，情人！
不是你婊子的奶，
而是你婊子的血，
将熄灭我心中的野火。

红衣主教　这愤怒多么愚蠢！
犹如巫师在施魔法
用狂怒的旋风将你吹到空中。
这大声的吼叫
好似聋子尖利的嗓音，
在大声地说话，
以为世人都像他们一样
耳朵什么也听不见。

斐迪南　难道你不像我一样
愤怒得格格发抖吗？

红衣主教　是的，我愤懑，
但是不会这么激烈。
在造化中再没有别的情操
像放纵的愤怒那样
让人变得如此失态，
如此野蛮。
自省一番吧。
有些人，
他们从不想平心静气
表述强烈的情绪，
而每每用激烈，自寻烦恼

来发泄愤懑。
来吧，
让你平息一下吧。

斐迪南　我试着做一个谦谦君子吧，
虽然我不是。
我现在都想杀死她，
因为我觉得
正是你的，或者我的，
或者我们的罪过
老天要她来对我们报复。

红衣主教　你疯了吗？

斐迪南　我要将他们的尸体
在煤窑里烧成灰，
关上通风口，
不让那该死的青烟升腾上天；
或者将他们的裹尸布
浸润沥青或硫黄，
像火柴一样一烧了之；
或者将杂种放在肉汤里炖，
把汤给那淫荡的父亲喝，
让他重犯通奸的罪恶。[1]

红衣主教　我要走了。

斐迪南　别走。我就要讲完。
要是我被打进地狱，
听到这个，
那也会让我浑身冒冷汗。
进去吧，进去吧，
我也要去睡了。

---

① 希腊神话，蒂留斯强奸菲洛梅拉，被罚吃用他儿子的肉做的筵席。

我将一动也不动，
也许梦幻会告诉我
到底谁睡了我妹妹。
一旦知晓，我要将蝎子
绑在皮鞭上，
叫他永不见天日。
众下

第三幕

第一场[1]

安东尼奥和德利奥上

安东尼奥 高贵的朋友，
我最亲爱的德利奥，
哦，你已经好久没有来宫殿了。
你是随斐迪南大人来的吗？

德利奥 是的，先生；
你高贵的公爵夫人怎么样？

安东尼奥 太幸运，过得好极了。
她是她那血统优秀的母亲：
自从你和她分别，
她已经生育了两个孩子，
一个儿子，一个女儿。

德利奥 就好像昨天似的。
要是我闭上眼睛，
不瞧你的脸——
那脸在我看来瘦了一些——

① 玛尔菲公爵夫人王宫中一房间。

我真会以为
这似乎才半小时的睽隔呀。

安东尼奥　你没有在法律界供职，
亲爱的德利奥，
没有进监狱，
没有向法庭提诉状，
没有等着顶替大人物的位置，
也没有一个珠黄老妻
把家里搞成一锅粥，
难怪你会觉得
时光如白驹过隙呀。

德利奥　请告诉我，先生，
这消息是否传到
红衣主教大人的耳朵？

安东尼奥　恐怕传到了。
斐迪南大人最近来到宫殿，
似乎异乎寻常地
克制着心中的怒火。

德利奥　请问为什么？

安东尼奥　他显得那么安详，
似乎要让这风暴平静下去，
犹如冬天的鼹鼠。
鬼魂常常来往的房子
显得异常平静，
但终究有一天会热闹起来。

德利奥　老百姓怎么说？

安东尼奥　老百姓窃窃私语在说，
她是个婊子。

德利奥　你的上司，
他们应该很谨慎，
他们怎么看？

安东尼奥　他们觉得
这门第不相称的姻缘
让我获得了无限的财富，
但认为，如果公爵夫人能够，
她终究会矫正这种状况。
伟大的亲王们
虽然每每埋怨手下
借用他们的名义
毫无节制地敛财，
但仍然会选择默不作声，
生怕人民会恚恨他们。
至于她和我之间爱情，
或者婚姻，
他们做梦也不会想到。
斐迪南和公爵夫人上

德利奥　斐迪南大人
要上床休息了。

斐迪南　我马上上床，
我太困倦了。
（对公爵夫人）我要给你说个亲。

公爵夫人　给我，哥！请问那是谁？

斐迪南　伟大的马拉特斯特伯爵。

公爵夫人　他呀，
一位伯爵！
他只是棒棒糖的杆儿，
你一眼就可以看透他。

倘若我要选择一个丈夫，
我要考虑你的声誉。

斐迪南　那就太好了。
你觉得这个怎么样，
令人尊敬的安东尼奥？

公爵夫人　但，先生，我想跟你私下谈一下
有关我声誉的毁谤性的流言
正在到处传布。

斐迪南　我不想听这个：
那毁谤性的讽刺诗，
那有害的气氛，
从来就没有在亲王们的宫殿里
清除干净过。
即使是实有其事，
也只存在心里，
我对你的强烈的爱
将原谅你，宽宥你，
不，甚至拒绝承认
你的缺陷，
即使它们显而易见。
去吧，
没有人能伤害
无辜的你。

公爵夫人　哦，可祝福的慰藉呀！
腐朽的空气一扫而光。
除斐迪南外，所有人下

斐迪南　她的负疚感
正让她光脚走在烧红的犁刀上。[①]

---

① 中世纪时英国的一种风俗，人光脚走在烧红的犁刀上，以证明自己的无辜。

波索拉上

啊，波索拉来了。
情报收集得怎么样？

波索拉　先生，情况仍然不明朗。
谣传说，她已经生了三个小杂种。
但跟谁生的，只有天晓得了。

斐迪南　怎么，人们认为
只要你读得懂，
什么事都写在天上呢。

波索拉　是的，如果我们能借到望远镜。
我一直怀疑有人在公爵夫人身上
施了魔法。

斐迪南　魔法，为什么？

波索拉　让她为一个卑微的、
羞于承认的家伙着迷。

斐迪南　难道你认为
有汤剂的神力，或者魔法
可以让人们相爱，
不管愿意还是不愿意？

波索拉　当然是啦。

斐迪南　去你的吧，
这是江湖骗子
为了蒙蔽我们
编造出来的胡说。
难道你认为本草或者魔法
能左右我们的意志吗？
按这种愚蠢的想法
曾经炮制过一些汤剂；

其配料是慢性的毒剂，
有的还会让病人发疯；
巫婆含糊其词地声言
他们相爱了。
这种巫术就植根于
她那腐败的血液里。
今晚，我要强迫她坦白。
你告诉我，你在这两天
弄到了她卧房的钥匙。

波索拉　是的。

斐迪南　这正是我所期望的。

波索拉　你想干什么？

斐迪南　你能猜吗？

波索拉　猜不出来。

斐迪南　那就别问了。
拥抱我、了解我目标的人
完全可以夸口
他围着的是整个世界，[①]
并找到所有骗人的流沙。[②]

波索拉　我并不这么认为。

斐迪南　那你怎么以为呢？

波索拉　我认为你太自以为是，
把自己吹捧上天了。

① 原文为 put a girdle round about bout the world，请比较莎士比亚的《仲夏夜之梦》第二幕第二场："I' ll put a girdle round about the earth."

② 原文为 sound all her quicksands，请比较莎士比亚《亨利六世·下》第五幕第二场："What Clarence but a quicksand of deceit."

斐迪南　把你的手给我；
我感谢你。
在我欣赏你之前
我只给吹捧我的人发钱。
再见啦；
你铁面无私批评伟人的缺陷，
让他避免了灭顶之灾，
你是挚友啊。
众下

第二场[①]

公爵夫人、安东尼奥和卡里奥拉上

公爵夫人　（对卡里奥拉）把我的首饰盒和镜子拿来；
今晚在这儿没你睡的地方，大人。

安东尼奥　是的，我得想个办法。

公爵夫人　好极了。
我希望以后形成习惯，
贵族来得手拿帽子跪下，
赢得和妻子睡觉的一席之地。

安东尼奥　我必须得睡在这儿。

公爵夫人　必须？你是圣诞节狂欢主持人。[②]

安东尼奥　是的，我只主持晚上的狂欢。

公爵夫人　你要我干什么？

安东尼奥　我们睡在一起。

① 公爵夫人的卧房。
② 在圣诞季狂欢时，主仆不分。

公爵夫人　老天，两个情人睡在一起有什么乐趣？
卡里奥拉拿来小盒和镜子

卡里奥拉　大人，我常常和她睡在一起，
我知道她会扰乱你的睡眠。

安东尼奥　瞧，有人埋怨你了。

卡里奥拉　她睡着时总是满床滚爬。

安东尼奥　这让我更喜欢她。

卡里奥拉　先生，我可以问你一个问题吗？

安东尼奥　请，卡里奥拉。

卡里奥拉　为什么你和夫人睡在一起时，
总是起得很早？

安东尼奥　干活的人老是注意钟点，
卡里奥拉，一旦下班，
他们总是非常高兴。

公爵夫人　我要你封口。
吻他

安东尼奥　不，才一个吻，
维纳斯还有两个白鸽
给她拖车呢。
我必须还得有另一个。
吻他
你什么时候结婚，卡里奥拉？

卡里奥拉　永不，大人。

安东尼奥　哦，去你的单身吧。别。
我们读到达佛涅，
为了躲避阿波罗的爱，
变为一棵不结果的桂树；

西琳克丝化作
苍白而空洞的芦苇；
安那克累特成了
一座大理石雕像。[①]
而那些结婚的
或者对情人温存的女神们，
在慈爱的神力下，
变成了橄榄树、石榴树、桑树、
花儿、宝石或者闪亮的星星。

卡里奥拉　那是虚构的诗。
请你告诉我，
要是有三个年轻人
分别代表智慧、财富和美，
我应该选择谁呢？

安东尼奥　一个难以回答的问题。
这是帕里斯[②]面临的抉择，
他只能盲目地选择，
那是有道理的：
面对三个风情万种、
赤身裸体的女神，
他怎么可能正确判断呢？
这一幕
足以蒙蔽欧洲最严峻的国师。
我现在瞧着你们俩的脸，
如此娇美，
使我心中产生一个
我想问的问题。

---

① 引自奥维德《变形记》，描述三位女神拒绝情人的爱而得到的遭遇。

② 帕里斯，特洛伊王子，因诱走斯巴达王的妻子海伦，而引起特洛伊战争。

卡里奥拉　什么问题？

安东尼奥　我纳闷不漂亮的夫人，
大部分雇用更难看的女佣
服侍她们，
受不了俏丽的侍女。

公爵夫人　那很快就会有答案。
你一生听说过
一个不熟练的画家
希望住在优秀的肖像画家隔壁吗？
因为那会让他的肖像画丢脸，
叫他完蛋。
请问我们什么时候曾经那么快乐？
我头发绞缠在一块儿了。

安东尼奥　（对卡里奥拉）让我们偷偷地离开这房间吧，
让她去自说自话。
当她发怒的时候，
我多次这么做的。
我喜欢看到她发怒。
轻声点儿，卡里奥拉。
安东尼奥和卡里奥拉下

公爵夫人　难道我的头发不是在变色吗？
如果我的头发变成花白，
我就会要求宫中所有的人
用鸢尾根粉喷洒在他们头发上，
跟我一样。
你应该爱我：当你劳驾要钥匙之前
斐迪南从后面上
我就把你放在心中了。
总有一天

我王兄们会出其不意抓住你。
我觉得，他现在在宫中，
你还是睡在你自己的床上好；
你不是说，
爱情夹杂着恐惧那是最甜蜜的。
我正告你，
在我王兄们同意当你孩子的教父之前，
你不会再有孩子了：
你变哑巴了吗？
她看见斐迪南手中拿着一把短剑
欢迎呀！
我注定是
活着还是死？
我要像一个公主一样，
坦然选择哪一样
都无关紧要。
斐迪南给她一把短剑

斐迪南　那就死吧，快点儿。
美德，你在哪儿？
是什么可怕的东西
把你投入到永恒的黑暗之中？

公爵夫人　请听我说，哥。

斐迪南　除了你的名字之外，
你把什么都丢弃了？
这是真的吗？

公爵夫人　哥——

斐迪南　别说话。

公爵夫人　不，哥，
我洗耳恭听。

斐迪南　哦，太痛苦了，
眼睁睁看着事情发生
却无法使之避免，
人的理智之光
是何等样不完善呀。
追求你的愿望和光荣，
耻辱没有界限，
只有耻辱感，
而不是任何慰藉，
可以制服它。

公爵夫人　哥，请听我说：我结婚了。

斐迪南　原来这样。

公爵夫人　也许这不合你意；
但是，你要用剪刀剪去
业已飞翔的鸟儿的翅膀，
那就太悖逆常理了。
你愿意见我的丈夫吗？

斐迪南　是的，要是我能
换上蛇怪的眼睛。[①]

公爵夫人　你肯定从蛇怪领地而来。

斐迪南　和你，凶兆预言者相比，
孤狼的哀鸣
还是美妙的音乐：
请安静。
不管你是什么人，
（我可以肯定你能听见我）
为了你自己的快乐，

---

① 蛇怪所视的一切都得死亡。

你已经享用了我妹妹，
我不想认识你。
我来这儿本来就是想
寻访出你到底是谁，
但人们劝说我，
这会把我们全都毁灭。
即使给我千百万的钱，
我也不想看见你；
因此尽一切可能
别让我知道你的名字吧。
就以此为条件，
享用你的淫荡，
你的可怜的生活吧。
而你，卑鄙的女人，
倘若你想让你的好色之徒
在你的怀抱中
一直延续到白头，
我建议你为他
建一间像我们的隐士
为了神圣的目的所居住的
那种私密小房间。
在他死亡之前，
别让他见到太阳。
只让狗和猴子，
那些造化剥夺了
发音能力的畜生
和他厮混。
别饲养鹦鹉，
以防它窥测了秘密。
如果你真热爱它，
那把你自己的舌头割掉，

以防它泄露了他。

公爵夫人　为什么我不能结婚？
我并没有标新立异，
或者独创了什么风俗。

斐迪南　你完蛋了；
你拿包裹你丈夫骸骨的尸布，
围在了我的心周围。

公爵夫人　我的心在流血。

斐迪南　你的？你的心？
我该称它什么呢？
只是一个空洞
塞满了无法扑灭的野火。

公爵夫人　你在这方面过于严酷，
倘若你不是我亲哥，
我会说过于刚愎自用。
我的名誉则毫发无损。

斐迪南　你知道什么叫名誉吗？
让我来简短地告诉你，
虽然这说教来得太迟了：
名誉、爱情、死亡
在世界上旅行；
它们最后得出结论，
它们应该分手，
走三条不同的路。
死亡说，
它们将在伟大的战场，
或者遭受瘟疫的城池找到它。
爱情请它们到谦卑的牧羊人中
去找到它，

他们中间不谈论妆奁，
有些不善言说的人，
死亡的父母
没给他们留下任何金钱。
“等一等，”名誉说，
“别把我丢了。
我的性格就是这样，
一旦我遇见的人离开了我，
就不可能再找到我了。”
这对你也是同样：
你和荣誉握手言别，
它隐遁不见了。
再见吧，
我不想再看见你了。

公爵夫人　在全世界的公主中，
为什么我就该
像一件神圣的文物
被装在饰盒里呢？
我还年轻，
还有点儿美貌。

斐迪南　所以有些处女
成了巫婆。
我永远不想再见到你了。
斐迪南下。安东尼奥拿着一把手枪和卡里奥拉上

公爵夫人　你见到这鬼了？

安东尼奥　是的，我们被出卖了。
他怎么会到这儿来？
（对卡里奥拉）我不得不怀疑你。

卡里奥拉　你怀疑吧，先生；

当你劈开我的心，
你会发现我的无辜。

公爵夫人　他从走廊那门进来的。

安东尼奥　但愿这样可怕的事再次发生，
在戒备的情况下，
我可以陈述我正当的爱情。
公爵夫人扬一下短剑
哈，这是什么意思？

公爵夫人　他把这给我留下了。

安东尼奥　难道他希望你对自己使用它吗？

公爵夫人　他似乎是这样想。

安东尼奥　这短剑有剑把和锋刃。
把它对着他，
将刃锋对着他的胆囊刺去——
幕后有人敲门
怎么回事！谁在敲门？又发生地震了吗？

公爵夫人　我站在这儿，
仿佛脚下有炸药库
随时会爆炸。

卡里奥拉　那是波索拉。

公爵夫人　走开！
哦，痛苦，我觉得，
不公正的行为才应该戴上
这些面具和面纱，
而不是我们。
你必须马上离开这儿。
我已经把一切安排好了。
安东尼奥下。波索拉上

波索拉　您的公爵王兄性急火燎，
骑上一匹马，
往罗马飞奔而去了。

公爵夫人　这么晚？

波索拉　他跨上马鞍时，
告诉我，
说您完蛋了。

公爵夫人　是的，差不多了。

波索拉　怎么回事？

公爵夫人　我的管家安东尼奥
在账户上糊弄了我。
我哥为我担保
从那不勒斯犹太人那儿
筹借了钱，
而安东尼奥却不承兑借据。

波索拉　奇怪！（*旁白*）这太狡猾了。

公爵夫人　因此，犹太人就没有承兑期票起诉。
把巡官们叫来。

波索拉　是。

波索拉下，安东尼奥上

公爵夫人　你必须去的地方叫安科纳。
租一栋房子。
你抵达之后我会差遣人
给你送我的珍珠宝贝。
我们的安全命悬一线；
姑且凑合对付着吧。

我必须像塔索[1]所谓的
Magnanima menzogna[2]，
一个高贵的谎言，
来控告你，
那能掩盖我们的荣誉。
听！他们来了。
波索拉和巡官们上

安东尼奥　殿下能听我说完吗？

公爵夫人　我受够了：
你让我遭受一百万的损失。
为了你糟糕的管理，
我将经受人民的诅咒。
在查账时你略施小计，
说你病了，
直到我签发“账目查清”；
不用医生
那就把你的病治好了。
先生们，
我想用这个人
作为对你们所有人的警示：
珍惜我的荣誉。
请让他走吧；
唉，他已经干了
你们无法想象的事；[3]
我想摆脱他，
但我也不想公开这件事。
（对安东尼奥）你到别处去碰运气吧。

---

① 塔索（1544—1595），意大利文艺复兴后期诗人。

② 意大利语，一个高贵的谎言。

③ 双重含义。

安东尼奥　我像人们经受艰难岁月一样，
有一颗坚强的心
承受对我的解职。
我不会怨天尤人，
而把这看成
我的凶险的星宿使然，
而不是因为她的怒气。
哦，这变化无常、
腐朽、困顿的人生！
你会看到，
就像冬夜孑然一人
就着一堆行将熄灭的火，
打了一个长长的盹儿，
不愿离开它，
但他感觉寒冷
就像他刚坐下时那样。

公爵夫人　为了弥补你造成的亏损，
我要充公你所有的财产。

安东尼奥　我的一切都是您的，
这很合适。

公爵夫人　所以，先生，这是你的通行证。

安东尼奥　你们都看到了，先生们，
鞠躬尽瘁
为一位公主效力
是怎样的结局。
安东尼奥下

波索拉　这是整治敲诈最好的一个例子：从大海汲取湿气，形成乌云密布的天气，下场倾盆大雨，雨水又奔流入海。

公爵夫人　我想知道你们对安东尼奥的看法。

巡官乙　他不忍看到砍猪猡脑袋；我想殿下准发现他是一个犹太人吧。

巡官丙　为了殿下的缘故，我还真希望殿下当他的警卫官呢。

巡官丁　你本来可以拥有更多的钱。

巡官甲　他用黑绒堵住耳朵；谁来问他要钱，他就装聋作哑。

巡官乙　有人说这家伙是一个阴阳人，他不喜欢女人。

巡官丁　当国库的钱充盈的时候，他看上去多么趾高气扬！得，让他滚吧。

巡官甲　是的，他走路时，连餐厅地板上的面包屑都飞扬起来，把他的管家金徽章总是擦得锃亮。

公爵夫人　下去吧。

巡官们下

你觉得这些人怎么样？

波索拉　这些是流氓呀，
在他兴旺发达的日子里，
他们依附于他的时运，
甘愿让他用马镫
穿过他们的鼻子，
跟在驴子屁股后走，
就像马戏团里的狗熊；
他们不惜把女儿奉送给他，
供他淫乐；
他们是天生的间谍；
虽然他们活得并不幸福，
但仍然自得其乐活在他的星宿之下，
穿着他的号衣——把这些跳蚤抖走了没有？
啊，永远不要再去找这种人。

他身后有太多的谄媚者；
必须把这些流氓清除。
亲王们花钱豢养谄媚者。
谄媚者掩饰他们的罪恶，
而他们掩饰谄媚者的谎言：这就是公正。
哎呀，可怜的绅士呀！

公爵夫人　可怜？他钱包鼓鼓的了。

波索拉　当然啦，
但他太老实了。
当朱庇特派遣财神
普路托斯去见人，
他一瘸一拐地走去，
他想表明，
以上帝名义挣来的钱
来之不易呀；
但是当差遣他去见魔鬼，
他则骑马飞奔，快步而去。
让我告诉您，
您在盛怒之下
扔掉的廉价的宝石，
捡到的那个人
有福啦。
他是一位优秀的侍臣，
非常忠诚，
一位战士，
倘然对自己的价值一无所知，
那是禽兽，
倘然对自己的价值估计过高，
那是魔鬼。
凭他的美德和外貌，

他应该有一个好得多的命运。
他讲话每每自我陶醉，
而不是自我炫耀。
他胸中充溢了完美，
然而却像说悄悄话的私室，
没有喧哗和骚动。

公爵夫人　但他出身微贱。

波索拉　难道您要当个
唯利是图贵族谱系的学究，
只看重家谱而不注重美德吗?
您会因失去他而捶胸顿足，
因为对于公主，
一位诚实的政治家
犹如春天种植的杉树：
春雨滋润杉树的根须，
而感恩的杉树提供树荫。
但您没有这么想。
我宁可依附
用一个间谍的心弦绑着的
两个政客腐烂的膀胱，
泅游到百慕大去，
也不愿依附一个多变公主的恩典。
好好活着吧，安东尼奥；
虽然世界上到处潜伏着
要把你击倒的恶意，
考虑到你的倒台伴随着美德，
那就不能说
你遭遇厄运了。

公爵夫人　哦，你给我吟唱的是多美妙的音乐呀。

波索拉　您怎么这么说？

公爵夫人　你说的这个好人是我的丈夫。

波索拉　难道我是在做梦吗？
难道这雄心勃勃的时代
能拥有如此美好的东西，
选择一个人仅仅根据价值，
而不带有财富和虚假荣誉的偏见？
这可能吗？

公爵夫人　我跟他生育了三个孩子。

波索拉　幸运的夫人呀，
您把您私密的婚床
变成谦卑、美丽
安详笼罩的温床。
毫无疑问，
许多没有特权的学者
将为此而为您祷告，
为在世界上能有此美德
而欢欣鼓舞。
在您领地上
为嫁妆发愁的少女们
将期望按您的榜样
找到富有而姣好的丈夫。
如果您想征兵，
那足够使土耳其人和摩尔人
信基督教，
为您而去鏖战沙场。
最后，您的时代所忽略的诗人，
为纪念这个人的美德，
您洁白的手，

用奇异的谋略
所扶植的人，
将感谢在墓穴中的您，
对您的德行，
比对活着的王孙所有的侍臣
怀有更多的敬意。
至于安东尼奥，
当贵族谱系的学究
需要兜售世家盾饰时，
无数的笔墨将会对他歌吟。

公爵夫人　我从这友好的话语中感受到慰藉，
但我希望一切要秘而不宣。

波索拉　哦，公主的秘密，
我将永远存于内心深处。

公爵夫人　你将拿着我的钱和首饰
跟随他去，
他将躲避到安科纳。

波索拉　原来这样。

公爵夫人　过几天，
我随后就来。

波索拉　让我好好想一想：
我希望殿下假装为
一个前往洛雷托的朝圣者，
洛雷托离美丽的安科纳
仅七里路之遥；
这样，您满载盛誉
离开您的公国，
逃亡像是公主的一次巡游，
您还可以保留原班人马。

公爵夫人　先生，你的指教
就像把着我的手在领路。

卡里奥拉　依我看，
她还是最好前往卢卡[①]，
或者去德国的斯帕洗浴。
如果你们相信我的话，
我不喜欢用宗教，
用朝圣来做幌子。

公爵夫人　你这个迷信的傻瓜。
赶快准备我们的出行吧。
对以往的悲伤，
让我们有节制地痛惜，
对将来的哀苦，
让我们尽量避免吧。
公爵夫人和卡里奥拉下

波索拉　政客是魔鬼包了布的砧铁：
他在它身上捶打出各种罪恶，
但却永远听不见那捶打声；
他有可能在夫人的卧室施展魔法，
这就是明证。
什么我该保留，
什么我该泄露
给我的大人呢？
哦，这卑鄙的奸细这一职业！
啊，世界上每一份职业
追逐的只是利益和升迁。
就为这事
我肯定会被提升，

① 意大利中北部城市。

把野草画得活生生的人
肯定会受到赞扬。
下

第三场[①]

红衣主教、马拉特斯特、斐迪南、德利奥、希尔维尔、佩斯卡拉分别上

红衣主教　我必须当兵吗?

马拉特斯特　皇帝听说在您穿上这身令人尊敬的主教长袍之前的作为，让您跟幸运的战士佩斯卡拉侯爵和著名的拉诺伊一起拟定这座新城堡。[②]

红衣主教　就是有幸俘虏
法国国王的那位吗?

马拉特斯特　是的。
这儿是一幅
那不勒斯新城堡的设计图。
马拉特斯特展示一幅地图

斐迪南　我猜想，这位伟大的马拉特斯特伯爵
有了新的任命?

德利奥　压根儿没什么任命，大人;
只是在点名册角落写了个名字，
一个大人志愿者。

① 红衣主教罗马王宫中一房间。

② 指1525年的帕维亚战役，神圣罗马皇帝查尔斯五世的士兵在佩斯卡拉侯爵的指挥下击败了法国军队。法国国王弗朗西斯一世被查尔斯·德·拉诺伊，那不勒斯总督俘虏。在史实的时间上有差错。

斐迪南　他不是兵？

德利奥　他牙疼，
在蛀齿洞里塞了炸药。

希尔维尔　他来营帐就是想
来吃鲜牛肉和大蒜，
闲待在这儿，
等嘴里的臭味儿没了，
就直奔朝廷。

德利奥　他通读了城市编年史里
所有的材料，
把典型的战役都记录下来。

希尔维尔　难道他要根据理论来打仗吗？

德利奥　根据历书，我想，
选择吉日啦，避开忌日啦。
那是他情妇的披巾。

希尔维尔　是的，他声言
他要精心保护那皱丝披巾。

德利奥　我看一打仗
他准会从战场上逃跑，
为了不让丝巾掉到敌人手里。

希尔维尔　他怕极了，
生怕炸药把那上面的香水味儿冲掉。

德利奥　我亲眼见到
一个荷兰人把他脑袋打开了花，
因为他骂他牛逼，
他把他脑袋打了个洞，
就像滑膛枪的枪口。

希尔维尔　我还真盼望
他在那儿打出个火门来。
他只是一条花马披，
宫廷巡游时的花哨装饰而已。
波索拉上，在一边和斐迪南以及红衣主教说话

佩斯卡拉　波索拉来了！有什么事儿？
在红衣主教中又有什么人倒台了。
这些大人物的帮派
就像狐狸：
当头儿分裂，
它们尾巴带着火逃离，
而全公国由此遭殃。

希尔维尔　波索拉是什么人？

德利奥　我在帕多瓦认识他，一个了不起的学者，比方说，他研究赫拉克勒斯木棍有多少节瘤，阿喀琉斯的胡子是什么颜色，赫克托有没有牙疼。他用鞋拔研究恺撒鼻子的对称性，把眼睛都研究花了。据此，他赢得了善于思考的美名。

佩斯卡拉　瞧斐迪南王子，
他眼睛里有一条火蜥蜴[①]，
比真的火焰还要炽烈。

希尔维尔　红衣主教被什么压力压得喘不过气来了，做鬼脸减压，做的次数比米开朗琪罗做笑脸还要多；他抬起鼻子就像风暴来临前的鼠海豚。

佩斯卡拉　斐迪南大人哈哈大笑了。

德利奥　就像一座要命的大炮
在冒烟之前那么闪一下光。

---

① 一种蜥蜴，据说能忍受火的烧灼。

佩斯卡拉　这些是你们真正的死亡的痛苦，
伟大的政治家
都要经历的人生的痛苦。

德利奥　在这扭曲的沉默中，
巫婆沉吟她们的魔法。
红衣主教、斐迪南和波索拉前来

红衣主教　难道她要把宗教当作
遮蔽阳光和暴雨的头盔吗？

斐迪南　就是那个。
那会咒她。
她的缺陷和美丽
糅合在一起，
看上去就像麻风病，
越白皙，越糟糕。
我倒想问，
那些小杂种受过洗礼没有？

红衣主教　我马上跟安科纳国交涉，
把他们驱逐出去。

斐迪南　你将去洛雷托吗？
我无法出席你的典礼；
祝你成功。
给玛尔菲公爵，我年轻的侄子，
她和第一任丈夫生的儿子写信，
让他知晓他母亲的贞节
到底怎么样。①

波索拉　是。

斐迪南　安东尼奥，

① 在此处提到公爵夫人和前夫有一个儿子显然是作者的一个错误。如果存在这样一个长子，就没有结尾处安东尼奥的长子继位的问题了。

一个奴才，
发散墨水和计算器的味儿，
一辈子除了查账时，
从来都不像个绅士。
去，赶紧去，
给我牵第一百五十号马来，
在堡桥等我。
众下

第四场[①]

两位洛雷托圣母神龛朝圣者上

朝圣者甲　虽然我去过许多圣地，
但从未见过比这更好的。

朝圣者乙　阿拉贡红衣主教
今天要施行脱帽仪式。
他的妹妹公爵夫人也已抵达，
朝拜洛雷托圣母神龛。
准可以看到高贵的一幕。

朝圣者甲　当然啦。他们来了。

红衣主教转为士兵的仪式正在施行，红衣主教将十字架、帽子、红袍和戒指放在神龛前，拿上剑、头盔、盾牌和马刺。安东尼奥、公爵夫人和他们的孩子被驱逐（红衣主教和安科纳国家用哑剧的形式来驱逐他们）。在仪式的过程中，这首小诗在庄严的音乐伴奏下由教友们吟唱，[②] 然后（除了两位朝圣者外）众下

① 场景同前场。
② 在 1623 年的版本中，在旁注道：“本著作者否认此小诗为他所作。”

教友们　战争和勋章
将给你的人生
增添永恒的篇章；
愿悲惨的命运
将躲开你，
没有
任何厄运
能靠近你。

我独自
在赞美你，
赞誉美德培育的你；
你神圣的研究
将专事于军事。
把神袍放一边，
你的博学加上战事，
将使你变得更加美丽。

哦，
最令人尊敬的人儿呀，
如此整装待发，
在战争的旗帜下，
率领士兵
去冲锋陷阵。
哦，祝望你幸运，
避开所有的危险。
胜利呀
就在眼前，
声誉将述说
你的伟力，
你戴上

征服者的桂冠，
祝福
就像雨水
将倾泻而下。

朝圣者甲　形势发生如此诡异的变化：
谁能想到
这么伟大的一位夫人
怎么会跟这么卑微的人结婚？
不过红衣主教待他太残酷了。

朝圣者乙　他们被驱逐出境了。

朝圣者甲　但我想问，安科纳这个国家
有什么权力
评价一位自由的公主？

朝圣者乙　那是一个自由的国家，先生，
她哥向教皇控告了她的放荡，
这样一个纵情性欲的人，
作为遗孀掌管着公国，
为了保护天主教教会
驱逐她出教会辖地至关重要。

朝圣者甲　根据什么法律？

朝圣者乙　我想什么法律根据也没有，
只是她王兄在暗地怂恿而已。

朝圣者甲　他从她手指上
疯狂撸去的是什么？

朝圣者乙　那是她的婚戒，
他不久后发誓
他要以死来报仇。

朝圣者甲　啊，安东尼奥！

如果把一个人塞进水井，
毋须别人帮手，
他自己的重量
就足以叫他掉坠下去。
来，咱们走吧。
命运得出了这样一个结论：
人一倒霉，
什么都跟他过不去。
众下

第五场[①]

安东尼奥、公爵夫人、孩子们、卡里奥拉、仆役们上

公爵夫人　从安科纳被赶了出来！

安东尼奥　是的，您可以看到，
大人物的一句话
抵多少枪炮。

公爵夫人　我们的随行人员
就缩减成这么几个人了吗？

安东尼奥　这几个可怜的人儿，
不可能再从您那儿
得到什么回报，
但他们发誓和您共命运；
而那些聪明的人们，
羽毛丰满，
都远走高飞了。

公爵夫人　这是聪明做法。

① 洛雷托附近。

但叫我心死：
钱包塞满金钱的医生们，
遇到这种情况，
会把病人放弃。

安东尼奥 世态炎凉就是这样：
人一倒霉，
溜须拍马的人都会溜掉，
人们不会
在根基下沉的地方造房。

公爵夫人 今晚我做了一个非常奇怪的梦。

安东尼奥 怎么说？

公爵夫人 我戴着公国的小皇冠，
突然所有的宝石
都变成了珍珠。

安东尼奥 我的解释是
你会哭一小会儿，
我觉得那珍珠就是泪珠。

公爵夫人 依靠自然的丰饶
而生存的鸟儿
比我们快乐得多；
它们能自由地选择配偶，
对着春天尽情吟唱
它们甜蜜的歌。

波索拉拿着一封信上

波索拉 终于追上你们了。

公爵夫人 从我哥那儿来？

波索拉 是的，我从斐迪南大人，您的王兄那儿
带来爱和情谊。

公爵夫人　你真会掩饰罪恶，
把黑的说成白的。
瞧啊瞧，
就像大海暴风雨前的宁静，
虚伪的心灵
对它们想谋害的人
述说着美丽的故事。
她读信
“把安东尼奥给我送来；
我在一项事务中
需要他的脑袋。”
多么狡猾的双关语！
他不需要你的意见，
而是你的脑袋；
也就是说，
你不死他睡不着。
还有另外一个
铺满玫瑰的陷阱；
听着，狡猾极了：
“我为你丈夫就好几笔
那不勒斯债务做了担保；
让他别担心：
我宁可要他的心，
而不要他的钱。”
我也这么想。

波索拉　您怎么想？

公爵夫人　他这么不信任我丈夫的爱，
他压根儿不会相信
他跟他同心同德。
这个死鬼用这样低级的谜语

来蒙我们，
离狡猾还差一点。

波索拉　你们拒绝我提交给你们的
关于修好的要求吗？
那充满友情和爱，
是高贵而自由的联盟呀。

公爵夫人　那是狡猾的国王们的结盟：
只图扩充自己的实力和权力，
而后来吃掉我们。
就这样告诉他们吧。

波索拉　你呢？

安东尼奥　告诉他们：我不会去。

波索拉　为什么？

安东尼奥　我的姻兄们在国外
布下了血腥的追杀的网；
在我听说之前，
一直深藏不露，
设计得非常狡猾，
只要敌人存有灭我之心，
压根儿就不会有和好。
我不会到他们那儿去。

波索拉　这显出了你的教养。
对于一个卑微的人，
像天然磁石吸引铁屑，
他担忧的都是芝麻小事。
但愿你过得好吧，先生，
你将很快听到我们的回应。
波索拉下

公爵夫人　我怀疑他们有埋伏：
凭我的爱，
我请求你带上你的长子，
飞奔米兰。
不要把这可怜的最后的残存，
全赌在这岌岌可危的船上。

安东尼奥　你说得太对了。
我生命的至爱，再见了。
我们必须分离，
那是天意。
这犹如一个好奇的工匠，
将停摆的钟或手表拆开，
为的是让它走得准点。

公爵夫人　我并不知道怎么才最妥当，
是瞧着你死，还是生生分离。
（对她儿子）再见了，孩子，
你是幸运的呀，
因为你并不知道你的痛苦，
只有智慧和阅读
才让我们对痛苦
有更为深切的感受。
（对安东尼奥）在天上的教堂里，
我希望
我们不要再这样生离死别呀。

安东尼奥　哦，请宽心！
请以高贵的意志忍耐吧，
别去想我们是多么不幸：
一个人，
就像肉桂，
只有在碾轧的时候，

才显示出他最好的品行。

公爵夫人　难道我必须像
一个生来就是奴隶的
俄罗斯人，
去快乐地忍受暴政吗？
哦，天啊，这还是天意呀。
我看到小孩每每伤害头部，
我把自己与之比喻：
除了天谴棒之外，
没有什么能让我走在正确的路上。

安东尼奥　别哭泣——
上天凭空创造了我们，
我们自己变得什么也不是。
再见，卡里奥拉，
和你那甜蜜的拥抱。
对公爵夫人
如果我永远不能再见到你，
请照顾好你的小孩儿们，
保护他们不要受到老虎的侵袭。
再见了。

公爵夫人　让我再瞧你一眼吧，
这些话儿
出自一位行将死亡的父亲呀。
你的吻比我见到的
神圣的隐士吻死人的头颅
还要冷淡。

安东尼奥　我的心变成了一块铅，
用这个心我发出危险的警报：再见。
安东尼奥带着长子下

公爵夫人　我的桂冠枯萎了。[①]

卡里奥拉　瞧，夫人，一帮武装的人员
正往我们这儿冲来。
波索拉带着一帮卫士戴着面具上

公爵夫人　哦，来吧，欢迎。
当命运女神的轮子充斥王公贵爵，
它便变得更沉重，
转得更快了。
让我的毁灭在转瞬间发生吧。
我是你要逮的人，是吗？

波索拉　是的——你见不到你丈夫了。

公爵夫人　你是什么鬼魔，
盗用上帝的名义
用雷霆来审判人？

波索拉　那可怕吗？
请你告诉我，
哪一种叫声更可怕，
是用叫声把愚蠢的鸟儿
从玉米田里吓走，
还是用更为阴险的叫声
把它们引诱到鸟网里去？[②]
你把前一种叫声听成阴险的了。

公爵夫人　哦，痛苦！
就像生锈的装满炮弹的大炮，
我炸成了碎片，
还能飞翔吗？

① 一般认为，长青的桂冠枯萎预示着国王的死期，在这儿指死亡在等待着安东尼奥。

② 波索拉把公爵夫人比作鸟儿，暗含要救她的意思。

明说吧：去哪座监狱？

波索拉　哪座监狱也不去。

公爵夫人　那到哪儿去？

波索拉　回你的宫殿。

公爵夫人　卡戎的船把幽魂摆渡
到黑暗的湖，
有去无回。

波索拉　你的王兄们保证你的安全，
他们对你充满同情。

公爵夫人　同情？
那是对养肥要宰杀的
野鸡和鹌鹑的同情。

波索拉　这些是你的孩子吗？

公爵夫人　是的。

波索拉　他们咿呀学说话吗？

公爵夫人　不——
既然他们生下来就被诅咒，
诅咒是他们最初要学的话儿。

波索拉　说实在的，夫人，
忘掉那卑微、下作的小子吧。

公爵夫人　我要是一个男人，
就一巴掌打掉你的面具，
让你现出原形。

波索拉　他出身卑贱。

公爵夫人　你是说他出身低下：
但当人的行为

增进他的美德，
成为品行的楷模时，
他是最幸福的呀。

波索拉　那是无效的乞丐的美德。

公爵夫人　请问，谁最伟大？
你能告诉我吗？
悲哀的故事正道出我的痛苦：
我给你讲一个。
一条鲑鱼游向大海，
遇到一条狗鱼，
见面时狗鱼粗鲁地说，
“你这么大胆，
竟敢游到海流的高处？
你不是显赫的宫廷侍臣，
在一年海水最平静的季节，
你只和愚蠢的胡瓜鱼和海虾
居住在浅水里。
你游过狗鱼大人的身边
怎么敢于不表示敬意？”
“哦，”鲑鱼说，“小妹，请安静；
感谢天神朱庇特吧，
咱们俩都逃过了渔网。
咱们的价值只有在
鱼贩的篮子里才显示出来；
在市场上我的价要高一些，
离厨子和炉火更近。”
所以，关于大人物，
这可以引申这样的结论：
当人在最悲惨的时候，
他的价值才显现出来。

听着，
不管你愿不愿意，
我准备承受任何痛苦，
不管压迫者多么骄横。
只有在巍峨大山边
才会有幽深的峡谷。①
众下

① 见《旧约·诗篇》121：“我举我目向圣山瞻望，我的救助要来自何方？”

第四幕

第一场[①]

斐迪南和波索拉上

斐迪南　我妹妹公爵夫人
在监狱中受得了吗?

波索拉　她表现得太高贵了。
让我来描述一下:
像一个常年蹲监狱的人,
她很悲哀,
她似乎愿意结束痛苦,
而不是躲避它;
她是那么高贵,
赋予逆境一种庄严。
你能在她的眼泪里
比在她的微笑里
感受到更多的可爱;
她每每沉思默想许久,
我觉得,
她的沉默

① 玛尔菲公爵夫人王宫中一房间。

比她的言语
表述了更多的东西。

斐迪南　她的忧郁
似乎由于一种奇怪的蔑视
而变得更严重了。

波索拉　是这样的；
这种囚禁，
犹如那种英国大狗，
拴得越紧越疯狂，
让她更加迫切地向往
她被剥夺的快乐。

斐迪南　去她的！
我不想再花工夫研究
另一个人的行为。
跟她说我告诉你的话。
斐迪南下，公爵夫人上

波索拉　祝殿下安康。

公爵夫人　我不会有安康。
请告诉我，
你为什么用金箔和糖
包裹你的毒药？

波索拉　您的王兄，斐迪南大人，
将来访问您，
他让我带话给您，
因为他曾经鲁莽地发誓
永不再见您，
他将在夜晚来；
请您让卧室的烛光
既不要太亮也不要太弱。

他将亲吻您的手，
因为他的誓言，
他不敢看见您的视线。

公爵夫人　随他的便吧。
那就把烛光拿走吧。
波索拉移走蜡烛，走到一边。斐迪南上
他来了。

斐迪南　你在哪里？

公爵夫人　在这儿，先生。

斐迪南　这黑暗太适合你了。

公爵夫人　我请求你原谅。

斐迪南　会原谅你的；
本来可以杀戮的，
却给以原谅，
那是最荣耀的报复了。
你的小崽儿在哪里？

公爵夫人　谁？

斐迪南　就是你称之为孩子的人。
虽然我们国家的法律
对私生子和婚生子有区别，
但怜悯心却把他们平等对待。

公爵夫人　你是为此来访的吗？
你亵渎了神圣的宗教，
这会让你在地狱哭号。

斐迪南　你一直过得还好，
你能总是这么过下去吗？
你生活在公众的眼中。

但现在不再可能了。
我来就是要和你和解:
这是手。

给她一只死人的手

对这只手,
你曾经宣誓过爱情;
手上的戒指是你给的。

公爵夫人 让我怀着爱亲吻它。

斐迪南 请吻吧,
将它镌刻的字深埋心中吧,
我把这只戒指留给你,
作为爱的信物;
跟戒指一起,还有这只手;
请不要怀疑
你将拥有这颗心。
当你需要朋友,
将它送到拥有这只手的
那个人那儿去;
看看他能否帮助你。

公爵夫人 你怎么这么冰冷。
恐怕你长途旅行
感觉不太舒服吧。
啊!蜡烛!

波索拉拿来烛光

哦,太可怕了!

斐迪南 将烛光照得亮亮的。

斐迪南下

公爵夫人 他玩的是什么鬼把戏,
在这儿留下一只死人的手?

（幕布拉开）在可移动的屏风后面现出安东尼奥和他的孩子们的蜡像，看上去像死了的样子

波索拉　瞧，这手就是从那儿拿来的。
他给您看这悲惨的一幕，
就是让您知道他们已经死亡，
要是您够聪明的话，
就不要再痛不欲生了，
因为死了就不能再复活。

公爵夫人　在这些纷扰之后，
在天地之间
我已没有存在的愿望。
如果我是一具蜡像，
用一根魔术般的针支撑着，
然后被扔到奇臭的牛粪堆里，
那对我是更大的损耗。
倒有一件对暴君
十分有利的事情可做，
我可称之为怜悯的事。

波索拉　什么事？

公爵夫人　把我和那没有生命的躯干
绑在一起，
让我冻死。

波索拉　哎呀，您必须活着。

公爵夫人　灵魂感觉生活在地狱里，
那是最大的折磨呀。
你不能死，你必须活，
那是在地狱里呀。

波希厄[1]呀，
我要重新燃起你的薪炭，
再次发扬业已稀少、消亡的
爱妻为丈夫而赴死的气概。

波索拉　哦，呸！绝望吗？
记住您是一位基督徒。

公爵夫人　教会主张守斋，
那我就让自己饿死吧。

波索拉　忘了这些无谓的悲哀吧。
最糟糕的事情已经过去，
情景开始好起来了。
用刺扎了您的手的蜜蜂，
还可能来到您的眼睑前
嬉戏飞舞。

公爵夫人　一个活得滋润的家伙
来劝说在轮子上受刑的可怜人儿，
他的骨头架子全散了。
劝他活下去，
无异于叫他再一次受刑。
谁来杀我？
这个世界犹如一出冗长的戏，
我违背我的意志
在这戏里扮演了一个角色。

波索拉　哎，放心吧，我将拯救您的生命。

公爵夫人　说实在的，我没有闲工夫去操心这么细小的事儿。

波索拉　以我的生命担保，我可怜您。

---

① 波希厄，古罗马斯多葛派哲学信徒加图的女儿，罗马贵族布鲁图的妻子，当她听说丈夫战败，便吞食烧红的炭而死。

公爵夫人　那你是一个傻瓜，
把你的同情心
浪费在这么一个悲惨的人身上，
这人根本不值得你同情。
我全身都是短剑和匕首。
唉！我要把这些毒蛇从我身上抖掉。
仆役上
你是谁？

仆役　一个祝颂您万寿无疆的人。

公爵夫人　就为了你给我这可怕的诅咒，
我但愿你在绞刑架上绞死。
仆役下
我很快就会成为同情的对象。
我要去祷告，啊，不，我要去诅咒。

波索拉　哦，呸！

公爵夫人　我诅咒星星。

波索拉　哦，太吓人了！

公爵夫人　我能诅咒一年中
最温和的春、夏、秋
进入俄罗斯式的严冬，
不，诅咒世界进入一片混沌。

波索拉　瞧，星星照常在闪闪发光。

公爵夫人　哦，但你必须知道，
我的咒语要好长时间
才能到达那儿。
但愿瘟疫横扫许多星宿，
让它们全部灭亡！

波索拉　呸，夫人！

公爵夫人　让它们，像暴君一样，
因为它们的歹行
而被永远遗忘；
但愿虔诚的教友们
在激情的祷告中忘记它们！

波索拉　哦，何等样无情！

公爵夫人　让上天不再用殉道者命名星辰，
好好惩罚它们一下！
去吧，对着它们狂吠吧，
就说我渴望流血：
当人们快速厮杀，
那也是一种仁慈。

公爵夫人下。斐迪南上

斐迪南　好极了，正如我设想的；
她被艺术蒙骗了。
这些不过是蜡像而已，
是巧匠
威桑迪欧·劳里奥拉的杰作，
她把他们当成真人了。

波索拉　您为什么要这么干？

斐迪南　让她绝了希望。

波索拉　说真的，就此为止吧，
别再在您残酷的谋划中往前走了。
给她送一件刚毛衬衣[①]
让她贴着肉穿，
再给她带去念珠和祷告书。

斐迪南　该死的她！

---

① 苦行者或忏悔者贴身穿的衬衣。

她那身子，
流淌着我纯净的血，
比你称之为的灵魂
高贵得多了。
我要给她送高级妓女的面具，
让她的肉被皮条客和流氓分享，
因为她肯定会发疯，
我要把所有的痴子
从社区避难所里赶出来，
把他们放在她的居所附近；
让他们在一起鬼混[①]，唱啊跳啊，
对着满月嘻嘻哈哈：
要是这样她能睡好，
那才怪呢。
你的使命完了。

波索拉　我还必须再见她一次吗？

斐迪南　是的。

波索拉　永不。

斐迪南　你必须。

波索拉　在今生今世，
永不。
我作为奸细，
职责就是骗人，
但这是最后的谎言了。
您再要派遣我去，
那应该是去安慰她了。

斐迪南　很可能吧。

---

① 带有性暗示。

你这种人不可能有同情心。
安东尼奥正藏匿在米兰；
你赶快去放一把火，
那是我的复仇之火，
永远不会熄灭，
直到把他烧成灰烬：
绝望的病症
要用绝望的药来治。
众下

第二场[1]

公爵夫人和卡里奥拉上

公爵夫人 这是什么可怕的噪音？

卡里奥拉 这是一群癫狂的疯子，
您暴君王兄安放在您居所附近。
这种暴行，
我看，
是前所未有的。

公爵夫人 我倒要感谢他：
只有噪音和蠢行
能让我保持理智，
而理性和沉默
简直要让我发疯。
坐下，
给我讲个可怕的悲剧。

卡里奥拉 哦，那会让您更加忧郁。

---

① 公爵夫人住处另一房间。

公爵夫人　那你错了；
　　　　　听听更加痛苦的经历
　　　　　会减少我的痛苦。
　　　　　这是监狱吗？

卡里奥拉　是的，
　　　　　但您要活着
　　　　　打破这牢狱。

公爵夫人　你是一个傻瓜；
　　　　　关在笼子里的
　　　　　知更鸟和夜莺
　　　　　从来不可能活得长。

卡里奥拉　请擦干眼泪。
　　　　　您在想什么，夫人？

公爵夫人　什么也不想。
　　　　　当我这么沉思，我是在睡觉。

卡里奥拉　就像一个疯子，
　　　　　张着眼睛睡觉？

公爵夫人　你认为我们还会在来世相识吗？

卡里奥拉　是的，这毫无疑问。

公爵夫人　哦，但愿我们能和死者
　　　　　谈个两天，
　　　　　从他们那儿学点东西，
　　　　　在这儿肯定学不到。
　　　　　我告诉你一个奇迹：
　　　　　我并没有因为忧伤
　　　　　而发疯。
　　　　　我头顶上的天空
　　　　　似乎用熔铜铸成，

脚踩燃烧的硫黄，
但我没有疯。
我对悲哀太熟稔了，
犹如大木船划船的奴隶
对划桨的熟悉。
情势让我不断忍受痛苦，
而习俗让这种忍受变得容易。
我现在看上去像什么？

卡里奥拉　像画廊里您的一幅肖像画，
饱含着勃勃的生命，
但不是真实的人；
或者像一座令人尊敬的人的纪念碑，
破损了，倾颓了，
反而让人更加怜惜。

公爵夫人　说得太合适了。
命运女神似乎只看见我的悲剧。
现在又怎么样了呢！
那是什么声音？
仆役上

仆役　我来告诉您，
您王兄希望您有点儿娱乐。
当主教患了严重的忧郁症，
一位名医给他提供几个疯子，
疯子疯狂的胡闹，
充满了异趣和欢娱，
把主教逗得哈哈大笑，
死结解了，病也就治愈了。
公爵想用这个方法
来给您治疗。

公爵夫人　让他们来吧。

仆役　他们中有一个疯律师，
一个世俗牧师，
一个因妒忌而毁了脑袋的医生；
一个占星家，
预测某天是世界末日，
总是误判而发疯；
一个英格兰裁缝，
满脑子都是时髦的款式
而变成疯子；
一个宫廷引见官，
神志失常，
心里只记得
老婆早晨的问候次数；
还有一个农夫，
玉米买卖市场上的流氓，
他变疯是因为不让出口；
有一个经纪人
忙于在这帮疯子中搞调解
变疯了。

公爵夫人　坐下，卡里奥拉。
请把他们的手铐卸下来，
让我独自受着暴政的管束吧。
疯子们上
一个疯子在悲伤的音乐伴奏下吟唱

疯子　（吟唱）哦，让我们吼吧，
用低沉的调儿，
就像那发自野兽喉管
死亡的吼号。
我们要像乌鸦、猫头鹰、
公牛和熊，

接吻呀，大哭大闹呀，
直到闹声堵住你的耳朵，
毁了你的心脏。
当我们想喘口气，
身子得到祝福，
我们要像天鹅一样吟唱，
去迎接死亡，
在爱和休息中死去。

疯占星家 世界末日还没有来？我要用望远镜把它拉近一点儿，做一个放大镜，让它在一刹那间将整个世界点燃。我睡不着，我的枕头里塞了一窝小箭猪。

疯律师 玻璃工厂[①]简直是地狱，在那儿魔鬼不断地用空洞的管子鼓吹起女人的灵魂，而那火永远不会熄灭。

疯牧师 教区里的女人我要每十天睡一次；那等于是征收什一税，就像征收草垛一样。

疯医生 仅仅因为我戴了绿帽子，我的药剂师就要超过我吗？我发现了他的歹行——他从他妻子的尿液中提取明矾，卖给患喉咙痛的清教徒，因为他们唱得太多了。[②]

疯占星家 我对纹章学有研究。

疯律师 你有吗？

疯占星家 你把你的头换了一个山鹬脑袋。[③] 你是一个颇有古风的绅士。

疯牧师 真正的宗教变成了异端；瑞士新教徒的翻译拯救了

---

① 在当时演出的黑神父剧场附近就有一所玻璃工厂。在当时英国的戏剧中玻璃工厂往往被描述为地狱。

② 这是对当时的新教徒一个流行的笑话，讽刺他们唱圣经《圣咏集》唱得太多了。

③ 因为山鹬很容易被捕捉，指傻瓜。

我们。[①]

疯占星家　（对疯律师）来，先生，我来给你解释法律。

疯律师　哦，你还不如去用腐蚀药吧；那法律一直可以啃到骨头。

疯牧师　喝酒光为了满足生理的需求真该死。

疯医生　如果我的魔镜在这儿，我会给你们看一种情景，在座的女士们准都会说我是一个疯医生。

疯占星家　（指着疯牧师）他是什么人，一个刽子手？

疯律师　不，不，不，一个东嗅西嗅的流氓，当他指给你看坟墓，他的手已经伸进女人裙子的开口里去。

疯牧师　豪华马车凌晨三点把我老婆从化装舞会送回家；马车里有一张偌大的草垫子。

疯医生　我修剪了魔鬼的指甲四十次，拿它们放在乌鸦蛋里烤，可以治愈瘟疫。

疯牧师　给我送三百个正在喂乳的妓女来，我可以做奶甜酒，让我好好入睡。

疯医生　我的母校会为我而欢呼，把帽子扔到空中去，因为我发明了一种药让做肥皂的人患上便秘。[②] 那是我的终身成就。

八个疯子随着音乐的节奏跳舞；波索拉像一个老迈的人上，疯子们下

公爵夫人　他也疯了吗？

仆役　您请自己问他吧；我下去了。

---

① 《圣经》从希腊文权威的翻译是给异教徒（土耳其人）看的，而瑞士新教徒（卡尔文教派）翻译的《圣经》才是真正的《圣经》。这表明疯牧师是新教徒。

② 做肥皂的人一般会患腹泻。让他们便秘就是一大发明了。

仆役下

波索拉　我来做您的坟墓。

公爵夫人　哈，我的坟墓！
你说话，仿佛我正喘息着，
垂死躺在我弥留的床上。
你觉得我病了吗？

波索拉　是的，更危险的在于
您并不觉察您的病。

公爵夫人　你肯定没有疯；你认识我吗？

波索拉　认识。

公爵夫人　我是谁？

波索拉　您最多只是一盒山道年草籽，一具还活着的木乃伊。肉体成了什么样呢？有点儿像凝乳，像糨糊；人的身体就像孩子们用以存放飞虫的纸盒子；甚至还不如纸盒子，因为我们的身子存放的是蚯蚓。您看见过笼中的云雀吗？身体里的灵魂就像那云雀：这世界是她的小草场，我们头顶上的天空就像是她的镜子，只给我们看见禁锢我们的监狱的一个角。

公爵夫人　难道我不是你的公爵夫人吗？

波索拉　您当然是一位相当高贵的女人，但苦难已经显露在您的额头，头发花白了，比一个快乐的挤奶女工提前20年。您的睡眠越来越糟糕，这无异于一只老鼠住在猫的耳朵里；正在长牙的婴儿，一旦和您睡在一起，会大哭起来，因为跟他睡在一起的是一个非常不安静的人。

公爵夫人　我仍然是玛尔菲公爵夫人。

波索拉　正是那个让您的睡眠这么糟糕：

荣光如萤火虫，
在遥远处闪烁发光，
走近一看，
它既没有热也没有光。

公爵夫人　你很坦率。

波索拉　我的职业就是吹捧死者，不是活着的人；我是一个造墓人。

公爵夫人　你来就是造我的墓吗？

波索拉　是的。

公爵夫人　这让我快乐了一点儿：
你将用什么材料做墓呢？

波索拉　不，首先得问我，什么样式？

公爵夫人　啊，难道人们对临终的床也充满幻想，
墓穴也需要时髦吗？

波索拉　很想这样。王公贵爵不再如他们所想的那样平躺在坟墓里，仿佛在对苍天祷告，而是把手枕在腮下，仿佛他们死于牙疼。他们不再把眼睛盯在星星上，不再把心思集中在俗世的事务上，似乎把脸转了过去。

公爵夫人　那让我知道
你准备的整个程序吧，
你似乎在说停尸房的事儿。

波索拉　我会告诉您的。
刽子手们抬着一口棺材，拿着绳子和钟上
这是您公爵王兄们给您的礼物，
希望能得到欢迎，
因为这是最后的好处，
最后的悲哀。

公爵夫人　让我瞧一瞧。
我的血液中奔流着顺从，
我希望在他们的血液中
也同样奔流着顺从，
这对他们有好处。

波索拉　这是您最后的枢密会议室。

卡里奥拉　哦，我亲爱的夫人！

公爵夫人　安静，这吓不倒我。

波索拉　我只是一个普通的人，
被叫来
在犯人赴刑场的前一天晚上
敲打丧钟。

公爵夫人　你现在说话
仍然像一个造墓人。

波索拉　这是一步步
把您引向屈辱。
听着：
波索拉敲打丧钟
听着，
万籁俱寂，
猫头鹰和啸鹟在悲鸣，
大声地呼唤着夫人，
请她快快穿上尸衣。
纵然你拥有土地和财富，
泥穴的长度也不过如此。
漫长的纷争扰乱了你的心，
现在终于得到了安宁。
傻瓜们做了什么
虚荣的排场？

那种想法是一种罪恶呀，
其出身也令人悲鸣；
一生都蒙在错误的浓雾中，
死亡引起一场可怕的暴风。
请在发丝上撒上香粉，
穿上干净的衣衫，
洗净你的脚，
这可以驱走魔鬼，
让你的脖前
挂上祝福的十字架。
在黑夜和白天之间
潮汛的怒涛澎湃：
了结你的呻吟，去吧。
刽子手们走上前来

卡里奥拉　歹徒们，暴君们，谋杀者们！
啊，你们要干什么？——救命。

公爵夫人　叫谁救命？叫邻居吗？他们是疯子。

波索拉　别让她再叫喊。
刽子手们抓住卡里奥拉

公爵夫人　永别了，卡里奥拉。
在我的遗嘱中
我没有什么给你；
许多饥饿的客人
把我吃得一干二净，
给你留下的只是一点残余。

卡里奥拉　我要跟她一块儿死。

公爵夫人　我幼小的男孩感冒了，
我请求你们给他喂点糖浆，
而姑娘

让她做睡前祷告。

剑子手把卡里奥拉强押下去

现在你们可以做你们想做的了。

怎么死法？

波索拉　勒死——这是您的刽子手。

公爵夫人　我原谅他们：

中风，黏膜炎，咳嗽

也可以做他们想做的事。

波索拉　难道您不怕死吗？

公爵夫人　知道在天国可以遇到

如此亲爱的人们，

怎么还会怕死呢？①

波索拉　但我想，

这种死法不让你害怕，

这绳子不让你恐惧吗？

公爵夫人　一点儿也不。

用宝石割破我的喉咙，

用肉桂把我闷死，

或者用珍珠把我射死，

有什么快乐呢？

我知道死亡有数万扇门

敞开着，

让人走出去；②

它们拥有奇怪的铰链，

门可以正反两面开启。

无论如何，

---

① 苏格拉底在死前表述过类似的思想。

② 塞内加的名言。

看在上天的面上，
我已没什么给你侦探的了。
告诉我王兄们，
我把死亡看成是——
我现在很清醒——
他们能给予的
或我可能接受的
最好的礼物。
我要矫正女人最后的缺陷，
那就是过于啰嗦。

剑子手　我们准备好了。

公爵夫人　你可以随意怎么让我闭气，
但请把我的身子
和我的女人们埋放在一起，好吗？

剑子手　可以。

公爵夫人　勒，死劲勒，
你的气力足以
把天空拉塌下来。
等一等；
天空大门的拱顶不像
亲王们的王宫
弯得那么高耸；
进入的人必须跪下。
跪下
来吧，悲壮的死亡
权且是一种毒物让我入睡。
去告诉我的王兄们，
我埋葬后，
他们可以安然用餐了。
他们勒她的脖子

波索拉　侍女在哪儿？把她带上来。
其他人勒孩子们。
刽子手们将卡里奥拉带上来，有人将孩子勒死
你瞧，你的女主人睡了。

卡里奥拉　哦，你们将为此
永远受到天谴。
下面该轮到我了，
难道不是这样吗？

波索拉　是的，我很高兴
你为此有很好的心理准备。

卡里奥拉　你说错了，先生，
我并没为此做好准备，
我不想死；
我希望有个法庭审讯我，
我可以知道
我到底犯了什么罪。

波索拉　来，把她干了。
你给她出谋划策，
现在你也该帮我们一把。

卡里奥拉　我不想死，我不能死，
我跟一位年轻的绅士
订了婚约。

刽子手　*给她看绳套*
这是你的结婚戒指。

卡里奥拉　让我跟公爵说话。
我要亲自对他检举叛国的阴谋。

波索拉　迟了——掐紧喉咙。

刽子手　她胡乱咬人，抓人。

卡里奥拉　你们如果现在杀死我，
我就要受到天谴：
我已经两年没有忏悔了。

波索拉　快干！

卡里奥拉　我怀孕了。

波索拉　啊，那你的面子保全了。
刽子手们勒死卡里奥拉
把她搬到隔壁房间，
让这个躺在这儿。
刽子手们移走卡里奥拉的尸体下。斐迪南上

斐迪南　她死了吗？

波索拉　她已经如您所期望的那样。
您该怜悯这个——
波索拉拉开活动屏风，现出被勒死的孩子们
唉呀，他们犯了什么罪呀？

斐迪南　小狼崽子的死从来不被怜悯。

波索拉　瞧这儿。

斐迪南　一直瞧着。

波索拉　难道您不哭吗？
罪愆本身会说话的；
谋杀会自己喊出来。
水滋润大地，
但血会往上喷发，
直冲云霄。①

斐迪南　把她的脸盖上：

① 参见《旧约·创世记》4:10："上主说：'你做了什么事？听！你弟弟的血由地上向我喊冤。'"

那让我眼睛昏眩，
她死得太年轻了。

波索拉　我并不这么认为；
她的不幸
孕育了太多的岁月了。

斐迪南　我和她是孪生；
如果我现在死，
我只比她多活一分钟。

波索拉　这看来她比您先生出来。
您血腥地证明古代的遗训：
亲属一般
比陌生人更难一致。

斐迪南　让我瞧一眼她的脸。
你为什么没有怜惜她？
你要是把她送到一个避难的场所，
你将是一个多么好的正直的人呀！
或者出于善良的原因，
你没有顺从
高举在你脑袋上
在她的无辜和我的复仇之间
那出鞘的剑，
那将是什么样的情景呢！
当我在神志不清的时候，
请求你去杀死我最亲爱的人，
而你竟就贸然干了。
让我想一下这一切的原因吧——
我为什么觉得
她的婚姻那么可厌呢？
我必须承认，

我怀有一个希望，
如果她一直是寡妇，
她死后
我可以获得巨大的遗产；
那是主要的原因。
她的婚姻在我内心
撩起了一阵怨艾。
我为此恨你
（正如我们在悲剧中看到的，
一个好演员因为饰演反派角色
而遭到嫉恨）
可以说，你为了我而干了坏事。

波索拉　让我来帮您回忆一下；
我发现您不知感恩了。
我想要我效劳的报酬。

斐迪南　我会告诉你
我会给你什么赏赐。

波索拉　请说。

斐迪南　我将宽恕你，
免去你这次谋杀的职责。

波索拉　嗯？

斐迪南　是的，
这是我所能想到的
给你的最大的好处。
你是根据什么命令
执行这血腥的处决的？

波索拉　根据您的命令。

斐迪南　我的？

难道我是她的法官吗?
有任何法律的手续
判她死刑吗?
有一个完整的陪审团
在法庭裁定了这判决吗?
除了在地狱外,
你还能在哪儿
找到这判决的登记?
瞧,正像一个大傻瓜,
你赌上了你的命,
你必须为此而死。

波索拉　当一个贼绞死另一个贼,
这司法整个儿颠倒了。
谁敢揭露这个?

斐迪南　哦,我告诉你,
狼会去找她的坟墓,
把尸体挖出来;
不是为了吞噬它,
而是为了探寻
这可怕的谋杀。[1]

波索拉　是您,而不是我,
会为此而发抖。

斐迪南　走开吧。

波索拉　我要我的酬金。

斐迪南　你是一个混蛋。

波索拉　当您忘恩负义的时候,
我就是一个混蛋。

---

① 这是一种迷信。

斐迪南　哦，可怕！
连能羁绊魔鬼的上帝
都不惧怕的人，
你怎么能叫他驯顺。
别让我再瞧见你。

波索拉　啊，再见吧。
您哥和您是叫人仰羡的人；
你们的心是空洞的坟墓，
腐烂了，
还腐烂别人；
你们的复仇，
就像两颗连着的炮弹，
还肩并着肩，
俨然是兄弟；
而叛国罪，
就好像瘟疫，
在家族中
造成了无尽的流血。
我站着，
就像一个
怀有甜蜜而金色的梦的人：
我醒来了，
我愤恨我所做的一切。

斐迪南　到世界被遗忘的角落去，
让我永远见不到你。

波索拉　请告诉我，
我是不是应该这么被遗忘。
先生，我为您的暴行效劳，
竭尽一切让您满意；
虽然我痛恨这歹行，

但您来跟我咨询，
让我受宠若惊，
我甘愿当一个真正的仆人，
而不是一个真诚的人。[①]

斐迪南　我黄昏要去捕猎獾，
那是在黑夜中干的活儿。
斐迪南下

波索拉　他神志无知了。
虚无的荣耀一去不复返了！
为了虚妄的希望
我们证明
我们是自己最糟糕的敌人，
击败了我们所有的努力，
犹如在冰窟窿里冒汗，
在烈火中冻僵。
要是重来一次，
我会怎么做呢？
即使给我全欧洲的财富，
我也不愿丢弃内心的宁静。
她在动弹了；
这是生命呀。
从幽暗中回来吧，美丽的灵魂，
将我的灵魂引导出这活地狱吧。
她的身子暖暖的，她在呼吸。
在她苍白的嘴唇上
我要将我的心融化，

---

① 请与莎士比亚《理查二世》第五幕第六场中这一段比较："Though I did wish him dead, / I hate the murderer, love him murdered. / The guilt of conscience take thou for thy labour, / But neither my good word nor princely favour: / With Cain go wander through shades of night, / And never show thy head by day nor light."

将它换上崭新的颜色。
谁在那儿？
甜蜜的饮料！
啊，我不敢大声呼叫出来：
怜悯毁了怜悯；
她的眼睛张开了，
仿佛张开了眼睛中
曾经关闭的天空，
把我送到怜悯跟前。

公爵夫人　安东尼奥。

波索拉　是的，夫人，他还活着；
你所见的尸体不过是蜡像；
她和您兄弟们和解了；
主教帮助促成了和解。

公爵夫人　怜悯呀。
她死亡

波索拉　哦，她又死了；
心弦断裂了。
哦，神圣的无辜呀，
正熟睡在斑鸠的羽翼上，
而负疚的良知
书写在黑色的册页上，
在那儿记录了美德和歹行，
一面魔镜
给我们映出了地狱。
不容我们施行美德呀，
即使我们想！
他哭泣
这是一个男子汉的悲伤：

我可以肯定，
在我母亲的奶汁中
没有这些眼泪。
我的道德沦丧了，
我已一无所惧。
在她还活着的时候，
忏悔的泉源在哪儿？
哦，它们被冻结了。
对于我的灵魂，
这情景就像一个女人
用剑杀死了她的父亲
一样可怕。
来，
让我在这儿抱着您，
执行您的最后的遗嘱；
那就是将您的遗体
交给洁净的女人处置；
那残酷的暴君
也不可能拒绝我这样做。
我要赶快前往米兰，
在那儿我会很快
让我的屈辱得到补偿。
抬着遗骸下

第五幕

第一场[1]

安东尼奥和德利奥上

安东尼奥　你对我希望和阿拉贡兄弟俩和解
怎么看?

德利奥　我表示怀疑。
虽然他们给你写信
保证你回到米兰的安全,
但那好像是引诱你的陷阱。
你继承的土地,
因为没有继承人,
也没有遗嘱,
佩斯卡拉侯爵
一反他那高贵的品性,
承受了那片转归的土地,
而他的赡养人正在起诉
要享受你的收入进项。
既然他们要剥夺你生存的手段,
我并不认为他们会对你有好感。

---

① 场景在米兰,在王宫附近偏僻的街上。

安东尼奥　你不相信我可以
自己筹划我的安全。
佩斯卡拉上

德利奥　侯爵来了。
我将请求将你一部分土地
划归给我，
看看他会不会答应。

安东尼奥　请吧。
安东尼奥下

德利奥　先生，我对你有一个请求。

佩斯卡拉　对我？

德利奥　一件很容易做到的事。
圣本尼迪克特城堡
和一些领地
原先属于安东尼奥·博洛尼亚；
请将它们赐予给我，好吗？

佩斯卡拉　你是我的朋友；
但这我不能给你，
你也不能拿。

德利奥　不能，先生？

佩斯卡拉　我将私下里
告诉你为什么不能。
朱丽叶上
这是红衣主教的情妇。

朱丽叶　我的大人，
如果我没有一个大人物——
红衣主教的信，
请您给予我一些关照，

我就只是一个可怜的求助者，
一个一贫如洗的乞丐了。
给佩斯卡拉一封信，他读信

佩斯卡拉　他为你说情，
把原属于博洛尼亚的
圣本尼迪克特城堡给你。

朱丽叶　是的。

佩斯卡拉　我真想不出来
还可能有另一个朋友
可以得到这样的快乐：
它是你的了。

朱丽叶　谢谢您，先生；
我将告诉他，
您是如何当机立断
决定赠予这个礼物，
这使您的善意倍加珍贵。
朱丽叶下

安东尼奥　（旁白）他们如何在利用我的毁灭
养肥自己！

德利奥　先生，我跟你断绝关系了。

佩斯卡拉　为什么？

德利奥　你拒绝了我的请求，
却把城堡给了这么一个烂货。

佩斯卡拉　你知道怎么回事吗？
那是安东尼奥的土地，
并不是通过司法转归，
而是红衣主教
强行从他喉咙里夺了过来。

把这么一个赃物给朋友，
那就太不地道；
而给个婊子
倒是非常相配，
因为那就是不公道。
难道我要把无辜者的鲜血
浇洒在朋友们的身上，
让他们看上去更红润吗？
我很高兴用如此错误的手法
抢夺的土地
回归作为淫荡的报答。
记住，好德利奥，
从我这儿索要高贵的东西，
你会发现
我就是一个高贵的赠予者。

德利奥　你真使我开了窍。

安东尼奥　（旁白）啊，这个人能让最轻佻的乞丐显得厚颜无耻。

佩斯卡拉　斐迪南王子到米兰来了，
有的说，他患上了中风；
有的说他疯了。
我要去拜访他。
佩斯卡拉下

安东尼奥　走上前来
这是一个高贵的老人。

德利奥　你准备怎么做呢，安东尼奥？

安东尼奥　今晚我要以我的命运
来赌一把，
以此残生去面对
红衣主教最阴险的奸计。

我可以从秘密的通道
到他的卧室，
准备半夜去造访他，
就像他弟弟曾拜访
高贵的公爵夫人那样。
突然而降的危险
（我将以我本来面目出现）
将演变成爱和责任的一幕，
有可能消除他的恶意，
而达成一个友好的和解；
如果不成，
那也将免除我臭名昭著的职责，
干干脆脆失败
总比老是悬着要好。

德利奥　我将关注你所有的危险；
不管怎么样，
我将跟你同舟共济。

安东尼奥　亲爱的，你是我最好的朋友。
众下

第二场[①]

佩斯卡拉和医生上

佩斯卡拉　医生，我现在能拜访你的病人吗？

医生　如果大人愿意的话；
他很快就要按我的指示，
到这游廊来

① 红衣主教和斐迪南住处一走廊。

呼吸新鲜空气。

佩斯卡拉　请问他生的什么病?

医生　一种恼人的病，大人，
医学上称作变狼狂。

佩斯卡拉　那是什么病?
我需要一部词典查一下。

医生　我来告诉你:
过分忧郁和愤怒的人
会妄想他们变成了狼，
在黑夜他们会潜去教堂墓地，
把尸骸挖出来;
两晚前有人半夜
在圣马克教堂后面胡同里
遇见公爵扛着一条人腿。
他令人恐怖地悲号;
说他是狼，
其区别只是狼外表有皮毛，
而他的皮毛长在里面;
请人拿着剑，
挑开他的肉，
把那毛刮去。
有人来请我，
我使用了这一方法，
殿下恢复得很好。

佩斯卡拉　很高兴听说这个。

医生　但还是担心
会有可能复发。
如果他再次犯病，

我就会用帕拉切尔苏斯[1]
想都没想到的
更有效的方法来治。
如果他们给我时间，
我会把他的疯狂驱除。
斐迪南、马拉特斯特和红衣主教上；波索拉另外上
站一边去，他来了。

斐迪南　你们走吧，让我一个人待一会儿。

马拉特斯特　为什么殿下这么喜欢孤独？

斐迪南　苍鹰一般都孤独地翱翔天空。只有乌鸦啦、寒鸦啦、欧椋鸟啦喜欢扎堆。瞧，是什么尾随在我后面？

马拉特斯特　什么也没有，大人。

斐迪南　有。

马拉特斯特　那是您的影子。

斐迪南　等一等，别让它爬到我身上来。

马拉特斯特　不可能，只要您动，又有太阳。

斐迪南　我要掐死它。
往自己的影子扑去

马拉特斯特　哦，大人，您在对虚无发怒。

斐迪南　你是一个傻瓜。不扑上去，我怎么可能抓到我的影子呢？如果我要到地狱去，我就接受一笔贿赂；你瞧，好礼物总是给最贪婪的人。

佩斯卡拉　起身吧，好殿下。

斐迪南　我正在研究耐心的诀窍。

佩斯卡拉　那是高贵的美德。

---

① 帕拉切尔苏斯（1493—1541），瑞士医师，炼金家。

斐迪南　将我面前的六只蜗牛从这儿赶到莫斯科去；[①] 不能用刺棒和鞭子，让它们自己走，（只有世界上最耐心的人才配跟我做这实验）我在后面爬着，就像一条牧羊犬。

红衣主教　把他拉起来。

人们把他拉了起来

斐迪南　好好使用我吧，你是最好的；我做了我想做的；我没什么可忏悔的。

医生　让我来对付他。你疯了吗，大人？您的亲王的智慧到哪儿去了？

斐迪南　他是谁？

佩斯卡拉　您的医生。

斐迪南　让我把他的胡须锯掉，他的眉毛倒温和一些。

医生　我必须跟他做一些疯狂的游戏，那是唯一的办法。我给殿下带来一条火蜥蜴的皮，让您的皮肤不要被太阳晒伤。

斐迪南　我眼睛疼极了。

医生　蛇怪的蛋白可以治。

斐迪南　用一个刚下的蛋，那效力最好。
把我藏起来，不要给他看见。
医生们是国王，
他们受不了矛盾。

医生　他开始见我害怕了，让我单独跟他待一会儿。

斐迪南开始脱衣；红衣主教止住了他

红衣主教　怎么，要把长袍脱掉吗？

---

① 英语成语是，把蜗牛赶到罗马去。

医生　给我四十个盛满玫瑰香水的尿壶：我们两人将用它们来互相攻击，他开始有点怕我了。你能做个恶作剧吗，先生？放开他，放开他，我甘冒风险。从他的眼睛，我可以看出他怕我；我可以将他驯服得像一只睡鼠。

红衣主教放开斐迪南

斐迪南　你能做恶作剧吗，先生？我一脚把他踩进肉汤里，剥掉他的皮，将他的皮盖在他刚放在巴伯－塞津大厦那边冰冷地上的骸骨架上。这样，这样，你们就都成了祭礼上的牲畜了；除了舌头和肚皮，谄媚和淫荡，你们什么也留不下来。

斐迪南下

佩斯卡拉　医生，他根本不怕你。

医生　是的，我有点太着急了。

波索拉　（旁白）天啊，怎样一个致命的诊断落在斐迪南身上了呀。

佩斯卡拉　殿下知道
是什么事儿让王子
犯了这奇怪的疯病？

红衣主教　（旁白）我必须说点假话。
（对他们）人们说是这么回事儿：
你们一定听说过，
流言说，
这些年我们家没人死，
但看见一个老女人的影子，
为了争夺她的财产，
她被侄子们谋杀，
据说来到我们家。
一天晚上，
王子看书看得很晚，

这个影子在他面前出现了，
他大声喊叫起来，
近身侍役发现
他浑身冷汗淋漓，
面容扭曲，
说话含糊不清。
自从这幽灵出现之后，
他的境况越来越糟，
恐怕他活不长了。

波索拉　（对红衣主教）先生，我想跟您谈谈。

佩斯卡拉　我们向殿下告辞了，
祝愿我们高贵的大人，
抱恙欠安的王子，
尽快恢复身心健康。

红衣主教　谢谢你们啦。
除了红衣主教和波索拉，全下
你来了？噢；
（旁白）一定不能让这家伙知道
我在公爵夫人死亡中有干系；
虽然我帮着出了主意，
但整个事情都是斐迪南策划。
（对他）先生，我们的妹妹近况怎么样？
我并不认为仅仅悲伤
会让她瞧上去像件破衣烂衫。
她会得到我的安慰。
你为什么瞧上去如此惊讶？
哦，你主人，王子的命运
让你沮丧，
但请宽心：
虽然他骨骸上已立了冰冷的墓碑，

只要你答应我要求的一件事，
我将让你成为你想成为的人。

波索拉　怎么都可以；
给我说一下，
让我去全力以赴。
把长远事儿考虑太多的人
眼前的小事也做不了，
因为对结果过分在意，
就什么事也裹足不前了。
朱丽叶上

朱丽叶　先生，您能进去用晚餐吗？

红衣主教　我正忙着，你走开吧。

朱丽叶　（旁白）那家伙鬼使神差的身材多么美！
朱丽叶下

红衣主教　是这样的：
安东尼奥偷偷藏在米兰；
把他找出来，杀死他。
只要他活着，
我妹妹就不能再婚，
我正在想给她
配一门绝对相称的婚事。
干这件事，
告诉我你需要多少钱。

波索拉　我怎么找到他呢？

红衣主教　在这里有一位绅士
名叫德利奥，
他是安东尼奥忠诚的朋友。
盯住那个家伙，

跟着他去做弥撒；
虽然安东尼奥只是表面上，
按社会时髦信教，
有可能陪伴他去教堂；
或者去询问德利奥忏悔神父，
设法贿赂他告知你实情；
有许多办法追索他的行踪；
至于要了解谁找了犹太人，
拿了一大笔钱，
他肯定知道。
要不去找肖像画家，
是谁最近拿来她的肖像画；
这些办法都可以使用。

波索拉　得，我不会局限于一种办法；
我首先要瞧一眼
那可怜的家伙安东尼奥。

红衣主教　去吧，祝你快乐。
红衣主教下

波索拉　这家伙有一对蛇怪的眼睛。
一个谋杀者，
却又装得对公爵夫人的死
一无所知。
狡猾之极！
我得学习他的榜样。
没有比一条老狐狸的路
对追踪更有效的了。
朱丽叶拿着一把手枪上

朱丽叶　所以，先生，你碰到对手了。

波索拉　怎么回事？

朱丽叶　哈，门都关闭了。
　　　　现在，先生，我将强迫你坦白你的背叛。

波索拉　背叛？

朱丽叶　是的，跟我坦白，
　　　　你买通了哪一个侍女
　　　　在我的饮料里放了春药粉？

波索拉　春药粉！

朱丽叶　是的，
　　　　当我在玛尔菲的时候。
　　　　要不我怎么会
　　　　痴迷上这么一张脸呢？
　　　　我已经为你经受无穷煎熬，
　　　　唯一治疗的办法就是
　　　　消除这苦恋。

波索拉　你的手枪里什么也没有，
　　　　只有香水和口香糖。
　　　　美妙的夫人，
　　　　你找到苦恋的对象
　　　　实在是妙不可言。
　　　　来，来，把手枪放下吧，
　　　　我要这么来抱你；
　　　　拥抱她
　　　　不过这太奇妙了。

朱丽叶　要是把你的身材和我的眼神
　　　　联系在一起想，
　　　　你就不会觉得
　　　　我的爱是这么一个奇迹了。
　　　　你也许会说
　　　　我太淫荡了。

女人身上这种微妙的向往
总是时时在困扰她们呀。

波索拉　你了解我吗?
我只是一个粗鲁的士兵。

朱丽叶　那更好;
没有粗莽的火花,
哪来烈火呢。

波索拉　我不会恭维。

朱丽叶　啊,只要你有这颗心,
在求爱时笨手笨脚
绝不会让你错失什么。

波索拉　你很美丽。

朱丽叶　不,如果你允许我的美进攻,
那我就要请求恕罪。

波索拉　你的明亮的眼睛
射出一阵一阵箭镞,
比阳光还要让人昏眩。

朱丽叶　你的赞扬损害我的形象,
我现在要挑逗你了,
来追求我吧。

波索拉　(旁白)上手了,好好利用这娘儿们吧。
(对她)让咱们像一对情人那样
亲热亲热吧。
大人物红衣主教看见我这样,
难道不会把我看成流氓吗?

朱丽叶　不,他会把我看成娼妇,
不会对你怎么样;
比如我看见一颗宝石,

偷了它，
罪愆不在宝石，
而在偷窃它的贼。
我对你突然袭击；
我们这种寻欢作乐的女人，
当机立断叫什么忸忸怩怩啦、
冥思苦想啦去见鬼吧，
单刀直入
瞬间堕入甜蜜的温情
和美丽的谎言中；
如果你在大街上
在我卧室窗户底下
与我邂逅，
我也会死心塌地追你。

波索拉　哦，一个多么美妙的女人。

朱丽叶　要求我马上为你做点儿什么，
表明我爱你。

波索拉　我会的，
如果你爱我，
我要求你做件事，
别让我失望。
红衣主教变得非常忧郁；
去找一找原因；
别让他用虚假的理由
把你支使开，
去发现主要的原因。

朱丽叶　你为什么要知道这个？

波索拉　我靠他安身立命，
听说他失去了皇帝的恩宠。

如果这是真的话，
就像大厦将倾，
老鼠都要逃命一样，
我要去找新的靠山。

朱丽叶　你不用关注这场硝烟；
我可以供养你。

波索拉　我是你的忠诚的仆人；
但是我不能抛弃我的职责。

朱丽叶　就是说
你不能为了一个女人甜蜜的爱情
而离开一个忘恩负义的将军吗？
你就像那种无法安睡鸭绒床褥，
而甘心于木头枕头的人。

波索拉　你会干这个吗？

朱丽叶　真狡猾。

波索拉　我明天指望得到情报。

朱丽叶　明天？
躲到我的衣柜里去吧，
你将会得到你的情报；
你别耽搁我，
我也不耽搁你。
我就像一个被判处决的人：
我得到宽恕的承诺，
但我希望事情赶快了结。
去吧，到衣柜里去吧，
你会看到我的舌头
就像一团乱丝紧箍住他的心。
波索拉退后。红衣主教在仆人的护卫下上

红衣主教　你们在哪里？

仆役们　这里。

红衣主教　以你们的生命担保，
不要让任何人
跟斐迪南王子说话，
除非在我知道的情况下。
仆役们下
他有可能会暴露谋杀。
那儿真是一个
不断叫我烦恼的女人。
我已经厌腻她了，
要不惜一切手段
摆脱她。

朱丽叶　怎么啦，大人？
是什么让您烦躁？

红衣主教　没什么。

朱丽叶　哦，您变得太多了：
来，我是您的护身天使，
把您心头上的这铅块去掉——
怎么回事？

红衣主教　我不能告诉你。

朱丽叶　难道您爱上了悲伤
不能和它分离？
或者以为我不能
像您在快乐的时候一样
在悲哀的时候给殿下以爱？
或者您怀疑我，
这些年月

作为您心灵的一个秘密，
不再能奉承您的舌头之欲？

红衣主教　满足你的欲望，
让你为我保密的唯一办法
就是不告诉你。[1]

朱丽叶　跟您的回声
或者谄媚者这么说吧，
溜须拍马的，
不是我，
才照葫芦画瓢
报告他们所听说的；
（虽然大部分都不完整）
我却可以知道
你是在说真话还是假话。

红衣主教　你要折磨我吗？

朱丽叶　不，最后的审判
将让您把秘密说出来。
将秘密告诉所有的人
或者不告诉任何人
罪愆是同样的。

红衣主教　第一种人是傻瓜。

朱丽叶　第二种人是独裁。

红衣主教　好极了。
啊，比方说
我犯了一个秘密的事儿，
我希望世界永远不知道。

---

① 韦伯斯特喜欢模仿莎士比亚，请比较《亨利四世·上》第二幕第三场："For I well believe / Thou wilt not utter what thou dost not know."

朱丽叶　因此也不让我知道?
你跟我掩盖了
一个巨大的罪恶,
那就是通奸。
先生,从来没有一个场合
像这样对我的忠诚
进行这么完全的审判。
先生,我求您了。

红衣主教　你忏悔吧。

朱丽叶　永不。

红衣主教　那会加快你的毁灭。
我告诉你。
好好想一想
知晓一个王子的秘密
会有什么危险;
王子们做这些秘密的事儿
每每将他们的心用坚石紧箍,
决不会向外泄露。
我请求你估量一下
自己的脆弱性。
打结容易解结难。
那秘密就像一种长效的毒药,
会在你的血管弥散,
数年后叫你毙命。

朱丽叶　您在和我周旋。

红衣主教　不再弯弯绕了,
告诉你吧。
按照我的指示,
玛尔菲大公爵夫人

和她的两个小孩
四天以前，
被勒死了。

朱丽叶　哦，天啊！先生，您干了什么呀？

红衣主教　怎么样？怎么了结这事？
你的心胸应该是
埋葬这一秘密的黑暗的坟墓吧？

朱丽叶　你自己暴露了这一秘密了。

红衣主教　为什么这么说？

朱丽叶　并不在于我是否保守它。

红衣主教　不？
来，我要你对着《圣经》发誓。
他拿出一本《圣经》

朱丽叶　非常宗教化。

红衣主教　请亲吻《圣经》。
她吻《圣经》
从此以后，
你永远不会再讲它了；
你的好奇心叫你完蛋：
你吻《圣经》，
你中毒了；
我知道
你不可能保守我的秘密，
我叫你吻《圣经》，
就是要教你去死。
波索拉上

波索拉　看在怜悯的脸上，请住手！

红衣主教　哈，波索拉！

朱丽叶　我原谅你，
因为你们拥有同等的司法权，
我把你告知我的秘密
出卖给了那家伙；
他偷听到了；
那就是为什么我说
并不在乎我是否保守它。

波索拉　哦，愚蠢的女人，
难道你不能毒死他吗？

朱丽叶　再思考一番
我们应该干什么
已经不可能了。
我去了，
我不知道我到哪儿去。
朱丽叶死亡

红衣主教　你为什么到这儿来？

波索拉　我想来找你那样的大人物，
还没有像斐迪南大人那样变疯，
应该还记得我的效劳。

红衣主教　我要把你劈成齑粉。

波索拉　你已不能处置人的生命，
请不要横下任何诺言。

红衣主教　谁把你派到这儿来的？

波索拉　她的淫荡的欲念。

红衣主教　好极了；
那你知道我是你的同伙了。

波索拉　你为什么还要给你的腐败
涂上美丽的大理石花样呢?
你模仿那些阴谋叛国的大人物,
当他们败露后,
躲到同僚的坟墓里去?

红衣主教　不能了,有一笔财富在等待你呢。

波索拉　难道我还要去追求命运女神吗?
那只有傻瓜才去朝拜。

红衣主教　我会给你荣誉。

波索拉　世上有许多迈向
浮华虚荣的路,
有些荣誉非常肮脏。

红衣主教　让你的忧郁见鬼去吧。
火儿正在熊熊燃烧,
有什么必要老去拨动,
生出许多呛人的浓烟来呢?
你能去杀死安东尼奥吗?

波索拉　能。

红衣主教　拿上那身子。

波索拉　我想我很快就得叫教堂墓地
扩大棺材架了。

红衣主教　我将给你拨十几名下手
帮你去谋杀。

波索拉　哦,千万别:医生在使用水蛭吮吸腐败的肿块时,把它们的尾巴割掉,这样吸血的速度要快一些。当我去叫人流血的时候,不要给我配备下手,唯恐我在上绞刑架的时候,流更多的血。

红衣主教　半夜后到我这儿来，
帮着把这尸体移到她的住处；
我会说她死于瘟疫；
这会减少对她死亡的质询。

波索拉　她丈夫卡斯特鲁奇奥在哪儿？

红衣主教　他到那不勒斯
去接收安东尼奥的城堡了。

波索拉　依我看，
你做了一笔快活的转手买卖。

红衣主教　别忘了过来。
这是我住处的万能钥匙；
你可以看到
我对你是多么信任。

波索拉　我会把一切做得好好的。
红衣主教下
哦，可怜的安东尼奥，
虽然你的处境值得怜悯，
但还不会危险丛生。
我必须看好我走的
每一步脚步。
如履薄冰之上
人必须小心翼翼；
否则不摔断脖子才怪。
在我面前就有一个榜样：
这人在血腥中装得多么像！
毫无所惧！
啊，装得太好了——
有人说
安全是地狱的郊区，

和死亡仅一墙之隔。
得，好安东尼奥，
我要找到你，
我将尽力让你安全，
不要遭受那些手上
沾着你的血的
最残酷的吃人魔王的侵害。
我可能在正义的复仇中
和你联手。
最软弱的手臂，
当它挥舞正义之剑时，
就是最强壮的。
我仍然觉得
公爵夫人仍然经常造访我；
就在那儿，就在那儿；
那儿什么也没有，
那只是我的忧郁症。
哦，忏悔，
让我尝一口你的酒吧，
你把人们打倒，
为的是把他们拉起来。
抬着尸体下

第三场[①]

安东尼奥和德利奥上。从公爵夫人的坟墓里传出回声

德利奥　那儿是红衣主教的窗户。
这城堡建在一座

① 一城堡。

古代大教堂的遗址上，
在河岸的那边是一堵墙，
一道回廊，
那墙让你听到最美的回声：
那么空寂，那么忧郁，
跟我们的语言那么相似，
许多人认为那是一个精灵
在回应着人间的关切。

安东尼奥　我太爱这些古代的残垣断壁了：
我们不是投足在废墟上，
而是踩在令人肃然的历史上。
毫无疑问，有些人埋葬在
这空旷的日晒雨淋的院子里，
他们如此热爱教堂，
如此虔诚，
以为这是在世界末日前
庇护他们遗骸的最好的地方。
但一切，教堂和城市，
都有一个劫数；
它们有人类一样的病症，
也像人一样会死亡。

回声　像人一样会死亡。

德利奥　回声模仿你呢。

安东尼奥　我觉得，那是呻吟，
一种死亡的声音。

回声　一种死亡的声音。

德利奥　我告诉你了，
那是一种模仿。
你可以把它当作

一个猎手，一只猎鹰，
一位音乐家，
或者一声悲叹。

回声　或者一声悲叹。

安东尼奥　是的，肯定啦——
那最适合它。

回声　那最适合它。

安东尼奥　那非常像我妻子的声音。

回声　是的，妻子的声音。

德利奥　来，让我们离它远一点儿。
我不希望你今天晚上
到红衣主教那儿去。
别去。

回声　别去。

德利奥　在忘却悲哀方面，
智慧不如时间，
让时间来愈合吧；
小心你的安全。

回声　小心你的安全。

安东尼奥　时世逼迫我这样做——
回顾一下你一生
经历的坎儿，
你会发现你不可能
逃过命运的作弄。

回声　哦，逃过命运的作弄吧。

德利奥　听，坟墓的石头都
似乎对你充满同情，

给你出谋划策。

安东尼奥　回声，我不想跟你说话，
因为你是死物。

回声　你是死物。

安东尼奥　我的公爵夫人
和她的孩子们，
正在睡觉，
我希望，
那睡眠是甜蜜的。
哦，天啊，
我永远见不到她了吗？

回声　永远见不到她了。

安东尼奥　在所有的回声中
我特别注意到这次；
在一刹那间，
一股清晰的光
映出来了一张
沉浸在悲哀里的脸庞。

德利奥　只是你的幻想而已。

安东尼奥　啊，我要摆脱这困境；
这么生不如死，
那只是虚假地活着，
是对生命的亵渎。
我不愿再过这两面的生活。
要么失去一切，
要么拥有一切。

德利奥　你的美德救了你。
我将给你领来大儿子，

让你振作起来；
也许看见自己的血脉
流淌在这么一个
美丽的躯体里，
会滋生更多的怜悯之心。

安东尼奥　再见吧。
虽然命运之神
带给我们痛苦，
但我们睥睨劫难，
应对受难
全靠我们高贵的品性。
众下

第四场[①]

红衣主教、佩斯卡拉、马拉特斯特、罗德里格、格里索兰上

红衣主教　你们今晚不用再看护
患病的王子，
殿下已经恢复得差不多了。

马拉特斯特　好大人，我们确实够累的了。

红衣主教　哦，肯定的啦；
吵闹声和他所见物体的变换
都会让他分神。
请你们都去睡吧，
即使你们听见他发作，
我请求你们也不要起床。

① 在米兰。红衣主教和斐迪南住处一房间。

佩斯卡拉　我们不会起床，先生。

红衣主教　不，我必须要你们凭荣誉发愿；
我就睡在他隔壁，
他似乎明白无误地要求这样。

佩斯卡拉　包括你们的侍从也不要起床。

马拉特斯特　也不会。

红衣主教　也许为了考验你们的诺言，
当他睡着了，
我会起床，
模仿他那痴痴癫癫劲儿，
喊救命啦，
假装我处于危险之中。

马拉特斯特　即使割您的喉咙
我也不会来救您，
我发了誓了。

红衣主教　啊，谢谢你们啦。
红衣主教退到一边

格里索兰　今晚发生了一场可怕的风暴。

罗德里格　斐迪南大人的卧室像柳条一样摇晃。

马拉特斯特　那是魔鬼
出于慈善
在摇晃他的孩子呢。
除了红衣主教，全下

红衣主教　我不让这些人为我兄弟陪夜
就是为了神不知鬼不觉
把朱丽叶的尸体
搬到她的住处。

哦，我的良知！
我想祈祷，
但魔鬼挖走了我的心，
对祈祷没有任何信心。
在这一刻我叫波索拉
取走那尸骸。
他一完成我的使命，
就是他去死的时候了。

红衣主教下。波索拉上

波索拉　哈？那是红衣主教的嗓音。我听见他说波索拉和我的死亡。听，我听见一个人的脚步声。

斐迪南上

斐迪南　勒死非常安静，悄无声息。

波索拉　（旁白）不，我必须要警惕。

斐迪南　你对那个怎么说？轻声说：你同意那个吗？那是必须在暗中干的——红衣主教不愿意花一千英镑让医生瞧它一下。

斐迪南下

波索拉　有阴谋要我死；
这，就是谋杀的结果——
当我们知道
坏事定然要用死来偿还，
我们就不会再在意奖赏和基督教。

安东尼奥和一仆人上

仆人　待在这儿，先生，请不要动。
我给你拿一盏蒙上黑布的灯笼来。

安东尼奥　在他祷告时抓住他，
兴许他还能原谅我。

波索拉　吃我一剑！

刺安东尼奥

我可不想给你

这么多闲暇去祷告。

安东尼奥　哦，我完了。

你在一刹那间

结束了一场漫长的诉讼。

波索拉　你是谁？

安东尼奥　一个最可怜的人。

正因为你的刺杀，

我成了我真正的自己。[①]

仆人拿着一盏灯笼上

仆人　先生，你在哪儿？

安东尼奥　在离死亡不远的地方——波索拉？

仆人　哦，不幸呀。

波索拉　（对仆人）别出声，

否则也要叫你死。——安东尼奥！

一个我要不惜生命拯救的人！

我们只是命运的网球，

被命运随意击来击去。

哦，好安东尼奥，

在你行将死亡的耳朵边

我要轻声告诉你，

这将很快就叫你心碎：

你美丽的公爵夫人

和两个孩子——

安东尼奥　一提到他们的名字

---

① 也就是说，因为他秘密地和公爵夫人结婚，那掩盖了他真正的身份。

就燃起我心中
一点点生命的火焰呀。

波索拉　被谋杀了！

安东尼奥　有的人听说悲哀的消息
会想死——
而我却高兴，
我可以真正死了；
我，不希望给我的创伤
涂上香膏，
我，也不希望它们愈合，
因为我，已经没有活的意愿了；
我们追求伟大，
犹如调皮的孩子
把游乐看成生命，
我们追逐的
只不过是泡沫呀，
在空中爆破得无影无踪。
生命的快乐，
那是什么？
那只是一场疟疾的间隔，
准备去忍受
另一轮苦恼的罅隙而已。
我并不要求什么葬礼，
把我的遗体交给德利奥。

波索拉　破碎的心！

安东尼奥　让我的儿子远离亲王们的宫殿。
安东尼奥死亡

波索拉　你似乎很爱安东尼奥？

仆人　我带他到这儿来，

和红衣主教和解。

波索拉　我并不是问你那个。
如果你还想活命，
把他搬起来，
抱到朱丽叶夫人
待着的地方。
仆人搬起尸骸
哦，我的命运，运转得太快了！
我叫这红衣主教饱受煎熬，
现在又要将他送到刀口。
哦，可怕的错误呀！
我不要模仿光荣的大业，
那也不过是卑下而已——
我只做自己的榜样。
（对仆人）走吧，走吧，
你们要像你们
扛着的尸体一样寂静。
仆人搬着安东尼奥的尸骸和众人下

第五场[①]

红衣主教拿着一本书上

红衣主教　我为一个关于
地狱的问题而困扰。
这书的作者说，
地狱里有烈火，
但并不是烧炙所有的人。
别去管它。

① 同一住处的另一房间。

负疚的良心多么恼人！
当我瞧着花园里的鱼池，
我仿佛看见一个拿着耙子的鬼，
似乎向我冲来。
波索拉上，仆人扛着安东尼奥的尸骸同上
现在？你们来了？
瞧你的鬼样子——
你的脸容凝聚着决心，
同时夹杂着一丝恐惧。

波索拉　干脆行动吧，
我来要你的命。

红衣主教　哈？救命！卫士！

波索拉　你估计错了——
他们听不见你的号叫。

红衣主教　等一等，我跟你
公平地拆一下账。

波索拉　你的祷告和诺言
统统都是虚假的。

红衣主教　警卫队！
有人背叛了！

波索拉　我已经堵死了你的逃路——
你只能退到朱丽叶的房间，
不能再退了。

红衣主教　救命！有人背叛了！
在舞台的上方，佩斯卡拉、马拉特斯特、罗德里格、格里索兰上

马拉特斯特　听。

红衣主教　拯救我的公国！

罗德里格　他在闹着玩儿呢！

马拉特斯特　啊，这不是红衣主教。

罗德里格　是的，是的，是他，
我才不下去救他呢，
只盼望他吊死。

红衣主教　有一个针对我的阴谋；有人对我攻击了！我快完了，
除非有救兵！

格里索兰　他装得挺像模像样；
但不会叫我笑得要死。

红衣主教　匕首就顶在喉咙口上！

罗德里格　要真那样的话，
你也不可能大喊大叫了。

马拉特斯特　来，来，
让我们回床上去吧，
他预先跟我们说过了。

佩斯卡拉　他希望你们不要去干扰他，
但这嗓音听起来不像是开玩笑。
我要下去，
用工具设法把门打开。
佩斯卡拉下

罗德里格　让我们跟着他去瞧瞧吧，
看红衣主教将怎样嘲笑他。
舞台上方的人全下

波索拉　先把你杀了，
他杀死仆人
因为你没有挡住门道，

把救兵放进来了。

红衣主教　你为什么要追杀我?

波索拉　瞧那儿。

红衣主教　因为安东尼奥?

波索拉　我错把他杀了。
他在祷告，一刹那间没看清;
你杀死你的妹妹，
把她所有的财产都从法庭拿走了，
除了一把短剑，
什么也没给她留下。

红衣主教　哦，怜悯怜悯我吧!

波索拉　看来你，只是外表伟大，
你，自己毁灭自己，
比灾难毁灭你还要快。
别浪费时间了，
吃我一剑!
刺红衣主教

红衣主教　你刺痛我了。

波索拉　再来一剑!
再刺一剑

红衣主教　难道我要像一只小野兔
毫无反抗地去死吗?
救命，救命，救命!
有人要杀我!
斐迪南上

斐迪南　吹响警报!给我牵一匹壮马来:
把所有的卫士召集起来，

要不这一天就白费了。
（威胁红衣主教）投降吧，投降吧，
体面地投降吧，
我在你面前挥舞短剑，投降吗？

红衣主教　救救我，我是你哥。

斐迪南　是魔鬼？
我哥在对立阵营作战吗？
那是你的赎金。
他把红衣主教刺伤，在混乱中又刺中波索拉，那伤口造成他后来的死亡

红衣主教　哦，公正！
我为我所作所为遭受报复了——
悲哀是罪愆的长子。

斐迪南　你们是勇敢的人。恺撒的命运比庞贝的命运还要艰难——恺撒死在繁荣的怀抱之中，而庞贝死在耻辱的脚下；[①] 你们都死在战场上。痛苦没有什么；因为害怕更加深沉的痛苦，就像牙痛的人看到一个剃头的跑来拔牙感觉害怕一样，痛苦也就化为乌有了：这是给你们讲的哲学。

波索拉　现在，我的复仇完成了。
他杀斐迪南
沉下去吧，我胡作非为的主因！
我生命的最后一段
为我做了最好的效力。

斐迪南　给我一些潮湿的干草，
我呼吸困难呀。

---

① 恺撒于公元前 44 年 3 月 15 日在上议院被杀，而失败的庞贝作为逃亡者在公元前 48 年登陆埃及时被杀。在莎士比亚的《裘力斯·恺撒》中恺撒死在庞贝的雕塑像脚前。

这世界只是一个狗窝；
我要改变我的信念，
我相信在死后
还是会有天堂之乐。

波索拉　在生命的最后一瞬，
他似乎恢复了神志。

斐迪南　我的妹妹！哦，我的妹妹！
这因由是什么呢？
不管我们是
因野心、血腥，
还是淫荡而蹉跌，
我们就像宝石相互切割呀，
互相攻讦倾轧而死亡。
斐迪南死亡

红衣主教　你已经得到你的酬报了。

波索拉　是的，我将我疲惫的灵魂
咬在牙齿间；
它时时可能离开我。
你，像一座耸立在
宽阔而坚实地基上的
宏伟的金字塔，
也将倾颓在一个小小的点上，
似乎是一片荒原，
为此我感到无上的荣光。
佩斯卡拉、马拉特斯特、罗德里格、格里索兰上

佩斯卡拉　感觉怎么样，大人？

红衣主教　哦，不幸的灾难！

罗德里格　怎么会这样的呢？

波索拉　复仇，
为了玛尔菲公爵夫人，
她被她阿拉贡兄弟们谋杀；
为安东尼奥，
他被这只手所杀；
为淫荡的朱丽叶，
她被这个人毒死；
最后，为我自己，
我一反我的本性
在所有的事件中扮演着主角，
到头来
还只是孤零零的一个。

佩斯卡拉　现在该干什么，大人？

红衣主教　料理一下我弟的后事：
当我在草垫上挣扎的时候，
他给了我如此大的创伤，
我请求你们把我埋在一边，
永远不要再想起我。
红衣主教死

佩斯卡拉　他似乎忍受了致命的打击，
等不来救兵！

马拉特斯特　你这血腥而可怜的家伙，
怎么杀死了安东尼奥呢？

波索拉　在昏暗中，我也不知道怎么回事；
这种错误
我在戏剧中看得太多了。
哦，我要死了。
我们就像死墙[①]，

① 指没有开口的墙。

或者墓穴，
一旦倾颓，
阒无声息。
永别了。
但是在这一场
如此美妙的争吵中
去死，也许会有痛苦，
但对我也没什么大碍。
哦，这沉郁的世界！
人柔弱而恐惧地生活在
什么样的影子，
什么样黑暗的深渊中呀！
让高贵的心灵
永远不要惧怕死亡，
在公正面前
永远不要感觉羞耻：
我开始新的航程了。
波索拉死亡

佩斯卡拉　当我来到这王宫，
高贵的德利奥
告诉我安东尼奥在这儿，
给我引见了一位英俊的绅士，
他的儿子和王储。
德利奥带着安东尼奥的儿子上

马拉特斯特　哦，先生，你来迟了！

德利奥　我，听说了发生的一切，
来之前思想也有了准备。
让我们用一颗高贵的心，
来发掘这伟大的废墟吧；
让我们全力立

这位年轻而倜傥的绅士
继承其母亲的衣钵
为公国的国君吧。
别将这些惨剧
再留给后世了，
权且当是一场霜雪，
在白雪上留下的脚印吧；
太阳一出山，
白雪就融化了，
那脚印和白雪也都悄然不见了。
我在想，
造化对伟人所做的事
莫过于让他们
成为说真话的灵秀精华：
正直的品性
是名声最好的朋友，
它超临于死亡之上，
给终局戴上高贵的王冠。
众下

布西·达姆布瓦的复仇[1]

乔治·查普曼 著

① 根据 Four Revenge Tragedies (Oxford World's Classics), ed. Katherine Eisaman Maus, Oxford University Press, 1995 译出。

戏剧人物

亨利，国王[①]

大亲王，他的弟弟

吉斯，公爵

勒内尔，侯爵

蒙特梭利，伯爵

巴里尼，康布雷总督

克莱蒙特·达姆布瓦

玛雅、夏龙、奥玛勒，将军们

艾斯帕农、塞瓦松，宫廷侍臣

帕里克，吉斯的领宾员

伯爵夫人的领宾员

卫士

士兵们

仆役们

一位使者

布西，大亲王

吉斯，红衣主教

夏迪龙[②]的鬼魂

---

① 法兰西亨利三世，1551—1589。

② 夏迪龙，胡格诺派教先驱者，在 1572 年 8 月 24 日吉斯公爵主谋的圣巴托洛缪惨案中被杀。

康布雷伯爵夫人

塔米拉，蒙特梭利妻子

夏洛特，巴里尼妻子

利奥瓦，伯爵夫人的仆役

第一幕

第一场

巴里尼、勒内尔上

巴里尼　国运日益衰颓
堕入无法无天的乱象，
竟然容忍对高贵的
达姆布瓦的谋杀，
它将滑向何方呀？
谋杀和法律成了难兄难弟！
谋杀为王国服务，
给希望升官发财的人
鸣锣开道，
竟然用稻草人
去吓唬私通的情人！
狡猾的政治
反被狡猾所误，
它最终将会怎样呢？

勒内尔　最终将带来许多教训：
每每在国王诞生，
灾难免除，

或加冕的时刻，
奏响城中的大钟庆祝，
钟声音调各异，
一片杂沓叮当，
而循规蹈矩的时钟
却被噤声；
同样，
当自我夸大，
奴颜婢膝的赞颂
支撑着无法无天的权力，
那公正和真诚，
那限定权力
制定正当程序的
公正和真诚
却给闭上了嘴。
我们曾看到
君主恰当地
行使权力，
王权是最合法的权杖；
国王庇佑百姓的福祉，
人的自由，
从不曾短少，
人们自由而又自由呀。
然而，国王一旦傲慢，
使用暴力来统治，
让曾经微笑的眉宇
骤然紧蹙，
心因蹙眉而痛苦，
那么，美德便消失了，
人们醉心于私利、欺诈和罪愆；
缺乏善心的人，

只能依靠惩罚来威慑，
独裁者惧怕恶，
但更惧怕善，
用恫吓来统治百姓，
那良民的美德
便只能是空中楼阁了。

巴里尼　现今天下太平，
危险荡然无存；
那又怎么样呢？
百无聊赖让思想生锈，
美德的效力
得不到任何报答；
闲散，自保，
凌驾于一切。
我们曾经发动战争，
那是为了阻止战争；
人们贡献甚于获取，
这让我们国家强大无比。
我们举世无双的士兵
宁可参与公共的战争，
也不掺和私人的口角，
他们装备非常简陋
但精神则足以
叫敌人闻风丧胆，
他们不嫖娼狎妓，
不竞相以华服盛装
来炫耀与生俱来的权利。
在他们面前，
没有什么劳役太艰苦，
没有什么道路太迢遥，

没有什么断崖太陡峭，
如果鸟儿能翱翔而过，
我们的青年也定能飞越。
一个手拿武器的敌人
比一个涂口红的妓女
更能撩拨起方刚的血气。
野心犹如爬墙，
好像翻越炮塔；
名声就是财富；
最好的身段，
最好的行为，
就是最好的高贵；
荣誉受人尊敬，
用德行去赢得财富，
要不就什么都舍弃。
我们用最少的人
征服了别的国家；
美德慑服所有的人。

勒内尔　是这样的，
我们的贵族热爱、
赞扬并实践美德；
他们不说空话
注重实际行动，
他们的行为
人们听了倍加赞扬，
他们绝不缺乏美德，
绝不徒有虚名。

巴里尼　做不到这些的人，
不会得到赞颂
也不会被人忌恨；

社会礼仪盛行，
慷慨蔚然成风；
粗鄙的农夫、奴才和刽子手
要贪婪也没有市场了。

勒内尔　但现在情况正相反；
为什么从善良的本性中
会萌发出歧异和反叛，
归根结底是因为：
正直的奋斗无法成功，
圆滑和欺诈便盛行了。
无知的人
闲着无所事事，
而无所事事的人大多会
装得典雅风流，
充满往上爬的欲望。
他们只知捞钱，
而智者却不屑为之。

巴里尼　有人认为
拿宗教与财富相比
是愚蠢的，
除了这些人之外，
没有人是有智慧的。
啊，您的伟大的、
令人敬重的吉斯，
在您的全力支持下，
开辟了一个全新的世界。
他的那些穷困的贵族随从，
就像您一样，我的大人，
将找到机会
为您的冤屈报仇。

勒内尔　这是毫无疑问的；
我同时也希望
你的被杀的大舅哥
高贵的布西·达姆布瓦的案子
也能被甄别过来。

巴里尼　那是我义不容辞的义务。
布西的妹妹，也就是我的妻子，
不答应嫁给我，
除非我发誓竭尽全力
为她的哥哥报仇。
布西的弟弟
克莱蒙特·达姆布瓦，
（自从他的鬼魂出现，
恳求他为他报仇）
一心想要用自己的手
去为布西复仇，
并原谅我放弃
对他妹妹所做的誓言。
他要以最高贵、
最男子汉气概的方式来复仇，
要是伯爵敢于应战，
他决定给他送一份请战书去，
这事儿要由我来承担。
但这使命我无法完成，
因为他家四周筑了路障，
由卫兵固守。

勒内尔　不同寻常的情况，
那对我意味着一场
必须下的赌注。
他很想得到我

最后的一片土地，
买卖合同正在讨价还价。
正如你所知，
他非常贪婪，
（他会死命追逐利益）
什么地方有好处，
他什么危险都不怕。
另外，你知道，
他的夫人在他的哀求下
（哄她就像初恋时
将一支支箭射向
她那明亮的眼睛）
重又跟他生活在一起，
我知道，她将全力投入
为她情人的复仇之中。

巴里尼　毫无疑问，大人，
让我祈请您赶快行事吧；
我妻子为了尽快复仇
已经很不耐烦了——
正如您知道的，
她跟她哥哥一样充满激情，
总呵斥我缺乏热情履行誓言，
她不让我拥抱她，
老是在问：
“什么时候，
什么时候复仇呀？
什么时候
才实施这老不兑现的复仇呀？”
我曾对天赌誓，
娘儿们无法理解，

我跟她辞别，
很怕再见到她，
跟她说我手上和脸上
怎么沾满
她如此渴望的鲜血。

勒内尔　拿上你的挑战书吧，
期望听到你扫清道路，
通过所有障碍的消息。

巴里尼　但愿阁下得到失去的一切。
勒内尔下
——他的事儿我必须禀告国王，
我宣过誓
佯装作他们的同伙，
对国家有诸多不满，
要向国王密报
国内的牢骚和阴谋。
即使我的妻舅克莱蒙特
也逃不过我的监视，
我对国王密报
他关于吉斯伟大的说法，
（国王知道他无法无天的秉性）
我添油加醋使国王相信
他人身安全遭遇极大的危险，
虽然我良心可以发誓，
他没有一丁点儿谋反的心思。
但是他那种真诚，
在我们政客看来，
纯粹是出于恶谋[①]，
因为不可能指望它

① 原文为 envy，在 17 世纪的英语中作 malice 解。

去成就伟大的谋略；
我们对每个人
各方面越怀疑，
对国王的效力就越缜密，
就越不放过
任何会加害于他的灾祸；
我们越将最好的
说成最祸国殃民，
我们的情报就越显得神通广大。
要想怀疑善行
太容易了，
因为善和上帝
不过是恶的外衣罢了。
亨利国王、大亲王、吉斯、克莱蒙特、艾斯帕农、塞瓦松上。大亲王向国王辞行
瞧，大亲王在为前往布勒邦[①]辞行呢，
亨利下
吉斯和他的宠臣克莱蒙特·达姆布瓦
正在窃窃私语，
我敢打赌
（虽然吉斯现在
是天主教那一派的头儿）
他们谈的不是国家大事，
而是人们不屑于谈的琐事，
也就是怎么显得高贵，
怎么聪明处世。

大亲王 （对艾斯帕农和塞瓦松）瞧他凑在吉斯耳朵边说话，
简直就像是他的耳坠。

① 布勒邦位于今日的比利时和荷兰境内。

艾斯帕农　他在耳语斯多葛
清心寡欲的法则，
消除内心对幸运的渴望。
无知的贵族们
把虚荣看成他们的骄傲，
他们只是一群谄媚之徒，
追求的仅仅是豪宅和高位。

大亲王　他会把对这些人的蔑视
讲给吉斯听吗？
那太需要了，
我觉得他只是
假装迎合他的斯多葛法则罢了。

艾斯帕农　对法则称赞一番。

大亲王　而却另谋其事。
这是虚伪，
廉价而又庸俗，
是暗中算计，
（然而，为他们[①]教导并统领的
受骗的人们所相信）
这无异于有奸情的妻子
为丈夫所相信一样，
即使她们刚刚偷情，
脸上也不显露任何愧色，
仿佛她们压根儿没有越轨，
已经习惯于违犯这样的罪孽了。
人们对这个达姆布瓦的美德
称赞备至，
（他认为所有的哲学

---

① 指吉斯和克莱蒙特。

无非就是怎么活得更好，
他那说服别人的能力
充分说明他在生活中
已经将哲学应用自如了）
而这雄心勃勃的吉斯
赞赏他，
就是赞赏他的美德。

艾斯帕农　但有的人
认为他的美德
因为别人的罪愆
而显得虚伪，
因为那更加聪明地
包装在美德里，
与其怀疑真，
还不如怀疑伪——
这两者，
真遭遇更惨的境况，
人们很难相信真，
因为它是那么不同寻常，
那么不为人所知。

大亲王　我要去把这两个讲美德的人拆开。
人们说，虽然这个克莱蒙特
拥有达姆布瓦家的精神
和他哥哥的勇气，
但他的脾性远比他哥哥沉稳，
你简直无法激怒他：
我倒要来试一试他的脾气。
（对吉斯和克莱蒙特）来，你们俩
谈论美德那么起劲，
别把别的朋友撇在一边，

和他们分享一点儿吧：
我纳罕，吉斯，
你会把他从我的心中挖走，
是我最初把他造就成男子汉，
锻炼了他的精神，
赋予他技能，
给了他荣耀和光彩。
我想请问你，克莱蒙特，
人们是怎样想我的？
敞开你的心扉，
让我聆听一番你的内心。
（这也是考验你
从你哥哥那儿继承的
对我的爱）

克莱蒙特　怎么回事，王爷？

大亲王　如实地对我说，
从你的话中，
我可以看到老百姓
和你自己对我，
对我的目的，
对新公国布勒邦
（我正要前往那儿）
和我在法国更高目标的看法[1]：
说吧，老兄，
心中想什么就说什么。
哦，要是勇敢的布西还活着有多好！

克莱蒙特　还活着，我的大人？

大亲王　是的，你是他的弟弟，

---

① 在剧作家前一部剧作《布西·达姆布瓦》中，大亲王曾觊觎他哥哥的王位。

但是，你敢跟吉斯对着干吗？
你敢当面调戏他的妻子吗？
甚至当着我的面，
你敢于把他说我的最糟糕的话
说出来吗？
你敢于把我，未来的国王，
当成一个普通的老百姓，
说给我听一听
我最令人厌恶的缺点吗？
你敢吗？

克莱蒙特　我说不准：
一个人在看见肉之前，
是不知道他的胃口有多好。
如果我能够像他一样勇敢的话，
我也许也会像他一样敢的。

大亲王　那你就兜底说出
我到底是怎样一个人吧。

克莱蒙特　那只是陈词滥调，
他告诉过您。

大亲王　他只是开玩笑，
说到暴躁和妒忌。
你更有学问，
因此站得更高，
看得更深刻，更理性；
让我来听一听你对我的看法吧。

克莱蒙特　难道您不是整个法国
唯一的支柱和希望吗？
难道您不将是
低地国家的征服者吗？

大亲王　呸，你也来对我歌功颂德了。
这是达姆布瓦家的风格吗？
我必须惹怒这个吉斯，
要不就永远听不见真理。
告诉我，因为布西已经不在了——
他敢于激怒我，
然而为了对我的爱，
也不惧激怒国王。
你懂我的意思，是吗？

克莱蒙特　大人，我得好好琢磨一下。

大亲王　你懂吗？我请你告诉我，
你从未想过
因为我的什么计谋
我才留住你和你哥哥的？
我应该给你什么职位呢？

克莱蒙特　随您的便吧。

大亲王　但你是怎么想的？
难道你认为我毫无目的吗？

克莱蒙特　我知道您有。

大亲王　当我收容你们这两个
穿得破破烂烂的穷士兵，
当我用一枚法国硬币
就足够叫你们做任何事情，
难道你认为我毫无目的吗？

克莱蒙特　只要大人您乐意。

大亲王　不，干脆一股脑儿
把你们俩和你们的衣箱
买下来了。

我恐怕让你感觉不快了。

克莱蒙特　没有，一点儿也没有。

大亲王　最有名的士兵伊巴密浓达[1]
（正如著名的作者说的）
衣不蔽体，
而你们俩还有一件外套共享，
你们两人关注的不是吃什么肉，
不管它是鹌鹑、鹬、山鹬、
云雀，或者熏鲱，
问题是到哪儿去讨呢——
到我家，到吉斯家
（你们知道你们是出了名的乞丐）
或者到一家餐馆去赊账，
可从来不会去还账。
这让你生气吗？

克莱蒙特　不，王爷。请说下去。

大亲王　至于你的高贵的出身，
我愿意相信你的誓言，
但是有人说，
你和你的高贵的哥哥
最初是乘运煤的驳船来宫廷的。
这让你生气吗？

克莱蒙特　绝不会，王爷。

大亲王　我为什么会喜欢上你？
我为什么会把你从牛粪堆里扒出来，
把我的旧衣服给你穿？[2]

① 公元前 4 世纪希腊底比斯将军和政治家。

② 这是当时一种习俗，老爷给仆役穿自己的旧衣服。

我为什么把你和你的哥哥
带到王宫来？
我为什么让你做我的
轻佻的密友？
我为什么教你用绰号来称呼
我们最伟大的王公贵爵？
难道我徒然把你们俩吹捧起来吗？
你虽然有学问，
但你没有令人愉悦的智慧；
即使你有很高的智慧，
难道我非得把你
留在我的餐桌上吗？

克莱蒙特　啊，王爷，
这可是一个好骑士待的地方。
许多骄傲的受封的风流男子
因为患上淋病成了可怜虫。

大亲王　我能给你找个什么位置呢？
也许你适合当我的皮条客。

克莱蒙特　我也许可以。

大亲王　狡猾的吉斯是否有可能
把你放在我这儿
来坏我的事儿？
我不怕你；
虽然我并不肯定
我是否赢得了你的心，
但我知道
你的脑袋瓜子
就像护壁板一样光秃，
和所有的侍臣一样，
你这家伙肌肉发达，

但只是一个打手，
干什么都可以。

克莱蒙特　除了弑君。

大亲王　是的。我看
你终于懂得自己了。

克莱蒙特　是的，您也更懂得您自己了：
您生来就是王子——

大亲王　是的。

克莱蒙特　一位国王的兄弟——

大亲王　没错。

克莱蒙特　但任何一个傻瓜蛋
都可能是这样，
难道不是吗？

大亲王　该死！

克莱蒙特　出生之前，
您没有任何高贵的业绩，
如果是我的话，
我也可以[①]；
在您出生之后，
我也没有听说
您成就过什么伟绩，
做过任何人们期望您做的事。

大亲王　他着魔了！我不想见他了。

吉斯　不，等一等，大人，
听一听他怎么回答。

---

① 克莱蒙特关于美德和出身的观点，正如他在本剧其他部分所表达的，大多摘取自爱比克泰德《语录》《手册》以及塞内加的《道德通信》和西塞罗的哲学对话。

大亲王　不想听了，我发誓。再见。

大亲王、艾斯帕农、塞瓦松下

吉斯　不想听了？可悲！
我愿意出一百万
听一听你怎么回敬他的蔑视，
嘲弄一番他高贵的出身和伟大
（这绝不是由他的功勋，
而是由命运决定）
这一般迟钝的人都明白，
他们比具有美德情操的人
不知差到哪儿去了。
没有美德，
他的高贵不过就是
瞬息即逝的幻象和泡沫。

克莱蒙特　除了您，
还有哪个大人物会想到这个？
当许多傻瓜蛋
由于出身和遗产
而变成大人物，
所有的人都把出身
和由此带来的权利
（即使别人在享用）
视为天经地义：
当他们不费吹灰之力
获得这些权利，
他们既不能
正确地判断它们的价值，
又不知道怎么使用它们，
谁又会认为
他们应该由于他们的地位而

获得巨额的财富呢？
因此，他们通过自我吹嘘
而变得膨胀起来，
就像这个大亲王，
因为占有了财富
就可以蔑视善。
没有哪个伟人会去追逐财富，
而这些人致力于缩小家人规模，
大兴土木造玉殿朱楼，
命运让这些有权有势的人
积敛了大量的金钱，
却没有给他们内心任何财富。

吉斯　确实是这样：
他们宁可将金钱浪费在
虚荣的砖块和石头上，
（就像西西弗斯
徒劳无功地将石头推上山）
而不愿将钱花在人身上，
人可是上帝的造物，
圣灵寄托的场所呀。

巴里尼　说得太高贵了，我的大人。

吉斯　我要把这些搬上舞台，
就像雅典和老罗马
曾经做过的那样，
让那些守财奴巨头
观看他们造成的惨象。

克莱蒙特　不，我们现在除了将木偶
和穿奇装异服的滑稽小丑
搬上舞台之外，

一无所有，
演员们走上舞台插科打诨，
把一切善行都说成是亵渎。
不管善行到哪里，
它都会让那地方神圣化，
虽然另一只脚
永远不可能这么神圣，
它还是踩了一脚屎。
让我看看关于人的事儿吧，
在马棚，也在舞台。

巴里尼　啊，难道不是
整个世界就是一个舞台吗？

克莱蒙特　是的，正是这样。
舞台因为他们也有了一份敬重，
正如希腊道德家[①]说的话：
“一个人是为伟大
还是为财富而自豪？
给我一个出色的演员，
我将显示
在他最荣耀的时候
一切都可能完蛋；
一个人会为他的
贫困和低贱而吓怕吗？
给我一个演员，
我将显示给每个人
他怎样痛苦，
怎样捶胸顿足，
表现贫困和下贱
最好和最坏的方面。”

---

① 即爱比克泰德（55？—135？），古罗马新斯多葛派哲学家。

如果这只是一个外表鲜亮的人，
他为拥有外在的东西而自豪，
而这些东西和他的品德毫无关联，
你可以看到
他其实一点儿也没有自豪的理由，
而那贫困的人
也没有因困顿而痛苦的缘由，
这些天才的演员
是很容易饰演出来的。
剧院和演员
并不是像激进的清教徒
和充满恶意而又无知的狂徒
所想象的那样值得鄙视。
所有的东西
都含有乐子快意，
适合于戏剧舞台。
那位尖刻的
嘲讽世上人事的哲学家[①]
太值得在舞台上露一脸了：
人们号啕大哭，
他声称他可以从那泪水中
过滤出笑料来。
当他听说
一位律师从未这样卖力辩护，
他站起哈哈大笑起来。
当他听说
一位商人发誓
要永远坚持他商品的质量，
他站起哈哈大笑起来。

① 指古希腊哲学家德谟克利特。

当他听说
一位牧师
用空洞夸大的词语
从未这样狂热地布道，
他站起哈哈大笑起来。
他从未见过一个大人物
如此侮辱、伤害人，
运用法律
不是为了别人的
而是为了他自己的公正，
他站起哈哈大笑起来。
当他看见一个年轻的寡妇，
为了死去的丈夫，
扭动手腕，
哭得非常伤心，
这位哲学家仍然哈哈大笑。
他把这些行为
看成是一种虚伪，
是戴着虚假的面具，
还是虚荣，
我并不在意；
不管他们是谁，
他一概大笑置之。

吉斯　你也许是对的，克莱蒙特，
这关于美德离题的讨论
应该归功于阴险的大亲王。
现在言归正传，
为了你被杀的亲人，
你准备怎么复仇。

克莱蒙特　这儿是一份挑战书，

我请我妹夫巴里尼
送达凶手伯爵手里。

巴里尼　我已经设法打通
他所设的所有卫兵关卡。

吉斯　高贵的巴里尼，
把情况跟我们通报。

巴里尼　我会的，大人。
众下

第二场

塔米拉上

塔米拉　复仇女神呀，
正端坐在被伤害的女人
哭红的眼睛里，
直到我们将染着鲜血的花冠
戴上你的额头，
从你那儿
为我们被损害的荣誉
获得公正；
你的翅膀不会躲避
愤怒或者暴政
无情制造出来的血腥，
到这儿来，
到这儿来，哦，到这儿来！
虽然你不会
让任何罪恶逃逸你的正义，
惩罚还是不要拖延得太久吧。

飞吧，飞吧，飞到这儿，
把你的钢铁般的利爪
栖息在这儿：这儿，哦，这儿，
在这儿，怀有恻隐之心的大地
拥抱着我情人的躯体，
在大地上留下他的血迹，
将那最残暴的谋杀
暴露在光天化日之下。
哦，大地呀，
为什么不赋予他躯体以活力呢？
不，那不是大地该干的事；
以太升腾到那火球上，
那火球往我的欲望上
不断泼洒情火。
这儿是我每天的安息之地；
在这儿，
你可以从你的情敌手中
夺过来所有的夜晚，
哦，我亲爱的布西，
我将躺下吻你，
或者在叹息、亲吻和悲吟中
将我的活力吹进你的血液之中。
（躺下）她吟唱起来，蒙特梭利上

蒙特梭利　还保持着这个习惯呢？
仍然让情爱的血液
浸染你的精神？
你不感到羞耻吗？
想一想：
你所钟情的血
就像是一条毒蛇，

不可能满足你的欲望。
（还不如用一条遮羞布
遮掩你的羞耻）
去寻找新的生命吧，
这比巫师与恐怖接吻，
与尸体性交好多了。
羞耻就像淫欲
浸润在血液里，
少女的羞耻感
和淫欲都会
由脸红而显示出来；
它们往往混淆在一起，
羞赧并不比无耻好多少。
谁能将它们分辨清楚，
特别当他经历
还没有被淫欲污秽的感情？
正如最令人尊敬的诗人
避免使用粗鄙的语言
和矫揉造作的诗句，
来表达他们的诗意，
将诗情和形式
艺术地结合在一起；
同样，最令人尊敬的女人，
应当避免任何粗俗的伪装，
虽然她们不由自主
要钟情另一个男人，
但谦卑是她们生命的精髓，
即使受到移情别恋的污染，
她们仍要保持谦和的仪态；
她们应呈现娴静的外表，
即使行事非常地下贱。

塔米拉　这就是你们对我们女人的要求。
虽然你们自己都寻觅情人，
而我们却不能，
我们绝不能满足我们的情欲；
然而，几何学者告诉我们
线和面必须随着它们的形体
移动而移动，
可怜的女人却不能
追求自己的感情，
只能随她们丈夫
愤怒而愤怒，
快乐而快乐，
只能仰她们丈夫的鼻息，
时而严肃，
时而欢笑，
（全然一副傻样）
像寄生虫，
像奴隶。

蒙特梭利　我对待你就像我的灵魂
统领着我的一切。

塔米拉　当你在哄我的时候
你会这么说。
士兵们在久攻不下的城墙前，
也会许诺宽大的投降条件——
自由啦，
所有前政权人员赦免啦。
然而，一旦脚踩进城里，
一把抓住了政权，
他们就会滥施淫威，
抢劫城里人的财物，

剥夺他们的自由和生命，
他们的利益和淫欲
就成了他们的铁律。

蒙特梭利　爱我吧，就像一位妻子那样，
我会像出事之前一样爱你，
我发誓宽宥你。

塔米拉　宽宥！你才应该祈求我的宽宥——
这些遭受折磨的手指
和被利刀割破的手臂，
虽然无声无息，
却有权要求宽宥，
而且永远有这个权利。

蒙特梭利　请别忘了它们的好处。

塔米拉　像这种警示般的惩罚
应该改一改了，
而不是一味要男子汉的威风。
你听说过
北风和太阳的故事吧，
两者争辩谁最有力量，
先让一位旅者脱去大衣：
北风怒吼要他脱衣，
他反而更加将大衣紧裹；
（北风离开了一会儿）
温和的太阳将阳光，
静静、灼热而又不停地
照耀在他身上，
他不得不脱去大衣和外套。
男人应该像谁行事呢？
如果你希望妻子
不要做你不喜欢的事，

你不应该发怒，
因为发怒只会引发反感：
种瓜得瓜，种豆得豆。
只有不露声色的警告
与和善的男子汉的劝说
才能感动道德败坏的妻子，
不仅让她们改过自新，
而且会变得比
从未犯错的女人还要贤惠。
一士兵上

士兵　大人。

蒙特梭利　怎么回事？有人要跟我说话吗？

士兵　是的，老爷。

蒙特梭利　你这个糊涂混蛋，
其他的卫士在哪儿？
我不是跟你们说过
除了勒内尔大人，
我谁也不见。

士兵　来访的正是他。

蒙特梭利　哦，是他吗？好吧，请他进来。
士兵下
我必须得警惕，
复仇之神正在找我呢。
你听见了吗，夫人？
勒内尔和士兵上

勒内尔　（对士兵旁白）看在夫人对你们的慷慨面上，
她现在受到了伤害，
请效忠于她吧，

这次谋略主要就是为了她，
请好好效力吧；
在巴里尼先生来到之前
把所有的卫士调开。

士兵　看在您名誉的分上，
大人将不会受到任何伤害，是这样吗？

勒内尔　就像你一样安全。
注意，把他来的路清扫干净。

士兵　遵命，大人。
士兵下

勒内尔　愿上帝保佑大人阁下！

蒙特梭利　最高贵的大人勒内尔，
所有的士兵都欢迎您！
夫人，欢迎大人阁下。
勒内尔吻塔米拉

勒内尔　（对塔米拉）我很高兴你回到这儿来了。

塔米拉　你比我还要高兴。

蒙特梭利　因为我的妒忌，
我们分离，
她对此仍然非常恼怒。

勒内尔　大人阁下适时承认了错误，
这太好了。
巴里尼拿着挑战书上

蒙特梭利　死亡！谁把我们叫到这儿来的？
哦！卫士！歹徒！

巴里尼　您干吗这么大喊大叫？

蒙特梭利　逆贼！谋杀，谋杀，谋杀！

巴里尼　您疯了。
要是我像您干掉布西那样，
也不会等到今天了。

勒内尔　大人，你这么闯进来，
太鲁莽了。

巴里尼　您这个大人太迂腐了，
跟我说鲁莽，
您举止迂腐，行事也迂腐。

勒内尔　你说起举止，
难道你推门而入，
人家正和妻子忙乎着，
你这是文明行为吗？

巴里尼　大人阁下在看门吗？

勒内尔　看门？①
拔出他的剑来

蒙特梭利　（对勒内尔）亲爱的大人，请忍耐。
（对巴里尼）说说你来到别人家
有什么用意，大人。

巴里尼　这就是我的来意，大人——
我带来
克莱蒙特·达姆布瓦的挑战书。

蒙特梭利　挑战书！我可不想碰它。

巴里尼　那我就把它放在这儿。

勒内尔　你先把你的命放在这儿。

蒙特梭利　谋杀，谋杀！

---

① 在文艺复兴时期，英语 doorman 意指 pander，皮条客。故有拔剑之举。

勒内尔　（对蒙特梭利）躲一躲吧，大人；走开吧。
（对巴里尼）拿好剑，否则就会要你的命——
离开这儿吧，大人！

巴里尼　挑战书在那儿。
巴里尼扔下挑战书。他们混战一场，巴里尼把蒙特梭利打了出去。蒙特梭利下

勒内尔　演得不错吧？

巴里尼　棒极了，大人。感谢啦。
巴里尼下

塔米拉　我会叫他读挑战书。
塔米拉下

勒内尔　一切都玩于股掌之间。
哦，除了他是政客，
人算是什么呀！
下

第二幕

亨利、巴里尼上

亨利　来，巴里尼，现在就我们两人。
说，是什么使命让你到这儿来的？
简单扼要。

吉斯　（你似乎是他的朋友）
现正在宫廷里，
离我们不远，
有可能看见我们。

巴里尼　那我就简要禀告一下，陛下。
吉斯这帮人势力
（我效力他们和效劳陛下
似乎吻合在一起）
看来已经蓄势待发，
需要严加注意：
我妻舅克莱蒙特
是其中一个重要的成员，
就更需要格外防范。
您能以最有利的地位，
迅雷不及掩耳之势，
把他逮捕起来——

您知道因为亲王宫廷保他，
我们必须另找一个乡下开阔地。
我施计劝说他跟我到康布雷来
（陛下的慷慨让我成了它的总督）
他来了之后，
我假装边境有要事处置，
便离家出走；
这时，陛下愿意的话，
给我这位朋友写信，
诱使他到一队士兵那儿，
亲眼见识一番你的士兵
整编成一个营的兵力，
他一来到，
陛下就设法用秘密的计策
把他逮捕起来——
否则即使你调动整个军队
也无法叫他就范。
在这计谋里
我的黑手永远不能泄露出来。

亨利　谢谢，值得信赖的巴里尼。

巴里尼　陛下知道
我是值得信赖的，
为了您
我出卖了兄弟和父亲；
因为我知道，陛下，
为了国王而叛卖
是最真诚的效忠，
那也不能说成是叛卖，
而只是深思熟虑的权衡而已。
所有看上去糟糕的行为

在特定的人看来，
却是好的，
只要它们有利于您的统治。
既然在宇宙的运动中，
上帝的旨意
左右着围绕天与地
旋转的强大行星的秩序，
没有人会认为
自己作为个人
被这种旨意错待了——
没有，
即使所有人的理性，
所有的律法，
所有的良知
都认为错待了。
将特别的一群人
遭受仁慈的神明的错待
和作为您的臣民
遭受到错待相比较
是再恰当不过的了。
既然这样，
就不会有人会抱怨
对他的错待，
因为您拥有盖世的权力，
他（作为世界和您政府的
一个子民，
一个正直的人，
上天答应庇护和保佑的人，
遭遇到了衰败和羞辱
而毫无自卫之力）
也只能埋怨上天对他的错待了。

亨利　诚然是这样——
所有的地区
所有的臣民
显然都拥护我的统治。

巴里尼　这儿是我们的天堂；
没有国王的恩典和仁慈，
那是一种怎样惨绝人寰的凄苦，
不啻是人间地狱呀，
即使是最优渥的生活
也只是一种该诅咒的命运。
那种生活，
即使非常短促，
也仿佛漫长而拖沓，
还不如没有来到这世上，
那是一种委顿的生活，
是对生命的亵渎呀。

亨利　说得好。

巴里尼　我想给陛下说明一下
我这么讲的用意
应该是适当的，
否则您会以为我在谄媚您，
我知道陛下最厌恶天底下的事
就是溜须拍马了。

亨利　你又说对了，有德的巴里尼，
我由此感谢你，爱你。
我将永远不会忘记你的忠告。
赶快带上达姆布瓦
到康布雷去吧，
别了。

巴里尼　祝愿陛下永远康宁。

亨利下。吉斯上

吉斯　我的朋友巴里尼！

巴里尼　最高贵的王公！

吉斯　康布雷情况怎么样？

巴里尼　非常强大，大人，
随时准备为您效劳，
为此，
您的仆人克莱蒙特·达姆布瓦
和我将飞速骑马奔往那儿。

吉斯　那个克莱蒙特为我所钟爱；
法国还没有在任何方面
比他更高贵的绅士；
他比他哥布西好多了。

巴里尼　是吗，大人？

吉斯　大大超过了，
除了勇气，
他是一个真正的男子汉，
在能力方面超群非凡，
且富有学识，
这使他有可能
在行事和待人接物方面
是一个非常完美的绅士；
而在锻炼勇气方面，
这正是布西所欠缺的，
每每会暴跳如雷，
全然不顾礼貌身份。
这个完美的克莱蒙特，

虽然当他发现事情做错，
或者为什么事情辩护，
（由于自然的本性）
也会生气，
但他能倾听，
控制他的火气，
就像把火压在灰烬里一样。

巴里尼　毫无疑问
他是一个真正的有学养的绅士。

吉斯　他就像潮汛和星星一样
诚信；
尽管他知识渊博，
他并不（像一般求知的人那样）
怀有那种腐败的趣味，
喜欢从混杂的源流中寻觅乐趣，
他从不离开清纯的
知识真正的源头。
他是罗马的布鲁图①再世，
他一直在竭力仿效他。
或者说
像毕达哥拉斯②再世的
特洛伊的尤福巴斯③一样伟大；
克莱蒙特就像
再世的布鲁图一样英明。
要是布鲁图不是阴谋家——

巴里尼　阴谋家，大人？

---

① 布鲁图（前 85—前 42）罗马贵族派政治家，刺杀恺撒的主谋者。

② 毕达哥拉斯（前 580？—前 500？）古希腊哲学家，数学家。

③ 尤福巴斯，Euphorbus，特洛伊英雄。

那不是损他了吗？
恺撒开始实行恐怖统治，
当美德和神明的宗教
已不再能制衡他的无法无天，
布鲁图就是神明公正的代表。
当美丽的公主安提戈涅
和克瑞翁之间产生
是上帝的法大，
还是国王的法大这个问题时，
她在希腊悲剧家的作品中说了什么？
当克瑞翁催问时，
她回答道：
虽然他的法是国王的法，
但却不是上帝的法；
她不会把国王成文的法
看得比上帝不成文的律令更宝贵，
因为上帝的律令
不仅统管今天和明天，
而且还统治永恒，
而国王的法
每时每刻都可能变化，
这种变化就意味着
它的效力是有限的。

吉斯　得了，让我们停止这种虚浮的辩论，
着手干点儿实事吧。
你什么时候回康布雷？

巴里尼　听候您的命令，大人。

吉斯　不，这不合适。
你还是继续听候国王的吧；
只是一旦我下令，

请遵从我如同遵从一个朋友，
并爱护我的克莱蒙特。

巴里尼　殿下了解我的誓言。

吉斯　是的，那就够了。

吉斯下

巴里尼　我们就得两面周旋，
我们憎厌
他们的美德，
他们中任何一个
一旦有任何闪失
都会让我们欢欣鼓舞。
君王们可以做他们想做的，
而臣民们为他们效劳，
他们都可以免遭斥责和反对——
当人处于庙堂之高，
他的价值无法公正测定，
所以一个高官
只能被比他更高的人斥责。
大船的货永远
放不进比它更小的船里去；
它们总是比更小的船
装载更多的东西。
这些精英之才
是最可怜的人了；
你只要瞧瞧蜘蛛
是怎样织网的就可以了，
在织网之前你什么也看不到；
所以，有些人
具有美德却深藏而不露，
谈论美德以及美德带来的慰藉，

美德包藏他们
就像蜘蛛可怜的网。
克莱蒙特上

克莱蒙特　对我的挑战书是怎么回答？
在什么地方，用什么武器？

巴里尼　轻声些，老兄；
首先得让他接受你的挑战书。
他不愿碰它，也不愿看见它。

克莱蒙特　会这样吗？
那你是怎么做的？

巴里尼　他不愿碰它，
我也把它留在他那儿了。
当他出乎意料看见我，
惊呼“谋杀”“谋杀”，
我就想他把贵族气概
丢得一干二净了。

克莱蒙特　这种人只有贵族的外壳，
不是真正的贵族。
只是挂着的狮子画片，
那不是真狮子。
谁不知道
狮子越是放松地关着，
它们就越驯顺？
你瞧，狮子关在笼子里，
用手给它们喂食，
它们已全然失去了
森林之王捕猎的
那不可一世的气概，
它们养得那么肥胖，

獒、野狗和杂种狗
都敢吓唬它们。
懦弱的法国贵族就是这样，
戴着镣铐过着
安逸、麻木的日子，
（他们的精神就像他们
令人称羡的拳头一样
萎靡不振了，
酷如图密善[①]
和他的溜须拍马的佞臣，
他们也就只适合
逮逮苍蝇而已）
沉醉于蜗名蝇利，
孤陋寡闻，
脑袋生锈，
为了成就伟大
而互相倾轧，
到头来不过成为更大的奴才，
毫无高贵的气息，
只是虚度年华而已。

巴里尼　那太卑贱了，太卑贱了，
而他们还自以为高尚。

克莱蒙特　这就像孩子骑上木马，
他们快马加鞭，
策马飞奔，
以为他们骑着的
就应该是驮他们的马儿。
人们很容易将他们
比喻为脾气暴躁的傻骆驼，

① 图密善（51—96），罗马皇帝。

它们祈求主神
给它们高耸的脑袋
赐予更长的角，
当主神满足了这一可笑的虚荣，
它们很不习惯，
不再像以前那样高扬脑袋，
而是将头低垂下来，
为了这些长角
将脑袋垂得低而又低；
大人物就是这样，
个人品德极为低下，
而他们的高位却容忍
所有可耻的秽事。
就像那愚蠢的诗人[①]
抒写在牛皮纸或羊皮纸上
用浮石擦拭的
所有自恋的诗集，
华丽地包装起来，
还系上玫瑰色的丝带。
当他抒写和朗读
他那傻瓜脑袋
臆想出来的诗歌时，
他从来没有这样幸福过，
从来没有这样自我陶醉过，
从他的诗句中
看看他的内心，
他面对的是一个挖沟者：
这些表面浮华的人们

① 指苏菲纳斯（Suffenus），罗马抒情诗人卡图卢斯讽喻他是一个平庸的诗人。此段台词基本摘自他的第22首赞美诗。

都是徒有其表，
看一看他们的内在，
你会发现他们的心魂
比一般的人
要龌龊得多
空虚得多。

巴里尼　那让他们养得白白胖胖。
我很想知道
多少百万的贵族
能造就一个吉斯。
他是第十个真正的名流[①]，
如果他没有做
那个让他名誉玷污的事——

克莱蒙特　那个事？什么事？

巴里尼　那个事虽然已经过去多年，
仍然让人忘不了，
那是使他名誉最受损的事。

克莱蒙特　天哪！什么事？
什么事你能说出来
可能玷污他的声誉，
而让我也无法为他辩护？

巴里尼　好吧，满足你的好奇吧，
那是圣巴托洛缪大屠杀。[②]

克莱蒙特　圣巴托洛缪大屠杀？

---

① 一般认为在异教徒、希伯来和基督教文明中有九个最伟大的英雄或名流（Worthy），他们是赫克托、亚历山大、恺撒、乔舒亚、大卫、马加比、亚瑟、查理曼和布永的杰弗里。

② 即 1572 年 8 月 24 日由吉斯的天主教派对法国清教徒的屠杀。

我想那是多大的耻辱呀。

巴里尼　哦，那太邪恶了。

克莱蒙特　那是粗野的，
绝不符合人的理性。
我们这么纵容卑鄙的本性，
即使在地狱见到神圣，
也会毫无敬畏之心。
谁是那场屠杀的始作俑者？

巴里尼　吉斯。

克莱蒙特　不仅仅是这场屠杀。
谁在特洛伊和特洛伊附近
杀了那么多人？
是希腊人吗？
难道不是因为帕里斯
为斯巴达皇后着迷吗？
难道不是因为破坏了
廉耻、信仰和所有
友好相处的规条吗？
这是真理被颠倒、
真理的律令被唾弃，
人所施行的野蛮的屠杀呀；
当放纵的肉欲窒息灵魂，
那杀人就不啻宰牛了。

巴里尼　人和牛不是不同的吗？

克莱蒙特　谁这么说？
让我们细细想一想：
在智慧、生活和行为，
在群体的信仰和理智方面。

难道喂养罗穆卢斯的狼[1]
不比遗弃他的人更富于人性吗?

巴里尼　你那样说会让人们反对你。

克莱蒙特　不，老弟，
如果你注意到，
喂养罗穆卢斯本身表明，
人和畜生之间的不同
在于行为，
而不在于他们的名字和形状。
要不是特洛伊背弃了信任、
廉耻和交往的规条，
希腊人也不会施行屠杀。
要是没有那大屠杀，
（一位哲学家[2]说）
也就没有《伊利亚特》和《奥德赛》了。
要是信仰和罗马天主教得到张扬，
那信教的吉斯就永不会屠杀。

巴里尼　啊，老兄，
见到你我不由自主地
从我该干的事务上跑题了。
我告诉吉斯，
我们要去康布雷，
得赶快动身了。
在勒内尔大人与伯爵夫人
密谋找到办法
对她的丈夫复仇之前
（即使他拒绝接受挑战书）

---

① 罗穆卢斯，罗马神话中战神之子，罗马城的创建者，幼年被遗弃，由狼喂养长大。

② 指爱比克泰德。

在我的地盘我们将花时间
训练我们的军队
进行散击和实战；
同时训练吉斯给你的
那匹苏格兰种马，
那匹烈马在赛马和捕猎野兔与鹿时，
赛过法国所有的马匹。
你将像伟大的吉斯一样，
比国王还要得到更大的尊敬。
（你能不能去劝说
你那脾气急躁的妹妹，
延迟一会儿为你哥哥的死复仇）
在各方面你将为
你的奇迹受到欢迎。

克莱蒙特　在启程之前
我要再去看望一次吉斯。

巴里尼　哦，老弟，无论如何去看他一次吧；
你不能忘记他对你的爱，
他总孜孜不倦
超越时代的局限
在提升你的美德，
让你跻身于
最优秀的古罗马人之列。

克莱蒙特　我根本不在乎你这种奉承，
不过他都拥有
他所给予别人的美德。

巴里尼　人们都认为
他怀有奇怪的目的。

克莱蒙特　他完全可以这样做，

但并不（如你所说的）奇怪。
他奇怪的目的
就是要反对
溜须拍马的贵族的习俗，
他如此沉醉于这个目的，
跳离了地球，
骑上了阿特拉斯的肩头，
鸟瞰大地，
看看其他的大人物
如何在迢遥的地上爬行——
那些没有智慧的有钱人
在毫无目的地虚度光阴；
他们脸色苍白，
颤抖着想到他们的死亡，
他们的生活那么卑鄙，
吐出来的气息那么腐朽——
因此，我跟吉斯说
要提高生活的品位，
让人生充满甜蜜的芬芳，
要有一个健全的心灵和名声；
为此，他只爱我，
也得到我的爱，
我愿为他赴汤蹈火，
我发誓（不管发生什么）：
既然您成就了我，
如果您倒台，
那我也跟着完蛋。
众下

第三幕

第一场

将军们迈步走过舞台。玛雅、夏龙、奥玛勒、士兵随后

玛雅　这些部队如此迅速地聚合——
这么多士兵，
这么好的装备，
又有这么剽悍的战马，
在法国，
没有哪一个王朝
能如此快地集合。
有这样的士兵，
我想可以无所畏惧地
越过那可怕的
巴克斯和阿尔喀德斯界柱了。①

夏龙　我在纳闷
总督把他大舅哥找来，
大摆宴席请他，
现在又为这个理由离开了他。

① 在古代，在印度的巴克斯界柱标志世界东部的极限，而在直布罗陀海峡的阿尔喀德斯界柱标志西部世界的极限。

玛雅　那是国王的命令，
为此命令
他必须得和他大舅哥、
妻子、朋友，
一切的一切离别。

奥玛勒　去属地边境视察，
那是为执行国王命令
找的借口，
其实边境什么事儿也没有，
无须这么突然地赶过去。

玛雅　别再为这个争论了。
国王的命令
就是足够的理由了。
（就像所有真正的臣民那样）
毫无怨言去执行就是了。

夏龙　他不知道是你的命令
逮捕他大舅哥克莱蒙特?

玛雅　不知道，国王的意思
是故意不让总督知晓
逮捕他的事。
你没有看出来吗?
再读一读那些信。
任命你们做我的助手，
得到和我一样的信任，
可以获知所有重要的机密。

奥玛勒　太奇怪了，
一个像克莱蒙特·达姆布瓦的人，
如此富有美德和知识，
现在却在走下坡路，

曾经被捧得那么高，
一路直跌落下去，
真是摔得太惨了。

玛雅　美德的命运
就是要低调，安分守己。
高位没有他的份。
一个男人，
他妻子每年
都为他生育一个孩子，
每年可以有一个月喘口气，
而没有孩子的男人
却不得不每夜奋斗
（如果他能够的话）。
倘若和不育的美德结婚，
她就永远不会让他喘息，
而多产的罪戾，
让美德免除了苦力，
给男人以喘息的机会，
也给他带来祸害，
带来死亡。

夏龙　我看好生活永远不可能
保证男人能控制自己的情欲。
最烂的男人
却喜欢装得像最好的男人，
尽管他们糟透了，
把天堂和地狱颠倒。

奥玛勒　在布西所犯的错误中
这也有一定的合理性，

他[①]（忏悔）证明了
偷情的冲动
充溢了他整个家族，
不是说无辜就可以幸免。

玛雅　我注意到
整个纯而又纯的家族的
杂种化；
这是一件可怕的事。
正如我是一个真正的光棍，
我发誓除了自己的
或者朋友的老婆之外
不跟任何女人睡觉。
朋友的老婆嘛，
我还是敢冒犯一下的。

奥玛勒　那安全而又正常——
你朋友越相信你，
你就越欺骗他。
阳光透过水雾，
照耀出了一条灿烂的彩虹，
包围在暴风雨之上，
同样，在空虚的心灵中，
友谊
（那支撑人际美好关系的交情呀，
就像阳光滋润万物）
是那么辉煌、圣洁，
遮掩了一切已知的罪恶。
幕后响起喇叭声

玛雅　听，我们最后一支部队来了。

① 这个“他”指克莱蒙特。

幕后敲鼓声

夏龙　听，我们的步兵团。

玛雅　来，让我们赶快把兵阵摆好，
去请克莱蒙特来，
这场军事演习
就是假装为他而举行的。

夏龙　在逮捕他之前，
我们得好好想一想，
怎么用主要的兵力
有效制住他，
尽量不流血
就把他好生捆住——
如果他骑着苏格兰种马来，
全法国紧追其后
也逮不住他。

玛雅　我在想，
我们让两个最好的士兵
穿上马前卒的号衣，
给他送去，
分列在他的两旁，
当他们来到
我们秘密布置的伏击圈
便对他突然下手，
把他从马上拉下来。
你们觉得这怎么样？

奥玛勒　必须考虑得万无一失，
并且下手要狠，
一旦他发觉我们的谋略，
那就不是两个最好的士兵

所能对付他的了。

玛雅　他们一抓住他，
伏击的士兵便立即出动。

奥玛勒　那就按你说的做吧；
（我敢以生命打赌）
所有这些雕虫小技
都不是骁勇无敌的他的对手。

夏龙　那我们干吗
还要这么大费周折呢？

奥玛勒　谁不知道
狡猾的政客每每
将鸡毛蒜皮的事儿
吹得天般的大，
说一旦碰他，
他会很是可怕？

玛雅　偶尔一次
可能是鸡毛蒜皮，
如果发生多次
那就不一般了。
到处潜伏着野心，
无论是在行走的人，
还是骑在马上的人；
派别充斥每一个角落，
每一条大街，
整个宫廷；
你知道那是谁的派别，
他是他恩主的得力干将；
他[①]的目标除了王冠

① 此处“他”指吉斯。

没有别的。
这可不是鸡毛蒜皮的小事，
是要杀头的罪孽呀。

夏龙　毫无疑问；
既然他已来到康布雷，
心怀不满、腐败的
勒内尔侯爵也刚来，
参加欢迎克莱蒙特
和他女汉子妹妹团聚的
宴会和演出。
这些结伴的人
都认识咱们。
怀有反骨的侯爵知道
怎么最安全地发泄他的不满。

玛雅　他想来就来，
随他去吧；
咱们集中对付克莱蒙特吧，
咱们的使命就是对付他。
众下

第二场

一位绅士领座员引领克莱蒙特、勒内尔、夏洛特以及其他两个女人等上，幕后一场欢迎的假面舞蹈表演刚刚结束[①]

夏洛特　这是欢迎侯爵阁下来到康布雷。

勒内尔　最高贵的夫人，

① 在文艺复兴时期，英国用假面化装舞蹈欢迎贵宾。

就我所有的财力而言，
（即使像最初时那样充盈）
我也无力回报这样盛大的欢迎。

克莱蒙特　您从宫廷比我
来晚了一些，大人，
宫廷里每天事务层出不穷，
我想请问有什么新闻吗？
国王现在在哪儿安寝？[①]
有什么动乱、变化吗？
英格兰和意大利有什么忠告？

勒内尔　如果你是一位名副其实的绅士，
在新闻中消磨你的时光和智力，
你当然必须问啦。

克莱蒙特　洛克里斯[②]的王公们
是很严厉的统治者——
任何人刚从乡下或者城里
一来就问“有什么新闻？”
就得受到惩罚，
因为这种人的头脑总是
乐于接受新思想、传闻和作乱。
据说狮子和苍鹰在行走时，
收起它们的爪子，
以免过于惊动猎物；
我们的智慧也应该这么用，
用在探索最高贵的知识，
而不要浪费在庸俗的琐事上。

勒内尔　对极了——

① 国王有多处安寝之所。

② 洛克里斯，希腊在意大利的一块属地。

除了你，还有谁在指挥这一切？
是你伟大的妹夫吗？
夫人，他在哪儿？

夏洛特　他到边境去了一天了，
去视察部队的备战情况。

勒内尔　好极了。
国王对他的宠爱
使他成了举足轻重的大人物，
活得像王室一样富足了。

克莱蒙特　是的，我还真希望他不是这样。
聪明的人永远应该
让荣誉只是一种象征，
而不是作为他们效力的代价。
它只是表明
善的外在的恩典
比善本身更加光荣，
有哲人说，
“有人会因
实践他的善比善本身
更觉得快乐，
但这样的人少而又少。”

夏洛特　我哥讲了所有的原则。
什么人能被你的灵魂感动，
或者秉有如此富有美德的思想？

克莱蒙特　这是他们的错。
我们有许多鲜明的例子。
德米特里厄斯·法勒利乌斯[①]，
一位雄辩家，

① 公元前4世纪雅典的一位雄辩家。

（常常名不副实）一位哲学家，
在雅典名声如此之大，
雅典立了他三百个塑像，
塑像没有生锈，
时间也没有腐蚀它们，
但在他生前
所有的塑像都被推倒了。
德玛兹[①]在所有即席演说中
都超越了狄摩西尼[②]，
立了许多塑像，
（在他生前）
这些塑像就破败不堪，
老百姓拿去化铁做夜壶了。
如此令人骄傲的荣誉
遭遇了如此令人不堪的结局，
就是因为这些倾颓塑像的主儿
变得骄傲自满了，
背弃了原先的美德，
去追求他们的伟大，
最终遭到了人们的嫉恨；
所以，伟人摈弃浮夸，
将非常有利于
保持他们赢得的荣誉。
一旦不再谦虚谨慎，
他们就会像他们的塑像一样，
一立起来
就会被人推倒。
使者秉信上

① 德玛兹（前 380—前 319），一位雄辩家、外交家，狄摩西尼的对手。

② 狄摩西尼（前 384—前 322），雅典雄辩家、政治家。

使者　这是我收到的一封信，老爷，
是由一位绅士送到前门的。

克莱蒙特　哪一个绅士？

使者　他不愿说出他的姓名。
他说他没有时间说名道姓，
还说他没有必要再说什么了。

克莱蒙特　这么说倒很好玩，
他对待他的宝贵的时间，
就像是一个节俭的经理。
默念信

夏洛特　有什么新闻吗？

克莱蒙特　好奇怪的说法，
简直会闹成一场大的事件，
这么严重，
这么闻所未闻，
这么肆无忌惮。

勒内尔　上天不许！说什么了？

克莱蒙特　我的好大人，你自己读吧。
把信给勒内尔，勒内尔读信

勒内尔　“你被骗到这属地来了。”太可怕了。

夏洛特　怎么回事？

克莱蒙特　读下去。

勒内尔　“玛雅，你妹夫的参座，就是昨天邀请你阅兵的那位，
收到国王逮捕你的来信和严格的命令。”

夏洛特　逮捕他？

勒内尔　“你妹夫对这样做的目的一无所知。”

克莱蒙特　一个多么离奇的故事！

夏洛特　那是谎言！

勒内尔　“骑上你的苏格兰爱马，到你认为安全的地方去；你知道那儿，在那儿有人在等你。请相信这个，就像你相信你最好的朋友。祝你好运，如果你这么选择的话。匿名者谨书。”那是谁？

克莱蒙特　没有姓名。

夏洛特　他的警告没有根据。

克莱蒙特　我是这么想的，妹妹，
我不想把这匿名者
和我声名显赫的贤妹夫联系起来。

夏洛特　一个什么傻瓜蛋在作弄你，
在利用你在为亲爱的哥哥复仇
所表现出来的迟疑。
瞧，你给了这充满恶意的世界
怎样的一个借口
来辱没你深孚众望的美德。
给他发封挑战书？
为报复谋杀你哥的歹徒，
难道不能做一件仗义的事吗？

克莱蒙特　我们要用歹徒的手法
去惩罚歹徒吗？

夏洛特　那不公平吗？

克莱蒙特　我们要和歹徒同流合污吗？
这就是你的逻辑吗？

夏洛特　胆怯又一次找到了挡箭牌。

克莱蒙特　理智证明了的东西

不能称作胆怯。

夏洛特　当你应该战斗的时候，
却在这儿争论不休！
你错了，
不复仇而能安睡，
叫人丢尽面子，
隐忍了一件侮辱，
另一件就爬上你的脑袋了。

克莱蒙特　我们必须对侮辱报仇，
就是为了不再造成新的侮辱。

夏洛特　及时报复了侮辱，
就不会再有新的发生了。
当找到机会实施复仇——
我是说找到，而不是丢失，
美德就得到最大的发扬光大。

克莱蒙特　国王们才不会受时间约束，
美德更不会；
再说出于险恶的愤怒，
那也不能称作美德。
如果我屈从去为我哥复仇，
（正如我幻想
受到我哥鬼魂的激励）
我会后悔莫及。
所有品德高尚的人
应该忍辱负重，
而不是勃然相辱，
那不是他们的行事规范。
不要以恶报恶，
也不能公报私仇。

夏洛特　达姆布瓦家有一个人
竟然能如此甘愿忍辱!

勒内尔　夫人，有的是时间
来做你伟大精神所希望的复仇。
你要做的事大家都同意，
由于这出于你高贵的愿望，
伯爵又拒绝了挑战，
你可以做任何你想做的事
而不会损害你的声名；
我和伯爵夫人筹划了一个计策，
等候机会，在他的卫士们
最松懈的时候下手。
所以，缓一缓吧，
延宕的死会更残酷。

克莱蒙特　好妹妹，别再庸人自扰了。
就像其他夫人一样
关心女人的事儿吧；
把容貌整得更妩媚些。
贞洁的裴丽戈夫人
就住在附近；
我要坐车去把她为你接来；
她年轻时零售贩卖少女，
而现在为王宫整批地批发了。
我肯定，她是唯一
可以做你美容咨询师的人，
诸如给头发撒粉啦，
描眼影啦，做大竖领啦、
金属丝啦、化妆品啦
等等，我想康布雷，
乃至整个王宫

都醉心的玩意儿。
她会来服侍你，妹妹，
用女人的梳妆打扮
来慰藉你的心灵；
而其他的事并不适合你，
也不合潮流。
虽然她很昂贵，
要花好多的钱，
花费全不在考虑之列；
女人就是在这些花费中
花掉所有的钱。

勒内尔　夫人，你瞧
他绝不会在任何危险面前却步，
面对一群武装人员的突袭
他会面不改色从容应对。

夏洛特　那匿名信是个唬人的神话，
一个不可能的笑话。
如果他和我嫁的那个人
在为我无与伦比的哥哥复仇中
不是那么迟钝和怠惰，
那些最绝望的歹徒、
阿登森林里的逃犯，
什么王子，什么国王，
怎么会猖狂若此，
敢于试图要我们血亲中
一个人的命呢？
这匿名信是真还是假？

克莱蒙特　这匿名信并不是因为
我延宕了复仇，
虽然还没有复仇，

但仇肯定是要报的，
即使匿名信最终被证明是真的。

夏洛特　真的？
根本不怀疑它是假的了吗！

克莱蒙特　我设想的情况更加糟糕，
军队已经全副武装
准备行动了。

夏洛特　我真不希望在怒火中
想到这个，
那将使法国折损最高贵的人了。

克莱蒙特　（吻她）亲爱的妹妹，
让我们两人都不要去想
这假想的逮捕吧。

夏洛特　我真想丢掉我的羞耻感，
去小试牛刀，
看一个发誓报仇的可怜的女人
能不能给你们
这些拙劣、懦弱的男人，
做出一个榜样来。
然而，为了我们与生俱来的荣誉，
别让这封令人痛苦、
充满火药味的信
泄露一个字出去。
它预示一个多么可怕的情境，
脑子里只要一想到它，
就会让我发疯。
来，我的大人，
让我们去下棋，
打消掉这噩梦吧。

勒内尔　非常乐意遵命，最高贵的夫人。

夏洛特和勒内尔下。一使者上

使者　老爷，总督的参座想见您。

克莱蒙特　就他一个人？

使者　就他一个人，老爷。

克莱蒙特　请他进来。

使者下

阴谋开始上演了。
我倒要看看
（这是不是真实而又不同寻常）
他欺骗的眼睛会闪出狐疑的光来。
我要探究一番
这计谋到底是怎么回事。

玛雅和使者上

玛雅　尊贵的阁下，见到您荣幸之至。

克莱蒙特　见到你我也同样荣幸之至，好将军。
有什么事？

玛雅　大人，为了略表对您的竭诚欢迎，
请您到我们的军事操场，
检阅我的大人，
也即您的贤妹婿的政府
所拥有的军事力量，
一切都已精心准备就绪。
我调动他的军队，
组成战斗阵列，
您将可以看到
他们装备多么精良，
所有士兵多么剽悍，

备战多么到位。

克莱蒙特　他们必须抓我吗？

玛雅　（转过脸去）抓您，老爷？哦，天哪！

使者　（对克莱蒙特）看来是要抓您，老爷；他转过去的脸色变了。

玛雅　您这是什么意思，老爷？

克莱蒙特　如果你已经给他们下了命令，
你自己也得到了抓我的命令，
你转过脸去干吗，
也别这么东张西望呀。

玛雅　请原谅我，老爷；
您竟然把我的大人，
您的贤妹婿的一片好心
看成是一个阴谋。
没有他，
我敢施行抓捕您命令吗？

克莱蒙特　为什么不能？
难道不能根据国王的直接命令吗？

玛雅　国王给我的命令？
难道他会这么忽略我的大人，
他的得力助手，
越过他而给我发指令吗？

克莱蒙特　国王要做的事
是不能诘问为什么的。
我们暂且不要再辩论这事了，
但我要搜你身。

玛雅　搜身？搜什么？

克莱蒙特　搜信。

玛雅　我请求您
别这么让一个将军难堪。

克莱蒙特　呸，我必须搜。
站好，让我搜身；
你知道我是什么人。

玛雅　*躲避他*
您忘了，
您是什么人，
您面对的是一位将军。

克莱蒙特　站好，否则我对天发誓，
把你打趴在地上，
永远别想再爬起来。

玛雅　如果一个人疯了，
有理智的人只得顺应他。

克莱蒙特　还那么害羞怕搜身吗?

玛雅　该死，老爷，
把个将军当成了脚夫!

克莱蒙特　啊，别生气，
当我搜身完了，
你尽可以把我当成脚夫，
如果你想的话——
我知道，你是我的朋友，
所以对你冒犯了。

玛雅　您不会找到什么，
因为压根儿什么也没有。

克莱蒙特　你赌誓什么也没有。

玛雅　我赌誓您什么也找不到。
我请求您听我说，
您知道出于伟大的爱
我想要您出席阅兵，
最终我的大人就可能
从您的观察中相信
他的部队并不是像他
在最近一次和您交谈中
所估计的那样糟糕，
他因此就不会不再信任我，
而自己跑到边境去巡视了。

克莱蒙特　我听见他说过那境况，
对不起，
在我冒犯你之前
我没有想到这个。
如果你接到命令
（通过国王的信件或者别的途径）
逮捕我，
那就不要用什么花哨的爱
来掩饰伪装，
直接说出来就是了。
我缴械，
拿着，我的剑在这里；
我毫无保留地原谅你，
执行你的使命吧。①

玛雅　该死，您把我当屠夫了。
就我对您的信仰而言，
绝没有这样的事。

① 在古代英国，按一般的规矩，刽子手会请被杀的人原谅，被杀的人会给予原谅。故而有玛雅下面的回答。

克莱蒙特　对我的信仰?

玛雅　我对上帝的信仰;
那都是一样的——
对人没有信仰,
那对上帝也没有信仰了。

克莱蒙特　这样的话,
我接受你的誓言,
并且感谢你。
我说了我要走,
我走了。
克莱蒙特下

玛雅　我瞧您到哪儿去。
玛雅下

使者　他走开了,
这证明
当老天遮蔽了人的观察能力,
要把人引向毁灭,
而不是安全的庇护所,
人对事务的洞察会是多么盲目。
这如同卡珊德拉预言[1]
特洛伊将毁于一旦,
而特洛伊固执的公民
全然不信。
她对路过的人说
她那神圣的警句。
"上帝,"她说,
"让我说出人们不相信的事,
而现在事态证实我之所言;

① 希腊神话,特洛伊国王普里阿摩斯之女,阿波罗向她求爱,赋予她预言能力。

他们说我睿智非凡，
说了在我发疯之前说的话。”
下

第三场

夏龙和两名士兵上

夏龙　来，士兵们，你们屈从一下
当一阵脚夫，
把武器给我，
穿上脚夫的号衣
成一个彻头彻尾的跟差，
虽然穿着脚夫的号衣，
你们仍然完完全全是战士，
你们俩只听军队命令。

士兵甲　那要求太高了。

夏龙　是的，
但你们俩必须这么做，
要不你们随军队进入战斗状态。

士兵乙　我看出来了
我们的报酬是要做的事本身，
那荣誉更大。

夏龙　士兵打仗为什么？

士兵甲　只为荣誉。

夏龙　这儿是给你们的克朗。
夏龙给士兵钱

士兵俩　谢谢您，将军。

士兵穿上号衣

士兵乙　将军，我们看上去怎么样？

夏龙　从哪一方面看都很像。
现前往克莱蒙特·达姆布瓦处，
通知他两营士兵
整装接受阁下的检阅，
你们待在他身边，
等待发出军事演习的信号；
你们服侍他，
就像对待一位贵宾，
我们给他派去——

士兵甲　咱们两个。

夏龙　对，伙计，就这么说。
把他带到操场，
我似乎和他偶然相遇，
向他敬礼，
你们俩在他两侧
一把把他从马上拉下来，
我和伏击的士兵
立即给你们驰援。

士兵甲　不，我们双手的力量足够强大，
无须你们的驰援。

士兵乙　我想我们能。
两个人足够对付赫拉克勒斯。

夏龙　说的好极了，好样儿的士兵。
赶快，赶快把他带过去。
众下

第四场

克莱蒙特上。玛雅紧随其后

克莱蒙特　（独白）我骑着苏格兰爱马到他们部队去——

玛雅　请，老爷？

克莱蒙特　该死，你太殷勤了。

玛雅　这是发自内心的。
我以极大的爱欢迎您，
这只有国王才配享用；
我看得出来
您仍然对我存有怀疑，
那我就先走吧。

克莱蒙特　好吧，我随后就来；握手。

玛雅　握什么手，老爷；
您说的每一句话，
您每一个喜好都受到尊重
就足够了。
玛雅下

克莱蒙特　当贤妹婿提议我走这一趟
我就心生厌恶，
我内心从来就不求虚荣，
而这次却疏忽了。
我思忖我怎么
对自己定下的生活戒律
会这么摇摆不定。
当荷马将阿喀琉斯描述成
一个充满激情、愤懑、

报复心重、永不满足的英雄，
人们怎么还会否认
他这么写是有目的的，
他是想让人们看到，
即使最孚众望、最强大、
最高贵、最英俊的人，
如果他们不对自己的
判断、决心、正直，
以及激情做出规定，
那么灾祸和忧患
就会像对最穷困、
最卑下的人一样，
将他们引向毁灭，
连同他们所有珍爱的东西。
勒内尔上

勒内尔　啊，怎么样，朋友？一个人？
请注意，不要让你对遇到的这奇怪的命运表现出一丁点儿的不悦；
人们的眼睛都盯着你呢。
人们关注你的行动，
就像关注国王的行动一样。
一个朋友对庞贝[①]说了什么？

克莱蒙特　什么？

勒内尔　“除非你面临死亡，
人们永远不会明白
你怎么忍受逆境。”

克莱蒙特　我将表明我在任何时候
都不会怕死；

① 古罗马反对恺撒的将军和政治家。

但是，过于鲁莽，
缺乏克服最糟糕情况的
意志和认知，
（它有可能克服，
而且可以很轻松地克服）
是愚蠢的，
甚至比恐惧还可怕。

勒内尔　那你假设那匿名信是真的了。

克莱蒙特　不，我不能那么假设。
我妹妹说得很对，
假如你那样假设的话，
那将会是一场可怖的情景，
你相信它是真的，
那就会摧毁你的精神。
不管怎么样，
我可以避开它，
不去演兵场就是了。
我要去的话，
我就骑上我的爱马前往。

勒内尔　那你会去了？

克莱蒙特　我有诺言和握手为证。
我现在一个人待着，
想好好琢磨一下，
倘若真的最坏情景出现，
怎么应付，
我发现对于任何一个人，
如果他超出出身、能力、
知识范围之外活动，
是多么危险；

就我来说，
虽然我出身高贵，
我几乎没有遗产继承，
我知道
这样更好，
依靠自己的能力，
按照自己真正的目标生活，
比好运和厄运交替的人生
要幸福多了。
好与坏从来就没有
共通的地方；
你永远不能操心外在的东西
而忽略你的内心。
上帝把世界创造得
完满而自由，
让个别的部分
服务于整个的世界；
人就是整个世界的一部分，
人作为整个世界
所赋有的总的力量，
必须乐意顺应
不是他们能力所能改变的一切。
不满足于他们所在位置的人
将漂浮不定，
不能限定在合适的区间，
于是就跟整个世界对抗，
必然被整个世界压成齑粉。
了解整个世界神圣结构的人
就会觉得
没有什么东西比他更神圣，
（不用自我吹捧）

因此就能将自己所有的力量
自由地包含在合适的范围之内，
这种人就非常像神明了。
试图用自己微弱的力量
去颠倒宇宙运动的人，
不仅会被这伟力碾轧成尘埃，
而且，因为对抗上帝伟大的工作，
大地都羞于降生
这么一个该诅咒的、天谴的人。[①]

勒内尔　那你就去吧，
我管不了你会遭遇什么，
不管什么遭遇，
老天不会允许它有坏的结果，
不管怎么说，
以战阵请你检阅
那是你的荣誉呀。

克莱蒙特　那是世俗的看法。
这让我想起
一件发人深思而高贵的往事，
正合我刚才谈论的
关于保持自由而恰当身份的话题。
一次我从意大利来到德国，
邂逅一位英国伟大的伯爵，
我所见过的最时髦的人，
从头到脚
保持着少有的完美和优雅。
他的脸庞就像
古罗马贵族，
他的家族就来源于那儿；

① 引自爱比克泰德著作。

他具有极其伟大的精神，
气宇轩昂，富有修养，
像太阳一样自由，
说话温文尔雅，
写一手漂亮的文章，
关于学术，
或关于公共的福祉；
他就是牛津伯爵[①]；
卡西米尔公爵[②]邀请他
在操场检阅皇家军队，
他拒绝了，
在他既定的自由的立场上
没有动摇一点儿。
我心中纳罕，
问他为什么拒绝
这么一个崇高的荣誉。
他回答说，
承受这样一个
无法奉还的荣誉
是极其不合适的。

勒内尔　这回答正是你所描述的
那样的人应该说的。

克莱蒙特　他认为那只是
在世俗观念的驱动下
留你耽搁一下的理由。
他自己也觉得
就他个人的分量而言，
那也不妥当，

---

① 即爱德华·德·维拉，伊丽莎白时代一位诗人。

② 德国莱茵兰德享有王权的巴拉丁伯爵，16 世纪欧洲大陆宗教战争新教的领导人。

他蔑视这种荣誉，
倒喜欢一个人天马行空，
自由自在，
发誓他与其
拘泥于贵族的礼节，
把这种堕落的礼仪
看成是贵族阶层的精髓，
（像他同胞约翰·史密斯[①]爵士）
还不如对抗世俗的观念，
即使丢掉地位和荣誉
也在所不惜。

勒内尔　这太奇怪了。

克莱蒙特　哦，看到一个人没有自知之明，
昂首阔步，仿佛是当朝的大官，
太叫人心烦意乱了——
摆出一副大官的样子，
目光咄咄逼人，
戒心重重，
老成持重，不苟言笑，
一味板着脸，
威严得叫人害怕，
性情急躁，动辄训人，
暴跳如雷，
用铁连枷拍打
在空中飞舞的羽毛。

勒内尔　如此出格，
人们会怎么想？
要不出了一次洋相，

① 约翰·史密斯，曾在16世纪80、90年代批评英国军队懒惰，引起舆论哗然。

又回到人的本分？

克莱蒙特　这对于大人物来说
太累人了——
给他们些琐碎的小事儿干吧；
在这些事情上花工夫
太费神了，太没有价值了。
“如果哪一天，”一个人说，
“你成了罗马的执政官，
你必须要小心翼翼，
醒了赶紧爬起来，
去吹捧平民，
亲吻贵族的手；
去守在侯门前等待被接见；
说下贱的话，
做下贱的事；
每天相互送礼，
奉行宗教仪式；
有什么事儿吗？
在你面前扛着十二根棍棒束[1]；
在法庭前端坐着三到四倍的人；
提供马车比赛和其他游戏，
举办公共的盛宴；
做些不关痛痒的表面文章。”他说：
“你愿意为此种事儿
耗费你的精力和精神吗？
摆脱情感上的起伏
获得内心的平和，
（该睡的时候睡觉，
该醒的时候醒来，

① 古罗马执法官权威标志。

什么也不惧怕，
什么也不烦恼）
你就没有痛苦了吗？
不费神了吗？
不用思想了吗？”

勒内尔　我该说什么呢？
和你在一起
如同和天使在一起，
我只有洗耳恭听的份儿。

克莱蒙特　得了，我的大人，
花些时间和我妹妹待在一起，
千方百计别让她接近操场；
士兵们非常爱她，
一旦逮捕我的事成真，
她会发疯，
会叫鲜血像河一样流淌。

勒内尔　上天不许，
你的光临
使所有的人感到荣幸。
勒内尔下。使者和两名装扮成脚夫的士兵上

使者　这儿是两名脚夫，老爷，
他们有话要向您禀告。

克莱蒙特　有什么话禀告？
从哪儿传来的话，我的朋友们？

士兵甲　中校和上尉
派遣我们向您禀告
战阵已排列停当，
只等您的光临，
您一旦驾到，

军事演习便开始。
我们受命护驾左右。

克莱蒙特　我会去的。
请你将我的战马
牵到后门等我。

使者　遵命。
使者下

克莱蒙特　等待我的是什么命运呢，
好与坏，
都与我无妨，
因为好的或坏的，
都不会让我欣喜若狂，
只是顺应世俗的潮流而已。
命运和今日的结果
对于我都是一样——
尽管命运女神变化无常，
我仍坚守我原来的位置，
远离命运女神
抛扔骰子的范围。
克莱蒙特随士兵下

第四幕

第一场

幕后响起战斗号角。突击士兵奔跑着穿越舞台，装扮成脚夫的士兵和玛雅紧随其后

玛雅　孬种，你们把他拖下来，怎么不抓住他？

士兵甲　谁能抓住闪电？
该死，抓他，
竟然是一个能吃下子弹，
然后吐在你手心里的家伙。

玛雅　追，包围他！
扑上去，抓住他。
该死，他们倒似乎成了他的卫兵！
玛雅和士兵下。战斗号角仍然响着，另两名士兵及夏龙上

夏龙　站住，胆小鬼，站住！
打！对着他射击！

士兵甲　咱们不是把他当贵宾接待的吗，老爷？[①]

士兵乙　您不是这么说的吗？

① 这个“士兵甲”显然不是那个装扮成脚夫的“士兵甲”。

夏龙　混蛋，他是一个叛国犯。
命令骑兵队去追这叛国犯！
夏龙及士兵下。幕后有呐喊声，战斗号角仍然响着，发射着小炮弹。奥玛勒上

奥玛勒　是什么精神
让这比人还要像人的人，
杀得血肉横飞，
在一场血战中，
将沙场士兵身体撕裂，
抛向空中，
就像秋天的落叶？
在脚夫的手中
他变成了炽热的闪电，
虽然他们出其不意
把他拉下了马，
但当他一发力，
他们鲁莽的手指
一下子就缩了回去，
仿佛碰到了烈火。
伏击的士兵冲了上来，
在围攻的兵阵中，
他挥剑厮杀，左右开弓，
仿佛火炮吐出铁弹来。
士兵以两个半月形队阵
向他包抄——
他看上去就像月光，
而他们却不过是烂泥——
正纳闷他是什么人的当儿，
他们收缩了阵形的角端，
让他飞奔了出去。

犹如从围城射出的炮弹，
呼啸着向敌人冲去，
但敌人不在他的射程之内，
他随着自身的重量垂落，
仿佛他蔑视大地，
擦了一下地皮，
重捶了一记大地，
又弹回到空中，
又垂落，
重又弹起，
继而轻轻地向前飞行，
把一切拦路的障碍都打得粉碎。
勇敢的克莱蒙特就这么向前飞奔，
直到他
上气不接下气，
摔倒在地上，
即使那样，
（哦，可爱的人）
他的惊厥让他重又站起，
飞奔的速度谁也追赶不上，
直到他筋疲力尽躺倒在地，
目光凝视前方，
带着一丝轻蔑，
所有的人站在那儿，
看着，
没有碰他，
让他静静地躺在那儿，
仿佛是从天上掉下来的
什么神圣的东西。
幕后一声呐喊
哦，一只粗鲁的手抓住了他。

玛雅上，夏龙押上克莱蒙特，上尉们和士兵们紧随

瞧，犯人押上来了，
他的镣铐
比他以前所享用的自由
更令人尊敬。

玛雅　我们终于逮着你了，先生。

克莱蒙特　你们也欢乐了一场，
我给你们带来快乐；
请告诉我，
你这是不是发伪誓？

玛雅　不是，我只为国王发誓。

克莱蒙特　我想伪誓就是伪誓。

玛雅　这样发伪誓不算背信弃义。
你又不是政治家，
那不算缺陷，
对于我们，
宣誓为公共利益效力的人，
任何人追逐私利，
那就是非常卑鄙的了。
我们永远不能是
那受罚去经受地狱之火
煎熬的一群人；
我们将自己
融入王国的政治中，
我们是王国政体中的一员——
你将我们错误地归类了。

克莱蒙特　这些东西其实是一路货色。

玛雅　不是一路货色，

事物的性质是不同的。
你不是律师。
比如说吧，
誓言和誓言
在总体上属于一类，
但在分类上
它们又截然不同；
拿一个明显的例子来说吧，
当狡猾的寡妇
在嫁给男人之前
按自己的目的来勾引男人，
她们是娼妇，
但一旦她们出嫁，
她们就是贞洁的女人。
同样，当人作为私人发伪誓，
背弃了誓言，
他就是作伪誓的逆贼，
但一旦他是一个献身公共的人，
也就是说，
为了公共利益发誓或结婚——

克莱蒙特　结了婚的女人是献身公共的人吗？

玛雅　是献身公共的人；
为了公共利益，
婚姻把她们变成了公共的人，
没有她们婚姻就无法成立。
所以我说男人是公共的人，
因为他起誓效力公共利益，
因为他和王国的政体融合成一体，
他就不是一个私人的个体，
他不能发伪誓，

这就像不能把
为了繁衍后代而结婚的寡妇
说成是一个娼妇，
就因为她在结婚前是一个妓女，
诸如此类。

夏龙　这议题真是刁钻。

克莱蒙特　“对人没有信仰，
那对上帝也没有信仰了。”
还记得吗，将军？谁说的？

玛雅　我说的。

克莱蒙特　你自己的舌头谴责你的背信。
将军们，你们知道我出身高贵，
你们怎么能用脚夫之类的奴才
来攻击像我这样的人呢？

夏龙　他们不是脚夫，先生，
他们是装扮成脚夫的士兵。

士兵甲　先生，咱们和敌人打过交道。

克莱蒙特　滚，孽种，马上滚！

玛雅　把衣服脱下来。

克莱蒙特　别让我再见到他们。
士兵们下

奥玛勒　我感到悲哀，
美德和罪愆
在任何一个糟糕的情景中
总是难以区分；
虽然居于王国法律的巅峰，
美德仍然是法律的垫脚凳，

应该容许对它
在所有的艰难奋战中的
耻辱和痛苦做出判断。

克莱蒙特　然而，虚伪的政治
将一切掩盖，
就好像躲藏的罪犯
（在发现他们躲藏地之后）
越躲躲闪闪，
越容易被找到。

奥玛勒　我纳闷你怎么摊上这些事？

克莱蒙特　有个告密者，
一条寻血的猎犬，刽子手的引领人，
一门心思要为王国立功，
看到我跟吉斯交谊亲密，
（我不知为什么，
他被认为会造反）
把我也看作他的同谋——
仅仅依据那一点儿猜测。
这是惯常的婊子般的背叛，
被豢养的害虫终究成了
劫掠和毁灭之源，
教训是深刻的——
正直的奋斗无法成功，
圆滑和欺诈便盛行了。
要不是这样的话，
就永远不要怜悯我。

奥玛勒　大人，请相信我，
我们抱有希望，
国王也会这么看。

克莱蒙特　那是他的事了。
参座大人，你想要我干什么？

玛雅　离开你的马，骑上号手的马。

克莱蒙特　好吧。
非常遗憾，这剥夺了
我在这儿预想的娱乐。
我想请求你，将军，
派遣一位上尉
将关于我不幸遭遇的信
送到最高贵的夫人，
康布雷伯爵夫人那儿，
我本来答应今晚
到她府邸做客，
我敢保证
她正以高贵的礼仪
期盼着我的光临。

玛雅　你还在想那个吗？

克莱蒙特　那个，将军？
我一直在想那个，
尽管有你们的效劳，
如果国王宽容，
答应立即释放我，
我的条件是，
我必须送出这封信，
否则我会拒绝释放，
宁可死。

奥玛勒　你的信将被送出去，大人；
我本人当你不幸消息的信使。

克莱蒙特　谢谢你，将军，

只要我活着，
我将酬报你的好意。

奥玛勒　时间不多了，
振作起来吧，
对这一奇怪的突然事件
忍耐吧。

克莱蒙特　好将军，请相信，
没有任何折磨
能迫使我不快乐地顺从
在天之上的上帝；
你们所有的人应该知道，
（虽然这不是你们的唯一目标，
然而它却比你们的全部目标
和无终期的探索更值）
在这个事情中
包含了道德行为和人格的
所有方面：
一个人和宇宙融合为一，
并和宇宙构成整体，
这个人在它周围运行，
不把自己可怜的身体
剥离到狭窄的通道，
也不走回头的路，
希冀这整个的宇宙
有可能听从像他
这么一个衣衫褴褛的人；
然而，考虑到伟大的必然性，
所有的事物，
相斥的和融合的，
都通向上帝，

他服膺上帝，
紧紧靠着他，
从来不说与他相悖的话，
只是上帝的影子，
跟随他到死亡：
那个人是真正睿智的，
他的学识使他懂得
造化中的一切
（每一个原因，
每一个部分都互相不同）；
装点世界的所有的人，
和上帝非常相似的人，
值得拥有这完美的荣耀。
众下

第二场

巴里尼、勒内尔上

巴里尼　从未听说过有这样的丑闻，
还是国王批的，
太粗暴，太专制了；
给我一把交椅，
我的参座就可以坐上去！

勒内尔　我从来就不看好他；
一个耽溺于淫乐，
扯起女人内裤当战旗，
差点让他的政府淹死的人，
永远别指望他干什么好事：
你听说最近

他让人在他面前
表演二十四种性交姿势吗？

巴里尼　那太可憎，太兽性了。

勒内尔　强大的自然也不能
造就这样一个人面兽性的人。
瞧一头狼是怎么像一条狗，
一个朋友怎样奸你的妻子——
酒色和饕餮之徒
和癞蛤蟆也差不多了。
好人幸福是社会的福祉，
而坏人升迁高位
喝的是公众的血。

巴里尼　就像小孩一样，给了你就拿走！

勒内尔　慷慨赐予很少，
一旦给了
一会儿就后悔。

巴里尼　当国王和王卿们
获取慷慨和恩惠，
他们应该怎么回报这种美德呢？
既然（得到美德的报答）
已经赐予了，
还应该再赐予，
而不是像小孩或者傻瓜
给了又后悔要了回去。
说到底，
占有财富和权力为了什么？

勒内尔　权力和财富导向独裁，
而不是慷慨。
商人因他的财富而倨傲，

第一功臣则是
那吹动他财富之船的海风。

巴里尼　像我们为国服务的人
也会遇到这样的光景——
做一些迟早要发生的事，
并以此沾光。

勒内尔　那是很重要的一点，我的大人。
就坚持这么干吧。

巴里尼　这把火还会烧下去吗？
它会点燃我妻子干燥的血吗？
她还是那样动辄发怒吗？

勒内尔　太冲动，太疯狂了，
仇不报，她都活不下去。
在女人的血里
痛苦会燃起烈火——
西西里海峡还没有这样可怕，
老虎还没有她这么凶狠。

巴里尼　没有想到回家吗？

勒内尔　回家！
美狄亚[①]所有的草本、魅力、
雷霆和闪电，
还没有她凶险的存在
更加叫人惧怕。

巴里尼　来，觐见国王去；
如果他还不释放，
瞧着吧，

---

① 美狄亚，希腊神话中希腊国王爱伊特斯的公主，精于巫术，帮助伊阿宋取得金羊毛，并和他私奔，后被遗弃，愤而杀死亲生儿女。塞内加一部著名复仇悲剧的女主人公。

谁也不会再站在
那行将倾颓的地方。
众下

第三场

伯爵夫人、利奥瓦和一位领宾员上

领宾员　夫人，一位将军从克莱蒙特·达姆布瓦处来，要觐见您。

伯爵夫人　不是他自己？

领宾员　不是，夫人。

伯爵夫人　那可不好。请他进来。
领宾员下
他允诺前来的最后时刻已过，
难道不能赴约了吗？
总有什么意想不到的事
让他不能践约。
领宾员和奥玛勒上

奥玛勒　愿上帝保佑夫人阁下。

伯爵夫人　欢迎！你从我尊敬的情人那儿来？

奥玛勒　是的，夫人，从他那儿带来消息——

伯爵夫人　消息？什么消息？

奥玛勒　我真希望由别人来承担
传递这消息的任务。

伯爵夫人　哦，承担什么？什么消息？

奥玛勒　夫人阁下必须要有耐心，

否则我不能完成
他怀着如此对阁下的爱
给我的托付。

伯爵夫人　好吧，看在上天的分上，好吧！
如果你在完成他的托付，
我就有耐心。
他身体健康吗？

奥玛勒　很健康。

伯爵夫人　啊，那是我们在世界上
做一切好事的基础；
我们承受不了，
也应该承受不了
在那基础上做的坏事；
都说出来吧。

奥玛勒　夫人，是这样的：
他的自由——

伯爵夫人　他的自由！
没有自由，
健康就毫无意义。
我为什么要问那个，
我就是有疑惑，
他被剥夺自由了？

奥玛勒　您又让我难堪了。

伯爵夫人　不说了，我发誓；
我必须聆听，
即使太痛苦！
尽管我想爆发，
我还是得沉默不语。

奥玛勒　夫人，事情是这样的：
作为一种荣誉，
他应邀检阅他妹婿
巴里尼政府的军队，
部队列了队阵，
总督的参座玛雅
收到国王的密令，
设计诱使他来到阅兵现场，
一举将他逮捕，
然而大大出乎意料，
以夏龙为首领
和其他将军率领的部队，
（在他的令人难以置信的勇敢面前
无法阻止他的逃逸）
最终不幸抓到了他，
他现在成了巴士底狱的囚犯了。

伯爵夫人　这是怎样的一个沧桑变迁呀？
我的希望就此被砸得粉碎！
哦，我最忠诚的情人，
你被出卖了！
难道国王们要把叛国合法化吗？
难道打破朋友间的信任
不比打破国王与臣民之间的信任
更让社会垮台吗？
让他们去害怕得发抖吧——
国王们无视法律，
创立了一个先例，
不会遭遇任何危险。
国王们被看成是神明，
他们应该像神明，

拥有完美的美德，
不过分张扬，
也不滥用他们的特权——
公正而治，
天下便太平了。
狡黠的政治
只是一个被腐蚀的卫士，
在没有启示或引领的情况下，
投资于美德的一种方式。
国王们用自己的错误
惩罚百姓的错误。
国王们就像箭手，
而百姓犹如箭；
当箭手射出箭，
他们对它们大喊大叫，
似乎箭有力量左右飞行，
然而恰恰是箭手的发力
才决定箭是中的还是旁落；
为了中的或者旁落，
箭手被表扬或者数落，
而不是箭——
所以，国王们对老百姓叫喊
做这，别做那时，
他们必须用自己的行动
对百姓做出榜样来，
给百姓同等的权利
按样服从他们。
不是用错误的力
将他们向错误的目标
射出去，
然后，将错失算在他们的头上。

奥玛勒　至于您的情人，我敢担保他是无辜的。

伯爵夫人　他绝不会叛变他的王国，
虽然国王对待他
不像他对待国王那么真诚。
哦，我知道怎么通过军队
来解救他，
我要马上出发做这件事。
如果我有十倍的勇气和决心，
他们也不至于囚禁他。
在我用剑砍杀玛雅一百刀，
用手枪射击夏龙一百发之前，
我绝不会去死。
如果他们没有欺骗，
他们绝不可能抓住克莱蒙特·达姆布瓦；
他用他们奴才的鲜血
将自己作为赎金
购买了囚禁。
他太轻信别人了；
他相信别人，
就如他希望别人
相信他一样——
你的最高贵的脾性
太轻信别人了。
没有信用，
一切的信任最终都成泡影。
你应该痛恨说谎者
就像痛恨地狱口一样。

奥玛勒　啊，夫人，我必须赶紧回去照料他。
您有什么要我带给他的吗？

伯爵夫人　把我的小首饰箱

给我拿来。
利奥瓦下
告诉他，这箱子很小，
和他的无与伦比的爱相比，
它太渺小了——
但是，就像他一人顶无数人的价值，
利奥瓦拿着首饰箱上
这里存放的首饰
顶无数首饰箱的价值。
好将军，请拿着这个
向我的情人致以最诚挚的敬意。
将首饰箱给奥玛勒
衷心感谢他，
这首饰箱包含了我的生命——
全给他，使他能想起我
和我们真正的爱情；
请你还告诉他，
告诉他我怎么躺在
她匍匐在他脚下
他该诅咒的厄运的脚下
抛洒热泪，
只有当我为他哭得眼睛坠落，
那眼泪才会终止。

奥玛勒　哦，夫人，这会要他命的。
他很快就会得到释放，
聊以自慰吧。
别这么激动。
请起身，终止你的眼泪吧。

伯爵夫人　那还不如终止我的生命。
眼泪是我生命

逃避死亡的唯一出口；
眼泪是痛苦的自然的种子，
比所有的安逸
都更让我感到舒畅。
就像一棵果树挂着果子，
不加掩饰的悲伤
流淌的是眼泪。
他将她扶起，引领到后台

领宾员 要是伯爵夫人早这么哭号，
她倒可以节省不少珍珠宝贝。
下

第四场

亨利、吉斯、巴里尼、艾斯帕农、塞瓦松和拿着笔、墨水和纸的帕里克上

吉斯 大人，就我对克莱蒙特的评价，
我希望您那被蒙蔽的眼睛
能够看清
那在你妒忌的耳朵边窃窃私语的家伙
是一个多么可憎的恶棍，
他将自己叛国的阴谋
转嫁到克莱蒙特的头上，
依靠的凭据
仅仅是他跟我有交谊。
签上这个敕令
将他释放；
您的手
再没有比现在更需要勇气。

来，请，大人，签字吧——
为什么国王们
在有关公正的事务中，
还要千呼万唤呢？
这让他们被人瞧不起，
本来应该是风风火火，
躬身践行的事。

亨利　好吧，按你的意思办吧，大人。
（旁白）不久我也要按我的意思办——
这克莱蒙特怎么是个难得的人才呢？

吉斯　就凭他那温良而永不知疲倦的心灵，
在那心灵中孕育着美德，
就凭他那高贵的品性，
就凭他不言放弃
他认为值得的东西，
绝不容忍
哪怕只有一丁点儿的卑鄙，
或者与他目标相悖的东西。
他蔑视世俗的人视为面子的
财富和摆阔；
他睥睨奴颜婢膝和下流，
即使那能使他获得晋升；
他不见风使舵，
习惯于说实话；
（当命运女神和他作对，
给他最为严厉的打击）
但厄运更彰显
他灵魂的高尚和涵养，
使他足以抵御最残酷的打击；
当他的有权的朋友们

有了独裁的倾向，
或者不屑去纠正
原本他们可以甄别的不公，
他鄙夷他们；
他克制怒火的能力无与伦比，
甚至在怒火中烧的当儿，
一遇到值得可怜的人或事，
他的怒气顿时就消散殆尽；
他的温和的脾性
使他无法容忍看到，
更不用说去做血腥的事儿；
他瞧不起弄臣、寄生虫、
趋炎附势和谄媚的家伙。
简而言之，他兼有
塞内加所崇尚的一切美德——
他可以与天上
所有不朽的力量
在所有时代和所有情境中
相比较而毫不逊色。
无论顺境还是逆境，
不管发生什么，
他还是依然如故，
对所有的人，
在所有的情景中。

亨利　在别人眼中他就是这样的吗？

所有的人　所有认识他的人都这样认为。

亨利　而我把这个人当叛国者抓了？

吉斯　这是您那些马基雅弗利的信徒，
您那些犯了事，

躲到您盾牌后面的
透克洛斯[①]式杂种，
削足适履的卡克斯[②]们干的好事。
在这个国家里，
出卖大行其道，
毁灭同类以获腾达，
这是国之大不幸呀。

亨利　去吧，拿着我的信去到他那儿，
把他放了。

所有的人　感谢陛下的隆恩！陛下万岁！
除了巴里尼，众下

巴里尼　仅仅只是国家政策的工具，
毁灭别人图得飞黄腾达，
还不如活埋算了，
那也比活着好。
下

第五场

克莱蒙特、玛雅、夏龙及士兵们上

玛雅　你遭遇如此的厄运，
又遭遇如此的好运，
真叫人高兴。

---

① 透克洛斯，希腊史诗《伊利亚特》中的胆小鬼，在特洛伊战争中躲在埃阿斯的盾牌后面。

② 卡克斯，原是古典神话中的巨人，剧作家将他与希腊神话中的普罗克汝斯忒斯合拼成一人。普罗克汝斯忒斯，另一巨人，羁留旅客，缚之床榻，体长者截其下肢，体短者拔之使与床齐长。

克莱蒙特　谁见到我
在遭遇厄运或者好运时
态度有什么不同吗?

夏龙　什么，把厄运看成是好运吗?
怎么能达到那高度?

克莱蒙特　别让外在的东西，
我们能力以外的东西
左右我们，
当我们肯定能得到
我们爱的东西，
谁还会去操心
其他的东西呢?
如果一个人
在他的自由选择中，
不是要死要活，
而是取其必要，
(他想不要也不行)
什么他不喜欢的东西
能来打扰他呢?
如果在最糟糕的逆境下
他的意志也没有委顿，
那顺境就更不在话下了。

玛雅　我觉得那处世很聪明。

克莱蒙特　你拥有这个，
或者不拥有这个，
没有什么差异;
就像小孩玩掷环套桩游戏，
只关注游戏
而不关注套环一样，

就像让一个人拥有
他并不看重的东西，
他就会随意处置这些东西了。

夏龙　从小事看到的
非常聪明的结论！

克莱蒙特　我想这首小诗
可以消弭虚妄的奢望——
“淡泊欲望，纵有万千金帛
有何用？
没有臣下，哪来的君上？
没有期望，哪来的需求，
不犯王法，国王也不过
是虚设。”

玛雅　对你说实话吧，这在我听起来很悦耳。

夏龙　哦，这样自我约束，太辛苦了。

克莱蒙特　是的，腐败的习俗把人腐蚀得太厉害了。
男人将门上门闩，
把猫挡在外面，
也不让偷情者溜进来，
其实这样做是很困难的；
同样，控制感情，
不让任何有可能
激起激情的东西潜入，
也是很困难的。
许多批评家在评论《荷马史诗》时，
把注意力集中在
被时间的蠹虫啃掉的
开首和结尾的韵脚，
他那无与伦比的诗歌的全貌

反而由于疲惫和死亡般的怠惰
被忽略了——
所以，生活中无益的东西，
以及我们不能得到的东西，
我们就越想要获得；
而使我们能得益的东西，
我们已经拥有的东西，
却往往被疏忽了；
就好像贪婪的人，
拥有了许多东西，
从来不用他们拥有的东西，
却终日担忧财产
哪怕一丁点儿的损失，
到头来只好落得
大哭一场的命运。

玛雅　这场聪明的议论和
我们的马儿走下这陡峭的山坡
所花的时间
得到同样的收益。

克莱蒙特　你想得倒好！
你无法理解这些，
就像病人无法消化肉食——
如果这是所有技巧、权力和财富的下场，
那么一切都逃不过这个命运了。

夏龙　我希望能听到，老爷，
你的情人怎么看待你的被捕？
奥玛勒拿着首饰箱上

玛雅　我们很快就可以知道，瞧，奥玛勒回来了。

奥玛勒　把你的镣铐解开，先生。

克莱蒙特　欢迎，可尊敬的朋友。

夏龙　他最高贵的情人
怎么看待你带去的
令人悲伤的信息？

奥玛勒　就像大富豪突然变成穷光蛋。
我从来没有看见过
如此高贵的爱情，
也没有看见过
如此痛彻心扉的悲哀——
我真希望我传递的信息
是给另外一个人。

玛雅　你在所有方面，老爷，都是幸福的，
唯独那不幸的拘捕。

克莱蒙特　考虑到拘捕对她造成的痛苦，
它对我是不幸的，
一滴泪对她可是一腔激情呀。

奥玛勒　老爷，她向你致以最诚挚的敬意，
并捎来这只首饰箱。

夏龙　哦，幸福的人儿，
这足够赎你的了。

克莱蒙特　这些乌云，我肯定，不久就会消散。
巴里尼拿着释放证书，以及勒内尔等上

奥玛勒　你的希望公允而乐观；
瞧，老爷，
在这两个人身上
都有这样的气象。

巴里尼　这儿是释放
你的囚犯的证书，

我的好将军大人。

玛雅　唉，大人，
我不得不按您的指令干。
我希望您应该明白
这不是我的意思。

巴里尼　得了，将军，
我估计错误，
真是没治了。

玛雅　我感到遗憾，大人。

勒内尔　你瞧，将军，
释放你的囚犯的证书
是由权威机关发布的。

玛雅　是的，老爷，我乐意把他交给您。

巴里尼　老兄，我是好心好意
把你带到康布雷来的。

克莱蒙特　别再说那些了，老弟；
纠正了就好了。

勒内尔　我为此感到很高兴，
我最好的、最令人尊敬的朋友。
哦，你有一个像吉斯那样高贵的恩主。

巴里尼　我想我也有一份。

勒内尔　得啦，大人，
一切都有了一个好的归宿——
我的最令人尊敬的朋友，
给克莱蒙特信件
这儿是你的挚友吉斯的信，

这是伯爵夫人[①]的，
你哥哥的情妇，
我知道信的内容，
这封信定然会安慰
你那被屠杀的哥哥的不安的灵魂。
信的内容是否真实，
（正如你有次纳罕的）
你哥哥的鬼魂已经证实了。
我们对谋杀的情节
已经了然在胸；
赶快到你伟大的挚友
（有一些重要的理由
催使你去拜访他）
和伯爵夫人那儿去，
她的满意是绝不可等闲的。

克莱蒙特　我会去看他们的，
因为它包含特殊的意义，
我会赶快去。
（对奥玛勒）好朋友，
既然我必须延迟一会儿
去见我最尊贵的夫人，
请把我的歉意带给她，
同时把这箱子
和我的无穷效力的心意
带回给她；
你当过一次悲哀的信使，
请当一次快乐的信使吧。

奥玛勒　多么令人愉快的变化！
我要用我的效劳向你致敬。

---

① 指塔米拉。

奥玛勒下

巴里尼　还有更多的新闻呢，大舅哥。
大亲王开玩笑
预言你哥的死
却成真了，
都没差错，
他死了，
正如他预卜的。

勒内尔　吉斯有次把自己
也包括在那预卜中，
老天不许。

克莱蒙特　这事儿说得够多的了。
这预言至少一部分应验了；
而其他部分则虚假而混乱！
带路到宫廷去吧，老弟。

巴里尼　我不会带你去了；
发生的一切太不祥，太邪恶了。
众下

第五幕

第一场

布西的鬼魂从舞台上的地板门升上来

鬼魂　我再一次从长夜的混沌中
（宇宙的秩序重又回归混沌）
升上来经受刺骨湿气的煎熬，
向正义呼号呀，
祈请无所不能的正义
以同等的忏悔
审视不虔敬的人血腥的罪行，
在审视的过程中
同时给予惩罚，
这犹如一个双联的炮弹
把航船的风帆折断；
这好像是巨雷，
在闪电之后过了好长时间
才听到雷霆的怒吼，
然而雷霆和闪电
却同时撕裂乌云，
所以人醒悟罪过很慢，

虽然罪过和忏悔同时发生。
无知的人们呀，
改造你们的生活吧，
你们以为，生活除了淫欲之外
就一无所有了；
（宗教耸立在基督教世界中，
从脑袋到胸口被一劈两半，
一头吊坠在一边，
另一头垂挂在另一边[①]）
为了躲避辩论的缘故，
把幸福、宗教，
把整个基督教的世界和它的说教——
奉行它的说教超乎信仰，
超乎理智——
（我说）都放在一边吧，
这就足够让你远离邪恶，
给你更多的精力去做善事——
因为这世界（你否认这个吗？）
均衡而有序地得以延续，
人们因此会想，
支撑自然的关节和神经
有可能断裂，
但世界会存在下去，
即使一个好人
没有得到任何报答而死去，
一个坏人有幸逃离自然的惩罚。
鬼魂躲到一边。吉斯和克莱蒙特上

吉斯　朋友，你瞧瞧所有的好人
怎样得到好报，

① 指基督教分裂成新教和天主教。

你鼓励我做善事
却未能阻止他们的妒忌,
你的危险不同寻常,
瞧瞧我的危险——
难道你没有听到
在街垒旁
对我说的那令人惊讶的话:
(看不见是谁说的)
"让我们将大人护送到兰斯[①]去。"

克莱蒙特　你没法知道谁说的?

吉斯　没法。

克莱蒙特　那可能只是你的臆想,白日梦而已。
睡眠将外在的和内在的官能
捆绑在一起,
那想象的机能
(被记忆所激活,
或者被身体内满溢的气所激活,
并和精神气混合在一起)
能想象出怪异的形象来,
并赋予形象以各种动作,
于是看起来就像是真的一样——
同样,我们在醒着的时候,
经历的冥想的过程
和这也差不多,
于是也像是真的一样了。

吉斯　不管怎么样,
那预兆某些重大而秘密的东西,
我从国内和国外,

① 兰斯,是法国国王加冕的地方。

从罗马和西班牙，
从洛林和沙沃伊，
收到的警告
让我有理由相信，
我们传播天主教的计谋
将最终会非常血腥，
一切计划都将化为乌有。

克莱蒙特　那就避开这一切。

吉斯　我绝不能。
里昂大主教明白告诉我，
如果我避开，
人们会说，
在这样一个重要的转折点，
我抛弃了法国，
而我的敌人们
（利用我的缺席）很快便会
推翻我迄今为止
竭力构筑的一切。

克莱蒙特　让一切会非法膨胀的东西倒台吧。
别让你的勇敢的精神和美德
成为罪愆的借口，
就像将胳膊伸得太长，
你再使劲也救不了自己。
你对美德和宗教的事务
怀有无限的热情，
这就够了，
它们在一定范围内
有可能毫无危险地
让美德从你的恩惠中得到好处——
贪婪毕竟是穷困之父。

鬼魂 （趋前，对克莱蒙特说）危险，这伟大心灵的马刺呀，
一直是驯顺精神的马嚼子；
你——
怀着你生命和知识的圣洁性——
不关心当前以外的事，
就好像没有文化的俗人，
你说，你寄存在血肉里的心灵
显示人的意志必须屈服于他的权力；
真正的宗教教导你
与其生活在你的肉体中，
还不如生活在你的心灵中，
与其为自己而活
还不如为上帝而活。
为上帝而活，
做的所有的事
都要符合上帝的形象，
我们活着就得像上帝；
成为上帝的形象
就要做那些使我们永生的事，
因为我们会死亡，
这就只能通过做符合永恒的事
才能达到；
这些所谓永恒的事
就是要使世界得以延续的公正
得到完善，
也就是赏罚分明。
去吧，尽你一切所能
去矫正我遭受的不公吧。
你去做腐败的法律
没有对国王们做的事，
而且还要做得

比他们所有的人高尚。
鬼魂下

吉斯　你干吗这么痴痴地站着，
跟你说话听不见，
眼睛发呆？

克莱蒙特　难道你什么也没看见吗？

吉斯　你是在做白日梦吧？
看见什么了？

克莱蒙特　我哥的幽灵催促给他报仇。

吉斯　你哥的幽灵！请不要跟我开玩笑了。

克莱蒙特　不开玩笑。以我的爱和侍候殿下的名义。

吉斯　难道他来是要和吉斯算账吗？

克莱蒙特　你已经修补了对他的敌意，
而对我又怀有十倍的爱和善意；
因为你恨他
却又并没有减少对我的爱，
所以他不再恨你了
（因为你已经对我弥补了）：
这种理性和正义的精神
是世俗的人所无法企及的，
我们的行动和思想
都听命于他的远见。
既然他已看出我妹夫巴里尼的背叛，
他不会再将报仇雪耻交与他了——
而我妹妹却要他发誓去复仇
才肯嫁给他。

吉斯　哦，巴里尼，谁会相信
还有这么个人，

（要是他能抬头
仰望一下神圣的天空）
这么十恶不赦
（为国王虚假的荣光摇旗呐喊）
一无是处，
干的坏事越多，
却越飞黄腾达？

克莱蒙特　我们会很轻易这么相信的，
因为在这个世界上
比他更好的人很少。
活着的合理性
不过是使需要合理罢了，
狡猾的政治必须要由罪愆来支撑。
为了达到他的目的
谎言总是包装在所谓的真理里。
除了那些让别人毁灭的人，
谁也活得不安全。
一个幸福的好人
是大家的幸福；
而高升的坏人
靠的是吮吸大家的血。

吉斯　你哥的鬼魂着实让我大吃一惊，
这些鬼魂很少，甚至从不造访人，
一造访人随之而来的则是灾祸。

克莱蒙特　随便发生什么事儿吧；
独裁者有可能杀人，
但从来不可能伤害人的内心[①]，
尽管有死亡和地狱，

① 斯多葛派认为对人真正的伤害只能是人自己的内心。

人还会尽一切追求他的利益。

奥玛勒上

奥玛勒 殿下，功德无量。

吉斯 奥玛勒，欢迎。

克莱蒙特 我的好朋友，向你致以一个好朋友的欢迎。
我最高贵的情人怎么看待变化了的消息？

奥玛勒 消息来得太迟了，先生；
那一对最可爱的眼睛
（从那儿可以看到一颗神圣的心灵，
眼泪呀，也无法表达她充溢的哀伤）
把眼泪哭干了，
犹如一对陨落的星星，
因为哭泣而失明了。

克莱蒙特 上天不许！

吉斯 这是怎样令人痛心的事儿呀！

克莱蒙特 但我们必须忍受这一切，我的大人，
这次事件迫使人乐意
去忍受一切痛苦，
因为他明白了
正是我们的舒适
造成了我们的痛苦。

吉斯 多么奇怪，
不管男人和女人都爱你，
你既不爱男人，也不爱女人，
但又爱男人和女人的好处。

克莱蒙特 对于女人，
刚开始时，
我的血液会燃起淫欲，

我会像所有的情人一样，
享受那激情，
但不久激情就消弭了，
判断就占了主导的地位，
虽然激情不再，
但那爱仍然存于胸中，
这是经常会发生的事，
当我权衡爱的理由——她的美德
和欲望所希冀的——她的玉体，
我每每会选择前者，
一般凡人所钟爱的，
我却最为鄙视。

吉斯　既然你的爱是一种判断，
是心灵的选择，
那你会娶你最爱的情人了，
虽然她现在瞎了。

克莱蒙特　如果在婚姻中存在爱，
我会娶她。
但我认为不是所有的人和
他们的妻子、侍女、
寡妇，任何女人之间存在爱——
苍蝇并不爱牛奶，
但它们仍然被贪婪所激励，
一头飞进牛奶里淹死；
蜜蜂并不爱蜂蜜，
虽然它花了整个的一生酿制；
那些吃畜生和禽鸟以自肥的
并非出自爱：
造化在她的权力内
为了让人吃肉，

她创造了食欲，
（但太多的人违背造化，
饕餮无度，
在最健康的行为中
隐藏着疾病的隐患）
人类在男人和女人之际，
形成了基于理性的社会关系。
激发起床上的激情
绝不可算是爱情；
因为爱情在激发起情愫后，
在美德和圣洁中结束的
友谊才是人们互动的
最有益的形式。[①]

吉斯　那你就是我的情人了；
我觉得我整个热血
都爱上你的美德了。
不管别的人怎么鄙视，
说这种悖论是奇谈怪论，
但思维是非常缜密的，
因为它们说理正确，
我将永远相信它们。
啊，走吧；
去为你哥实施纠缠不休的复仇吧，
我将瞧瞧国王
将会采取我的什么建议，
他似乎很需要，
也越来越敬重。

---

① 亚里士多德、西塞罗、塞内加等经典哲学家都有这个说法。

第二场

亨利、巴里尼和六名卫士上

亨利　你看出来了吗
他的黑手
强迫我释放达姆布瓦？

巴里尼　看出来了，
我所看到的
让我无法忍受那傲慢无礼，
心中充满了愤怒。

亨利　国王们越容忍臣民的无礼，
他们就越悠着撒出捕猎的网，
这就如同硕大的苍鹰，
在巨大的翅膀将它抬升之前
它（在大地之上）低空盘旋；
一旦升空，
在扑向在它下面翱翔的生灵前，
它的鹰爪能抓获越多的死亡，
它就会越延宕它对猎物
那致命的俯冲一击。

巴里尼　您必须让您那些重要的谋略
秘而不宣，
它们是有爆炸性潜力的呀
（比如吉斯和达姆布瓦
所造成的麻烦）。
谋略（就像是您的内脏）
不能轻易披露，

要保守得牢而又牢；
如果您不经意间
泄露了敏感的信息，
那就将您最好的谋略引向毁灭了。

亨利　我们培养了督察我们的监事，
也豢养了窥视别人的间谍，
一旦我们心中最深处的秘密泄露，
督察我们的监事必须原谅我们：
欺骗终究会暴露。
这个计谋必须以迅雷不及掩耳之势
去击开那命运之门，
我们有信心
在毁灭之前
有一个光明的结果。
我的卫士朋友们，
正如你们对君王作的宣誓，
以身相许誓死捍卫这计谋。
你们也亲眼目睹
吉斯的野心从来就没能成功，
但他眼睛里总闪烁着逆贼的光：
如果你们能把他除掉，
那你们就不是我的近卫，
而是我的救星了。

卫士们　我们责任在身，
他必须得死。

亨利　我也这么相信，
感谢你们了。
巴里尼，
去安排他们的埋伏；
啊，你是那上帝呀，

亲王们的恩主，
天上的雷霆呀，
你轰鸣击打吧，
一扫这强大的吉斯
那傲慢的山峰。
众下

第三场

塔米拉拿着一封信，夏洛特穿着男人的衣服上

塔米拉　我看你是我亲爱的妹妹[①]，
可敬的巴里尼夫人的仆人。

夏洛特　夫人，她要为她举世闻名的哥哥复仇，
由于她的慷慨，
我决定为她的计划献身。

塔米拉　她经常给我写信，
她非常希望
你能成为这样一个人，
这个人将血洗延宕太久的
使正义蒙受耻辱的怨仇。
我相信，
她完全能够洞察
身上燃烧着和她同样的火的人；
我必须告诉你，
我毫不怀疑
她那活着的哥哥
将为她死去的哥哥复仇，

① 塔米拉是布西的情人，她把布西的妹妹就看成是婚内的妹妹了。

死者的魂灵已经催促过他了；
我知道，
他马上就要实施他的复仇了。

夏洛特　那只是他说的空话而已，
别相信它们。

塔米拉　瞧，这是地下通道，
他一定得从这儿上来。
我想那正是他。
勒内尔和瞎眼的伯爵夫人从地下通道走上来

勒内尔　上帝保佑您，夫人。
这位绅士是谁，
您对他这么信任，
在他身上寄托了
您眼下重大的秘密了吗？

塔米拉　正如你所说
他是我寄托希望的一个人。

勒内尔　上来吧，夫人。
他帮助伯爵夫人上来
瞧这儿，尊贵的夫人，
这位伯爵夫人
她的命运和您的遭遇
完全一样的不幸，
她是您被杀的情人的哥哥的
红粉知己，
由于最近一次阴谋的逮捕，
出于她的爱，
她哭瞎了她那美丽的眼睛，
甚至很可能还会搭上她的命，
要不是我答应带她

到这致命的决斗的现场来，
凭着她为情人的爱哭瞎的眼睛，
她有可能祈求他去复仇，
（根据她做的一个可怕的噩梦）
她知道他必死无疑，
当空的太阳
将永远不会看见他活着出去。

夏洛特　我受命代替他执行这任务。

勒内尔　你，先生，为什么？

夏洛特　我的女主人，
他的悲哀的妹妹委托我的。

塔米拉　瞧她的信，老爷。
勒内尔读信
（对伯爵夫人）好夫人，真叫人叹息
您的命运比我的还要悲惨，
我真不知道怎么来对付
这些接连发生的突发事件。

勒内尔　这真是你女主人的手笔，
我也知道他的哥哥
无法容忍除了他
任何别人的手来复仇。
布西的鬼魂上

鬼魂　别再辩论不休了！
到阳台上去看决斗吧——
必须得由克莱蒙特
来执行这正义的悲剧。

伯爵夫人　那是谁？

勒内尔　布西的鬼魂。

塔米拉　哦，我的情人！
让我们拥抱吧。

鬼魂　请忍耐！
我的影子借以存在的空气
会爆炸。
让我的复仇使所有的爱人满意，
（对伯爵夫人）别害怕，夫人，
克莱蒙特不会死。
别再辩论了！
到阳台上去看这场决斗吧。
塔米拉、伯爵夫人、夏洛特下
把卫士布置好，勒内尔，
当伯爵一进来
就把所有的门关严实。
勒内尔下
黑色的时辰在空中飘荡，
鬼魂们将跳起
哀怨而庄严的地狱舞蹈
来庆祝我正义的复仇。
下

第四场

吉斯上

吉斯　当自然一想到死亡就悲哀神伤，
谁还说死亡是自然的？
我占卜了我的死亡，
从我的木制食盘下面
打结的手帕中抓出阄儿，

上面写着“如果你出席枢密会议，
死路一条”；
我一看到这些字
我的血和身体便不由自主
一阵紧缩起来，
随冰冷的火
像冰雪一样化解了开来。
我曾恨我自己，
为了想方设法驾驭国王们，
我无法控制自己的身体。
当理性、判断、决心，
对胆怯的蔑视
都在惧怕面前缴枪弃械，
还有哪一个自由而高贵的男子汉
会希冀在奴役的枷锁下活着？
当情欲的尿盆涨满，
谁还会愿意
浸泡在尿盆里苟且活着，
不逃向那星星，
远离这臭烘烘的地方，
即使被豺狼、猛禽或者恶狗撕裂？
哦，克莱蒙特·达姆布瓦，
你要呵责我的软弱，
责备我过于理性，
呵斥我没有痛下决心，
向死亡和地狱
迈开哪怕一步。
让虚伪的我
在这儿灭亡吧；
已经没有可能
再有一个自由的真正的我了。

使者上

使者　国王希望殿下去参加枢密会议。

吉斯　我就来。

使者下

绝不可能：
他不敢用亵渎的背信弃义
来加害于我。
要是克莱蒙特在这儿，
按照他的密谋打击他，
那这儿将会是一场混战。
谁知道出卖能避免流血？
得，我必须得去，
我会去的；
我怕什么？
并不是对付两个人，赫拉克勒斯，是吗？
要对付两个人，
有人会帮助赫拉克勒斯。[①]
吉斯会去的。

他掀起挂毯，卫兵向他冲过来，他拔出剑

且慢，谋杀者！

卫士向他刺去

这就是相信伟大而不相信善意的结果。
国王在哪儿？

亨利上，随后跟上艾斯帕农、塞瓦松、奥玛勒等人

尽管我已经受到暗箭的刺杀，
在我的灵魂有可能逃离他们，
我的舌头有力气挑战他的独裁之前，
让他来说一说为什么要这么干。

---

① 英语谚语，“两个人足够制服赫拉克勒斯”。

亨利　瞧，大人，我来了，
在人们面前
我要说一说我为什么要这么干，
而上帝知道在我的心中
有什么创伤，
你的令人怀疑的忠诚
造成了这些创伤，
由于你的傲慢，
这些创伤变本加厉了，
你的傲慢足以撼动顽石，
甚至巉岩，
面对惊涛骇浪的拍打，
周身嶙峋千孔，
那也不及你疯狂的野心对我的蚕食；
我要放这个血
就是为了拯救千万人的血。

吉斯　那是你站不住脚的借口，
你一旦无法无天流了一滴血，
那将叫王室血流成河。
目前国王耽于淫乐和机巧，
一反法律的纯粹和正义，
最终一切都不过是
盗贼们之间的分赃。
在天上挂着一颗黑星，
太阳不给它光亮，
它落下有毒的雨水，
流进你的内脏，
即使躲在暗藏的钢铁后面
你也鲜有安全感。

亨利　得，大人，我忍了。

你还有一个哥哥，
穿紫红袍的邪恶的主教，
也是一个威胁。
（对卫士）去找一下，把他逮起来。先把这个抓住。
我相信，为你们所有的人，我要他们的血。
亨利、艾斯帕农、塞瓦松等侍臣下，奥玛勒留下

吉斯　将军，执行你的全权吧；
死亡把我的一切剥夺了。
克莱蒙特，永别了。
哦，你要是能见到这一幕就好了！
但还是不见到的好；
当你听说我流血，
你的鲜血会骤然变冷呀。
有朋友愿意把我的爱
带信给他吗？

奥玛勒　我愿意，大人。

吉斯　在我临死之前
向你表示感谢：
请代我向最高贵的人杰致敬。
死亡。众下（卫士们将吉斯的尸体抬下）

第五场

蒙特梭利和塔米拉上

蒙特梭利　你让谁到我家来了？

塔米拉　我？我没让任何人进来。

蒙特梭利　不对头。
在家里每一个角落，

我都嗅到敌人鲜血的恶臭。

塔米拉　你做的好事，
那是你最近杀死的人的血腥味儿。

蒙特梭利　该死，地道打开了。
舞台地板门打开

塔米拉　什么地道？拿着你的剑！
克莱蒙特走上来

克莱蒙特　不，让他先用剑。

蒙特梭利　反了！谋杀，谋杀！

克莱蒙特　别叫喊；没用，一对一，你胆怯了。

蒙特梭利　哦，血腥的婊子！

克莱蒙特　你凭什么指责她血腥？
那只可能是我的血
和你的血；
没有任何别人进场来和你决斗。
我没有带杀手来，
也不学你谋杀的样，
我独身一人在这儿，
只希望我的挑战
也由独身一人来回应；
如果我能够的话，
讨回我哥的血债
绝不能再延迟哪怕一分钟；
如果我不能，
那你就得到双倍的征服，
那也只是命运所致，
对我无所谓。
别暴跳如雷，

也别去撞击房门，
就像困在陷阱里恶毒的野兽：
所有的门都关上了，
你已无法逃脱，
只有凭你的勇气了。

蒙特梭利　不，不，来把我杀掉吧！
躺下

克莱蒙特　如果你想像一头野兽那样死去，
你可以这样选择；
但是，应该撑起男子汉的精神
拯救自己，
别糟蹋人的名誉了，
特别是一个贵族。

蒙特梭利　我并不是因为惧怕你才这么干，
而是想挫败你的胜利，
给你的胜利带来耻辱，
对一个胆怯的人施虐，
把他弄死
是不名誉的。

克莱蒙特　好啊，看我的剑。
要杀蒙特梭利

蒙特梭利　且慢，等一等！我有一个想法，
他爬起来
既然我将给予你胜利，
如果你能满足我的一个请求，
那就是伟大而勇敢的胜利。

克莱蒙特　什么请求？

蒙特梭利　请让我去拿

你哥哥在他勇敢地死去时
给我的那把剑来使。

克莱蒙特　不，我不想和我哥的剑对仗，
我并不是怕它，
这很可能是你
想逃跑的巧计。

蒙特梭利　说真的，不是。
我以我的名誉发誓，
我不会逃跑。

克莱蒙特　以你的名誉发誓！
明摆着的计谋，
还奢谈什么名誉。

塔米拉　别相信他的信誓。
他会像一只凤头麦鸡骗人[①]：
它会在远离巢穴的地方飞翔，
口中喊道“巢在这儿，巢在这儿”。

蒙特梭利　滚开，你这鬼女人！
我将给你的征服以耻辱——
我死，我不决斗。
躺下

塔米拉　我多么不幸
嫁给这么一个窝囊废！
人们一般评说的
那就是上帝的声音：
一个伤害了女人的人还自吹自夸，
（正如他对我做的）

---

① 原文为：He will lie like a lapwing: when she flies. 请与莎士比亚《哈姆雷特》第五幕第二场比较：This lapwing runs away with the shell on his head。

没有人敢指责他。

克莱蒙特　那你就为你的创伤复仇吧，夫人；
既然他不愿意决斗，
我把他交给你全权处置。
你先折磨他
（就像他折磨你一样，
这是正义的意志），
然后我履行我的誓言。
拿上这把匕首。

蒙特梭利　大地沉下去吧，
天空裂开吧，
将复仇掩埋掉！

塔米拉　来，大人，抓住他。

蒙特梭利　哦，女人的耻辱呀，
你为了什么要逃离？

克莱蒙特　啊，我的好大人，
难道这对于她，
比对于你不是更大的耻辱吗？
啊，我将是你曾经用来对付她，
亵渎她那双美丽玉手的镣铐。

蒙特梭利　不，大人。
起身
我现在要决斗了，
最恐怖的是你们这些公子哥儿，
赢得了像她那样女人的芳心。
我只好一直装聋作哑，
现在请瞧，
哦，那讨嫌的绿帽子
已经解除了手中的武器，

消除了心中的勇气；
愤怒吧，反击吧，
将复仇女神打进坟墓：
将这达姆布瓦家仅存的精华
和他那血腥的灵魂
统统消灭掉吧。
克莱蒙特和蒙特梭利对打
现在让我歇一会儿。

克莱蒙特　请便吧。

蒙特梭利　你现在对此有何感想？

克莱蒙特　如果这是出于自由选择，
而且是你自愿的，
那就很高贵了；
由此我们可以看到，
（勇气可以大大自吹一番）
它可以使胆小鬼变成得多么勇敢。

蒙特梭利　我将给你的征服添光溢彩。

克莱蒙特　你会的。

蒙特梭利　如果你赢的话。

克莱蒙特　是的，大人，这是命运决定的事。

蒙特梭利　如果你不是达姆布瓦家的，
我绝不会拿命来和你对决。
和达姆布瓦家的人在一起呼吸，
我顿时感到如此伟大的激励；
征服了所有人的活命的需要，
（它的锋芒正在刺激我向前，
我的双手还可能想寻求它的帮助）
有可能改变这件事，

如果在所有的男人中
她把你排除在外。

克莱蒙特　是的，由于你改变了，
我强加于你的
为了活命需要的力量
把你变成了和原来的你
不同的另一个人。

蒙特梭利　啊，我必须得继续对决。

克莱蒙特　大人阁下必须继续。

蒙特梭利　要么赢，要么完蛋。
蒙特梭利舞剑，克莱蒙特刺伤了他。夏洛特和勒内尔以及伯爵夫人出现在舞台上方的阳台上

夏洛特　天啊，多丢脸。
剑在他手里这么迟疑？

勒内尔　竭力阻止她
先生，请忍一忍。
夏洛特走下来。[①]

伯爵夫人　他还没有被杀死吗？

勒内尔　还没有，夫人，
但身上多处受伤。

蒙特梭利　你给了我致命的一击。
不过我感觉我还能再打一回合。
夏洛特上

克莱蒙特　你干吗，先生？

夏洛特　我来打这场对决。

---

① 夏洛特先出现在舞台上方的阳台上，经过阳台的一扇门走下，然后来到主舞台。

克莱蒙特　跟我们两人中的谁？

夏洛特　要是跟你对决，
我并不在意：
你妹妹会感到非常羞耻，
如果她为了报你哥的仇
却跟一个如此迟缓出手的人对决。

克莱蒙特　我妹妹？你认识她？

塔米拉　是的，先生，她请他
带了一封请求为我亲爱的情人
报仇的信来。

克莱蒙特　唉，好先生，
你认为你还可以做得更好吗？

夏洛特　唉，我是这么想的。
要不是我，青春而健康，
去对付一个疲惫而受伤的人
是不公平的，
我在此之前早就干了我想干的了。

克莱蒙特　你跟我妹妹的心思一样，
但是请耐心点儿；
要是下一回合不能成功，
我就让你来。

蒙特梭利　（对克莱蒙特）请你让他决定。

克莱蒙特　不，大人，
我是命运派遣来的人；
既然大人如此勇敢地和我对决，
如果你躲过了我下一回合的冲刺，
我一定要让你活下去。

蒙特梭利　说话的口气就像达姆布瓦家的人，

我如果现在就死去，
那就请为你的胜利欢呼雀跃吧。
蒙特梭利斗剑，被克莱蒙特严重刺伤，倒下。他将手伸向克莱蒙特和塔米拉
永别了，我从心底里原谅你——妻子，
让你的余生在忏悔中度过吧。

克莱蒙特　像一个贵族和基督徒的样子。

塔米拉　哦，我的心要碎了。

克莱蒙特　该为之而心碎；
对于他以前的缺点，
这些话，这结局，
就够弥补的了，
甚至有过之而无不及。
安息吧，可尊敬的灵魂，
和你的灵魂一起，
我亲爱的哥哥的灵魂
也将永眠在安详之中。
你的尸骨躺下吧，轻轻地，
上天将是你灵魂的归宿，
你的骨灰将不会
存放在大地之中。
蒙特梭利死亡。音乐声，布西的鬼魂引领着吉斯、大亲王、红衣主教吉斯和夏迪龙的鬼魂上；鬼魂们在尸体周围舞蹈，众下

克莱蒙特　这多么奇怪！
在这群精灵中，
吉斯和他的伟大的哥哥红衣主教，
两人都还活着，
却和这群精灵一起欢乐地跳舞，

庆祝我们的复仇!
这显然预言吉斯和红衣主教
就要死亡了。
夏迪龙的鬼魂竟然和吉斯一起
庆祝这正义的复仇,
而吉斯正是造成他死亡的主犯;
看来他也容忍那大屠杀了;
投射在吉斯和红衣主教
前面的影子有可能证明
当我们活着时,
一切需要办的事
都已经在前往另一个世界前
办妥帖了。
在这个时候幽魂会活过来
也许只是寓言罢了,
虽然有学问的人认为
我们有感觉的精神
在它们躯体掩埋的坟墓中
待上一小会儿,
然后凝固成一团空气,
就像他们刚掩埋进坟墓时的样子。[①]
奥玛勒上

奥玛勒　哦,大人,吉斯被杀了。

克莱蒙特　老天不许!

奥玛勒　国王邀请他参加枢密会议,
设下埋伏,
士兵突然冲向他,

---

① 斯多葛派是不承认有鬼魂存在的。克莱蒙特在这里企图调和斯多葛派的主张和刚才的经历。

要了他高贵的生命。
他（临死时）向你，
人中之杰，
致以他的挚爱。

克莱蒙特　这最残酷的、最该诅咒的事情
终于在大地可悲的胸膛中发生了！
让我请求你们忍耐一下，
让我一人在心中向他致以默哀。
我等一会儿会叫你们来。

奥玛勒　我们将忍耐，
让你一个人待一会儿。
奥玛勒、塔米拉、夏洛特下

克莱蒙特　我还要活着吗，
当那个赋予我生命意义的人
已经死亡？
国王的行动不容置疑：
对他们的圣体复仇
是不虔敬的；
如果我能当个俗人，
（当人们从他那儿
不能再得到好处，
或者恩惠）
我应该可以活下去；
如果我（用自己的手）
和他同归于尽，
人们就会对我无尽猜测。
但友谊是两颗心灵的凝合剂，
犹如心灵与躯体，
人们不可能将之拆开，
一旦分离，

无论心灵还是躯体
都要遭难。

勒内尔　夫人，我替您的情人担忧：
让我们下去吧。
勒内尔和伯爵夫人走下

克莱蒙特　我对人太了解了，
我永远不会
活着去迎合世俗的人们；
当死亡带来最甜蜜的伙伴，
难道我在死亡中
还要去尊重他们的寻欢作乐，
在生与死之间制造不谐音？
难道这样的结局
不就最后证明了
我们真正拥有的知识和价值吗？
吉斯，哦，我的大人，
我将怎样抛开将我与您分离的
枷锁和面纱呢？
人的灵魂
是心灵的衣裳；
精神是灵魂的大袍；
而鲜血是精神的外套，
躯体是鲜血的裹尸布：
我必须将那裹尸布解开，
直奔心灵和灵魂。
现在，如同一艘舰船，
停泊在遥远的异国海岸，
船上的人们为各自的事上了岸，
寻求淡水、食品、宝石、珍珠，
（当船长命令起锚起航）

所有羁留岸上的人
都小心翼翼藏好
他们贪婪得来的
最有价值的财产，
生怕被贼偷窃，
被野兽糟蹋，
自己当上异国的奴隶：
现在，我的船长发出命令，
我的船，我放在船舱里的整个命运呀
都随着风帆出海远航了，
我将险恶时代
一切恐怖都留在脑后，
所有高贵的目标
都留给那遥远的海岸，
没有人怀有善意，
只有他尊重虔诚或勇气。
难道我要生存下去，
不跟随他到那大海中去，
而在这里苟且活着，
每时每刻都可能
成为盗贼或野兽的牺牲品，
成为权力的奴隶？
我来了，我的大人；
克莱蒙特，您的侍从，来了！
他自杀，奥玛勒、塔米拉、夏洛特上

奥玛勒　怎么？躺倒，在抽搐，克莱蒙特？
审视身体
该诅咒的人，
让他一个人留在这儿；
他杀死了自己。

塔米拉　悲伤而又悲伤呀！
哦，我，在所有活着的人们中
一个最悲惨的女人！
上天以最大的恶意
用眼睛望着我，
一个可怜的女人！

夏洛特　干得好，我的哥哥。
我一直爱你，
但我现在景崇你了：
失去了这么一位挚友，
谁也别想活着，
同样，失去了这么一位哥哥，
谁也别想活着。
我那虚伪的丈夫还活着，
是他杀死了这两个人吧？
在我回到他身边前，
我将入土。
勒内尔引领伯爵夫人上

勒内尔　眼睛所能见到的最大的恐怖！
哦，克莱蒙特·达姆布瓦！
夫人，我们拖延得太久了；
您的情人自杀了。

伯爵夫人　只能是这样：
他生活在吉斯中，
就像我生活在他之中一样。
哦，跟随他吧，
我的生命，
我的眼睛！

塔米拉　隐藏起来，

把你的蛇的脑袋隐藏起来吧！[1]
去离群索居吧，
在忏悔中去哭泣吧！
死亡真是太容易了。

夏洛特　是的。让我在隐居中活命吧。
夫人，既然愤怒或悲伤
都不能帮助命运，
让我们抛弃它们占上风的世界，
到上帝那儿去
找它们所需要的弥补吧。

伯爵夫人　带引我去吧，这样才合适而必须。
只有在天上才能寻觅到慰藉，
在世界上哪儿也找不到。
奥玛勒、塔米拉、夏洛特、勒内尔、伯爵夫人下
亨利、艾斯帕农、塞瓦松等上

亨利　我很后悔，我们来得太迟了，
我本来可以让克莱蒙特
当我的王储。
把遗体抬进去吧，
（把这宅邸关闭）
这致命的房间
将成为名闻天下的达姆布瓦墓室。
众下，将克莱蒙特和蒙特梭利的尸体抬下

（全剧终）

---

① 塔米拉将自己、夏洛特和伯爵夫人作为目睹这场决斗和克莱蒙特自杀场面的人和神话中的命运三女神相比。

炼金术士[1]

本·琼森 著

① 根据 The Alchemist and Other Plays (Oxford World's Classics), Oxford University Press, 1995 译出。

戏剧人物

萨特尔，炼金术士

法斯，管家

桃儿·卡门，他们的同谋

达帕尔，律师助理

阿贝尔·德鲁格尔，烟草商人

拉夫维特，房主人

埃皮刻尔·玛蒙爵士，骑士

老顽固瑟里，赌徒

忧患牧师霍尔孙，阿姆斯特丹牧师

阿那尼阿斯，清教执事

流氓卡斯特勒，愤怒的男孩

帕里安特夫人，他的妹妹，一个寡妇

邻居们，官员们，哑巴①

---

① 即第五幕中出现的那位没有台词的牧师。

剧情提要[①]

地点：伦敦
屋主人惧怕瘟疫，
离开了伦敦的房舍，
留下一个仆人。
安逸让他心生邪念，
和社会底层的
一个骗子和妓女沆瀣一气。
他们不再安于小打小闹，
而想大干一番。
为了给骗局装门面，
他们需要一栋房子。
他们协议平分赃款，
便开始卷起袖管大干起来。
他们招徕来许多顾客，
靠占星术、算命、散布流言、
销售精灵、卖淫，还有点金石
大肆骗人，
最终他们的点金石、自己和一切
都在烟雾中毁灭。

① 原文英文为 Argument，将每行诗行的第一个字母串起来，便是 The Alchemist（炼金术士）。

序 幕

观众们呀，
让命运，
让宠幸傻瓜的命运呀，
和我们一起
度过这短短的两小时，
为了你们，也为了我们；
我们希望
这戏给予作者以公正，
给予我们以恩典。
戏的地点在伦敦，
再没有比把大家的快乐
安放在伦敦更合适的了。
再没有什么气候
能更好地滋润
妓女、皮条客、乡绅、骗子，
他们的喜怒哀乐，
如今美之曰幽默感，
给戏台提供了滑稽的笑料，
也成了喜剧家抖搂的噱头。
虽然这支笔从来不想
写得让人痛苦不已，

只是想让人变得更加完善，
不管他生活在什么时代，
他总是要忍受时代
不可救药的罪恶。
如果救药甜蜜而有效，
他不希望人们沉疴难起，
而能借助于这种救药，
过上快乐的生活；
在这里，他并不怕
有人会自己对号入座。
有这样的人吗？
他们愿意坐在河边，
看着一湾清流返照，
所思所想正在舞台上演绎；
这都是些惯常的蠢行呀，
做过的人自己明白，
快快改正就好了。

第一幕

第一场

法斯（拿着一把剑），萨特尔（拿着一个小玻璃瓶）和桃儿·卡门上

法斯　请相信，我会的。

萨特尔　干比这更糟糕的事儿吧。我放个屁给你闻。

桃儿　你们疯了吗？啊，先生们！为了爱那么点儿——

法斯　伙计，我要脱掉你的——

萨特尔　干吗？要舔我的痔疮吗——

法斯　流氓，十足的流氓，我要你滚蛋，别再玩你那套骗人的把戏了吧。

桃儿　噢不，瞧，君王，将军啊，你们疯了吗？

萨特尔　哦，放开抓野羊[①]的手。
你要冲过来，
我就将这瓶里的酸水
泼到你漂亮衣服上。

---

① 原文为 sheep，在中世纪的英语俚语中，mutton 指称妓女。

桃儿　难道你们不怕邻居听见吗？
把所有的东西都泄露出去吗？
听，我听见有人来了。

法斯　伙计——

萨特尔　你如果靠近，
我要把你裁缝做的
衣服都毁了。

法斯　你这个臭小子，无礼的奴才，
你敢这么干吗？

萨特尔　当然敢，当然敢。

法斯　为什么？
你这杂种，我是谁？
我是谁？

萨特尔　既然你不知道你是谁，
让我来告诉你——

法斯　轻声些，无赖。

萨特尔　是的，你曾经——不久前——
是一个诚朴而简单的人，
年薪才三英镑，
穿着破旧的号衣；
在这黑衣修士区
主子在休庭期去度假
为他阁下看守房子——

法斯　你还要大声说话吗？

萨特尔　后来，靠我拉一把，
把你变成了郊区将军。

法斯　靠你拉一把，狗博士？

萨特尔　我所说的一切
　　　　还记忆犹新呢。

法斯　啊，请问，是你拉我一把，
　　　　还是我拉你一把？
　　　　还记得我和你
　　　　在哪儿初次见面的吗？

萨特尔　我听不清。

法斯　我觉得你是在搪塞。
　　　　让我来告诉你吧，老兄，
　　　　是在馅饼角，
　　　　你，一个饿死鬼，
　　　　鼻子像鞋拔，
　　　　脸色灰黄，
　　　　长满黑头粉刺，
　　　　活像大炮院里打出来的炸药，
　　　　可怜巴巴蹭来蹭去，
　　　　靠闻摊位的气味充饥。

萨特尔　将嗓门再抬高一点儿。

法斯　你穿着头天从垃圾堆捡来的
　　　　破衣烂衫，
　　　　生满冻疮的脚
　　　　趿拉着一双破拖鞋，
　　　　戴一顶绒毛帽，
　　　　披一条薄薄的脱线的披风，
　　　　那连屁股都遮不住——

萨特尔　先生！

法斯　当你的炼金术、代数、
　　　　矿石、植物、动物、

魔术、欺骗术啦，
无法让你除了裹身之外
还有多余的织物
来做引火的火种，
我帮了你一把，
给你买来煤、
蒸馏器、量杯、材料，
给你建了一座炉子，
引来光顾的顾客，
让你玄妙的骗术传闻天下。
还借给了你一栋房子
做糊弄人的买卖——

萨特尔　你主子的房子！

法斯　而在这房子里
你做起了赚头更好的
拉皮条的活儿。

萨特尔　是的，在你主子的房子里，
在你和那帮耗子
占据的房子里拉皮条。
别假装不知道你那些耗子。
我知道
你把食品间锁着，
把零碎吃食藏起来，
将啤酒转卖给酿酒商；
这些进账，
再加上圣诞节小费，
提供赌博筹码的收益，
积敛了一笔财富，
大约二十马克，
使你得以有脸面和败类交往，

直至你情人的死
让这房子关了门。

法斯　说话轻声点儿，你这流氓。

萨特尔　不，你这屎壳郎，
我要用雷声把你劈成两半，
我要让你懂得
怎么会惹得复仇之神发怒，
他手中抓的，
声音里带的，
是狂风暴雨。

法斯　这地方让你变得胆大妄为。

萨特尔　不，是你的衣服。
你这歹徒，
难道不是我
把你从粪坑里拉出来的吗？
那时你那么可怜，
那么悲惨，
除了蜘蛛，
或者更差劲的玩意儿，
谁也不跟你打交道。
难道不是我
把你从扫把、尘埃和浇水壶中
提拔起来的吗？
难道不是我
让你有了身份，
成了上等人？
难道不是我
把你炼成了精华，
所花的力气

可以炼两个点金石也不止?
难道没有让你说话神气,
穿戴时髦?
没有让你成为特殊的酒馆会员?
没有教你如何发誓、如何吵架?
没有教你在赛马、斗鸡、牌戏、
掷骰子赌钱等等游戏中
稳操胜券吗?
没有教你炼金术窍门,
让你成为这行的二把手吗?
为所有这一切,
我得到感谢了吗?
你反啦?
你要逃离炼金术吗?
你现在要离开吗?

桃儿　先生们,你们这是干什么?
难道你们要把一切都毁了吗?

萨特尔　奴才,要不是我提拔你,
你既没有名声,也没有地位——

桃儿　难道你们就这么内讧,
让自己完蛋吗?

萨特尔　在马粪炉子以外,
谁也不认识你,
待在地下室,
或者一个比聋约翰还要黑的酒馆里,
除了洗衣女工或者酒保之外
谁也不知道你。

桃儿　你知道谁在听着你吗,君王?

法斯　伙计——

桃儿　不，将军，我想你是彬彬有礼的——

法斯　如果你说话如此大声，
真叫我非常绝望。

萨特尔　去你妈的，我才不管你绝望不绝望。

法斯　去你妈的，煤黑子，
让你所有的坛坛罐罐见鬼去吧，
如果你让我生了气，
我要把你的肖像——

桃儿　（旁白）哦，这可要把一切都毁了。

法斯　和你，这龟公，
所有的事儿都写出来，
贴到圣保罗大教堂去；
把你所有的鬼蜮伎俩，
譬如用空心的煤、粉尘和杂料①
搞欺骗，
用筛子和剪刀②
寻找失物和小偷，
在黄道十二宫图中
占卜星座，
用玻璃球影子
召唤精灵，
用套红标题写在海报上，
还用木刻刻上你的头像，
那头像比大盗
加玛里埃尔·拉特西③还要可怕。

桃儿　你们没疯吧？

---

① 在挖空的煤中放上银子，做炼金术欺骗。

② 据说用筛子和剪刀可以找到小偷。

③ 英国拦路抢劫的大盗，1605 年 3 月 27 日被处决。

你们神志清醒吗，爷儿们？

法斯　我要出一本书，
不写你那些骗术，
也能成为出版家手中
真正的点金石。

萨特尔　滚，你这流氓。

法斯　滚，你这狗虱子，
比所有犯人吐的秽物还叫人恶心——

桃儿　爷儿们，
难道你们要把自己都毁灭吗？

法斯　吃多了撑的，
还在呕吐呢。

萨特尔　骗子。

法斯　皮条客。

萨特尔　放牛的狗仔。

法斯　变戏法的骗子。

萨特尔　小偷。

法斯　男巫。

桃儿　哦，天啊！
我们给毁了！玩完了！
难道你们对声誉
一点儿也不在意了吗？
你们的理智呢？
天啊，难道你们也不想想我，
想想你们的共同利害？

法斯　去你妈的雌狗。

我要按照亨利八世
惩治巫术法[1]控告你，
让你为洗金币[2]将套索
套上你的脖子。

桃儿　你们要打架吗？
她抢走法斯的剑，把萨特尔的瓶子砸了
你，爷儿们，
把你那经血瓶[3]收起来吧。
该死，你们这两个卑鄙的家伙，
别再嚷嚷了，
和好吧，
要不我对着天光
把你们的喉咙割了。
我才不想当狱吏的囊中物，
你们没受过监狱的苦。
难道你们不是搭成一帮
满世界蒙人吗？
现在你却又想
欺骗自己了吗？
（对法斯）你要控告他？
你要依法把他送进监狱吗？
谁会听你的？
你这个婊子养的，暴发户，
假将军，
在黑衣修士区
没一个清教徒会相信你！

---

① 亨利八世于1541年颁布的法律。

② 有人将当时发行的金币用酸水浸泡，可得到分离出的金子，而金币仍然可用。在当时这是死罪。

③ 炼金术认为经血有溶媒作用。

（对萨特尔）你可以说说你的理由吗？
你总想多分一些钱？
你总想当老大？
仿佛只有你在炼点金石？
这活儿不是大家都有份儿的吗？
不是三份的吗？
不是所有的钱平分的吗？
有谁能多分？
天啊，你们这两条恶狗
结伴去捕猎吧，
摆出一副慈悲心肠，
充满爱意，
想怎么骗就怎么去骗吧，
开庭季开始也不要错过，
要不，我举这只手赌誓，
我要独立出去了，
单个儿干，
和你们说再见了。

法斯　那是他的错，
他老是唠唠叨叨，
说卖关子的压力都
压在他身上。

萨特尔　怎么，难道不是这样吗？

桃儿　怎么会这样呢？
难道我们没有承担
我们的份儿吗？

萨特尔　是承担了，但不平均。

桃儿　如果你今天承担得多一点儿，
我们第二天就追上你。

萨特尔　敢情，还说追上呢。

桃儿　你这傻狗还在私下嘀咕？
好吧，你嘀咕吧。
我要你死！
帮我掐死他。（抓住萨特尔的喉咙）

萨特尔　道洛蒂，道洛蒂夫人，
上帝啊，叫我干什么都行。
你这是什么意思？

桃儿　因为你的发酵和添料[1]——

萨特尔　我没那么做，我对天发誓——

桃儿　你的太阳和月亮[2]——上天作证。

萨特尔　如果我那么做了，吊死我也不冤。
我会合你们的规矩做。

桃儿　爷儿们，你会很快这么做吗？发誓。

萨特尔　发什么誓？

桃儿　别单干，爷儿们。
咱们一块儿干。

萨特尔　如果我不合伙干，
我就去死。
我那么说，
只是想刺刺他。

桃儿　我觉得这么刺人
没有必要，爷儿们。是不是？

法斯　老天，今天咱们看看谁最能蒙人。

---

① 发酵和添料是炼金术中的两个程序。桃儿在此利用这两个术语说萨特尔在琢磨为自己增加进账。

② 当时英语俚语，指金子和银子。

萨特尔　好吧。

桃儿　好极了，像哥儿们一块儿好好干吧。

萨特尔　天啊，这么闹一下
哥儿们反而更铁了。
桃儿松手

桃儿　那就太好了，你们这两个死鬼！
咱们这帮清醒、卑贱的清教哥儿们，
自从国王即位①，
从没好好笑过，
对咱们干的傻事
他们巴不得要大笑一番。
无耻之徒
会为了观看我被车拖拉②，
而奔跑得气喘吁吁吗？
你们会只有一个洞眼③
可以伸出你们的脑袋，
也许耳朵就这么给剐掉吗？
不，咱们不要成为这些人的笑料。
我高贵的君王和可敬的将军，
刽子手老爷喜欢精纺毛料，
在咱们奉献他新吊袜带之前，
他就有可能
穿着旧绒毛短上衣
和邋遢的围巾让人捧腹大笑。

萨特尔　高贵的桃儿！

---

① 詹姆斯一世 1603 年即位，在汉普顿宫会议上，他拒绝了清教徒要求进行宗教改革的建议。

② 当时英国对妓女惩罚，用车将妓女在大街上拖拉着跑。

③ 指颈手枷。

说起话来就像克拉莉蒂阿娜[①]！

法斯　为此，吃晚饭时，
你将坐在贵宾席上，
不再是桃儿·卡门，
而是了不起的桃儿，
举世无双的桃儿，
今晚我俩将抽签决定
谁跟亲爱的桃儿睡觉。
响铃

萨特尔　谁？有人打铃了。
到窗口去看看，桃儿。
老天啊，别让主子这时来打扰咱们。

法斯　哦，别怕他。
只要一个礼拜死一个人，
他在伦敦外面就不敢回来。
再说他正忙着照料啤酒花地；
我收到过他的一封信。
如果他要来，
他会关照先让屋子通风，
你有足够的时间离开；
即使两个星期之后分手，
咱们也有足够的时间。

萨特尔　那是谁，桃儿？

桃儿　一位帅气的小鲜肉。

法斯　哦，
一个律师助理，

---

① 迪戈·奥图涅兹·德·卡拉霍拉所著爱情小说《高贵行为和骑士精神的镜子》中的女主角。

我昨晚在霍尔伯恩
利剑酒吧和他邂逅相遇。
他想——
我跟你说起过他——
要一个会变魔术的妖精
帮他赢跑马赛与赌杯子和球[1]。

桃儿　哦，让他进来吧。

萨特尔　等一等。谁来骗他？

法斯　你去把你的道袍穿上。
你出去这一阵儿，
我来对付他。

桃儿　我干什么呢？

法斯　别让他瞧见，走开。
桃儿下
你看上去要非常矜持。

萨特尔　好吧。
萨特尔下

法斯　上帝保佑你，先生。
请你让他知道我在这儿。
他的名字叫达帕尔。我本来是很高兴留下来的，但——

第二场

达帕尔上

达帕尔　将军，是我。

法斯　谁呀？我想他来了，博士。

---

① 杯子和球，cups and ball，赌猜球在哪一个杯子中。

天呀，先生，我正想要离开。

达帕尔　说真的，很遗憾听到这个，将军。

法斯　但我想我还是得和你相见。

达帕尔　啊，那我非常高兴。
我还要写一两份讨厌的令状，
昨晚我将手表借给
一个今天要在警长家吃饭的人，
所以我对时间茫然无知了。
萨特尔穿着炼金术士的道袍上
这就是那位术士吗？

法斯　是他，阁下。

达帕尔　他是博士吗？

法斯　是的。

达帕尔　你把这事跟他说了吗，将军？

法斯　说了。

达帕尔　怎么样？

法斯　说真的，先生，
他反对这事儿，
我都不知道怎么说——

达帕尔　不至于吧，好将军。

法斯　我真巴不得不管这事儿。

达帕尔　不，你真让我难受，先生。
你为什么会这么想？
我可以肯定地对你说，
我不会忘恩负义的。

法斯　我当然不会那么想，先生。

但是法律就是法律，
他说，特别最近发生里德[①]的事儿——

达帕尔　里德？他是个傻瓜蛋，
与之打交道的，先生，
又是一个笨蛋。

法斯　那还是一个律师助理呢。

达帕尔　一个助理？

法斯　听我说，先生，
你更了解法律，我想——

达帕尔　我应该更了解法律，先生，
以及由此产生的危险。
我不是把那条文给你看了吗？

法斯　是的，你给我看了。

达帕尔　那我还能摆脱干系吗？
我对着这只手发誓，
要是我泄露，
这只手永生写不了法庭书体[②]。
你把我当什么人，
是卡乌斯[③]吗？

法斯　那是什么人？

达帕尔　一个土耳其人，
来过这儿，
正如你说的——
难道你认为我是一个土耳其骗子吗？

---

① 西蒙·里德，萨斯瓦克一位医生，1607年被指控召唤精灵以寻觅被偷窃的金钱。最后被宽恕。

② 一种几乎无法辨认的书法体，1731年禁用。

③ 卡乌斯，骗子，1607年谎称土耳其苏丹阿赫默德的使者，受到隆重的接待。

法斯　我将这么告诉博士。

达帕尔　就这么告诉他吧，亲爱的将军。

法斯　来，高贵的博士，帮助咱们赢钱吧；
这是一位绅士，不是土耳其骗子。

萨特尔　将军，我已经回答你了。
为了你的友谊，先生，我将尽力而为——
但这个我既不会也不能。

法斯　呸，别这么说。
你是在跟一个高贵的人打交道，博士，
他会重重地报答你，
他不是土耳其骗子——
这总可以打动你了吧，先生？

萨特尔　请你忍耐一下——

法斯　这儿是
四个金币[①]——

萨特尔　你要给我闯祸了，好先生。

法斯　博士，怎么给你闯祸？
是用这些精灵来引诱你吗？

萨特尔　先生，将我的技艺和爱引向毁灭。
天啊，我真难以相信
你还是我的朋友，
竟然这么把我
往明摆着的危险中拉。

法斯　我拉你？
但愿马车把你，和你的那些妖精
拉到绞刑场去——

---

① 一个金币（angel）值20先令。

达帕尔　不，好将军。

法斯　这家伙分不清好人坏人。

萨特尔　注意用好字，先生。

法斯　要有好的行动，博士先生，瘪三。
老天，我给你带来的可不是
绿林大盗克里姆[1]，或者克拉利贝尔[2]，
他是一手最好的普利麦罗牌，
他把秘密就像吐烫蛋奶糊一样吐掉。

达帕尔　将军。

法斯　他也不是个忧郁的抄写员，
会向主教法律代表[3]告发
我们的秘密；
他是一位绅士，
作为继承人
每年收入四十马克，
伙伴们都是小有名气的诗人，
他老祖母的希望，
熟谙法律，写六种漂亮的书体，
一个安分守己的职员，
登录账目完美，
如果必要的话，
愿意按在口袋里的
希腊圣约上发誓，
通过朗读奥维德[4]，
把他的情人勾引出来。

---

① 绿林大盗克里姆，中世纪后期的一名大盗，在《亚当·贝尔歌谣》中有记述。

② 克拉利贝尔，在爱德蒙·斯宾塞的《仙后》中描述的一个淫荡的骑士。

③ 主教法律代表主持针对巫术的宗教法庭。

④ 古罗马诗人奥维德著有一首诗名叫《爱的艺术》，教授勾引的本领。

达帕尔　不，亲爱的将军——

法斯　你不是这样告诉我的吗？

达帕尔　是的，但我希望
你对博士大师有更多的尊敬。

法斯　该死，这傲慢的牝鹿。
看在你的分上，
我打住，
不想再揍这穷光蛋了——
来，咱们走。

萨特尔　请等一等，我要和你说话。

达帕尔　将军，博士阁下叫你呢。

法斯　真遗憾，
我掺和到这档子事儿里。

达帕尔　不，好先生，他真的叫你呢。

法斯　他答应做了？

萨特尔　首先，听我说——

法斯　除非你做，否则我不想听一个字。

萨特尔　请你，先生——

法斯　没有别的条件，只要你答应做，至于犒赏嘛——

萨特尔　你的脾气就是法。
他拿下钱

法斯　啊，现在，师父，说吧。
我现在敢体面地听你说了。说吧。
这位绅士也许也会说说。

萨特尔　啊，先生——

法斯　别悄悄说。

萨特尔　老天，你不知道
你这么做会损失多少。

法斯　损失什么？为什么？

萨特尔　天啊，这家伙这么难缠，
如果他有了这精灵，
他将会把你们全打败；
全城的钱都给他赢去了。

法斯　那还得了！

萨特尔　是的。把一个又一个赌棍打倒，
就好像在木偶戏中放鞭炮。
如果我给他一个精灵，
那就把你赌的钱全给他了；
永远别跟他赌——
他会把你赢个精光。

法斯　你错了，博士。
啊，他只是要一个赢
杯子和球与跑马赛的精灵，
一个小打小闹的精灵，
不是你说的赢大钱的精灵。

达帕尔　是的，将军，我是想要一个
在赌场赢大钱的精灵。

萨特尔　我跟你说的没错吧。

法斯　（对达帕尔）该死，那可是一个新玩意儿。
我懂你，你要一个顺从的鸟儿，
在一副牌戏中放飞两三次；
星期五晚上，
在你离开律师事务所之后；

赢上四五十先令
买一匹小马。

达帕尔　是的，是这样的，先生，
我现在想辞职，
专干赌博，
因此——

法斯　啊，这整个事儿的性质变了！
你认为我敢去劝说他吗？

达帕尔　劳驾了，先生，
我看出来，
对于他什么都是一样的。

法斯　什么？为了那点儿钱？
我良心过不去。
我想你也不应该这么要求。

达帕尔　不，先生，我是说
增加佣金。

法斯　啊，那好吧，先生，
我试试。
（对萨特尔）你是说这包括所有的赌博，博士？

萨特尔　因为他赢走了所有的钱，
人们不得不到酒馆赊钱，
请相信我，他的胃口可不小。

法斯　可不是吗！

萨特尔　如果将王国的宝藏拿来跟他赌，
他将把它们
都赢到口袋里。

法斯　你是根据你神秘的知识说的？

萨特尔　是的，先生，还有理性——
神秘知识的基础。
他这张脸蛋
是仙后唯一的最爱。

法斯　什么？是他？

萨特尔　轻声些。
他会听见你。
先生，只要她一见到他——

法斯　什么？

萨特尔　别告诉他。

法斯　他也会在牌戏赌桌上赢吗？

萨特尔　死亡的霍兰和活着的伊萨克的灵魂[①]，
我敢打赌，都附在他身上；
这么一个好运
想拒绝也难；
天啊，他会叫跟他赌钱的哥儿们
输得只剩裤衩。

法斯　这么耸人听闻的赢法，
真是前世修的！

萨特尔　他听见你了，老兄——

达帕尔　先生，我不会忘恩负义的。

法斯　说真的，我对他的品性还是很有信心的。
你听见了，
他说他不会忘恩负义的。

萨特尔　啊，那就随你说吧，
我的巫术听你的。

---

① 霍兰，即约翰·霍兰，荷兰15世纪炼金术士，伊萨克是他的儿子。

法斯　真的，那就做吧，博士。
就把他当作可依赖的，
为他做吧。
他马上就可以让咱们富起来；
赢了五千镑，
送咱们两千。

达帕尔　请相信，我会的，先生。

法斯　你会的，先生。
你什么都听见了？
法斯把他拉到一边

达帕尔　不，听见什么？我什么也没有听见，先生。

法斯　什么也没有听见？

达帕尔　一点儿，先生。

法斯　得，在你出生的时候
有一颗少有的星星左右你的命运。

达帕尔　左右我的命运？不。

法斯　博士发誓你是——

萨特尔　将军，你现在可以把所有的东西全说了。

法斯　你和仙后有亲戚关系。

达帕尔　谁？我？
请相信我，压根儿没这种事——

法斯　是的，你出生时
脑袋上有一个胎头羊膜。

达帕尔　谁说的？

法斯　来。
虽然你假装不知道，

你心里完全清楚。

达帕尔　说实在的，我不知道。你错了。

法斯　怎么？
用“说实在的”来赌誓吗？
否认这么一件对于博士明摆着的事儿？
那咱们怎么还能相信你，
当你赢了五六千镑
还会按着比例给咱们分钱吗？

达帕尔　老天在上，先生，
我要赢了一万镑，
给你们一半。
“说实在的”不算是赌誓。

萨特尔　不，不，他只是开个玩笑。

法斯　嗯，去，去谢谢博士。
他是你的朋友，
如果他这么理解你的话。

达帕尔　我感谢博士阁下。

法斯　那就拿另一个金币出来。

达帕尔　我必须给吗？

法斯　你必须给吗？天啊，
什么叫谢谢？你这么小气吗？
达帕尔给钱
博士，他什么时候来拿妖精？

达帕尔　我现在还拿不到吗？

萨特尔　哦，好先生！
还有好多礼节呢，
你首先得洗澡、熏蒸；

再说，仙后不到中午
不会起床。

法斯　如果她昨晚跳舞，
她就不会在午前起床。

萨特尔　妖精必须得到她的祝福。

法斯　你从未见过
殿下吗？

达帕尔　见过谁？

法斯　你仙后娘娘？

萨特尔　自从她在摇篮里亲吻过他之后
就没见过，将军，
我回答了你的那个问题。

法斯　啊，依我说，
你还是应该见见她殿下，
不管要花你多少钱！
那很难得到；
但是，
不管怎么样，
见见她吧。
如果你能见她，
请相信，
你就走运了。
殿下是一个单身女人，
非常有钱，
她一旦迷上了什么人，
她就会做非常破例的事儿。
无论如何，见见她。
天啊，说不定她会把

她所有的钱财都留给你！
这正是博士所担心的。

达帕尔　那怎么能见到她呢？

法斯　让我来干，
你不要有任何担心。
你只要对我说，
“将军，我要见仙后殿下。”

达帕尔　将军，我要见仙后殿下。
有人在外面敲门

法斯　好极了。

萨特尔　谁？很快就来。
（对法斯）从后门把他带出去。
（对达帕尔）先生，到一点钟，一切准备好。
在那之前要守斋；
在鼻子里滴三滴醋，
在嘴巴里滴两滴，
在耳朵里各滴一滴，
然后洗涤你的手指尖，
清洗你的眼睛，
将五官处于最佳状态；
口中哼唧“嗯”三次，
发出三声嗡嗡声；
然后过来。
萨特尔下

法斯　你能记住吗？

达帕尔　我向你保证能记住。

法斯　那就走吧。
你现在需要做的就是

给仙后殿下所有的仆役
二十枚金币；
穿上一件干净的衬衣。
你简直不知道
你穿上干净的衬衣，
仙后会给你什么恩情。
达帕尔和法斯下

第三场

德鲁格尔和萨特尔从相对的两边上

萨特尔 （对舞台外想象中的女人们）请进——
好娘儿们，请你们忍耐一会儿。
说实在的，在中午之前，
我为你们干不了什么——
你叫什么名字，啊，是叫阿贝尔·德鲁格尔吗？

德鲁格尔 是的，先生。

萨特尔 卖烟草的？

德鲁格尔 是的，先生。

萨特尔 嗯。
还不是杂货商同业公会会员？

德鲁格尔 还不是，不瞒你说。

萨特尔 嗯——
你有什么事，阿贝尔？

德鲁格尔 是这样的，不瞒阁下说，
我年轻，刚开始创业，
想开个新店，不瞒阁下说，

就在街角上——这儿是蓝图——
我想通过阁下的技艺，先生，
通过你的巫术，
知道我的门的朝向，
货架该怎么安放，
哪儿放箱子，
哪儿放烟罐头。
我很希望发财，先生。
是一位绅士，
名叫法斯将军的，
把阁下介绍给我，
他说你知道人的星座，
左右人好运和坏运的天使。

萨特尔　如果我果真看见了它们，
我会知道。

法斯上

法斯　怎么！我诚实的阿贝尔？
你在这儿得到了款待！

德鲁格尔　是的，先生，阁下进来的时候，
我正谈起阁下。
请你对博士大师为我美言几句。

法斯　他什么都会干的。
博士，你听见了吗？
这是我的朋友，阿贝尔，
一个诚实的人，
他给我抽好烟，
不把酒渣或油掺入烟草里，
不在甜酒和酒糟里浸泡烟草，
也不把它包在油布或尿布片里

埋在砾石地下，
而是将烟草放在精美的百合罐里，
一打开，
冒出一股
像玫瑰蜜或法国豌豆花香味儿。
他拥有枫木墩、银火钳、
温切斯特烟斗和桧木火。①
一个整洁漂亮而诚实的人，
绝不是个放高利贷的金匠。

萨特尔　他是一个幸运儿，我肯定——

法斯　先生，你发现了吗？瞧你的，阿贝尔！

萨特尔　他将要迈向财富——

法斯　先生！

萨特尔　今年夏天，
他就会成为同业公会会员，
明年春天就会穿上郡长
紫红色的法袍。
想花多少钱就花多少。

法斯　怎么，没长胡子的也成？

萨特尔　先生，你必须想到
他有钱可以叫胡子长出来。
他很聪明，
会保养他的青春，
花钱免了这郡长职务。②
他的命运可能从另一条路发展。

法斯　天啊，你怎么这么快就知道了？

---

① 枫木墩做切烟丝用，银火钳做夹炭火点烟斗用。

② 在英格兰，郡长由国王选任，是义务的，可以出现钱免选。

这叫我惊讶! [①]

萨特尔　一般来说，将军，
在面相学中，
我就是根据这个工作的——
在他的前额有一颗星星，
那是你看不到的。
你的栗色
或者说橄榄色的脸庞
说明你永远不会落败，
你的耳朵
展示你有远大的前程。
我得出这个结论
还根据他牙齿上的几个点，
他那根墨丘利手指上的指甲。

法斯　哪一根手指?

萨特尔　他的小指。瞧。
你是星期三生的吗?

德鲁格尔　是的，真是的，先生。

萨特尔　在手相学中，
我们称大拇指为维纳斯，
食指为朱庇特，
中指为萨杜恩，
无名指为索尔，
小指为墨丘利;
他天宫图中的命星，先生，
在天秤座，
这预示他应该是一个商人，
一个和秤打交道的人。

---

① 原文为 amused，在伊丽莎白时期的英语中，amused 和 amazed 是通用的。

法斯　啊，那太奇怪了！是不是，诚实的南勃[①]？

萨特尔　有一艘来自霍尔木兹的船舶，
将给他运来货品——这是西，这是南？

德鲁格尔　是的，先生。

萨特尔　这是两侧？

德鲁格尔　是的，先生。

萨特尔　将你的门朝南；
宽阔的一面朝西：
商店东面的上方
写上马斯拉、塔米埃尔、巴拉波拉特，
在北方写上雷尔、魏勒尔、提埃尔。
这是些墨丘利天使的名字，
将把妖精吓得魂不附身，
不让它们钻进烟箱里。

德鲁格尔　是的，先生。

萨特尔　在门槛下面埋上磁铁，
吸引戴马刺的骑士豪侠；
其他人就会跟随而入。

法斯　那是一个秘密，南勃！

萨特尔　在货架上放一只
有机关的木偶，
和宫廷贵妇人抹的胭脂，
这将吸引城里想模仿
贵夫人的娘儿们。
你还将要更多跟矿石打交道。

德鲁格尔　先生，我在家

① 南勃为阿贝尔的昵称。

已经有——

萨特尔　是的，我知道，
你有砒霜、硫酸、酒石酸钠、
酒石、碱、丹砂——
我都知道。
这家伙，将军，
将会成个了不起的蒸馏师，
（我不十分肯定，但他很可能会）
炼出
点金石来。

法斯　啊，怎么样，阿贝尔！这是真的吧？

德鲁格尔　好将军，
我得给什么呢？

法斯　不，我不想给你什么提示。
你听见了
那点金术会给你带来什么财富
（他说你想怎么花就怎么花）

德鲁格尔　我想给他一克朗金币。

法斯　一克朗！就为了得到
如此一笔巨大的财富？
天啊，你就是把你的店
全给他也不够呀。
你没有金子？

德鲁格尔　有的，我有这半年
存下的一个葡萄牙金币[①]。

法斯　你把金币拿出来，南勃；
我的天啊，还有这等的付出——

① 一个葡萄牙金币值三英镑十二先令。

我不会将金币留在我手里，
将你的金币给他，怎么样？
将金币给萨特尔
博士，南勃请你收下这枚金币，
买一点儿酒喝
你的点金术让他发了财，
他发誓将不会忘恩负义。

德鲁格尔　我还想请阁下
再为我赏光做件事。

法斯　什么事，南勃？

德鲁格尔　先生，请看一下我的历书，
把那些我既不能做买卖
也不能借钱的倒霉日子
一笔勾掉。

法斯　他会的，南勃。
把你的历书留下，
下午之前给你办好。

萨特尔　我将写下对他货架摆放的指示。

法斯　看到了吗，南勃？
满意吗，南勃？

德鲁格尔　谢谢你，谢谢两位阁下。

法斯　走吧。
德鲁格尔下
啊，你这满身烟味操纵自然的家伙！
你看到了吗，
在你的山毛榉木炭、酸水、
坩埚和葫芦蒸馏瓶以外
还需要干什么？

必须往家引来上当受骗的人
才可以干，对吗？
可你以为我
在瞄准这些家伙，
跟踪他们，
然后试着让他们信以为真，
什么也没花费吗？
老天见证，
在这些少有的劳作中，
我的智慧让我的花费
比我所得到的钱多得多。

萨特尔　你夸大其词，太可爱了，先生。
现在怎么样？

第四场

桃儿·卡门上

萨特尔　我漂亮的美人儿怎么说？

桃儿　那个卖鱼的娘儿们
赖着不走，
还有那个兰贝斯[1]的大块头妓女。

萨特尔　天啊，我没法跟她们说话。

桃儿　在晚上之前不行。
我通过传声筒声嘶力竭，
就像是你的精灵，
跟她们吼了。
但我发现埃皮刻尔·玛蒙爵士——

① 兰贝斯，位于泰晤士河南岸，是罪犯和妓女集中的地方。

萨特尔　在哪儿?

桃儿　从胡同底慢悠悠走来，
可嘴没一刻停过，
跟一块儿走路的人说话。

萨特尔　法斯，你去看看。
法斯下
桃儿，你必须马上准备好——

桃儿　啊，怎么回事?

萨特尔　哦，自从太阳升起，
我就一直在找他——
我真纳闷他这么能睡!
今天我要为他完成
这杰作——点金石;
做好它，交到他手里:
这一个月他一直在谈论它，
仿佛他已经占有了它，
一个劲儿在分发它呢。
他走进客栈，
分发治疗梅毒的药丸;
前往瘟疫感染的房子，
送去药片;
到摩尔菲尔兹寻访麻风病人;
给娘儿们送灵丹妙药做的
香丸手镯;
到收容所收集唾沫
让年老珠黄的婊子恢复青春;
到公路寻找乞丐
让他们变成富翁。
我看他有干不完的事儿。

他将会让造化
为自己漫长的睡眠
感到羞耻，
而炼金术，
一个后娘，
却可以比造化
在对人类最大的爱中
做得更多。
要是他继续做他的梦，
他将把整个时代都变成金子。
众下

第二幕

第一场

埃皮刻尔·玛蒙爵士和瑟里上

玛蒙　来吧，先生。
现在你来到新世界了，
这是富裕的秘鲁；
在那儿，先生，有金矿，
有伟大的所罗门的俄斐[①]，
他花了三年驶船到达那儿[②]，
而我们只需十个月。
今天我要对所有的朋友们说
这句幸福的话："发财吧。"
你们将是最受尊敬的公民。[③]
你们再也不用和挖空的骰子
与作弊的牌戏打交道了。
年轻继承人

---

① 圣经中盛产黄金和宝石之地。

② 参见《旧约·列王纪上》10:22："因为君王有一队塔尔史士船只，与希兰的船只一同航海；去塔尔史士的船只，每三年往返一次，运来金、银、象牙、猿猴和孔雀。"

③ 原文为拉丁语 spectatissimi。

再也不用受妓女欺骗
在做爱的当儿，
签下借钱的合同。
再也不用了，
如果他拒绝，
会被打上一顿，
直到他签下合同，
他也会揍那个
给他拿来压根儿没用的货
抵贷的人。
再也不会了，
再也不会
由于对奥古斯塔夫人妓院摆放的
绸缎或绒里子外套的喜爱，
赌徒们整夜整夜地跪着
用美酒和小号敬拜金牛犊[①]，
或者随着钟鼓旌旗
大肆饕餮豪饮，
这些都不会有了。
你将会生下年轻的总督们[②]，
拥有你自己的妓女和童妓，我的瑟里。
而对你我首先得说，“发财吧。”
我的萨特尔在哪儿？在那儿！在屋里，啊！

法斯　（幕后）先生，
他会来见你。

玛蒙　那是他的火龙，
他的炼金助手，

① 参见《旧约·出埃及记》32。

② 原文为viceroys，可理解为“kings of vice”。

他的西风之神，
他吹燃起煤炭，
直至他让自然燃烧。
你不相信炼金术，先生。
今晚我要把屋里的金属
都变成金子。
到明天早晨我将派人到
所有的管道工和锡匠那儿，
把他们的锡和铅都买来；
到罗斯贝利街[①]
买来所有的铜。

瑟里　怎么，也要把那些都变成金子吗？

玛蒙　是的，
我要买下德文郡和康沃尔所有矿藏，
把它们变成西印度群岛。
你羡慕了吧？

瑟里　不，说真的不。

玛蒙　当你亲眼见到这炼金术的效果，
点金石将水星、金星或者月亮
变成同样多的太阳[②]，
不，变成一千颗太阳，
无尽无止[③]，
你就会相信我了。

瑟里　是的，当我亲眼见到，我就会信。
但是，如果我的眼睛欺骗了我，
（我又说不出理由）

---

① 伦敦铜匠集中地。

② 在占星术中，水星（墨丘利）指水银，金星（维纳斯）指铜，月亮指银，太阳指金。

③ 原文为拉丁语 ad infinitum。

第二天我就会找个婊子
撒泡尿把我的眼睛瞎掉。

玛蒙　哈！为什么？
你认为我在糊弄你吗？
告诉你吧，
一个人一旦拥有了太阳之花，
那完美的宝石，
我们称之为点金石，
他不仅可以点石成金，
而且根据它灵丹的魔力，
他能给予相信它的人
荣誉、爱情、尊敬、
寿数、安全、勇气——
是的，还有胜利。
在八天或者二十天内，
我可以把个八十老叟变成稚童。

瑟里　毫无疑问，他已经是老小孩了。

玛蒙　不，我是说
恢复他的青春，
把他变成一头兀鹰[①]
飞向苍穹，让他生儿子和女儿——
年轻的巨人；
正如我们的先哲
（在大洪灾之前的古代长者）做的[②]，
每礼拜在斧头尖
吃一粒芥末大小
点金石粉末，

① 见《旧约·圣咏集》103:5。

② 参见《旧约·创世记》5:1–8。长寿如亚当 930 岁，诺亚 950 岁。

他就成了强壮的战神，
生下年轻的丘比特。

瑟里 匹克哈斯[1]腐朽的妓女们，
会感谢你啦，
作为维斯塔[2]的仆役
你让她们保持灶火兴旺。

玛蒙 这就是灵丹妙药
能治所有感染，
各种病症的秘密；
一天解除一个月的痛苦，
十二天解除一年的疾苦，
无论多长的沉疴，
一个月解决问题。
它胜过所有医生开的药方。
我要用这灵丹妙药
在三个月内
将瘟疫从王国驱除。

瑟里 这样，我肯定
演员们会歌颂你[3]，
无须诗人们再写新的台词。

玛蒙 先生，我会这么做。
我要给我的仆役
足够的灵丹妙药，
每个礼拜，每栋房子
只需花——

---

① 匹克哈斯，当时伦敦的红灯区。

② 维斯塔，罗马神话中的女灶神。

③ 因为伦敦在瘟疫期间每星期死亡四十人，剧院必须停演。

瑟里　就像那个装水泵的荷兰人？[①]

玛蒙　你还是不相信。

瑟里　说真的，我会判断，
不会轻易被骗。
你的石头不会使我改变。

玛蒙　老顽固，瑟里，
你相信古董吗？
相信历史记录吗？
我将给你看一本书，
在这本书里，
摩西和他的姐姐
以及所罗门
提到了炼金术；
是的，还有一篇亚当写的论文。[②]

瑟里　啊！

玛蒙　在标准德文中提到点金石。

瑟里　先生，亚当用标准德文写作的吗？

玛蒙　他用标准德文写作。
这证明德语是一种原始的语言。

瑟里　写在什么纸上？

玛蒙　写在雪松木上。

瑟里　哦，（人说）
那真能防虫蛀。

玛蒙　那就像抗蜘蛛网的

---

① 指彼特·莫里斯，1582年，他在伦敦桥上安装了水泵，给私人家庭供应自来水。

② 许多中世纪炼金术的论文把源头导向摩西、米利暗姆、亚当和所罗门。

爱尔兰木。[①]
我有一撮伊阿宋的金羊毛，
在羊皮上
那是一本写在
绝好的羊皮纸上的
炼金术的书。[②]
比如毕达哥拉斯的金腿，
潘多拉的金盒，
美狄亚的魔力，
都是关于炼金术的寓言：
公牛就是我们的火炉，
不断喷吐着火焰[③]，
我们的水银是巨龙；
巨龙的牙齿，
水银的氯化物
使它们洁白、坚硬
和具有极强的切割力；
被放进伊阿宋的头盔中，
（有嘴盖的蒸馏器）
然后播种在马耳斯[④]的田野上，
不断升华，凝固起来。
伊阿宋寻觅金羊毛啦，
金苹果园啦，
卡德摩斯[⑤]的故事啦，

① 据传说，爱尔兰木因为受到圣帕特里克的祝福而能防虫蛀。

② 希腊英雄伊阿宋寻觅金羊毛的艰难历程被点金术士解释为写在金羊毛上的炼金论文。

③ 伊阿宋驾驭两头喷火的公牛耕田，播种下卡德摩斯所杀的巨龙的牙齿，牙齿变成了武士。

④ 马耳斯，神话中的战神，在占星术中，代表火星和铁。

⑤ 卡德摩斯，腓尼基王子，他和五位巨龙牙齿变成的武士一起建立了底比斯城。

朱庇特的金雨啦[1]，
米达斯的恩惠啦[2]，
百眼巨人的眼睛啦，
薄伽丘的魔王啦[3]，
成千的寓言，
都是点金石浓缩的谜。
现在怎么样？

第二场

法斯穿戴得像一位炼金术士的助手上

玛蒙　咱们成功了吗？好日子来了吗？好运留住了吗？

法斯　今晚你将看到点金石变红，先生；
现在是玫瑰色——
已到达反应倒数第三阶段。
三小时之后，
你将看到点金石成型的反应。

玛蒙　老顽固，我的瑟里，
我再一次大声对你说，“发财吧。”
今天你将得到金锭，
明天你就和公卿贵族平起平坐。
我的西风之神，是不是？
那烧瓶是不是变红了？

法斯　就好像一个少女怀上孩子，先生，
到现在主人才发现。

---

① 朱庇特下金雨引诱达那厄。

② 据传说，米达斯点到的一切都变成金子。

③ 意大利文艺复兴时期作家薄伽丘在所著《神的宗谱》中将魔王定为万物的原始来源。

玛蒙　说得多俏皮，我的伙计！
我现在只关心
在哪里能得到足够的基本金属，
把它们炼成金子；
这城满足不了我一半的需要。

法斯　不，先生，
把教堂屋顶上的铅皮都买下来。

玛蒙　那倒不错。

法斯　是的，
让教堂像教众听布道时一样
光着脑袋。
把铅皮换成木瓦。

玛蒙　不，盖上稻草——
稻草放在椽子上轻，伙计。
我拉风箱的伙计呀，
我要把你从火炉解放出来；
我要让你恢复你的容貌，
在灰烬中丧失的肉
再重新鼓起来，
重整你那在金属烟熏中
受损的脑袋。

法斯　为了阁下，
我卖力使劲对炉子吹风，
如果没有山毛榉木材，
我就往炉边送煤，
在添煤前我将煤称得正合适，
以保持热度均匀。
这昏花的双眼，
先生，睁大看见

黄色的香橼、
绿色的狮子、
漆黑的乌鸦、
多彩的孔雀、
洁白的天鹅，
各种纷呈的颜色。

玛蒙　最后
你看到了那花，
那羔羊血了吗？[①]

法斯　看到了，先生。

玛蒙　大师在哪儿？

法斯　在祷告呢，先生，
他，一个好人，
正在祈祝他的炼金成功。

玛蒙　伙计呀，
我要结束你所有的劳作，
以后当我的后宫总管。

法斯　好呀，先生。

玛蒙　你听到了吗？
我要把你净身，伙计。

法斯　好的，先生。

玛蒙　我要像所罗门一样
坐抱许多嫔妃佳丽，
他和我一样拥有点金石。

---

① 这是在描述点金术过程中各种颜色的程序：黄色，绿色（绿色的狮子是一种具有变异能力的精灵），灰色（乌鸦的啄），多种色彩（孔雀的尾巴），纯白色（天鹅的羽毛）和羔羊的血。

我要用灵丹妙药壮我精力，
就像赫拉克勒斯，
一晚可睡五十个女人。
你肯定见到羔羊血了？

法斯　见到羔羊血和精灵，先生。

玛蒙　我要将我的床打上气，
不要充垫物；
鸭绒太硬了。
我的椭圆形寝宫要挂满
提比略[①]从埃勒方特[②]那儿
获得灵感画的画，
死板的阿雷蒂诺的淫诗[③]
太生硬了。
我的镜子
要以更为优雅的角度置放，
当我赤身裸体
行走于荡妇之间，
它们能扩散、放大体形。
我要让香雾弥漫我的爱巢，
让我们在香雾中心驰神荡；
我的澡盆要像深潭
可以纵身跳下去，
从澡盆出来
让人用薄纱和玫瑰擦干——
到红色了吗？
在那色彩中，

---

① 提比略（前42—37），古罗马皇帝。

② 埃勒方特（Elephantis），古希腊诗人、医生，最有名的是他写的《性事指南》。

③ 皮埃特罗·阿雷蒂诺（1492—1556），意大利诗人、散文家。他写过一系列淫秽的十 四行诗。

我仿佛看见了一个财主，
或者一个有钱的律师，
拥有一个绝顶妩媚的老婆，
我会给他一千英镑
让他戴上绿帽子。

法斯　要我来牵线吗？

玛蒙　不，我不要拉皮条的，
我只要父亲和母亲。
他们牵线
比所有其他人都更好。
谄媚我的人
是我用钱所能买到的
最纯洁最认真的天使。
我所雇用的傻瓜们
是最善辩的下议院议员，
我的诗人们，
犹如优雅地描写放屁的那诗人[①]，
我要供养他们来讴歌这一题材。
有些人甘愿
当宫廷、伦敦城和任何什么地方的种马，
到处吹嘘和娘儿们的性事，
和这些自吹自擂的人相比，
她们是无辜的；
我会雇用这些人，
让他们做我的太监，
他们用鸵鸟的羽毛做成的扇子
给我扇风。
啊，我们有了这点金石，伙计，

---

① 1607年，下议院议员亨利·卢德楼放了一声大屁拒绝上议院的一项提案。有些诗人就此吟诗作赋，做了嘲弄。

我们将无所不能。
我的菜肴将盛在印度贝壳里，
置于玛瑙餐盘之上，
餐盘包着金子，
镶嵌着翡翠、蓝宝石，
青玉和红宝石。
我将享用在金子的蒸馏液
和融化的珍珠中煮沸的
鲫鱼的舌头，
睡鼠和骆驼蹄子；
罗马治癫痫的美食
我用把手缀嵌宝石和红玉的
琥珀汤勺喝高汤。
我的男仆将吃野鸡、鲑鱼片、
红腹滨鹬、塍鹬、七腮鱼，
作为沙拉，
我自己则只吃四须鱼；
上油蘑菇；
怀孕肥母猪
刚割下的
油腻肿胀的乳头，
拌上细腻而辛辣的浇头；
为此，我会对厨师说，
“那儿有给你的黄金，
去拿吧，当个骑士。”

法斯　先生，我要去瞧一瞧，
看那色变得怎么深。

玛蒙　去吧。
法斯下
我将要穿塔夫绸衬衣，

里子是有光布，
柔和而轻盈，
犹如蜘蛛网一般；
我其他衣饰要超过那波斯王①，
如果他还要到这世界来
教训人们怎么捣乱和放荡。
我的用鱼皮和鸟皮做的手套，
要洒上伊甸园树胶的香水——

瑟里　难道你认为
你拥有了这一切，
便拥有了点金石？

玛蒙　不，我拥有了点金石
便拥有了这一切。

瑟里　啊，我听说这个人
必须是一个有节操的人，
一个虔诚的神圣的信教的人，
远离致命的罪孽，
一个贞洁的人。

玛蒙　那个炼金术士就是这样的人，先生。
我买下了点金石。
我的投资把它给了我。
他是一个诚实的可怜虫，
一个著名的迷信的好人，
裸露着膝盖，
光脚穿着拖鞋，
祈祷、守斋；
先生，别打扰他，
让他单着为我干事儿吧。

---

① 指亚述王国最后一个国王萨丹纳帕路斯，以奢侈闻名于世。

啊，他来了，
在他面前
别说一句亵渎的话！
那是毒药。

第三场

萨特尔上

玛蒙　早晨好，神父。

萨特尔　好孩子，早晨好。
同样也问候你的朋友。
他是谁？

玛蒙　一个异教徒，先生，
我带他来，
正想把他变成一个基督徒。

萨特尔　孩子，我觉得
你太贪婪了，
在点金石还没有出炉的时候
你这么早就来了。
这让人有一种担心
你的肉欲太强烈了。
当心你毫无顾忌的急躁
会把上帝的祝福丢了。
我会很遗憾看到
我长期耐心的劳作，
灌注了我的爱和热情，
快要成功
却功亏一篑。

我劳作的所有目的
（我呼唤上天和你，
我倾注了所有思绪的人，
来见证，
我所说的是真诚的）
只为了公共的利益，
宗教的福祉，
牵肠挂肚的慈善，
现今人们却把它们视为歧途。
如果你，我的孩子，偏离正道，
用它，如此伟大，
如此普遍的事业，
仅为你一己的淫欲服务，
是的，诅咒肯定会随之降临，
摧毁你微妙而秘密的行径。

玛蒙　我知道，先生，
你不用为我担心，
我这么早来只是为了让你
反驳这位绅士。

瑟里　先生，我是有点儿
不太相信你的点金石；
我不想受骗。

萨特尔　好呀，孩子，
我能让他相信的
就是这个：
工作已经完成；
闪亮的金子
正藏在他的衣袍里。
我们现在拥有了

调治三元灵魂的药物[1]，
那光彩夺目的药物。
感谢上天，
让我们获得了它。伙计！

法斯 （在幕后）就来，师父。

法斯上

萨特尔 看好仪表，
让温度在炼汞炉里
渐渐降下来。

法斯 是，师父。

萨特尔 你看了蒸馏器了吗？

法斯 哪一个蒸馏器，是标志 D 的那个吗，师父？

萨特尔 是的。
什么颜色？

法斯 有点儿白。

萨特尔 加一点儿醋，
将蒸发的物质和酊汲取出来，
将 E 量杯里的水过滤，
放进鹰蛋形瓶里。
用泥封好；
将它埋进热沙里。

法斯 好的，师父。

法斯下

瑟里 说的是何等专业的语言，
跟小贼的暗语也差不多了！

---

① 当时认为人的灵魂通过三元精神气（生命的、自然的和动物性的）与躯体连接。在这里，他把这种连接的功能归功于点金石。

萨特尔　我还有一件事你从未见过的，孩子，
在炼金循环三天之后
在炉子的文火作用下，
我们可以得到纯硫黄。[①]

玛蒙　那是给我的吗？

萨特尔　你还需要它干什么？
你已经有足够多的了。

玛蒙　哦，但是——

萨特尔　啊，贪婪！

玛蒙　不，我向你保证，
这金子将用于宗教目的，
建学院啦，文法学校啦，
出嫁年轻的姑娘啦，
建医院啦，
时不时建一座教堂啦。
法斯上

萨特尔　现在怎么样？

法斯　师父，我要换过滤器吗？

萨特尔　天啊，当然啦。
将 B 玻璃杯拿来看看成色。
法斯下

玛蒙　你还在炼另一个点金石？

萨特尔　是的，孩子，
要是我肯定你非常虔诚，
我就不需要你具体说
拿这金子做什么了。

---

① 据炼金术士说，纯硫黄和水银掺和在一起就成金子。

但我希望得到最好的结果；
我是说明天在沙浴中
给 C 上金色，
同时加一些抑制剂。

玛蒙　是白油吗？

萨特尔　不，先生，是红油。
F 在蒸馏器顶端
经过圣玛丽水浴，
感谢造物主，
显示出了处女的奶。[①]
上天的祝福呀。
我给你经过焙烧的沉淀。
从金属灰中
我得到了三仙丹。[②]

玛蒙　通过浇你那蒸馏水吗？

萨特尔　是的，通过在恒温炉中的反射。
法斯上
现在怎么样？什么颜色了？

法斯　黑色，师父。

玛蒙　你乌鸦的脑袋？

瑟里　你的鸡冠，不是吗？[③]

萨特尔　不，还没有完；
要是乌鸦黑就好了。
反应程序还有欠缺。

瑟里　（旁白）哦，我正指望这个呢。

---

① 指水银。

② 指一氧化汞。

③ 当时舞台上的小丑戴鸡冠状的帽子，这是指玛蒙爵士是傻瓜蛋。

正在搭逮兔子的网。

萨特尔　你肯定你用经血把它们分解了？

法斯　是的，师父，然后再将它们融合，
正如你指导的，
将它们放进长颈卵形蒸馏瓶中，
在密封的容器中慢慢提取，
同时我让铁浆
在同样的温度中循环。

萨特尔　程序是对的。

法斯　是的，在这过程中，
曲颈瓶破裂了，
剩下的化合物放进鹈鹕瓶中，
密封了起来。

萨特尔　我想这就好了。
我们会得到一种新的汞合金。

瑟里　（*旁白*）哦，这逮兔子的白鼬
和臭鼬一样地臭。

萨特尔　我不管。
让这实验结束吧；
我们还有很多初期的反应要做。
H 变白了吗？

法斯　变白了，师父。
完全适合涂蜡了；
在灰火上它暖暖的。
我希望你不要中止这反应，
师父，我还能碰碰运气。
停止这实验并不好。

玛蒙　他说的是对的。

瑟里　（旁白）啊，你要离开洞穴
逃进网里了吗？

法斯　我知道，师父，
我看到过因为中止反应
而带来的厄运。
加上三盎司新材料怎么样？

玛蒙　没有更多的了？

法斯　没有更多的了，先生。
我们再需要三盎司金子
和六盎司水银
调制成汞合金。

玛蒙　接着干吧，钱在这儿。要多少？

法斯　（指着萨特尔）问他，先生。

玛蒙　要多少钱？

萨特尔　九英镑，
最好给十英镑。

瑟里　（旁白）是的，最好给二十英镑，你就受骗吧。

玛蒙　（给钱）钱在这儿。

萨特尔　其实不用这么多。
不过你将会看到结果。
我们两座较差的设备正在维修，
只有一座设备在做升华。
按你的想法做吧。
你有没有对黏稠的银混合液
进行点金术分析？

法斯　做了，师父。

萨特尔　放了点儿金醋[1]了吗？

法斯　放了。

法斯下

瑟里　我们将得到沙拉生菜[2]了。

玛蒙　什么时候到炼金的最后程序？

萨特尔　孩子，别急。
我在蒸汽浴中精炼
我们的灵丹妙药；
给它加液剂，
然后使它凝结，
再把它溶化，
然后再使它凝结。
瞧，我多少次重复这工作，
每一次离点金石更近一步。
如果最初
将任何一盎司金属
变出一百盎司金子或银子来，
第二次反应，变出一千，
第三次反应，变出一万，
第四次变出十万，
第五次就成一百万了，
金银的成色
不比矿藏开采出来的逊色。
在下午之前
把你的那些东西，
铜呀、白镴呀、薪架呀拿来。

玛蒙　铁也拿来吗？

① 即水银，作为溶剂。

② 在点金术中，指油（金子、盐、硫）和醋（水银）。

萨特尔　是的，你也把它们拿来。
我要把所有金属都变成金子。

瑟里　我相信你能。

玛蒙　那我也可以拿来我的烤肉叉？

萨特尔　是的，还有你的烤肉架。

瑟里　烤肉的接油盘和锅钩架呢？
也拿来吗？

萨特尔　只要他愿意——

瑟里　当个傻瓜蛋。

萨特尔　你说什么，先生！

玛蒙　对这位绅士，
你必须得忍着点儿。
我告诉你了
他不信这个。

瑟里　很少信，先生，
更没有爱，如果我不欺骗自己的话。[①]

萨特尔　啊，先生，你在我们的炼金术中
发现了什么，
使你觉得这是不可能的？

瑟里　你整个的炼金术
都是不可能的。
先生，你在炉子里孵金子
不啻埃及人在牛粪堆里孵蛋！

萨特尔　先生，你相信蛋是这么孵出来的吗？

---

① 见《新约·哥林多前书》13:13：“现今存在的，有信、望、爱这三样，但其中最大的是爱。”

瑟里　如果我这么相信呢?

萨特尔　啊，那我认为那是一个更大的奇迹。
蛋和鸡之间的差异
比铅和金子之间的差异大得多。

瑟里　不可能那样。
鸡蛋始终听命于造化，
它本身就是潜在的鸡。

萨特尔　这话我们可以同样应用于
铅和其他金属，
如果有足够的时间，
它们就是金子。

玛蒙　我们的炼金术
甚至还要做得更进一步。

萨特尔　是的，
以为地球上的大自然
在刹那间就生出完美的金子
是荒唐的。
在那之前还有某一种物质存在。
一定有更遥远的物质。

瑟里　那是什么?

萨特尔　天啊，我们说——

玛蒙　啊，吵起来了;
稳住，神父。
把他砸成齑粉——

萨特尔　它一部分是一团潮湿的气，
我们称之为液体，
或者说如油的水;
另一部分是粗糙而黏稠的泥土，

这两部分混合在一起，
生成了金子最基本的成分，
它还不是金子本身，
但具有金属和石头的属性。
湿气消遁变得更为干燥的
就成了石头；
保存充裕的潮气的
就成了硫或者水银——
所有金属的父母。
这更遥远的物质
不可能突然从一个极端
跃到另一个极端，
越过所有中期阶段生出金子来。
大自然最初产生的物质
是不完美的，
然后才变得完美。
从那充满水汽和油性的水中
产生了水银；
硫来源于那肥沃的泥土：
它（最后）决定金属的阳性属性，
而水银决定金属的阴性属性。
有些人相信阴阳一体，
阳性是主动的，
而阴性是被动的。
它们使金属具有延展的功能。
阴阳均匀存在于金子中。
我们通过火
发现了金子的精华，
这精华能造出更多的金子，
我们炼出的金属
比自然中的金属更完美。

在平时生活中，
谁没看见过
人的干预能从尸体和粪堆中
生出蜜蜂、马蜂、甲壳虫、黄蜂，
还有蝎子？
是的，蝎子，
要是一种草本[①]放得合适的话。
这些是活生生的生命，
比金属要完美、优秀得多了。

玛蒙　说得好，神父！
如果他跟你辩上了，
他会用杵把你在臼里舂个粉碎。[②]

瑟里　先生，请慢。
与其我被捣得粉碎，先生，
我愿意相信炼金术是一种游戏，
就像牌桌上的变戏法，
把你骗得一愣一愣的。

萨特尔　先生？

瑟里　还有什么其他术语，
你的那些炼金术士互相矛盾？
你们的长生不老药，
你们的圣母玛利亚奶，
你们的点金石、药、金子精华，
你们的盐、硫、水银[③]，
你们的升华的油、生命之树、鲜血[④]，

---

① 指罗勒草（basil）。

② 见《旧约·箴言》27:22：“你尽可在臼中将愚人舂碎，但他的昏愚却永不能铲除。”

③ 炼金术士们认为，所有的物质都基于盐、硫和水银。

④ 原文为 your oil of height，your tree of life，your blood，可能指升华的油和基本金属。

你们的黄铁矿、氧化锌、氧化镁，
你们的癞蛤蟆、乌鸦、龙和黑豹[①]，
你们的太阳、月亮、天穹、铅[②]，
你们的黄铜片、水银、雌黄、硫、胡塔力特[③]，
然后，你们的红男人和白女人[④]，
你们的汤、溶剂、尿液、
蛋壳、女人的月经、男人的血、
头发、烧焦的破布、粉笔、粪便、
泥土、骨粉、铁鳞、玻璃，
以及大量的其他古怪的
说出来叫人笑掉牙的玩意儿？

萨特尔　所有这些你说的东西，
归根结底一句话：
炼金术士们用来
遮掩他们的技术。

玛蒙　神父，我告诉他了，
这白痴不懂，
还把它庸俗化。

萨特尔　难道埃及人的知识
不都写在神秘的图像里吗？
难道圣经不是用寓言来说事的吗？
难道诗人最精妙的故事，
智慧最初的源泉，
不都包含在让人困惑的传说里吗？

---

① 在炼金术中，指称化合物的颜色。

② 原文为 firmament，指天穹，在占星术中指称蓝宝石。Adrop，已废弃的古英语，指基体金属铅。

③ 原文为 heautarit，阿拉伯文，意思为水银。

④ 指互相渗透的硫和水银。

玛蒙　我对他说明了，
西西弗斯被罚
不断推石头上山，
只是因为他想
泄露我们点金石的秘密。
从舞台可以看见桃儿
这是谁？

萨特尔　天啊——你这是干什么呀？进去，好夫人，我求你啦。
桃儿下
伙计在哪儿？
法斯上

法斯　师父？

萨特尔　你这个混蛋！你怎么这么待我？

法斯　怎么回事，师父？

萨特尔　你进去看看，你这逆贼。去！
法斯下

玛蒙　她是谁，先生？

萨特尔　没什么，先生，没什么。

玛蒙　怎么回事？好先生！
我还从没有见过你这么光火。
她是谁？

萨特尔　先生，所有的技术都有对手，
而我们点金术的对手
却是一个无知之徒。
法斯回来
怎么样？

法斯　那不是我的错，师父，她想跟你说话。

萨特尔　是吗，先生？跟我来。

萨特尔下

玛蒙　等一等，伙计。

法斯　我不敢，先生。

玛蒙　等一等。她是什么人？

法斯　一位贵族大人的妹妹，先生。

玛蒙　是吗！请等一等！

法斯　她疯了，先生，被送到这儿来的——
他也快疯了。

玛蒙　我请问你，她为什么被送到这儿来？

法斯　先生，是为了治病。

萨特尔　（幕后）啊，你在哪儿，你这流氓！

法斯　你瞧，我说会这么着的，先生。

法斯下

玛蒙　上帝在上，这是博拉德芒特[①]，一个出众的女人。

瑟里　该死，这是一座淫窟！要不是的话，我宁可当异教徒烧死。

玛蒙　哦，根据现在这情况，还不是。别错怪他。
在那方面他是很谨慎的。这是他的计策。
不，他是一位少有的医生，对他公正些吧。
一个帕拉切尔苏斯[②]的追随者！
用矿物成药治好了奇怪的病。
他用精灵治所有的病，他。

---

① 意大利诗人阿里奥斯托长篇叙事诗《疯狂的奥兰多》中的女骑士主人公。

② 帕拉切尔苏斯（1493—1541），瑞士16世纪医药化学先驱者。他推翻了从帕加马的盖伦（129—199），古希腊医师、生理学家和哲学家那儿继承的药典。

他不信盖伦那一套烦琐的药方。
现在怎么样，伙计！
法斯重又上

法斯　轻声些，先生，轻声说话。我是想把她所有的事儿
都告诉爵士阁下的。决不能让他[1]听见。

玛蒙　不，他不想受骗；让他去，别管他。

法斯　你是对的，爵士；
她是一位少有的学者，
学了伯劳顿[2]的著作疯了。
只要你有一个字提到希伯来宗谱，
她就要疯狂起来，
滔滔不绝地谈论家系，
你听她说话也会发疯的，爵士。

玛蒙　如果有一个人想跟她谈话，
该怎么做呢，伙计？

法斯　哦，许多跟她谈话的人都疯了。
我不知道，爵士。
他们叫我来取药水瓶。

瑟里　别受骗，玛蒙爵士。

玛蒙　受什么骗？敢情呀，安静点儿吧。

瑟里　是的，和你一样安静。
像你一样相信
合谋耍你的歹徒，皮条客和婊子。

玛蒙　请相信我，你太过分了。
来，到这儿来，伙计。

---

① “他”指瑟里。

② 休·伯劳顿，一位研究《旧约》的清教学者，自我流亡荷兰。实际上是指贝斯·伯劳顿，一个著名的妓女，死于梅毒。她把梅毒传染给许多男人。

只跟你说一句话。

法斯　我不敢，说真的。

想走开

玛蒙　等一等，奴才。

法斯　你看见了她，他生气极了，爵士。

玛蒙　这是买酒喝的钱。（给钱）
疯劲儿过了，
她是怎样的一个人？

法斯　哦，那是最和蔼可亲的一个人啦，爵士！
如此快乐！
如此可爱！
她会把你调动起来，
就像头盔上的水银。
她像油一样水灵，
真是够刺激的；
她开讲政治啦、数学啦、卖淫啦，
任何什么话题——

玛蒙　没法接近她吗？
没有办法，没有窍门儿
让人尝一尝她的味儿——
智慧什么的？

萨特尔　（幕后）伙计！

法斯　我等一会儿再来找你，爵士。

法斯下

玛蒙　瑟里，像你那样出身的人
是不会诋毁令人尊敬的人的。

瑟里　（鞠躬）埃皮刻尔爵士，

你的朋友悉听尊便；
但我还是不愿受骗。
我不喜欢你的炼金皮条客们。
没有这般勾引，
他们的点金石
就已经够淫荡的了。

玛蒙 该死，你错了。
我认识这位夫人，她的朋友们，
她的状况，这场灾难的原因。
她哥都告诉我了。

瑟里 然而你在此之前
从未见过她？

玛蒙 哦，是的，我忘了。
我认为，
我的记忆力——请相信我——
是人类中最糟糕的。

瑟里 你怎么称呼她哥哥？

玛蒙 我的大人——
我想起来了，
他不愿让世人知道
他的尊姓大名。

瑟里 记忆力够糟糕的！

玛蒙 千真万确——

瑟里 呸，如果你现在不知道，
等下次我们见面的时候再说吧。

玛蒙 不，凭这只手发誓，
这千真万确。
他是我尊敬的一个人，

我高贵的朋友，
我敬重他的家族。

瑟里　该死！
这怎么可能，
一位严肃的爵士，
富有而无忧无虑，
在别的时候还非常睿智，
却这么对天对地发誓赌咒，
竭力欺骗自己？
如果这就是你的灵丹妙药，
你的藏在泥土里的石头，
你的阴地蕨[1]，
我还不如玩普利麦罗牌
或恶作剧时正正当当受骗；
你可以拿上你的容器封胶，
你的普通溶剂！
我将在你之前
就拥有金子了，
无须用水银
或者热硫来治梅毒。[2]
法斯上

法斯　（对瑟里）法斯将军那儿来人说，先生，
他想半小时之后
在圣殿教堂和你见面，
有重要的事务。
他跟玛蒙耳语
爵士，请你现在走开，
两小时之后再来，

① 据说阴地蕨能解开秘密。

② 在炼金术中和在治疗梅毒时使用水银和硫。

那时我师父忙着他的点金石，
我偷偷地把你带到那温柔乡，
你就可以见到她，和她说话。
（对瑟里旁白）先生，
我可以去禀告说，
你同意去见将军阁下吗？

瑟里　先生，我会的。
（旁白）我将化了装去，
也只是为了另一个目的。
现在我可以肯定
这是一座妓院；
我发誓，
宫廷治安大臣会就此感激我；
主子这么命名也旁证了这个：
堂·法斯！[①]
啊，他是这场交易中
真正的操盘手！
城里买卖妇女的黑老大。
他是她们的老鸨，
决定谁跟谁睡，什么时候睡，
什么价格，穿什么长袍，衬衣，
什么平领，什么头饰。
作为一个伪装者，
我将通过他探明
这黑暗的渊薮有多深；
如果我发现了这一切，
亲爱的玛蒙爵士，
你应该允许你可怜的朋友，
虽然不是一个哲学家，

① 引用西班牙头衔“堂”，有一种讽喻的意味。

狂笑一回；
而你却不得不哭泣一回了。[①]

法斯　（对瑟里旁白）先生，他恳请你别忘了。

瑟里　我不会忘，先生。——
埃皮刻尔爵士，
我可以告辞一会儿吗？

玛蒙　我紧跟你就来。
瑟里下

法斯　好先生，这样免得被怀疑。
这位绅士有一颗刁钻的脑袋瓜子。

玛蒙　是吗，伙计？
你不会悔约吧？

法斯　以生命担保，爵士。

玛蒙　你会暗示一下我是什么人吗？
赞扬我一番？
说我是一个贵族？

法斯　哦，还要说什么，爵士？
你拿你的点金石
可以叫她过上女皇的生活，
而你就是班吞[②]的国王。

玛蒙　你会这么做吗？

法斯　我会不会这么做，爵士？

玛蒙　伙计，我的伙计！

---

① 德谟克利特，古希腊唯物主义哲学家，认为幸福是人生的目的；赫拉克利特，古希腊唯物辩证法奠基人之一。他们被认为一个是狂笑的哲学家，一个是哭泣的哲学家，成为文艺复兴时期的象征符号。固有此说。

② 班吞，印度尼西亚爪哇东印度公司经营的一贸易中心。

我爱你。

法斯　把你那些玩意儿拿来，爵士，
我师父可以把它们变成金子。

玛蒙　那真把我迷住了，奴才；
拿去，走吧。（给钱）

法斯　别忘了拿来你的烤肉叉旋转器
和其他的玩意儿，爵士。

玛蒙　你这个小坏蛋——我会送来烤肉叉旋转器
和所有的金属玩意儿。
我太喜欢你了，
恨不得把你的耳朵咬掉。
你却不关心我。

法斯　不关心你，爵士？

玛蒙　啊，我生来就是要来提拔你，
我的小滑头，
让你坐上法官席，
穿上袖口镶白鼬皮的长袍，
手里捻弄挂在脖子上的项链。

法斯　走吧，爵士。

玛蒙　一位伯爵，不，一位切斯特伯爵——

法斯　好爵士，走吧。

玛蒙　也不会让你比这更发达，
不，也不会更快。
埃皮刻尔·玛蒙爵士下

第四场

萨特尔和桃儿上

萨特尔　他咬钩了吗？他咬钩了吗？

法斯　他一口吞下去了，我的萨特尔。
我放下钓线，他就上钩了。

萨特尔　要把他钓上来吗？

法斯　把他两边腮都挖出来。
一个少女是稀有的钓饵，
一放出来，
男人就会扭着身子疯狂上钩。

萨特尔　桃儿，我的上帝，上帝的妹妹啊，
你必须显得非常矜持。

桃儿　哦，让我一个人待一会儿吧。
我给你保证，
我不会忘记我是什么人。
我会矜持有度，开怀大笑，大声说话；
像个傲慢的下流贵妇人
玩所有勾引男人的把戏，
而且还要像她的女仆一样粗鲁。

法斯　说得好，野娘儿们。

萨特尔　他会把他的烤肉架送来吗？

法斯　还有他的烤肉叉旋转器，
他的鞋拔；
我跟他说了。
得，我可不能失去

在那儿的那个警觉的赌徒。

萨特尔　哦，那位谨慎的
不愿受骗的先生吗？

法斯　是的，如果我能钓到他就好了。
我已经在圣殿教堂放下钓饵。
得，为我祷告吧。
我要去收线了。
有人敲门

萨特尔　怎么，更多的鱼钻进网里来了！
桃儿，侦察一下，侦察一下（*桃儿望窗外*）；
等一等，法斯，
你得到门那儿去。
祈请上帝，要是这是再洗礼派教士就好了。
是谁，桃儿？

桃儿　我不认识他。他瞧上去像个收购金银的跑街。

萨特尔　太好了！是他，他答应送过来的。
你怎么称呼他？
一位圣职长者，
他会买下玛蒙的
烤肉叉旋转器和烤肉架！
让他进来。
等一等，先帮我把长袍脱下来。
法斯拿了长袍下
走吧，夫人，回你的房间去吧。
桃儿下
现在，要拿新的腔调，
摆新的架势，
尽管还要用老的语言。
这家伙是跟我在讨价还价

炼金石的人派来的。
流放在阿姆斯特丹的兄弟们[①]
希冀用它来振奋精神。
我得用奇怪的方式利用他，
让他对我崇拜得五体投地。

第五场

阿那尼阿斯上

萨特尔　我的苦力在哪儿？

法斯上

法斯　师父。

萨特尔　把那容器拿走，
修正从痰液中汲取的溶剂，
然后把它倒进
葫芦形曲颈瓶的金子中，
让它们一起软化。

法斯　是，师父。
要留下沉淀吗？

萨特尔　不，沉淀物[②]
在反应中绝对不能用。
你是谁？

阿那尼阿斯　不瞒你说，
一个虔诚的兄弟。

萨特尔　那兄弟是什么意思？

---

① 指流放在阿姆斯特丹的英国清教徒。

② 原文为拉丁文，terra damnata。

一个拉尔的追随者？
一个利帕里追随者？[①]
一个炼金术者？
你能升华、中和吗？
会煅烧吗？
懂“少酸点儿”
“更少酸点儿”吗？
懂均质，或者多相性吗？

阿那尼阿斯　对异教徒语言我还真一窍不通。

萨特尔　异教徒，你是尼帕多林克[②]吗？
神圣的艺术[③]，
炼金、分离、融合、
自然、法则[④]
都是异教徒语言吗？

阿那尼阿斯　我认为是异教徒希腊语。

萨特尔　怎么回事？异教徒希腊语？

阿那尼阿斯　除了希伯来语之外，
其他都是异教徒语言。[⑤]

萨特尔　伙计，我的助手呀，站出来，
像个炼金术士说给他听听，
用炼金术语回答我的问题。
说明炼金术中金属的
烦恼和殉道。

---

① 拉蒙·拉尔，中世纪加泰罗尼亚炼金术士。乔治·利帕里，15 世纪英国炼金术士。

② 伯纳德·尼帕多林克，德国明斯克城再洗礼派教士。他造成该城 1534—1535 年的恐怖统治。该城被攻陷后，他被处决。

③ 原文为拉丁文，ars sacra，意指炼金术。

④ 这些词汇均为杜撰的希腊语。

⑤ 清教徒认为希伯来语是上帝在创世时说的语言。

法斯　师父，分解、溶解、冲洗、
升华，再蒸馏、
焙烧、涂蜡、凝固。

萨特尔　这是异教徒希腊语吗？
什么时候能从溶液中得到物质？

法斯　在化学物质的活性被破坏之后。

萨特尔　再蒸馏是什么意思？

法斯　那是往上浇王水[①]，
然后再按七行星
三分一对座的圈吸干。[②]

萨特尔　金属的激情是什么？

法斯　延展性。

萨特尔　对金子最大的惩罚是什么？[③]

法斯　锑[④]。

萨特尔　这是异教徒希腊语吗？
水银是什么？

法斯　它流动性太大了；它会消失，师父。

萨特尔　你怎么知道它？

法斯　根据它的黏度、油性和挥发性。

萨特尔　你怎么升华它？

法斯　用蛋壳的沉淀、白大理石和云母。

萨特尔　炼金术的要诀是什么？

---

① 原文为拉丁文，aqua regis，King's water，酸水的混合体。

② 这是对炼金家帕拉切尔苏斯所述作的曲解。

③ 原文为拉丁文，ultimum supplicium auri。

④ 锑所含有的三硫化合物能使金子不具有延展性，在炼金术士看来这是最大的惩罚。

法斯　师父，筛选元素，
将它们冷却，然后加湿，
加热，最后烘干。

萨特尔　这还是异教徒希腊语吗？
什么是点金石？

法斯　这是一块石头，又不是一块石头；
它是一个精灵，一个灵魂，一个躯体[①]，
如果你熔化它们，它们就熔化，
如果你要它们凝固，它们就凝固；
如果你要它们挥发，它们就挥发。

萨特尔　够了。
法斯下
这对你是异教徒希腊语！
你是干什么的，先生？

阿那尼阿斯　不瞒你说，我是流亡兄弟们[②]的仆人，
为寡妇和孤儿的福祉效力，
为上帝的选民做些事——
我是一个执事。

萨特尔　哦，你是你的上司，
牧师霍尔孙派遣来的？

阿那尼阿斯　是热心的忧患牧师霍尔孙
派遣来的。

萨特尔　好呀。我这儿
正有些有关孤儿的货要来。

阿那尼阿斯　什么货，先生？

---

① 根据帕拉切尔苏斯炼金术，它们是水银、硫和盐。

② 指清教徒。

萨特尔　白镴和黄铜，
柴架和厨房用具，
这些金属我们炼金时要用，
从中兄弟们可以得到一些现钱。

阿那尼阿斯　孤儿们的父母是虔诚的清教徒吗？

萨特尔　你为什么这么问？

阿那尼阿斯　因为这样
我们可以公正地处置，
付最高的价钱。

萨特尔　老天，如果孤儿的父母不信教，
你就可以骗他们吗？
我信不过你，
我要再考虑一下这事儿，
和你的牧师谈一次。
你拿买煤的钱来了吗？

阿那尼阿斯　当然没有。

萨特尔　没有？为什么？

阿那尼阿斯　兄弟们要我对你说，先生，
他们不想在看到你点金之前
再给钱。

萨特尔　什么！

阿那尼阿斯　你已经
为砖块、肥土和烧杯
收了三十英镑；
他们说，为材料
已经收了大约九十英镑；
何况他们听说在海德堡有个人
用鸡蛋和一捻锉屑

炼出金子来。

萨特尔　你叫什么名字?

阿那尼阿斯　我名叫阿那尼阿斯。

萨特尔　走开，欺骗使徒的歹徒!
滚，捣蛋鬼!
难道教会议会
不能给我派遣一个
比狡猾的阿那尼阿斯
聪明一点儿的人吗?
快派长老来
为你赎罪，
让我满意，
否则我把火灭了，
撤走蒸馏瓶和
懒惰的亨利炉子[①]。
你这可怜虫，
告诉他们
红的和黑的酊剂消失了。
如果他们再迟疑一小时，
所有消灭主教
或反基督教等级制度的希望
都将成为泡影。
你这个狡猾的阿那尼阿斯，
所有点金的反应将被中止，
原料将回归基本元素——
水银、硫和盐。
阿那尼阿斯下
这将更加吸引他们，

---

① 原文为拉丁文，Piger Henricus，一种多炉膛的炉子。

让他们更快地受骗。
一个人行事
必须得像个粗鲁的护士，
拿捏点儿东西
吊那些难侍候的病人的胃口。

第六场

法斯和德鲁格尔上

法斯　他正忙着跟精灵打交道，
但咱们还是得去找他。

萨特尔　怎么这样！
什么人？
什么不速之客来这儿了？[①]

法斯　我告诉过你他会生气。
师父，这是南勃，
又带来一块金子让你瞧。
（对德鲁格尔）咱们得哄着他。
把金子给我——
请你设计——（对德鲁格尔）设计什么，南勃？

德鲁格尔　一个标志，先生。

法斯　是的，一个幸运的标志，一个发财的标志，博士。

萨特尔　我正在琢磨这个呢。

法斯　（对萨特尔）该死，别这么说，
他会后悔又给了你钱——

① 在关于查理大帝的传说中，有一头叫巴亚德的神马，脖子上系了磨石被扔进河中，仍然神奇地活了过来。巴亚德代表一种坚忍不拔的精神。

你对他的星座怎么说，博士？
天秤座？
那秤应该是标志吧？

萨特尔　不，那种说法陈腐而普通，
在陶鲁斯降生的一个人
属于金牛座，
他将牛头作为标志；
而在阿列什降生的人
则属于白羊座，
他将羊作为标志。
真是太浅薄了。
不，我将要使他的名字
具有一种神秘的性质，
它的光芒能吸引过路人，
并引发爱来，
而这种强烈的爱
将驱使人们去占有烟草；
像这样——

法斯　南勃！

萨特尔　他首先将有一座钟，
那是阿贝尔[1]，
在钟旁边站着迪[2]，
穿着一件粗毛挂毯长袍；
迪和挂毯合在一起则是德鲁格，
在他正对面是一条狂吠的狗，
于是便加了个“尔”，
这就成了德鲁格尔，

---

① 在英语中，其名阿贝尔与 a bell 谐音。

② 约翰·迪（John Dee），伊丽莎白时期的占星家、炼金术士。

阿贝尔·德鲁格尔。
这就是他的标志。
这就是神秘和象形！

法斯　阿贝尔，你的标志做好了。

德鲁格尔　（鞠躬）先生，我竭诚感激他。

法斯　你即使鞠六个躬也不够，南勃。
他给你带来一斗烟丝，博士。

德鲁格尔　是的，神父。
我还想说一件事——

法斯　说出来吧，南勃。

德鲁格尔　神父，和我靠近居住着
一位富有的寡妇——

法斯　好极了！一个风流女人[①]？

德鲁格尔　最多十九岁。

法斯　很好，阿贝尔。

德鲁格尔　天啊，她一点儿也不时髦；
她戴帽兜，
像鸟冠一样顶在头上。

法斯　没关系，阿贝尔。

德鲁格尔　我时不时给她一支口红[②]——

法斯　什么？你跟她勾搭上了，南勃？

萨特尔　我跟你说过，将军。

德鲁格尔　有时还给她药，先生——

---

① 原文为拉丁文，bona roba。

② 原文为 fucus，法斯故意把它曲解为 fuck。

为此，她很信任我。
她到这儿来是有目的的，
她想了解最时新的潮流。

法斯　好呀——（旁白）又一个傻瓜蛋来了！——
说下去，南勃。

德鲁格尔　她很想知道她的运气。

法斯　哎呀，南勃，叫她到博士这儿来吧。

德鲁格尔　是的，我跟她说起阁下，
她生怕引起流言蜚语，
坏了她的婚姻。

法斯　坏了婚姻？
要是婚姻真坏了的话，
这正是修补它的途径。
让更多的人来追求她。
南勃，你跟她把这说清楚了。
更多的人会知道她，
议论她，
寡妇只有广为人知才值钱，
她们的价值
以追求者多寡来衡量。
送她来吧，
这也许还是你的好运。
（德鲁格尔摇头）什么？
你不懂。

德鲁格尔　不，先生，她不会
跟骑士以下的人结婚。
她哥哥是发了誓的。

法斯　怎么，我的好南勃，

知道博士对你命运的预测，
看到城里这么多人被授予骑士，
你绝望了？
我知道，
你在一位夫人的魔力下撒的尿
就是春药，
可以把一切敲定。
她哥哥是干什么的？
是骑士吗？

德鲁格尔　不是，先生，一位绅士。
他刚继承一片土地，先生，
才二十一岁，
还没有厌烦乡村生活；
但他掌控着他妹妹
在这儿的生活；
他一年有三千英镑收入，
来这儿学习吵架的技巧，
如何以智慧安身立命[①]；
然后还会回到乡下去，
老死在那儿。

法斯　天哪！学习吵架？

德鲁格尔　是的，先生，
就像花花公子那样
按规则吵架。

法斯　天啊，南勃！
那博士在基督教世界中
是唯一适合他的人。

---

① 在当时的英国，有一群时髦年轻人被称为咆哮男孩，他们遵循吵架的规则，以跟人吵架取乐。

他绘了一张图，
用数学式展示吵架的艺术。
他还会给他一个吵架指南。
去，把他俩，
哥哥和妹妹都带来。
博士也许可能劝说她
爱上你。
啊，就看在这分上
你也要给博士阁下
送一件新的锦缎衣服。

萨特尔　哦，好将军！

法斯　他会的，
他是一个最诚实的人，博士。
别干等求婚了，
把锦缎衣服和那两个人带来。

德鲁格尔　我将尽力而为，先生。

法斯　使出你的劲儿来吧，南勃。

萨特尔　这是上好的烟草！
一盎司多少钱？

法斯　他会给你送一磅来，博士。

萨特尔　哦，不。

法斯　他会这么干的。
一个最好的人。
（对德鲁格尔）阿贝尔，干吧。
你很快就会知道得更多。
去，去吧。
德鲁格尔下
一个可怜的家伙，

靠吃奶酪活命，
肚子里长着虫子。
那就是为什么他来到这儿。
他私下跟我打交道，
要治虫子的药。

萨特尔　他会得到药的，先生。
这药真管用。

法斯　老婆，老婆，
咱们中有一个人会有老婆，
亲爱的萨特尔，
咱们抓阄儿，
没抓到的将得到更多的货，
而抓到的则将跟她睡觉。

萨特尔　还不如没抽着。
她那么轻盈，
还得长些肉。

法斯　那又太重
男人受不了。

萨特尔　说真的，最好还是先见见她，
然后再下结论。

法斯　好吧。但这件事绝不能让桃儿知道。

萨特尔　嗯。
到你那个瑟里那儿去，缠住他。

法斯　上帝呀，但愿我没有待得太长。

萨特尔　我也这么担心着哪。
众下

第三幕

第一场

忧患牧师霍尔孙和阿那尼阿斯上

忧患牧师　经受惩罚
对于圣人是件平常的事，
我们必须甘愿承受
对流亡的指责，
这也是锻炼我们薄弱意志的机会。

阿那尼阿斯　就纯粹的热情而言，
我不喜欢这个人；
他是一个异教徒，
说的是客纳罕话。①

忧患牧师　我把他看成是一个亵渎神的人。

阿那尼阿斯　他前额有明显的天谴印号。②
他的点金石是暗箱活儿，

① 英文原文为 Canaan。见《旧约·以赛亚书》19:18："到那天，在埃及境内将有五座城说客纳罕话。"

② 见《新约·启示录》19:20："可是，那兽被捉住了，在它面前行过奇迹，并借这些奇迹，欺骗了那些接受那兽的印号。"

他用点金术蒙蔽人的眼睛。

忧患牧师　好兄弟，我们必须迁就
所有可能发展神圣事业的手段。

阿那尼阿斯　但他的手段并不能做到这一点——
神圣的事业
应该有神圣的路径。

忧患牧师　并不总是这样。
丧亡之子也常常被用作[①]
最伟大事业的工具。
我们应该原谅这人的本性。
他生活在火炉边，
成天呼吸金属的烟气，
使他的脑袋中毒，
容易急躁生气。
还有谁比厨师更不信教？
还有谁比玻璃工更亵渎，更易怒？
还有谁比铃铛浇制工更反基督？
我倒想问你，
是谁比魔鬼更魔鬼，
是我们共同的敌人撒旦，
还是这个陪伴炉火，
熬制硫黄和砒霜的人？
依我说哪，
我们必须忍受
怒火中烧的人的脾性。
说不定，
当反应完成，

① 参见《新约·约翰福音》17:12："其中除了那丧亡之子，没有丧亡一个，这是为应验经上的话。"《新约·帖撒罗尼迦后书》2:3："那无法无天的人，即丧亡之子必先出现。"

点金石一旦炼出，
他的火气会变成宗教的热情，
赞赏再洗礼派漂亮的道袍，
而鄙夷罗马的月经布法衣。
我们必须等待神对他的召唤，
圣灵来到他的身上。
我们需要赶紧
去帮助被剥夺了执照的兄弟们[①]，
除非我们拥有点金石，
否则办不成这事儿，
考虑到这一点，
你用海德堡[②]兄弟们的祝福
来呵责他是错误的。
苏格兰一位博学的长者
对我这么说：
只有一种药——金子
能让官员[③]
对我们的宗教较为仁慈，
而且每天都得用这药。

阿那尼阿斯　自从美丽的阳光照耀我以来，
还从未有人如此训导我；
我很悲哀，
我宗教的热情犯了如此的错误。

忧患牧师　让我们去访问这人吧。

阿那尼阿斯　好主意，
这才对呢。
我来敲门。（敲门）

---

① 指在 1604 年汉普顿宫会议后失去布道执照的清教徒。

② 海德堡当时是卡尔文教派的中心。

③ 原文为拉丁语 aurum potabile，意即“可饮用的金子”，引申开来便是一种药（贿赂）。

没动静。

第二场

萨特尔上

萨特尔　哦，你们来了？来得正好。
你们瞧，
六十分钟命悬一线，
再迟几分钟，
我就让懒惰的亨利和回流塔啦，
蒸馏器啦，卵形蒸馏瓶啦，鹈鹕瓶啦
都成灰烬——
狡猾的阿那尼阿斯！
你回来啦？
不，我还是要把坛坛罐罐都毁掉。

忧患牧师　先生，请息怒。
他来就是想谦卑地请求你原谅，
由于过分的热情
他偏离了正确的轨道。

萨特尔　啊，这么说还解气！

忧患牧师　兄弟们无意让你受气，
时刻准备在圣灵和你
主持的项目中帮助你。

萨特尔　这更让我解气了！

忧患牧师　孤儿的福祉，
那是至关重要的；
这神圣的工作
所需要的一切

都要用现金支付，
在这儿，通过我，
圣人们把钱袋投在了你的面前。[①]

萨特尔　这最让我解气了！
啊，应该这样；
你们现在懂得了
我跟你们说的话了？
懂得点金石了？
懂得点金石
对你们宗教事业的好处了？
难道我没有跟你们说过？
（除了你们可以
用点金石点出的金子
收买雇佣军，
把你们的朋友荷兰人
从西印度群岛召唤过来，
用他们的舰船为你们效劳）
即使点金石的医用价值
也可以使你们成为王国
举足轻重的力量。
比方说，
有一个大人物患有痛风，
啊，只要送上三滴灵丹妙药，
立马治好他的病——
你们不又交了一个朋友。
一个人罹患瘫痪，
或者水肿，
他服用你们的抗燃硫黄，

① 参见《新约·启示录》4:10："二十四位长老就俯伏在坐于宝座的那位前，朝拜那万世万代的永生者，且把他们的荣冠投在宝座前。"

会返老还童：
你们不又交了一个朋友。
一位贵妇人过了激情的岁月，
年老色衰，
再怎么化妆也无补于事，
但仍然是性情中人，
你用云母油恢复了她的青春——
你们不又交了一个朋友，
她的情人也成了你们的相好。
一位贵族大人得了麻风，
一位骑士患了骨痛[①]，
一位乡绅生了这两种病，
你们只需用你们的
灵丹妙药擦拭一下，
他们就痊愈了——
你们不又增加了朋友。

忧患牧师　是的，这非常令人信服。

萨特尔　然后，把律师的白镴做成圣诞节盘子——

阿那尼阿斯　请你说圣诞－街。[②]

萨特尔　怎么，阿那尼阿斯，还要来打扰我吗？

阿那尼阿斯　我说完了。

萨特尔　要不将他的镀银的器皿全都变成金子。
你不得不增加你的朋友，
这样，你才能支付战场上士兵的军饷，
买下法国国王的王国
或西班牙国王的西印度群岛。

---

① 指梅毒。

② 再洗礼派忌讳说天主教的“mass”，因 Christmas 中含有“mas”，固有此说。

对反对你们的
精神的或世俗的贵族，
你们什么不能干？

忧患牧师　这倒是真的。
我认为
我们就可能是世俗的贵族。

萨特尔　你们什么都可能是，
但别再做那些漫长的布道和祷告了，
别再在唱诗中夹杂“哈”和“嗯”了。
我不否认，
那些无权无势的人
为了达到他们的目的，
在他们的宗教中
会对现状做出逆反的举动，
发出类似召唤羊群的呼喊来。
说实在的，
对女人和淡漠的人们，
这种呼喊很管用，
那是你们召唤教众的钟声。

阿那尼阿斯　钟声亵渎神明；
而音乐有可能
是宗教所需要的。

萨特尔　没警告过你吗？
我没耐心了。
天啊，把设备全毁了；
我不想这么受折磨。

忧患牧师　请你不要生气，先生。

萨特尔　所有反应都要中止。
我说过了。

忧患牧师　先生，让我瞧瞧你眼神中
有没有恩典和怜悯；
这人要改正；
他的宗教热情
也不能允许他任意呼喊，
（除非你说有需要）
既然现在点金石快成了，
也没有必要去呼天喊地了。

萨特尔　不，你也不再需要神圣的面罩
去哄骗寡妇奉献她的遗赠；
也无须让虔诚的妻子
去偷窃丈夫的钱财捐给教会；
也无须利用仅超期一天的合同，
以上天的名义没收抵押品。
你也无须在守斋前夜饕餮盛宴，
而兄弟姐妹们
则只能在斋日勒紧他们的裤带。
你也无须小心翼翼将骨头
扔在饥饿的教众面前，
也无须考虑
基督徒能否放鹰行猎，
参加圣礼的妇女能否
梳理时髦的发式，
穿男人的服装，
或用她们的偶像——淀粉浆
给她们的衣服上浆。[1]

阿那尼阿斯　那真是一个偶像。

① 参见《旧约·申命记》22:5："女人不可穿男人的服装，男人亦不可穿女人的衣服；上主你的天主厌恶做这种事的人。"

忧患牧师　别管他，先生。
我请求你，
生活在他身上的宗教狂热呀，
也是一件麻烦事呀，
安静一会儿吧。
先生，请说下去。

萨特尔　你也无须因为反对主教制
而被割去耳朵，
再也听不到冗长的餐前祷告。
无须为了讨好衣食父母市议员
而攻击戏剧。
也无须假装义愤填膺，
呼喊号叫到声嘶力竭。
无须做其中任何一件事。
你们无须受教会影响，
为追求荣光，
或者引起教众的注意，
给自己起个忧患啦，
迫害啦，自制啦，忍耐啦之类的名字。

忧患牧师　诚然，先生，
这些正是教会的兄弟们
为了传播光荣的宗教事业
而发明创造出来，
每一个别出心裁的手法，
以及使用这种手法的人们
都很快发迹，并变得名闻天下。

萨特尔　哦，但是这点金石，却无人问询！
什么能与它相比！
这天使的艺术，
自然的奇迹，

神圣的秘密，
在天际的云层间
从东方飞到西方，
而它的圣传不是来自人间，
而是来自神明。

阿那尼阿斯　我痛恨圣传；
我不相信它们——

忧患牧师　安静。

阿那尼阿斯　它们是教皇杜撰的，全是！
我不想沉默。我不想——

忧患牧师　阿那尼阿斯！

阿那尼阿斯　讨好亵渎神的人，让信奉上帝的人痛苦，我做不到。

萨特尔　得，阿那尼阿斯，你会改变的。

忧患牧师　宗教狂热让他变得无知，先生。
但是个非常虔诚的兄弟，
一个缝补衣服的裁缝，
这个人，
通过天启通晓真理。

萨特尔　他钱袋里有足够的钱
购买里面的货吗？
我被聘为孤儿的监护人，
出于慈善和良知，
我要让孤儿们
得到最大的好处，
虽然我也希望
兄弟们获得益处。
货就在那里面。
当你们见了它们，

给了钱，看了货物的清单，
炼金程序就可以开始。
其实只需铺上点金药水
就可以把金属变成金子了。
里面有许多锡会变成银子，
黄铜变成金子，
有多少
我就给你变换出多少
金银来。

忧患牧师　先生，兄弟们
需要等待多长时间？

萨特尔　让我瞧瞧，
月亮在哪儿？
八天，呵不，九天，
呵不，十天以后，
它就将变成液态银；
再三天之后，
它就变成金黄色。
再过十五天，
点金石就完成了。

阿那尼阿斯　那就是第九个月第三个星期的第二天？[①]

萨特尔　是的，我的好阿那尼阿斯。

忧患牧师　那你说，这孤儿的货要多少钱？

萨特尔　大约一百马克吧。
卸了三整马车的金属料，
你们因此而可以赚六百万。

---

① 阿那尼阿斯避免使用异教徒的月历算法。按再洗礼派算法，3 月是第一个月，所以他说的日子应该是 11 月 16 日。

不过我得先去买煤，
把煤运回来。

忧患牧师　什么！

萨特尔　再需要一批煤，
然后我们就完成了。
我们必须将火力加到最旺，
我们已经经过了较低火力的
马粪火、沙炉火和灰烬火。[①]
如果长老的钱袋因此而变瘪，
而兄弟们又需要一笔现金，
你们快去买来白镴，
我有窍门融化它们，
用上一点儿酊剂
给你们铸造出银币来，
跟荷兰银币一模一样。

忧患牧师　你能吗？

萨特尔　能，即使三审
都不会露馅。

阿那尼阿斯　这该叫兄弟们多么高兴呀。

萨特尔　但你们必须保守秘密。

忧患牧师　是的，但等一等，
这样铸币合法吗？

阿那尼阿斯　合法？
我们又不认识任何官员。
即使认识，
这是外国银币。

---

① 原文为拉丁文，ignis ardens，fimus equinus，balnei，cineris。

萨特尔　这不是伪造货币，先生，
这只是铸造而已。

忧患牧师　哈！你分辨得太好了。
铸造钱币有可能是合法的。

阿那尼阿斯　是这样的，长老。

忧患牧师　说真的，我就是这么认为的。

萨特尔　无须为此担惊受怕，先生，
请相信阿那尼阿斯，
有关良知，
他知道该怎么做。

忧患牧师　我会请兄弟们关注这个事。

阿那尼阿斯　毫无疑问，兄弟们会认为是合法的。
在哪儿铸造呢？
有人在外面敲门

萨特尔　关于那个问题，
我们很快再讨论。
有人要跟我说话。
请你们进去，
瞧一眼那批金属料吧。
我很快就来。
忧患牧师、阿那尼阿斯下
谁呀？是法斯！进来！

第三场

法斯上

萨特尔　怎么样？得到好价钱了吧？

法斯　见鬼的好价钱！
那骗人的死鬼
压根儿没来。

萨特尔　怎么回事？

法斯　我一直在圆形大厅里
转呀转，
连个鬼影子也没见。

萨特尔　你是不是错过了他？

法斯　错过了他？
要是地狱错过了他，
他倒幸运了。
老天呀，你要我像个磨面的驴子，
整天转呀转，
光转不磨面吗？
我知道他这种人。

萨特尔　哦，把他这种人骗上，
那才叫真本事。

法斯　让他去吧，煤黑子[①]，
别再提他了。
还有些会让你高兴的消息呢。
（我亲爱的挚友，
我拉皮条的伙伴）
一位伯爵，西班牙贵族，
他为了信仰秘密来到这儿，
带来了军火——金钱和衣服，
放在六条宽腿短裤里，
比三条荷兰平底船还大，

① 萨特尔整天和煤炉子打交道，弄得灰头土脸的，故有此说。

还在另一条马裤里
塞满了西班牙金币和银元，
马上就要到这儿来了，我的老流氓，
来享用你的浴室[1]——
那只是一个借口——
向我们的桃儿、城堡、五港同盟[2]、
多佛港等等发动进攻。
她在哪儿？
她必须准备好香水，
优雅的内衣裤，
主浴室，一桌筵席和智慧，
她首先得滋润他的附睾。
这婊子在哪儿？

萨特尔　我将把她给你送来；
等我送走了那一对宝贝，
我也过来。

法斯　他们在里面吗？

萨特尔　他们在估算付废铜烂铁的钱。

法斯　多少钱？

萨特尔　足足一百马克，伙计。
萨特尔下

法斯　这真是一个幸运的日子！
从玛蒙那儿得十英镑！
律师助理那儿三英镑！
烟草老板那儿一枚金币！
兄弟们那儿一百马克！

① 浴室实际指的是妓院。

② 中世纪英格兰东南部沿海专为王室提供战舰的五港同盟。

更不用说将来的利润，
还有寡妇带来的房产，
再加上西班牙伯爵的好处！
我的股份即使今天卖
也不止四十——
桃儿上

桃儿 什么？

法斯 英镑，小巧玲珑的多萝西，
你想要我要的吗？

桃儿 是的，现在，将军大人，战事进行得怎么样？[①]

法斯 一小部人已按指示
安全进入壕沟，
准备和世界作战，桃儿，
在壕沟里情不自禁大笑，
一想到小分队每天带来的利润，
就不禁心中乐开了花，桃儿。
就在这快乐的时刻，
一个身强力壮的西班牙贵族
迷上了我的桃儿，
你问他要多少钱就多少钱，我的亲；
他就要被带到这儿来，
在他看见你之前，
就用你美丽的眼睛把他捆住；
把他扔到地牢一般漆黑的
羽绒床上；
在那儿，你用你那玩意儿
别让他睡着——
你那玩意儿，桃儿，

① 此句源自《西班牙悲剧》第一幕第二场第一句。

你那玩意儿——
直到他像大寒[1]那年的黑鸟，
或者像听击盆声回巢的蜜蜂一样驯顺，
你把他扔进
天鹅皮床罩和亚麻布被子里，
直到他变得坚挺，
射出了蜂蜡，我的上帝的礼物呀。[2]

桃儿 他是什么人，将军？

法斯 一个西班牙贵族，
最高级的贵族，姑娘。
达帕尔还没来？

桃儿 没来。

法斯 德鲁格尔也没来？

桃儿 也没来。

法斯 他们该死，
拿点儿钱，磨蹭了这么久！
在这好运的日子，
真不应该见到这些倒霉鬼。
萨特尔上
怎么样啦？跟他们完事了吗？

萨特尔 完事了。他们走了。
他们付的钱
已妥善放好，我的法斯。
我真希望认识个老板，
他能马上买去这堆玩意儿。

法斯 天啊，南勃会买的，

---

① 指 1607—1608 年的大寒，泰晤士河结冰。

② 桃儿是多萝西的昵称，多萝西在希腊文中意为“上帝的礼物”。

他期望
将它们摆设在寡妇的房子里。

萨特尔　好极了，这主意真妙。
上帝呀，真希望他马上就来。

法斯　我不希望他马上就来，
等和西班牙贵族的事儿完了再说。

萨特尔　法斯，你是怎么认识
这神秘的西班牙贵族的？

法斯　当我在圆形大厅像个魔术师
转呀转找瑟里时，
有个人递了一张纸条给我，
显示纸条
上面写着他想找个妓女玩玩：
我放出来精灵在外面侦探。
就我所知，
你的浴室正中他的下怀，萨特尔。
甜蜜的桃儿，
你必须不失时机
弹起你的小键琴。
——听见了吗？——
好好干吧。
像条鲽鱼那样活蹦乱跳；
像蛤蜊一样亲吻，死劲儿亲；
用你的舌头挑逗他——
这小子一点儿也不懂英语，
这就更容易骗他了，我的桃儿。
他将秘密乘辆租赁的马车来，
车夫是咱自己人，
我派他当向导，

没有外人。（有人敲门）谁？

萨特尔　会是他吗？

法斯　哦，不，他还不可能这时候来。

萨特尔　那可能是谁？

桃儿　（在窗口）达帕尔，
那律师助理。

法斯　哦，真是老天有眼，
仙后，把你的礼服穿上，
博士，穿上你的长袍。
看在上帝的分上，
让咱们先把这档子事了结了。

萨特尔　那要好长时间。

法斯　确实，但只要你照我给你的提示去做，
就要不了多少时间。（望窗外）
老天，又来了两个人！
阿贝尔，还有我想是那愤怒的男孩[①]，
那富有的继承人，
他想学习吵架的技巧。

萨特尔　寡妇也来了吗？

法斯　没有，
就我所见没有。走吧。
萨特尔下
（开门）哦，先生，欢迎。

① 愤怒的男孩，angry boys，指英国上层社会的，他们抽烟，聚众斗殴。

第四场

达帕尔上

法斯　博士正在里面
为你在炼金；
我费了好大劲儿
才劝说他干呢！
他发誓你将是赌桌上的财神爷：
（他说）他还从未听说仙后殿下
像现在这样如此宠爱你。
你姑用你可以想得出的
最甜蜜的语言赞美你呢。

达帕尔　我能见到她殿下吗？

法斯　见她，还亲她。
德鲁格尔、卡斯特勒上
怎么？诚实的南勃！
把锦缎拿来了吗？

德鲁格尔　没，先生；这是烟草。

法斯　好极了，南勃；
你还会拿来锦缎吧？

德鲁格尔　是的；将军，这位绅士是卡斯特勒老爷，
我带他来见过博士。

法斯　寡妇在哪儿？

德鲁格尔　先生，（他说）如果这儿一切正合他意，
他的妹妹将来这儿。

法斯　哦，是这样吗？一切该来的都会来。

你的名字叫卡斯特勒，先生？

卡斯特勒　是的，我是卡斯特勒家的长子，
否则我就将错失
一年一千五百英镑的收入。
博士在哪儿？
我这疯狂的烟草商朋友告诉我
他是一个神通广大的人。
他真有本事吗？

法斯　什么本事，先生？

卡斯特勒　有关决斗的事，
也就是说如何按规则
进行吵架。

法斯　先生，看来你还是刚来伦敦，
对他的能力有那种怀疑。

卡斯特勒　先生，还不算初来乍到，
我见识了愤怒的男孩们高谈阔论，
看见他们在他的烟草店抽烟，
我也能抽；
我真想成为他们中的一员，
把他们的做派带到乡下去。

法斯　先生，我实告你，关于决斗，
博士会把一切细枝末节都告诉你；
会给你看他撰写的一个文件。
当你向他报告你牵扯进一场争吵，
他会立刻为你评估其严重性，
告诉你其危险程度，
一场殊死的决斗是否值得。
他将让你知道如何吵架，
是直线挺进，

还是绕个半圆形弯道，
如果不是锐角进取的话，
那就来个钝角。
所有这一切他都会演示。
他还会教你
当有人侮辱你说谎，
你如何回应
和接受侮辱的规则。

卡斯特勒　怎么？接受侮辱？

法斯　是的，他将告诉你
如何按斜线接受，
或者按圆形接受，
但永远不要按直径。[①]
整个伦敦都在餐馆赌场
议论他的吵架定理。

卡斯特勒　他还教如何聪明地生活吗？

法斯　什么都教，
你简直想不出什么微妙的知识
他没有读过。
他把我立为将军，
在我遇见他之前，
我只是一个拉皮条的，
跟你一样是个赌场新手——
那才两个月之前。
我告诉你他的方法：
他先带你到那餐馆赌场去。

卡斯特勒　不，我不到那种地方去。请原谅。

① 这就是莎士比亚在《皆大欢喜》第五幕第四场中阐发的“委婉的说谎”（circumstantial lie）和“公然的说谎”（lie direct）。

法斯　为什么，先生？

卡斯特勒　那是赌博耍人的地方。

法斯　啊，你想当个风流男子，不想赌钱？

卡斯特勒　是的，赌钱会把一个人的家产毁掉。

法斯　把你的家产毁掉？
当你倾家荡产，
它却会让你重振雄风。
那些失去六倍于你家产的人们
是怎么聪明地生活的呢？

卡斯特勒　什么？三千英镑一年！

法斯　是的，四万英镑。

卡斯特勒　有这样的人吗？

法斯　有，先生。
照样风流倜傥。
这位年轻的绅士，
指着达帕尔
降生时家中很穷：
一年四十马克，
这在我看来
等同是一贫如洗。
博士接纳了他，
马上就要给他配一个精灵。
在两星期内，
不可抵御的好运
将让他在赌桌上赢钱
足够买一个男爵爵位。
整个圣诞节期间，
人们将请他在王室侍从官赌场

赌桌上坐在上位!
整整一年,
在每一个餐馆赌场,
人们给他端来椅子,
最殷勤地侍候,
喝最名贵的葡萄酒,
有时还来两杯加那利白葡萄酒,
不用掏一个子儿;
给他最干净的餐巾,
最锋利的餐刀,
山鹑肉做的菜肴
就端放在他的餐盘旁边,
在什么地方放一张灵巧的床,
床上有一个灵巧的女人
在私下里等着他。
餐馆赌场将争先恐后邀请他,
就像剧院邀请诗人;
老板请他大声说
他钟情的菜肴,
那定然是奶油大虾[①];
人们只向他敬酒,
仿佛他就是在座的首席。

卡斯特勒　你没有骗我吗?

法斯　老天!你还这么想吗?
一个失业的军官
(没有信用,
只能从手套制造商
或者马刺制造商
赊两双手套

① 当时据说是具有春药效用的菜肴。

或者两对马刺），
跟萨特尔博士一打上交道，
就像驿站的马匹
一路飙升，
有了足够的金钱
包养女人和娈童，
让人羡慕得要死。

卡斯特勒　博士肯教我吗？

法斯　当你把土地输光，
（有志气的人不愿长期保留土地）
在假期流动资金很少，
餐馆赌场打烊，
要等到开庭期才开门时，
他将给你看一面魔镜，
在一面，
你将看到
城里继承了遗产的年轻人，
正在贷款讹诈中受骗；
在另一面，
你将看到
商人们无须任何经纪人
（因为他们又要分一杯羹），
提供估价过高的抵贷商品赚钱；
在第三面，
你将看到
这些毫无用处的商品，
辣椒啦，香皂啦，啤酒花啦，
烟草啦，燕麦啦，菘蓝啦，奶酪啦，
堆积在那儿。
这些继承人拿到了这些商品，

只好堆放在那儿闲着。
而你，一个想聪明地生活的人，
可以去破门而入，
把所有这些商品偷出来
为你所用，
而不用感谢任何人。

卡斯特勒　天啊，他是这么一个人?

法斯　啊，南勃知道他。
他还为富有的寡妇，
年轻的淑女和继承人
撮合婚姻，
他是一个可以为她们
在婚姻中带来最大幸运的人!
全英格兰的人，
东南西北，
都来请他咨询，
想知道他们的运气。

卡斯特勒　天啊，我梅（妹）子得见见他。

法斯　我告诉你，先生，
他是怎么说南勃的。
那真是一件怪事!
（顺便说一句，
你不能再吃奶酪了，南勃，
那会增加你的忧郁，
忧郁会生虫，
把它忘了吧）
他告诉我老实的南勃
一生只去过一次酒馆。

德鲁格尔　真的，只去过一次。

法斯　但他头晕得这么厉害——

德鲁格尔　他是这么说的吗？

法斯　否则我怎么知道？

德鲁格尔　事实上，我们一直在射猎，
晚饭吃了一大块公羊肉，
现在还压在胃上呢——

法斯　他喝什么酒都上头，
再加上闲杂的人打扰，
不敢雇用店员，
自个儿照料烟草店，
忙前忙后操碎了心。

德鲁格尔　我的脑袋这么疼——

法斯　博士说，还不如趁早送他回家。
一个好老娘儿们——

德鲁格尔　（是的，真的，她住在海煤胡同[①]）
她能用热啤酒和小白菊
给我治病：
只花我两个便士。
我还有另一个病
比这严重得多。

法斯　是的，为了抽水工程
要他缴纳十八便士，
这叫他痛苦得要死。

德鲁格尔　说真的，这真要了我的命。

法斯　头发掉了？[②]

---

① 伦敦城墙外的贫民区。

② 梅毒的一种症状。

德鲁格尔　是的，先生，
他们还是要
让我缴纳这么高的费用。

法斯　该这么高，博士这么说。

卡斯特勒　烟草店老板，请你去把我梅（妹）子带来，
我要在离开前
见一下这位知识渊博的师父，
我梅（妹）子也见一下。

法斯　先生，他现在很忙，
如果你要把你妹妹叫来，
还不如你自己去，
这还快一些，
把她带来时，
他也空闲了。

卡斯特勒　那我去。
卡斯特勒下

法斯　德鲁格尔，寡妇是你的了，把锦缎拿来。
德鲁格尔下
（旁白）萨特尔和我，
为了争这寡妇，
必然还有一番好戏——
喂，达帕尔老爷，
你见到我怎么把顾客打发走，
好让你放手干你的事儿。
你按我们说的礼节做了？

达帕尔　做了。我用了醋，
穿了一件干净衬衣。

法斯　好极了。

这衬衣将给你带来
意想不到的好处。
你那仙后正在发骚的劲儿上，
她见到你，
当然不会表露出来。
你给仙后殿下的仆役们准备钱了吗？

达帕尔　准备了，这儿是六十爱德华先令。

法斯　好。

达帕尔　还有一枚老亨利一英镑金币。

法斯　好极了。

达帕尔　三枚詹姆斯先令，一枚伊丽莎白四便士银币。
整合二十英国金币。

法斯　哦，你太一板一眼了。
我希望你还有玛丽金币。

达帕尔　我有一些菲利普和玛丽金币。

法斯　是的，这些是最宝贵的。[1]
它们在那儿？
听，博士来了。

第五场

萨特尔装扮成童话中的牧师上

萨特尔　仙后殿下的侄子来了吗？

法斯　来了。

---

① 这些金银币都是按当时的王位统治者的名字命名，亨利八世，爱德华六世，玛丽，菲利普和玛丽，伊丽莎白，以及詹姆斯。

萨特尔　他在守斋吗？

法斯　在守斋。

萨特尔　也哼唧了？

法斯　你必须回答哼唧三次了。

达帕尔　三次。

萨特尔　经常发嗡嗡声？

法斯　如果你发了，说。

达帕尔　我发嗡嗡声了。

萨特尔　对她的侄子，
她希望他如要求的那样，
用醋涂抹了他的五官，
仙后通过我
送他这件命运女神的衬裙，
她要求他马上穿上它。
（他们给他穿上衬裙）
仙后说，
虽然衬裙离命运女神很近，
但内衣更贴近她的肉体；
仙后送来一块她内衣的布片，
当达帕尔还在襁褓中时，
那布片用来包裹他，
她现在要求，
（他以她当年扯布片时一样的爱）
把它围在他眼睛周围，
表明他是幸运的。
他们用布片蒙住他的眼睛
由于他将发财和升迁
都寄托在她身上，

仙后要求
他将所有世俗的财宝抛弃；
他一旦这么做，
她就不会对他有任何狐疑了。

法斯　她无须怀疑他，先生。
唉，他除了身上的东西
本来就一无所有，
听到殿下的话，
他很情愿放弃他的所有——
把你的钱包扔掉——
达帕尔开始清空口袋
正如她要求的。（手帕和其他东西！）
她不可能要求那种东西，
但是他还是顺从了。
（正如他们所要求的，他扔掉所有东西）
如果你手上有戒指，
或者手腕上戴银镯，
扔掉它；
殿下将派遣精灵来搜查你；
你将直接和殿下打交道。
如果它们发现
你身上藏匿哪怕一分钱，
那你就完蛋了。

达帕尔　全在那儿了。

法斯　什么全在那儿了？

达帕尔　我的钱，我说的是实话。

法斯　你不要保存任何过眼烟云。
（旁白）请桃儿奏乐。
桃儿拿着西特琴上

瞧，精灵们来了。
如果你说的不是实话，
它们要来拧你。
已经预先警告过你了。
它们拧他

达帕尔　哎呀，我有一枚用纸包着的
马刺齿轮金币[①]。

法斯　塔，塔，
它们说它们知道。

萨特尔　塔，塔，塔，塔，他还有。

法斯　塔，塔－塔－塔。在另一个口袋？

萨特尔　塔塔，塔塔，塔塔，塔塔。
它们说，它们还得拧他，
否则他永远不会说出来。

达帕尔　哎唷，哎唷！

法斯　不，请不要再拧他了。
他是仙后殿下的侄子。
塔，塔，塔？
你们关注什么？天啊，你们还得要管。
明明白白说出来吧，先生，
让这些精灵丢脸去吧。
表明你是无辜的。

达帕尔　我对光发誓，我什么也没有了。

萨特尔　塔塔，塔塔托太。他支吾其词，她说——
塔，塔多塔，塔塔多，塔大——
他蒙着眼睛，却对着光发誓。

---

① 即爱德华四世金币，背面有太阳和发射的阳光图案，像马刺齿轮。

达帕尔　对着这黑暗，我发誓我什么也没有了，
除了手腕上的这半克朗金子，
我的爱送给我的。
我还有一根鸡心铅项链，
自从她抛弃了我，
我就戴着它了。

法斯　我想那倒是有点儿值钱。
难道你就为了这点儿蝇头小利
要让你姑不悦吗？
你要是能扔出二十个半克朗就好了。
卸去达帕尔手腕上的金子
你还保有你那铅鸡心项链吧。
桃儿向外张望
（对桃儿）什么事？

萨特尔　有什么消息，桃儿？

桃儿　你们的骑士埃皮刻尔·玛蒙爵士来了。

法斯　该死，我们压根儿把他忘了。
他在哪儿？

桃儿　很近了。就在门口。

萨特尔　（对法斯）你还没有准备好吗？桃儿，给他把伙夫工作服拿来。
桃儿下
咱们不能让他跑掉。

法斯　哦，绝对不能让他跑掉。
对这个在火炉架上烤的冤家
该怎么处置呢？

萨特尔　啊，先找个借口
把他放一放。

桃儿拿着法斯的工作服上

塔，塔，塔，塔，塔，塔。
仙后殿下要跟我说话吗?
我就来。
（旁白）桃儿，帮我给他穿上工作服。

法斯 （通过钥匙孔说话，外面人敲门）谁?
埃皮刻尔·玛蒙!
我师父正挡着我的路。
请你转上三四圈儿，
他就能给我让路，
我就来给你开门。
快，桃儿。

萨特尔 仙后殿下向你致以亲切的问候，达帕尔老爷。

达帕尔 我希望能觐见殿下。

萨特尔 殿下正在床上用餐，
她从私人的餐盘
给你送来一只死老鼠
和一片姜饼，
逗你快乐，
同时也让你充饥，
不要因为守斋而晕倒;
（她说）如果你能忍耐一下，
直到她接见你，
那就更好了。

法斯 先生，即使两小时，
为了殿下他也能等。
这我可以担保。
咱们不能前功尽弃——

萨特尔 在那之前，

他不能见任何人，
跟任何人说话。

法斯　为此，师父，
咱们得往他嘴里塞东西。

萨特尔　塞什么？

法斯　姜饼。
你给他塞。
他一直讨殿下的喜欢，
不会因为这么点儿麻烦
而打退堂鼓。
（对达帕尔）把嘴张开，先生，
让他往你嘴里塞东西。
往他嘴里塞姜饼

萨特尔　咱们把他放哪儿呢？

桃儿　放在厕所里。

萨特尔　来，先生，
我给你瞧命运女神的私室。

法斯　洒了香水了吗？洗澡水准备好了吗？

萨特尔　都准备好了。
只是味儿有点儿大。
萨特尔、桃儿、达帕尔下

法斯　埃皮刻尔爵士，我来侍候你了，爵士，一会儿的工夫就来。

第四幕

第一场

埃皮刻尔·玛蒙爵士上

法斯　哦，爵士，你来得正是时候——

玛蒙　师父在哪儿？

法斯　正准备点金呢，爵士。
你的东西马上就会变。

玛蒙　变成金子？

法斯　变成金子和银子，爵士。

玛蒙　我才不在乎银子。

法斯　是的，爵士，有一点儿打发乞丐吧。

玛蒙　夫人在哪儿？

法斯　她就在附近。我告诉她
关于你那些光彩的事儿，
特别关于你的慷慨和高贵——

玛蒙　你跟她说了？

法斯　是的，她正急着要见你呢。

但，好爵士，别跟她聊宗教的事儿，
那恐怕会叫她发疯——

玛蒙　我保证不。

法斯　如果你提及那个，
即使六个男子汉也镇不住她。
再说，要是师父听说，或者看见你——

玛蒙　别担心。

法斯　这整栋房子，爵士，会发疯。
这是你知道的。
他非常谨慎，非常严厉，
容不得一丁点儿罪恶。
医学、数学、诗歌、
国事，或者拉皮条（正如我告诉你的），
她都能忍受，
也不会大惊小怪；
但别提宗教争端一个字。

玛蒙　你给我教导了，好伙计。

法斯　记住，你必须赞扬
她的家庭和她的高贵品性。

玛蒙　包在我身上吧。
纹章学院的专家和历史学家
也不会有我做得好。去吧。

法斯　（旁白）啊，这就是现代社会，
一个像桃儿·卡门的女人
却成了一位伟大的贵妇人。
法斯下

玛蒙　现在，埃皮刻尔，
振作起来吧，

跟她说金子的事儿；
往她身上洒金雨，
就像宙斯将金雨
洒在达那厄身上；
跟玛蒙相比，
神明只是一个吝啬鬼。
什么？点金石就足够做到这一切。
她将抱着金子，
品尝金子，
倾听金子，
和金子睡觉——
不，我们还将和金子交媾[1]。
和她谈话，
我将强大无比！
她来了。
桃儿、法斯上

法斯 （*旁白*）爬到他身上去，桃儿，
给他喂奶犹如一个婴儿。
（*大声地*）这就是我告诉夫人阁下的
那位高贵的骑士——

玛蒙 夫人，请原谅，
我要亲吻你的华服。
躬身吻她的褶边

桃儿 如果我连那也不能忍受，
我就太没有礼貌了；
我的嘴唇给你，先生。
他们接吻

玛蒙 我想我的大人，你的哥哥身体健康吧，夫人？

---

① 此处原文用了拉丁字 concumbere。

桃儿　我的大人，我哥哥身体无恙，但我不是贵妇人，先生。

法斯　（*旁白*）说得好，我的野鸡[1]。

玛蒙　高贵的夫人——

法斯　（*旁白*）哦，最狂热的桃儿崇拜开始了！

玛蒙　这是你特有的尊称。

桃儿　你太客气了。

玛蒙　即使你没有其他的美德，
这几句话语就足够表明
你高贵的出身和血脉了。

桃儿　我们没有血脉可以吹嘘，先生，
只是一个穷伯爵的女儿罢了。

玛蒙　穷！他生了你？
别亵渎他了。
在他生了你之后，
即使他躺在床上，
无法动弹，
气喘吁吁，
度过他那幸福的余生，
那他也能
使他自己，他的孩子，
他的子子孙孙高贵，
此生足矣。

桃儿　先生，虽然我们
没有金色的外表，
没有炫目的服饰，
没有礼服，

---

① 原文为珠鸡，Guinea bird，俚语，指妓女。

但我们还是竭力
保持那核心的教养和素质。

玛蒙 我看得出来
那旧日的美德
并没有丧失，
一直用于维持家族的钱
也没有完全散尽。
你的眼睛发出
一种异国的高贵的神色，
那嘴唇，那下巴！
我觉得你神似
一位奥地利公主。

法斯 （旁白）非常像，
她父亲是爱尔兰苹果小贩。

玛蒙 瓦罗亚王室就生就这样的鼻子。
这样的前额正是
佛罗伦萨美第奇家族引以为傲的。

桃儿 说真的，人们常把我比喻成这些公主。

法斯 （旁白）我发誓我听说过。

玛蒙 我不明白怎么会这样！
你并不像任何一位公主，
但你兼有她们最美好的特征。

法斯 （旁白）我真想走开大笑一场。
法斯下

玛蒙 在那世俗之美以外，
有一种风姿，一种韵味，
闪烁着神圣的光！

桃儿 哦，你就像一位侍臣在说话。

玛蒙　好夫人，请允许我——

桃儿　说实在的，我不能允许
你嘲弄我，先生。

玛蒙　在这甜蜜的爱的火焰中
灰飞烟灭；
凤凰也没有
比这更高贵的殉道了。

桃儿　不，你现在说得比侍臣还侍臣，
损害了你想营造的一切美好。
先生，你过于夸张的赞扬
让人怀疑你的真实目的。

玛蒙　我以灵魂——

桃儿　不，发誓和言过其实是一回事，先生。

玛蒙　自然从来没有赋予这种死亡
更清白、
更和谐的特征了；
对于其他的死亡，
自然只是一个后妈的角色。
亲爱的夫人，
作为一个亲密的朋友，
请允许我——

桃儿　亲密，先生？
我请你注意你的身份。

玛蒙　没有恶意，亲爱的夫人，
我只是想问
美丽的夫人阁下怎么度过时光？
我看见你住在这儿，
一个少有的男人，

一位杰出的炼金术士的房子。
你为什么在这儿?

桃儿　是的，先生。我在这儿学数学，
和炼金术。

玛蒙　哦，请你原谅，
他可是一位神圣的导师!
用他的技能
他能提炼一切物体的精华;
将太阳的美德和奇迹
化进适温的炉子里;
让迟钝的自然明白
它所具有的力量。
这个人除了凯里①
皇帝都要给他送去奖章和项链，
邀请他到宫中去。

桃儿　是的，还有他的医术，先生——

玛蒙　那是比受到雷神妒忌的
埃斯科拉庇俄斯②更高明的医术!
我知道这个，
还知道更多的东西。

桃儿　说真的，我全身心都投入进
这研究自然的学问中。

玛蒙　那是一种高贵的追求。
但你那容貌并不是
为了如此艰涩的探索而生的。
如果你因此而变形或者受伤，

---

① 爱德华·凯里声称拥有点金石，德意志罗马教皇鲁道夫二世邀请他到皇宫中，当他无法当场炼金，教皇将他送进了监狱。

② 埃斯科拉庇俄斯，希腊神话中的医神，能起死回生。妒忌的宙斯杀死了他。

也许你可以去隐居起来，
但考虑到你倾城倾国的美貌，
却去过隐居的生活！
那完全是一个谬误，
即使生活在修道院里。
绝对不应该这样。
我还纳闷我的大人，你的哥哥
是否会答应！
我要是他的话，
先花掉一半的土地。
难道这颗宝石戴在我手上，
不比躺在石场更璀璨吗？

桃儿　是的。

玛蒙　啊，你就像这颗宝石。
夫人，上帝造就你就为了发光！
听着，你戴上它；
拿去吧，
这是我要做的第一件事：
让你相信我。
给她戒指

桃儿　一种坚强无比的联系？

玛蒙　是的，最坚固的关系。
我还要告诉你一个秘密。
在这儿，
在你的身旁，
在这个时刻，
站着一个欧洲最幸运的人。

桃儿　你很满意，先生？

玛蒙　是的，说真的，

我成了王子们妒忌的对象，
让国家感到恐惧的人。

桃儿　真是这样吗，埃皮刻尔爵士？

玛蒙　是的，你本身就将验证这一切，
荣耀之女呀。
我一眼看见你绰约的身影，
我就下定决心
要把这美人提升到万人之上。

桃儿　这不牵涉到叛逆罪吧，先生！

玛蒙　不，我要破除那对你的怀疑。
我是点金石大人，
而你就是点金石夫人了。

桃儿　什么，先生！
你有那个？

玛蒙　我是炼金术士的主人。
这屋子可怜的老人
为我们炼金。
他正在操作炼金程序。
请想一想，
你的第一个愿望是什么；
让我听一听，
金子将雨般
降落在你的膝盖上，
哦，不是阵雨般，
而是潮水般，
瀑布般，
山洪般的金子
一泻而下，

和你生下一个国家的人口。[1]

桃儿　你倒挺会利用女人的野心。

玛蒙　我很高兴，
女人的光荣感
使她们懂得
在黑衣修士区这一隅
她们并不总是默默无闻；
她们学习医术
可以为埃塞克斯警官妻子服务。
你应该领略一番宫殿的气氛；
体验有经验的医生的药物
和他们吹嘘得天花乱坠的技能；
诸如珍珠酊剂啦，珊瑚啦，
金子啦，琥珀啦；
你应该出席筵席和盛典；
让人们互相询问：
她是怎样的奇迹呀？
她让整个宫廷的眼睛着火，
就像是点火的放大镜，
将他们的眼睛烧成灰烬，
因为二十个国家首饰打扮着你，
叫天上的星星相形见绌，
当念到你的芳名，
皇后们脸色陡然变得苍白——
你和我相爱，
足可以叫尼禄的波皮厄[2]
在传说中销声匿迹！
我们将赢得这一切。

① 宙斯用金雨和达那厄睡觉，生了一个儿子。

② 罗马皇帝尼禄的情妇。

桃儿　我很愿意这样生活，先生。
　　　但是，在一个君主国之内，
　　　这怎么可能？
　　　君王很快便会发觉，
　　　把你和点金石统统抓起来，
　　　因为任何平民
　　　拥有这样的巨富极不合适。

玛蒙　是的，那很可能，如果君王发觉。

桃儿　因为你自己
　　　在大肆吹嘘点金石，先生。

玛蒙　只是对你说，我的爱。

桃儿　哦，小心，你这么吹嘘
　　　很可能将让你
　　　在可厌的牢房里度过余生。

玛蒙　那倒是很可怕！
　　　但我们，我的爱人，
　　　将带着所有前往
　　　一个自由的国度，
　　　在那儿，
　　　我们将品尝
　　　用山区葡萄酒
　　　泡制的胭脂鱼，
　　　吃野鸡蛋和
　　　在银锅里煮沸的乌蛤，
　　　虾会重新游泳，
　　　就像它们曾经的那样，
　　　但这次是在
　　　用海豚奶做的珍贵的黄油里，
　　　那奶油看上去就像蛋白石。

我们享用这些精致的肉肴，
让自己快乐地挺起，
然后又缓缓地舒展，
喝了炼出来的药，
享受长生不老，
维系连绵不断的欲望，
重又焕发了青春和力量呀。
你将要有你的衣橱，
比自然的宝库还要丰富，
为了你的华丽，
比自然，
比艺术——
自然的智慧的、几乎平等的扈从，
还要更经常地更换衣服。

法斯上

法斯　爵士，你说话声太大了。我在实验室
听见你说的每一个字。
到更合适的地方去吧！
花园，或者楼上的大房间。
（对玛蒙）喜欢她吗？

玛蒙　喜欢极了！伙计。这是给你的。

给钱

法斯　但是，你听见了吗？
好爵士，小心，别跟她提拉比。

玛蒙　我们连想都没有想到他们。

法斯　哦，那好极了，爵士。

桃儿、玛蒙下

萨特尔！

第二场

萨特尔上

法斯　你没笑出来？

萨特尔　我忍不住笑了。
他们走了吗？

法斯　一切都按预想的发生了。

萨特尔　寡妇来了。

法斯　你那要学吵架艺术的徒弟也来了吗？

萨特尔　也来了。

法斯　我必须得再穿上将军服。

萨特尔　等一等，还是先穿着伙夫服把他们接进来。

法斯　我也是这么想的。
她瞧上去怎么样？
风骚吗？

萨特尔　我不知道。

法斯　咱们将抽签，
看谁跟她结婚；
你受得了吗？

萨特尔　还有别的事儿吗？

法斯　哦，这将军服脱下来
就像窗帘：啪！

萨特尔　赶紧去开门，伙计。

法斯　你先亲吻她吧，我还没有准备好。

前去开门

萨特尔　（旁白）好的，也许先得把你鼻梁打歪。

法斯开门。卡斯特勒、帕里安特夫人上

法斯　找谁？

卡斯特勒　将军在哪儿？

法斯　走了，先生。
有事儿去了。

卡斯特勒　走了？

法斯　他很快就要回来。
但，博士师父，他的参座，在。

法斯下

萨特尔　走近点儿，我可尊敬的孩子，
我的大地之子[①]，
走近一点儿。
欢迎，我知道你的欲念和向往，
我要满足它们。
开始吧，
就从这儿开始，从这儿，就这条思路；
这儿就是我的立场：
说明你吵架的理由吧。

卡斯特勒　你撒谎。

萨特尔　啊，愤懑之子！是弥天大谎吗？
你有什么理由这么说，
我喜欢冲动的孩子？

卡斯特勒　不，你找理由。
可我已经先下手了。

---

① 原文为拉丁文，terrae fili。

萨特尔　哦，这不合章法，
逻辑混乱！
你必须说出理由，孩子，
你要知道
你的首先和其次意向，
你的准则、分类、
模式、程度和歧异，
你的范畴、要旨和属性，
一系列内在和外在的理由，
有效的、充实的、形式的，
也是最后的理由——
你必须将内容设想得丰美。[①]

卡斯特勒　什么！
难道这就是他所谓的
愤怒的男孩的口吻吗？

萨特尔　先下手的错误箴言
误导了好多人，
往往没有思考成熟，
就将他们引入吵架，
结果牵涉到一场
不想进行的决斗之中。

卡斯特勒　那我该怎么办，先生？

萨特尔　我请求这位夫人原谅。
她应该首先得到致意。
转向帕里安特夫人
我称呼你为夫人，
因为你很快就要成为
我温柔的亲爱的寡妇。

---

① 萨特尔在这儿玩弄逻辑和哲学的术语。

他吻她

卡斯特勒　她会成为贵夫人吗?

萨特尔　她会的，否则我的法术
就是一个糟糕的骗局。

卡斯特勒　你怎么知道的呢?

萨特尔　看她的前额，
嘴唇的曲线，
这嘴唇是要经常亲亲，
才能做出判断。
他又亲吻她
老天，她就像一颗樱桃李
那样甜蜜，勾人心魂!
在这儿前额有一条线[①]
告诉我她要嫁的不是骑士。

帕里安特夫人　那他是什么人呢，先生?

萨特尔　让我瞧你的手。
哦，你的幸运线，
星座，这儿，拇指球，
特别是无名指的第一关节，
都很明白地说了。[②]
他是一个士兵，
或者一个术士，夫人，
但很快就会飞黄腾达。

帕里安特夫人　哥哥，
请相信我，他是一个奇人!

卡斯特勒　安静点儿。

---

① 原文用文艺复兴时期拉丁语：rivo frontis。

② 原文分别为拉丁语：linea fortunae，stella，monte Veneris，juncture anularis。

又来一个奇人。

法斯穿着将军服上

上帝保佑你，将军。

法斯　好卡斯特勒老爷。这是你妹妹吗？

卡斯特勒　是的，先生。
请给她一个文（吻），说很高兴见到她？

法斯　很高兴见到你，夫人。

吻她

帕里安特夫人　哥哥，
他也叫我夫人。

卡斯特勒　是的，安静点儿。
我听见了。

法斯　（对萨特尔）伯爵来了。

萨特尔　在哪儿？

法斯　就在门口。

萨特尔　啊，你必须好好招待他。

法斯　他们也在这儿，怎么办？

萨特尔　啊，让他们到隔壁房间去，
给他们看些无聊的书，
或者看算命的玻璃球。

法斯　上帝在上，
这么个漂亮女人！
我必须得得到她。

法斯下

萨特尔　必须？是的，如果你运气好，你必须。
（对卡斯特勒）来，先生，
将军很快就会回来。

我带你到我的演示室，
我将给你演示吵架的章法、
逻辑和遣词；
我的方法都用图表显示，
我将给你看我写的信条，
说明吵架的几个等级和程度，
这样，你可以为
鸡毛蒜皮的小事吵架。
夫人，我将给你看一个玻璃球，
看上半小时，
赋予你的眼睛以魔力，
你可以看到你的命运，
那比我在这么一小段时间里
判断要好多了，
请相信我。
众下

第三场

法斯上

法斯　博士，你在哪儿？

萨特尔　（幕后）我马上就来。

法斯　看到这寡妇，
我无论如何一定得娶她。
萨特尔上

萨特尔　你有什么说的？

法斯　你怎么对付他们俩？

萨特尔　打发到隔壁房间里去了。

法斯　萨特尔，说真的，我必须得娶这寡妇。

萨特尔　这就是你要跟我说的吗？

法斯　不，但听我说完。

萨特尔　呸，只要你一造反，
桃儿就什么都知道了。
闭嘴吧，看你的运气。

法斯　不，你现在这么暴躁——
请想一想，你老了，
你不可能让她满足。

萨特尔　谁不能？我？
天啊，我能跟你一起让她满足。

法斯　不，请听我说清楚；
我会给你补偿。

萨特尔　我不跟你做交易。
怎么，出卖我的运气？
那比我的命根子还值钱。
别唠叨。
如果你能赢得她的同意，
就把她带走吧。
如果你唠唠叨叨，
桃儿就会知道。

法斯　那好吧，师父，我闭嘴。
你愿意帮忙
把西班牙贵族请进来吗？

萨特尔　我跟在你后面，先生。
法斯下
咱们必须把法斯镇住，
否则他会像个独裁者

不把咱们当回事儿。
这裁缝师想象力多么丰富!
谁来了?
唐璜!
瑟里穿戴得像一个西班牙人，和法斯一起上

瑟里　绅士们，我吻阁下们的手。[1]

萨特尔　希望您把身子俯得再低一点儿，
好吻我们的 anos[2]。

法斯　安静点儿，萨特尔。

萨特尔　天啊，我忍不住要笑出来了，老兄。
他穿着那深深的轮状皱领，
就像是一个餐盘上
托着一颗脑袋，
由两条腿
顶着一件短外套
送上餐桌!

法斯　是不是也像猪耳朵下面的脖子肉，
有把刀正按皱褶
把它一块块剁下来?

萨特尔　天啊，他看上去太胖了，
不像个西班牙人。

法斯　也许是个弗莱芒人，
或者一个尼德兰人
在阿尔瓦时期生的，
埃格蒙特伯爵的杂种。[3]

---

① 原文为西班牙文：Seniores，beso las manos，a vuestras mercedes。

② Anos 在西班牙文中原意为“年”，但显然法斯把它理解为“asses”（屁股）。

③ 阿尔瓦公爵，西班牙贵族，1567 年被任命为低地国家的总督。他处决了弗莱芒政治家埃格蒙特伯爵。

萨特尔　大人，
欢迎你那缺乏营养的、黄色的马德里脸。

瑟里　Gracias（谢谢）。

萨特尔　他仿佛从一个城堡在发话。
天啊！别从那深皱褶里发炮弹出来。

瑟里　上帝啊，绅士们，这是一栋非常优雅的房子。[①]

萨特尔　他说什么？

法斯　我想，是在赞扬这栋房子。
我也只是从手势猜的。

萨特尔　是的，这房子，
我亲爱的西班牙佬，
将优雅地把你骗了。
你注意到了吗？
你将受骗，西班牙佬。

法斯　受骗，明白吗？
我可尊敬的大人，受骗。

瑟里　Entiendo（我懂）。[②]

萨特尔　你就是准备受骗的？
我们也这么想，大人。
你带来西班牙金币了吗？
或者葡萄牙金币？
我庄严的大人？
（对法斯）你搜了他吗？

法斯　（搜他的口袋）口袋满满当当的。

萨特尔　把钱倒出来吧，大人；

---

① 原文为西班牙文。

② 原文为西班牙文。

正如人们说的，
倒得干净利落。

法斯　事实上，你也会受到滋润，亲爱的大人。

萨特尔　你会看到各种各样的魔鬼；还有伦敦塔里的狮子，大人。

瑟里　如果你们允许的话，
我能见一见夫人吗？[①]

萨特尔　他说什么？

法斯　见一见夫人。

萨特尔　哦，大人，
这头母狮子，
你也会见到的，我的大人。

法斯　天啊，萨特尔，咱们该怎么办？

萨特尔　怎么啦？

法斯　啊，你知道，桃儿正在侍候人呢。

萨特尔　倒是这么回事！
我也不知道该怎么办；
他必须得等，
就这么回事。

法斯　等？那是他绝对不会接受的。

萨特尔　不接受？为什么？

法斯　除非你想把一切全毁了。
老天爷，他会怀疑，
然后，他不会付钱，
一半的钱也不会付；
这是一个老油条，

---

① 原文为西班牙文。

他知道拖沓意味着什么；
一个老嫖客，
看上去已经在兴头上了。

萨特尔　该死，玛蒙又不能被打断。

法斯　玛蒙，绝不能打断他！

萨特尔　那咱们该怎么办？

法斯　想一想。你必须得赶快想个主意出来。

瑟里　我知道，夫人非常妩媚漂亮，
我真想见她，
我把这看成一生最大的幸运。[①]

法斯　Mi vida！（我一生！）天啊，萨特尔，
这使我想起了寡妇[②]。
你觉得怎么样，
把她拉进来？哈！
告诉她这就是她的命。
咱们所有的赌注都在此一举。
大不了多跟一个男人睡觉，
不管咱们两人谁娶她，
那跟你我也没有关系。
她一个寡妇，
也无所谓失贞。
你觉得怎么样，萨特尔？

萨特尔　谁，我？为什么——

法斯　这还牵涉到咱们房子的声誉。

萨特尔　刚才你还答应

---

① 原文为西班牙文。

② Mi vida 和英语中的 widow 音有些相似，故这使法斯想起寡妇。

我在寡妇身上也有一份。
你给我什么？

法斯　哦，按现在新的情况，
我不想买你的那一份了。
你知道你对我说了什么。
去抓你的阄儿，
碰你的运气吧，师父；
就我而言，
你去赢得她，
把她抱上你的婚床吧。

萨特尔　老天，我不想让她当婊子，
去侍候这西班牙佬。

法斯　这是咱们共同的事儿；
好好想一想。
否则正如你说的，
桃儿一定会知道这事儿。

萨特尔　她跟不跟那西班牙佬睡，
我不管了。

瑟里　绅士们，为什么这么拖拖沓沓？[①]

萨特尔　说真的，我不合适，我老了。

法斯　现在那不是理由，师父。

瑟里　你们是不是在作弄我的爱情？[②]

法斯　你听见大人说话了吗？
这么着，
我把桃儿喊来，

---

① 原文为西班牙文。

② 原文为西班牙文。

我才不管先前的承诺了。
桃儿!

萨特尔　瘟神——

法斯　那你还干吗?

萨特尔　你是个可怕的流氓,
我要记住这个。
你要把寡妇叫来吗?

法斯　是的,即使她有许多缺点,
我要她。
我对这事儿想得更透彻了。

萨特尔　衷心欢迎你赢得她,先生,
那抓阄儿跟我没有干系了?

法斯　随你的便吧。

萨特尔　握手。
他们握手

法斯　请记住,
不管发生什么变化,
你不能再要她了。

萨特尔　祝你快乐,健康,先生。
娶一个婊子?
命运呀,还不如让我和个女巫结婚呢。

瑟里　就这把体面的胡子发誓——[①]

萨特尔　他就胡子发誓了。
去把哥哥叫来。
法斯下

---

① 原文为西班牙文。

瑟里　我琢磨，绅士们，你们在糊弄我。[①]

萨特尔　什么？糊弄？是的，快，先生。
着迷？卧房？可尊敬的大人，
如果命运女神高兴的话，
你将先在浴室里泡个澡[②]，
有人来给你按摩，
把你放在浴盆里，
给你擦身，给你抹背，欺骗你，亲爱的大人。
下流的猴子大人，
还会有人来给你搓皮、刮皮、剥皮、
用药水把你的皮泡软。[③]
我将很高兴来做这件事，
让这寡妇成个婊子，
对轻率的法斯也是报仇。
干这事越快越好，
这也算是恩典哪。
众下

第四场

法斯、帕里安特夫人、卡斯特勒上

法斯　来，夫人。（对卡斯特勒）我知道博士在给她找到命运的转折点之前，他是不会罢休的。

卡斯特勒　你是说成为一位伯爵夫人？

法斯　一位西班牙伯爵夫人，先生。

---

① 原文为西班牙文。

② 萨特尔用洋泾浜西班牙语在说话。

③ 萨特尔在此用的都是鞣制皮革的术语。

帕里安特夫人　为什么？难道那比英国伯爵夫人还要高贵吗？

法斯　更高贵？老天，你怎么能问这样一个问题，夫人？

卡斯特勒　不，她是一个傻瓜，将军，你必须得原谅她。

法斯　你只要问一问你的侍臣，
问一问你的律师，
问一问你的女帽商：
他们会把什么都告诉你，
西班牙种马最英俊，
西班牙弓弩最坚韧，
西班牙胡须最美丽，
西班牙轮状皱领最时髦，
西班牙孔雀舞最优雅，
西班牙藏在手套里的香水最勾魂；
至于西班牙长矛和短剑，
让可怜的将军说给你听——
博士来了。
萨特尔上

萨特尔　最可尊敬的夫人——
我不得不告诉你，
我用占星术观察到，
给看占星术图
你将很快不得不
屈服于一个体面的命运——
你该怎么说，
如果有人——

法斯　我把一切都告诉她
和她尊贵的哥哥了，师父，
她将会成为一位伯爵夫人；
别再拖延了，师父。

一个西班牙伯爵夫人。

萨特尔　总是这样，
我少有的令人尊敬的将军，
你肚里藏不了秘密。
既然他已告诉了你，夫人，
你会原谅他吗？我原谅他。

卡斯特勒　她会原谅他的，先生。
我会注意这个问题。
这是我的责任。

萨特尔　那就好。
现在没有比让她适应
她的爱和命运更重要的了。

帕里安特夫人　说真的，我受不了西班牙佬。

萨特尔　受不了？

帕里安特夫人　自从八八年我就不喜欢他们。[1]
那是我出生前三年的事。

萨特尔　啊，你必须爱他，
否则你就要倒霉：
你选哪一种吧。

法斯　就凭这棵灯芯草，快劝劝她吧；
否则不出十二个月，
她就只能在大街上叫卖草莓了。

萨特尔　当个更糟糕的
叫卖鲱鱼和鲭鱼的鱼贩子了。

法斯　怎么样，先生？

卡斯特勒　该死，你得爱他，

---

① 指1588年英国舰队大败西班牙无敌舰队。

要不我踢死你。

帕里安特夫人　啊，那我就按你说的做吧，哥。

卡斯特勒　那就这么做吧，
要不我就用这只手
把你劈成两半。

法斯　不，先生，
不必这么动武。

萨特尔　不，我的发怒的孩子，
她会听话的。
啊，当她尝到做伯爵夫人的快乐！
有人追求——

法斯　有人亲吻，有人宠爱！

萨特尔　是的，躲在挂毯后面。

法斯　出来那是何等风光！

萨特尔　何等的社会地位！

法斯　侍臣们不像他们在祷告时那样，
争相脱帽来朝拜！

萨特尔　并跪在她面前！

法斯　她的听差、领宾员、仆役和马车——

萨特尔　她的六匹母马——

法斯　不，八匹！

萨特尔　载着她穿越伦敦
到购物中心、疯人院、中国城——

法斯　是的，人们目瞪口呆，
称赞她穿的华服！
还有大人穿深绿号衣的侍从

骑着马儿随行！

卡斯特勒　太漂亮了！就凭这只手发誓，
你要是拒绝，
我就不认你这个妹子了。

帕里安特夫人　我不会拒绝，哥。
瑟里上

瑟里　绅士们，为什么她还没来？
这么拖延真要我的命！[①]

法斯　伯爵来了！
博士根据他的占卜，
知道他会来。

萨特尔　一个漂亮的夫人，大人，非常漂亮！[②]

瑟里　天啊，这是我一生见到
最漂亮的女人！[③]

法斯　难道他们说的语言不漂亮吗？

卡斯特勒　令人尊敬的语言！
是不是法语？

法斯　不是，是西班牙语，先生。

卡斯特勒　就像法律法语，
人们说，那法语最适合法庭上用。

法斯　听着，先生。

瑟里　这位夫人带来的光明
让阳光也相形见绌了！

---

① 原文为西班牙文。

② 原文为西班牙文。

③ 原文为西班牙文。

哦，我的上帝！[1]

法斯　他在歌颂你的妹妹。

卡斯特勒　她是不是必须行个屈膝礼？

萨特尔　天啊，她必须走到他面前，亲吻他！
那是西班牙女人
初次追男人时的风俗。

法斯　他跟你说的是实话，先生；
他的法术什么都知道。

瑟里　她为什么不到我这儿来？[2]

卡斯特勒　我想他是在跟她说话？

法斯　是的，先生。

瑟里　看在上帝的分上，
她为什么还在等待？[3]

卡斯特勒　她拒绝搭理他！
姑娘！傻瓜！

帕里安特夫人　你说什么，哥？

卡斯特勒　笨驴，我的妹子，
去亲文（吻）他，
就像狡猾的男人想要你做的那样，
否则我要往你屁股上扎针。

法斯　哦，别，先生。

瑟里　夫人，我这个人
不配得到像你这样的美人儿。[4]

---

① 原文为西班牙文。

② 原文为西班牙文。

③ 原文为西班牙文。

④ 原文为西班牙文。

法斯　难道他待她举止不漂亮吗？

卡斯特勒　真漂亮！

法斯　他还要更漂亮地待她。

卡斯特勒　你这么认为吗？

瑟里　夫人，如果你愿意的话，
让我们进去吧。[①]
瑟里、帕里安特夫人下

卡斯特勒　他要把她带到哪儿去？

法斯　到花园去，先生。
没什么可担忧的。
我得去为她作翻译。

萨特尔　给桃儿传话，该发疯了。（法斯下）
（对卡斯特勒）来，我暴躁的孩子，
咱们还上吵架课吧。

卡斯特勒　好的。
我太喜欢西班牙男孩了。

萨特尔　是的，这就意味着，先生，
你是一位伟大的伯爵的大舅哥了。

卡斯特勒　是的，我早知道了。
这婚姻将大大抬高
卡斯特勒家族的地位。

萨特尔　我祈求上帝，
你妹妹将百依百顺。

卡斯特勒　啊，她前夫给她的姓
就是百依百顺。[②]

---

① 原文为西班牙文。

② 帕里安特，英文为 pliant，就是百依百顺的意思。

萨特尔　怎么回事!

卡斯特勒　帕里安特的未亡人。
难道你不知道吗?

萨特尔　真不知道，先生。
但从她绰约迷人的风姿，
我猜也是。
来，让咱们练吵架艺术吧。

卡斯特勒　好的，不过，博士，
你认为我能精通吵架艺术吗?

萨特尔　我保证你能。
众下

第五场

说疯话的桃儿和埃皮刻尔·玛蒙爵士上

桃儿　在亚历山大大帝死亡之后——[①]

玛蒙　好夫人——

桃儿　柏蒂卡和安提柯被杀，
剩下的两个将军，塞琉古和托勒密——[②]

玛蒙　夫人——

桃儿　组成了两条腿，和第四个兽。[③]
那就是歌革[④]－北，埃及－南，

---

① 亚历山大大帝（前356—前323），马其顿国王。桃儿在此的呓语基于休·伯莱顿所著《圣经的契合》（A Concent of Scripture，1588）。

② 柏蒂卡、安提柯、塞琉古、托勒密为亚历山大大帝的四位将军。

③ 见《旧约·但以理书》7:6:"看见第四个兽，非常可怕，极其凶猛，有巨大的铁牙，……尚有十只角。"

④ 歌革，威胁以色列的北部游牧民族的首领。

后来称作歌革铁腿，南铁腿——

玛蒙　夫人——

桃儿　然后称作长角的歌革。
埃及也是这么称呼。
然后是埃及泥腿和歌革泥腿——

玛蒙　亲爱的夫人——

桃儿　——和在第四历史阶段降落的[①]
最后的歌革尘土和埃及尘土。
这些就是传说中的星座，
谁也没看见，谁也没瞧见——

玛蒙　我该怎么办？

桃儿　正如他说的，
除非我们呼唤拉比
和异教的希腊人——

玛蒙　亲爱的夫人——

桃儿　——从耶路撒冷和雅典来，
教导大不列颠人——
法斯上

法斯　怎么回事，爵士？

桃儿　说希伯来语和希腊语——

玛蒙　哦，
她发疯了。

桃儿　我们什么都不知道——
法斯　死亡，爵士，
咱们完了！

---

① 伯莱顿把历史分为四个时期。

桃儿　需要一个有学问的语言学家
来判断希伯来文
元音和辅音的契合——

法斯　我师父会！

桃儿　这智慧——毕达哥拉斯认为非常重要——

玛蒙　亲爱的、令人尊敬的夫人——

桃儿　将所有的发音用很少的符号标志出来了——

法斯　你别想在这时抱她上床。
他们在一起说话

桃儿　我们可以用塔木德经
和亵渎的希腊语
来抬高上帝王国的大厦，
以对付以实玛利[1]的信徒，
托加尔玛[2]的国王，
他的燃烧的锁子甲，
发出蓝色的火光；
亚巴顿国王的军队
和摩阿布的野兽，
拉比大卫·金奇，昂克洛斯，
和阿本－埃兹拉
把他们解释为罗马。

法斯　你怎么让她这么发疯的？

玛蒙　唉，我（偶然）谈起
我要用点金石
建立起第五个王国，
她就大谈特谈

---

① 以实玛利，基督教圣经故事人物。

② 托加尔玛，见《旧约·创世记》第十章，系诺亚的后裔。

其他四个王国。[1]

法斯　出自伯莱顿！
我警告过你！
天啊，让她闭嘴。

玛蒙　那是最好的办法吗？

法斯　否则她永远不会停嘴。
要是老家伙听见她说的话，
我们就都成炼金术留下的
粪便和灰烬了。

萨特尔　（幕后）那儿怎么回事？

法斯　哦，我们迷失了。她一听见他，就安静了。
萨特尔一进来，他们就分散了。法斯、桃儿下

玛蒙　我躲到哪儿去？

萨特尔　什么！这是怎样的一幅乱象啊？
几近黑暗的行为，
把光都遮蔽了！
把他送回去。
他是谁？
什么，我的孩子！
哦，我活得太长了。

玛蒙　不，亲爱的好神父，
没有不贞的行为。

萨特尔　没有？
那我进来，
为什么四处乱窜？

---

① 指亚历山大大帝死后四个将军分别割据的王国。玛蒙所谓的第五个王国，实际上指由于他拥有了长生不老药，他可以活千年，享受他的绵延不断的性生活。

玛蒙　那是我的错。

萨特尔　错?
罪责，罪责，我的孩子。
说话要准确。
难怪我在实验室遇到了麻烦，
原来在这儿发生这样的事情!

玛蒙　啊，是吗?

萨特尔　这半小时反应中止。
而其他较为次要的反应
也都退化了。
发生了什么灾殃，
我下流的骗人的伙计?

玛蒙　别，好先生，别怪他。
请相信我，
这违背他的原意，
他对此一无所知。
我只是偶然见到了她。

萨特尔　难道你还要犯更多的罪愆，
去为一个奴才辩护?

玛蒙　我发誓真是这样的，先生。

萨特尔　既然你偶然邂逅她，
我就不会再怀疑，
你这个受祝福的人
会试图去冒犯苍天，
毁了你的运气。

玛蒙　你这是什么意思，先生?

萨特尔　这会延迟炼金至少一个月。

玛蒙　啊，如果这样的话，
还有什么补救的办法吗？
别想这真会发生，好神父。
我们是纯洁的。

萨特尔　是不是纯洁，
结果会证实。（幕后发出一声巨大的爆炸声）
怎么啦！老天，
但愿上帝和神明保佑咱们。
法斯上
怎么回事？

法斯　哦，师父，咱们完蛋了！
所有的设备付之一炬，
每一个试管都炸裂了。
反应炉和其他一切都倒塌了，
仿佛一声巨雷穿越整个房子。
曲颈瓶啦，承受器啦，
鹈鹕瓶啦，卵形蒸馏瓶啦，
都击成碎片了！（萨特尔昏倒）
（对玛蒙）救命，好先生！
伤寒和死亡正在逼近他。
玛蒙爵士，
拿出男子汉的气概来！
瞧你那样儿，
仿佛你比他还更临近死亡。
有人敲门
谁？（往外瞧）我的大人她哥来了。

玛蒙　啊，什么，伙夫！

法斯　他的马车就停在门前。
别给他瞧见。

他跟他疯妹妹一样地可怕。

玛蒙　唉！

法斯　这场火毁了我脑袋瓜子，爵士，
我不可能再回到以前的我了。

玛蒙　全毁了吗，伙夫？
咱花的钱
没一点儿留下的吗？

法斯　老实说，很少很少，爵士。
一小堆碎煤啦什么的，
那也只是一点儿安慰罢了，爵士。

玛蒙　哦，我这好色的心！
报应呀。

法斯　我也是，爵士。

玛蒙　所有的希望都成泡影了——

法斯　应该说所有的安全感，爵士——

玛蒙　由于我卑鄙的好色。
萨特尔似乎渐渐苏醒过来

萨特尔　哦，这该诅咒的罪愆和淫荡的恶果！

玛蒙　好神父，那是我的罪孽。
原谅它吧。

萨特尔　为什么屋顶仍然挂在我们头上
而不塌压下来？
哦，公正呀，
因为这个卑鄙的人
惩罚我们吧！

法斯　瞧，爵士，

你丢人现眼站在他跟前，
让他痛苦万分。
好爵士，西班牙大人就要来了，
他会要你的命，
那可能又是一场悲剧。

玛蒙　我走。

法斯　是的，回家去忏悔吧，爵士。
也许为了忏悔，
给疯人院捐一百英镑——

玛蒙　好的。

法斯　让他们恢复理智。

玛蒙　我捐。

法斯　我会派人到你那儿来取。

玛蒙　派人来吧。
炼金反应没一点儿留下来？

法斯　全炸飞成碎片，
要么变臭了，爵士。

玛蒙　敢情你不想一想，
也许那长生不老药
还有一点儿渣滓留下来？

法斯　我说不准，爵士。
也许会有一些
能止痒的碎片残渣——
（旁白）但不能治你那心痒的病，爵士——
会保留下来，给你送到家。
好爵士，从这儿走，
要不大人就会跟你打照面了。

玛蒙下

萨特尔　法斯！

法斯　呃。

萨特尔　他走了吗？

法斯　走了，
拖着沉重的步子，
仿佛他希冀的金子
都存在他血液里。
让咱们轻松一会儿吧。

萨特尔　是的，让咱们就像球一样轻快，
快乐得把脑袋直往屋顶上撞；
这么多忧虑的事儿
一股脑儿全没了。

法斯　下面就要关注西班牙贵族了。

萨特尔　是的，你年轻的寡妇
眼下成了伯爵夫人，
正努力为你生个继承人出来。

法斯　好的，师父。

萨特尔　脱去你的伙夫工作服，
在经历了如此的冒险之后
就像一个新郎官
去谦卑地迎候新娘吧。

法斯　好极了，师父。
你能在这会儿
把西班牙大人引开吗？

萨特尔　如果你愿意，先生，
我还可以更好地利用他；

让桃儿取代寡妇，
趁机偷些他口袋里的钱。

法斯　如果你想的话，
你可以这样做。
希望你能证明你的偷摸本领。

萨特尔　那也是为了你，先生。
众下

第六场

瑟里和帕里安特夫人上

瑟里　夫人，你瞧你掉到谁的手心中，
在一群何等恶毒的歹徒中！
要不是我在地点、时间和情景
允许的情况下，
及时出手相助，
你的声誉（由于你的轻信）
就要遭受灾殃。
你是一个美丽的女人，
但愿你也是一个智慧的女人。
我是一位绅士，
化了装来到这儿，
想瞧瞧这罪恶的渊薮，
不料差一点儿错待了你，
幸亏没有，
但我对你的爱产生了兴趣。
人们说你是一个寡妇，
非常富有，
而我是一个单身汉，

身无分文。
你的财富可以让我
成为一个男人，
正如我维护了你的贞洁。
想一想吧，
我配不配得上你。

帕里安特夫人 我愿意，先生。

瑟里 而这些流氓
让我来对付他们。
萨特尔上

萨特尔 我高贵的西班牙佬怎么样？
我亲爱的伯爵夫人怎么样？
伯爵追你了吗，夫人？
放任吗？开放吗？
大人，我觉得在春风一度[1]之后
你看上去很忧郁，很下流！
老实说，我不喜欢你眼睛中
那困顿、沉郁的神情；
荷兰佬才那样，
这说明你是一个笨拙的老鸨。
轻松些吧，
我要使你的口袋也变轻松些。
他俯身去摸口袋

瑟里 你干吗？皮条客！贼王！
怎么？你昏晕了？
站住，先生，
我既然有这点儿分量，
我就要来收拾你。

---

① 原文为拉丁文：coitum。

萨特尔　救命，谋杀！

瑟里　不，先生。
压根儿没有谋杀的意思。
只要一辆好马车
和一根干净的鞭子，
就可以使你免除恐惧。
我就是那个
你们要欺骗的西班牙贵族。
明白吗？欺骗？法斯将军在哪儿？
这销赃的贼，这皮条客，
一个十足的流氓！
法斯上

法斯　什么！瑟里！

瑟里　哦，再凑近些，好将军。
我发现你的铜戒指和汤勺
是怎么来的，
你怎么拿了它们
当金子到酒馆去骗人。
你在这儿学会了
将硫黄涂上你的靴子，
把它当试金石，
拿别人的金子在上面划条痕，
看金子的成色，
说别人的金子不值一文，
你不花一文钱
就把别人的金子占有了。
这博士，
你灰头土脸、烟熏胡子的同伙，
在卵形蒸馏瓶里放上这些金子，
偷偷搁到一边，

换上盛放升华水银的瓶，
放在火上烤，
那瓶在火中爆裂，
一切都灰飞烟灭！
法斯下
于是，玛蒙哭号，
博士阁下昏倒。
他就是浮士德，
他是不是占卜星座，变魔法，
用历书治疗瘟疫、痔疮和梅毒，
和三个郡的皮条客、接生婆狼狈为奸？
你将军——怎么，他走了？——是不是
送来怀孕的少女，
不育的女人，和患单相思的侍女？
（抓住萨特尔）不，先生，
既然他逃逸了，
你必须待着，
等着上颈手枷，先生。

第七场

法斯和卡斯特勒上

法斯　（对卡斯特勒）啊，你想吵架，
这正当其时，（正如人们说的）
像个真正会吵架的人那么吵架吧。
博士和你妹子被人侮辱了。

卡斯特勒　他在哪儿？干什么的？
不管他干什么，他是个混蛋，
一个婊子养的。

（对瑟里）你是我要找的那人吗，先生？

瑟里　我才不想是这么个人呢，先生。

卡斯特勒　你当面撒谎！

瑟里　什么！

法斯　（对卡斯特勒）他是一个穷凶极恶的流氓，先生，
一个骗子。
一个嫉恨博士的巫师雇用了他，
让他来击败博士，
如果他知道怎么做的话——

瑟里　先生，你受骗了。

卡斯特勒　你撒谎。但这不要紧。

法斯　说得好，先生。
他是最无耻的无赖——

瑟里　你才是呢。
你愿听我说完吗，先生？

法斯　我绝不想听你说。叫他滚蛋。

卡斯特勒　滚蛋，先生，越快越好。

瑟里　太奇怪了！夫人，把实情告诉你哥吧。
她试图跟哥哥说话

法斯　在伦敦城里没有比他更大的骗子了。
博士一眼就看出
这是个骗子，
并知道真正的西班牙伯爵会来。
（旁白）接着往下说，萨特尔。

萨特尔　是的，先生，他准在一小时之内到。

法斯　而这个无赖受另一个精灵的诱惑

化装来到这儿
来干扰咱们炼金，
但他绝对办不到。

卡斯特勒　是的，
我知道——
（对帕里安特夫人）你走开吧，
你说话就像一个大傻瓜。
帕里安特夫人下

瑟里　先生，她说的都是真话。

法斯　别相信他，先生；
他是一个最下作的骗子！
按你想的做吧，先生。

瑟里　你躲在一群人后面充好汉。

卡斯特勒　就这样，你能拿我怎么样，先生？
德鲁格尔上

法斯　啊，这儿来了一个老实人，
他认识他，
知道他要的什么花枪。
（对德鲁格尔）顺势给我帮腔，阿贝尔，
这骗子会把你的寡妇骗走——
他赊了不少两便士的烟草，
一共欠老实人德鲁格尔七英镑。

德鲁格尔　是的，先生。一连三个开庭季
他赌咒发誓要还，
却从未兑现。

法斯　他为尿液[①]欠了你多少钱？

---

① 尿液，原文为 lotium，当时用于头发美容。

德鲁格尔　三十先令，先生：
六管注射器。

瑟里　九头蛇一般无赖！
法斯（对卡斯特勒）不，先生，你必须跟他吵到屋子外面去。

卡斯特勒　好吧。
先生，你如果不到门外去，
你就是在撒谎，
你就是一个皮条客。

瑟里　啊，真是疯狂，先生，
那并不说明你有勇气，
我得为此嘲笑你了。

卡斯特勒　那是我的幽默感：
你是一个皮条客，
一个花花公子，
一个阿玛迪斯·德·高乐[①]，
一个堂吉诃德。

德鲁格尔　或者一个戴鸡冠帽的骑士。
你看出来了吗？
阿那尼阿斯上

阿那尼阿斯　请全屋子安静下来。

卡斯特勒　我不想为了任何人安静下来。

阿那尼阿斯　铸造硬币合法了。

卡斯特勒　他是警官吗？

萨特尔　请别插嘴，阿那尼阿斯。

法斯　（对卡斯特勒）他不是警官，先生。

① 西班牙爱情小说的主人公。

卡斯特勒　（对瑟里）那你就是一个水獭，一条排了卵的西鲱[1]，一个小鸡巴，一个胆小鬼。

瑟里　你愿意听我说话吗，先生？

卡斯特勒　我不愿意。

阿那尼阿斯　怎么吵起来的？

萨特尔　火气，年轻的绅士看不惯
西班牙马裤——

阿那尼阿斯　那是些亵渎的、下流的、
迷信的、偶像崇拜的马裤。

瑟里　又来了一个新的流氓！

卡斯特勒　你能滚开吗，先生？

阿那尼阿斯　滚开吧，撒旦，
你不是光明！
你脖子上那傲慢的轮状皱领
露出了你的身份，
这就是1577年看到的
在海岸昂首阔步的那不洁的飞禽。[2]
戴着那下流的帽子，
看去就像个反基督的家伙。

瑟里　我不得不屈服于我的敌人了。

卡斯特勒　滚吧，先生。

瑟里　我要向将军，还有博士——

阿那尼阿斯　走吧，骄傲的西班牙恶魔！

---

① 在当时这是很侮辱人的话。

② 1577年左右轮状皱领在英国成为时髦。不洁之鸟指天主教神父。参见《启示录》18:2："他用强大的声音说：'伟大的巴比伦陷落了！她变成了邪魔的住所，一切不洁之神的牢狱，一切不洁和可憎飞禽的巢穴。'"

瑟里　报仇——

阿那尼阿斯　毁灭之子！

卡斯特勒　离开这儿吧，先生。

瑟里下

我吵架吵得漂亮吗？

法斯　很漂亮，先生。

卡斯特勒　只要我用心，
我就能占上风。

法斯　哦，你必须跟着他，先生，
让他服服帖帖，
要不他还要来这儿捣乱。

卡斯特勒　那我就叫他哪里来到哪里去。

卡斯特勒下

法斯　德鲁格尔，这无赖阻止我们帮你的忙，
我们原本想
让你穿件西班牙服装
来追寡妇，
不料他，一个拉皮条的家伙，
却捷足先登了。
你锦缎拿来了吗？

德鲁格尔　拿来了，先生。

法斯　你必须得去借些西班牙行头。
你在演员那儿有信用吗？

德鲁格尔　有的，先生；
难道你没看见过我演弄人[①]吗？

---

① 当时饰演德鲁格尔的演员叫罗伯特·阿敏，他确实曾经在莎士比亚的《李尔王》中饰演过弄人。

法斯　我不记得了，南勃。
（旁白）如果我想的话，
你将会演这弄人角色——
西埃洛尼莫的旧外套、
轮状皱领、帽子就可以了。[①]
你拿来后我将告诉你更多。
德鲁格尔下

阿那尼阿斯　在此期间，萨特尔一直和他耳语
先生，我知道西班牙佬恨清教徒，
派了侦探来监视他们的行动。
我毫不怀疑
这西班牙大人是个侦探。
好在宗教会议讨论了铸币，
他们认为——我也这么看——
铸币是合法的。

萨特尔　是的，
但眼下我不能做；
一旦这屋子遭到怀疑，
一切都会败露，
咱们就得在伦敦塔里蹲班房，
在那里（为国家）炼金子，
永世不得出来，
你也就不能为教会筹款了。

阿那尼阿斯　我将跟老弱病残的兄弟们说这事，
分离教派全体
将会在一起谦卑地祷告。

萨特尔　和守斋。

阿那尼阿斯　是的，为了找到更合适的地方铸币。

① 西埃洛尼莫是汤玛斯·基德《西班牙悲剧》主人公。本·琼森曾经饰演过这角色。

但愿在这些墙内平安无事。

萨特尔　谢谢，有礼的阿那尼阿斯。

阿那尼阿斯下

法斯　他来干吗？

萨特尔　为了铸币的事儿，
他希望马上就动手。
我告诉他，
一个西班牙牧师来侦探
咱们这些清教徒——

法斯　我懂。哎，萨特尔，
这么一点儿挫折，
你就一蹶不振了！
要不是我帮你的忙，
你能干什么？

萨特尔　我感谢你，
为了这愤怒的男孩的事儿。

法斯　谁会料想到
那家伙装扮成西班牙大人？
他染了胡子，
装扮得天衣无缝。
得，师父，这是锦缎料，
你可以做一件衣服。

萨特尔　德鲁格尔在哪儿？

法斯　他去给我借一套西班牙行头来，
我将作为伯爵迎娶寡妇。

萨特尔　寡妇在哪儿？

法斯　在里面，和我大人的妹妹在一起：

桃儿夫人正在款待她呢。

萨特尔　请原谅我，法斯，
既然她是贞洁的，
我还想再跟你争一下。

法斯　你不能再争了！

萨特尔　为什么不？

法斯　你得守约，
要不——
桃儿来了，她知道——
桃儿上

萨特尔　你还是这么固执。

法斯　有关我的权利，
我绝不含糊。
怎么样，桃儿？
告诉他西班牙伯爵就要来了吗？

桃儿　告诉了，但另一个
你意想不到的人
就要来了。

法斯　谁？

桃儿　你的主子，
这屋子的主人。

萨特尔　这怎么得了，桃儿！

法斯　她骗人。
她在耍花腔。
喂，多萝西，把你那套把戏搁一边去吧。

桃儿　你往外瞧，
你就看见了。

萨特尔　你是在说实话吗?

桃儿　天啊，四十个邻居在跟他说话呢。

法斯　（在窗边）就凭今天这好日子我发誓，是他。

桃儿　对咱们中的一些人，
今天将是一个倒霉的日子。

法斯　咱们完蛋了，给抓个正着。

桃儿　咱们恐怕要遭难了。

萨特尔　你说只要城郊每天死一个人，
他就不会回来。

法斯　不，我说城里。

萨特尔　是这样吗?请原谅，
我以为是城郊。
咱们该怎么办呢，法斯?

法斯　别作声——不管他叫喊还是敲门，
别说一个字。
我将穿上我的老行头
作为管家杰里米
去迎接他。
在这段时间内，
你们俩把所有的物品打包，
装进两个能提拎的箱子里。
我至少可以白天不让他进屋子，
晚上我将用船送你们到莱德克里夫，
咱们明天在那儿会面分钱。
让玛蒙爵士的废铜烂铁躺在地窖里;
以后再处理。
桃儿，请赶快烧水，
萨特尔得给我刮胡子。

桃儿下

将军胡子必须得刮掉，
让我重新成那个光溜的杰里米。
你愿干吗？

萨特尔　当然啦，我将尽力给你修脸。

法斯　别割了我的喉咙，
只是让我显得光洁些，好吗？

萨特尔　瞧我的手艺吧，先生。

众下

第五幕

第一场

拉夫维特和邻居们上

拉夫维特　你们说，房子里有许多访客？

邻居甲　每天，先生。

邻居乙　晚上也是。

邻居丙　是的，有的穿得像大人一样漂亮。

邻居丁　许多夫人和淑女。

邻居戊　市民的老婆。

邻居甲　还有骑士。

邻居己　坐着马车来。

邻居乙　是的，有卖牡蛎的娘儿们。

邻居甲　还有公子哥儿们。

邻居丙　海员的老婆。

邻居丁　烟草商人。

邻居戊　简直像是皮姆利科酒馆[①]！

---

① 伦敦东区霍克斯顿的一个著名的酒馆。

拉夫维特　我那混蛋用什么招徕这么多人？
他有没有挂
怪怪的五条腿小牛的幌子？
或者有六条螯的大龙虾？

邻居己　没有，先生。

邻居丙　要是有幌子的话，
咱们就进去了，先生。

拉夫维特　就我知道，
他并没有教授用鼻子祷告的本领！[①]
你们有没有看到立了牌子，
答应治愈疟疾和牙疼？

邻居乙　没有看到这样的牌子，先生。

拉夫维特　也没有听到敲锣打鼓
招徕人来看耍猴，或者木偶戏？

邻居戊　都没有，先生。

拉夫维特　那他用什么手法呢？
我喜欢智慧，耍滑头，
正如我喜欢营养一样。
上帝啊，
他这么敞开大门，
但愿他没有卖掉
我的挂件和被褥！
我留下的别的东西，
没什么可卖的。
要是他独吞了它们，
那我就赌誓，但愿蛀虫吃掉他。[②]

---

① 据说清教徒用鼻子祷告。

② 典故来自《旧约·以赛亚书》51∶8：“他们必如衣服一样，为蛀虫所吃掉。”

要不他挂了修士和修女私通、
骑士的骏马爬到牧师的母马身上、
六岁童有巨大阴茎之类
淫秽的画片，
招徕这帮子人；
要么他养了一群跳蚤，
让跳蚤在桌子上奔跑取乐；
要么他有一只会跳舞的狗？
你们什么时候看见他的？

邻居甲　谁，先生，杰里米？

邻居乙　管家杰里米？
这一个月就没有见过他。

拉夫维特　怎么会这样！

邻居丁　这五个星期就没见过他。

邻居甲　至少这六个星期。

拉夫维特　邻居们，你们叫我大吃一惊！

邻居戊　如果阁下都不知道他在哪儿，
他肯定溜走了。

邻居己　但愿他没有被谋杀！

拉夫维特　嗯？看来还不是问问题的时候。
他敲门

邻居己　大约三星期前，
当我在缝补老婆的长袜时
我听见一声悲鸣。

拉夫维特　这就奇怪了，没有人来开门！你说你听见一声悲鸣？

邻居己　是的，先生，就像是一个男人的声音，被掐了脖子一个小时，说不出话来。

邻居乙　我也听见了，
下一个凌晨两点，
正好往前推三个星期。

拉夫维特　这倒真是奇迹，还是你们把这说神了！
一个人被掐住脖子一个小时，
不能说话，
你们两个都听见了？

邻居丙　是的，从地窖传来的，先生。

拉夫维特　你是一个聪明的人；
我请你把你的手给我，
你是干什么的？

邻居丙　阁下在上，我是一个铁匠。

拉夫维特　铁匠？那请你帮助我把这门打开。

邻居丙　我马上就可以干，先生，我去拿工具——
邻居丙下

邻居甲　先生，在砸门之前，你最好再敲一次门。

第二场

拉夫维特　好的。
再敲门。法斯穿戴得像杰里米

法斯　你干吗，先生？

邻居甲、乙、丁　哦，杰里米！

法斯　好先生，远离这门。

拉夫维特　为什么！怎么回事？

法斯　再离远一点儿，你太近了。

拉夫维特　看在上帝的分上，
这家伙是什么意思？

法斯　先生，这房子发生瘟疫了。

拉夫维特　什么？瘟疫？你离我远一点儿。

法斯　不，先生，
我没有感染瘟疫。

拉夫维特　那谁感染瘟疫了？
我只有留你一个人在屋子里！

法斯　是的，先生。我的伙伴，
那看守食品室的老猫，
当我发现它感染了瘟疫，
已经一个星期了，
我在夜里把它送走，
关闭了大门也足足一个月了——

拉夫维特　什么！

法斯　先生，我本来想用糖浆、焦油、
醋浸玫瑰花瓣来熏蒸屋子，
将屋子熏得香香的，
你就可能什么也不知道，
因为我晓得这会把你吓得半死，先生。

拉夫维特　别对着我吐气，
离我远远的。
啊，这就更奇怪了！
邻居告诉我，
这大门一直是开着的——

法斯　怎么可能，先生！

拉夫维特　这十个星期，

花花公子、男人和女人，
各色人等，三教九流，
成群结队地来串门，
仿佛到霍克斯顿旅游，
到皮姆利科和明眼酒馆胡闹！

法斯　先生，但愿他们没有这么胡说！

拉夫维特　今天，他们说来了马车和花花公子；
有一个戴法国头套的女人走了进去，
还看见另一个穿丝绒长袍的女人
出现在窗口。
还有更多的人进进出出，
络绎不绝！

法斯　从他们的眼睛看来，
确实有不少人走进大门，
穿过围墙；
但，先生，钥匙在这儿，
它们在我的口袋里
待了二十多天了！
跟以前一样，
我一个人看守着这栋房子。
我寻思，有可能薄暮时分，
邻居们从黑啤酒杯看出去
看到了幻象，见到了鬼！
我以基督信仰向阁下发誓，
这三个多礼拜
大门一直没有开过。

拉夫维特　太奇怪了！

邻居甲　天啊，我看见了一辆马车！

邻居乙　我也看见了，

我发誓！

拉夫维特　你还这么想吗？
只有一辆马车？

邻居丁　我们不好说，先生，
杰里米是一个很诚实的人。

法斯　你们看见我了吗？

邻居甲　没有，肯定没有。

邻居乙　发誓没有看见过你。

拉夫维特　你们这些好家伙，
证词就建立在这样的基础上！
邻居丙拿着工具上

邻居丙　杰里米回来了？

邻居甲　哦，是的，
你的工具没用了；
他说，咱们受骗了。

邻居乙　他有钥匙，
这三个星期门一直关着。

邻居丙　很可能。

拉夫维特　别再嚷嚷了，从这儿走，你们这些傻瓜蛋。
瑟里、玛蒙上

法斯　（*旁白*）瑟里来了！
他把一切真相都告诉玛蒙了？
他们会把一切都说出来。
我怎么阻止他们呢？
我该怎么办呢？
再没有比负疚的良知

更痛苦的了。[①]

第三场

瑟里、埃皮刻尔·玛蒙爵士上

瑟里　不，爵士，他是一位伟大的医生。
这不是妓院，
而绝对是一所教堂！
你认识大人和他的妹妹。

玛蒙　好瑟里——

瑟里　这叫人喜兴的话，“富起来”——

玛蒙　别太苛刻了——

瑟里　今天应该告诉你所有的朋友。
你的柴架呢？
你的可以炼成金锭和银锭的铜壶呢？

玛蒙　让我喘口气。怎么！他们把门关上了。想得出来！

瑟里　是的，今天是他们的节日。

玛蒙　流氓，骗子，伪君子，皮条客！
玛蒙和瑟里敲门

法斯　你这是什么意思，先生？

玛蒙　想进去，如果可能的话。

法斯　进另一个人的屋子？
这是屋主人，先生，
跟他说你有什么事儿。

① 摘自古罗马剧作家普劳图斯《凶宅》的台词。

玛蒙　你是屋主人吗，先生？

拉夫维特　是的，先生。

玛蒙　你屋里的无赖是你豢养的骗子吗？

拉夫维特　什么无赖？什么骗子？

玛蒙　萨特尔和他的伙计。

法斯　这位绅士神智无知了，先生！
我敢打赌，
这三个礼拜在这门后
哪来什么伙计、活计的，先生！

瑟里　你敢打赌吗，傲慢的仆役？

法斯　敢，先生，我是这屋子的管家，
钥匙从未离开过我的手。

瑟里　这是一个新管家吗？

法斯　你看错房子了，先生！
那房子外面挂什么幌子？

瑟里　你这流氓！
这是歹徒的窝。
啊，让咱们叫警官来，
把门打开。

拉夫维特　请等一等，绅士们。

瑟里　不，先生，我们将拿搜查证来。

玛蒙　是的，然后我们将把你的门打开。
玛蒙和瑟里下

拉夫维特　这是什么意思？

法斯　我也弄不明白，先生！

邻居甲　咱们确信，
这两个人
就是咱们看见的花花公子。

法斯　两个傻瓜蛋？
你们就像他们一样胡言乱语。
天啊，先生，
他们全疯了！
卡斯特勒上
（旁白）哦，天啊，
愤怒的男孩也来了？
他会大吵大嚷，
不把咱们全出卖，
绝不会罢休。

卡斯特勒　（敲门）你们这些流氓、皮条客、无赖，快开门。
婊子、狐狸精、我妹子，快开门。
我要去叫警官来了。
你成了在这城堡里挂牌的婊子——

法斯　你想跟谁说话，先生？

卡斯特勒　跟皮条客博士、骗子将军、婊子我妹子。

拉夫维特　这肯定有点儿说明问题了！

法斯　请相信我，这门从来没有开过，先生。

卡斯特勒　那胖骑士和瘦绅士
把这骗局给我说了好多遍了。

拉夫维特　又来了一个人。
阿那尼阿斯、忧患牧师上

法斯　（旁白）阿那尼阿斯也来了？
还有他的牧师？

忧患牧师　咱们撞上了关门。
他们打门

阿那尼阿斯　出来，你们这些对上帝不忠的人，
你们的臭气已经发散出来了；
你们在这屋子里干的好事。

卡斯特勒　是的，我妹子在里面。

阿那尼阿斯　这地儿
已经成了不洁飞禽的笼子。

卡斯特勒　是的，我去叫保洁官和警官来。

忧患牧师　那就太好了。

阿那尼阿斯　咱们齐心合力把这些害虫除掉。

卡斯特勒　你不出来吗？婊子，我妹子！

阿那尼阿斯　别再叫她妹子，一个十足的婊子。

卡斯特勒　我去叫人来帮助咱们。

拉夫维特　好绅士，听我一句话。

阿那尼阿斯　撒旦，走开，别给咱们的热情浇冷水。
阿那尼阿斯、忧患牧师、卡斯特勒下

拉夫维特　这世界成了疯人院了。

法斯　这些人从圣卡特琳医院跑了出来，
这医院收容病情较轻的疯子。

邻居甲　咱们看见过这些人
从这房子里进进出出。

邻居乙　确实是这样，先生。

邻居丙　就是这群人。

法斯　请安静，你们这些醉鬼。

先生，我纳闷这事儿！
请允许我去碰一下门，
看看是否有人把锁换了。

拉夫维特　这真叫我惊讶不已！

法斯　天啊，先生，
我相信压根儿没那么回事。
整个儿只是一个幻象[1]。
（旁白）但愿我能把他支开。

达帕尔　（在幕后哭喊）将军老爷，博士老爷！

拉夫维特　那是谁？

法斯　（旁白）把律师助理落在里面了！
（对拉夫维特）我不知道，先生。

达帕尔　（幕后音）看在上帝的分上，
仙后殿下什么时候有空呀？

法斯　哈！幻象，
空中有精灵！[2]
（旁白）姜饼化了，
他撕开喉咙乱嚷了。

达帕尔　（幕后音）我快闷死了——

法斯　（旁白）你憋死了才好呢。

拉夫维特　叫喊来自这房子。
哈，听。
屋里又一阵叫喊

法斯　先生，请相信我，这是从空中传来的！

---

① 原文为拉丁语：deception visus。

② 请比较莎士比亚的《暴风雨》第五幕第一场，普洛斯彼罗对精灵爱丽儿说，“你不过是一阵空气罢了。”

拉夫维特　住嘴，你——

达帕尔　（幕后音）我姑殿下待我糟透了。

萨特尔　（幕后音）你这傻瓜蛋，
闭嘴，你要把一锅粥全坏了。

法斯　（对幕后的萨特尔）你这混蛋，你倒会坏了一锅粥。

拉夫维特　哦，真是这样吗？你在跟精灵说话！
来，先生。别再耍你那套花腔了，好杰里米；
把真实的情况说给我听听，
最简单，最明了。

法斯　把这些叽叽喳喳的人支开，先生。
（旁白）我该怎么办？我给逮住了。

拉夫维特　好邻居们，
我感谢你们所有的人。
现在请离开吧。
邻居们下
来，先生，
你知道我是一个认真的主人，
因此别掩盖任何东西。
你卖的是什么药，
吸引来如此多的傻瓜？

法斯　先生，你习惯于享乐和智慧，
但大街不是谈事的地方。
请允许我发一笔财，
原谅我误用了你的房子：
这是我想请求于你的。
作为补偿，
我将帮助你找一个寡妇，
你会因此而感谢我，

她将会使你年轻七年，
而且成为一个富人。
你只需穿上一套西班牙外衣，
她就在屋里。
你不必害怕走进这房子，
瘟疫没有来到这儿。

拉夫维特　但我来到这儿了，
比你预想的要早。

法斯　是这样，先生。
请饶恕我。

拉夫维特　得了，见见你的寡妇去吧。
众下

第四场

萨特尔和达帕尔上

萨特尔　怎么！你吃掉了塞在你嘴里的玩意儿？

达帕尔　是的，它自己在嘴里碎了。

萨特尔　那你就坏了所有的事了。

达帕尔　不，我希望我姑殿下原谅我。

萨特尔　你姑是一位优雅的贵妇人，
说真的，该怪罪的是你。

达帕尔　那烟雾让我呛得厉害，
我只好吃那姜饼把反胃压住。
请你给她殿下解释一下。
将军来了。
法斯上

法斯　这是什么！他张开嘴了？

萨特尔　是的！他竟然说话了！

法斯　（对萨特尔）该死，我听见他了，也听见你说话了。
（大声地）那他完蛋了。
法斯和萨特尔在一旁说话
我不得不说这房子有鬼，
让那乡下佬主人别进来。

萨特尔　那你成功了吗？

法斯　成功了，就今一晚。

萨特尔　啊，法斯真有能耐，太棒了。
真可谓智多星。

法斯　你听到门外的动静了吗？

萨特尔　听到了，我吓得要命。

法斯　把他姑给他带来吧，
赶紧把他打发走——
我将她给你送来。
法斯下

萨特尔　（大声地）得，先生，在我的请求下，
你姑殿下马上将接见你；
将军告诉我，
出于你对殿下的轻蔑，
你把塞在嘴里的姜饼吃了。

达帕尔　说真的，不是我，先生。
桃儿扮成仙后上

萨特尔　她来了。跪下，趴到地上去；
达帕尔跪下，然后趴下
她是很威严的。

好极了。再靠近一点儿，
说“上帝保佑您”。

达帕尔　夫人。

萨特尔　和你的姑。

达帕尔　我最高贵的姑，愿上帝保佑殿下。

桃儿　贤侄，我曾经对你非常愤怒，
然而你甜蜜的脸蛋改变了一切，
我现在充溢了欢乐，
虽然对你的爱一度处于低潮。
起身，触摸我的丝绒长裙。

萨特尔　就是裙子，
吻它。
达帕尔吻裙子褶边

桃儿　让我抚摸那头颅；
贤侄，你会赢得很多；
你会花费很多，
你会捐掉很多，
你会出借很多。

萨特尔　（*旁白*）是的，是很多。
（*大声地*）你为什么不感谢殿下？

达帕尔　我已经高兴得不知说什么好了。

萨特尔　瞧，这可怜虫！
他成了殿下真正的亲戚。

桃儿　给我鸟儿[1]。
这是装在钱包里的精灵，

① 即精灵。请比较莎士比亚的《暴风雨》第五幕第一场：“爱丽儿，我的小鸟，这事要托你办理；以后你便可以自由地回到空中。”

把它挂在你脖子上，贤侄；
在一星期内，戴着它，
在你的右手腕上给它喂食——

萨特尔　用针在血管上扎个洞，
让它每星期吸一次血，
在那之前你不能瞧它。

桃儿　不。亲亲，
不要辜负你继承的血脉。

萨特尔　殿下希望你不要吃
乌尔萨克酒馆的馅饼
和达格尔酒馆的麦饼。

桃儿　他也不能在天堂和地狱酒馆
打破守斋的规矩。

萨特尔　她和你无处不在！
你也不能和水果贩子玩
（你姑玩过的）骰子游戏，
诸如妈妈机会啦，
三程啦，
上帝让你富有啦。[1]
你必须和最阔绰的哥儿们
玩最高贵的牌戏——

达帕尔　是，先生。

萨特尔　诸如格里克和普利麦罗纸牌戏；
赢了多少钱
要如实告知。

达帕尔　凭这只手我起誓。

① 英文原文为，mum-chance，tray-trip，God-make-you-rich，类似古代十五子巴加门掷骰子游戏。

萨特尔　在明晚之前，
　　如果你愿意的话，
　　拿一千英镑来，
　　即使你的赌资才三千英镑。

达帕尔　我起誓我会拿来。

萨特尔　你的精灵会教你玩所有这些牌戏。

法斯　（幕后音）你们那儿完事了吗？

萨特尔　仙后殿下还有什么要叫他做的？

桃儿　没有了；
　　不过经常来看望我；
　　如果他体面地赢了赌徒，
　　说不定我会给他留下
　　三四百箱金银财宝
　　和一万两千英亩奇境土地。

萨特尔　多么慈祥的姑！
　　还不赶快去亲吻
　　她那逝去的裙裾，
　　但你必须卖掉
　　给你每年挣四十马克的资产。

达帕尔　是的，先生，我本来就想这么做的。

萨特尔　或者干脆给人，
　　让它们见鬼去吧！

达帕尔　我要把它们奉献给我姑。
　　我去把法律文件拿来。

萨特尔　好主意，去吧。
　　达帕尔下，法斯上

法斯　萨特尔在哪儿？

萨特尔　在这儿呢。有什么新闻吗？

法斯　德鲁格尔就在门外；
去把他的西班牙行头拿来，
让他马上去叫个牧师来，
就说他将和寡妇结婚，
凭这婚礼
你就可以挣一百英镑！
萨特尔下
现在，桃儿仙后，
你包打好了吗？

桃儿　打好了。

法斯　你喜欢帕里安特夫人吗？

桃儿　一个沉闷而无辜的好人。
萨特尔上

萨特尔　这儿是西埃洛尼莫的外套和帽子。

法斯　将那给我。

萨特尔　还要轮状皱领吗？

法斯　要。我马上回来。
法斯下

萨特尔　他去执行关于寡妇的计划，桃儿，
这我告诉过你。

桃儿　这直接违背咱们的协议。

萨特尔　得，咱们会约束他，小妞儿。
你得到她的首饰和手镯了吗？

桃儿　没有，但我会得到的。

萨特尔　晚上，我的桃儿，

当咱们上了船，
所有货物进了船舱，
只要你给个信号，
船就不再向东开往莱德克里夫，
而是向西驶往布莱恩福德，
躲开这妄自尊大的无赖，
这专横的法斯。

桃儿　好主意，
我已经厌烦他了。

萨特尔　你完全应该厌烦他，桃儿，
这家伙违反咱们三人的协议，
要娶个老婆了。

桃儿　我要把他那妖精
剥得光溜溜一条。

萨特尔　是的，告诉她，
她务必给我这老狐狸送礼品，
就为了她怀疑过他的炼金术；
送只戒指或者珍珠项链；
要不她将在睡眠中受到煎熬，
比方说梦魇。
你会这么跟她说吗？

桃儿　我会的。

萨特尔　我的小蝙蝠，
我的夜之鸟；
当咱们拥有了一切，
打开那宝箱，
那就是我的、你的，
你的、我的，

咱俩将在三鸽镇[①]互相逗乐——

他们接吻。法斯上

法斯　怎么，忙着亲嘴吗？

萨特尔　是的，就为咱们在这儿的成功，
兴奋得要命。

法斯　德鲁格尔把牧师带来了，
让他进来，萨特尔，
叫南勃再回去洗脸。

萨特尔　好吧，还叫他刮一下胡子？

法斯　如果你能叫他这么干的话。

萨特尔下

桃儿　你在调花腔，法斯，不管是什么花腔！

法斯　这花腔能叫桃儿
一月花十英镑钱。

萨特尔上

他走了？

萨特尔　牧师在大厅等着你，先生。

法斯　我带他到他应该去的地方。

法斯下

桃儿　他马上要娶她了。

萨特尔　他现在还不能，还没有准备好。
亲爱的桃儿，
尽一切可能去骗她的东西。
骗法斯不算欺骗，
那是伸张正义，
因为他破坏了

① 位于布莱恩福德。

咱们之间密不可分的关系。

桃儿　让我来对付他。

法斯上

法斯　来，我的合伙人，
你们把一切都打包了吗？箱子在哪儿？拿来。

萨特尔　在这儿。

法斯　让咱们瞧瞧。钱在哪儿？

萨特尔　在这儿。

法斯　玛蒙的十英镑，之前的八十英镑；
这是清教兄弟们的钱；
这是德鲁格尔的钱，这是达帕尔的钱。
那纸包着的是什么？

桃儿　包着侍女的首饰，
她从夫人那儿偷的，
为的是想知道——

法斯　她是否有朝一日会超过她的女主人？

桃儿　是的。

法斯　那盒子里是什么？

萨特尔　我想，那是女鱼贩子的戒指，
那是酒馆女老板的零碎硬币。
是吗，桃儿？

桃儿　是的，还装着水手长老婆
拿来的银哨子，
她想知道
她老公是否加入了海盗帮。

法斯　明天咱们就把它，

连同银口杯和酒杯都卖掉，
上酒馆去喝酒去。
法国女衬裙、腰带和衣架在哪儿？

萨特尔　在这儿箱子里，
里面还有好几匹亚麻布。

法斯　德鲁格尔的锦缎
和烟草也在那儿吗？

萨特尔　是的。

法斯　把钥匙给我。

桃儿　你为什么要钥匙？

萨特尔　没关系，桃儿，
在他来之前，
咱们不会打开箱子。

法斯　确实，你们不会打开箱子，
也不会把它们拿走，是吗？
你不要把它们拿走，桃儿。

桃儿　不会！

法斯　不会，我的小野鸡。
现在问题是，
我主人什么都知道了，
原谅了我，
他要这些箱子。
博士，事情就是这样了——
你瞧上去目瞪口呆——
尽管你有你那一套占星术。
我叫主人来这儿了。
因此，伙计们，
你们俩必须得心满意足了，

在此，萨特尔、桃儿、法斯
三人的协议就算终结。
我现在所能做的是
帮你们从后墙翻出去，
或者给你一条被单，
把你的丝绒长裙换下来，桃儿。[①]
警官马上就要来了，
如果你们不想坐班房，
得赶紧想个办法，
如果你们不逃跑，
等着你们的就是牢房。
（有人很响地敲门）听，敲门声。

萨特尔　你真是一个昂贵的魔鬼！

警官　（幕后音）开门！

法斯　桃儿，说真的，我对你很抱歉，
你在听我说话吗？
我将会很艰难，
但我还会给你安排个地方，
我给你写一封
给阿莫夫人——

桃儿　去你妈的——

法斯　或者恺撒夫人[②]的介绍信。

桃儿　你该死，流氓，
但愿我有时间揍你一顿。

法斯　萨特尔，

① 他们如果不翻墙逃出去，就只能坐等逮捕。桃儿作为妓女在当时是要游街示众的，示众时，不能穿衣服，只能披一条被单。

② 当时流行的对妓院老鸨的称呼。

让我知道你将在哪儿
建你的实验室。
看在老熟人面上,
我时不时给你介绍个人去。
你有什么新的计划?

萨特尔　无赖,我要吊死我自己,
做个比你更强的鬼,
到你的羊绒床上和食品间
来吓死你。
众下

第五场

穿着西班牙服的拉夫维特和牧师上

拉夫维特　你们想要干什么,我的先生们?

玛蒙　(幕后音)把你们的门打开,
骗子、皮条客、魔术师们。

警官　(幕后音)要不咱们要把门踢开了。

拉夫维特　你们持有搜查证吗?

警官　(幕后音)证书都齐全,先生,不用怀疑,只要你开门就行。

拉夫维特　有警官吗?

警官　(幕后音)有,还有二三个警官在紧急情况下备用。

拉夫维特　请耐心,
我马上就来开门。
法斯上

法斯 先生，你完成仪式了？是婚礼吗？完全合法？

拉夫维特 是的，我的谋士。

法斯 那就脱去轮状皱领和外套，
还原你本来面目吧，先生。
拉夫维特卸去他的伪装

瑟里 （幕后音）把门推倒！

卡斯特勒 天啊，把门撬开。

拉夫维特 （开门）等一等！等一等，绅士们，干吗这么粗暴？
玛蒙、瑟里、卡斯特勒、忧患牧师、阿那尼阿斯和警官们上

玛蒙 那煤黑子在哪儿？

瑟里 法斯军官呢？

玛蒙 这些猫头鹰——

瑟里 ——白天还在觊觎人们的钱袋。

玛蒙 勾栏夫人。

卡斯特勒 莺花，我妹子。

阿那尼阿斯 暗门子里的蝗虫。

忧患牧师 就像贝耳和大龙一样亵渎。[①]

阿那尼阿斯 比埃及的蚊子和蝗虫还要坏。[②]

拉夫维特 好绅士们，听我说。
你们是警官
你们无法阻止这暴力吗？

警官 治安！

---

① 指后续在《旧约·但以理书》的第十四章，清教徒认为这一章是亵渎神的。

② 参见《旧约·出埃及记》第七章关于埃及的十大灾难。

拉夫维特　先生们，这是怎么回事？你们找谁？

玛蒙　那用化学蒙人的人。

瑟里　那拉皮条的将军。

卡斯特勒　还有那粉头，我妹子。

玛蒙　拉比夫人。

阿那尼阿斯　蝎子和毛虫。

拉夫维特　请一个一个说。

警官　一个说完再另一个说，绅士们，
凭这警棍，我请你说——

阿那尼阿斯　他们是傲慢和淫荡的人，
只配给马车拖着游街的贱货。

拉夫维特　你的宗教热情真高，
请闭上一会儿嘴吧。

忧患牧师　安静点儿，阿那尼阿斯执事。

拉夫维特　这房子是我的，
门敞开着，
如果有什么人你们要搜查，
看在上帝的分上，
行使你们的职责吧。
我刚回伦敦，
在门前遇到这场骚乱，
不瞒你们说，
这让我有点儿惊讶；
直到我的管家
（生怕我会更不愉快）
告诉了我他做了失察的事：
（他也许以为因为瘟疫，
我对伦敦空气十分厌恶）

他把房子租给了
一个博士和一个将军，
他们是什么人，
干什么的，
他一概不知。

玛蒙　他们走了吗？

拉夫维特　你可以进去搜查，先生。
玛蒙、阿那尼阿斯和忧患牧师进入房子
在这儿，我发现
墙壁空空如也，
比我离开前更加破败，
烟熏火燎，
到处是破罐子和玻璃碴儿，
还有一座火炉；
天花板满布蜡烛的烟迹，
墙上乱涂着一个女人
在玩假阴茎。
在屋里我只见到一位淑女，
她说她是一个寡妇——

卡斯特勒　是的，那是我妹子。我要去狠揍她一顿。她在哪儿？
走进去

拉夫维特　她本来要跟一位西班牙伯爵结婚，
可是快临近婚礼，
他却如此忽略她，
我，一个鳏夫，
就走了这婚礼的程序。

瑟里　怎么！我失去她了？

拉夫维特　你就是那位贵族吗，先生？
她好责怪你呀，说，

你对天发誓，
为了对她的爱，
不惜染了胡子，
把脸涂成红棕色，
借来了衣装和轮状皱领；
却什么也没有做。
先生，这是何等的粗心，
何等的怠惰！
我，一个老朽的剑客，
仍然宝刀不老，
心中充满了火，
在顷刻之间
仍可出奇制胜。

玛蒙回来

玛蒙　整个儿一窝端走了！

拉夫维特　他们是些什么鸟儿？

玛蒙　他们是贼精的山鸦和寒鸦，先生，
在五个星期内
他们从我的钱包中偷去了
九十英镑钱，
另加最初支付的材料钱；
我拿来的那些坛坛罐罐
还躺在地窖里，
我很高兴
我还可以把它们拿回家去。

拉夫维特　你是这么想的吗，先生？

玛蒙　是的。

拉夫维特　你只能通过法律要回它们，
没有其他任何途径。

玛蒙　难道那不是我的东西吗？

拉夫维特　先生，我并不知道那是你的东西，
但通过正当的法律程序，
你拿来文书证明你受骗，
或者你欺骗了你自己，
我就不再坚持占有它们。

玛蒙　那我就不要了。

拉夫维特　你不会因为我而失去它们，先生，
按照我的条件，
这些东西就是你的了，
先生，它们都炼成金子了吗？

玛蒙　没有。我说不好。
也许它们能炼成金子——怎么啦？

拉夫维特　你将经受多么巨大的损失呀！

玛蒙　不是我，而是联邦。

法斯　是的，他想重建伦敦；
在城周围建一条银沟，
从霍克斯顿流来奶油；
每个星期天，
在莫尔菲尔德，
男人们、女人们、
喧闹的姑娘们
可以免费来畅饮。

玛蒙　这两个月，
我要爬上一辆运萝卜的马车，
去述说世界的末日。
瑟里，怎么！
你还在做梦吗？

瑟里　难道我还得用那愚蠢的诚实
来欺骗自己吗！
来，让我们去寻找
那些流氓到底躲在哪儿。
那法斯
我首先要把他找出来，
揍他一顿。

法斯　如果我听说他在哪儿，
我准到你住处来告诉你。
说实话，我也不认识他们，
我以为，
他们像我一样老实，先生。
瑟里、玛蒙下，忧患牧师和阿那尼阿斯回来

忧患牧师　好吧，圣人不会丧失一切。去，拉几辆马车来——

拉夫维特　干什么，我狂热的朋友们？

阿那尼阿斯　从这贼窝拉走
属于正义人士的那一份。

拉夫维特　那一份什么？

阿那尼阿斯　孤儿们的那一份货物，
兄弟们用银便士买的。

拉夫维特　什么！就是玛蒙爵士所说
放在地窖里的东西吗？

阿那尼阿斯　我和我的兄弟们
压根儿瞧不起
那狡猾的玛蒙，
你这亵渎神的人。
我问你，
你的良知何在，

树起那个偶像反对我们，
额上有天主印号的人？[①]
难道英镑不是由先令组成的吗？
难道英镑不是在第八个月
第四个礼拜的第二天[②]，
在基督复临前的千年，
一六一〇年
在桌子上数出来的吗？

拉夫维特　你这狂热的补衣匠和执事，
我和你辩不过宗教，
但如果你不赶紧滚出去，
我就要用棍子把你揍出去。

阿那尼阿斯　先生。

忧患牧师　耐心，阿那尼阿斯。

阿那尼阿斯　我是坚强的，
将直面一群
威胁流亡的加得的人。[③]

拉夫维特　我要把你送回荷兰，
你的地窖去。

阿那尼阿斯　到那儿我要咒你的房子，
愿恶狗在你的墙边撒尿，
黄蜂在你的屋檐下筑巢，
这虚伪的大本营，
骗子的老巢。
阿那尼阿斯和忧患牧师下

① 参见《新约·启示录》9:4："凡青物，凡树木都不可伤害，只可伤害那些在额上没有天主印号的人。"

② 即10月23日，清教将3月作为一年的第一个月。

③ 见《旧约·创世记》："加得要受袭击者袭击，但他要袭击他们的后队。"

拉夫维特　还有一个？
德鲁格尔上

德鲁格尔　我不是，先生，我不是清教兄弟。

拉夫维特　滚开，你哈利·尼格拉斯[①]！
他将他打出去

法斯　不，这是阿贝尔·德鲁格尔。
（对牧师）好先生，去告诉他，
一切都已结束：
寡妇已经结婚。
他待在家里洗脸
洗的时间太长了。
他将得知博士已到韦斯特，
军官法斯到了雅茅斯什么的港口，
正在等待顺风驶离英国。
牧师下。卡斯特勒和帕里安特夫人上
先生，现在就看你
是否能摆脱那愤怒的男孩了——

卡斯特勒　（对他妹妹）喂，你这母羊，甜蜜地结婚了，是吗？
我是不是说过，
除了骑士
让你成个贵夫人，
我绝不让你给一头公羊干？
天啊，你成了一个木偶！
哦，我要揍你一顿。
该死，敢情你和花柳病结了婚！

拉夫维特　你说错了，伙计：
我和你一样地健康，

① 哈利·尼格拉斯（1502—1580），再洗礼派一支“爱之家”教派荷兰创始人。其教派 1580 年为伊丽莎白一世所禁。

我现在先下手为强了。
拔出他的剑和匕首

卡斯特勒 这么快?

拉夫维特 来吧，你要吵架吗?
我会把你吓跑的，伙计。
为什么你不拔出剑来?

卡斯特勒 天啊!
这是我见过的最健壮的老家伙!

拉夫维特 怎么!你改变了你的调门儿了?
说下去。
这儿是我的鸽子，
你敢试试你的鹰爪看看!

卡斯特勒 老天，我不得不喜欢他!
别无选择!
即使我为此被吊死!
妹子，我不得不说，
我祝福这场姻缘。

拉夫维特 哦，你祝福了，是吗，先生?

卡斯特勒 是的，如果你能吸烟和喝酒，老伙计，
在她的那一份之外，
我将再给她五百英镑作为嫁妆。

拉夫维特 杰里米，把烟斗塞满烟丝。

法斯 那就进里面去抽烟吧，先生。

拉夫维特 我们会进去的。
我一切都听你的调遣，杰里米。

卡斯特勒 天，你一点儿也不死板!
你是一个快乐的家伙!

来，让咱们进去抽上几口吧。

拉夫维特　跟你妹妹一起进去抽吧，大舅哥。

卡斯特勒、帕里安特夫人下

任何主人
领受到仆人给他带来的幸福——
一个寡妇和一份巨额的财产，
而不由衷欣赏仆人的智慧，
给他以褒奖——
虽然他的名声有些瑕疵——
那他就是最忘恩负义的了。
因此，先生们，
仁慈的观众们，
如果说
我摒弃了老人的呆板和严谨，
或者严格的演戏程式，
那么，请想一想
一个年轻的妻子
和一个聪明的脑袋
合在一起会怎么样——
他们延展岁月的长河，
尽情享受人生的快乐。
你来说吧，无赖。

法斯　我来说，先生。
绅士们，
在这最后一场
我的戏份有点儿少，
但这是必要的。
虽然我和打过交道的萨特尔、
瑟里、玛蒙、桃儿、
狂热的阿那尼阿斯、达帕尔、

德鲁格尔已经撇清，
我把自己的命运
放在你们——我的判官的手里。
我所得的赃物都在这儿，
如果你们宣判我无罪，
我将常常宴请你们，
还要邀请更多的客人。
众下

（全剧终）

鞋匠铺的节日[①]

(高尚手艺界的一个喜剧)

托马斯·戴克尔 著

① 根据 The Shoemaker's Holiday, the Manchester University Press, ed. R. L. Smallwood and Stanley Wells, 1999 译出。

戏剧人物

英格兰国王

宫廷大臣：
休·拉西，林肯伯爵
罗兰·拉西，林肯的侄子，后伪装为汉斯·缪特
阿斯卡，拉西的堂弟
康沃尔
拉威尔
道奇，林肯伯爵家的食客

公民：
罗杰·奥特利，伦敦市长
萝丝，奥特利的女儿
西比尔，萝丝的侍女
哈蒙少爷，伦敦城绅士
瓦纳，哈蒙的妹夫
斯科特老爷，奥特利的朋友

鞋匠们：
西蒙·埃尔

玛琪利，埃尔的妻子
豪吉（罗杰的绰号），埃尔的工头
拉夫·达姆珀特，埃尔鞋匠铺的老师傅
简，拉夫的妻子
福克，埃尔鞋匠铺的老师傅
一个荷兰船长
一男孩，为埃尔工作
一男孩，随侍猎人们
一学徒，为奥特利工作

贵族，士兵，猎人，鞋匠，学徒，仆人

书 信

致好人们，手工艺界的师傅们，以及从事任何其他职业的人们，仁慈的绅士们，正直的合得来的伙伴们：

我在这里给你们奉献一出充满欢乐的喜剧，名叫《鞋匠铺的节日》，由海军大臣剧团在今年圣诞节为王后陛下演出，王后陛下仁慈地与喜剧演绎的欢乐同乐，毕竟没有任何内容让人觉得讨嫌。我现在简略地描述一下全剧的内容：林肯伯爵休·拉西爵士有一个和他同姓的近亲，他的侄子，一位年轻的绅士，他爱上了伦敦市长的女儿；为了阻止和消弭这场爱情，伯爵将他的侄子作为部队的上校送往法国，这年轻人将他的职位让给了这位绅士朋友，自己却化装成荷兰鞋匠，潜入塔尔街西蒙·埃尔的鞋匠铺，鞋匠铺专门为市长和他的家庭制作鞋子。继而在埃尔的鞋匠铺发生了一系列逗乐的事儿：埃尔成了伦敦城的市长，拉西得到了他的爱情，等等。全剧还有两首欢快的三人歌曲。请欣赏喜剧带来的乐趣，除了提供乐趣之外它没有别的目的。快乐让人长寿，在所有我给予你们的祝福中，我衷心地祝愿你们快乐长寿。再见。

第一首　三人小曲

哦，五月，快乐的五月，
　　多么欢乐，多么畅快，多么绿、绿、绿；
哦，我要对我的爱人说，
　　“亲爱的佩格，你将成为我夏日的王后。”

现今，夜莺，美丽的夜莺呀，
　　林中最甜蜜的歌手，
邀请你，亲爱的佩格，聆听你爱人的故事——
　　哦，她趴在那儿，酥胸贴在荆棘上。

但是，哦，我瞧见杜鹃、杜鹃、杜鹃呀，
　　蹲在那儿——走开吧，我的爱。
走开吧，我求你啦，我不喜欢杜鹃
　　在我和我的佩格接吻、嬉戏的地方唱歌。

哦，五月，快乐的五月，
　　多么欢乐，多么畅快，多么绿、绿、绿；
我对我的爱说，
　　“亲爱的佩格，你将成为我夏日的王后。”

第二首 三人小曲

在后一部结束时唱

雨儿湿，风儿冷，
　　圣休[①]是咱们的庇护神；
坏天气呀没收入，
　　愁死了善良的穷人。

将快乐的栗色酒碗传呀传，
　　敬你，仁慈的朋友，这碗酒。
让咱们为圣休唱支挽歌，
　　快乐地喝干这碗酒。

喝呀喝，嗨，喝呀喝，
　　嗨，喝呀喝。
加入男高音
哦，好极了，到我这儿来吧，
　　让快乐自由飞翔，温和的伙计。

传呀传这酒碗，这栗色的酒碗，
　　敬你，仁慈的朋友，这碗酒。
有多少喝酒的人，就重复多少次这句

---

① 圣休是鞋匠的庇护神。

最终都喝醉了，便唱：

雨儿湿，风儿冷，
　　圣休是咱们的庇护神；
坏天气呀没收入，
　　愁死了善良的穷人。

开场白

在伊丽莎白王后面前说辞

我们
犹如暴风雨中的受难者，
期盼天亮，
颤抖着双手，
仰望着天空，
祈祷破碎的希望成真。
所以，我们，亲爱的女神，
众人眼中的奇迹啊，
您最卑微的奴仆，
由于猜忌和恐惧，
沉沦到卑贱的最底层。
为了我们并不完臻的喜剧，
我们跪着趴着，
虽然心中升起希望的风帆，
但还担心因为您嫌弃
而暴发肆虐的风暴。

我们都是不幸的人，
无法给自己带来好运，
如果您神圣的耳朵，
在它们那庙堂里

端坐着怜悯，
却拒绝我们的哀求，
那我们只有死路一条：
哦，贞操光辉的楷模，
从您那生命的星星，
那太阳般的眼睛，
给我们送来慈爱的微笑吧；
您天赐的话语，
要么给我们带来生命，
要么带来死亡。

第一场[1]

伦敦市长罗杰·奥特利和林肯伯爵上

林肯　市长大人，你许多次
宴请我和廷臣。
我们则很少有机会
回报你的盛情。
暂且不谈这个，
我听说我的侄子拉西
爱上了你女儿萝丝。

奥特利　是这样的，大人；
她如此爱他，
我对她的大胆追求
很有点儿不满呀。

林肯　啊，市长大人，
难道你觉得
一个拉西家族的人
和奥特利家结合
是一种耻辱吗？

奥特利　我女儿太卑微了，
配不上他那高贵的出身。

---

① 场景在伦敦。

穷人不能和廷臣联姻，
宫廷侍臣穿绫罗绸缎，
一年的花费
顶我全部家产。
所以，大人不必担心我女儿。

林肯　请小心点儿，大人；
请你留神。
在世界上
没有人像我侄子那样
挥霍无度了。
让我来告诉你怎么回事。
差不多一年之前，
他要求去游历诸国，
见识世界，
我给他提供了金钱和汇票，
信用证和仆人，
请求我在意大利的朋友
好生招待他。
然而结果呢？
还没周游半个德国，
钱袋已经告罄，
辞退了仆人，
期票花光，
我这宝贝侄子
羞于让人看见他破产，
在维滕贝格[1]当了鞋匠——
对于这样出身的绅士
这倒是一份像样的手艺！
再想象一下继后的情景：

① 维滕贝格距柏林五十英里，是一座大学城。马丁·路德曾是维滕贝格大学的教授。

假设你女儿有一千英镑，
他可以在半年之内全部花光；
你把他当作财产继承人，
在一年之内他会挥霍得精光。
我的大人，你还是去找个老实人
和你女儿结婚吧。

奥特利　感谢伯爵大人阁下。
（旁白）得，狡猾的狐狸，
我知道你葫芦里卖的什么药。
（对林肯）伯爵大人还是
留神你自己的侄子吧，
你不必担心，
我早把女儿遣送远乡。
你的侄子罗兰
可以安心学一门手艺。
（旁白）我还羞于叫他贤婿呢。

林肯　是的，但我希望他干一份
更有前途的职业。
国王陛下任命他为
将前往法国为国王征战
军队的上校；
部队正集结在伦敦和周围诸郡。
瞧，他来了。
拉威尔、拉西和阿斯卡上

拉威尔　林肯大人
国王陛下命令
你侄子立即率领军队开往法国。
他将为此拨款一百万英镑，
他们必须在四天内

在迪耶普[1]登陆。

林肯　请回禀国王陛下
一切将遵命。
拉威尔下
拉西贤侄，
你的部队准备得怎么样？

拉西　一切准备就绪。
哈福德郡士兵驻在迈尔村，
萨福克和埃塞克斯的
在托菲尔操场训练，
伦敦的和米德尔塞克斯的
在芬斯伯里整装待发，
个个摩拳擦掌，
就等着那开拔的一刻。

奥特利　他们都预支了薪俸，
得到了军服和装备，
如果你的贤侄不嫌寒碜，
请他前往市政厅领取犒劳，
市府将慷慨另支二十英镑，
表示对我的大人，
你的叔父的爱。

拉西　感谢阁下。

林肯　感激不尽，我的好市长大人。

奥特利　我们将在市政厅恭候你的光临。
下

林肯　表示对我的爱？不，那是骗局！
贤侄，那二十英镑

① 法国上诺曼第大区港口城市。

是用来了断你跟他女儿的关系。
两位贤侄，现在你们作为朋友
请从爱的角度
审视一番
一个快乐、恣意妄为、涂脂抹粉的平民[①]
怎么用爱来设个卑鄙的骗局。
我知道
这下贱的家伙极不乐意
将他的血脉和你的血脉结合。
记住，贤侄，
你将有一个多么光荣的前程。
去赢得更多的国王的宠爱吧，
陛下的爱正照耀着你的希望。
除了你，我没有子嗣——
但，如果你不按我期望的路走，
那我就不会认你为继承人了。

拉西　大人，是荣誉——
不是土地或者美好的生活，
或者当你的继承人——
指引我去法国逐鹿，
给拉西家光宗耀祖。

林肯　贤侄，就为这些话语
我奖赏你三十枚葡萄牙金币。
贤侄阿斯卡，
也有给你的。
崇高的荣誉
正在法国等待着你们去攫取。

---

① 原文为 Painted citizen，在伊丽莎白时期，英国人对“涂脂抹粉”是非常鄙视的。可参见《哈姆雷特》第三幕第一场，哈姆雷特：“我也知道你们会怎样的涂脂抹粉，太清楚了。”

贤侄们，快快张开你们的翅膀，
去实现你们的谋略吧。
去吧，去吧，快去市政厅吧。
我将在那儿和你们会面。
千万别迟疑，
荣誉在那儿召唤，
犹疑不决就是耻辱了。[①]
下

阿斯卡　你叔父多么希望你能去法国！

拉西　是的，兄弟；
但我要避开他的谋略，
在这里干三天紧要的事，
这些事需要我亲力亲为。
因此，你，兄弟，随部队
快到多佛去，
我将在那里跟你会面，
如果我在预定时间未能抵达，
你就径自去法国，
我们在诺曼底相会。
你收下市长大人给我的二十英镑，
分得叔父给我的十枚葡萄牙金币。
高贵的兄弟，
去执行我们伟大的计划吧。
我知道你的聪明才智
在更重大的事件中得到过验证。

阿斯卡　兄弟，我一切都属于你。
秘密住在伦敦，
千万要小心谨慎。

---

① 请比较莎士比亚《亨利四世·上》第五幕第一场，福斯塔夫：“荣誉在后面督促着我。”

除了林肯叔父的眼睛，
还有许多眼睛在盯着你，
巴望你丢脸完蛋。

拉西　等一等，兄弟，那是些什么人？

西蒙·埃尔、他妻子（玛琪利）、豪吉、福克、简，和拿着火枪的拉夫上

埃尔　别哭了，别哭了，别呜咽了，别哭哭啼啼的了，这些眼泪鼻涕，这哭肿的眼睛！我会想办法不让你丈夫给抓壮丁，我向你保证，亲爱的简。呸！[①]

豪吉　师傅，这儿是将军。

埃尔　安静，豪吉；轻声点儿，你这混蛋，轻声点儿。

福克　他们是骑兵，是上校，师傅。

埃尔　安静点儿，福克，安静点儿，我的好福克。靠边站，去你的那些胡说八道！在他们飞黄腾达之前，我才最配跟他们说话。（对拉西、阿斯卡）绅士们、将军们、上校们、司令官们、勇敢的人们、勇敢的头儿，敬请听我唠叨几句。我叫西蒙·埃尔，塔尔街的疯鞋匠。我跟你们说，那个老是唠唠叨叨、说话拐弯抹角的娘儿们是我的老婆。这是豪吉，我手下的鞋匠，是个工头。这是福克，我手下调皮捣蛋的鞋匠老师傅；这是哭鼻子的简。咱们都是看在老实巴交的拉夫的面上来请愿的。让他待在家里吧。我作为一个真正的鞋匠和干这高贵手艺的绅士，你们买来马刺，在七年之内，我给你们无偿提供靴子。

玛琪利　七年，老公？

埃尔　安静点儿，穿露腰上衣的胖婆娘，安静点儿。我知道

---

① 在莎士比亚《亨利四世·下》第三幕第二场也有描述，在当时的英格兰可以通过贿赂的办法免除被抓壮丁。

我要干什么。安静点儿。

福克　真的，上校老爷，你要是让拉夫和他老婆待在一块儿，那就是天大的恩德了。她是一个年轻的女人，刚结婚。如果你让她丈夫离开她一晚上，那就会叫她难受得要死，大白天还会去找男人；他可是个好鞋匠呀，打钉子和钻洞可是把好手。[①]

简　哦，让他待在家中吧，否则我就要受不了了！

福克　啊，说真的，她就会被扔在一边，就像一双破鞋，没人会用它。

拉西　说实话，朋友们，我无权这样做。
市长大人征募、支付、分配兵员。
我无权动一个人。

豪吉　啊，如果你无法免除一个好人的兵役，你当什么上校，当个下士算了。我老实告诉你，我觉得你可以做远比你说的多得多的事，一个新婚的人，你可以推迟一年再征召他。[②]

埃尔　说的好极了，脑袋瓜子灵光的豪吉！感谢你，我的好工头！

玛琪利　说真的，先生们，考虑到她的情况，你们这些男人这么对待一个年轻的女人，太不地道了。她刚结婚，别再窘她了。我请求你们别这么粗暴地对待她。她丈夫是一个年轻人，刚成年——别再窘她了。

埃尔　去你的废话，去你的那些胡说八道。安静点儿，穿露腰上衣的胖婆娘；别出声了，胖婆娘。让你的头儿说话。

---

① 含有性暗示。

② 请参见《旧约·申命记》24:5："人娶了新妇，不应从军出征，也不可派他担任什么职务；他应在家享受一年自由，使他新娶的妻子快活。"

福克 对呀，也让绿帽子说话，师傅。

埃尔 安静点儿，我的好福克，安静点儿。别出声了，流氓王八蛋们。你们瞧见这男人了吗，将军大人们？你们不能免除他的兵役？得了，饶了他吧。他是一个神枪手。让他销声匿迹吧。安静点儿，简。把眼泪擦干，眼泪会把他的火药弄湿。勇敢的哥儿们，和他较量较量。对于他，特洛伊的赫克托只是一头笨驴，赫拉克勒斯和特马刚特[①]只是经不起揍的混混。凭路德门[②]大人起誓，亚瑟国王的圆桌骑士团也从未有过如此高大英武、如此熟练的武士。凭法老的生命起誓，他是一个勇敢的、果断的武士。安静点儿，简。我的话完了，疯狂的混混们。

福克 瞧，瞧，豪吉，咱们师傅把拉夫吹捧到天上去了。

豪吉 拉夫，凭这只手起誓，如果你不去参军，你就是一个傻瓜蛋。

阿斯卡 好师傅埃尔，我很高兴，
遇到这样一位坚决的士兵，
是我的幸运。
请相信我，
因为你对他的爱，
他会得到比一般新兵更多的敬意。

拉西 你的名字叫拉夫？

拉夫 是的，长官。

拉西 把你的手给我。
作为一个绅士，

---

① 特马刚特，早期英国戏剧中代表狂暴、蛮横角色的穆斯林神。

② 原文为 Ludgate，路德国王是英格兰传说中的伦敦城的创建者，伦敦城的老城门之一称作路德门。

我不会让你缺衣少吃。
（对简）娘儿们，耐心点儿。
毫无疑问，
上帝将让你的丈夫回家
毫发无损；
他必须走，
他的祖国的争执表明
必须得这样。

豪吉　凭我的马镫发誓，如果你不走，你就是一个傻瓜蛋。我就不会让你的钻子钻进那洞里去——去对付你的敌人吧，拉夫。[①]

道奇上

道奇　（对拉西）大人，你的叔父
正在塔尔山
和市长大人以及议员们相叙，
他请你火速赶到那儿去。

阿斯卡　兄弟，我们去吧。

拉西　道奇，你先走。告诉他们我们就来。

道奇下

这道奇是我叔父家的食客，
是世上最臭名昭著的奴才。
他拍马屁，挑拨离间，
在贵族家一天中挑起的风波，
二十年也摆不平。
我担心，他会随我们去法国，
监视我们的行动。

阿斯卡　因此，兄弟，
你应该更谨慎些。

---

① 含有性暗示。

拉西　别担心，好兄弟。拉夫，快到军营去吧。

拉西和阿斯卡下

拉夫　我必须去，没有别的办法了。
温和的师傅，和蔼的师娘，
你们一直对我十分友好，
在我远征期间，
请照顾好我的老婆。

简　唉，我的拉夫。

玛琪利　她已经哭得说不了话了。

埃尔　安静点儿，你们这些破损的银币，不值钱的芥子币，别打扰咱们勇敢的士兵了。走你的吧，拉夫。

简　唉，唉，你叫他走——他走了，我怎么办?

福克　啊，那就跟我干，或者跟我的伙计豪吉干。别闲着。

埃尔　让我瞧瞧你的手，简。（他拿起她的手）这嫩手，这白皙的手，这些漂亮的手指可以梳理羊毛，将羊毛梳理成线条，这手必须得工作，得工作，你这原棉灯芯白蜡蜡烛一样宝贝的皇后①，应该干活养活自己，得梅毒也在所不惜。拿着，拉夫，这儿是给你的五枚六便士银币。为这有脸面的工艺的荣誉，为鞋匠绅士们，为勇敢的皮匠，为圣马丁教堂区之花，为贝德拉姆疯人院、舰队街、塔尔街和白教堂区的疯狂的混混们而战。用法国流氓的克朗砸我吧，让他们去见阎王——砸死他们。战斗，凭路德门大人发誓，战斗，我的好孩子。

福克　这儿，拉夫，这儿是三枚两便士银币。两枚你拿到法国去，一枚分别时拿来买酒喝——悲伤吸干我们的血，需要用酒来浇灌。为了我，狠狠揍法国佬。

---

① 原文为 queen，在英语中有可能意为妓女。

豪吉　拉夫，分别叫我难受，这儿是给你的一先令。上帝将你的外衣塞满法国克朗，将你的敌人的肚子塞满子弹。

拉夫　我感谢你，师傅，
我感谢你们大家。
亲爱的妻子，我最爱、最爱的简，
有钱人分别时给妻子贵重的礼物，
首饰啦，戒指啦，装扮她们的纤手，
你知道咱们的手艺
为女人做脚镯。
这儿一双皮鞋，
豪吉割的鞋样，
我的伙计福克串线缝合，
我自己做的接缝，
皮鞋上镌刻着你的芳名。
看在你丈夫的面上，
穿上这鞋，亲爱的简，
每天早晨，当你穿上这鞋，
就想起我，祈祝我早日回家。
多多穿它吧，
它顶我所知的一千双鞋的呀。

击鼓。罗杰·奥特利市长大人、林肯伯爵、拉西、阿斯卡、道奇以及士兵们上。他们穿过舞台，拉夫便加入其中。福克等人则高喊“再见”，众人下

第二场[①]

萝丝正在做一个花环，单独上

萝丝　你在这鲜花盛开的岸边坐下，
为拉西的头颅做一个花环。
这些石竹，这些玫瑰，这些紫罗兰呀，
这些害羞的桂竹香，
这些金盏花呀，
将绣出他那冠冕姣好的图案。
但它们没有我的拉西
甜蜜的面颊一半美丽。
唉，我那严酷的父亲！
哦，我的命星，
在我出生时，
你为什么蹙眉，
让我去爱，
却又剥夺了我的爱？
如今因为亲爱的拉西
我被囚禁在这高墙之内
像一个贼，
我父亲花钱建这高墙
可是为了更为崇高的目的。

① 场景移至老福德镇。

我只能在这儿
为他渐渐憔悴，
我知道，
他为我的消失感到痛苦，
就像我思念他
而感到的凄苦一样。
西比尔上

西比尔　早晨好，年轻的小姐。我可以肯定你在为我做这花环，为我成为丰收皇后[①]做准备。

萝丝　西比尔，伦敦有什么消息？

西比尔　传来的都是好消息。你父亲市长大人，你叔父菲尔便壶老爷，你表哥短尾巴斯科特老爷，和住在博士楼的扭屁股小姐，说实话，都向你致意呢。

萝丝　拉西给他的爱转致问候了吗？

西比尔　哦，是的，他绝对说了。说实话，我跟他不很熟——他这儿挂一条丝带，那儿挂一条丝带，这儿戴着一束羽毛，那儿戴着宝石、首饰和一双吊袜带——哦，太糟糕了！——就像老家老福德大肚子老爷卧室的黄丝绸窗帘。我在康希尔街站在门前，瞧着他，他也瞧着我，我跟他说话，他不跟我说话，一句话也不说。我心想，"煞有介事，我要叫你吃苦头！"他昂首阔步走过去，我心想，"老天，呸，你一本正经？"关上门，我就走进来了。

萝丝　哦，西比尔，你这么错怪我的拉西！
我的罗兰像羔羊一样驯顺；
鸽子也没他一半温和。[②]

① 英格兰风俗，在收获季节，从收获者中遴选一个年轻的女人作为收获节祝宴上的主宾，也即丰收皇后。

② 请参见《新约·马太福音》10∶16："看，我派遣你们好像羊进入狼群中，所以你们要机警如同蛇，纯朴如同鸽子。"

西比尔　温和？——是的，就像一筐榨干的山楂渣子。他瞧着我，就像酸果汁那样酸溜溜的。我心想，“去你的吧，咱们也许会相识，但不可能成为亲密的朋友。”这是你的不是啦，小姐，你爱他，他却不爱你。他不屑于按别人待他的样子去做。[①] 如果我是你，我会大喊，“西埃洛尼莫，当心！小心，要小心！”[②]
还不如抛弃旧的，
去寻求新爱吧，
正如拿兔子的腿
去换鹅的杂碎。
如果我在睡觉的时候
因为单相思而唉声叹气，
那我祈求上帝
在我醒着时候
让我失贞算了。

萝丝　那我的爱会离开我去法国吗？

西比尔　那个我不知道，但我肯定我见到他在士兵面前耀武扬威地走路呢。平心而言，他很英俊——不过也就那么回事。随他去吧，年轻的小姐。

萝丝　你去伦敦
实地了解我的拉西
是否去法国。
去吧，我将酬劳你
我那细亚麻布围裙，
意大利皮手套，
紫色长筒袜
和胃托都给你。

---

① 请比较《新约·马太福音》7:12:“凡你们愿意人给你们做的，你们也要照样给人做。”

② 《西班牙悲剧》第三幕第十二场西埃洛尼莫台词。

喂，西比尔，
你愿为我做这个吗？

西比尔　我愿意吗，她竟然这么问我！干吗劳神这么问呢？——说实话，愿意，我去——细亚麻布围裙，皮手套，紫色的长筒袜和胃托——我穿着漂亮衣服要为你卖力干；只要给我，我什么都要——哦，发财啦，一条细亚麻布围裙！说真的，我将兴高采烈到伦敦去，很快就回来，年轻的小姐。

萝丝　去吧，好西比尔。
没了他的陪伴，
我只能空坐着唉声叹气。

第三场[①]

拉西装扮成荷兰鞋匠上

拉西　神明和国王们
设计了多少伪装
而获得心目中的爱!
罗兰·拉西穿上鞋匠的工装
并不丢脸,
这样伪装
可以神不知鬼不觉
和我的萝丝幽会,
那是我唯一幸福的源泉。
为了她,
我放弃了前往法国的使命,
让国王陛下不悦,
叔父林肯痛恨不已。
哦,爱情,
你多么强大,
高贵的出身
一下子流亡到底层,
一世的英才
就这么沦为卑贱的鞋匠!

---

① 场景重回伦敦。

但必须得这样，
她那严酷的父亲
拒绝我们灵魂的结合，
偷偷地将她迁出伦敦，
不让我和她约会。
我相信，
命运和这套伪装
将让我再一次见到
她美丽的芳容。
我将在塔尔街埃尔的鞋匠铺
工作一阵，
这鞋匠活儿，
在维滕贝格我学会了它。
振作起来，别悲伤！
你不可能永远落魄——
扼住命运的咽喉吧，
做鞋也可以活命的呀！

第四场[①]

埃尔整理衣衫，上

埃尔　这些小伙子，小妞儿，邋遢娘儿们，这些混混到哪儿去了？他们在我的浓肉汤里打滚，舔着我桌边的面包屑，却不准时起床打扫店门前的走道。出来吧，你们这些腌牛肉臭娘儿们！什么，简！什么，没牙齿的玛琪利！出来吧，你们这些肥胖的大肚子娘儿们，把排水沟打扫干净，别让邻居闻那臭味儿。什么，福克，我说什么来着！什么，豪吉！把店铺的排门板打开！什么，福克，我说什么来着！

福克上

福克　哦，师傅，是你这么一大早在那儿像疯狗似的嚎叫吗？我正在做梦，正纳闷哪个疯子这么早就上了大街。早晨你喝了酒了吗，嗓子眼儿还这么清脆？

埃尔　啊，说得好，福克；说得好，福克——去干活儿，我的好混混，去干活儿！如果你想得到更好的祝福，去把脸洗一下。

福克　让那些想吻我脸的人来洗我的脸吧。好师傅，如果你想叫我的脸更干净，去叫个腌猪头肉的娘儿来。

豪吉上

① 场景为清晨在埃尔鞋匠铺门前。

埃尔　快去干活，懒鬼！快去，死混混！早晨好，豪吉；早晨好，我的好工头。

豪吉　哦，师傅，早晨好。你真是一个早起的捣蛋鬼。早晨天气真好，早晨好，福克。我本来还能再睡一个小时。看来今天的天气好极了。

埃尔　哦，快去干活吧，我的好工头，快去干活吧。

福克　师傅，听罗杰伙计谈论好天气真让我觉得好无聊。还不如祈求上好的皮革吧，让农民，种田的，在地里劳作的去盼望好天气吧。咱们在屋檐底下干活——去操下不下雨那份心干吗？

埃尔的妻子玛琪利上

埃尔　怎么样，玛琪利夫人，难道天还不够亮，还能再睡一会儿吗？快点儿干活吧，把你那些懒丫头都叫醒起床。

玛琪利　天还不够亮，还能再睡一会儿！我希望时间还早，大街上还看不到娘儿们的影子呢。我纳闷在塔尔街有几个女人这么早起床的。天啊，还没到中午呢！大声叫喊一下吧。

埃尔　安静些，玛琪利，安静些。你的胖丫头在哪儿？她私下有一个毛病：睡觉放屁。把这妞儿叫起来。要是鞋匠们缺鞋线，我就用马镫子抽她。

福克　是的，那是不出血的抽打。我这儿至今还存有这不出血的抽打痕迹。

拉西装扮成汉斯唱着歌上

拉西/汉斯　格尔德兰[①]乡巴佬
快乐得要命；
喝得酩酊大醉，

① 荷兰中部一个省。荷兰人以嗜酒闻名。

东倒西歪站不住，
醉得昏天黑地，
把酒杯儿再斟满喝个够，
你这矮个儿小子呀。

福克　师傅，我敢拿命保证，那儿的那哥儿是咱手艺的行家。他要是没有圣休的骨头[①]，我就扔掉我的骨头。他是一个外国工匠。雇用他吧，好师傅，我也许还能从他那儿学一点儿什么。兴许那将使我们干活干得快一点儿呢。

埃尔　安静点儿，福克。世事艰难呀；去他的吧，让他去吧；咱们鞋匠足够了。安静点儿，我的好福克。

玛琪利　不，不，你总是喜欢倾听你手下鞋匠们的想法。还不如看看雇用了他会怎么样。人手不够呀，但也不是说咱们得滋润每一个黄油盒荷兰佬——不管怎么说，让他去吧。

豪吉　夫人，在上帝面前发誓，如果我师傅听从了你的主意，他就发不了财啦。他总会抓他能抓到的人。

福克　是的，他会的。

豪吉　对上帝发誓，那是一个能人呀，我保证，他是一个能工巧匠呀。师傅，再见。夫人，再见。要是像他那样的人找不到工作，豪吉也不跟你们一起玩了。
欲走开

埃尔　止步，我的好豪吉。

福克　说真的，如果你的工头也走了，夫人，你必须要去找一个新的鞋匠。如果罗杰走了，福克也会走。如果不用圣休的骨头，我就将我的工具都挂起来，到外面玩去。再见，师傅。再见，夫人。

---

① 圣休的骨头指鞋匠的工具。

埃尔　等一等，我的好豪吉，我的干脆利落的工头。等一等，福克。轻声点儿，你这肥肉油汤[1]。凭路德城门起誓，我爱我的鞋匠们犹如我爱我的妻子。安静点儿，你这残羹剩饭娘儿[2]。豪吉，如果他想找一份活儿，我就雇用他。你们中派一个人去跟他说——等一等，他到我们这儿来了。

拉西/汉斯　日安，师傅，你好，夫人，也问候你日安。[3]

福克　天啊，我要是不喝酒就说得跟他一样，我会噎死！你，说"也"的朋友，你是一位制鞋手艺师傅吗？

拉西/汉斯　是的，是的，我是一个鞋匠。[4]

福克　他说"Den skomawker"，听着，skomawker，你有所有必需的工具吗——一把上好的尖锥子，一把上好的充塞填料的锥针，一架上好的抛光机，四种带钩带孔锥子，两颗蜡球，三角皮革刀，手和拇指皮套，上好的圣休骨头干你的活儿吗？

拉西/汉斯　有的，有的，别担心。我有做大大小小鞋的工具。[5]

福克　哈，哈！好师傅，雇他吧。他总让我发笑，这样我可以快快乐乐做比平时多得多的活儿。

埃尔　你听着，朋友：你具有皮鞋鞋匠所有神秘本领吗？

拉西/汉斯　我不知道你说什么，我不懂你说的话。[6]

福克　是这样，老兄！（他做制鞋的动作）他说他不懂你说的话。

---

① 指玛琪利。

② 再次指玛琪利。

③ 原文为荷兰语。

④ 原文为荷兰语。

⑤ 原文为荷兰语。

⑥ 原文为荷兰语。

拉西/汉斯　有的，有的，有的；我可以干那个干得很好。[①]

福克　他说“有的，有的”，嘴巴张得那么大，活像只寒鸦，等着给它喂奶酪凝乳。哦，他会使牛劲儿打开那罐烈啤酒。但豪吉和我有优先权；咱们得先喝，因为咱们是鞋匠中资格最老的。

埃尔　你叫什么名字？

拉西/汉斯　汉斯，汉斯·穆特。

埃尔　把你的手给我，欢迎你。豪吉，好好招待他。福克，好好欢迎他。来，汉斯。老婆，快去，叫你那些丫头，你那些胖娘儿们，准备好一顿丰盛的早餐。豪吉，到他那儿去。

豪吉　汉斯，欢迎你。拿出友好的姿态来吧，咱们都是好人儿；要是不友好，即使你是一个巨人，咱们也能和你斗一下。

福克　是的，如果你是卡冈都亚巨人[②]，咱们就一醉方休。我告你，咱师傅不养胆小鬼。嘀，小伙计，给他拿个鞋后跟来。[③] 他是一个新来的鞋匠。

小伙计上

拉西/汉斯　哦，我懂。我付六罐酒的钱。小伙计，这儿是一先令；把每个人的酒杯斟得满满的。[④]

小伙计下

埃尔　来，厚脸皮的年轻人，喝！福克，漱一下你的喉咙，准备灌卡斯蒂利亚[⑤]白酒吧。来，我的小矮个儿。

---

① 原文为荷兰语。

② 法国作家拉伯雷《巨人传》中的饕餮巨人。

③ 根据上下文，这是一个暗示，提醒汉斯给大伙儿买酒喝。

④ 原文为荷兰语。

⑤ 有的研究者认为，戴克尔故意将希腊神话中诗歌灵感源泉卡斯塔利亚泉（Castalia）认错为西班牙的一个省卡斯蒂利亚（Castilia）。

小伙计上

给我一罐。拿上一罐，汉斯！啊，豪吉；啊，福克，喝，你们这些疯狂的混混，真正的挚友，为鞋匠西蒙·埃尔祈祷吧。喝，汉斯，欢迎你。

福克　哦，夫人，要不你就可能错失一个会叫我们整天哈哈大笑的好人。——这啤酒在冒泡儿，真好喝。

玛琪利　西蒙，快七点钟了。[①]

埃尔　是吗，乞丐西施[②]？到七点了，我的鞋匠们的早餐还没有准备好？快去吧，你这腌鳗鲡[③]，快去。来，你们这些疯狂的西波博利安人[④]。跟着我，豪吉；跟着我，汉斯；跟着我，我的好福克：去干活，干一会儿活儿，然后吃早餐。

福克　轻声点儿，呵，呵，好汉斯。虽然我师傅傻乎乎的，在称呼时，把你放在我的前面，我可不傻，我不会走在你后面磨叽，我可是一个师兄呀。

---

① 在当时英国早餐一般在六点半开饭。

② 这是埃尔对自己老婆习惯性的嘲弄的绰号。

③ 这是埃尔对自己老婆嘲弄的另一个绰号。

④ 英文原文为 Hyperboreans，希腊神话中极北乐土之人。在此处，埃尔用此词是出于他用夸张词的习惯，为了舞台的发声，并无实际意义。

第五场[1]

幕后有吆喝声。瓦纳和哈蒙着猎人装上

哈蒙　兄弟，在每一棵树丛里找。
猎物还没有走远。
它飞快地逃离了死亡，
追逐的猎狗，
按它的脚印味儿去探寻，
就能找到叫它灭亡的路径。
磨坊主孩子告诉我，
他看见它穿过泥潭，
他吆喝了它，
肯定说它已筋疲力尽，
坚持不了多久。

瓦纳　如果是这样的话，
咱们最好将老福德草场
搜寻一遍。

幕后猎人嘈杂声。一男孩上

哈蒙　现在怎么样，孩子，鹿在哪儿？说，你看见它了？

男孩　哦，是的，我看见它跳过树篱，越过水沟，逃到市长家的栅栏那儿。它跃过了栅栏，跑了进去，猎人们吆

① 场景重回老福德镇。

喝“呵，呵”“在那儿，伙计，在那儿，伙计”——
凭良心说，它就在那儿。

哈蒙　孩子，谢谢你。兄弟，咱们走吧。
我希望今天
咱们能找到更好点儿的乐趣。
众下

第六场

幕后狩猎声。萝丝和西比尔上

萝丝　啊，西贝尔，你愿意当猎人吗？

西比尔　不，绝不！猎人，去他的吧。不，说真的，小姐，这鹿穿过果园，跳过泥潭，直冲进谷仓。我一看见鹿，吓得脸色苍白，就像一块刚做得的奶酪，管家平克鲁斯挥舞着他的连枷，高呼“快！”，咱们的尼克拿着尖叉奔了过来，他们猛扑在鹿身上，我扑在了他们的身上。说真的，真好玩儿。最终，我们结果了它；扯开它的喉咙，剥掉皮，割下它的角，市长大人回家就要吃它的肉。

幕后响起喇叭声

萝丝　听，听，猎人们来了。你最好小心点儿。他们会为你的行为呵责你。

哈蒙、瓦纳、猎人们和男孩上

哈蒙　上帝保佑你们，美丽的夫人们。

西比尔　“夫人们”！哦，太蠢了！

瓦纳　有一头雄鹿从这儿过去吗？

萝丝　没有。却有两个人[①]从这儿走过去。

---

① 指萝丝和西比尔。

哈蒙　她们往哪儿走了？说真的，咱们要去逮她们。

西比尔　逮她们？不，绝不！你能说出什么时候吗？

瓦纳　绝不！哈！

西比尔　我的天！

瓦纳　该死，再见。

哈蒙　孩子，它从哪条路逃过去的？

男孩　从这条路，先生，它奔跑着。

哈蒙　确实它是从这条路跑过去的。
美丽的小姐萝丝，
有人刚看见咱们的猎物
躲在你家的果园里。

瓦纳　你能给咱们指引一下
它是从哪条路逃走的？

西比尔　顺着你的鼻子一直往前走，鹿角将给你指引。[①]

瓦纳　你这疯姑娘。

西比尔　哦，好滑稽！

萝丝　请相信我，我不疯。
森林中的野鹿
不会到人居住的地方。
你们被蒙骗了。
它定然走了另一条路。

瓦纳　走了哪一条路呢——我的小糖人儿？
你能给咱们指引一下吗？

西比尔　哼，蜂蜜面包屑[②]——不，绝不！

① 在英国，头上长角是戴绿帽子的意思。这里指头上长角的野兽吸引戴绿帽子的人。

② 这是对小糖人儿的回应。

萝丝　你们为什么耽搁在这儿，不快去追逐你们的猎物？

西比尔　但愿他们狩猎的老马都拐了腿。

哈蒙　在这儿找到的鹿更加亲热。[①]

萝丝　但你在这儿要找的，先生，不是亲人儿。

哈蒙　我追逐鹿，但这亲人儿追逐我。

萝丝　这是我看到的最怪异的狩猎。
你的狩猎场在哪儿？
她欲走开

哈蒙　在这儿。哦，请别走！

萝丝　如果你刺穿我，我就走不了了。[②]

瓦纳　他们在争吵呢，姑娘。咱们俩比他们要亲热得多。

西比尔　你捕猎的是什么样的雄鹿？

瓦纳　一颗心，一颗亲爱的心。[③]

西比尔　谁见过这样的鹿？

萝丝　你丢失了你的雄鹿？你能把你的雄鹿丢失吗？

哈蒙　我丢失了我的心。

萝丝　唉，好绅士。

哈蒙　可怜的人儿丢失了他的心，但愿你能找到这颗心。

萝丝　如果我有幸找到这颗心，你的心便属于一个女人的了。

哈蒙　啊，我听有人说，幸运是长角儿的。

萝丝　但愿上帝给你带角儿的幸运吧。[④]

---

① 戏剧人物利用英语中 deer 和 dear 发音相近相互戏谑。

② 含有谐谑的性暗示。

③ 因为在英语中，雄鹿（hart）和心（heart）发音一样，他们在相互戏谑。

④ 萝丝在这里讽刺他，但愿他戴上绿帽子。

罗杰·奥特利市长和仆人们上

奥特利　啊，哈蒙少爷，欢迎来老福德镇！

西比尔　愿上帝宽恕，把手拿开，先生！——老爷来了。

奥特利　我听说你很不走运，丢失了你的猎物。

哈蒙　是的，大人。

奥特利　很遗憾。
这位先生是谁？

哈蒙　我的贤妹婿。

奥特利　欢迎你们俩。
既然命运让你们来到我的家，
你们一定要让你们的四肢
休息好了才能离开。
去，西比尔，把餐桌摆好。
你们将出席的
不是一场盛大的酒宴，
只是猎人的野餐而已。

哈蒙　感谢市长阁下。
（对瓦纳）兄弟，
我敢拿我的命打赌，
我会找到一个老婆。

奥特利　请进，先生们，我一会儿就来。
除奥特利，众下
这哈蒙看来是一个真正的绅士，
生来就是一个顺民，
倒是一个相称的婚姻。
他给我女儿做夫婿
多么合适！
得，我走进去，

要竭力设法

将女儿许配给这位绅士。

下

第七场[1]

拉西/汉斯、船长、豪吉、福克上

船长　我告诉你，汉斯：从克里特岛[2]驶来的船舶，天啊，装满了糖、麝香、杏仁、细亚麻布等等——成千种货品。拿去吧，汉斯，为了你的师傅拿上这船货吧。这儿是提货单。你师傅西蒙·埃尔将赚很多钱。你觉得怎么样，汉斯？[3]

福克　勃洛勃洛，勃洛，勃勃洛勃洛——笑吧，豪吉，大笑一番吧！

拉西/汉斯　我亲爱的兄弟福克，带埃尔师傅到天鹅酒馆来。在那儿，你们将见到这位船长和我。你怎么说，福克兄弟？这么干吧，豪吉！[4]来，船长！

拉西/汉斯和船长下

福克　你说，“带他来”？这不会欺骗吧，让我师傅买价值二三十万英镑的一船货品。唉，那也没什么——一点儿，一丁点儿罢了，豪吉。

豪吉　问题是，福克，船货的主人不敢露脸，船长代表他表

① 场景回伦敦。

② 希腊最大岛屿。

③ 原文为荷兰语。

④ 原文为荷兰语。

示对汉斯的爱，给咱们师傅便宜买一船货物的好处。他将付一笔恰当的钱，然后转手把货品卖掉，赚很多很多的钱。

福克　是的，但是咱们的伙计汉斯有可能借师傅二十枚葡萄牙金币作为一笔预付款吗？

豪吉　你该说“葡萄牙金币”——金币就在这儿，福克：听，它们就在我口袋里叮当作响，像河边圣玛丽教堂[①]的钟声。

埃尔、他妻子玛琪利和一侍童上

福克　哎，夫人和师傅来了。我敢以生命担保，为了星期一这么闲逛，她准会骂咱们了。不过都一样。让他们爱怎么说就怎么说去吧。反正星期一是咱们的假日。

玛琪利　你在干好事，厚脸皮先生，我得咒你，恐怕为了你干的这好事，咱们会得病。

福克　因为我而得病，夫人？为什么，夫人，为什么？

豪吉　师傅，我希望你不会因为夫人搞上了咱们鞋匠而吃醋。

福克　如果她搞我，我也搞她——是的，再往下一颗纽扣。

埃尔　安静点儿，福克。我不会吃醋，豪吉。凭法老的生命担保，凭路德门大人发誓，凭我这把胡子赌咒，每一根毛都值一个国王的赎金，她绝不会跟你们鬼混。安静点儿，你这原棉灯芯白蜡蜡烛一样宝贝的皇后，走开吧，你这纸牌皇后，别跟我和我的哥儿们吵嘴，跟我和我的好福克吵嘴。如果你还要胡闹，我可要给你颜色看。

玛琪利　是的，是的，老公，你要我怎样我就怎样——让这一

① 现名为萨瑟克教堂，在泰晤士河伦敦桥附近。在历史上，有的编者，如 Harrison，将第一首三人曲置于此处。

切过去吧。

埃尔　让一切过去吧，让一切消失吧。安静点儿，难道我不是西蒙·埃尔吗？难道这些不是我的勇敢的人，勇敢的鞋匠，工艺界的绅士吗？我虽然不是王子，但作为鞋匠的独子，我出身高贵。走开，垃圾货。消失吧，就像厨余垃圾化掉，化掉。

玛琪利　是的，是的，好极了。对于一群混混来说，我就是垃圾货，厨余垃圾。

福克　不，夫人，你不要为了我而哭泣。师傅，我不再待在这儿了。这儿是一张我工场工具的请单[①]。再见，师傅。豪吉，再见。

豪吉　不，等一等。福克，你别独自一个人走。

玛琪利　让他们走吧。那儿有更多的傻姑娘，更多的豪吉，有更多的比福克更傻的傻瓜蛋。

福克　傻瓜蛋？天啊，要是我耽搁，我宁可扒我的皮做鞋线。

豪吉　要是我耽搁，我宁可让上帝把我当靶子，把我放在费恩斯伯里打靶场，让打枪的人当靶子打。来，福克。

埃尔　等一等，我的好混混们，我店面的好手，制鞋业的台柱。怎么，闲言碎语就让你们抛弃西蒙·埃尔了吗？走开，你这厨余垃圾娘儿们；走开，你这贱黑面包荷兰娘儿们，别让我瞧见你！别让我看着你生气。难道不是我把你从伊斯特契帕猪肠市[②]上买来，把你安置在我的店里，让你成为鞋匠西蒙·埃尔的伴儿吗？可你现在如此对待我的鞋匠老师傅？你这牛肉末娘儿们，瞧一眼豪吉的脸。这是一张贵人的脸呀。

---

① 福克把清单英文念错了。

② 伦敦塔尔街西边一条肉市街。

福克　而且这张脸配得上基督教国家任何一位贵妇人。

埃尔　走开，你这煎猪肠婆娘，走开！侍童，叫野猪头酒馆跑堂的为我的鞋匠们拿一打啤酒来。

福克　一打啤酒！哦，天啊，豪吉——我要留下了！

埃尔　（对侍童）如果这家伙喝两罐以上的啤酒，他得自己掏钱。（侍童下）给我的鞋匠们拿一打啤酒来！（侍童拿来两罐啤酒，下）

你们这些疯狂的家伙，用啤酒洗一洗你们的肝吧。还有十罐呢？没了，玛琪利，再没有了。说得好，喝了啤酒，干活儿。你干的是什么活儿，豪吉？什么活儿？

豪吉　我正在为市长大人的女儿萝丝小姐做一双鞋。

福克　我正在为市长大人的丫环西比尔做一双鞋。我跟她打交道。

埃尔　西比尔？别让你大师的手给这垃圾货的贱脚糟蹋了。宫廷的嫔妃、爵爷公卿家的贵夫人，我的伙计，才配得上穿咱们做出来的鞋呢。粗糙的活儿让汉斯去做吧，缝缝皮革啦、串串鞋线啦什么的。

福克　缝皮革、串鞋线的活儿，到时候我要亲自干。

豪吉　啊，师傅，说这一切都不得要领。你还记得伙计汉斯跟你说的关于那艘船的话吗？船长和他正在天鹅酒馆喝酒呢。预付款的葡萄牙金币在这儿。如果这笔交易做成的话，你至少会成为一位爵爷。

福克　不，师娘，要是师傅不成为一位爵爷，你不成为一位贵夫人，我就去死。

玛琪利　是的，既然你们这么晃晃荡荡，边喝醉酒边这么胡说八道，这也许会成真。

福克　喝醉酒，师娘？不，咱们一直在跟那两个荷兰佬就一船的塞浦路斯丝绸和糖果讨价还价呢。

侍童拿来一件丝绒外套和一件市议员长袍，埃尔穿上

埃尔　安静点儿，福克。闭嘴，别再说闲话了。豪吉，我终究要做这件事。这是一枚印章戒指，我订了一件有饰带装饰的长外套和一件绸缎长袍。瞧拿来了。帮我穿上，福克。帮我穿上，豪吉。这是丝绸锦缎子，你们这些疯狂的酒鬼，这是丝绸锦缎子哪！

福克　哈，哈！我师傅穿着绣花的丝绸锦缎就像一条狗一样趾高气扬。

埃尔　小心点儿，福克，别让丝绒长袍起毛了，我就只好穿破绽的衣服了。你觉得我怎么样，福克？我瞧上去怎么样，我的好豪吉？

豪吉　啊，师傅，你瞧上去志得意满。我敢保证你是伦敦城里少数几个人，在大街上碰上，人们会让你走墙边的路，并对你尊称"阁下"。

福克　天啊，我师傅穿的就像一件旧衣改新的袍子。主啊，主啊，瞧穿上新衣服又是一个什么样子。师娘，师娘，难道你没迷恋上他吗？

埃尔　你怎么说，玛琪利？难道我瞧上去不利落？不好看？

玛琪利　不好看？老实说，亲爱的，棒极了。实话实说，我一辈子也没这么喜欢过你，亲爱的——但这也过去了。我敢打赌，伦敦城里也没几个女人能拥有这么英俊的丈夫，即使就穿衣而言——但这也过去了。

拉西／汉斯和船长上

拉西／汉斯　日安，师傅。这是拥有那艘船货的船长。货品是一流的。要着它吧，师傅，要着它吧。[①]

---

① 原文为荷兰语。

埃尔　谢谢你，汉斯。[1] 欢迎，船长。货船在哪儿？

船长　货船就在河中。货品中有糖、麝香、杏仁、细亚麻布，天啊，成千上万种！要着它吧，师傅，给你一个好价钱。[2]

福克　买吧，师傅。哦，亲爱的师傅！哦，可口的货品！梅干、杏仁、糖、糖果、胡萝卜，萝卜——哦，棒极了的肥肉！除了你，别让任何一个人买哪怕一颗肉豆蔻核仁。

埃尔　安静点儿，福克。来，船长，我和你一块儿上船去看看。汉斯，你请他喝酒了吗？

船长　请了，请了。我喝了不少酒。[3]

埃尔　来，汉斯。跟着我。船长，在伦敦城，你将得到我的保护。

埃尔、船长、拉西 / 汉斯下

福克　他说“是的，我喝了好多酒”！他们真是名副其实的黄油盒荷兰佬，吃肥牛肉[4]，喝浓啤酒。来，师娘，我希望你不再责备咱们。

玛琪利　不，说真的，福克。不，天啊，豪吉。我真的感到荣耀来到了我的身上，让我的周身肉体感到一种提升——但是这也就那么回事。

福克　你说，你周身肉体感到一种提升？啊，你是不是有了孩子了；我师傅穿上长袍，戴上金戒指，也没有感到他的肉体有一种提升！你是这样的一个悍妇，用不了多久就会把他放倒。

---

① 原文为荷兰语。

② 原文为荷兰语。

③ 原文为荷兰文。

④ 牛肉又是荷兰人的绰号。

玛琪利　哈，哈！敢情，轻点儿声，你让议员阁下的老婆禁不住哈哈大笑起来——但这也就那么回事。喂，我要进去了。豪吉，请你走在我前面。福克，跟着我！

福克　福克正紧跟着呢。豪吉，就这么大摇大摆走进去。

第八场

林肯伯爵和道奇上

林肯　现在情况怎么样，好道奇，法国有什么消息吗？

道奇　大人，法国和英国在
5 月 18 日打了一仗。
双方都憋了一股劲儿
打得十分惨烈。
英法士兵酣战了
足足五个小时。
最终我方赢得了战争。
一万二千法国士兵丧身，
英国折兵四千。
伤亡名单还没有下来，
只知道有锡阿姆上尉
和年轻的阿丁顿。

林肯　这是两个英俊的绅士。
我认识他们。
但是，道奇，请告诉我，
在这场战斗中
我侄子拉西表现怎么样？

道奇　我的大人，你侄子拉西没在那儿。

林肯　没在那儿？

道奇　没在，我的好大人。

林肯　很显然你搞错了。
我看着他上船，
成千双眼睛目睹
他跟我道别。
道奇，说话细心点儿。

道奇　大人，我肯定
我说的没有错。
为了证明这一点，
顶替他的堂兄弟阿斯卡
派遣密使叫我到法国去
把他带回来。
他很可能自己离开了那儿。

林肯　是这样吗？
他竟然敢于如此率性
以自己的生命
来冒犯国王吗？
他竟然如此无视我的爱，
无视我倾倒在他头上的恩宠？
他会为他的胆大妄为
而悔恨不已。
他既然不把我的爱当回事，
我也无须让他知道我的恨了。
还有什么别的新闻吗？

道奇　没了，大人。

林肯　我知道你没有比这更糟糕的消息了。
请想一想，
我恳求王上

给这微贱的小人
以崇高的荣誉，
作为上校走向战场，
而我的期许
全都成了泡影？
但是，痛苦也是徒劳。
以怨报怨
也无法让人宽慰。
我以生命担保，
我发现了他的计谋。
老狗在他身上
倾注百般宠爱，
他却爱上
那乳臭未干的姑娘，
有着漂亮脸蛋的萝丝，
市长大人的女儿，
为她着了魔，
在疯狂的爱情的火焰中
将把自己烧成灰烬，
毁掉信誉，
失去国王的恩宠，
是的，
恐怕还有生命[1]，
而这一切
就只为了赢得一个荡妇。
道奇，是这样的。

道奇　我也这么担心，大人。

林肯　是这样的。——不，不能让它这样。
我真是不知所措了。道奇——

① 因为逃兵是要被杀头的。

道奇　嗯，什么，大人？

林肯　你了解我侄儿常去的地方。
这金子是对你的酬劳。
去把他找出来。
注意市长大人的房子。
如果他住在那儿，
你务必去跟他见一次面。
请使把劲儿吧。
拉西，你的名字
曾经象征荣誉，
而如今却在耻辱中毁灭！
请细心而为。

道奇　我向你保证，大人。
下

第九场

市长罗杰·奥特利爵士和斯科特老爷上

奥特利　好斯科特老爷，
我冒昧恳请老爷
做小女和哈蒙少爷结婚的
证婚人。
哦，让路吧，
瞧，新人来了。
哈蒙和萝丝上

萝丝　难道你真的爱我吗？
不，不，在你的眼神中，
我看到明显的阿谀奉承。
请放开我的手。

哈蒙　亲爱的萝丝小姐，
请不要误解我的话，
也不要曲解我的爱情，
我以爱情中的灵魂发誓，
我爱你甚于爱我的心。

萝丝　甚于爱你的心？
我的判断是正确的：
当不见男人踪影的时候，

他们最爱的是他们的心。

哈蒙　我以这只手起誓，
我爱你。

萝丝　把你的手拿开。
如果肉体是脆弱的[1]，
那么，你的誓言
也同样是脆弱的！

哈蒙　我以生命发誓。

萝丝　别争吵。
一吵架，
把妻子、生活和一切全丢了。
你的意思是不是这个？

哈蒙　说实话，你在开玩笑。

萝丝　爱情就是喜欢调笑，
因此没有爱情，
你就是最好的。

奥特利　怎么，他们在吵架，斯科特老爷？

斯科特　先生，无须怀疑
情人吵得快，
和解得也快。

哈蒙　亲爱的萝丝，
在对我的爱情中
请不要如此勉强。
不，永远不要躲闪。
也不要避开我的眼神。
我并没有那么犯傻，

① 《新约·马太福音》26:41："但肉体却软弱。"

爱上一个
鄙夷我，
随时可能抛弃我的人。
如果你爱我，
我们就成为情人；
如果不爱，
那就再见，告辞了。

奥特利　啊，现在怎么样，新人们；
你们两人都愿意吗？

哈蒙　是的，愿意，大人。

奥特利　那就好。把你的手给我；
把你的手给我，我的女儿。
怎么回事，两人的手都缩回去了！
你这是什么意思，姑娘？

萝丝　我的意思是
我将做个处女活着。

哈蒙　（*旁白*）不是死的时候还是个处女。等一等，先别这么说。

奥特利　你还要让我生气，还这么顽固吗？

哈蒙　不，她是对的，不要呵责她，大人。
如果她能过幸福的处女生活，
那比当一个妻子好过多了。

萝丝　先生，我不能。我发了誓：
任何人都可能做我的丈夫，
但不是你。

奥特利　你真是伶牙俐齿。但是，哈蒙少爷，你知道我原先是想给你另一个结局的。

哈蒙　怎么，难道你指望我哭泣、哀号
“可爱的小姐”“我心中的爱”
“原谅你的仆人”等诗人的故伎重演，
抱怨丘比特和他专横的箭吗？
难道你要我戴上你的手套，
步上骑士比武场，
说我把多少勇士
从马上用矛刺下来？
亲爱的，这会让你快乐吗？

萝丝　是的；什么时候开始？
赋爱情诗，怎么样，老兄？
呸，这十恶不赦的罪愆！

奥特利　如果你想要她，我可以叫她同意。

哈蒙　强迫的爱
比恨我还要糟糕。
（旁白）有个照管老交易所酒吧的女人[①]。
我钟情的是她。
我追求的不是财富。
我已经有足够的钱，
我爱她胜于世上所有的女人。
（对奥特利）我的好市长大人，
再见。
（旁白）我要的是旧情，
新情没我的份儿。
下

奥特利　（对萝丝）哭哭啼啼的小东西，
你干的好事，
只要我活着，

① 指简。哈蒙首次表示了对简的兴趣。

你会为你的拒绝后悔。[1]
——谁在里边?
把小姐立即送到老福德去。
(对萝丝)我要对你严加管教。
——我曾经对着上帝发誓
定要这哭哭啼啼的小东西
接受哈蒙的爱。
现在可好,把他赶走了,
唉,别再去想他了。
——走开,小贱货[2],进去吧。
萝丝下
现在告诉我,斯科特老爷,
你认为鞋匠西蒙·埃尔老爷的财富
够买那船货吗?

斯科特 足够了,大人,阁下和我都是他的合伙人;
你的提货单显示
埃尔在一样货品中的利润
至少高达三千英镑,
而其他货品的利润
也差不多这个数。

奥特利 好啊,他不得不花掉几千英镑了,
我已经派人把他叫到市政厅来了。
埃尔上
瞧,他来了。早晨好,埃尔老爷。[3]

---

① 请比较莎士比亚《罗密欧与朱丽叶》第三幕第五场,凯布:“偏偏遇见这么一个哭哭啼啼的糊涂东西,/不知事务,只晓得哭。人家把宝贝送到她面前,/她居然说,‘我不能爱’‘我不结婚’。”

② 英文原文为 minion,莎士比亚《罗密欧与朱丽叶》第三幕第五场中,凯布用同样的词形容他的女儿朱丽叶。

③ 请注意市长大人在这里称埃尔为老爷(Master),这称呼是里程碑式的一个转变。

埃尔　在下鞋匠西蒙·埃尔，大人。

奥特利　好啊，好啊，你喜欢这么自称也就罢了。[①]

道奇上

道奇　老爷，有什么消息？

道奇　我想私下跟阁下说一下。

奥特利　好吧，好吧，埃尔老爷、斯科特老爷，
我跟这位先生有点儿私事要处理。
请你们先散步走到市政厅去，
我马上就来。
埃尔老爷，我希望在中午前
能称呼你为名誉市长了。

埃尔　我无所谓，大人，如果你愿意，你还可以叫我西班牙国王。来，斯科特老爷。

埃尔和斯科特下

奥特利　道奇老爷，你带来什么消息？

道奇　林肯伯爵请我向阁下致意，
如果可能的话，
请求你告诉他，
他侄子拉西现在在哪儿。

奥特利　他不是在法国吗？

道奇　没在法国，我可以肯定地对阁下说，
这条猎狗化装了在伦敦。

奥特利　伦敦？是这样吗？
有可能，
但是，以我的信誉和灵魂发誓，
我不知道他待在哪儿，

---

① 言下之意是其实你并不穷。

甚至他是否还活着。
就这么禀告林肯大人。——这条猎狗在伦敦?
那好，道奇老爷，
你也许可以把他从洞里赶出来。
想办法把他赶回法国去。
如果你能做到这一点，
我给你十几枚金币
作为酬劳。
我爱伯爵殿下，
我恨他的侄子;
请你这么禀告伯爵大人。

道奇　告辞了。
道奇下

奥特利　再见，好道奇老爷，
拉西在伦敦?
我敢以我的生命打赌，
我女儿定然知道他的所在，
正因为此，
她拒绝了年轻哈蒙少爷的爱。
好啊，我正巧把她送到老福德去了。
天啊，我要迟到了，
该赶快前往市政厅。
我知道我的朋友们在等着我。
下

第十场

福克、玛琪利、汉斯/拉西和罗杰上

玛琪利　你们走得太快了，罗杰。哦，福克。

福克　是的，走得确实有点儿快。

玛琪利　请跑吧——听见没有——奔跑到市政厅去，看看我老公，埃尔老爷，选上了荣誉市长没有。快跑，好福克。

福克　选上没有？得，我去。如果他没选上，福克发誓撇下他，不管他了。——是的，快走，快跑到市政厅去。

玛琪利　得啦，什么时候啦！你这个人太简明扼要，太拖拖拉拉的了。①

福克　哦，很少听人这么说的，“简明扼要”！阁下是雄辩的天才。（旁白）师娘说话多么像一辆新的手推车轮子，叽叽嘎嘎个不停；瞧上去，就像一只要去煮沸的发霉的旧啤酒皮袋。

玛琪利　得啦，什么时候啦！你让我愁死了。

福克　上帝不许师娘阁下犯愁。我跑得了。

下

玛琪利　让我瞧瞧，罗杰和汉斯。

① 玛琪利在这里为了显得文绉绉，用错了词。

豪吉　是的，确实，师娘——哦，我应该说夫人，但是老称呼紧紧贴在我的上腭上，我舔也舔不掉。

玛琪利　即使你使了大劲儿，好罗杰。师娘对于一个信奉基督教的正派女人是一个恰当的称呼——但把那忘了吧。你怎么样，汉斯？

拉西/汉斯　我感谢你，夫人。[①]

玛琪利　啊，汉斯和罗杰，你们瞧上帝垂爱你们的师傅，天啊，要是他真成了伦敦市荣誉市长——那也没什么了不起，咱们都会死的——你们等着，我将在什么旮旯里给你们准备一些怪怪的东西。我不会是你们背信弃义的朋友——但这也把它忘了吧。汉斯，请帮我鞋子打上结。

拉西/汉斯　好的，我来打结，夫人。[②]

玛琪利　罗杰，你知道我的脚的尺寸。它还不算最大的，感谢上帝，它还是够漂亮的。请给我做一双鞋，鞋底要软木的，好罗杰；还要木高跟。

罗杰　好的。

玛琪利　你认识做裙架的，或者做法国头套的工匠吗？我要做一套用鲸骨做圆环的裙子。哈，哈！我在纳闷戴上法国头套，我看上去会是什么样子？会非常怪，我想。

拉西/汉斯　就像戴颈手枷的婊子。（对玛琪利）我向你保证，肯定漂亮极了，夫人。

玛琪利　凡有血肉的都似草。[③] 罗杰，你能告诉我在哪儿能买到一头好假发？

---

① 原文为荷兰语。

② 原文为荷兰语。

③ 见《旧约·以赛亚书》40:6。其意是人生是短暂的。

豪吉　是的，确实是。在高尚大街鸟贩子店里能买到。

玛琪利　你真是一个很不高尚的说笑话的家伙。我说的是假发，给我做假发套的假发。

豪吉　啊，夫人，下次我刮胡子时，将胡子楂儿留着给你用。它们倒是真发。

玛琪利　太热了。给我拿一把扇子来，要不拿个假面具[①]来。

豪吉　（旁白）你想拿个什么东西来遮挡你的丑脸了。

玛琪利　呸，这些时髦的玩意儿要花多少钱！啊，那可是上帝的杰作呀。我可不想跟那些玩意儿有瓜葛。福克还没有来吗？汉斯，别老阴沉着脸。正如我丈夫大人阁下说的，让该过去的过去吧。

拉西 / 汉斯　我很高兴。也希望你高兴。[②]

豪吉　夫人，你想要抽管烟吗？

玛琪利　哦，呸，罗杰！这些糟糕的烟斗丝损害了我摸过的玩意儿[③]。去它的吧，上帝保佑。抽烟斗的人，人不像人鬼不像鬼。

残疾的拉夫上

豪吉　怎么啦，拉夫伙计！夫人，瞧——简的丈夫！啊，怎么啦——瘸腿了？汉斯，好好待他。他是咱们鞋匠的哥儿们，一把好手，一个高大的士兵。

拉西 / 汉斯　欢迎，伙计。

玛琪利　啊，我认不出你了。你过得怎么样，好拉夫？很高兴见到你活着回来。

---

① 假发、扇子和假面具是伊丽莎白时期时髦女人喜欢的饰品。假面具用来遮挡太阳。

② 原文为荷兰语。

③ 原文为 baubles，意为玩物，在此暗示阴茎。

拉夫　但愿上帝让你见到我完好如初，夫人，
像我从伦敦出发
到法国去时的样子。

玛琪利　请相信我，拉夫，我感到很遗憾，看到你残疾了。主啊，战争让他晒得这么黑[1]了！左腿不行了。考虑到你来自法国战场，感谢上帝，他还让你留着这么长的部位——不过把这忘了吧。

拉夫　很高兴见到你一切都好，
也很高兴听说从我们离别之后
上帝如此垂青师傅。

玛琪利　是的，是这样的，拉夫，感谢造物主——不过把这忘掉吧。

豪吉　拉夫伙计，有什么新闻吗，有什么法国的新闻吗？

拉夫　首先告诉我，好罗杰，英国有什么新闻？简怎么样？你们什么时候看见我老婆的？我的心上人儿现在住在哪儿？我没了手脚给她挣面包，她会很穷困的呀。

豪吉　没了手脚？难道你手不是好好的吗？一个鞋匠，只要有三根手指，你就永远不会看见他缺乏面包。

拉夫　这一阵我没有听说任何关于简的消息。

玛琪利　哦，拉夫，你的老婆！唉，咱们也不知道她怎么样了。她曾经在这儿待过一会儿，一个有夫之妇，她变得跟她的地位很不相称地招摇了。我劝过她，说了些告诫的话。她一甩手就走开了，再也没有回来，也没有说再见什么的。拉夫，你知道，“将心比心”。所以我这么告诉你——罗杰、福克还没有来？

豪吉　还没有来。

---

① 英文原文为 sunburnt，暗含得性病之意。

玛琪利　就是这样。咱们很久没有听说她了，但我听说她在伦敦——不过让它过去吧。如果她有什么需要帮忙的话，她可以跟我说，跟我老公说，或者跟咱们任何一个鞋匠说。我肯定没有一个人不会尽力帮助她的。汉斯，瞧瞧福克来了没有。

拉西/汉斯　好的，夫人，我去看看。

拉西/汉斯下

玛琪利　我就是这么说的。拉夫，你为什么哭？你知道咱们都光着身子从母亲的子宫里出来，还会光着身子回去。因此，为了得到的一切，感谢上帝吧。

豪吉　不，说真的，简在这儿已经成了外人了。但是，拉夫，振作起来——我知道你会振作的。你的老婆，老兄，在伦敦。有人告诉我不久之前见到过简，穿戴得漂漂亮亮。如果她在伦敦，咱们会把她挖出来。

玛琪利　唉，可怜人儿，他太悲伤了。他难受弄得我也难受了，为失去了好的东西[①]而悲痛。但是，拉夫，进去吧，要上肉和啤酒。如今你得称我阁下了，我一会儿来找你。

拉夫　感谢你，夫人，
虽然我缺乏腿和土地，
我依赖上帝，
我的朋友们和我的双手。

拉西/汉斯和福克上

福克　跑啊，好汉斯。哦，豪吉，哦，夫人！豪吉，竖起你的耳朵听着。夫人，快打扮起来，穿上你最漂亮的衣服。我师傅被公众选上了，我师傅的名字被叫上了，

① 指贞操。

我师傅不得不干上了，在这重要的年份[1]当上伦敦城名誉市长了。一大群穿黑长袍的人，用喊声和手表达了意愿，他们全举起了，喊道“赞成，赞成，赞成，赞成”。我就赶紧溜出来了。
既然没什么可担心的了，
让我拥抱你，荣誉市长夫人阁下。

拉西 / 汉斯　是的，是的，我师傅是一个大人物，荣誉市长。

豪吉　我不是告诉过你吗，夫人？现在我可以大胆地说，“早晨好，荣誉市长夫人阁下。”

玛琪利　早晨好，好罗杰，我感谢你们，我的好臣民。福克，张开你的手，为了你带来的好消息，这儿是给你的三便士银币。

福克　我想，这只值三枚半便士。——噢，是三便士银币，让我亲吻这玫瑰。[2]

豪吉　但是，夫人，我还是得管着你，说话别这么拿腔拿调的。

福克　夫人阁下是这么说话的，不是她。不，说真的，师娘，跟我按旧时老方式说话吧。“干吧，福克”“在那儿，好福克”“干你的事儿吧，豪吉”——大嘴巴“豪吉”——“我要用笑话让你笑破肚子”。

西蒙·埃尔戴着金项链上

拉西 / 汉斯　瞧，亲爱的兄弟，师傅来了。[3]

玛琪利　欢迎回来，荣誉市长老爷。但愿上帝让你健康发财。

埃尔　瞧这儿，玛琪利，西蒙·埃尔戴着一条项链，一条金项链！我要让你成为一位贵妇人。这是给你的法国头

---

① 指 17 世纪新世纪的第一年。

② 银币一面镌刻女王头像，另一面镌刻玫瑰图案。

③ 原文为荷兰语。

套。戴上它，戴上它。在你的眉宇上戴上这法国羊毛头套将让你显得可爱。我的那些好哥儿们呢？罗杰，我要将我的店铺和工具都已交给你。福克，你将当工头。汉斯，你将得二十枚葡萄牙金币。跟你们的师傅西蒙·埃尔一样发疯吧，你们也会成为伦敦的荣誉市长的。你怎么喜欢我，玛琪利？我不是王子，但我出身高贵！福克、豪吉和汉斯！

三个人　是的，确实是；荣誉市长老爷，你怎么说？

埃尔　你们这些巴比伦[1]流氓，崇拜这高尚的手艺，为它去争取荣誉吧！啊，我把一件重要的事给忘了。市长大人在老福德请我吃饭。他已经先期去了，我得紧跟在后面。来，玛琪利，戴上你那些装饰小玩意儿。现在，我的真正的特洛伊人，我的好福克，我的利落的豪吉，我的老实的汉斯，作为鞋匠绅士，来上一些余兴娱乐，一些老音乐，一些莫里斯舞[2]什么的。咱们在老福德见面。你们知道我的心思。来，玛琪利，走吧。

关上店铺，伙计们，去过一个节日吧。

埃尔和玛琪利下

福克　哦，太少有了！哦，太妙了！来，豪吉，跟着我，汉斯。咱们跟着他们去跳莫里斯舞。

---

① 埃尔的习惯性的夸张言辞，与巴比伦无关。

② 英国传统民间舞蹈，一般舞者为男子，身上系铃，扮民间传说中的人物。

第十一场

市长大人（罗杰·奥特利）、埃尔、他妻子（玛琪利）戴着法国头套、萝丝、西比尔以及仆人上

奥特利 （对埃尔和玛琪利）请相信我，你们就像老福德一样受欢迎，就像我最挚爱的朋友。

玛琪利 我非常感激大人阁下。

奥特利 难道我们简陋的招待值得你感谢吗？

埃尔 盛情的招待，市长大人，招待好极了；一栋好极了的房子，好极了的围墙，一切都井井有条，错落有致。

奥特利 诚然，我告诉你，埃尔老爷，
像你这样不拘小节的狂人
参加到我们的圈子，
对我，对我的兄弟们
是一件极好的事。

玛琪利 是的，但是，大人，他必须学会严肃一点儿。

埃尔 安静点儿，玛琪利；去他的严肃吧。当我穿着玫瑰红的长袍到市政厅去，我当然得瞧上去像圣人一样端庄，像严肃的太平绅士一样说话；但是，我现在在老福德，在我的好市长大人的家，去他的严肃吧，去他的吧，玛琪利；我要快乐自在。去他的装模作样的法

国头套吧，去他的那些愚蠢的作为吧，去他的那些假意欺骗吧。啊，亲爱的——我不是王子，但我出身高贵！我市长大人怎么说？

奥特利　哈，哈，哈！我与其拥有一千英镑，还不如有一颗你一半快乐的心。

埃尔　啊，我的大人，我该怎么办？整天的烦恼解决不了一丁点儿痛苦。哼，让咱们趁年轻快乐吧。老年，葡萄酒和糖在不知不觉中就把我们的岁月偷走了。[①]

奥特利　说得好极了。埃尔夫人，请你给我的女儿一些忠言劝告吧。

玛琪利　我希望萝丝小姐通情达理，不会做任何不好的事。

奥特利　但愿上帝让她这么做；
事实上，埃尔夫人，
我将给那不听话的糊涂姑娘
比我原先想给她的钱
还要多一千英镑，
条件是她得听我的话。
这小傻瓜叫我烦恼得要死。
最近遇到一位
有很好收入的合适的绅士，
我很愿意选他为婿。
但我那宠坏了的孩子
不中意他。
到死时你才会知道
你是一个多大的傻瓜。
只有廷臣，
而不是任何别的人，

① 英文原文为 sack，系西班牙加纳利群岛的干葡萄酒，英国人嫌其酸，加糖。在当时的英国，糖是一种奢侈品。在历史上，有的编者如 Rhys，将第一首三人曲置于此处。

才中意你的眼缘。

埃尔　听话，亲爱的萝丝；你到了该嫁人的年龄了。别嫁个嘴上没毛的小伙子。廷臣——别，去他的吧！别光看华丽的衣饰。那些穿绸挂缎的纨绔子弟只是徒有其表，表面鲜亮而已，萝丝。衣服的里子都破了。不，我的小老鼠，嫁个像你市长大人父亲一样的食品商绅士。食品商是一份甜蜜的职业；卖李子，李子！我要是有个儿子或者女儿，我就要他或者她和鞋匠结婚，他应该打起背包到外面去闯世界。啊，这高尚的手艺可以在欧洲、在全世界谋生。

幕后击鼓声和管乐声

奥特利　这是什么声音？

埃尔　哦，市长大人，一群好伙计出于对阁下的热爱来到这儿跳莫里斯舞。进来吧，我的美索不达米亚人[①]，快快乐乐地进来吧。[②]

豪吉、拉西 / 汉斯、拉夫、福克，以及其他鞋匠跳着莫里斯舞上。跳了一会儿后，市长大人说话

奥特利　埃尔老爷，他们全是鞋匠吗？

埃尔　全是皮鞋鞋匠，我的好市长大人。

萝丝　（旁白）那个鞋匠多么像我的拉西！

拉西 / 汉斯　（旁白）哦，我不敢跟我的爱说话！

奥特利　西比尔，去拿酒来请他们喝。
欢迎你们。

鞋匠们　感谢大人阁下。

萝丝拿起酒杯走向拉西 / 汉斯

---

① 埃尔的习惯性的夸张言辞，并没有实际意义。

② 此处有可能吟唱第一首三人曲。

萝丝　为了你装扮的这一美好的形象，
好朋友，我向你敬酒。

拉西 / 汉斯　谢谢你，好姑娘。

玛琪利　我瞧出来了，萝丝小姐，你真会判断，给我店铺中最俊美的人敬酒。

福克　有些人扮演的角色本身就是很俊美的。

奥特利　得，有紧要的事要我赶紧回伦敦。
好朋友们，先进来，尝尝我们的盛情，
在回去的路上尽情欢乐吧，
这是两枚金币，
在斯特拉特福·博酒馆买啤酒喝。

埃尔　在这两枚金币之上，西蒙·埃尔再追加一枚，快快乐乐，福克，去寻欢作乐吧。汉斯和所有的伙计们，去欢乐吧，为了鞋匠的荣誉。[①]
所有的鞋匠们一边跳舞，一边下

奥特利　来，埃尔老爷，让我们在一起待一会儿。
奥特利、埃尔和玛琪利下

萝丝　西比尔，我该干什么呢？

西比尔　怎么回事？

萝丝　那个鞋匠汉斯是我的所爱拉西，
装扮成鞋匠好接近我。
我该用什么办法跟他说话呢？

西比尔　啊，小姐，别怕。我敢拿我的贞操来担保——当然我们要认真地来干——当我们到伦敦，尽管你老子设下种种圈套，荷兰人汉斯不仅会看见你，和你说话，而且还会把你偷走，和你结婚。你喜欢这样吗？

---

① 在历史上有的编者，如 Halliday 和 Koszul，将第一首三人曲置于此处。

萝丝　就这么干，只要我能得到我的爱就行。

西比尔　走吧，跟着你父亲到伦敦去，
不要让你的缺席
引起他的怀疑。
如果我的计划执行顺利，
明天我要将你
送到鞋匠铺去当学徒。
众下

第十二场①

简走进一家裁缝店干活，紧紧裹着冬衣的哈蒙在另一扇门边。他独自站着面向另一边

哈蒙　那儿是裁缝铺，
我的爱坐在那儿。
美丽而可爱，
但却不为我所有。
哦，但愿她是我的！
我追求了三次，
我的手三次被她的手濡湿，
我的可怜的贪婪的眼睛
凝视着她的身影，
那反过来让我的眼睛
变得更加贪婪。
我太不幸了。
我需要一个情人，
但没人爱我。
我必须得了解
女人怎么看男人，
我欠缺的是什么。

---

① 请将这场戏与莎士比亚《罗密欧与朱丽叶》第二幕第二场的阳台戏相比较，在结构上有类似的地方。

妩媚的萝丝小姐倒是可爱，
但她太挑剔了。
哦，不，她还是一个处女，
她会觉得我太放荡，
她不会用她那明亮的眼睛
来温暖我冰冷的心。
她缝纫得多么美！
哦，美丽的纤手！
哦，快乐的工作！
我站在这儿
没让她看见，
这有多好。
我常常伫立在黑夜中，
忍受着严寒，
只为了看上她一眼
傍着一豆灯火缝纫。
这一瞥对于我
犹如王冠一样贵重，
那是爱情的疯狂呀。
我穿着厚重的冬衣
走将过去，
看看她会不会认出我。

简　先生，你想买什么？
你缺什么，先生？
是棉布、上等细布，
还是细麻布衬衣，
帽带、领子
还是轮状皱领——
你想买什么？

哈蒙　（*旁白*）我要买的是你不想卖的。但我得试一试。

（对简）这手帕怎么卖？

简　很便宜。

哈蒙　这些轮状皱领呢？

简　也很便宜。

哈蒙　这些带子呢？

简　也很便宜。

哈蒙　都便宜。那这只纤手呢？

简　我的手是不卖的。

哈蒙　那是用来给人的。
不，说真的，
我来就是来买你的。

简　至于那时刻，谁也不知道。[①]

哈蒙　小亲亲，放下手中的活儿，就一会儿。让我们来玩玩。

简　我可不能光玩儿，我得糊口呀。

哈蒙　你玩的时间，我给你付钱。

简　你不能为我花那么多钱。

哈蒙　你伤害这布，就是伤害我。

简　可能是这样。

哈蒙　是这样。

简　怎么补救？

哈蒙　用不着，真的；你太害羞了。

简　把我的手放开。

---

① 请参见《新约·马太福音》24：36：“至于那日子和那时刻，除父一个外，谁也不知道。”

哈蒙　我将执行
你的每一个命令。
如果不是有一种控制国王的力量
在叫我违背你，
我就会放开这美丽的手。
我爱你。

简　这样吧。咱们分开吧。

哈蒙　我能放开这手，
但我不能放开这心。
我确实爱你。

简　我相信你爱我。

哈蒙　难道真正的爱
会在你心中滋生恨吗?

简　我并不恨你。

哈蒙　那你就必须爱。

简　我是爱。
怎么，你得寸进尺了?
我爱的并不是你。

哈蒙　我希望，
这婉拒不过是女人的幌子，
“走开!”实际的含义却是
“来吧，到我这儿来!”
我是认真的，夫人，
我不是在开玩笑;
我心中充溢了真正纯洁的爱。
我爱你，犹如我爱我的生命。
我爱你，犹如丈夫爱他的妻子。
这种爱，

不是任何其他的爱，
正是我所需要的。
我知道，
你没有财产。
我并不是在追求金子。
亲爱而美丽的简，
一旦你属于我，
我的所有都将是你的。
说吧，法官，你的判决是什么？
——生还是死？
怜悯还是虐待？

简　好先生，我相信你很爱我。
但这是愚蠢的征服，
愚蠢的骄傲，
像你这样的人——
我是说一位绅士——
用爱的技巧
让一个女人
倾倒在淫荡的引诱之前。
我想你不会这样做，
然而许多男人是这样做的，
而且将这做成了买卖。
我有可能羞涩，
就像许多女人那样；
用阳光般的笑容，
淫荡的外貌来吸引你。
但我讨厌假情假意。
我总觉得你总是——

哈蒙　你为什么不相信我？

简　我相信你。

但，好先生，
我不愿意让你
因为吃不到
摘不到的果实而痛苦。
简而言之，
就是这么个意思：
我的丈夫活着——
至少我希望他活着。
他被迫去法国
参加这场痛苦的战争；
因为翘首盼望他归来，
对于我，
这战争也是痛苦。
我只有一颗心，
这颗心属于他。
我怎么可能把这颗心
再赐予你呢？
只要他活着，
我就跟他过，
虽然咱们很穷，
与其当国王的婊子，
还不如当他的老婆。

哈蒙　贞洁而亲爱的娘儿，
我不再搅扰你了，
虽然你拒绝我，
犹如你杀了我。
你的丈夫被迫去了法国——
他叫什么名字？

简　拉夫·达姆珀特。

哈蒙　达姆珀特。

这儿是一封信，
一个亲密的朋友，
一位有地位的绅士，
从法国给我寄来的。
在信中，写着每一次战斗中
阵亡者的名字。

简　我希望阵亡者的名单中没有我爱人的名字。

哈蒙　你认字吗？

简　认字。

哈蒙　那就读信吧。
我记得我读到过这名字。
瞧这儿。

简　啊，天啊，他死了。
他死了！
如果这是真的，
那我的心也死了！

哈蒙　请耐心等一等，亲爱的。

简　走开，走开！

哈蒙　不，亲爱的简，
不要用号啕大哭
来使你的可怜的痛苦
显得高尚。
我哀悼你丈夫的死
只是因为你哀悼了。

简　这信是伪造的。签字也是伪造的。

哈蒙　我可以给你看寄给许多人
同样的报告。

简，它太真实了。
来，别哭了。
虽然痛哭是出于爱，
但对哀悼者没有任何好处，
反而会有伤害。

简　看在上帝分上，离开我吧。

哈蒙　那你找谁帮助你呢?
忘掉死者吧；
爱活着的人吧。
他的爱已经消逝了，
瞧我的爱多么丰沛。

简　对于我
这不是考虑爱的时刻。

哈蒙　这正是你考虑爱的最佳时刻，
因为你的爱还在游离。

简　虽然他死了，
我对他的爱不会埋葬。
看在上帝的分上
让我一个人待一会儿吧。

哈蒙　看着你埋葬在痛苦之中，
我的心像针刺一样地疼。
回答我的追求，
我就走开。
对我说
是还是不。

简　不。

哈蒙　那就再见了
一次说再见

还是不行。
我再回来，
啊，擦干眼泪吧。
告诉我，亲爱的简，
再一次说是，
还是不。

简　我再一次说不。
再请求你走开吧，
否则我就离去了。

哈蒙　不，我来粗的了。
凭这只白手起誓，
在你改变那冰冷的不之前，
我将一直站在
你那铁石心肠旁边——

简　不，看在上帝的爱的分上，
请安静下来。
你待在这儿
反而增加我的痛苦。
我痛苦，
并不是因为你在这儿，
而是因为
想一个人待着的愿望。
简而言之，
我必须这样回答，
并跟你说再见——
如果我要跟男人结婚，
那必然是你。①

---

① 请比较莎士比亚《皆大欢喜》第五幕第二场，罗瑟琳："假如我会使男人满足，我一定使你满足。"

哈蒙　哦，可祝福的话语呀。
亲爱的简，
我不再催逼了。
你的话语本身
让我变得富有。

简　而死亡让我变得贫穷。
众下

第十三场

豪吉在工作台前，拉夫、福克、拉西/汉斯和一学徒在干活

全体　（唱歌）喝呀喝，嗨，喝呀喝。[①]

豪吉　唱得真好，我的哥儿们！今天干活儿——昨天咱们玩儿了。加紧儿干，咱们也有希望成为市长大人，至少当个市议员。

福克　（唱歌）喝呀喝，嗨，喝呀喝。

豪吉　唱得好，实在好！你怎么说，汉斯——难道福克唱得不好吗？

拉西/汉斯　唱得好，师傅。[②]

福克　唱得不太好。我的管风琴今天早晨有点儿嘶哑，需要上油了。（唱）喝呀喝，嗨，喝呀喝。

拉西/汉斯　福克，你真是个快乐的人。听着，师傅，请你给我割一副为乔弗里老爷做皮靴的鞋面皮样。

豪吉　好的，汉斯。

福克　师傅。

豪吉　怎么啦，伙计？

---

① 在历史上，有的编者如 Harrison，将第二首三人曲置于此处。

② 原文为荷兰语。

福克　你既然要割鞋面皮，给我也割一副，否则我用的鞋面皮别人还以为是假的呢。（唱）喝呀喝，嗨，喝呀喝。

豪吉　告诉我，先生们，我堂妹帕里茜拉小姐的鞋子做好了没有？

福克　你堂妹？没做好，师傅，她是你的鸡。去她的吧，别提她的鞋了。

拉夫　我正在做呢。她说只有我才能为她做鞋。

福克　你为她做鞋？那可是一件糟活儿，她绝对不会喜欢。拉夫，你早就应该把她让给我。我会叫帕里茜拉受个够。（唱）喝呀喝，嗨，喝呀喝。——你那玩意儿不行。

豪吉　你怎么说，福克？——难道咱们在老福德不快乐吗？

福克　怎么，快乐？——啊，咱们的屁股像泥潭一样发抖。得，罗杰燕麦片爵士，如果每一顿饭都是那么美味，那我宁可什么都不吃，光吃袋布丁。

拉夫　在所有的人中，我的伙计汉斯是最幸运的。

福克　那当然，萝丝小姐给他敬酒了。

豪吉　得，得，快点儿干活儿吧。人说七个市议员死了，或者病得很厉害。

福克　我才不关心那个呢，我也当不了市议员。

拉夫　我也当不了，但埃尔老爷会很快就当上市长大人。

西比尔上

福克　老天，西比尔来了！

豪吉　西比尔！欢迎。你过得怎么样，你这个疯丫头？

福克　西比妞儿，欢迎来伦敦。

西比尔　谢谢，亲爱的福克。好大人，豪吉。你们的鞋铺多么美！在这里面干活，真是快快乐乐的。

拉夫　谢谢你，西比尔，你让咱们在老福德过得好快活。

西比尔　但愿你还会过得快活，拉夫。

福克　平心而论，咱们真是过得快乐极了，西比尔。这场瘟疫，你、萝丝小姐和市长大人过得怎么样？——我把妇女放在首位。

西比尔　啊，谢谢你的问候。天啊，我差点儿把来这儿的目的都忘了。那荷兰人汉斯在哪儿？

福克　听着，黄油盒荷兰佬，你得说外国话了。

拉西 / 汉斯　我能为你干些什么？你想要我干什么，姑娘？①

西比尔　啊，你必须得上我家小姐那儿去，试试你上次给她做的鞋。

拉西 / 汉斯　你高贵的小姐在哪儿？你的小姐在哪儿？②

西比尔　啊，在我们伦敦康韦尔家。

福克　除了汉斯，别人就不能为小姐服务了吗？

西比尔　不能，先生。来，汉斯，火烧屁股我等不及了。

豪吉　啊，西比尔，当心什么东西刺上你。③

西比尔　那个，就去你的吧。我自有办法对付。来，汉斯。

拉西 / 汉斯　是的，是的，我跟你去。④

拉西 / 汉斯和西比尔下

豪吉　去吧，汉斯，快去。喂，谁手头没活儿？

---

① 原文为荷兰语。

② 原文为荷兰语。

③ 含有性暗示。

④ 原文为荷兰语。

福克　我，师傅；我还没吃早餐呢。该是早餐的时候了。

豪吉　是吗？那就收工吧，拉夫。去吃早餐。伙计，瞧着点儿工具。来，拉夫；来，福克。

众下

第十四场

一男仆上

男仆　让我瞧瞧塔尔街上鞋匠铺的鞋墩幌子。天啊，鞋匠铺就在那儿。喂，谁在里面？

拉夫上

拉夫　谁在喊叫？能为你做点儿什么，先生？

男仆　啊，我想为一位淑女做一双鞋，明天上午必须做好。啊，行吗？

拉夫　行，先生；你会拿到的。她脚的尺寸呢？

男仆　你在所有方面必须按这只鞋做。无论如何，必须得按时做好。这位淑女明天早晨就要结婚。

拉夫　怎么啦？必须按这只鞋做吗？按这只鞋？你肯定吗，按这只鞋？

男仆　怎么啦，我肯定“按这只鞋做”“按这只鞋做”！你是不是傻呀，我告诉你，我必须做一双鞋，你听懂了没有？一双鞋，两只鞋，按这只鞋做，明天早晨四点做好。你听懂了吗？你能做吗？

拉夫　能做，先生，能做。是的，是的，我能做。你说是按这只鞋做？我认得这只鞋。是的，先生，是的，认得这只鞋。我能做。四点钟。得啦，把鞋送到哪儿？

男仆　送到维特林街金球招牌那儿。询问一下哈蒙少爷就可以了，一位绅士，我的老爷。

拉夫　是，先生。你是说按这只鞋做。

男仆　我说金球的哈蒙少爷。他是新郎，这双鞋是给新娘的。

拉夫　按这只鞋，新鞋会做好的。对了，对了，金球的哈蒙少爷——我只要说金球就可以了。好极了，好极了；请你告诉我，哈蒙少爷在哪儿举行婚礼？

男仆　在圣保罗教堂地下的圣法斯教堂。但这跟你有什么相干？请你赶快把新鞋送到就是了。再见。

下

拉夫　他是说按这只鞋？
这怪事让我多么惊讶！
我以生命担保，
这鞋是我到法国从军前
送给我妻子的，
从那以后，
我一直没有她的信息。
就是这只鞋，
哈蒙的新娘不是别人，
正是我的简。

福克上

福克　老天啊，拉夫，一个老乡早餐给我送来三罐酒，喝完了，没你的份儿了。

拉夫　我无所谓。我发现一个更有趣的玩意儿[①]。

福克　一个玩意儿？天啊，那是男的还是女的玩意儿？

---

① 英文原文为 a thing，指男或女的性器。

拉夫　福克，你认得这只鞋吗?

福克　说真的，不认得。它也不认得我，我和它没打过交道。它对我完全是一件陌生的东西。

拉夫　但，我认得。
我敢打赌，
这只鞋曾经
穿在简的脚上。
这是她的尺寸，
她的宽度。
我的爱就是这么穿的。
这代表真正爱的洞眼
是我亲自刺穿的。
我以生命担保，
凭这只鞋
我就能找到我的老婆。

福克　哈，哈！一只旧鞋成了新鞋——这场瘟疫让你变傻了?

拉夫　福克，是这样的：
这儿来了一个男仆，
他要按这只鞋
在明天早晨
为他的女主人
做得一双新鞋；
她就要和一位绅士结婚。
这可能就是我亲爱的简?

福克　你可能就是我亲爱的屁股?哈，哈！

拉夫　你尽情地笑吧。
我打算这样：
我明天早晨
带上一帮老实巴交、快乐的鞋匠

到教堂去观看
新娘的婚礼。
如果她真是简，
不管哈蒙是什么样的魔鬼，
我都要把她带走。
如果她不是简，
那怎么办呢？
我肯定我会老死
虽然我没跟一个女人同寝。[①]

福克　你跟一个女人同寝——你什么也没有建筑，只造了一座瘸子门！[②] 得，上帝给傻瓜蛋好命，也许他用这一办法成就他的婚姻；其实，结婚和绞刑都是由命运来决定的。

下

① 请比较《旧约·申命记》28:30："你与一女子订婚，别人却来与她同寝；你建筑一座房屋，却不得住在里面。"

② Cripplegate，伦敦七座城门之一，克里普尔盖特门，因为当时很多残疾人聚集于此，故名。

第十五场

穿成像汉斯的拉西和萝丝手挽手上

拉西　拥抱着你，
我多么幸福！
哦，我曾经真的担心
命运会作弄，
我永远见不到我的萝丝了。

萝丝　亲爱的拉西，
既然公正的命运
给我们提供了逃亡的机会，
别让过分关注我的名声
妨害这幸福时刻的到来。
想出办法来吧，
萝丝将跟随你
到世界的任何地方。[①]

拉西　哦，我心中充溢了欢愉，
你的完美的人品
让我幸福得发颤！
既然你对我的行动

---

① 请比较莎士比亚《罗密欧与朱丽叶》第二幕第二场，朱丽叶："我就会把整个命运交托给你，把你当作我的主人，跟随你到天涯海角。"

存有甜蜜的兴趣，
让爱情变得更加浓郁，
我再一次
像一个厚颜的债务人，
请求你今晚离家，
在埃尔宅邸——
因为有些市议员死亡，
他已是伦敦市长，
他也曾是我的师傅——
和拉西会面，
尽管有你父亲的怒气，
和我叔父的恼恨，
我们在那儿快乐地结为夫妻。
西比尔上

西比尔　哦，上帝，你怎么办，夫人？躲起来吧。你父亲就在附近。他就要来了。他就要来了。拉西少爷，躲起来吧。进屋子里去，我的夫人！看在上帝的分上，你们躲起来吧。

拉西　你父亲来了！亲爱的萝丝，我该怎么办？
我藏到哪儿去呢？我怎么逃走呢？

萝丝　男子汉，在情急的时候却没有办法了？
来，来，还当你的汉斯；当你的鞋匠吧。
把鞋给我穿上。
罗杰·奥特利爵士，原市长大人上

拉西　天啊，差点儿把这忘了。

西贝尔　你父亲来了。

拉西 / 汉斯　小姐，这是好鞋，挺好的，要不好，你就不用付钱。[①]

① 原文为荷兰语。

拉西 / 汉斯　老天，这鞋紧得夹脚趾疼！你要干什么？

拉西 / 汉斯　（*旁白*）是你父亲在场，而不是这鞋，让你觉得难受。

奥特利　好好干。让我女儿感觉舒适，她也会让你感觉舒适。

拉西 / 汉斯　是的，是的。我知道那道理。这是一只好鞋，奶牛皮做的。瞧，我的大人。①

奥特利　我相信你说的话。

一仆人上

你带来什么新闻？

仆人　禀告大人，林肯伯爵
刚在大门下车，
他想跟您说话。

奥特利　林肯伯爵要跟我说话？
好呀，好呀，我知道他为什么来。
萝丝爱女，
把你的鞋匠打发走吧。
快，快让走开。
西比尔，整理一下屋子。
伙计，跟我走。

奥特利、西比尔、仆人下

拉西　我叔父来了！
哦，这意味着什么呢？
亲爱的萝丝，
我们的爱情要完了。

萝丝　别担忧。
不管发生什么，
萝丝都是你的了。

① 原文为荷兰语。拉西从性的方面来理解奥特利的话。

为了证明我的爱，
你来决定我们会面的地点。
我不会说一个遥遥无期的日子，
当下我就跟你私奔。
你别回答我。
既然爱让我承受了父亲的恼恨，
也必然会让我们逃亡时
长上飞翔的翅膀。
众下

第十六场

罗杰·奥特利爵士，原市长大人和林肯伯爵上

奥特利　请相信我，
我以我的名誉担保，
我说的是实话。
自从你侄子去法国，
我就一直没有见过他。
当道奇告诉我，
他无视国王的重托
留了下来，
我就觉得非常惊讶。

林肯　请相信我，罗杰·奥特利爵士，
我总觉得在他对我孩子的爱情中
你助长了他的任性。
我很想在你屋子中找到他；
但我现在看到我的错误了，
我坦率承认，
这么想错怪了你。

奥特利　你说，住在我屋子？
请相信我，我的大人，
我太爱你侄子拉西了，

不至于这么来损害他的声誉；
是爱情首先驱使他
躲避去法国。
为了证明我说的是实话，
我要让你知道
我曾经多么小心
不让我女儿有机会
和他来往或者交谈——
不是我蔑视你侄子，
而是出于对你荣誉的遵从，
生怕由于我
而玷污了你高贵的血脉。

林肯　（旁白）这乡巴佬多么言不由衷！
（对奥特利）得啦，得啦，罗杰·奥特利爵士，
我相信你，
非常感谢你对我的爱护。
但是，我的大人，
我想祈请你帮助我
寻找我的侄子，
一旦找到他，
我要直接递解到法国去。
你的女儿萝丝便可以自由自在，
我也不必忧虑重重，
心头郁积的烦闷
也一扫而光了。
西比尔上

西比尔　哦，大人，看在上帝的分上，我的小姐，哦，我年轻的小姐呀。

奥特利　小姐在哪儿？她怎么啦？

西比尔　她出走了，她离家出走了！

奥特利　出走了？她逃离到哪儿？

西比尔　我确实不知道。她和鞋匠汉斯冲出大门逃到外面去了。我看见他们跑呀，跑呀，跑得好快呀，好快呀。

奥特利　从哪一条路走的？怎么啦，约翰[1]，仆人们都到哪儿去了？从哪一条路走的？

西比尔　我不知道，阁下，我真不知道。

奥特利　和一个鞋匠离家出走？这是真的吗？

西比尔　哦，大人，先生，这和上帝在天上一样真。

林肯　（旁白）她爱上了一个鞋匠！我倒乐见其成。

奥特利　一个黄油盒荷兰佬，一个鞋匠！
她会如此忽视自己的出身，
用这等忘恩负义
来报答我的栽培吗？
她唾弃年轻的哈蒙，
却爱上了一个荷兰佬，
一个穷光蛋？
得了，让她去飞吧，
我可不跟着她飞。
既然她愿意，
就让她饿死吧。
她不再是我的女儿了。

林肯　别这么无情，先生。

福克拿着一双鞋上

西比尔　（旁白）我很高兴她逃走了。

奥特利　我不再把她当作我的孩子。

---

① 可能对台后的仆人说的。

难道她不能找一个
比醉汉、傻瓜、
蠢蛋、泔水肚、
鞋匠好一点儿的人吗？
好极了！

福克　是的，这是一双好极了的鞋，合适极了，就像布丁合适教士的嘴一样。

奥特利　啊，这混混是谁？你从哪儿来？

福克　我不是混混，先生。我是鞋匠福克，快乐的罗杰主要快乐的帮手，我来这儿是来量亲爱的萝丝小姐美丽的脚，并祝阁下身体健康，就像我在做这双鞋时一样。再见，永远忠于您的福克。

奥特利　等一等，等一等，混混先生。

林肯　到这儿来，鞋匠。

福克　荣幸得很，在称呼我鞋匠前称呼我混混，否则我不会再回到你们的面前来。

奥特利　大人，这家伙放肆得很，称我们混混。

福克　按咱们这高尚的手艺界的习俗，称呼一个哥儿们混混，没有任何恶意。再见，阁下。（*旁白*）西比尔，年轻的小姐——既然我的师傅，埃尔老爷，已经是伦敦市长大人，我就要拿他们来奚落一番！

奥特利　告诉我，伙计，你是谁的人？

福克　很高兴见到阁下这么逗乐。对婚姻我还没有多大兴趣，对穿红裙子的还没有多大胃口（*指着西比尔*）。

林肯　他并不是，先生，招惹你去爱他的丫头，
只是问你是谁手下的人。

福克　我唱的是罗杰罗调[①]。罗杰，我的朋友，是我的师傅。

林肯　伙计，你认识一个叫汉斯的鞋匠吗？

福克　鞋匠汉斯？哦，认识，等一等，认识，我知道你指的是谁。我来告诉你是怎么回事——我这可是私下说的——萝丝小姐和他在这时——不，不，过一会儿会一起到这儿来跳滚被单舞[②]。那人就是汉斯——（*旁白*）我要糊弄这些打探消息的人。

奥特利　你知道他现在哪儿吗？

福克　是的，确实知道他在哪儿。是的，天啊。

林肯　你确实知道？

福克　不，确实不知道。不，天啊。

奥特利　告诉我，老老实实的好朋友，他现在在哪儿，
你将会看到我怎么来报答你。

福克　"老老实实的朋友"？不，先生，没到朋友的份儿，先生。我的职业是做鞋这高尚的手艺。我并不在乎看，而在乎感觉。让我在这儿来感觉一番。到耳朵这儿，十枚金币，到腿这儿，十枚银币[③]，福克穿着一双新鞋撑，就是你们的人了。

奥特利　这儿是一枚金币，部分的报答，
如果你说出他在哪儿，
我再给你其余的。

福克　绝对不能。难道我要背叛我的兄弟吗？不，难道我要像犹大一样对待汉斯吗？不。难道我要背叛我的同业公会吗？不，同人们会把我揍个半死。不过，把那金币给我。你的金币会告诉你的。

---

① 英国当时一个民歌调。

② 当时流行的一种舞曲，常常被用来作为开性玩笑的一个铺垫。

③ 意即按钱给得多少，泄露消息的多寡。

林肯　那就说吧，好朋友。对你也没有什么妨害。

福克　叫那在傻笑的西比尔走开。

奥特利　丫头，进去吧。

西比尔下

福克　小啤酒杯大耳朵把[1]，小娘儿们都是大嘴巴。我打赌，汉斯明天早晨就要和年轻的萝丝小姐办事儿了，老天，要不是这样的话，把福克烧成油脂去整理皮革。

奥特利　你很肯定吗？

福克　难道你要我肯定圣保罗教堂的尖塔比伦敦石[2] 高一点儿吗？难道你要我肯定小沟只流淌邦奇老妈啤酒馆的纯啤酒吗？难道你要我肯定我就是快乐的福克吗？老天啊，难道你以为我是这么卑下，会糊弄你吗？

林肯　他们将在哪儿结婚？你知道在哪一所教堂吗？

福克　我从不到教堂去，但我知道这教堂的名字。那是一座教堂，它的名字可以用来赌咒。等一等，啊，它叫"老天"——不，不是那个；它叫"实说"——不，不是那个；它叫"担保"[3] ——就是那个，就是那个，"圣保罗十字架下的圣法斯教堂"，他们要在那儿像一双长筒袜一样结为夫妻。在那儿，他们将说些肉麻[4]的话。

林肯　我敢以生命担保，我侄子拉西
装扮成了那荷兰鞋匠。

福克　是的，确实是。

---

① 指大人不要在小孩面前谈论小孩不宜听的话题。

② 伦敦石，伦敦地标之一，位于康恩德尔街，圣斯韦瑟恩教堂附近。

③ 教堂名为 Faith（法斯），by my faith，意为"担保"，福克拿这在开玩笑。

④ 原文为 incony，这字很少用，意近莎士比亚在《哈姆雷特》第三幕第四场中用的 honeying。

林肯　不是吗，老实巴交的朋友？

福克　不，确实不。我觉得汉斯就是汉斯，不是鬼魂。

奥特利　我心中也在纳闷这很可能。

林肯　我侄子会说荷兰话，懂制鞋这手艺。

奥特利　我想请大人跟我们一起去教堂。
阁下的气场无疑会
遏制他们粗率的行为，
而如果我单个儿去，
我有可能被他们压倒。
我能有幸得到这份宠爱吗？

林肯　就这个，还有别的吗？

福克　那样的话，你必须早早起床，因为他们很善于变戏法，一会儿在这儿，一会儿又到那儿去了，让你猜一会儿这只手，一会儿又是那只手了。要起得很早。

奥特利　时间这么紧迫，
我得事事细心操办。
今晚你就在我家下榻吧。
我们可以早一些到达圣法斯，
阻止这场胡闹的婚礼。
狂热的爱情将沉静下来，
他们拒绝我们的爱，
我们去阻止他们的婚姻。
下

林肯　你是说在圣法斯教堂？

福克　是的，按他们的说法。

林肯　以你的生命担保，不准泄露秘密。
下

福克　好的。亲吻你的妻子！[1] 哈，哈，在这里，用不上高尚的手艺。我拿来一双鞋给罗杰爵士阁下，而他的女儿萝丝被汉斯拐走了。轻点儿声，这两个傻瓜蛋明天早晨将到圣法斯教堂，趁新郎少爷和新娘小姐措手不及去抓他们，而他们同时在萨佛伊宫[2]完婚。最叫人发噱的是，罗杰·奥特利爵士将找到的是我的哥儿们，瘸子拉夫的妻子和一位绅士牵手，而不是他女儿。哦，太搞笑了，定会有一场叫人发噱开心的闹剧。轻点儿声，我该怎么办呢？哦，我知道——有一帮鞋匠正在常春藤巷的乌尔萨克酒馆取笑娶瘸子拉夫妻子的那位绅士，是这样的。

哎唷，哎，
妞儿们，站稳了，
在一阵慌乱之后，
你们的贞操也就完蛋了。

下

① 当时在底层流行的一种口头禅。

② 萨佛伊宫，位于泰晤士河北岸，在 16 世纪早期地下婚礼均在此举行。

第十七场

埃尔及妻子玛琪利、（穿成像汉斯的）拉西和萝丝上

埃尔　已经是早晨了，你说呢，我的朋友[①]，我的老实的汉斯——是不是？

拉西　是早晨了，
这个早晨将使我们俩
幸福抑或悲哀；
因此，如果你——

埃尔　去你的“如果”吧，汉斯，去这些“等等”吧。以我的名誉担保，罗兰·拉西，除国王外，没人会伤害你。来，别怕。难道我不是西蒙·埃尔吗？难道西蒙·埃尔不是伦敦市长大人吗？别怕，萝丝。让他们爱说什么去说什么吧。《美人儿，到我这儿来》[②]。你不笑啦？

玛琪利　啊，我的好大人，你当她的朋友，爱干什么就干什么吧。

埃尔　啊，我亲爱的玛琪利夫人，难道你认为西蒙·埃尔会

① 英文原文为 bully，意为同志，朋友，在莎士比亚《亨利五世》第四幕第一场中也用了这一词：“I love the lovely bully.”在 17 世纪初期，这种用法非常流行。

② 这是一首业已失传的歌。

忘掉他的荷兰好鞋匠吗？不，呸！说真的，我蔑视这种行为。我永远说不出忘恩负义的话。玛琪利夫人，你从来没有在你的撒拉森人[①]脑袋上戴法国帽套，也从没有在你的腰际缠上鲸骨裙架过——这些都是垃圾，废物，虚荣——西蒙·埃尔从来没有穿过红裙子，也没戴过金项链，除了给我这位好鞋匠葡萄牙金币；难道我要弃他不管吗？不。虽然我不是王子，但我有一颗高贵的心。

拉西　大人，该是我们在这儿分手的时候了。

埃尔　玛琪利夫人，玛琪利夫人，带上两三个吃我的油酥脆饼的人，穿牛皮外套紧跟在西蒙·埃尔后面的随员，带上他们，我的好玛琪利夫人，快，我的戴棕色假发的皇后，带上他们和娇媚的萝丝以及快乐的罗兰到萨佛伊宫去，目睹他们的结合，见证他们的婚姻，仪式一完毕，你们这些汉堡斑鸠就混在一块儿寻欢作乐吧。我支持你们。到西蒙·埃尔这儿来，和我住在一起，汉斯，你会吃到肉馅饼和杏仁馅饼。萝丝，去吧，我的小人儿。去吧，我的玛琪利夫人，到萨佛伊宫去吧。汉斯，结婚上床吧；接了吻就去吧；去吧；消失得无影无踪吧。

玛琪利　再见，我的大人。

萝丝　快，亲爱的。

玛琪利　她盼望这结婚仪式赶快举行。

拉西　来，我亲爱的萝丝，跑得比鹿还要快吧。

他们下

埃尔　去吧，消失吧，消失得无影无踪吧，去吧，我说。凭

① 古希腊后期和罗马帝国时代在叙利亚和阿拉伯沙漠之间游牧的民族。在英国，其脑袋做旅馆幌子用。

路德门大人发誓，当个伦敦市长，真是一种疯狂的生活。一种活泼的生活，优雅的生活，天鹅绒般的生活，小心谨慎的生活。西蒙·埃尔，看在圣休的面上，好好过日子吧。轻点儿声，国王今天要来看我的新房子，和我共同进餐。欢迎陛下光临。他会受到一个很好的欢迎，很精致的欢迎，很高贵的欢迎。今天，我伦敦的鞋匠朋友们都要来和我共同进餐。他们会受到很好的欢迎，绅士般的欢迎。我曾经在引水渠道聚餐会上答应过这些欢快的伙计，如果我选上伦敦市长，我要设宴请大伙儿吃一顿；我现在就要兑现我的诺言，兑现诺言，凭法老的生命，凭这把胡子，西蒙·埃尔不会食言。我还答应，在每一个薄饼日①，薄饼日钟声一响，精干的伙计们就会马上给铺子打烊，下班去寻欢作乐。今天就是薄饼日，今天他们就会这样做，他们会给铺子打烊。

伙计们，你们今天不用上班。
让师傅们去操心吧，
学徒们将为西蒙·埃尔祷告。

下

① 薄饼日，基督教传统，在耶稣受难前的大斋期前夕，又称为忏悔星期二。

第十八场

豪吉、福克、拉夫以及其他五六个鞋匠，手中都拿着类似棍子的武器

豪吉　来，拉夫。坚持住，福克。我的师傅们，勇敢的鞋匠哥儿们，圣休的继承人，永远为好兄弟们撑腰的哥儿们，错待不了你们。即使哈蒙是国王，很有权势，但他没得到你的允许，也不能在你的周围乱摸。告诉我，拉夫，你肯定那是你的老婆吗？

拉夫　难道我不能肯定这是福克吗？今天早晨，当我抚摸着她的鞋，我瞧着她，她瞧着我，叹了一口气，问我是否认识一个叫拉夫的人。“认识。”我说。“看在他的分上，”她眼中含着泪，说，“看在你有点儿像他的分上，拿上这枚金币吧。”我收了。我残疾的腿和渡海作战把我变得面目全非了。所有这一切都由一枚金币了结了。我知道她是我的。

福克　她给你这枚金币？哦，辉煌灿烂、熠熠发光的金子！她是你的人。她是你的老婆，她爱你。我坚信，世界上没有一个女人会给她不爱的男人金币的，她看不上眼的最多也就给个银币罢了。至于哈蒙，无论哈蒙还是哈曼在伦敦都伤害不了你。难道咱们的老师傅埃尔现在不是伦敦市长了吗？对吗，我的哥儿们？

众人　对，哈蒙应该掂量掂量他的分量。

哈蒙及其仆人、简和其他人上

豪吉　轻点儿声，哥儿们。他们来了。

拉夫　坚持住，哥儿们。福克，让我先跟他们说话。

豪吉　不，拉夫，让我来说。哈蒙，这么早到哪儿去呀？

哈蒙　这么粗鲁、卑俗的奴才，跟你有什么相干呀？

福克　跟他有什么相干？是的，有相干，先生，跟我也有相干，跟其他人也有相干。早晨好，简，你好吗？天啊，感谢上帝，你怎么变成这样了。

哈蒙　奴才们，住手！你们怎么敢碰我的爱人？

众鞋匠　奴才？叫奴才见鬼去吧。“徒工们，拿起棍棒！”①

豪吉　等一等，伙计们。碰她，哈蒙？是的，咱们还要做比那厉害得多的事，要把她带走。我的师傅们和绅士们，永远不要将长剑拔出鞘。鞋匠们是钢铁的后盾，每一个人都是，咱们气头来了。

哈蒙及其仆人　得啦，这是什么意思？

豪吉　我让你瞧，简，你认得这个人吗？我可以告诉你，他是拉夫。确实就是他。虽然他因为参战残疾了，但并没有变化得太大。奔到他面前去，用手搂住他的脖子，亲吻他吧。

简　我的丈夫还活着？哦，上帝，放开我，
让我拥抱我的拉夫！

哈蒙　简，你这是什么意思？

---

① 在原文中有 cry 一词，可能系作者的提词，故未译。“徒工们，拿起棍棒！”是一个号召性的口号。请比较莎士比亚《亨利八世》第五幕第四场，仆人：“她大声喊道‘拿棍子来啊’，我就瞧见从老远就有那么四十来根棍子聚着来救她。”

简　你告诉我他战死了，是什么意思？

哈蒙　请原谅我，亲爱的，我被误导了。
（对拉夫）在伦敦流传说你死了。

福克　你瞧他活着。娘儿们，去，打包跟着他回家去吧。哈蒙少爷，你的夫人，你的妻子在哪儿？

仆人　天啊，老爷，去把她夺回来。你就这么失掉她了吗？

众鞋匠　揍那臭小子！挥起棍棒！揍那臭小子！

豪吉　住手，住手！

哈蒙　住手，傻瓜！先生们，他不会伤害你们。
我的简就这么离开我，
背弃了她的誓言了吗？

福克　是的，先生，她必须得这么做，先生，她将离开你，先生。怎么样？想办法弥补吧。

豪吉　听着，拉夫伙计，照我说的去做。让这位娘儿们站在中间，由她来选择她的男人，让她成为那个男人的老婆。

简　我该选择谁呢？我该爱谁呢，
那个上天注定
成为我的爱的人？
（对拉夫）你是我的丈夫，
鞋匠谦卑的工作服
让你成为比他的财富
更加漂亮的人。
我将脱去这婚纱
归还它的主人，
然后永远做你的妻子。

豪吉　别留哪怕一小块破布，简。正义在咱们这一边。在别人的土地上撒种的人是得不到收成的。回家去吧，拉夫。跟着他，简。他不会占你哪怕一丁点儿的便宜。

福克　坚持住，拉夫。这是你的女人。哈蒙，别老瞧着她。

仆人　哦，老天，不。

福克　穿蓝号衣的臭小子，闭嘴。你会领到一件新的号衣，咱们会叫薄饼日成为你的圣乔治日[1]。别瞧了，哈蒙。别再偷偷瞄了。你脑袋再转过去——再溜她一眼，再瞅她一眼，我就会揍你一顿。别碰她，否则我和我的哥儿们会把你揍个半死。

仆人　喂，哈蒙少爷，再对抗也没戏了。

哈蒙　好朋友们，请听我说。
诚实的拉夫，
由于我爱上简，
给了你伤害，
听着我将怎么补偿你。
这儿是二十镑金子。
为了得到你的简，
我给你这金子。
如果你还嫌不够，
我可以再给你更多。

豪吉　别论价卖老婆，拉夫。别把她当婊子卖了。

哈蒙　你说吧，你愿意放弃她，
让她当我的妻子吗？

众鞋匠　不，别，拉夫！

拉夫　哈蒙伙计，哈蒙，难道你认为一个鞋匠会如此卑鄙，当个拉皮条的，拿自己的老婆赚钱吗？把你的金子拿回去吧，噎死你！要是我不缺胳膊断腿的，我会叫你

① 在当时的英国，圣乔治日是家仆寻找新的工作的一天。在此威胁解雇他。

为说这些鬼话后悔。

福克　要一个鞋匠出卖他的肉体和鲜血——哦，太不地道了！

豪吉　伙计，捡起你的金子，走开吧。

哈蒙　我不会再碰那钱。
为了弥补我对你的简
造成的巨大的伤害，
我给你和简二十英镑。
既然我失去了她，
我发誓在我一生中，
再也不会找一个女人做妻子。
再见，高尚工艺界的好朋友们。
我的失意
造成了你们清晨的快乐。
哈蒙和仆人们下

福克　（对撤走的仆人们）臭小子，如果你有胆量，碰一碰金子。你们还是最好滚开吧。简，拿上这金子。回去吧，伙计们。

豪吉　等一等，谁来了？简，再戴上你的面罩。[①]
林肯伯爵、前伦敦市长罗杰·奥特利以及仆人们上

林肯　那躺着的小子正在朝我们讪笑呢。

奥特利　来这儿，伙计。

福克　是，先生，我是伙计。你是在对我说话吗，是不是？

林肯　我侄子在哪儿结婚？

福克　他要结婚了？愿上帝给他带来幸福，我很高兴听说他要结婚。今天他们的结婚日天气真好，行星的星象显

① 在伊丽莎白时期，妇女戴面罩是一种时尚。

示好运气。火星和金星重合。

奥特利　奴才，你告诉我，我女儿萝丝今天早晨要在圣法斯教堂举行婚礼。我们至少在教堂搜索了三个小时，也没见到新娘。

福克　我真的很抱歉。新娘当然总是很好看的。

豪吉　还是言归正传吧。我想，在那儿的新娘和新郎正是你想要找的。虽然你们是大人物，你们也不会强行规定男女不能授受不亲吧？

奥特利　瞧，瞧，我女儿戴着假面呢。

林肯　是的，我侄子
为了掩饰他的负疚，
假装成个瘸子呢。

福克　是的，真是的，但愿上帝垂爱这可怜的一对儿；他们既瘸又瞎。[①]

奥特利　我会治好她的瞎眼。

林肯　我会叫他瘸腿得到医治。

福克　（对鞋匠们）躺下，先生们，大笑吧！他们把我的哥儿们拉夫当作罗兰·拉西了，而把简当作玫瑰花萝丝小姐了——这是真正的胡闹！

奥特利　（对简）啊，我终于找到你了，你这个小荡妇。

林肯　（对拉夫）哦，你这卑鄙的可怜虫！
把脸遮掩起来了
也洗不尽你的内疚。
你的士兵呢？
你参加了什么战役？

① 请参见《新约·路加福音》14:21："你快出去，到城中的大街小巷，把那些贫穷的、残疾的、瞎眼的、瘸腿的，都领到这儿来。"

哦，是的，我看你跟羞耻进行了战斗，
而羞耻把你完全征服了。
这么瘸着帮不了你多少忙。

奥特利　把你的面具摘下来。

林肯　（对奥特利）把你女儿带回家。

奥特利　（对林肯）把你侄子从这儿带走。

拉夫　从这儿？天啊，你这是什么意思？难道你疯了吗？你们不能把我和我的妻子拆开。哈蒙在哪儿？

奥特利　你的妻子？

林肯　哈蒙是谁？

拉夫　是的，是我妻子。谁敢对她动手，我就用这拐杖叫他脑袋开花。

福克　揍他，瘸子拉夫！——这真好玩！

拉夫　萝丝，你是这么称呼她的吗？啊，她的名字叫简。到别的地方去找吧。（他卸去她的面具）你们认识她吗？

林肯　这是你女儿吗？

奥特利　不是。这也不是你侄子。
林肯大人，我们俩
被这卑鄙狡猾的奴才骗了。

福克　说真的，哪来“奴才”，说真的，哪来的“男低音”，我只是个男中音[①]罢了。哪来“狡猾”，我只是个有高尚手艺的鞋匠罢了。

奥特利　我女儿萝丝在哪儿？我孩子在哪儿？

林肯　我侄子拉西在哪儿结婚？

① 在英语中 base（卑鄙的）和男低音（bass）音相同，福克在此故意搞混。

福克　啊，正如我告诉你的，这儿是加酒的羊肉[①]。

林肯　无赖，我要为此惩罚你。

福克　惩罚无赖鞋匠，但不要惩罚鞋匠老师傅。

道奇上

道奇　大人，我带来不受欢迎的消息。
你侄子拉西
（对奥特利）和你女儿萝丝
今天早晨在萨伏伊教堂成婚，
除了市长夫人
没人在场祝贺。
从穿制服的仆役那儿获悉，
市长大人发誓站在他们一边，
对抗任何阻止这场姻缘的企图。

林肯　小皮匠埃尔竟然敢于支持这场婚姻？

福克　是，先生，鞋匠在争吵中敢于站在女人一边，我向你保证，陷得越深越好。[②]

道奇　今天陛下和市长共餐时，
市长谦卑地跪下，
恳请原谅你侄子的错误。

林肯　我不会让他这么干。
来，罗杰·奥特利，
国王会在这件事中
给我们以公正的。
尽管他们一手操办
将他们结为夫妻，
我要把这场姻缘拆散，

① 意指妓女。

② 含有性暗示。

否则我宁可不要命。

林肯伯爵、奥特利和道奇下

福克　再见，道奇先生！再见，傻瓜蛋们！哈，哈！哦，要是他们再待下去，我就要嘲弄得他们无处藏身！哦，宝贝，我一想到萝丝小姐，我裤子前面的褶就要飞将起来——不过，正如市长夫人说的，让这成为过去吧。

豪吉　这问题已经解决了。喂，拉夫，跟老婆一起回家吧。喂，好鞋匠们，让咱们到咱们的师傅、新市长大人的家去吧，在那儿欢庆这薄饼日。我保证你们将有足够的酒喝，因为麦琪管着地窖。

众人　哦，少有！麦琪是一个好姑娘。

福克　我保证你们将有足够的食品吃，因为老在傻笑的苏珊管着食品室。我带你们去找食品，我勇敢的战士们。紧跟你们的将军。哦，好极了！听，听！

薄饼日钟声响起

众人　薄饼日钟声响了，薄饼日钟声响了。叮叮当，叮叮当，伙计们！

福克　哦，好极了！哦，甜蜜的钟声！哦，精致的薄饼！把门打开，我的伙计们，把窗户关上。锁上门，拿着薄饼到外面来。哦，太少有了，我的伙计们！让咱们一起为纪念圣休，走到格拉西斯大街街角，咱们的师傅、新的伦敦市长大人新建的那座大厦[①]去。

拉夫　哦，好朋友们，咱们今天要吃一顿市长大人请客的美餐！

豪吉　凭主发誓，咱的市长大人是最好的人。鞋匠们为感恩将怎样为他和鞋匠绅士们的荣誉而祷告！让咱们去好好吃一顿大人的大餐吧。

---

① 指来顿大厦（Leadenhall）。

福克　哦，美妙的钟声仍然在回响！哦，豪吉，哦，我的鞋匠兄弟们！为苍天欢呼吧——热腾腾的鹿肉馅饼就像尽职的中士那样一会儿冒出来，一会儿又不见了身影，牛肉和浸渍过肉汤的面包盛在大盆里送上了餐桌，油炸馅饼和薄饼用手推车推了过来，鸡和橘子在搬运工的篮子里颠簸，火腿鸡蛋盛在餐盘里，果馅饼和蛋奶糊在麦芽铲里颤抖着送了过来。

更多的学徒上

众人　喔，瞧这儿，瞧这儿！

豪吉　怎么啦，疯狂的哥儿们，到哪儿去了？

鞋匠甲　到哪儿去了？——啊，到那新大厦去了！你不知道为什么去？市长大人今天早晨请伦敦所有的鞋匠吃早餐。

众人　哦，出手漂亮的鞋匠！哦，出手漂亮的拥有无限人缘的市长大人！啊，听，薄饼日钟声响起了！

把帽子扔向空中

福克　不，我还有更多的话要说，伙计们，薄饼日将是咱们每年欢乐的节日。当薄饼日钟声响起，咱们就和市长大人一样自由了。咱们可以将店铺打烊，尽情去欢天喜地。我把它称作“圣休节”。

众人　同意，同意——“圣休节”！

豪吉　而且这节将永远延续下去。

众人　哦，那太好了！喂，喂，伙计们，走吧，走吧。

福克　哦，荣誉永远属于咱高尚的手艺！开步走，伙计们。哦，太少有了！

众下

第十九场

国王和他的扈从们走过舞台

国王　伦敦市长大人是一个花花公子吗？

贵爵　是英格兰最快乐的疯子。
当你见到他，
陛下会以为，
他与其说是一个市长，
还不如说是一个
最捣蛋的流氓。
但我向陛下保证
一旦有关国家安危，
他却是一个严肃、
谨慎、充满智慧的人，
跟这些年供职的市长一样，
严肃而富有魅力。

国王　在我见到这说大话的人之前，
我保留我的看法。
不过我也担心
他一旦见到我，
所有的疯狂
也都一扫而尽了。

贵爵　有可能，王上。

国王　为了不让这个发生，
还不如派遣一个人
告诉他，
我乐意看到他快乐的本面目。
前行。

众人　前行！
众下

第二十场

埃尔、豪吉、福克、拉夫，以及其他鞋匠们，胸前挂着餐巾，上

埃尔　来，我的好豪吉，我的快乐的鞋匠绅士们——轻声点儿，这些食人魔王，这些穿号衣的仆人在哪儿？让他们都来侍候我的哥儿们，我的意思很明白，只有鞋匠，只有戴着锦缎头套的伦敦同业公会成员才有资格享用国王的木质食盘。

福克　哦，我的主，这太少有了。

埃尔　别再啰唆了，福克。来，仆役们。别让你们的鞋匠朋友们受到冷遇。拿酒来，有多少拿多少，跟啤酒一样的多，而啤酒就跟水一样的多。让把钱藏在羊皮袋里的吝啬鬼见鬼去吧。看好了，混混们！往前走，去迎接咱们的客人。

豪吉　主啊，咱们根本无法找到自己的房间。这一百张餐桌不够第四批鞋匠客人用的。

埃尔　那就不断地给这一百张餐桌换桌布，直到所有的鞋匠朋友都进了餐。去找吧，豪吉，快跑，拉夫，蹦蹦跳跳吧，机灵的福克；为了鞋匠的荣誉，大口大口地喝酒吧。他们喝得好吗，豪吉？他们逗乐吗，福克？

福克　逗乐？有的人拿着酒站着喝，已经站不住了。至于肉食，如果有更多的话，他们还会吃的。

埃尔　肉食不够？那个啤酒肚，那个厨余垃圾厨师在哪儿？叫这家伙到我这儿来。肉食不够！福克，豪吉，瘸子拉夫，跑起来，我的勇敢的人们。把肉摊包围起来。把东市场街肉摊上的肉都买下来，用大盘子给我送来整头牛，让羊像猪一样在我的餐桌上嚎叫，为的是没人吃它们。肉食不够！去买肉吧，福克；去买肉吧，豪吉！

豪吉　阁下把我的鞋匠福克的意思理解错了。他的意思是他们的肚子里缺乏肉食，不是因为餐桌上缺乏肉食，只是因为他们喝得太多了，什么也吃不下去了。①

拉西穿戴得像汉斯，萝丝以及埃尔的妻子玛琪利上

玛琪利　我的大人在哪儿？

埃尔　怎么样，玛琪利夫人？

玛琪利　国王陛下刚刚驾到。他派遣我前来问候阁下。一位大臣阁下请我告诉你，必须得非常欢乐什么的——就这么回事。

埃尔　国王莅临？快走，我的勇敢的鞋匠们，我的灵巧的兄弟们。快去侍候我的鞋匠客人们。噢，不，等一等。汉斯，我的小萝丝现在瞧上去怎么样？

拉西　让我请求你记住我。
我知道阁下可以轻易地谏劝
国王宽恕我和萝丝，
并调和我和叔父大人的关系。

埃尔　别再说了，我的好汉斯，我的诚实的鞋匠师傅。快乐起来吧。我将跪着去祈求对你的宽宥，即使我的双腿

① 在历史上，有的编者如 Rhys，将第二首三人曲置于此处。

变得像牛角一样坚硬。

玛琪利　我的好大人，留神你跟陛下说的话。

埃尔　走开，你这个伊斯林顿[①]的奶油炖蛋。你这大屁股，你这长满蛆虫的香肠，你这烤鱼片。走开，走开，离开吧，靡菲斯特菲勒斯！[②] 难道西蒙·埃尔还要学一学怎么评价你吗，玛琪利夫人？离开吧，戴白鼬毛皮帽的老妈，走吧！走，走开吧，去整理一下你的领子，你的时髦新衣服，你的衣裙皱褶和装饰吧！去，走开吧，别挡我的路！西蒙·埃尔知道怎么跟一个主教，跟苏莱曼一世[③]，跟跛子帖木儿大帝说话，如果他在这儿的话。难道在国王面前我要化掉、要卑躬屈膝吗？不，来，我的玛琪利夫人，跟着我，汉斯，干你们的事儿吧，我的快乐的海盗们。福克，为了疯狂的西蒙·埃尔，伦敦市长大人的荣誉，欢跳吧，欢跳吧，欢跳吧！

福克　嗨，为了鞋匠的荣誉！

众下

① 伦敦郊区一农村，伦敦市民喜欢前往野餐的地点之一，以奶油炖蛋闻名。

② 克里斯托弗·马洛所著《浮士德博士的悲剧》诗剧中的魔鬼。

③ 苏莱曼大帝（1494—1566），鄂图曼帝国第十位苏丹。

第二十一场

在一阵悠长的号角声后，国王、贵爵们、埃尔及妻子玛琪利、拉西（穿戴得像他自己）、萝丝上。拉西和萝丝跪下

国王　啊，拉西，
虽然你违逆了我的爱，
背叛了你的职责，
这实在非常糟糕，
但我原谅你。
请两位起身。
拉西夫人，
为了你的年轻的新郎，
感谢市长大人吧。

埃尔　是这样的，我亲爱的王上。西蒙·埃尔和我的鞋匠绅士弟兄们，为了您给予可怜的西蒙·埃尔的荣誉，将把亲爱的国王陛下和圣休紧密联系在一起。我请求陛下原谅我的粗鲁的举止。我是一个巧匠，但我没有丝毫乖巧的心思。如果我的粗莽冒犯了王上，我会感到非常的内疚。

国王　不，我恳请你
还是像当鞋匠时那么快乐。

看到你喜气洋洋，
我也快乐了。

埃尔　您是这么说我吗，亲爱的戴克里先[①]？喝吧！[②] 我不是王子，但我出身高贵！我凭路德门大人发誓，陛下，我会像一只喜鹊一样地快乐。

国王　如实告诉我，疯狂的埃尔，你多大年纪了？

埃尔　国王，我还只是一个小男孩，小伙子，小鲜肉[③]。你瞧，我没一根白发，也没有一根灰胡子。我向陛下保证，西蒙·埃尔珍惜他的每一根胡子，犹如它是巴比伦国王的赎金。对于这胡子，帖木儿的胡子只是一把小刷子。不过为了让我的国王朋友高兴[④]，我愿意把胡子刮了，塞进网球[⑤]里去。

国王　但我仍然不知道你的年岁。

埃尔　陛下，我五十三岁；但为了圣休的荣誉，我可以以一颗坚强的心脏喊道“喝吧”。你瞧那个老女人，三十六年前我跟她跳滚被单舞，在我死之前我还希望能生两三个年轻的伦敦市长大人。到现在我还是充满精力，我还是西蒙·埃尔。操劳和寒冷的居住环境会带来白发。我亲爱的王上，让操劳隐退吧。让您的贵族们去操劳吧。那会让陛下看上去像阿波罗一样总是年

---

① 戴克里先，284—305 年为罗马皇帝。埃尔在此引用其名，主要为了铿锵的舞台发音，与其人没有多大关系。

② 原文为 hump，有可能同莎士比亚《亨利四世·下》第二幕第四场的“hem！”，是一种劝酒的吆喝。

③ 原文为 younker，时髦的年轻人，这令人想起莎士比亚《亨利四世·上》第二幕第二场，福斯塔夫自以为还年轻的可笑样子：“哈，婊子养的寄生虫！整天吃肉的坏蛋！他们一意要跟我们年轻人作对！”

④ 在这儿作者又用了 bully。

⑤ 伊丽莎白时代的网球跟现代的不同，球里面塞狗毛。莎士比亚《无事生非》第三幕第二场也有提及。克劳迪奥：“他那脸蛋上的几根装饰品，都已经拿去塞网球了。”

轻，还能吆喝“喝吧！”——我不是王子，但我出身高贵。

国王　哈，哈！你说，康沃尔，你见过这类人吗？

贵爵　没见过，陛下。

林肯伯爵、前市长罗杰·奥特利上

国王　林肯，你有什么新闻吗？

林肯　仁慈的陛下，请多加留心吧，
你周围有叛徒。[1]

众人　叛徒？在哪儿？谁？

埃尔　叛徒在我的家里？上帝不许！我的警官们呢？如果陛下感觉有任何危险，我宁可不要我的命。

国王　叛徒在哪里，林肯？

林肯　（指着拉西）他就站在这儿。

国王　康沃尔，抓住拉西。林肯，你说。
你凭什么说你侄子是叛徒？

林肯　是这样的，我亲爱的王上。
承蒙陛下垂爱于我，
给这堕落的
不争气的孩子以隆恩。
您委任他担任赴法作战的指挥官。
但他——

国王　好林肯，请你暂时停一会儿。
从你的眼睛
我就知道你要说什么。
我了解拉西辜负了我的爱，

---

① 这令人想起莎士比亚《理查二世》第五幕第三场，约克：“陛下，留心！不要被人暗算；你有一个叛徒在你的面前呢。”

掉进了叛国的泥潭。

林肯 难道他不是叛徒吗?

国王 林肯，他是。
但我已经原谅了他。
他不去法国征战，
并不是缺乏勇士的火，
而是因为爱情。

林肯 我不愿背这耻辱的黑锅。

国王 你也不用背这黑锅，林肯。
我宽宥你们两个人。

林肯 那么，我的好陛下，
请阻止他娶那个
出身卑贱的姑娘，
不要玷污他的婚床。

国王 他们还没有完婚?

林肯 还没有，陛下。

两人 我们已经结婚。

国王 难道我要让他们离婚吗?
千万不要用世俗的手
拆开这由上帝亲系的姻缘。
我不愿就因为我是国王，
把那牵在一起的双手
拉开，
那是神圣的婚带
维系在一起的双手呀。
你怎么说，拉西?
你愿意失去你的萝丝吗?

拉西 陛下，

即使所有印度的财富都拿来，
我也不愿意。

国王　我很肯定，
萝丝会放弃她的拉西。

萝丝　如果萝丝被问到那个问题，
她会说不。

国王　你听见他们说的话了吗？

林肯　是的，陛下，我听见了。

国王　你忍心把他们拆开吗？
除了你，
还有谁希望这对情人离婚？

奥特利　还有我，仁慈的陛下。我是她的父亲。

国王　我想，这是罗杰·奥特利，刚卸任的市长吧？
贵爵　正是，陛下。

国王　难道你也要违背爱情的法则吗？
不过你按你的意愿做吧。
你向我起诉
阻止这场婚姻。
轻点儿声，让我来瞧瞧，
你们两人已经结婚了，是不是，拉西？

拉西　是的，令人敬畏的王上。

国王　那么，以我的生命担保，
我要求你
不要称这女人为妻子。

奥特利　感谢仁慈的陛下。

萝丝　哦，我最仁慈的大人！
跪下

国王　不，萝丝，别笼络我。
我真实告诉你吧，
虽然我还是单身，
我相信我也不可能娶你。

萝丝　即使你能让身体活着，
你能将灵魂与身体分开吗？

国王　啊，你的思想这么深刻？
我不能，萝丝，
但我必须拆开你们。
美丽的姑娘，
这新郎不可能成为你的配偶。
你满意了吧，林肯？
奥特利，你满意了吧？

两人　满意了，王上。

国王　但我的心必须得到慰藉：
因为，请相信我，
在我拆开的这一对
重新结合之前
我的良知将沉浸在痛苦之中。
拉西，请把你的手给我。
萝丝，伸出你的手。
你们爱怎么就怎么吧。
亲吻。好极了。
在晚上，有情人上床。[①]
现在让我瞧瞧，
你们中谁不满这个结合？

奥特利　那你就这么强行把我的孩子带走了吗？

---

① 请比较莎士比亚《仲夏夜之梦》第五幕第一场：“有情人同声哀悼！”

国王　啊，告诉我，奥特利，
难道拉西名字的光辉
在世人的眼中
不和任何一位公民的名字一样
辉煌吗？

林肯　是的，但是，仁慈的王上，
与其说我不喜欢他，
还不如说我讨厌这场婚姻。①
她的血统太卑下了。

国王　林肯，别再这么说了。
难道你不知道
爱情不分血统，
不管出身和财富吗？
这少女年轻、有教养、美丽、贤惠②，
对于任何一位绅士
都是一个理想的新娘。
再则，你侄子和她相比，
囊中羞涩，
我还听说
为了赢得她的爱，
放弃荣誉和宫廷的快乐，
去当了鞋匠。
至于他丢弃的
去法国征战的荣誉，
我来弥补：
跪下，拉西。
罗兰·拉西爵士，起身。

---

① 以下的情节可与莎士比亚《终成眷属》第二幕第三场，波特拉姆以出身卑贱为由拒绝海丽娜，国王为之辩解相比较。

② 请比较莎士比亚《终成眷属》第二幕第三场国王："她有天赋的青春、智慧和美貌。"

现在告诉我，
真诚地告诉我，奥特利，
看到你的萝丝是一位贵妇人新娘，
你还会呵责吗？

奥特利　陛下这么恩赐，我很满意了。

林肯　没有别的办法，我也只好满意了，王上。

国王　来，那就所有的人都握握手吧。
我把你们当朋友。
有充沛的爱
所有的分歧也都化解了。
对这爱，
我疯狂的市长大人有什么说的？

埃尔　哦，王上，您给予我的好鞋匠师傅，罗兰·拉西的荣誉，以及您在我可怜的家中给予我的恩惠，至少将使我多活十二个春秋。

国王　不，我的疯狂的市长大人
——这将成为你的标记——
如果我的恩惠可以使你长寿，
我还要对你再做一件。
我要命名你出资
在康希尔街建造的新大楼。
我将它称之为来顿大厦，
因为在挖地基时，
你发现了铅矿[①]。

埃尔　卑职感谢陛下。

玛琪利　愿上帝保佑国王。

国王　林肯，我跟你说句话。

---

① 英文为 Leadenhall，直译应为铅厦。

埃尔　啊，我快乐的混混们！安静一下，轻声点儿。国王要说话。

国王　在现有的军队基础上，
我们将补充新的兵力。
在不到一年的时间内，
法国将为它伤害了英格兰
而悔恨。[①]
这些是什么人？

拉西　都是鞋匠，陛下。
他们曾经是我的朋友。
和他们生活在一起，
我好像皇帝一样快乐。

国王　我疯狂的市长大人，他们都是鞋匠吗？

埃尔　都是鞋匠，王上；都是高尚的制鞋手艺界的绅士，真正的特洛伊人，勇敢的皮匠。他们都拜倒在神圣的圣休的神龛面前。

众鞋匠　上帝保佑陛下！

国王　疯西蒙，他们希望我做什么吗？

埃尔　（对鞋匠）嗯，疯混混们，别说话了。我向你们保证，我会做这件事。（对国王）他们都是穷人，陛下，干活糊口而已；以他们的名义，我双膝跪下，为了可怜的西蒙·埃尔的荣誉和他的兄弟们，这些疯狂的混混的福祉，祈求陛下开恩，赐予我的新大楼，来顿大厦以特权，在一个礼拜中有两天可以合法买卖皮革。

国王　疯西蒙，我答应你的请求。你将拥有每星期两天在来顿大厦进行交易的特权。

---

① 请比较莎士比亚《亨利四世·下》第五幕第五场，兰开斯特："我可以打赌，在这一年终结以前，我们将要把英格兰的刀剑和战火带到法国去。"

也就是说星期一和星期五。
你满意了吗？

众鞋匠　愿耶稣保佑国王。

埃尔　以我的可怜的鞋匠兄弟们的名义，我最谦卑地感谢陛下。但在我起身之前，看到王上正处于慷慨封赏的兴头上[①]，而咱们又处于乞求的分上，再赐予西蒙·埃尔一份情面吧。

国王　那是什么，市长大人？

埃尔　请屈驾光临一场正等待着您的不成敬意的筵席。

国王　埃尔，我吃这场宴席会把你弄穷了。
我已经打扰你不少。
你说，是不是？

埃尔　哦，亲爱的王上，西蒙·埃尔很久以前就答应伦敦的鞋匠们在薄饼日请他们吃一顿。不曾想到在这欢乐的一天王上驾临。
在往昔，如果陛下愿意听的话，
我用有盖水桶挑水，
身上穿的衣服
没有比它更褴褛的了。
一天，疯狂的哥儿们——
就像现在的薄饼日——
给我吃了一顿早餐，我对着水桶的盖子发誓，有朝一日我当了伦敦市长大人，我要请所有的鞋匠吃一顿大餐。今天，陛下，我做到了，仆役们给一百张桌子换了五次桌布。他们已经回家，走了。
但高尚的制鞋手艺赢得了另一个荣誉：

---

① 英文原文为 in the giving vein，而令人惊异的是，在莎士比亚《理查王》第四幕第二场理查王用了同样的短语。

请尝一尝埃尔的筵席吧
西蒙快乐地筹备的筵席。

国王　埃尔，我将赴约你的筵席，
可以说在一天之中
我从未有过这么多的乐趣。
高尚手艺界的朋友们，
感谢你们所有的人。
谢谢你，仁慈的市长夫人，
谢谢你给予的怡悦。
来，贵爵公卿们，
让我们在这儿狂欢吧。
欢乐和筵席过后，
我们必须去应对
法国人发动的战争。
众下

（全剧终）

新法还旧债[①]

菲利普·马辛格 著

① 根据 British Library Historical Print Editions, ed. K. Deighton, 1893 译出。

戏剧人物

洛威尔勋爵
贾尔斯·奥弗里奇爵士，一个残酷的勒索者
弗兰克·维尔伯恩，败家子
托马·奥尔沃斯，一位年轻的绅士，洛威尔勋爵的侍从
格里迪，太平绅士
马拉尔，奥弗里奇爵士的谋士和侍从

奥尔沃斯夫人手下的人：
奥德尔，管家
安姆波尔，招待员
福纳斯，厨师
瓦恰尔，门房

威尔道，牧师
塔帕维尔，啤酒馆老板
债主、仆役数人

奥尔沃斯夫人，一位富有的寡妇
玛格丽特，贾尔斯·奥弗里奇爵士的女儿
弗洛斯，塔帕维尔的妻子
贴身侍女
女仆

第一幕[①]

第一场[②]

衣衫褴褛的维尔伯恩、塔帕维尔和弗洛斯上

维尔伯恩　没白酒了？烟草也没了？

塔帕维尔　一口都没了，先生；
没一罐酒有剩的，
一个喝得烂醉的门房
把隔夜变了味的剩酒
都喝完了。

弗洛斯　酒桶里没一滴可供你早晨喝的酒了，先生。
是真的，我不骗你。

维尔伯恩　真的，你这条母狗！
魔鬼变的清教徒！
混蛋，你知道我是什么人？

塔帕维尔　太了解了，
敢情你撒泡尿照照自己，
看看你的模样，

① 地点：诺丁汉附近乡间。

② 塔帕维尔酒馆前。

你也就不会称我混蛋，
而叫自己瘪三了。

维尔伯恩　哼，你这条狗！

塔帕维尔　我说的都是明摆着的事，先生。
我必须告诉你，
你只要敢动一动你的棍儿，
阁下，在不远处，
就有警长守着，
他可是君王般大人物，
拿着手枷，
随从们拿着生锈的钩镰，
足可以把你那些破衣烂衫扒光——

维尔伯恩　混蛋！奴才！

弗洛斯　别生气，先生。

塔帕维尔　他动手会自食其果：
别发火了，
附近没救火的水；
至于其他酒类，
比方说浓麦芽酒啦，或者啤酒啦，
我琢磨你好久没有尝过了，
甚至梦里也没见过吧，先生？

维尔伯恩　啊，你这个忘恩负义的无赖，
你竟然敢这么跟我说话！
你的酒馆，你的所有，
难道不是我送给你的吗？

塔帕维尔　我在账上没看到，
蒂莫西·塔帕维尔没别的账本。

维尔伯恩　难道不是我

在你酒馆花那么多钱，
给了你衣食之需吗？
难道你不是降生在
我父亲的土地上，
很高兴在他庄园里当小工吗？

塔帕维尔　我是什么人，先生，并不重要①；
而你是什么人，
人们一看便知了——
为了和你结清了断，
既然你提到你父亲，
尽管会让你伤心，
我还是要跟你说说你的故事。
你死去的父亲，
我从前的主人，
老约翰·维尔伯恩爵士，
一位令人尊敬的人，
太平绅士，德高望重的法官，
郡历史的见证者，
大人物啊，
担当着郡里一切事务的责任，
养育着一大家子人，
乐善好施，等等；
他死后，
留给弗兰西斯少爷
一千二百英镑的年收入，
而如今的维尔伯恩却穷得叮当响——

维尔伯恩　奴才，闭嘴！否则我要发火了。

① 原文为 it skills not，请比较莎士比亚《第十二夜》第五幕第一场：as a madman's epistles are no gospels, so it skills not much when they are delivered.

弗洛斯　你发不了火了，
你现在是个流浪汉了。

塔帕维尔　我还继续说我的故事：
你那时是大地主，
出了名的花花公子，
而我只是你的男仆；
瞧瞧这变化：
你寻欢作乐，
鹰隼啦，猎狗啦，
一大群名贵的赛马啦，
各色的情人啦；
你的姑父，贾尔斯·奥弗里奇爵士
用蒙人的抵押、保释和债券
哄你过上挥霍无度的生活，
（你毫无顾忌地沉湎其中）
然后，就抛弃了你。

维尔伯恩　哪个教区牧师写下了这些恶毒的谣言，杂种，而你却把它当台词背了出来。[①]

塔帕维尔　我还没有说完：
你败掉了所有的田产，
信用只值几毛钱，
成了个靠借债度日的穷光蛋，
从绅士到公路上的乞丐
都存有你的借条，
他们在你最奢华挥霍时
用调包诱售法引你上钩。

维尔伯恩　我要用皮鞭抽开你的脑袋。

---

① 原文为 you have studied it，即 learn by heart，请比较莎士比亚《麦克白》第一幕第四场：he died /As one that had been studied in his death.

塔帕维尔　而托马·塔帕维尔
用微薄的积蓄，
四十英镑左右，
买下了一栋小村舍，
我娶了这个弗洛斯，
并开始接收租客。

维尔伯恩　是的，晚上将房间租给婊子、乞丐
和强盗——

塔帕维尔　确实，但他们带来一笔收入，
有钱可以满足他们的需求，
同时又可以不用像少爷那样
手头那么紧促。
我从他们那儿赚的
这笔可怜的进项
让我成为教区一位
令人尊敬的人，
足可以当个清道夫，
来日也许还可以
当个救济穷人的官员。
如果我真的当上了那职位，维尔伯恩，
你还愿意不耻找我帮忙，
我会给你一星期一便士，
那时你还得感谢老爷的我。

维尔伯恩　你这狗杂种，
竟然如此——
打他、踢他

塔帕维尔　（对妻子）快喊救命！

维尔伯恩　别动，否则你就得死：
君王般警长也救不了你。

听我说，你这忘恩负义的地狱犬！
难道我没有帮你忙吗？
你甚至觉得你节日的盛服
擦我的靴子太粗糙了，
躬身用舌头舔我的靴子。
当我听说你打赌
如果你拥有四十英镑，
你就可以像国王一样生活，
我就爽快地给你金子，
而不是口头上应允。
你敢否认吗，混蛋！

塔帕维尔　我必须得否认，先生；
所有客栈掌柜，
从最高档到最低档的，
生怕丢掉他们的面子，
都不会记得
他们最好的客人是谁，
特别是当他们变成了
像你那样的穷人。

维尔伯恩　这是最好的报应呀，
这些乞丐把你这样的混蛋
变成了富人。
你这条毒蛇，忘恩负义的毒蛇！
无耻的皮条客！——
既然你把过去忘得一干二净，
让我来帮助你回忆一下，
把你抽得体无完肤[1]，
打断你所有的骨头。

---

① 原文为 tread you into mortar，请比较莎士比亚《李尔王》第二幕第二场：I will tread ths unbolted villain into mortar.

重又揍他

塔帕维尔　哎呀!

弗洛斯　怜悯怜悯咱们吧。

奥尔沃斯上

维尔伯恩　没有怜悯。

奥尔沃斯　住手——看在我的面上，住手。
难道你不听我的话吗，弗兰克!
他们不值得你发这么大的火。

维尔伯恩　那就听你的，
让他们免了这顿抽打;
他们必须得爬着出去，
要是嘴里嘟嘟囔囔，
立刻收回饶恕令。

弗洛斯　都是因为你多嘴，老公;
即使你已被打得够呛，
你还要自作聪明[①]，
滔滔不绝个没完。

塔帕维尔　耐心点儿吧，弗洛斯;
有法管着我的伤口。

他们爬着下

维尔伯恩　你被打发到你妈那儿去吗?

奥尔沃斯　我妈，弗兰克，我的保护人，我的一切!
她因为我父亲逝世如此悲伤，
她这么爱我，
我真不知如何报答她。

---

① 原文为 ambling wit，就像我们常说的 a galloping tongue。在莎士比亚《皆大欢喜》第三幕第二场中也有类似描述 tongue 的诗句：Cry “holla” to thy tongue, I prithee; It curvets unseasonably.

这样的继母极为罕见。

维尔伯恩　她是一位高贵的孀妇，
洁身自好，
远离哪怕会玷污一点儿
她名声的事。
她行事做人
光明磊落，
给妒忌和恶言
不留一点儿罅隙。
请你告诉我，
有追求她的人吗？

奥尔沃斯　即使郡里最高贵的人追她，弗兰克，
我的勋爵大人绝不会在此列。
求爱，被赶走，
被赶走，再求爱，
什么结果也没有——
络绎不绝的造访者都被回绝。
但她绝不沉闷忧郁，孤芳自赏，
我敢担保
你定然会受到她慷慨的欢迎。
我可以给你一份
追求者的名单。

维尔伯恩　等一等，
让我给你点儿指导，
这是我必须做的。
你父亲是我的朋友，
我对他那份友谊
必然移情到你身上；
你是一个英俊、前程远大的青年，
我对你没半点儿反感，

如果你遇到危险，
我也会很快帮你消弭。

奥尔沃斯　感谢你的高贵的关怀。
但是，请问
我可能会遇到什么危险？

维尔伯恩　你是不是在恋爱？
别假装惊讶蒙骗我。

奥尔沃斯　恋爱，我这么年轻！

维尔伯恩　你以为你行走在云雾之中，
没人知道你的秘密，
实际上路人皆知
你的选择。
你的蠢行受罗盘支配，
而罗盘正指向北极星，
也就是指向你所爱的姑娘。
为了证明这一点，
我问你，
你对美丽的玛格丽特怎么看？
奥弗里奇的独生女儿和继承人，
那个像鸬鹚一样贪得无厌的人。
在提到她名字时，
你会脸红、惊讶吗？
你脸红，
那是因为你既缺乏智慧，
又缺乏理性。

奥尔沃斯　你太刻薄了，先生。

维尔伯恩　这种伤害
用镇痛剂是治不好的，
只有用腐蚀剂。

我必须实话实说——
你还是一个刚从门房小屋[1]
解放出来的跑腿的，
只配给小姐拿绣花拖鞋的份儿，
怎么还敢梦想娶她呢?
恐怕这不可能，
现在不可能，
将来也不可能，
一个十四岁还算英俊的听差
或者演员的跟班，
最多要么爱上一个侍女，
要么婊子爱上他；
即使宫廷跑腿的
也不能幸免。

奥尔沃斯　这太疯狂了。
不过你已发现我的意图，
我的指望是合法的[2]；
如果有朝一日，
玫瑰，
百花的皇后，
春天的精华，
最甜蜜的慰藉，
出落在可恶的蔷薇丛中，
那我就能由此推演说，
在我的灵魂之最爱——女儿，
和卑鄙的小丑——父亲之间
是何等样的天壤之别呀。

维尔伯恩　即使事实果真如此，

---

① 门房小屋（porter' s lodge），在当时是主人惩罚仆人的地方。

② 虽然 14 岁结婚太年轻，但在当时的英国是合法的。

我也这么相信，
但她父亲毁了你的家产，
你能指望享受
一个平静的婚床吗？

奥尔沃斯　也毁掉了你的。

维尔伯恩　我承认
也毁掉了我的；
作为朋友，
我必须坦率地告诉你，
如果明显地不可能，
再存有希望，
那就太轻率了。
贾尔斯·奥弗里奇爵士，
为了让她通过婚姻
而获得高贵的头衔和名分，
可以毫无廉耻之心
割断邻居的喉咙，
甚至自己的喉咙，
你能想象
（别让自爱自怜迷惑了你的眼睛）
这样一个人
能把自己女儿嫁给你吗？
算了吧，
找个相配的
和你过小日子去吧。

奥尔沃斯　你给了我很好的忠告。
你这么热心我的事儿，
却忽略了你自己的事儿。
别忘了，你自己如今处于
怎样的窘境呀。

维尔伯恩　没关系，没关系。

奥尔沃斯　有很大的关系。
你知道我有多么穷；
但我可以拿出点儿钱来帮助你。

维尔伯恩　怎么回事？

奥尔沃斯　你先别发火；
只要花上八枚金币
就可以让你
穿上时髦衣服，
像个绅士。

维尔伯恩　用你的钱！
用一个孩子的钱！
用一个听差的钱！
这孩子靠后妈养着，
靠一位勋爵
随时都可能断供的恩惠活着！
我还是靠自己吧。
尽管命运如此作弄我，
我被赶出啤酒馆，
穿得这副穷酸样子，
不知道接下来
在哪儿吃喝安身，
但总是在这一片天空之下；
虽然我感谢你，
但我不能接受你的好意：
由于挥霍无度，
又没有一个高人劝诫我，
我败掉了家产。
但醒悟之后

我要重振雄风；
最坏大不了一死，
被人们遗忘。

奥尔沃斯　好奇怪的想法！
众下

第二场[1]

奥德尔、安姆波尔、福纳斯和瓦恰尔上

奥德尔　把一切整理得有条有理，
我穿戴的这绶带和轮状皱领，
可是权威的象征，
就是为指使你们的呀。
正如我的名字所显示[2]的，
谁要是履职不力，
一个礼拜不得吃早餐，
也不给酒喝。

安姆波尔　你太逗了，
好管家老爷。

福纳斯　随他去吧；
我要生气了。

安姆波尔　啊，福纳斯伙计，
还没到十二点
开饭的时间，
就厨师而言，
这时容易动火

① 场景在奥尔沃斯夫人宅邸一房间。

② 英文原文为 Order，秩序之意，在文中译音。

也完全是正常的。

福纳斯　你以为你说话俏皮，好安姆波尔，
咱夫人的接待员！

奥德尔　别，别，别吵啦。

福纳斯　拿厨房的事儿来嘲弄我！
在任何时候，
任何地方
我都会生气；
在祈祷的时候
这么被人挑唆，
我也会生气的。

安姆波尔　没人伤害你。

福纳斯　咱和你是朋友[1]，但我还要生气。

奥德尔　和谁生气？

福纳斯　随便和谁；
不过眼下细想一想，
是跟咱夫人闹气。

瓦恰尔　上帝不许，老兄！

奥德尔　她做了什么让你生气？

福纳斯　好多事儿哪，管家老爷。
她聘请我给她烹饪，
在她发誓不吃不喝之前
我专心烧菜做饭；
自从咱们高贵的老爷

---

① 原文为 I'm friends with thee，显然不符合英语语法，但当时实际上就是这么说的。在莎士比亚《李尔王》第四幕第一场也可以找到同样的例子：And yet my mind was then scarce friends with him.

奥尔沃斯去世之后，
尽管我绞尽脑汁
给她烹饪诱人的菜肴，
做城堡一样的油酥点心，
那简直可以当荷兰的样板，
要是在布雷达[①]也这么做，
斯皮诺拉会高兴得把帽子扔向天空，
也不会去攻克这城了。

安姆波尔　你是不是缺乏做菜的食材？

福纳斯　食材！
只要六个鸡蛋和一蒲式耳燕麦，
我可以让这城里的人
活到世界末日，甚至更长。

奥德尔　那你跟夫人闹什么别扭？

福纳斯　闹什么别扭？
天啊，我烤啊煮啊
准备她的菜肴，
而她却待在卧房，
喝面包汤或者粥，
压根儿不理我的杰作。

奥德尔　但有人会在餐厅看到你的杰作。

福纳斯　谁？
那种假情假意爱她、
实际上想靠她养肥自己的人。
但在所有吃她的人中，
我最讨厌那干瘪肚子乡绅，

① 荷兰南部城市。斯皮诺拉是西班牙将军，自1624年8月26日至来年的7月1日围困布雷达城。

他当上了太平绅士。

奥德尔　治安法官格里迪?

福纳斯　是他。
他吃肉,
但从不长肉;
他相信这个悖论:
吃得不好的人,
永远审不好案子。
他的胃就像坟墓[①]
或者像永不满足的婊子,
张开大口吞噬一切。
幕后有人敲门

瓦恰尔　有人敲门。
下

奥德尔　少爷!
瓦恰尔和奥尔沃斯上

安姆波尔　欢迎,先生。

福纳斯　握握手;
如果你有胃口的话,
冷肉饼准备好了[②]。

奥德尔　惟妙惟肖他父亲的形象。

福纳斯　咱们都是你的仆人。

安姆波尔　看到你,仿佛你父亲又活了。

---

① 原文为 His stomach's as insatiabe as the grave,请比较莎士比亚《罗密欧与朱丽叶》第五幕第三场: Thou detestable maw, thou womb of death, Gorged with the dearest morsel of the earth.

② 原文为 a cold bake-meat's ready,请比较莎士比亚《哈姆雷特》第一幕第二场: the funeral baked-meats / Did coldly furnish forth the marriage tables.

奥尔沃斯　一句话，谢谢你们大家；
这太让人暖心了。
夫人起来了吗？
奥尔沃斯夫人、女仆、贴身侍女上

奥德尔　她来了，咱们也就不用回答了。

奥尔沃斯夫人　去把那乱丝线整一整。
我要独自呼吸一下新鲜空气。
女仆和贴身侍女下

福纳斯　您总是呼吸新鲜空气；
难道您除了面包汤之外，
就什么也不吃了吗？
那要我干吗呢？

奥尔沃斯夫人　请你别生气。
不久我就会吃的。
这是金子，
拿着去买围裙和夏装。

福纳斯　太好了，
福纳斯不生气了。

奥尔沃斯夫人　请听我说，
今天上午如果有访客，
照旧好吃好喝招待，
但跟他们说
我有点儿小恙不适，
抱歉不能奉陪。

奥德尔　好的，夫人。

奥尔沃斯夫人　那就这么办吧。
你们离开吧。
不，奥尔沃斯，你留下。

奥德尔、安姆波尔、福纳斯和瓦恰尔下

奥尔沃斯　我太高兴了，
留在这儿，
听候你的遣使。

奥尔沃斯夫人　这么快就像廷臣拿腔拿调了！

奥尔沃斯　不要把那称作廷臣的腔调，夫人；
那只是对你的慷慨一种回报而已。

奥尔沃斯夫人　得了，那就随你的便吧；
我认可你的歧义就是了。
你的高贵的主子过得怎么样？

奥尔沃斯　还像他往常一样，
没有一丝荣耀有所减损[①]。
他请我，作为他的不称职的助手，
——请原谅我的直率——
亲吻夫人美丽的纤手。

奥尔沃斯夫人　他对我的美意，
让我感到荣幸。
他会参与对荷兰作战吗？

奥尔沃斯　很快，好夫人。
他将亲自来跟夫人辞行。

奥尔沃斯夫人　你对他的参战怎么想？
你就像一张白纸，
可以在上面描摹
或丑陋或美好的图画。
我不会强迫你，
我要让你自由做出抉择。

---

① 原文为 no scruple，作“丝毫”解，请比较莎士比亚《终成眷属》第二幕第三场：I will not bate thee a scruple.

奥尔沃斯　你乐意的就是我的选择；
如果让我做选择的话，
我是否可以谦卑地请求
走我的大人为我策划的路。

奥尔沃斯夫人　说得太好了，
我喜欢你这种精神。
你父亲，
让我们永远怀念他！
在上苍将他从我手里
唤走之前几小时，
他把你托付给我，
他最亲爱的人。
因此，不管我说什么，
你都得恭敬聆听，
仿佛我就是他。
他是我的丈夫，
你不是我亲生的儿子，
但我可以把你视同己出，
如果你配的话。

奥尔沃斯　最尊贵的夫人，
我发现你对我是最好的母亲。
我要以最大的耐心和努力，
使你倾注在我身上的恩惠
永远不会白费。

奥尔沃斯夫人　但愿如此吧。
你父亲是这么说的：
“如果我儿子对战争感兴趣，
告诉他那是一座
教导荣誉原则的学校，
倘若荣誉得到真正的尊重；

如果把它看作一个
可以放荡和胡闹的地方，
那他们就永远不配
战士高贵的称号。
为了一个美好的事业，
勇往直前，
为了国家的安全，
面对大炮的炮口面不改色[①]；
服从上级的命令，
拒绝兵变；
坚忍冬天的严寒，
夏日的酷暑，
当食品供应短缺，
不会因为饥饿而晕倒；
这些是构成一名战士的要素，
不诅咒，不赌博，不酗酒。”

奥尔沃斯　你一口气讲了那么多，
但那对于我无异是神谕，
要是怀疑这些信条，
那就大不孝了。

奥尔沃斯夫人　总而言之——
小心交友，
因为近朱者赤，近墨者黑，
有一个人我要警告你，
那就是维尔伯恩；
并不是因为他穷，
那是值得同情的，
但他太放荡了，

---

① 原文为To run upon the cannon’s mouth，请比较莎士比亚《皆大欢喜》第二幕第七场：Seeking the bubble reputation / EvenIn the cannon’s mouth.

在邪路上毁了一生。
你父亲确实爱他，
当他值得爱的时候；
如果他看到
他今天的堕落，
他定然会抛弃他，
这是你必须做到的。

奥尔沃斯　我遵从你说的一切。

奥尔沃斯夫人　跟着我到我卧室去，
你会像儿子一样
得到金子，
日后我还会给你金子，
如果你需要的话。

奥尔沃斯　我永远是你的儿子。
众下

第三场[①]

奥弗里奇、格里迪、奥德尔、安姆波尔、福纳斯和瓦恰尔上

格里迪　她说了不接客吗？

奥弗里奇　还隐居着！
我想
她的理由给了她慰藉，
虽然她丧失了丈夫，
这样像囚犯一样隐居，
是要不回他来的。

---

① 场景在奥尔沃斯夫人宅邸大厅。

奥德尔　先生，这是她的意愿，
咱们作为仆人，
只有服从，
压根儿没有争辩的份儿。
不过你一定会像贵宾一样
受到欢迎；
如果你愿意留下，
六天前从赫尔港
刚送来一桶加那利葡萄酒，
仅供夫人的贵宾享用。

格里迪　是上好品质吗？

奥德尔　是的，格里迪老爷。

安姆波尔　瞧他那嘴馋的样子。

福纳斯　淌口水，淌口水才叫人痛快呢。上帝保佑你好老爷别撑死！

格里迪　可敬的大厨师傅，握握手；再握一下。我多么爱你！有现成的做好的菜肴吗？说，伙计。

福纳斯　要是你忙着请客，有一副很好的调了味的牛脊肉。

格里迪　好极了！

福纳斯　一只肥野鸡。

格里迪　真恨不得现在就坐在餐桌前，念餐前祷告词！

福纳斯　一些精美的小吃。
还有一只昨晚从舍伍德森林送来的牡鹿，是我执勺以来见过的最肥美的牡鹿。

格里迪　老兄，一只牡鹿！

福纳斯　一只牡鹿，先生。一部分烹饪做正餐的菜，一部分用泡芙面团烤炙。

格里迪　还有泡芙面团！贾尔斯爵士，
一副沉甸甸的牛脊肉！
一只肥腴的野鸡！
还有牡鹿，贾尔斯爵士，用泡芙面团烘烤！
让我们把其他的事务都放一边，开宴吧。

福纳斯　几根瘦骨头就把你们馋成这样！

奥弗里奇　你知道我们不能把事务放在一边。

马拉尔　先生们都是法律事务委员会的成员，
如果缺席，官司就要打输了。

格里迪　别跟我说官司的事儿。[1]
我来证明，
为了这顿筵席，
值得缺席委员会的会议，
这可以在亨利王第十四法案中找到。[2]

奥弗里奇　啊，格里迪老爷！
难道你要我为了一顿宴席
损失一千英镑吗？
别再这么说了，
如果你还有羞耻感！
当我们考虑进账，
必须忘掉肚子。

格里迪　得，我算服你了，
你要我哭一场都行。
听见了吗，大厨师傅，
只上你那珍贵的馅饼一个角，
为了感谢你，

① 原文为 Cause me no causes，这是愤怒时一种惯常的语言结构。请比较莎士比亚《理查二世》第二幕第三场：grace me no grace, nor uncle me no uncle.

② 原文为拉丁语：Henrici decimo quarto.

我将——让我想一想——
给你两枚三便士硬币。

福纳斯　你竟然如此慷慨？

维尔伯恩上

奥弗里奇　请向你们夫人转致我的问候。那是什么人？

维尔伯恩　你认识我。

奥弗里奇　我曾经认识你，但现在不认识了。
你和我没有血缘关系；
滚开，你这要饭的！
如果你再说我和你有血缘关系，
我要叫你去蹲监狱，吃鞭子。

格里迪　我出逮捕证。
别忘了那一角馅饼，福纳斯！

奥弗里奇、格里迪和马拉尔下

瓦恰尔　请你离开好吗，先生？
我纳闷你怎么就敢这么溜进来。

奥德尔　这太鲁莽了，
无礼而厚颜无耻。

安姆波尔　难道你不能跟你的难友们一起
等着发碎面包、肉渣儿，
非得溜进大厅里来吗？

福纳斯　请你到外屋去吧，
即使那是猪圈；
我的厨工会来找你。

奥尔沃斯上

维尔伯恩　太神奇了，
哦，竟然是托马·奥尔沃斯。托马！

奥尔沃斯　我必须得装着不认识你；
就是给我百万英镑
我也不愿在这里见到你。
下

维尔伯恩　敢情百万英镑，越多越好。他也看不起我！
女仆和贴身侍女上

女仆　啊呀，这是什么味儿！这是什么东西？

侍女　让咱们离开这儿吧，
天啊，我要晕倒了。

女仆　我已经开始昏眩了。
女仆和贴身侍女下

瓦恰尔　你能自己走出去吗？

安姆波尔　要咱们揍你出去吗？

维尔伯恩　不，我不走。
难道你们看不出来，
我不会走。
让我瞧瞧
到底哪个混蛋敢
叫我走。
啊，你们这些奴才，
只知道卑躬屈膝，
上菜啦，换盘子啦，
除了拿牛皮啤酒杯喝酒
什么都茫然不知；
你们这些人生来
就只知道吃肉喝酒，
靠残羹剩饭养肥自己！
谁敢上来？

谁敢赶我出去？

奥德尔　夫人来了！

奥尔沃斯夫人、女仆、贴身侍女上

侍女　魔鬼在这儿。

女仆　亲爱的夫人，请用手套掩住鼻子。

侍女　要不让我去拿些香水来，
压压那臭味儿。
要不您不得不闻
那从未闻过的味儿。

维尔伯恩　夫人，我的计谋
叫我来找你。

奥尔沃斯夫人　找我！

维尔伯恩　虽然你的奴仆们
待我非常粗鲁[①]，
我希望你把我当作
你丈夫真正高贵的朋友，
那我就将这一切不快遗忘。

奥尔沃斯夫人　见到并听到这些鲁莽的言行，
太叫人惊讶了。
你竟然敢于期望
我，自从丈夫死去后，
拒绝会见乡间最高贵的人士，
会屈尊和如此一个低下的人交谈？
你这个无耻之徒！
你得容忍我屋里仆役的嘲弄，
知道我们之间地位的差异；

---

① 原文为 ragged entertainment，这种用法在莎士比亚《亨利四世下》第一幕第一场中也能找到：The ragged' st hour that time and spite dare bring.

要不我就要不客气
叫我永远看不到你这个眼中钉，
虽然这不合我温和的脾性。

维尔伯恩　别瞧不起我，好夫人，
你一副天使的模样，
学一学天使的秉性吧，
耐着性儿听我说。
你将会发现
在这手臂里流淌的鲜血
和在你血管奔流的鲜血一样高贵。
这些昂贵的首饰，
你所穿的华丽的衣服，
你仆人对你的刻意顺从，
娘儿们的阿谀奉承，
都构不成你本性的优点，
犹如我穷困穿这褴褛破衣
并不构成我的缺点一样。
你有一个圣洁的名声，
我知道你值得有这样的名声；
但是，夫人，我必须说，
那只不过因为
你对高贵的丈夫的逝世
表示了深切的悲悼而已。

奥德尔　她多么惊讶！

福纳斯　听他这么说，
她不由自主用手去抹眼泪。

奥尔沃斯夫人　还有别的话要说吗？

维尔伯恩　你丈夫，夫人，
曾经跟我一样倒霉，

肩膀上压着穷困、债务和争执，
不瞒你说，我不是吹牛，
我帮他摆脱了困境。
是我给他钱购买时髦的衣服，
我是一把利剑
在他所有的争执中，
屹立在他背后。
当他的荣誉处于危机时，
我鼓励他保持绅士的尊严，夫人；
当所有的人都认为他完蛋，
他自已也心灰意懒，
我伸出手救了他，
使他恢复了元气。

福纳斯　难道咱们是卑鄙的流氓，
把这一切都遗忘？

维尔伯恩　我承认，你嫁给了他，
让他拥有了你的产业；
他没有给你带来财富，
你的朋友们
也没有因此而责怪你；
因为他长得英俊，
又有一颗高贵的心灵；
他是无法抗拒的。

奥尔沃斯夫人　是的，他拥有这一切。

维尔伯恩　看在他的面上，
看在我是他的朋友，
请不要看不起我。

奥尔沃斯夫人　为了刚才对你的不敬，
请原谅我，

我要补偿你。
奥德尔，给这位绅士
一百英镑。

维尔伯恩　不，夫人，我不要钱。
我不会向你乞讨，或者筹借哪怕六便士，
宁可要么从别处找钱，
要么就这样穷困下去。
我对你只有一个要求，
作为你丈夫的老朋友，
你不能拒绝；
是这样的。
跟她耳语

奥尔沃斯夫人　天啊，没别的了？

维尔伯恩　没了，只是你叫你的仆人们
对我尊敬一点儿，
即使这对他们来说
有点儿费劲。

奥尔沃斯夫人　那是你的请求。

维尔伯恩　谢谢你，夫人。
（独白）这计谋执行起来，
结果到底会怎么样，
还很难说。[①]——
该说的我都说了。
你愿意的话，你可以辞退了。
奥尔沃斯夫人下
（对仆人们）把一切忘掉吧，
为了祝愿我的计谋成功，

① 原文为 is yet in supposition，我们可以在莎士比亚《李尔王》第四幕第一场找到类似的表述：To be worst, the lowest and most Dejected thing of fortune / Stands still in espernce.

握握手，
让咱们干上几杯，
把争执一股脑儿都忘掉吧。

奥德尔　好的，好的。

福纳斯　还是那个快乐的维尔伯恩老爷。
众下

第二幕

第一场[①]

奥弗里奇　我向你保证，这农夫破产了；法律事务委员会叫他完蛋了。

马拉尔　您们这些先生
知道怎么决断处事，
从来不会忘了
将这些无用的家伙碾成齑粉。
那蔫儿了的治安法官[②]
为了让您能胜诉，
昧着良心和知识，
将诉状退了回去，
让这可怜的农夫完全破产，
如果您允许我这么说的话。

奥弗里奇　正是为了这些好处
我让他成了治安法官：
谁贿赂了他的肚子，
谁就贿赂了他的灵魂。

① 奥弗里奇宅邸一室。

② 指没有吃成筵席的格里迪。

马拉尔　我常常纳闷，
如果您让我说出来的话，
您有如此大的威望
将这瘪肚子家伙
塞进法律事务委员会，
您为什么自己不进去呢？

奥弗里奇　你是一个傻瓜蛋；
远离公职，
我就远离危险。
如果我是治安法官，
除了麻烦之外，
我还可能因为任性或者误判，
招来蔑视王权的令状；
也可能成为告密者的猎物。
不，我不想沾上这些。
我有格里迪的忠心就足够了。
他为我的利益服务，
我才不管他会吊死或者入狱；
友谊只是口头一句话。

马拉尔　您太智慧了。

奥弗里奇　这只是世俗的智慧；
至于其他智慧，
诸如怎么过自律的人生
或者怎么帮助别人
我才不在乎呢。

马拉尔　您这么耐心，
您准备采取什么措施
把邻居弗卢格尔的庄园
买进？

人们传说
他不愿卖，不愿借，也不愿交换；
而他的土地夹在您的土地中间
太讨厌了。

奥弗里奇 我考虑了这个问题，马拉尔。
我会买下它的。
我必须让所有的人卖，
而我是唯一买进的人。

马拉尔 就应该那样，先生。

奥弗里奇 我先把他庄园附近的农舍买下来，
然后我让我的人毁掉他的栅栏，
骑马在他成熟的玉米地里横冲直撞，
晚上在他谷仓上烧把火，
把他的牛打断腿。
私自闯入会引发官司，
他打官司要花钱，
而我可以不出钱，
很快就会叫他变成穷光蛋。
我这么骚扰他两三年，
即使他以穷人方式诉讼[①]，
十分地节俭和谨慎，
他也会破产。

马拉尔 这是我听说的最佳的方案了！您太叫人羡慕了。

奥弗里奇 在我的法官操纵下，
我对他的地产提起虚假的诉讼：
他付不起法院讼费，
缺乏现金将迫使他去找仲裁；
如果他以一半价格出手地产，

① 即 forma pauperis，指起诉人无力支付法庭的诉讼费，可以作为穷人起诉。

他就可以拿到现金，
而我也可以得到他的土地。

马拉尔　简直不可思议！
维尔伯恩自愿将地产转手给你，
那可以省去您漫长的法律手续的麻烦，先生。

奥弗里奇　很高兴你使我想到了他。
这小子让我用隐秘的欺骗手法
穷了好长时间了，马拉尔，
还没死呀，
他准骂死我了。
他还没冻死或者饿死？

马拉尔　我不知道该怎么说。
我已经使出了浑身解数了；
昨晚我叫酒馆老板把他轰了出去，
并告知了您的朋友和佃户，
您已完全弃他不管，
即使可充饥的一小片面包皮
也不要给他。
这一切都做了，先生。

奥弗里奇　这只是该做的一部分事，马拉尔；
你不能光停留在那儿。

马拉尔　还要在什么地方做什么，先生，请说吧。

奥弗里奇　我希望你把他找到，
如果你能够的话，
劝说他与其要饭，
还不如去偷；
如果我能证明
他甚至只偷了鸡窝，
他就要被吊死，

谁也救不了他。
竭尽一切可能
把他拖向绝望的边缘。
这是你的拿手好戏。

马拉尔　我将尽力而为，先生。

奥弗里奇　我的主要精力将放在
洛威尔勋爵身上，
这风流的洛威尔勋爵，
人们爱戴的偶像。
我听说他来到乡下，
我将尽力设法与他套近乎，
然后邀请他来到我家。

马拉尔　我懂您的意思了；
您心目中想的是
年轻小姐的婚事。

奥弗里奇　她必须摆脱掉那平庸的称号，
而冠之于贵族的头衔，马拉尔，
我要倾我所有，
使她成为贵族的夫人。
我希望她过优渥的生活，
将穿旧的美服和吃剩的鱼肉
赏赐给流浪骑士
曾经的夫人，
当今的侍女们，
她们享受过奢华的生活，
如今却潦倒不堪。
虽然我只是一介平民，
我却可以叫他们破产的后代
像奴才一样

跪倒在我面前，
我是何等荣耀呀。

马拉尔　这真够您夸耀的了。

奥弗里奇　所以，我不用其他人，
只用骑士老爷的女儿
给她系鞋带
或干其他更下等的活儿。
那是一个有钱人的骄傲呀！
在我们和世袭的士绅之间
从来就有激烈的争执，
互不相容，
那真是奇怪。
维尔伯恩上

马拉尔　瞧，谁来了，先生。

奥弗里奇　滚开，魔鬼！浪荡子！

维尔伯恩　先生，我是你妻子的侄子。

奥弗里奇　别让我瞧见你！
你吐出的气都有毒，流氓！
你是麻风病，瘟神！
到我这儿来，马拉尔——
（旁白）这正是收买他的时候。
下

马拉尔　我向你保证
你会得到很好的接待，先生。

维尔伯恩　天啊，他简直疯了。

马拉尔　疯了！如果你也这么发疯，
你也不至于落得这么破败。

维尔伯恩　你和我那可尊敬的姑父一起
设圈套让我陷进这个境地。

马拉尔　你太胆怯了[①]，
不愿按我的指示去吊死算了。
我发誓——

维尔伯恩　凭什么？

马拉尔　凭我的宗教。

维尔伯恩　你的宗教！
那是魔鬼的教义——
要是你
你会怎么做呢？

马拉尔　要是在全郡只有一棵树，
像你一样，败光了所有的钱，
连一根廉价的绳子都买不起[②]，
那么，找一根柳树枝也足矣。
我是想帮助你，
请马上上吊寻死吧，
如果你还珍惜你的名声。

维尔伯恩　谢谢你。

马拉尔　难道你要等到病死在阴沟里，
或者被虱子咬死吗？
如果你不敢吊死自己，
又不想麻烦国家，
那就去偷钱包，

① 原文为 pale-spirited，类似的表述在莎士比亚《麦克白》第五幕第三场中也可以找到：Thou lily-liver' d boy.

② 原文为 a penny halter，在莎士比亚《辛白林》第五幕第四场可以找到类似的用法：O, the charity of a penny cord !

到民宅去抢钱，
或者到市场去谋杀卖鸡蛋的娘儿们，
这不也可以达到目的？

维尔伯恩　这倒是一大套
可供选择的路径；
但我明确告诉你，
你所提的文明办法
没一条我会采取。

马拉尔　啊，难道你还指望
活着吃喝？
你还指望
兜里重新揣上一枚银币吗？
如果你不想吊死，
那就去跳河淹死！
为了你的名声，
你总得干些什么。

维尔伯恩　可敬的蛊惑者，
我不会按撒旦教你的方法
去做。
我没有像你想象的那样绝望；
不，我有信心，
我很快将生活得
比以往任何时候
还要富足和美好。

马拉尔　哈！哈！
你所想象的空中楼阁
不会给你一分钱。

维尔伯恩　我还是要善待你；
来，跟我一起吃顿饭吧。

马拉尔　跟你！

维尔伯恩　吃饭不要钱。

马拉尔　请问怎么付钱！谁来付钱！
难道你的伙伴是强盗、丐帮不成？

维尔伯恩　你不相信我；
你不是单个儿在她家吃饭，
还有一位时髦的夫人陪着；
跟我，跟一位夫人。

马拉尔　夫人！哪位夫人？
湖中妖女[①]，还是仙后？
我想那肯定是一场使魔法的筵席。

维尔伯恩　跟奥尔沃斯夫人，混蛋。

马拉尔　看来你的脑袋不好使了。

维尔伯恩　你会看到
我怎样得到隆重的接待。

马拉尔　毫无疑问，接待的是狗鞭子。
啊，她门房那儿你过得去吗？
不吃顿鞭子才怪呢。

维尔伯恩　到她家并不远，跟我走；
你亲眼看看吧。

马拉尔　说真的，我看啊，
你一旦跨过她家的门槛，
准会像马儿一样乱蹦，
像裹在毯子里的狗儿一样发狂，
我也会跟着你一起受罪。

---

① 英格兰神话中出现在水中具有魔法的女妖，最典型的则是《亚瑟之死》中的薇薇安。

维尔伯恩　那就一起来吧。

众下

第二场[1]

奥尔沃斯、女仆、贴身侍女、奥德尔、安姆波尔、福纳斯和瓦恰尔上

女仆　你不能再待一小时吗？

侍女　哪怕再待半小时？

奥尔沃斯　我告诉你们了
我为什么如此匆忙：
我身不由己，
虽然我很想再待一会儿。
如果我只顾自己享受
而忽略了我的大人，
我就失职了。

女仆　请你看在我面上，
把这些柑橘酱糕饼
放进你的口袋吧，
这是我亲自熬的果酱。

侍女　还有这柠檬酱；
对你的胃有好处。

女仆　请原谅我，
在分别时，
我请你吻我一下。

侍女　你总是比我抢先。

---

① 奥尔沃斯夫人宅邸一室。

我也有这么个请求，先生。
奥尔沃斯分别吻了她们

福纳斯　这些内侍看见一个美男子，
多么贪婪！

奥尔沃斯　我对两位
都表示了敬意。

女仆　我们随时准备
服侍你。

侍女　任何时候。

奥德尔　你们有照顾夫人的责任，
要小心履行你们的职责。

女仆　请放心，
我们会当心的。
女仆和侍女下

福纳斯　请喝这个；
这是真正的长生不老药，
强壮心脏。
为你从昨夜就开始熬炼
五只公鸡、一百多只麻雀、
小牛蹄爪、白薯根、骨髓、
珊瑚粉和龙涎香。
我向你保证，
喝了这药，
在你以后漫长的岁月，
你不用再吃别的补品。
这药让你一直到明天天亮之前
一直保持旺盛的劲儿。

奥尔沃斯　你的好意让我感动，

和你们这样真诚的朋友分离，
让我感到痛苦，
但一想到
我的大人计划拜访夫人，
我很快还会再来，
这让我又感到欣慰。
幕后有人敲门。瓦恰尔下

马拉尔 （幕后）你还敢再敲吗？

维尔伯恩 （幕后）当然，当然，再敲。

奥德尔 是他；各就各位！

安姆波尔 留神各人担任的角色。[①]

福纳斯 我知道我该怎么干，别担心我。
除奥尔沃斯，众下
瓦恰尔重上，礼节性地介绍维尔伯恩和马拉尔

瓦恰尔 我真该死，让您们久等了！欢迎，期待您们的光临很久了。

维尔伯恩 那些抱歉的话，
请对我的朋友说吧。

瓦恰尔 看在您的面上，我会的，先生。

马拉尔 看在您的面上！

维尔伯恩 嘘，别太惊讶了，
更多让你惊讶的事还在后头呢。

马拉尔 虽然在启蒙书里读到过，
但这完全超乎我的想象。

---

① 原文为 perform it bravely，各就各位，这在莎士比亚《暴风雨》第四幕第一场中也有类似用法：Bravely the figure of this harpy hast thou / Perform’d, my Ariel.

奥尔沃斯　我最近对您恶言恶语，
请原谅我；
请相信我，
在未来您将得到与您相称的对待。

马拉尔　相称的对待！等于是一场报复！

维尔伯恩　我很满足了；再见，托马。

奥尔沃斯　祝您快乐！
奥尔沃斯下
安姆波尔重上

安姆波尔　很高兴见到您；
我通报给夫人的来客
还没有一个人
受到如此的欢迎。

马拉尔　这是一种幻觉，
要不这些人疯了，
对流浪汉顶礼膜拜若此；
这不可能是真的。

维尔伯恩　还在怀疑呢，
你这个什么都不相信的异教徒；
你就怀疑吧，
你这个异端分子，
别忘了“裹在毯子里的狗儿”！
福纳斯重上

福纳斯　很高兴您来了；
在了解您的喜好之前，
我简直不知道
该怎么准备夫人的筵席。

马拉尔　他的喜好！这可能吗？

维尔伯恩　那你选了什么食材?

福纳斯　天啊，先生，
我有松鸡、小火鸡、秧鸡和鹌鹑，
夫人让我询问你，
什么调料最配你的胃口，
我好使出浑身解数
来烹调让你喜欢的菜肴。

马拉尔　（旁白）这厨师的脑袋进水了：
什么调料最配他的胃口!
就我所知，
在这一年里，
他每星期都盼不到
吃一次奶酪皮和黑面包。

维尔伯恩　我希望菜肴这么烹调。（耳语）

福纳斯　好，就这么烹饪，先生。
下

维尔伯恩　你对“怎么付钱”怎么想了？我们吃饭还要钱吗?

马拉尔　我简直什么都不明白了；
请不要把我逼疯。
奥德尔重上

奥德尔　在这儿待着不合适，
先生，请到餐厅去吧。

维尔伯恩　在这儿待着挺好。
等夫人离开卧室再去吧。

马拉尔　你说，在这儿挺好?
多么离奇的变化!
就在昨天，
你待在谷仓里，

身披草席，
觉得挺好。
女仆和贴身侍女上

女仆　哦！先生，盼着您来呢。

侍女　夫人做梦都想到您，先生。

女仆　她起床后给的第一道吩咐
就是（做完祷告后）
您一来便通报她。

侍女　我已经给夫人通报了。

马拉尔　我要改教了；
我开始信仰一个新的宗教，
我再也不相信圣人
或者天使了。

女仆　先生，夫人来了！
奥尔沃斯夫人上

奥尔沃斯夫人　我前来与你相见，
未见到你之前，
真是叫人憔悴消瘦。
第一吻是惯礼，
而对这样的朋友，
我允许吻第二次。

马拉尔　对这样的朋友！天啊！

维尔伯恩　我完全是属于你的；
不过，夫人，
如果你能赐予这位绅士一个吻——

马拉尔　按他的吩咐来吻我！

维尔伯恩　我会把这当作

对我最大的恩赐。

奥尔沃斯夫人　先生，我从命了。
趋前欲吻马拉尔，马拉尔后退

维尔伯恩　从一位夫人面前后退！如此高贵的一位夫人！

马拉尔　对可怜的我来说，
只配亲吻她的脚。
欲吻她的脚

奥尔沃斯夫人　不，请起身；
既然你这么谦卑，
我要提升你——
你今天将在我的餐桌
跟我一起进餐。

马拉尔　在夫人的餐桌！
我甚至都不配
跟您的管家一起进餐。

奥尔沃斯夫人　你太谦虚了：
我希望我的期望不要落空。
福纳斯重上

福纳斯　您还在这儿唠叨，
难道您要等餐桌上的肉
都结冰了才去吃吗？
还是老一套礼节，
压根儿不想一想我的菜肴！

奥尔沃斯夫人　请把你的手臂给我，维尔伯恩老爷：
（对马拉尔）噢，你跟我们一起去。

马拉尔　我从来没有这么沾光。
维尔伯恩、奥尔沃斯夫人、安姆波尔、马拉尔、女仆和侍女下

奥德尔　得，咱们演了咱们的角色，演得不错；
但如果我知道这里面的奥秘，
为什么夫人答应，
为什么维尔伯恩老爷要演这幕闹剧，
我宁可去死！

福纳斯　但愿我能烧烤他[①]的黑心，
他毁了这可怜的绅士，
让他破败至此！
拿火来！
厨师都是拜火教[②]，
对着火赌咒，
在所有掠夺成性的暴君中，
我还没有见过
像贾尔斯·奥弗里奇爵士
那样凶残的人。

瓦恰尔　福纳斯伙计，
你会当面跟他这么说吗？

福纳斯　当面对他这么说，
他会杀了我，
但那就是代价。
一个高利贷者，
自己忍饥挨饿，
穿从屠夫那儿买来的袍子
一穿就是二十一年，
廉价衣服也不舍得买，
然后发了财，拥有了财产，
这太普通了。

---

① 指奥弗里奇。

② 即琐罗亚斯德教，又名波斯教。

但贾尔斯爵士大吃大喝，
豢养成群的仆人
听命于他，
做伤天害理的事，
他穿绫罗绸缎，
拥有大片土地，
令人惊讶的是
他的财富和田地还在增长。

奥德尔 他把人们从田庄吓走，
法律本来是用来约束坏人，
他却可以罔顾法律之网。
没有人敢谴责他。
对人类如此有害的歹行
却集中在他一个人身上。
安姆波尔大笑着上

安姆波尔 哈！哈！我要笑破肚皮了。

奥德尔 忍着点儿，伙计。

福纳斯 给咱们说说你的笑料。

安姆波尔 哈！哈！
夫人的客人
在餐桌上这么出洋相！
这讼师马拉尔，
这个不起眼的律师——

福纳斯 他怎么了，伙计？

安姆波尔 这家伙还以为在牡羊胡同[①]
小酒馆里呢，
酒保分肉菜，

① 伦敦一条小胡同，多小饭馆。

年长者优先，
吃相那么邋遢。

福纳斯　就这些吗？

安姆波尔　夫人向他敬酒
祝他身体健康，
那只是时尚礼貌，
或者为了取悦维尔伯恩老爷而已；
而他，天啊，站起来，
拿起一盆吃剩的炖鸡，
用那白花花鸡汤向她敬酒！

福纳斯　他那一帮土包子
都是这样出丑。

安姆波尔　当我给他拿去酒，
他离开凳子
前来给我鞠躬，
谦卑地感谢阁下。

奥德尔　夫人已经离席了！

安姆波尔　我该挨骂了。
奥尔沃斯夫人、维尔伯恩和马拉尔上

福纳斯　夫人皱着眉头。

奥尔沃斯夫人　（对安姆波尔）你服侍得太好了！
以后决不允许这再发生；
我发现你在取笑人：
我要让你知道
什么人配坐在我的餐桌上，
不管他多么卑下，
只要我在场，
你就不能取笑他，

仿佛他比你低下。

奥德尔　夫人希望
对她应有足够的尊敬，
对此不要有任何的怀疑。

福纳斯　在胡闹大笑之后
这些话语让你明白你的职责。

奥尔沃斯夫人　（对维尔伯恩）一切由你自己决定。
我信守传统礼仪，
不会随意打听你此行的目的。
总之，我欢迎你来访，
请你感觉如同回家一样自在，
不要有任何拘束。

维尔伯恩　（对马拉尔）请注意这话。

马拉尔　先生，如您所说，
我一直在洗耳恭听。

维尔伯恩　别再麻烦你了，亲爱的夫人，
我心中充满了感激，
只是无以言表。
来，马拉尔老爷。

马拉尔　听老爷的。
维尔伯恩和马拉尔下

奥尔沃斯夫人　我看得出来你有点儿沮丧，
我是一个愿意原谅别人的人，
快乐起来吧，
我把什么都忘了。
奥德尔和福纳斯，跟我来；
我还要给你们进一步的指示。

奥德尔　遵命。

福纳斯　咱们准备好了。

众下

第三场[1]

维尔伯恩和不戴帽子的马拉尔[2]上

维尔伯恩　我觉得在求婚的路上，
我处于非常顺风顺水的地位。

马拉尔　非常顺风顺水！先生；最顺风顺水了，
毫无疑问最顺风顺水了。

维尔伯恩　但人们往往也有背运的时候。

马拉尔　您远超他们；
您已经是乡绅老爷了，
用不了很久
您就会上升，
成为大人了。

维尔伯恩　请不要损我了；
我是什么人，还是什么人。
你不戴帽子，
想凉快一点儿吗?

马拉尔　凉快！我请您原谅！
如果在老爷面前
杰克·马拉尔，
这不懂礼貌的畜生，
还在他那棒子般的脑袋上

① 场景在奥尔沃斯夫人宅邸附近乡下。

② 马拉尔没有戴帽子，以示尊敬。

戴帽子，
他就是白活了这么多年。

维尔伯恩　（旁白）难道这不是一个货真价实的流氓吗？
就为了未来可能的好处，
突然这么一百八十度转变！
他的无赖面目暴露无遗了。

马拉尔　我知道老爷是非常聪明的，
无须别人提醒，
然而我侍候您的愿望太强烈了，
想谦卑地向老爷进言，
（当然可以驳回或纠正）
我希望不要由此给您带来不悦。

维尔伯恩　不会；放开说吧。

马拉尔　按我的判断，先生，
我的简单的判断，
（当然希望获得老爷的赞同）
我觉得您还需要一件更好的衣服，
现在穿的这件
对于爱您的高贵的夫人来说
是非常不合时宜的
（我不想就这问题再做详述了）：
今天上午，
我感觉——对于她，我无足轻重——
在她的财富使您富庶之前，
您闻上去还没有龙涎香的味儿。

维尔伯恩　我有这味儿！

马拉尔　那是您手杖散发的味儿——

吻他的手杖[1]

如果您愿意换一件衣服的话，
我这儿有二十英镑，
出于对您的真诚的爱，
我把它们放在您的脚边；
它们足够您买一套骑装。

维尔伯恩　那马呢？

马拉尔　我那匹骟马可供您使用；
噢，不，老爷可以骑在我身上，
而不用麻烦走路了。
啊！当您成了夫人庄园的主人，
——我知道你肯定会的——
您可以出租奴才场[2]一点儿土地给我，
作为对您的仆人一个回报，
我将耕作那片土地。

维尔伯恩　感谢你的爱，但我不能拿那个。
二十英镑算什么？
那也帮不了我什么忙。

马拉尔　那是我的全部所有，先生。

维尔伯恩　虽然我需要新的衣服，
难道你以为
我不能从夫人那儿得到吗？

马拉尔　我当然知道您能。

维尔伯恩　来，我告诉你一个秘密，
然后我就辞行了。
虽然她是一位慷慨的夫人，

---

① 指维尔伯恩的手杖。

② 奴才场，Knaves'Acre，伦敦为仆人娱乐保留的一片土地。马拉尔垂青于这片土地。

但我也不能让她手中拿上把柄，
在我们结婚后，
拿来嘲弄我，
说她不得不给我买婚礼礼服，
跟她结婚时我只穿着骑装，
骑着一匹老马。
不，我的穿着
要更符合我的出身和教养，
再见了。
至于你说到的奴才场田地，
如果成了我的，
那就是你的了。
下

马拉尔　感谢老爷。
在估量这人的命运时，
我犯了多大的错呀！
我的老爷也犯错了，
在毁灭别人方面
我是他的学生；
那是我们的行当。
好呀，好呀，维尔伯恩老爷，
你性情温和，
还可以再欺骗你。
如果命运女神愿意的话，
当你获得了土地和夫人，
还可以再欺骗你。
我得赶快想出办法来。
在一旁一边踱步，一边思索
奥弗里奇上，对着幕后跟仆人说话

奥弗里奇　伙计，把我的马牵走。

我要散步增进我的食欲，
才一英里，
我要活动活动，
不要生出赘肉来。
哈！马拉尔！
他正在心中谋算什么吗？
也许这家伙
成功劝说那浪荡子自尽；
而现在他感觉内疚？
没关系，
也许真做成了。马拉尔！

马拉尔　爵爷。

奥弗里奇　我们对维尔伯恩的策划
进行得怎么样？

马拉尔　再没有比这更好的了，爵爷。

奥弗里奇　他自缢了，还是跳河淹死了？

马拉尔　不，爵爷，他活着；
他活着再次成为您的猎物，
一个比以前更肥美的猎物。

奥弗里奇　你心智正常吗？
如果正常，
就跟我简单说说这奇迹。

马拉尔　一位贵夫人，爵爷，爱上了他。

奥弗里奇　爱上他？哪位贵夫人？

马拉尔　富有的奥尔沃斯夫人。

奥弗里奇　你这傻瓜蛋！你竟然敢这么说？

马拉尔　我说的是事实。

除非跟您，
我一年也就这么一次
说真话：
我们和夫人共同进餐，
我太感谢老爷他了。

奥弗里奇　老爷他！

马拉尔　以我的生命担保，爵爷；
我和他
在高贵的夫人餐桌上共餐，
虽然我很不配这福分[1]。
我目睹她亲吻他，
在他的请求下，
她还亲吻了我。
我并不像有些年轻人
那么毫无顾忌，
那么不顾一切，
无论多么荒唐，
事后忏悔多么痛苦。

奥弗里奇　啊，你这混蛋！
竟然跟我说这些虚妄的事。
在她的餐桌上进餐，还亲吻了他！
还亲吻了你！——
你这厚颜无耻的奴才，
难道谦卑若我，
高贵的女伯爵的门
都对我通行无阻的我，
在她丈夫逝世之后，

---

① 原文为 Simple as I stand here，请比较莎士比亚《温莎的风流娘儿们》第一幕第一场：he's a justice of peace in the country, simple though I stand here.

虽然我在苦苦地追求她，
不是千百次被挡在门外？
你这乳臭未干的律师，
流氓维尔伯恩，
却受到她的待见，
还和她一起用餐！——
我知道你这条不要脸的狗，
说起谎来，
是脸不改色，心不跳的。

马拉尔　难道我连我的眼睛也不相信吗？爵爷，
连我的味觉也不相信吗？
我在肚子里能感觉到她的快乐。

奥弗里奇　如果你还不能从幻觉中自拔，
摸一摸我吧，伙计——
恢复你的理智，
不要再被那叫花子
在仆人和侍女的怂恿下
策划的计谋欺骗了，
夫人由一个侍女所扮，
你要再不醒悟，
我就要解雇你了。

马拉尔　您相信这个吗？
我断定他们会结婚，
于此我给维尔伯恩——
（旁白）我打赌在他面前
我也敢称维尔伯恩老爷——
我的一匹马和二十英镑。

奥弗里奇　是吗，呆子！
把他击倒

你于此想让他绝望，
抑或想叫我的计划泡汤？

马拉尔　老爷会杀了我吗？

奥弗里奇　不会，不会，只是把你口中虚言的神赶走。[①]

马拉尔　他走了。

奥弗里奇　我把他赶走了。
现在，忘却你那想象的筵席和夫人，
记住明天洛威尔勋爵要和我共餐，
小心在接待中不要出纰漏，
让侍女们把她好好打扮起来，
即使化妆得有些过分，
只要她能吸引勋爵大人，
我就谢天谢地了。
这儿是钱，
补偿我给你的那几拳。

马拉尔　（*旁白*）我现在只得忍气吞声，
可是有朝一日——

奥弗里奇　你还在那儿嘀咕吗？

马拉尔　没，爵爷。
众下

① 见《旧约·列王纪上》22:22：那神回答说，“我去，在他所有先知的口中做虚言的神。”

第三幕

第一场[①]

洛威尔勋爵、奥尔沃斯以及仆人们上

洛威尔　把马牵下山去，
我要和奥尔沃斯私下讲些话。
仆人们下

奥尔沃斯　哦，我的勋爵大人，
我以尊敬、尽职和废寝忘食
作为牺牲，
也无法弥补
您给予我的恩赐于万一，
即使我日夜奔劳
执行您的指示。
无论多么危险，
甚至是死亡，
我不得不凛然面对，
以一颗感恩的心
甘然承受！
即使这样，

---

① 奥弗里奇宅邸附近乡下。

回报还远远无法弥补
您倾注给我的恩惠。

洛威尔　可爱的年轻人，
在我还没有为你做事之前，
不要过分地颂扬；
既然你将你的，
哦，不，她的最大的秘密
托付于我，
请坚信没有任何背叛
能够打开储存它的箱子。
我发现
你对我的爱和效力
要比我给予你的多得多
（我必须得
当着你的面这么说，
尽管你脸上现出羞赧的红晕
来掩饰你的谦卑[①]）。

奥尔沃斯　但是您给予我的
远远高于我所配承受的。

洛威尔　你的感恩配得到这一切——
我并没有
人们通常诟病的大人物的脾气，
他们受不到应有的尊敬，
是因为他们
没有将随从像奴仆一样
按出身加以区分。
我可不是这样，
我能很快就区别出来
小厮和因贫穷而落难的绅士。

---

① 原文为 guard，在当时的戏文中作 deck、adorn（修饰）解。

奥尔沃斯　能这么区分真是大幸了；
与其说您是我的主子，
还不如说是我的父亲；
请您原谅我做这个比喻。

洛威尔　没事儿；
为了使你放心，
我可以说
我非常高兴你这么比喻。
我对于美丽的玛格丽特，
你情人的做法和举止
表明我完全可以控制我的激情，
就像一个足
可以当你父亲的人那样。

奥尔沃斯　很少有大人
当他们受到诱惑，
能控制他们的激情——唉！

洛威尔　你为什么唉声叹气？
难道你还怀疑我吗！
就凭那美丽的名字
我在战争中赢得了荣誉，
而这荣誉至今没有被玷污，
我将非常小心维护
我的奥尔沃斯的利益，
就像维护我的荣誉一样！

奥尔沃斯　勇敢的洛威尔勋爵，
您只要说一句话，
也比世上所有赌咒加在一起，
比廷臣为了升迁而发的伪誓，
还要让我更确信，更有力量。

但是您作为一个人，
（如果把您称作高于人的神，
那就有阿谀奉承之嫌）
我不得不怀疑，
哦，不，惧怕您，
尽管我对您充满信心。

洛威尔　这么年轻，还这么妒忌！

奥尔沃斯　如果您遇到的
仅是一个对手，
您肯定能胜利；
但如果您遇到的
是两个强大的对手，
财富和美丽，
背后还有强大力量支撑，
同时袭击您，
即使您是赫拉克勒斯
也无法招架了。

洛威尔　把你的怀疑和担心
用简单的语言说出来，
这样我可以明了。

奥尔沃斯　您叫我做什么，
我都会去做的，
（即使那将损害我的利益）
我爱戴的勋爵呀，
玛格丽特的美丽，
她那脱俗的清影，
犹如火炮
置放在高高的山地，
统领眼前的一切，

她那明亮的眼神
犹如离膛的子弹，
即使您构筑了防御工事，
也会叫您整个儿的人
神魂颠倒。
当她吟唱美妙的歌，
那有节律的歌声
向您袭来，
（尤利西斯
能够抵御塞壬[①]的歌声，
也无法抗拒这诱惑）
理性和反叛的激情之间的战争，
结果如何也很难说呀。
而且，当您抚摸她的肌肤，
闻到她甜蜜的气息，
那犹如飘忽过阿拉伯
柔和的西风，
留下无穷绵延的芬芳。
在前线的是她甜蜜的嘴唇——
这嘴唇的蜜，
您必须得尝一尝——
能说会道，
她举止娴雅，
极懂待人之道；
即使希波吕托斯[②]
也会离开狄安娜，
去追求这位维纳斯。

① 塞壬，Syrens，希腊神话中的半人半鸟的女海妖，以美妙歌声蛊惑过往的海员，使驶近的船只触礁沉没。尤利西斯，希腊史诗《奥德赛》中的英雄。当船驶近塞壬们时，他把同伴们的耳朵用蜡封住，将自己捆绑在桅杆上。

② 希腊神话，雅典国王忒修斯之子，因拒绝继母的勾引而遭诬陷。

洛威尔　爱情让你充满了诗意，
奥尔沃斯。

奥尔沃斯　假设您能抵御所有这些诱惑，
人会做的
您也会做。
贾尔斯·奥弗里奇爵士
化身的贪欲闯入进来，
来路不明的金子和
广袤的田地，
使她变得更为诱人，
您即使似鹰隼的翅膀一般坚强，
飞翔一整天
也会疲沓，
招架不住。
哦，我的好勋爵！
所有这些强大的诱惑，
会把一个畸形的黑人
装扮得妩媚非凡，
（也只是外表光鲜，
底座让宝石耀眼而已）
必然会使她锐不可当；
我在这里宣布放弃追她，
为您效劳是我最大的幸福，
即使我偶尔看见她，
那也只是纯洁的一瞥了。

洛威尔　你要我干什么？发一个神圣的誓言吗？

奥尔沃斯　哦，绝不，我的大人；
不要因为拒绝
我，你的侍童，你的当差，
你的仆役的谦让，

而让你的名声有所损害；
这样的祝福
许多大人物是求之不得的呀！

洛威尔　别太早下结论，让我们慢慢瞧吧。
到奥弗里奇家还有多远？

奥尔沃斯　最多还有半小时的骑程，
很快就要到达了。

洛威尔　那你也会很快摆脱你妒忌的恐惧了。

奥尔沃斯　哦，但愿如此！
众下

第二场①

奥弗里奇、格里迪和马拉尔上

奥弗里奇　要不惜一切代价；
将我的餐桌摆满
奇珍异味。

格里迪　“好东西永远不会嫌多”，先生。

奥弗里奇　这谚语正适合你的胃口，格里迪老爷。
所有的餐盘必须是金的，
做工考究，精美绝伦；
让我的最精致的被褥，
使卧室充满芬芳，
盥洗的水和上珍贵的香粉，
让勋爵感觉如此快乐，
以至于他希望永远

① 场景在奥弗里奇家一室。

沐浴在这样温馨的氛围中。

马拉尔　那会很费钱。

奥弗里奇　去吧，去操劳吧！
我一切计谋悬于一线，
难道在这时候
还要讲节俭吗？
把我的女儿叫来。
马拉尔下
治安官老爷，
既然你热爱精美的佳肴，
而且还要量多——

格里迪　是的，我爱美味，爵爷，
我在此大大地感谢你了。

奥弗里奇　我授权你照看筵席所有的细节，
同时，我赋予你和我同样的权力，
保证筵席既丰富而又鲜美。

格里迪　我会关注所有的细节，
发出最好的指示。
我把自己想象成一个君王，
至少是一位总裁，
统领着这一切
煮的、炙的、烤的菜肴
我会品尝每一样；
感谢你给予我的荣誉，
当我的肚皮
撑得像鼓皮，
那才是正义。
下

奥弗里奇　很可能这样：

一旦这傻姑娘表现胆怯，
她就有可能让一切泡汤。
这份性格不是从我，
而是从她妈那儿继承的。
我一直非常进取，
她也一定得努力向前，
所以我在这方面想激励她。
玛格丽特上
我想和你单个儿待一会儿——让侍女们待在外面。

玛格丽特　你好吗，先生？

奥弗里奇　哈！打扮得这么漂亮！高贵！
耀眼的珍珠和宝石
也戴得如此得体！
这身长裙却并不打动我，
应该绣上一簇簇的金花；
富贵的首饰和时髦的样式
抵消了这不足。
下面的脚呢？
色眯眯的眼光，
打量了脸庞之后，
就会落到匀称的双脚，
那和你不加粉饰
既白又嫩[①]的皮肤一样诱人。
你喜欢那新来的
落难夫人吗？

玛格丽特　当个伴儿，
没当用人。

奥弗里奇　她谦和吗，玛格，

① 原文为 white and red，见《旧约·雅歌》5:10："我的爱人，皎洁红润，超越万人。"

谨慎吗，
放下她那骑士夫人架子了吗？

玛格丽特　我同情她的遭遇。

奥弗里奇　同情！把她踩在脚底下碾压。
我雇用她服侍你时，
她穿着一件粗毛线衣，
（连两便士的碎肉汤都买不起）
要是我知道她不精心服侍，
我就打发她回老公骑士那儿，
待在债务牢房里去哭泣。

玛格丽特　你有你的行事的方式。
对于我，
吩咐她干事都会脸红，
她毕竟也曾经有人服侍过，
出身并不比我差。

奥弗里奇　出身！啊，难道你不是我女儿，
我辛劳和财富的可祝福的女儿吗？
啊，傻姑娘，难道不正是
为了让你过上舒适的生活，
我的行事遭到无穷的诅咒，
但我并不在意？
摆脱那些谦卑的思想，
融入我竭力将你提升到的
高贵的情境中；
否则，我敢赌誓，
我要把你丢开[①]，
过继个陌生人来继承。

---

① 原文为 throw thee from my care，请比较莎士比亚《李尔王》第一幕第一场：Here I disclaim all my paternal care.

你可别惹我发火。

玛格丽特　我不会的，先生；
你要把我塑造成什么样的人，
随你的意吧。
格里迪再上

奥弗里奇　怎么回事！打断了我们！

格里迪　这事太重要了。
厨师，爵爷，自作主张，
不愿听我的。
拿来了一头小鹿，爵爷，
老天啊，他不听我的，
烤小鹿不在肚子里塞诺福克饺子；
爵爷，咱们懂行的知道，
不塞饺子，
那烤小鹿不值一文。

奥弗里奇　要是你把整个鹿吃进去，
准能把你肚子撑大！
爱怎么烹饪就怎么烹饪吧；
请赶快离开。

格里迪　对饺子不做任何指示吗？

奥弗里奇　你爱怎么塞饺子
就怎么塞吧；
告诉他，
我要把他放在
他锅里煎。

格里迪　如果没了我心爱的饺子，
我就一点儿胃口都没有了。
为此我太感谢你了。
下

奥弗里奇　我们还是谈我们的事儿吧，玛格；
你听说谁来赴宴吗？

玛格丽特　听说了，先生。

奥弗里奇　那可是一位贵人，
一位勋爵，玛格；
指挥整一个团，
更加稀有的是，
他是一个勇敢而
随和的人。
既是一个贵族，
又是一个英明的军官，
不是什么人都能这么身兼二任，
这是王国一颗冉冉上升的明星。
格里迪再上

格里迪　要是没人听我的
我不干这差事了。

奥弗里奇　见鬼，你疯了吗？

格里迪　疯了！要是我不是太平绅士，
而且还是法律事务委员会成员——
这位厨师压根儿不买这个账——
我早就气急败坏，疯掉了；
有十二只啄木鸟——

奥弗里奇　你正好是
面包师外搭的那第十三个。[1]

格里迪　我要按我的想法给它们加作料；
他却要按他的想法加作料，

① 啄木鸟，在英语中还有“傻瓜”之意。在英国，面包师卖十二片面包，会免费外加一片给顾客。

也不将它们和着黄油烤面包吃。
我爸是一个裁缝，
虽然我是一个太平绅士，
我叫格里迪·伍德科克[①]；
在看到我的姓氏被如此糟蹋之前，
我还是辞职吧。

奥弗里奇　（大声地）厨师！——你这流氓，听他指挥！
我已经发话了，
请你走开，
嘴里塞一块野猪头肉，
给我闭嘴，
不要再打扰我了。

格里迪　我不再打扰你了，
我去琢磨宴席上吃些什么。
下

奥弗里奇　玛格，当这笨蛋来打扰的时候，
我正想说，
这位尊贵的勋爵，
这位上校，
我想让他成为你的丈夫。

玛格丽特　我们俩地位
差别太大了，
不可能有什么指望。

奥弗里奇　我充满信心，
对此毫不怀疑，
只要你不畏缩不前。
我的财富会把他的地位压一压，
让你和他成为平等的人。

① 伍德科克，英文为 Woodcock，傻瓜。

为了让他肯定堕入你的情网，
请仔细听我说。
记住他是一位廷臣，
一个士兵，
不善玩那套愚蠢的把戏。
所以，当他来跟你调情时，
不要过于拘谨、矫情。
这种矫装的羞赧，
会毁了羞答答拒绝
却又十分向往的婚约。

玛格丽特　先生，你希望我像处女那样行事，是不是？

奥弗里奇　别跟我说他妈的什么处女！
马拉尔上

马拉尔　爵爷，大人驾到，
刚下了车。

奥弗里奇　直接进来；
按我说的去做，
否则你就不是我的女儿了。
玛格丽特下
我吩咐用音乐欢迎他，
准备好了没有？

马拉尔　准备好了，爵爷。

奥弗里奇　请他们奏起
迎候王子的乐曲。
马拉尔下
粗鲁，
离开我一会儿吧；
为了刻意奉承，
我得换上

另一副脾性，
为我的目的效劳。
洛威尔勋爵、格里迪、奥尔沃斯和马拉尔上

洛威尔　先生，给你添麻烦了。①

奥弗里奇　你所说的麻烦
正是我求之不得的荣誉，
远远超出我的地位和财富。

奥尔沃斯　（旁白）奇怪，他这么谦卑。

奥弗里奇　一位太平绅士，勋爵。
介绍格里迪给他

洛威尔　握握手，好先生。

格里迪　（旁白）这位是勋爵，
有人会认为跟他握手是荣誉。
可我还愿意我的手去包饺子。

奥弗里奇　给大人让路。

洛威尔　爵爷，我很想见见你的漂亮女儿，
也算是欢迎我的一个高潮吧。

奥弗里奇　请大人先尝一杯希腊葡萄酒吧，
她很快就会来侍候大人。

洛威尔　那就客随主便吧，爵爷。
除奥弗里奇，众下

奥弗里奇　这正是我所期望的：
初来乍到
就问起她来！
啊，玛格！玛格·奥弗里奇——

---

① 原文为 you meet your trouble，请比较莎士比亚《麦克白》第一幕第六场：The love that follows us sometime is our trouble, / Whichstill we thank as love.

玛格丽特重上
怎么！在流泪！
哎呀！快擦干，
要不我就把它们挖出来。
这是哭泣的时候吗！
高高兴兴去欢迎那位
扑向你胸口的大人物，
想想看
我称女儿为勋爵夫人，
而当我脱帽向你致礼时，
你会说，
把帽子戴上吧，
或者说
父亲，不用拘礼了，
那是一种什么劲儿。
不再絮叨了，
按我说的去做吧——
他来了。
洛威尔勋爵、格里迪、奥尔沃斯和马拉尔重上
一个丑姑娘[1]，勋爵。
洛威尔亲吻玛格丽特[2]

洛威尔　天啊，一个稀世的年轻美女。

奥尔沃斯　（旁白）他拥有她了，
我失去了。

奥弗里奇　那个吻清脆响亮，
我喜欢。
别人都离开吧。

---

① 原文为 a black-brow' d girl，在莎士比亚《亨利四世·下》第三幕第二场可以找到类似的表述：Alas, a black ousel, cousin Shallow !

② 这是当时英国在见面时一种致礼的习俗。

除了奥弗里奇、洛威尔和玛格丽特，众下
有一点儿羞赧，好勋爵，
我希望你教她大胆些。

洛威尔　我还是喜欢这种含而不露的矜持：
不过——

奥弗里奇　要学习爱情，我太老了，
你可以随性所致——
（对玛格丽特旁白）记住我说的话。
下

洛威尔　你瞧，美丽的姑娘，
你父亲很焦急
要给你的平民姓名
添上贵族夫人的头衔。

玛格丽特　他着急，勋爵大人，
左右不了我的意志。

洛威尔　但可以左右你的责任。

玛格丽特　过于强迫会把事情弄糟。

洛威尔　能屈能伸，最亲爱的；
考虑到你的年岁。

玛格丽特　很少有人在年岁上可以和你匹配；
最甜美的水果，
在还没有成熟时采摘，
它们定然会腐烂和枯萎。

洛威尔　难道你认为我太老了吗？

玛格丽特　我可以肯定我太年轻了。

洛威尔　我可以提高你的地位。

玛格丽特　提高到一个令人痛苦的高度，

我每时每刻都在担心
会垂落，
永远没有安定的感觉。
你是一位贵族，
无论我多么富有，
我出身卑微；
金银丝绣花的盛服[①]
和玫瑰红长袍[②]
怎么也不可能相配。
哦，好勋爵呀，我不多说了，
我不敢相信
墙上没有耳朵。

洛威尔　那请你相信我的耳朵。
奥弗里奇重上，在背后偷听

奥弗里奇　快成了？在耳语呢？太好了！
从他们俩的姿势看，
两人达成了某种默契。
格里迪从后面重上[③]

格里迪　贾尔斯爵爷，贾尔斯爵爷！

奥弗里奇　撒旦，让这乱嚷的家伙闭上嘴好吗？

格里迪　快中午饭了，爵爷，我的肚子就要打铃。
烤肉烤过头，肉都成灰烬了。

奥弗里奇　我要把你碾成灰尘。

格里迪　把我磨成粉，我也没办法。
在这种情况下，

---

① 指贵族的服装。

② 指伦敦市长和议员的服装。这是一般平民所可能指望达到的最高职位。

③ 洛威尔和玛格丽特应该听不见以下奥弗里奇和格里迪之间的对话。

我也只能像一个殉道者
壮烈牺牲了。

奥弗里奇　天啊，你会的，你这肉摊的馋嘴！
揍他

格里迪　好呀，你揍一个太平绅士！根据爱德华国王治下通过的第五条法律[1]，这是轻叛逆罪，要是不看在你是我朋友的分上，我就要判你去蹲监狱，不得以保释金或担保人保释。

奥弗里奇　别再大声嚷嚷了，先生，
要不我今天不让你吃宴席。
别打扰勋爵，
他正在求爱呢！

格里迪　当咱们该大嚼筵席的时候，
哪有时间求爱呀？

洛威尔　嗯？我听到有人说话了。

奥弗里奇　闭嘴，奴才；快滚！
难道我们要把一件就要成的好事
毁掉吗？
把格里迪推开

洛威尔　小姐，我理解你，
我乐于接受你的抉择，
请相信我，我说的是真话。
我将是一个小心谨慎的舵手
引领这艘漂泊的船舶
到安全的港湾。

玛格丽特　勋爵大人由此拯救了两条命，
把我们收下

① 原文为拉丁语，Edwardi quinto。

永远做你的奴才吧。

洛威尔　做这件事本身，
因为是善，
我就得到报偿了。
不过你必须得装出一副
爱我的样子，
来蒙骗你敏感的父亲。

玛格丽特　我也很想那么做。

洛威尔　我们得将会面就此中止。——贾尔斯爵士！
贾尔斯爵士在哪儿？
奥弗里奇趋前
奥尔沃斯、马拉尔和格里迪重上

奥弗里奇　高贵的勋爵，大人觉得她怎么样？

洛威尔　非常合适，贾尔斯爵士，非常顺从。
我更喜欢她了。

奥弗里奇　我也是这样。

洛威尔　我们应该在一开始冲锋，
趁对方防守不备时，
就把城堡拿下来。
我还得写一两封情书，
跟她把恋情定下来。
情书由我的当差传递，
你给予方便。

奥弗里奇　全身心支持——
那是一位尽心尽职的绅士！
握握手，好奥尔沃斯老爷，
我家的大门
任何时候都对你敞开。

奥尔沃斯　（旁白）在此之前，那大门对我却都是关着的。

奥弗里奇　好极了，好极了，我尊敬的女儿！
你已经拥有了这尊敬的称号。
和这位年轻绅士认识一下，
善待他吧，我尊敬的女儿。

玛格丽特　我会尽力善待他的。
舞台后传来仿佛是马车的嘈杂声

奥弗里奇　一辆马车！

格里迪　吃饭之前
总有打扰！哦，我的胃口！
奥尔沃斯夫人和维尔伯恩上

奥尔沃斯夫人　如果我受到欢迎，
我就留下，
如果不受欢迎，
我转身就走。
我知道你的目的了，
我来就是准备
在他家在你们面前
受到他的反对。

洛威尔　怎么！奥尔沃斯夫人！
奥弗里奇　而且有这么个人陪着？
洛威尔吻奥尔沃斯夫人，奥尔沃斯夫人吻玛格丽特

马拉尔　不，“我是一个傻瓜蛋！
虚言之神进入我的口中了！”

奥弗里奇　轻声点儿，白痴；
太令人惊奇了！
我整个儿的人
被震慑了！

洛威尔　高贵的夫人，
你真是做了一件大好事，
在这儿与我相见，
免去了我的一次拜访，
这大恩大德
永远也还不清呀。

奥尔沃斯夫人　大人，我想半路拦截你，
希望你把鄙舍作为你
最初落脚的地方：
生怕你把我遗忘，
或者在这儿逗留太长——
国色天香会叫你流连忘返——
我不能拜托任何人，
只好亲自出马
打破了自设的漫长的孀居，
冒昧告诉你，
我多么希望见到你。

洛威尔　你如此充盈的美意，夫人，
叫我不知何以感谢。

奥尔沃斯夫人　好贾尔斯·奥弗里奇爵士。
吻他
——你怎么样，马拉尔？
你如此不喜欢我家的肉食，
不想再跟我一起吃饭了吗？

格里迪　我想，如果夫人请客的话。

奥尔沃斯夫人　任何时候，格里迪老爷。
如果用丰盛的菜肴来款待你，
你就没有理由再抱怨了。
啊，勋爵，请认识一下这位绅士，

虽然他衣衫褴褛，
介绍维尔伯恩
但他的气质和品行
和高贵的人一样
却非常优秀。
我用了溢美的词来介绍他，
请不要吃惊。
不管他什么古怪脾气
让他穿成这样，
不管他的放浪不羁
给他的名声带来多少污点，
他很快就会漂亮地
跻身于那些鄙视他的人们的行列。
贾尔斯·奥弗里奇爵士，
如果你欢迎我，
请跟他打个招呼。

奥弗里奇　我的侄子？
跟他很长时间没来往了。
说真的，你很长时间没跟我联系了。
请把一切修补起来吧。
洛威尔和维尔伯恩走到一旁低声说话

马拉尔　啊，爵爷，你这是什么意思？
你说过“维尔伯恩流氓、魔鬼、浪荡子，
还不如吊死或者淹死算了”；
没人在你的眼中，
更别说你的侄子了。

奥弗里奇　好啊，伙计，
你这当面顶撞我，
我以后给你颜色看。

马拉尔　你即使把我打死，
我也不会不开玩笑。

维尔伯恩　我并不在乎你听说的
流言蜚语，勋爵，
我也并不急于替自己辩白，
一俟有了空闲，
我将把我的悲惨的故事
全讲给你听。

洛威尔　我很愿意听听，
有可能做点儿什么帮助你。

奥弗里奇　请入席。

洛威尔　请你领路，我们跟随在你后面。

奥尔沃斯夫人　不，别往后退，
你是我的客人；
来，亲爱的维尔伯恩老爷。
除格里迪外，众下

格里迪　她竟然这么说，“亲爱的维尔伯恩老爷”！
天啊！天啊！
要是我的肚子给我空闲的话，
我得把这个琢磨一整天：
从郡里所有牢房
到诺丁汉监狱，
我给了他二十张监禁传票；
而现在，“亲爱的维尔伯恩老爷”！
“我的好侄子”
——哎呀，我还在这儿傻乎乎地瞎琢磨，
把我的筵席忘得一干二净了。
马拉尔上
他们都就座了吗？

马拉尔　早就座了；我想跟你说句话，先生。

格里迪　现在没时间说废话。

马拉尔　但我必须得说。
由于来客比预想的多得多，
特别是他的侄子，
餐桌都坐满了，
我家老爷考虑到
你是他的老朋友，
冒昧请你原谅他，
跟他一起吃残羹剩饭。

格里迪　怎么！这么忙乎了一阵，
饭也没得吃了？

马拉尔　这只是一顿饭的事儿，
再说你已经吃过了。

格里迪　只是让我的胃暂时忍一下，
哼，一个太平绅士
让位给一个叫花子！

马拉尔　别侮辱人，先生；
万一爵爷听见——

格里迪　吃不到我的饺子、
奶油吐司和啄木鸟了！

马拉尔　喂，耐心点儿。
要是老爷能把自尊心搁一边儿，
跟女仆们一起吃饭，
你还会有饺子、
啄木鸟和奶油吐司。

格里迪　这倒让我来劲儿了：
我将在那儿吃个够。

马拉尔　这就对了，先生。

众下

第三场[①]

奥弗里奇上，似乎刚从餐桌下来

奥弗里奇　她被迷住了！哦，女人！
她无视我的大人，
一股脑儿吹捧维尔伯恩！
脱去了孀居的外衣，
她犹如春天一样美好，
眼睛总盯视在他身上，
觥筹交错之际总向他敬酒，
敬了酒之后还要亲吻，
不能和他单独待在一起，
就如坐针毡。
她不屑吃我的美味，
两眼只看着他，
谈话中一说到他的名字，
她就会深深叹息。
我为什么要在乎这些呢？
这和我息息相关。
如果她成了他的人，
我只要对他运作一下，
她所有的财富就进入我的囊中。

马拉尔上

马拉尔　爵爷，餐桌上的人都因为你离席而感到不安。

---

① 场景在奥弗里奇宅邸另一房间。

奥弗里奇　没关系，我有托词。
马拉尔，请你瞅个机会
叫我侄子来跟我私下会个面。

马拉尔　谁？那“女人都不屑瞅一眼的流氓小子”？

奥弗里奇　你真会逗乐。
奥尔沃斯夫人和维尔伯恩上

马拉尔　瞧，爵爷，她来了，那他不可能不跟在后面。

奥尔沃斯夫人　爵爷，如果你同意的话，
我想在一顿丰盛的宴席后，
冒昧在你的美丽的花园里
走上一两圈。

奥弗里奇　花园里有一座凉亭，
如果夫人想利用它的话。

奥尔沃斯夫人　来，维尔伯恩老爷。
奥尔沃斯夫人和维尔伯恩下

奥弗里奇　越来越露骨！
我现在相信诗人
描写帕西法厄生下一头牛[①]
没有胡编，
确实是有可能的；
这位夫人的情欲更加疯狂，
我的老天。
洛威尔、玛格丽特及其余人上
请原谅我的离席。

洛威尔　没有关系，贾尔斯爵爷。
如果最亲爱的小姐应允，

---

① 诗人指奥维德。海神波塞冬送给克里特岛王弥诺斯一头白牛作为祭牲，他的妻子帕西法厄爱上了白牛，生下了一个人首牛身怪物。

我很快就要称你为父亲了。[①]

奥弗里奇　她很快就会将这事了结，勋爵大人，
让我高兴。
维尔伯恩和奥尔沃斯夫人重上

玛格丽特　夫人回来了。

奥尔沃斯夫人　将我的马车备好，
我马上就要离开。
感谢你，贾尔斯爵爷，
感谢对我的款待。

奥弗里奇　你太高贵了，夫人，
这点儿微小的招待还要感谢。

奥尔沃斯夫人　我还要再冒犯你一件事，
带走你一位高贵的客人。

洛威尔　我听命于你，夫人，
再见，好贾尔斯爵爷。

奥尔沃斯夫人　好玛格丽特小姐！不，来，维尔伯恩老爷，
我不能把你留下来，
说真的，我绝对不能。

奥弗里奇　夫人，不要这么快就把我的快乐攫走。
让我的侄子留下吧。
他将坐我的马车，
我跟他说一会儿话，
很快就可以追上你。

奥尔沃斯夫人　耽搁时间不要太长，爵爷。

---

① 当时一种风俗，在婚前都叫对方父母为“父亲”和“母亲”。如莎士比亚《无事生非》第四幕第一场：Father, by your leave, / Will you with free and unrestrained soul/Give me this maid, your daughter?

洛威尔　请允许我离别时吻你一下。（吻玛格丽特）
你每天将收到
我忠诚的当差
传递来的信函。

奥尔沃斯　我为这样的差事感到骄傲。
洛威尔、奥尔沃斯夫人、奥尔沃斯和马拉尔下

奥弗里奇　姑娘，回你的房间吧——（玛格丽特下）
——你也许会纳闷，贤侄，
在我们之间出现如此长的敌意之后，
我还会想要你的友谊。

维尔伯恩　我也这么纳闷，先生，
这对我来说太奇怪了。

奥弗里奇　让我来把你那纳闷解开，
同时，将我的脾性向你展示。
咱们世俗的人，
当见到朋友或者亲人
倒霉，坠落到命运的谷底，
就要伸出脚来
往他们脑袋上踩下去，
让他们永世不得翻身。
我必须得承认，
对于你，
我也是这样做。
但是，现在，
我瞅见你时运在上升，
我能够，也必须帮助你。
这位富有的夫人
迷恋上你了
（我很高兴这样），

这太明显了，贤侄。

维尔伯恩　不可能有这样的事情，
不过是同情罢了，先生。

奥弗里奇　因为你待在这儿的时间很短，
简而言之，
我不想看到
你还穿这套褴褛的衣服；
我也不想看到
她嫁了你，
却说她嫁了一个叫花子，
或者一个负债的穷光蛋。

维尔伯恩　（*旁白*）他上圈套了，
省了我不少劲。

奥弗里奇　你有一箱好衣服
当在别人手里。
我去将它们赎回来；
不会再有小额债务
败坏你的名声，
我给你一千英镑
将它们全部了断还清。
你成了一个没有债务的人，
迈步走向那富有的夫人。

奥尔伯恩　先生，你这样做是出于爱，而不是任何别的目的——

奥弗里奇　是这样的，贤侄。

奥尔伯恩　对你的帮助，我很感激。

奥弗里奇　不用客气，别人在等着你。
在你吃晚饭前，
将会把一切办妥。

马车，奴才们，
我侄子要用车。
明天我来找你。

维尔伯恩　一个多么好的姑父，
拯救人于危难之中！
人们传言说你铁石心肠，
那太错怪你了！

奥弗里奇　贤侄，我的行动本身
就说明我的爱，
我并不在乎别人怎么说。[①]
众下

① 上面这一情节是典型的所谓“戏剧性讽刺（dramatic irony）”，双方都心照不宣知道对方的目的，但又不点破，顺势而为。

第四幕

第一场[1]

洛威尔勋爵和奥尔沃斯上

洛威尔　行了，把披风给我；
我不用你照顾了，
去干你自己的事儿吧，
我祝愿你成功。

奥尔沃斯　有您的祝愿，勋爵，
没有不成功的道理了。
让世世代代见证，
我亏欠您多少，
语言已经无法表达
我对您的感激之情。
如果由于您的善良
而挥洒的一掬热泪
足以弥补我苍白的语言，
我将——

洛威尔　不，别哭，

① 奥尔沃斯夫人宅邸一房间。

这些礼仪性的感谢
对于我没有必要。

奥弗里奇　（幕后音）勋爵起身了吗？

洛威尔　起身了！哦，你的信在这儿，
让他进来。
奥弗里奇、格里迪和马拉尔上

奥弗里奇　早晨好，勋爵大人！

洛威尔　你起得好早，贾尔斯爵士。

奥弗里奇　这是服侍勋爵大人最好的理由。

洛威尔　还有你，格里迪老爷，起得好早！

格里迪　说真的，勋爵，太阳升起之后，
我就睡不着了，
我有一只傻乎乎的胃，
会咕噜咕噜直叫
闹着要吃早餐。①
如果勋爵赏脸的话，
我要问我可尊敬的朋友
贾尔斯爵爷
一个严肃的问题。

洛威尔　请问吧。

格里迪　贾尔斯爵爷，
请你如实回答我，
从你的宅邸到奥尔沃斯夫人
这个宅邸是多远？

奥弗里奇　啊，大约四英里。

① 原文为 croak for breakfast，请比较莎士比亚《李尔王》第三幕第六场：Hopdance cries in Tom' s belly for two white herring. Croak not, black angel; I have no food fr thee.

格里迪　怎么！才四英里，好贾尔斯爵爷，
为了你的名声，
请再好好想一想。
即使你将这距离
算成不到五英里，
你也大大地亏待你自己了。
因为四英里的骑程
不可能造成这么大的胃口，
我感觉肚子在咕咕直叫呢。

马拉尔　太平绅士老爷，
恕我一句话，
不管你是骑马还是步行，
你都会觉得饿的。

奥弗里奇　怎么回事，伙计？
在大人面前唠叨？
没个分寸？
到我侄儿那儿去，
把他的债务全部撇清，
帮维尔伯恩老爷
穿上最讲究的衣服。

马拉尔　（*旁白*）我还要帮你穿呢，
像条狗似的给甩来甩去！
下

洛威尔　今早我给小姐，你的美丽的女儿，
写了几行字。

奥弗里奇　那会把她燃烧起来的，
她已经整个儿是你的了——
亲爱的奥尔沃斯老爷，
请拿上我的戒指，

戴上它。
我可以向你担保
你可以毫无阻拦地去见她。
如果有机会，
请给好勋爵美言几句。
这事办完了，
骑马飞奔到诺丁汉，
用这戒指
去拿结婚证书。
我会照料这一切，
我可以说，勋爵，
很快我就可以称女儿为
可尊敬的勋爵夫人，哦，不，
可尊敬的勋爵夫人阁下了。

格里迪 听我一句话，
年轻的绅士，
去吃早餐，
空肚子骑马伤身，
我陪你一起吃早饭，
吃完饭再走。

奥弗里奇 他的胃准附着了魔鬼，
又饿了！
难道你今天早晨
没有吃一大根猪肉香肠
和一桶科尔切斯特[①]牡蛎吗？

格里迪 啊，爵爷，那只是洗一下胃，
就像最初步的医疗。
来，绅士们，

① 英格兰埃塞克斯郡海岸，以盛产牡蛎而闻名。

我在这儿，
就不想让你们像法拉盛[1]的刽子手
躲在一边吃饭。

洛威尔　快去快回。

奥尔沃斯　我不会耽搁，勋爵大人。

格里迪　我也不会，我还有我的圣诞罐[2]要侍候呢。
格里迪和奥尔沃斯下

奥弗里奇　这正合我的心愿，我们单独待在一起了。
我叫我女儿出嫁，
不是带走一部分嫁妆，
既少又琐碎；
不，我宣布
我所有的土地或租约的财物，
现金或货物，
都随她到你的名下；
你也不用担心
我活得太长
而拿不到财产。
我每年都要往你们的账上
支付一定数额的钱财。

洛威尔　你是一位仁慈的好父亲。

奥弗里奇　你完全有理由这么想我。
你觉得这家宅和田地怎么样？
林木葱郁，
水渠纵横，
农田肥沃，

---

① 英国人称荷兰的弗利辛根为法拉盛。

② 英国一种密封的陶罐，里面装给仆人的圣诞礼品。要拿到礼品，必须把陶罐打碎。格里迪在这儿指他的胃。

难道这不是一个绝妙的夏日避暑、
宴请朋友的好地方吗?
高贵的勋爵，你觉得怎么样?

洛威尔　空气新鲜，
家宅建筑宏伟，
她作为这宅邸的小姐，
完全配得到一笔巨大的进项。

奥弗里奇　她作为这宅邸的小姐!
暂时也许是这样；
我希望勋爵大人说
他喜欢这庄园，
想要它，
我是说
他希望不久成为他的庄园。

洛威尔　不可能。

奥弗里奇　你下结论太快了，
你不了解我，
也不知道
我正在施行的计谋。
奥尔沃斯夫人的田产，
(根据她对他的宠爱)
很快会到维尔伯恩手中，
也就是说会是我的；
勋爵大人在郡里
看到喜欢的田产，
告诉我，
我就有办法把它们弄到手，
并大声告诉你，这就是你的了。

洛威尔　我不敢占有用非法、残酷手段

搜刮来的东西；
声誉对于我非常宝贵，
我不愿为此而受到公众的指责。

奥弗里奇　你没有任何风险，勋爵，
你的名声会像现在一样清白，
得到所有好人的好评。
我的行为，
即使受到谴责，
也不会连累你；
虽然我把别人对我的评价
看成是毫无意义的噪音，
在与你相关的声誉问题上，
我还是会非常谨慎，
你洁白无瑕的名誉，
你无可争辩的正直，
不会蒙上哪怕一星点儿污垢，
而有损你的无辜和纯洁。
我的野心就是让我的女儿
成为贵族夫人，
勋爵大人可以让她
成为这样的一个人，
在我有生之年
让你和她生出的
年轻的洛威尔勋爵
在我的膝盖上欢笑，
在我的最疯狂的梦想里
没有比这更美好的了。
你们奢华的生活方式[①]、

---

① 原文为 in the port，请比较莎士比亚《威尼斯商人》第一幕第二场：By sometime howing a more swelling port / Than my faint means would grantcontinuance.

高贵的出身和日常开销
所需的钱数，
都由我来支付，
无须你来承担。
我可以叫郡里任何人破产，
以支撑你们的挥霍。
浪荡子的诅咒和贫穷
永远不会找到你。

洛威尔　难道你不害怕
由于你的阴险和奸诈
让整个家族被诅咒吗？

奥弗里奇　一点儿也不害怕，
犹如巉岩
面对拍岸的惊涛，
它仍岿然不动；
犹如月亮，
面对饥饿的狼群的呐喊，
它却无动于衷。
我是一个意志坚强的人，
就像那巉岩和明月，
沿着既定的路线向前航行。
我会提着短剑
去应对任何敢于挑战的敌人，
还我的行动一个公正。
那些微不足道的抱怨
只是痛苦的一种发泄罢了，
人们称我是勒索者、暴君、
贪徒、
践踏邻居权利的流氓、
侵占公地的贼；

当寡妇在我的耳边嘶号，
无依无靠的孤儿
在我家门槛前哭泣，
我心中只装着女儿，
期盼她成为贵族夫人；
那是一种巨大的魅力，
让我感觉不到悔恨或者怜悯，
甚至良心上哪怕一星点儿的自责。

洛威尔　我一直在琢磨
你性格上的这种坚韧。

奥弗里奇　正是为了你，勋爵，
为了我女儿，
我才是一块冷面的大理石。
如果你有兴趣
听我用几个字来概括我的性格，
那就是，
比起让你快乐地
花销我勤劳积聚的财富，
我更喜欢
用阴险而狡猾的手段
获得财富。
我还有紧要的事儿
必须赶快离开这里。
只问一句话，
结婚吗？

洛威尔　看来毫无疑问。

奥弗里奇　那其他事就好办了；
人类的仇恨
以及我的将来都不重要了，

我将一门心思致力于
让你再升迁一级[①]：
成为伯爵！
如果金子可以买到的话。
别跟我争辩我的宗教，
我的信仰；
虽然我生来顽固执拗，
但我乐意接受你的宗教[②]，
对于我，
它们其实都一样。
好了，勋爵，
再见。
下

洛威尔　他走了——我纳闷
大地怎么能承担起
这么个怪异的人！
我，一个士兵，
一个曾毫无畏惧
面对敌人猛烈炮火的人，
听到这亵渎上帝的畜生
所说的话，
不禁全身冷汗淋漓；
他，
（无神论的信条证实）
像奥林匹斯山，
当愤怒的北风之神
给它的双峰[③]

---

① 洛威尔可能只是子爵或者男爵。

② 指清教。

③ 指帕纳塞斯山。

覆盖上皑皑白雪，
却仍然岿然不动。
奥尔沃斯夫人、女仆和安姆波尔上

奥尔沃斯夫人　上帝保佑你，勋爵！
我没有打扰你吧？

洛威尔　没有，好夫人；
我很高兴，
在胆大包天的坏蛋，
贾尔斯·奥弗里奇爵士，
袒露内心不久，
你就来了；
今天早晨
他念了他的魔鬼般的早祷，
再复述给你听，
我都觉得是一种罪愆。

奥尔沃斯夫人　我并不是故意闯进来，
偷听你们的秘密，我的大人，
我凑巧散步，
走过与你下榻处相邻的过道，
听见他向你述说的那些诱惑。

洛威尔　我巴不得
你派遣仆人来偷听，
我还很乐意
听听你的更为智慧的提醒。

奥尔沃斯夫人　这儿是一个女人的劝告，
真心而又诚挚——
你们到隔壁房间去
听候传唤，
不要离得太近，

免得我得挨着耳朵说话。

安姆波尔　您一直这么教导我们的，
好夫人。

女仆　咱们知道自己的分寸。

奥尔沃斯夫人　那就这么做吧，不要多说。
正是按这种要求训练你们的。
安姆波尔和女仆下
现在，好大人，
我希望我能毫无禁忌地说话，
犹如对一位可尊敬的朋友——

洛威尔　你要是不这样做，
那就不是挚友了。

奥尔沃斯夫人　那我就斗胆说了。
你是一位贵胄，
（世俗的人将获得肮脏的财富
作为终生劳碌唯一的目标）
那就与高贵的血统
极不相容了，
因为贵胄致力的是
发扬他们的荣誉，
而不是再提升祖传的地位，
竭力将业已获得的财富
再加以扩张，
完全无视他们的出身，
虽然我认为，
合法获取的财富
是一个好仆人，
但是一个坏主人。

洛威尔　夫人，我同意你说的一切。

为什么你要跟我说这个？

奥尔沃斯夫人　勋爵，当违背伦理的行为
放在天平的一端，
而另一端放满了正义的行动，
违背伦理的行为
自然从天平上掉落下来，
根本无法与之相较。
财富也是这样。
我是说，
通过歪门邪道而获取的财富，
用美德和高贵加以包装，
不过犹如扔进河中的垃圾，
（即使是为了加固堤岸）
将原本纯净的河水
变得污浊而有害。
我承认，贾尔斯·奥弗里奇爵士的继承人，
玛格丽特是一位贤淑的少女，
拥有英格兰北部最富有的嫁妆，
但她不能以她的所有来
堵住人们的嘴，
不说她的父亲是谁；
或者不问你大人娶玛格丽特的动机
是占有贾尔斯爵士
从我丈夫和维尔伯恩那儿骗去的土地
（我也无须细说
奥弗里奇是如何将它们
欺骗到手的）
而不是她的身姿和美德：
于此，你就可以举一反三了。

洛威尔　亲爱的夫人，

我一直在考虑这个问题。
我知道，
使一个人幸福最重要的是
选择妻子。
一桩美满的婚姻
需要年岁、出身和财富相当，
如果长得丑陋，
没有一点儿魅力，
即使出身高贵，
家财万贯，
于婚姻也是无补的；
纵然富有，
贵胄之后，
然年岁相差甚远，
这样的百年之合也无异于桎梏了。
让我来说一个具体的问题吧。

奥尔沃斯夫人　请说，大人。

洛威尔　即使奥弗里奇的财富百倍于此，
他的女儿千倍风流美貌，
我会汲取以前的教训，
绝不会重蹈覆辙。
娶了玛格丽特，
势必将高贵的血统
和穿蓝色号衣的平民[①]相混。
在我的坟墓里
我首先埋葬的
将是我的名门姓氏了。

奥尔沃斯夫人　（*旁白*）我很高兴听到这个。——

---

① 当时伦敦仆人穿的号衣都是蓝色。

那你为什么还假装要娶她？
你一直是在按要与她缔结姻缘
在行事的。

洛威尔　在回答你的问题之前，
让我先问你一个问题。
自从你丈夫死后，
你一直过着深居简出的生活，
为什么突然间开始访亲问友，
在家大肆宴请宾客了呢？
请想一想，夫人，
难道人们不到处在议论纷纷吗？
你给予维尔伯恩的恩惠，
起初还是有节制的，
不料后来变得如此肆无忌惮，
难道不会引发指责吗？

奥尔沃斯夫人　我完全是无辜的，我以生命保证，我的目的是纯正的。

洛威尔　天哪，其实我对玛格丽特也是这样。
等着瞧吧，看看会发生什么：
既然这次友好的秘会
为我们的沟通提供了一个很好的机会，
你对我显示了关怀之情，
我对你表示了尊敬之意，
请允许我，夫人，
在下午余下的时间里
有幸还能和你继续友好切磋。

奥尔沃斯夫人　在那种情况下，
我将很高兴聆听你的想法。
众下

第二场[①]

塔帕维尔和弗洛斯上

塔帕维尔　完了，完了，是你这么说的，弗洛斯。

弗洛斯　我！我正告你，难道不是马拉尔老爷
（我肯定，他把事情闹成了一锅粥）
严肃地命令咱们，
说贾尔斯·奥弗里奇爵士生气了，
得把这位绅士赶出酒馆。

塔帕维尔　是这样的；
但他现在成了姑父的宝贝，
他给格里迪老爷的胃塞满了美食，
将他收罗在名下，
叫他干什么就干什么。
糟糕透了，咱们要倒霉了！

弗洛斯　他也许会手下留情。

塔帕维尔　说真的，咱们不值当他下手。
当他还是流氓维尔伯恩时，
他知道酒馆私下干的种种勾当[②]，
诸如销赃啦、
拉皮条啦，
但没有人会相信他，
所以对咱们也没什么伤害；
然而，现在他是维尔伯恩大人了，

---

① 场景在塔帕维尔酒馆前。

② 原文为 all the passages，请比较莎士比亚《辛白林》第三幕第四场：It is no act of common passages, but / A strain of rareness.

谁还敢不相信他的举报?
我仿佛看见，弗洛斯，
你作为一个暗娼，
被绑在一辆马车里游街，
你的眼睛
被抛掷来的垃圾和臭鸡蛋
炸得弹射了出来;
要是我能逃过绞刑，
那我的手臂上
也得刺上“流氓”[①] 的标识。

弗洛斯　但愿那是最糟糕的情景吧!
仅仅九天就发生这样的奇迹:
至于信誉，
咱们没什么好失去的，
但将失去他的欠账
和他这样的一个来钱的顾客。
太糟了。

塔帕维尔　他打鼓召来了所有的债主，
债主围着他屁股转，
就像一群发饷日的士兵。
他发明了还旧债的新法，
这种新法
很可能会写进编年史。

弗洛斯　他值得编十部传奇剧
进行歌颂。
但是你肯定他老爷的新法
是冲着夫人来的吗?

---

① 在英国的历史上，曾在流浪汉身上刺上 V（vagabond），在大吵大闹的人身上刺上 F（fraymaker），在说亵渎话的人身上刺上 B（blasphemer），在这里，塔帕维尔所说刺上 R（rogue），是杜撰的。

幕后音　维尔伯恩大爷到！

塔帕维尔　是的。——我听见他来了。

弗洛斯　准备好你的请愿书，老爷来了给他。

穿着盛装的维尔伯恩上，马拉尔、格里迪、奥德尔、福纳斯和债主们尾随其后；塔帕维尔跪下，呈上请愿书

维尔伯恩　这是什么！还请愿？——
瞧，一点儿小钱和一件好衣服
能在这些混蛋身上
造成怎样的奇迹！
我想，他们快把我当成
维尔伯恩王子了。

马拉尔　老爷一结婚，
就可能是了——
我明白我希望您成什么人。

维尔伯恩　然后，你希望提升。

马拉尔　管理老爷的财产，
正是我向往的。

维尔伯恩　你会得到的。

马拉尔　先生，请把这些无赖支走，
如果您将在贾尔斯爵士面前保护我
——为他效劳让我厌烦透了——
为了让您收留我在您麾下，
我将给您透露点儿东西，
您听了会感激不尽的。

维尔伯恩　你听我一句话，
你不用害怕贾尔斯爵士。

格里迪　谁？是塔帕维尔吗？我记得你妻子去年新年给我拿来两只肥火鸡。

塔帕维尔　每年圣诞节都给老爷送火鸡，跟老爷交个朋友。

格里迪　怎么！跟维尔伯恩老爷在一起？
要是按你这么做，
我可以在他面前
为你们做任何事。——
瞧这一对老老实实的夫妇，
一对开啤酒馆的好人，
难道那不是一对老实脸吗？

维尔伯恩　我刚才听见你跟他说的话了，
他答应给你贿赂。
你被他们骗了。
从我的倒霉中发财的
所有混蛋中，
他们是最坏的，
那男的是最忘恩负义的坏蛋，
而那女的则是个拉皮条的，
一个妓女，
所以，不要为他们说好话。
作为一个太平绅士，
你还不如为我做点事儿；
把你的耳朵凑过来：
——把他的火鸡忘了吧，
去吊销他的执照，
下一次集市，
我送你一头牛，
比他所有的火鸡还值。

格里迪　我的看法一下子

就改变了！
走近些，再走近些，混蛋。
我现在看他看得更清晰了，
你见过比这张脸更像大坏蛋的吗？
这张脸，
法官只要一瞧，
即使没犯罪，
也会判他绞刑。

塔帕维尔
弗洛斯　太平绅士先生阁下。

格里迪　不，即使是了不起的土耳其人，
而不是火鸡来求情，
我也是铁面无私的。
你的酒馆名声不好，
你的有霉味的酒
不知毁了多少国王的臣民，
你的酒馆不提供美味，
诸如有学问的人称作的
萨福克奶酪啦，
或者熏腿肉啦，
光是卖酒。
因为这极其严重的缺陷，
我在此吊销你的执照，
禁止你再从事酒业生意；
我很快就将给警官发令状，
将你那酒馆的招牌
在我吃饭之前拆下来。

弗洛斯　一点儿也不宽恕？

格里迪　滚！
要是我宽恕你们，答应给我的牛就泡汤了！

塔帕维尔　忘恩负义的混账王八蛋却总是得到好报。

格里迪、塔帕维尔、弗洛斯下

维尔伯恩　说，你是谁?

债主甲　一个破产的酿酒商，先生。
本来生意是可以兴隆发达的，
当你住在班克萨德时，
老爷赊欠葡萄酒、鸡蛋、
足足五英镑的晚餐费，
外加餐后的酒，
把我弄得破产了。

维尔伯恩　我记得这事。

债主甲　我从没有着急追过债，也没有告到官府抓你。
因此，先生——

维尔伯恩　你是一个老实人，
我还会跟你打交道;
把他的账给付了。
你是谁?

债主乙　我曾经是个裁缝，
现在仅仅是个补衣匠。
我赊了一套衣服给你，
那是我全部的资本，
你到时没有付钱，
我只好退了裁缝店门面，
去摆了个补衣摊子。

维尔伯恩　把他的账给付了，
不要再摆摊了。

债主乙　我不要利息，先生。

维尔伯恩　这些裁缝不需要利息;

如果按年率一比二十付账，
他们很少会亏。——
（对债主丙）哦，我认识你这张脸。
你是我的外科医生，
你一定不能把故事讲出去。
那些日子翻篇过去了。
我私下里给你付钱。

奥德尔　一个有王家气魄的绅士！

福纳斯　像皇帝一样！
他将证明是一个有魄力的老爷
好夫人真会挑人。

维尔伯恩　请注意让所有的债主都得到清算；
既然用新法还旧债，
过了一点儿头，
对我也是无所谓的事；
老实的厨师，
还有一点儿给你吃
丰盛的早餐用；
（对奥德尔）为了显示对你的尊敬，
请拿上这个，
这是好金子，
我不用了。

奥德尔　您太慷慨了。

福纳斯　他总是很慷慨的。

维尔伯恩　请你们先走。

债主丙　上帝保佑您！

马拉尔　四点钟见，其他人知道在哪儿找我。
奥德尔、福纳斯及债主们下

维尔伯恩　马拉尔老爷，你答应
告诉我的重大秘密是什么？

马拉尔　先生，时间和地点
都不允许我细述，
简而言之吧。
我知道贾尔斯爵士
将问你要他的一千英镑押金，
这你绝对不能给。
他如果脾气暴躁起来，
——我肯定他会这样——
你也用粗话和他对着干，
说他卖你的地欠你的钱
比这十倍还要多；
当初这场欺骗您的买卖
我参与了
（我现在这么说很惭愧）。

维尔伯恩　那是可以原谅的。

马拉尔　我将给您做好事，
使我配受你的宽恕。
催促他拿出您给他的
那份转让土地的契约，
我知道他把那契约放在身上，
将契约连同其他许多文件
交给洛威尔勋爵，
同时给钱。
在我为大人效劳期间，
我还将给您进一步的建议。
如果我的运筹不令您满意，
没使您的姑父感到恼怒不休，
那您就吊死杰克·马拉尔。

维尔伯恩　我完全依靠你啦。
众下

第三场[1]

奥尔沃斯和玛格丽特上

奥尔沃斯　是将我的第一声赞扬
奉献给勋爵，
为了他的自我克制[2]，
还是奉献给你，
为了你的甜蜜的忠诚？
我还是狐疑不决。
那忠诚给了我生命呀，
那犹如希望的铁锚
我羸弱的双手
紧紧抓着不放，
纵然绝望的风暴
在惊涛骇浪中肆虐。

玛格丽特　给洛威尔勋爵吧。
于他是高贵的慷慨，
于我则是责任了。
我只是在偿还一份债务，
我在上帝面前发了誓，
誓言就是这份债务忠诚的见证人。

奥尔沃斯　是这样的，我最亲爱的；

① 场景在奥弗里奇宅邸一房间。

② 原文为 temperance，作 self-restraint 解，是旧时的英语的用法。请比较莎士比亚《麦克白》第四幕第三场：the king-becoming graces, / As justice, verity, temperance, stableness.

我想，有多少美丽的姑娘，
将她们的信仰、
对上帝和对人的誓言，
像沉船一样任意毁弃，
投身到富贵丈夫的怀抱；
而你犹如一颗灿烂的星星
冉冉升起，
让全世界惊讶不已——
你勇敢面对严峻的父亲，
当荣誉来追求你，
你却是一副藐视不屑的样子；
我如此渴望得到你，
但也只是渺茫地希望
你能嫁给我，
因为这可能会伤害你，
剥夺你与勋爵结婚
而可能获得的好处。

玛格丽特　一如既往。
对于我，
没有了幸福，
贵族头衔还有什么意义？
财富也是这样，
日夜操心积敛起了财富，
保持财富更需万般操劳，
一旦失去堪比西印度群岛[①]一般
富有的财产，
那又该怎样令人痛不欲生呢？
父亲逼迫我像奴隶一样
听命于他的意志，

① 西印度群岛盛产宝石，可能特别指戈尔康恩达矿藏。

我的顺从满足了他
贪得无厌的胃口，
他要我升迁到更高的阶层，
不给我灵魂
以任何自我选择的可能。
心满意足的父亲
这样舒展的眉宇，
对于我，
又有什么意义呢？

奥尔沃斯　但是拒绝勋爵
会带来危险——

玛格丽特　对于我，
这些危险毫不足惧。
让奥尔沃斯爱我，
我不可能不幸福。
从最坏处着想，
他一气之下把我杀了；
你为我的命运
洒一两掬悲哀的眼泪
在我的棺椁上，
你的眼泪唤醒生命，
我会对你说，我为你而死。
然后我将在宁静中长眠。
如果他很残酷，
死一次还不足以满足
他复仇的愿望，
他期盼给身体和心灵
以没完没了的煎熬，
那么，我将在贫困和放逐中
被折磨成灰烬。

我是如此敬重你，
我不敢奢望，
你将分担我的苦难，
我能够独自忍受，
最卑鄙的恶意，
我也会一笑置之。

奥尔沃斯　上天不让
你对我的一片真心
受到如此磨难！
但愿上天也不要对你，
怜悯的化身，
如此严酷。
既然我们必须经历
如此绝望的艰难险阻，
那就让我们尽力
在它们中间周旋吧。

玛格丽特　你的主子站在我们一边，
完全可以信赖；
你只是一个没有经验的演员，
但也得帮助我演好勋爵策划的戏，
演得像真的一样。
奥弗里奇从后面上
结局也许会是幸福的。
哦，是表演的时候了，我的奥尔沃斯。
瞧见她父亲

奥尔沃斯　你瞧上去似乎在读信，装出一副愤怒的样子。

玛格丽特　像勋爵这样的大人物，
我理应对他毕恭毕敬。
如果他用符合他身份的言辞

来询问我的想法，
我会很乐意倾听他怎么说。
然而，他却这么武断，不，
这么专横，
在我完全不知情的情况下，
定下缔结良缘的时间，
要知道牧师见证的婚姻，
除了死亡，
是永远不能拆开的，
而他却被头衔冲昏头脑，
其实他并没有
这样感觉的权利。

奥尔沃斯　我希望情况会更好一些，
好小姐。

玛格丽特　先生，你去希望你所希望的好了，
对于我，我必须安全而又牢靠。
我有一个父亲，
没有他的同意，
即使英格兰所有的贵族
都跪着来祈求我的爱，
我也不能赐予。

奥弗里奇　我太喜欢这种驯顺了。
但是，不管勋爵写什么，
都必须快乐地接受。
亲爱的奥尔沃斯老爷，
你是好勋爵
忠诚的仆人；
他的珍宝。
啊，怎么啦？你皱眉头，玛格？
难道这是接待勋爵信使该有的表情吗？

这是什么？给我。

玛格丽特　这纸里尽写些傲慢的话。

奥弗里奇　（读信）“美丽的小姐，
你的仆人[①]认为，
我们所能期望的所有快乐，
一旦耽误，
就都会成为泡影。
因此，在此时，
在私下和一位丈夫成婚吧，
在婚礼举行之后，
他甘愿在你的足旁，
放下他所有的荣誉，
把一切都奉献给你。”
——这纸里是尽写些傲慢的话吗？
傻瓜！
你还想当个傻瓜吗？
这简直是发疯，
他老爷还能写什么
使你满意呢？
除了提供的这两样东西，
婚姻和合法的快乐，
你还能指望什么呢？
你还能要什么呢？

玛格丽特　啊，父亲，我想像你女儿一样嫁出去，
而不是在深更半夜，
连在哪儿也没搞清，
没有任何仪式，
也没有亲朋好友

① 仆人在当时的语境中就是情人。

见证这一庄严的场面，
就稀里糊涂结婚了。

奥尔沃斯　如果小姐愿意的话，
在明天之前
我只能这么称呼你，
勋爵喜欢清静，
他的高贵的亲眷都住在远处，
他急于结婚，
等不得他们远程赶来。
他决意，
一旦携带小姐到伦敦，
将以隆重的宫廷仪式
庆祝他的婚礼，
诸如持矛骑马刺靶啦、
演戏啦、化装舞会啦、
骑马持矛互相冲刺啦。

奥弗里奇　他跟你说的是实话；
就我所知，这是一种时髦。
为了顺应你的小脾气，
好勋爵把婚礼推迟了，
确实是这样的！
别再惹我生气了，
你要再惹我生气，
这把剑（指短剑）
将顶着你，
把你送到他那儿去。

玛格丽特　只要你在教堂，
把我交给勋爵，
我就没什么抱怨的了。

奥弗里奇　勋爵娶你，
我管谁把你交给他干吗？
既然勋爵想私下办婚事，
我干吗要违逆他的本意？
奥尔沃斯老爷，
我不知道
勋爵现在手头有多少钱，
我这儿有一袋金子，
今夜可以用。
明天他要多少
我就给多少。
同时可以用我的戒指
到我的牧师那儿；
他叫威尔道，
在我的采邑格特姆领圣俸。
对他没有证书也无妨，
我担保他不会因为违法婚姻
而受到什么损害。

玛格丽特　父亲，请原谅我这样问，
你的戒指能担保什么呢？
他可以怀疑
我没让你知道，
用种种方法把它偷了出来，
他很可能拒绝我，
而私奔对于我是多大的一个耻辱！
父亲，你还是亲自去一下为好。

奥弗里奇　还在说颠三倒四的话！
我再说一遍，
我干吗要违逆他的本意？
我也不让你违逆——拿笔和墨水来！

奥尔沃斯　我这儿有。

奥弗里奇　谢谢你，这样我就可以写了。
书写

奥尔沃斯　如果你愿意的话，
你可以省略勋爵的名字，
考虑他万一化装了来，
就写
将她嫁给这位绅士。

奥弗里奇　说得好。
写好了，走吧；
玛格丽特跪下
需要我的祝福，姑娘？
你会得到的。
啊，不回答我？走吧。——
好奥尔沃斯老爷，
这将是你在今晚做的最漂亮的事了。

奥尔沃斯　希望如此，先生。
奥尔沃斯和玛格丽特下

奥弗里奇　再见！——现在一切都绝对牢靠了。
我仿佛听见骑士和夫人们在问候，
贾尔斯·奥弗里奇爵士，
你令人尊敬的女儿过得好吗？
她勋爵夫人今晚睡得香甜吗？
她勋爵夫人愿意接受
这只猴子，这条狗，这只鹦鹉吗？
（对于贵妇人来说
这是显示身份的象征）
或者她乐意我的长子
当她的听差，

侍候她用餐吗？
我的目的，我的目的达到了。
——然后就是谋算
维尔伯恩和他的土地了。
他一旦和寡妇结婚——
他完全在我的掌控之中——
我几乎无法控制自己了，
我是这么快乐，哦，不，
我是这么欣喜若狂。
下

第五幕[①]

奥尔沃斯夫人　出于善意，
对潦倒不堪的维尔伯恩
施行了一些计谋，
让外人看来，
仿佛我和他是一对恋人，
从这你可以看到，勋爵，
驱使我的动机是多么强烈。
虽然这使有些人对我有看法，
我也不后悔。
他给我亲爱的先夫
帮了那么大的忙，
我有义务大力相助，
以报答他的好意。
但这一切
我都羞怯而谨慎地否认了，
这似乎是对我已逝的丈夫大不敬。

洛威尔　你对这位可怜的绅士所做的，夫人，
已经大大地成功了；
就我所知，

① 场景在奥尔沃斯夫人宅邸一房间。

他的债务已经结清，
也有了收入颇丰的职业。
我使出的所有
提升你的和我的宠儿，
年轻的奥尔沃斯的命运的巧计，
是否能成功还是一个未知数，
虽然我期望一切如愿。
这对情人的智慧
比他们的岁月更成熟，
他们互相深深地相爱。

奥尔沃斯夫人　我的大人，你的愿望
就是我的愿望。
请允许我对计谋的安全性
表示一点儿担忧，
虽然策划得非常小心。
要欺骗贾尔斯爵士，
这头狮子和狐狸，
即使最精明的人
也难免会失手，
更遑论两个乳臭未干的年轻人。

洛威尔　别绝望，夫人；
艰难的事儿中
往往包含容易的成分；
智慧[①]，
是一种天赋的能力，
虽然许多俗人也有这种能力，
但他们从没想到
这是上帝的赐予。
结果智慧就离弃了他们，

① 原文为 judgment，17 世纪的英语也可作“智慧”“常识”解。

离弃了那些不按天赋赐予者——上帝
所希望的那样行事的人。
这就是为什么最世俗的政客，
以为自己通晓一切，
却往往被一个很简单的阴谋
所征服。

奥尔沃斯夫人　但愿这是一个绝好的征兆！
你已经点明了这个人，
他自以为聪敏过人，
却将被我们的计谋所征服。

洛威尔　但愿我在追求你的过程中，
这能应验，好夫人！
你对我的追求怎么看？

奥尔沃斯夫人　说真的，我的大人，
我的卑微本身回答了你的问题。
当我处于青春年华，
处女的鲜花尚未被人采摘，
你来向我求爱，那有多好！
我现在的地位如此低下，
如果不是在自恋的镜子中
自我欣赏，
而是看到真实的自己，
我就不得不觉得
这祝福我绝对承受不起。

洛威尔　你太谦逊了；
你贬低了你的那些
远远高于我的称号，
或者高于我所有美德的
美德。

我想，如果我是一个西班牙人[①]，
娶一个寡妇，
我会觉得降低了自己的身份；
但作为一个真正的英国人，
我看不出这有什么会
玷污我的名誉。
更何况，
你认为是污点的东西，
在我正是最闪光的点。
夫人，你已经证明了
你多么珍惜
一个你热爱的丈夫，
这也使我坚信，
即使我对你并没有多少关怀，
你仍然会像对待奥尔沃斯一样
对待我。
简言之，
我们的年岁、地位、出身相近，
你来自名门，
又曾与贵胄联姻，
如果我有幸能得到你，
并使我幸福，
请将你的嘴唇贴向我的嘴唇，
那就是神圣的结合了呀。

奥尔沃斯夫人　我如果拒绝这样的请求，
我就是对自己的利益
茫然无知了。
（吻他）大人，
请接受我，

---

① 西班牙人在当时被认为是好妒忌的。

作为一个女人，
她整个人生，
除了让你快乐，
别无他求了。

洛威尔　如果我不怀着深深的柔情，
同样的尊重，
回敬这一好意，
就让我死无葬身之地！

奥尔沃斯夫人　无须赌咒，大人，
对于她，
已没有任何可怀疑的了。
维尔伯恩穿戴得漂漂亮亮上
欢迎你，先生。
你现在才像你自己了。

维尔伯恩　我以后一直将穿得这么标致，
这才像是你的人，夫人。
当你想左右我的生活，
我的生命就不属于我自己了。

洛威尔　这种感恩太适合你了。
你不可能找到更好的衣服
来包装你的精神了。

奥尔沃斯夫人　对于我，
我觉得十分幸福，
我的努力有成效了。
最近见到你的姑父
贾尔斯爵士吗？

维尔伯恩　我从他的律师
马拉尔那儿听说了他的近况，夫人。
他对他女儿滋生了

一种奇怪的情绪：
昨夜他在家到处寻觅勋爵大人，
却找不着，女儿也不见，
他那聪明脑袋一头雾水，
迷惑极了。

洛威尔　亲爱的，我的计谋可能成功了。

奥尔沃斯夫人　我太希望它成功了。

奥弗里奇　（幕后音）哈，去把她找来，你这傻瓜蛋，
你这一大堆废肉，
找不到她，
我要把你的眼睛挖出来。[①]

维尔伯恩　勋爵大人，
看在我的分上，
请你避开一会儿，
到刚好可以听见的地方，
你也许会找到些乐子。

洛威尔　悉听尊便。（走到一边）
失魂落魄的奥弗里奇，手拿一只保险盒驱赶着前面的马拉尔

奥弗里奇　我要叫你鬼哭狼嚎[②]，你这个流氓！

马拉尔　先生，你为什么要这么待我？

奥弗里奇　因为，奴才！为什么！
因为我生气，
而你一个奴才，
只配一顿狠揍，

---

① 奥弗里奇在对马拉尔咋呼。

② 原文为 I shall sol fa you，将音调“sol”“fa”作动词用。在莎士比亚《罗密欧与朱丽叶》也有同样的用法：I’ll re you, I’ll fa you; do you note me?

好让我消消气。
瞧这保存契约的保险盒，
保险盒上的封条断开了，
它在我的柜子里躺了三年，
现在封条断开了，我要你的命。

马拉尔　（旁白）我现在遭罪，不敢反抗，
说不定什么时候我会复仇。

奥弗里奇　夫人，请原谅，你看见我女儿了吗，夫人？
看见勋爵大人，她丈夫了吗？
他们在你家吗？
如果他们在你家，
告诉我他们在哪儿，
我将祝福他们快乐。
作为对她荣誉地位初次的敬意，
夫人将站在左侧，
并行低低的屈膝礼，
而她只是浅浅地点头回应。
这礼节你必须谦卑地顺应。

奥尔沃斯夫人　贾尔斯爵士，
当我知道她的地位
要求这样的礼节，
我肯定会致以重礼。
不过，就我而言，
我尚不知，
也不关心勋爵夫人在哪儿。

奥弗里奇　当你一旦见到她由勋爵丈夫
搀扶着，引领着来到时，
你就会更好地领教。——贤侄。

维尔伯恩　先生。

奥弗里奇　就这么称呼吗？

维尔伯恩　我只能这么称呼你。

奥弗里奇　我把你的衣服
从当铺赎回来了，
让你穿上，
你就这么傲慢了吗？

维尔伯恩　对你傲慢！
啊，你是谁，先生，
除了你比我年长以外，
还有什么？

奥弗里奇　他发了财，
自我膨胀了。
（旁白）显然，
他结婚了。

奥尔沃斯夫人　那太好了！

奥弗里奇　先生，平心静气地说，
虽然我很少这么说话，
我很了解是什么让你
显得这么傲气。
社会上谣传一桩骗婚，
你听说了没有？
在一场婚姻中，
据说有一方被骗了。
我不说是哪一方。

维尔伯恩　啊，先生，然后呢？

奥弗里奇　天啊，就这样；
既然你这么傲慢，
我提醒你，

就为了使你这桩伟大的婚事成功，
我借给你一千英镑，
你说你要给我优厚的担保金，
现在突然间
你获得了新的财产，
你得拿新资产做抵押或者法律保证，
否则我要叫你
穿着典当的长袍进班房。
你了解我，
别小看我了。

维尔伯恩　你侄子正在上升，
你能这么残酷地对待他吗？
这就是你对待我的所谓
“纯粹的爱，没有任何其他目的”吗？

奥弗里奇　别跟我奢谈什么目的；
将你所有财产都包括在契约里，
迫使你妻子签字，
那你就可以获得三四千英镑，
供你到下流酒馆
去享福胡闹。

维尔伯恩　然后再去乞讨。
你是不是这个意思？

奥弗里奇　我的想法就是我的思想，
自由驰骋。
你给我要的担保金吗？

维尔伯恩　不，不给，
没有契约，没有金钱，
甚至没有空口的承诺。
你的一副凶神恶煞的样子

吓不倒我。

奥弗里奇　那我的行动将吓倒你。
难道我可以随便
被人轻蔑、戏弄的吗?
两人对决

奥尔沃斯夫人　救命！谋杀！谋杀！
仆人们上

维尔伯恩　让他来吧，
连同他的残暴和伤害，
以及吸血鬼的算计，
我所拥有的正义
将击败他，
将惩罚他的巧取豪夺。

奥弗里奇　我跟你一对一
在这儿开打！

奥尔沃斯夫人　你们可以开打，
但不要把我屋子当成战场。

奥弗里奇　即使在教堂，
管它是天堂还是地狱，
我都要开打！

马拉尔　（对维尔伯恩）叫他把契约拿出来。

维尔伯恩　你这么发火没有用，先生；
你要开打，不用着急，
你要领教许多招数，
如果你执意要开打的话。
你问我追讨一千英镑的债，
如果还有法的话（虽然你没良心），
你要么还我的土地，

要么我收你欠我的债，
比你问我索要的十倍还要多。

奥弗里奇　我欠你债？哦，多么厚颜无耻！
难道我不是用钱买下
你父亲那田地，
那片肥沃的田地，
维尔伯恩家祖传了二十代。
难道不是你这个放荡的傻瓜
卖掉的吗？
难道不就在这保险盒的契约里
明文写着是我的吗？

马拉尔　掐啊，掐啊！

维尔伯恩　我没做过任何承诺；
我从未转让过那片土地；
我猜想，
很可能请你托管过一两年。
如果你结束托管，
把土地归还原主人，
你和我都可以免掉一场官司，
如果你要滑头——
我觉得你很可能会这样——
那就必然要打一场官司。

奥尔沃斯夫人　在我看来，
他这点劝告值得听一听。

奥弗里奇　好啊！好啊！
和你的新婚丈夫串通一气，夫人；
怂恿他干不正当的事。
但是，一旦这庄园因还债
转让到了我的名下，

你说话的口气就会谦卑得多，
就会使劲巴结我了。

奥尔沃斯夫人　永不，别指望这个。

维尔伯恩　除非让我先绝望。

奥弗里奇　为了叫你闭嘴，
让你承认你是一个撒谎者，
一个不可救药的撒谎者，
我抛出证据来。
如果你能否认你的手迹和印章，
不怕上枷刑被割掉耳朵，
瞧这个！
打开保险盒，亮出契约
就是凭这个让我获得你的财产——哈！

奥尔沃斯夫人　一张绝好的羊皮纸。

维尔伯恩　我看这契约
锯齿状和标签都是真的；
但没有蜡，也没有字。
怎么，惊呆了？
连一个字迹都没有？
我聪明的姑父，
难道这就是
让你获得财产的证据吗？

奥弗里奇　这真叫我大吃一惊！
哪个德行天才干的这缺德的事？
哪一个手巧的魔鬼
竟然把字抹去了？
蜡变成了灰尘！——
契约好好的，
跟给我的时候一样！

难道你跟巫师打交道了吗，混蛋？
法律上有一个规定，
会让你这样的人吊死；
是的，有这样一条法律。
好好想一想，骗子，
这戏法帮不了你忙。

维尔伯恩　救你，
那就把老天爷
所有怜悯都掏空了。

奥弗里奇　马拉尔！

马拉尔　先生。

奥弗里奇　虽然见证人都死了，
你的见证还可帮上点儿忙；
为了你的主人，
你的宽宏大量的主人，
我诚实的好仆人，
我知道
你将会发誓做任何事情，
去摧毁那狡猾的歹行。
再则，我知道你是一位公证人，
在法律界，
这地位足可抵一打证人。
这契约由你起草，谨慎的马拉尔，
地产转让给我时你也在场，
你可以证明我的合法性。
（对马拉尔）难道你不发誓证明这一切吗？

马拉尔　我！不，我对你实说，
我还有良心，
不像你是铁石心肠。

我不知道什么契约。

奥弗里奇　你要叛变我了？

马拉尔　别让他动手，
我要跟他舌战，
那也够他受的。

奥弗里奇　我手下当差的
造反了！

马拉尔　是的，而且要把你的外衣剥掉，
你总骂我傻瓜啦、笨蛋啦、
奴才啦、呆子啦、
只配当晨练时挨揍的木头人啦、
你的足球啦、一堆没用的肥肉啦、
你的苦力啦，
这人能暴露你的本性，
揭露你那些
见不得人的阴谋诡计，
打掉你嚣张的气焰，
搬掉那些护卫你的工事，
动摇，
不，摧毁
你以为可以保护你的墙。

奥尔沃斯夫人　瞧，他气得嘴唇边吐白沫！

维尔伯恩　再瞧他。

奥弗里奇　我恨不得抓住你，把你的手和脚一把扯下来！

马拉尔　我知道你是个残忍的人，
我首先要把你的毒牙打掉，
然后再靠近你。
我了解你魔鬼般的手法，

欺骗了众多的家庭，
我要在法官面前作证，
受骗的家庭都还活着，
他们犹如一支大军，
足可以攻克敦刻尔克[①]。

维尔伯恩　一切都会揭露出来的。

奥尔沃斯夫人　那就更好了。

奥弗里奇　我活着的唯一理由
就是要惩罚你，流氓，
叫你只想死了拉倒，
跪着乞求也没用。
这些不让你靠近我的利剑
装在我的心口上，
即使在我身上造成巨大的创伤，
我也要冲向你。

洛威尔　这是上苍的报应。
（旁白）一条恶狗在咬另一条恶狗！

奥弗里奇　我当了一回傻瓜，
生这么大的气让人笑话，
会有时间和地方，会有的，胆小鬼们，
叫你们看看老子敢干什么。

维尔伯恩　我毫不怀疑，
你什么恶事都敢干，
缺乏的就是
诚实和忏悔的勇气。

---

① Dunkirk，法国北部港口城市。在中世纪这里的私掠船非常猖獗，令人闻风丧胆。原文为 take in，当时的英语作“征服”解。请比较莎士比亚《科里奥兰纳斯》第一幕第二场：which was to take in man towns ere almost Rome / Should knowWe were afoot.

奥弗里奇　这些词汇我压根儿不知道，
也不想知道。
忍耐，乞丐的美德，
格里迪和威尔道牧师上
在这儿没它的位置。[①]
——在这些场风暴之后，
终于风平浪静了。
欢迎，最热烈地欢迎！
在你们的容貌中
有一种令人慰藉的力量。
婚约签了吗？
我女儿结婚了？
说吧，牧师，
我的气现在消了。

威尔道　结婚了！是的，结婚了！

奥弗里奇　那就让所有悲哀的想法
滚蛋吧！
我还要给你金子。
我的狐疑，我的恐惧，
都淹没在我女儿
勋爵夫人的头衔里了。

格里迪　要开盛宴庆祝！
至少吃一个月；
我有救了，
空荡荡的胃
不会再叽里咕噜乱叫了。
你就像风笛，
鼓满了实在的美味佳肴，

① 指在他的心中。

而不是空穴清风。

奥弗里奇　（对威尔道耳语）一会儿就来了？
正合我意！
你们这些阴谋加害我的人们，
你们这些希望我倒台的人们，
你们这些蔑视我的人们，
想一想这个，
发抖罢！——（响亮的音乐声）——
他们来了！
我听见音乐声了。
快给大人让路。

维尔伯恩　这突然的热闹
很快就会消散的，先生。

奥弗里奇　给大人让路！
奥尔沃斯和玛格丽特上

玛格丽特　先生，首先请求你
对我的选择给予充分的谅解，
然后再请求你的祝福。
（跪下）我祈求你听从理智的引导，
不要暴跳如雷；
你完全有权
撤销这一天发生的事，
但婚礼已经办了，
姻缘的纽带
业已紧紧连接在一起，
不多赘述，
这是我的丈夫。

奥弗里奇　什么！

奥尔沃斯　我可以肯定地对你说，

是这样的。
举行了婚礼
所有细节一个也不落。
唉，先生，
虽然我不是勋爵，
但我是勋爵的听差，
你女儿，我亲爱的妻子，
并不在意这个；
你没有得到贤婿勋爵大人，
但你有尽职尽孝的女儿。

奥弗里奇　见鬼！他们结婚了吗？

威尔道　像个父亲的样子，对他们说，愿老天给他们幸福。

奥弗里奇　一切都乱了套，都毁灭了！
说，快说，
要不我要你死。

威尔道　他们结婚了。

奥弗里奇　你给他们办婚礼
还不如给魔王办呢。
——哦，我的脑袋要炸了。

威尔道　干吗对我生这么大气？
难道不是你信上说的
“将她嫁给这位绅士”吗？

奥弗里奇　不可能——
简直没法相信，该死！
我没法相信。
在攫取财富的所有阴谋中，
我都考虑得天衣无缝，
想不到今天却被孩子欺骗了，

迷惑了，愚弄了，
我所有的希望和努力
都毁于一旦，化为灰烬了。

维尔伯恩　看来正是这样，
我严肃的姑父。

奥弗里奇　农村老婆子
用诅咒来报复虐待，
我可不想多费口舌，
你这讨厌鬼，
我可要要回我给予你的生命。
欲刺杀玛格丽特

洛威尔　（趋前）为了你自己，住手！
虽然你对女儿已没有慈悲，
虽然你丧失了世俗的希望，
难道你要做一件
不给未来留下
任何平和和宁静希望的事么？
好好考虑一下吧，
你最多也不过是一个人，
不能这样树立自己的目标，
那完全可能
在任何时候
被一笔勾销的。

奥弗里奇　勋爵，我要往你身上吐唾沫，
叫你说的那些话见鬼去吧。
如果你没有部队护卫，
像士兵一样不得不独自面对战况，
还能显得足够勇敢的话，
那就拿出勇气来，

让我们到外面去，
私下里进行一场决斗。

洛威尔　好吧。

奥尔沃斯夫人　等一等，先生，
和一个疯子决斗！

维尔伯恩　如果你顺应他那虚荣的好斗，
你也会像他一样发疯的。

奥弗里奇　你脸色苍白了？
向他[1]寻求帮助吧，
即使强大的赫拉克勒斯也会说，
这不公平，
我一人对决两个人，
这么被围攻！
犹如围网中的利比亚狮子，
我的愤怒达不到胆怯的猎人，
只好徒然自行消解。
我要离开这地方，
单独待着，
什么事也干不了。
但我有仆人和朋友帮助我。
要是我不能将这房子摧毁，
变成一堆瓦砾，
（我以我受到的侮辱起誓，
我要实现我所说的一切！）
要是我留下一个人没有割喉，
——如果可能这样，
天啊，那就徒增我的苦难吧！

马拉尔　难道这不是一场很有趣的游戏吗？

---

① 指维尔伯恩。

格里迪　有趣的游戏！
这肯定败坏了我的胃口，
我不喜欢这样的浇头。

奥尔沃斯　不，别哭，最亲爱的，
即使这表达了你的遗憾。
上天决定的，
我们改变不了呀。

奥尔沃斯夫人　我觉得他的威胁毫无顾忌，夫人。

马拉尔　如果老爷愿意的话，
将这契约变成一纸空文，
不是一件绝妙的趣事吗？
我可以做得非常利索，
如果您想通过欺骗发财。
我既可以当老爷的掮客，
又当老爷的管家，
老爷从未用过
如此有才干的灵通的人。

维尔伯恩　我相信你是这样的人。
但是请你首先告诉我
你用什么巧妙的方法
让契约上的字消失的？

马拉尔　这是秘密，
不能在公开场合讲。
将矿物掺杂在墨水和蜡中——
除了虚妄的允诺和拳脚之外
他什么也没给我，
于是我琢磨对契约做了手脚。
如果老爷愿意回忆，
这条疯狗曾经要我

诱导您跳河或者上吊。
如果您下命令，
我也可以对他做同样的事。

维尔伯恩　你是个流氓！
敢蒙骗主子的奴才，
即使主子很坏，
也不会对别的主子忠诚。
别指望在我这儿得到犒劳。
我不想看见你，
就像我不想看见蛇怪一样。
如果你没有上枷刑，
还保存着你的耳朵，
那应该感谢我的怜悯。
不管怎么样，
我要采取措施
阻止你的这种行为。

格里迪　如果你同意的话，先生，
我把他关起来。

维尔伯恩　那没用，
他的良知就足够折磨他了。
不要废话，
让他赶快滚蛋。

奥德尔　吃我一脚。

安姆波尔　我也来上一脚。

福纳斯　要是我手里有切肉刀，
我要把你的脑袋瓜子
劈成两半。

马拉尔　这仍然还是

两面派仆人
趋之若鹜的天堂。
下
奥弗里奇重上

奥尔沃斯夫人　又来了！

洛威尔　别害怕，我来保护你。

维尔伯恩　他瞧上去好可怕。

威尔道　在你的资助下，
我曾经研究过一阵医学。
如果我的判断没错的话，
他已经不可救药地疯了。
留神他，
小心保护好自己。

奥弗里奇　啊，难道这整个世界
不都包含在我的个体之中吗？
要朋友和仆人有什么用？
譬如说，
面对一小分队长矛兵，
由火枪手作为后援，
受我的伤害所驱策，
我还会害怕向他们冲锋吗？
不，我要冲杀进战阵，
把他们打得落花流水，
挥舞出鞘的利剑
然后我就挥剑开杀报仇。
——哈！我是脆弱的，
有个破产的寡妇
依附在我的手臂上，

将它整个儿瘫痪了[1]，
而我的利剑
由孤苦伶仃的孤儿的眼泪
粘在了剑鞘里
拔不出来。
哈！这些是什么人？
肯定是刽子手，
他们来要把我捆绑起来，
拖到审判席前。
他们的身影都变了，
像是复仇女神，
挥舞着钢鞭，
抽打着我的被罪恶啮咬的灵魂。
我将极不光彩地倒下、放弃吗？
不，尽管命运作弄我，
我仍将不得不保留我的刚烈。
虽然你们是一群该诅咒的精灵，
我仍将在你们中间飞翔。
往前奔，扑向地面

维尔伯恩　没有办法，
把他的剑拿掉，
绑起来。

格里迪　拿上锢闭令，
送到疯人院去。

洛威尔　他嘴里吐白沫！

---

① 原文为Some undone widow sits upon mine arm, / And takes away the use of it，请比较莎士比亚《理查二世》第一幕第二场：O，sit my hunsband' s wrongs on Hereford' s spear, / That it may enter butcher Mowbray' s breast. 又如《理查三世》第五幕第三场：Let me sit heavy on thy soul tomorrow ! / Think, how thou stab' dst me in my prime of youth.

维尔伯恩　还吃土！

威尔道　把他抱到黑暗的房间去[1]，
试试看有什么办法
让他恢复正常。

玛格丽特　哦，我亲爱的父亲！
人们强行让奥弗里奇离开

奥尔沃斯　你必须得耐心点儿，小姐。

洛威尔　这是教育奸诈人们的一个例子，
当他们摒弃宗教，
变成不信上帝的人，
他们便丧失了一切本领。
我可以安慰你的是，
我将尽力去获得一份授权证明，
让你们在他发疯期间
成为他的监护人。
至于你的土地，维尔伯恩老爷，
不管它在法律上是对抑或是错，
我在你们之间来当一个裁判，
既然你是贾尔斯·奥弗里奇爵士
毋庸置疑的继承人，
这土地归你。
至于我，
这儿是我的铁锚[2]，
我赖以依靠的铁锚。

奥尔沃斯　我的大人，
你所决定的，

① 当时把疯子关进黑暗的房间被认为是最严厉的医治方法。请参见莎士比亚《第十二夜》第三幕第四场：Come, we' ll have him in a dark room and bound.

② 指奥尔沃斯夫人，铁锚，一种精神的寄托。

我都接受。

维尔伯恩　这也正是我想说的；
但是，除了重新要回了土地，
把债务全部还清以外，
我还要做些其他的事。
我曾经有过荣誉，
但是在放荡的岁月丢失了。
如果我没能以高贵的方式
将它赢回来，
那我还只是一个半吊子[①]。
是行动的时候了。
如果勋爵大人在你的军中
拨一个团给我，
我毫不怀疑
我将为国王和国家去建立功勋，
从而使自己找回昔日的荣光，
成为一个真正的人。

洛威尔　我接受你的请求，
你因此而将得到人们的厚爱。

维尔伯恩　（趋前）现在需要的是你们的赞同——
你们是否理解了
我们所想表达的一切；
既然理解了，
没有你们的掌声，
我们演员
以及写这部喜剧的诗人

---

① 原文为 half made up，请比较莎士比亚《辛白林》第四幕第二场：Being scarce made up, I mean, to man, he had not apprehension / Of roaring terrors.

都不可能安心[①]；
如果有了你们
对诗人和演员辛劳的赞赏，
（你们会这么做，
因为我们，绅士们，对这部戏剧
充满信心）
我们便一起对你们表示，
你们拥有巨大的力量
教导我们该怎么演，
指导诗人该怎么写。
众下

（全剧终）

① 请与莎士比亚《暴风雨》收场诗比较：But release me from my bands, / With the help of your good hands; / Gentle breath of yours my sails/Must fill, or else My project fails, / Which was to please.